阿迪契作品
Chimamanda Ngozi Adichie

半轮黄日
Half of A Yellow Sun

[尼日利亚] 奇玛曼达·恩戈兹·阿迪契 —— 著

石平萍 —— 译

译林出版社

献给我的从未谋面的祖父和外祖父，
恩沃耶·戴维·阿迪契和阿罗-恩威凯·费利克斯·奥迪圭，
他们未能从比亚法拉战争中幸存下来。

献给我的外祖母和祖母，
恩瓦布奥杜·雷吉娜·奥迪圭
和恩瓦姆巴福尔·阿格尼丝·阿迪契，
都是不平凡的女性，她们活了下来。

谨以此书纪念他们：
Ka fa nodu ndokwa.（愿他们安息。）

献给梅利图斯，
不论他在何方。

今天我依旧看见它——
干燥,细如铁丝,沐浴着旱季的骄阳与尘土——
充满激情与勇气的细瓦砾堆上,那一块拱顶石。

——钦努阿·阿契贝《芒果秧》

摘自《比亚法拉的圣诞节及其他诗歌》

目录

1　第一部　六十年代初

169　第二部　六十年代末

293　第三部　六十年代初

369　第四部　六十年代末

619　作者的话

622　译后记：但愿我们永远铭记

第一部
六十年代初

1

主人有点古怪。他在国外读书的年头太长；他会在办公室里自言自语；你跟他打招呼，他不见得每次都理你；他头发也太密。乌古随姑姑走在小径上，姑姑对他嘀咕了这些话。"不过他是个好人，"她又说，"你只要活干得好，吃得就不会差。你甚至每天都能吃上肉。"她停下来吐痰，只听她吸了口气，啐出一口痰，挂在了草叶上。

乌古不相信有谁每天都能吃上肉，当然也包括他要去伺候的这位主人。不过他没有表示异议。他满心期待，满脑子都在想象着远离村庄的新生活，顾不上说话。他们从汽车站的卡车里下来，已经走了好大一会儿，下午的太阳烤着他的后颈。他并不介意。他做好了在更加灼热的太阳下走更长时间的心理准备。走进大学校门后，眼前出现的是他从未见过的街道，如此光滑的柏油路面，让他忍不住想把脸颊贴上去。他永远都无法向妹妹阿努利卡形容这里的一切：一座座漆成天蓝色的平房排列有序，像极了衣着体面、彬彬有礼的绅士；平房之间的树篱修剪得非常平整，看上去像是被树叶覆盖的桌面。

姑姑加快了脚步，拖鞋发出吧嗒吧嗒的声音，在寂静的街道上回响。乌古很想知道，透过薄薄的鞋底，姑姑是不是也能感受到柏油路面越来越烫。他们路过一块街牌，上面写着"奥迪姆街"。乌古默念着"街"这个词，每次看到不太长的英语单词，他都会这样念一念。他们走进一个院落，乌古闻到了一股浓烈的芳香，一定是大门口的灌木丛里那一簇簇的白色花朵散发出来的。灌木丛的形状很像纤巧的小山。草坪闪闪发亮，蝴蝶在上面飞舞。

"我对主人说了，你学东西很快，osiso-osiso（很快很快）。"姑姑说。乌古郑重地点点头，其实姑姑已经给他讲过很多遍了，讲得同样多的还有他的好运气是怎么来的：一个星期前，她正在打扫数学系的过道，听到主人说需要一个男仆收拾屋子，她赶紧抢在主人的打字员和办公室通信员之前接话说，她可以帮忙。

"我会学得很快的，姑姑。"乌古说。他瞪大眼睛注视着车库里的小车，小车蓝色的车身上环绕着一条金属杠，仿佛戴着一条项链。

"记住，不管什么时候他叫你，你都要回答'是，先森[1]！'。"

"是，先森！"乌古学着姑姑。

他们站在了玻璃门前。乌古强忍着没有伸手去摸水泥墙，尽管他很想知道水泥墙的手感与母亲的茅屋的泥巴墙有何不同，泥巴墙上隐约看得见手指的压痕。一个念头一闪而过：真希望此刻自己就在村子里，在母亲的茅屋里，在阴凉的茅草屋顶下；或在姑姑的茅屋里，那是村里唯一有瓦楞铁皮屋顶的屋子。

姑姑敲了敲玻璃门。乌古看得见门后的白色门帘。一个声

---

[1] 乌古和姑姑用英语说"先生"时带有浓重的口音。乌古初到奥登尼博家时，英语说得很少，且不标准。译文基本选用谐音或不太标准的时态表现他的语言缺陷。下同。——编注

音传来:"谁?进来。"说的是英语。

他们脱下拖鞋,走了进去。乌古从未见过这么宽敞的屋子。棕色的沙发摆放成半圆形,沙发之间隔着小茶几,书架上塞满了书,屋子中间的大桌子上摆着一个花瓶,插满了红色和白色的塑料花。东西虽多,屋子却仍旧显得宽绰有余。主人坐在一把扶手椅里,穿着汗衫和短裤。他并没有端坐着,而是斜靠在椅子上,脸完全被书遮住了,似乎忘了他刚刚招呼他们进来。

"下午好,先森!这就是我说的那个孩子。"乌古的姑姑说。

主人抬起头来。他的肤色非常黑,犹如老树皮,胸毛和腿毛更黑,闪着光泽。他摘下眼镜。"哪个孩子?"

"就是您要的男仆,先森。"

"噢,对,你带来了男仆。I kpotago ya(你把他带来了)。"主人的伊博语听上去像羽毛一样轻柔。这是一种带英语滑音的伊博语,说这种伊博语的人经常说英语。

"他会卖力干活的,"姑姑说,"他绝对是个好孩子。您要他做什么,尽管告诉他。谢谢先森!"

主人咕噜着回应了一句,眼睛盯着乌古和姑姑,脸上却带着几分茫然,似乎他们的到来使他很难记起某件重要的事情。姑姑拍着乌古的肩膀,轻声叮嘱他好好干,而后转身走出去。姑姑走后,主人重新戴上眼镜,看起书来,他依旧斜靠在椅子上,姿势更为放松,双脚也伸了出去。在翻页的时候,他的眼睛也没有离开过书本。

乌古站在门边等着。阳光似水,透过窗户在室内流淌,时不时地，一阵微风把窗帘吹起。屋子里静悄悄的，只听得见主人翻书的声音。乌古站了一会儿，开始慢慢地挪步，朝书架靠过去，似乎是想躲在里面，过了片刻，他蹲在了地板上，膝盖紧紧夹着他的酒椰袋子。他抬头看了看天花板，天花板如此之高，白得似乎到了透亮的地步。他闭上双眼，试着在脑海里描画出这间宽敞的屋子，还有屋子里陌生的家具，但他做不到。他又睁开眼睛，心里再次溢满了惊奇的感觉，他环顾四周，告诉自己这不是在做梦。想想吧，他将坐在这些沙发上，他将擦亮这光滑平坦的地板，他将清洗这些薄如蝉翼的布帘。

"Kedu afa gi（你叫什么名字）？你叫什么名字？"主人问他，吓了他一跳。

乌古站起来。

"你叫什么名字？"主人坐起身来，又问了一遍。他的身子塞满了整把椅子，浓密的头发在头上高高竖立，双臂肌肉饱满，双肩宽阔有形。乌古本以为主人是一个年龄偏大、身体虚弱的人，此刻不由得担忧起来：他也许无法取悦眼前的主人，他看上去如此青春，充满活力，似乎无所需求。

"乌古，先森。"

"乌古。你从奥布帕来？"

"从奥皮来，先森。"

"你的年龄从十二岁到三十岁都有可能。"主人眯缝着双眼，"可能是十三岁。""十三"这个词是用英语说的。

"是的，先森。"

主人又读起书来。乌古站着没动。主人轻轻翻过几页书，抬起了头。"Ngwa（好了），去厨房吧。冰箱里应该有一些你能吃的东西。"

"是，先森。"

乌古一步一挪，小心翼翼地进了厨房。他看到一个白色的家伙，几乎与他一样高，知道这就是冰箱。姑姑以前给他讲过。一个很冷的粮仓，她说，吃的东西放在里面不会馊掉。乌古打开冰箱，一股冷气迎面扑来，他不由得倒吸了一口。橙子、面包、啤酒、饮料——一包又一包，一罐又一罐，每一层都堆满了吃的喝的。最上面一层放着一只发亮的烤鸡，几乎是一整只，只差一条鸡腿。乌古伸出手，摸了摸烤鸡。他听到冰箱在喘着粗气。他又摸了摸烤鸡，舔了舔手指，然后撕下剩余的一条鸡腿，吃得一干二净，手里只剩下咬碎且吮过的骨头。接着，他掰下一大块面包，如果家里来了亲戚，带来这么一大块面包做礼物，他会兴高采烈地与弟弟妹妹们分享。他吃得飞快，生怕主人进来，不让他吃了。吃完后，他站在水槽边，拼命回想着姑姑给他讲过的话：打开水龙头，水会像泉水一样喷出来。就在这时，主人走了进来。他穿了一件印花衬衫和一条长裤。他的脚指头从皮拖鞋里露出来些许，也许是因为太干净了，看上去女人味十足，总穿着鞋的脚才有这么干净的指头。

"怎么啦？"主人问。

"先森？"乌古指了指水槽。

主人走过来打开了金属水龙头。"你应该在房子里四处看一看,把袋子放在走廊的第一间屋子里。我要出去散步,让头脑清醒清醒,i nugo(听到了吗)?"

"是,先森。"乌古看着主人从后门走了出去。主人个子不高。他的步子轻快、有活力,很像埃泽阿古,村里的摔跤纪录保持者。

乌古关上水龙头,又拧开,再关上。开了又关,关了又开,如魔法一般的流水,还有胃里芳香的面包,令他哈哈大笑起来。他穿过起居室,来到走廊。三个卧室的书架和写字台上、浴室的水槽和柜橱里都堆满了书;书房里,书从地板一直堆到了天花板;储藏室里,一箱箱的可乐和总理牌啤酒旁边,也堆满了旧杂志。有一些摊开倒扣着的书,似乎主人没把它们读完便急急忙忙读起了下一本。乌古辨认着这些书名,大多数都太长、太难。《非参数方法》《非洲概览》《大生物链》《诺曼人对英国的冲击》。在房间里走动的时候,他始终踮着脚,因为他觉得自己的脚很脏。看得越多,他的决心也越大:一定要让主人满意,一定要留在这个有肉吃、地板也很清凉的地方。他盯着抽水马桶,用手抚摸着黑色的塑料座圈,这时传来了主人的声音。

"你在哪里,我的好伙计?"他是用英语说"我的好伙计"的。

乌古冲到了起居室。"在这里,先森!"

"你叫什么名字来着?"

"乌古,先森。"

"对,乌古。看这儿,nee anya(看这儿),你知道那是什么吗?"乌古顺着主人指的方向,看到了一个金属盒子,散布在上面的旋钮看上去有点危险。

"不知道,先森。"乌古回答。

"那是一台收音电唱两用机。新的,效果非常好。不像那些老式留声机,老得用手摇。靠近它的时候,你一定要特别小心,特别小心才行。一定不要让它碰水。"

"是,先森。"

"我要去打网球了,完了之后去员工俱乐部。"主人从书桌上拿起几本书,接着说,"我也许很晚才回来。你先安顿下来,休息一下。"

"是,先森。"

乌古望着主人的车开出了庭院,方才走过去站在收音电唱两用机旁边,仔细观察了一番,不过他没有伸手去摸。他开始在屋子里来回转悠,抚摸着书、窗帘、家具和盘子,天黑了,他打开灯,悬挂在天花板上的灯泡发出明亮的光芒,不像家里的棕榈油灯那样在墙上投下长长的影子,他深感惊奇。这个时候,他的母亲正在准备晚饭,双手紧握捣锤,在研钵里捣木薯粉。小妈奇奥凯正在煮一锅清水一样的汤,汤锅就搁在火上架的三块石头上。孩子们从小河边回来了,在面包果树下互相奚落,互相追逐。阿努利卡可能在看着他们。她现在是家里最大的孩子,大伙围坐在灶火边吃饭的时候,弟妹们会拼命争抢汤里的干鱼片,她会把他们分开。她会等到所有的木薯粉都吃光了,再把鱼分给每个孩子,她也会像乌古那样,把最大的一块留给自己。

乌古打开冰箱，又吃了一些面包和鸡肉，他飞快地往嘴里塞着东西，心怦怦直跳，仿佛是因为跑步导致心跳加速。他又撕下几大块鸡肉，拽下两只鸡翅膀。他把这些东西塞进短裤口袋里，来到自己的卧室。他要把这些鸡肉留着，等姑姑来看他时，让她带给阿努利卡。或许他可以让姑姑带一些给内西纳齐。说不定内西纳齐会因此注意他。他从未搞清楚自己与内西纳齐之间究竟有什么血缘关系，不过他知道他们属于同一个umunna[1]（宗族），不可能结婚。但他仍然希望母亲不要总把内西纳齐叫成他的妹妹，总对他说："把这些棕榈油送给内西纳齐的妈妈，她不在的话，就交给你妹妹。"

内西纳齐跟他说话的时候口气总是很含糊，眼神也不集中，似乎他在不在她面前都无所谓。有时候内西纳齐叫他奇埃基纳，那是他堂弟的名字，可堂弟长得跟他一点都不像。他说："是我。"内西纳齐则会回答："抱歉，乌古哥哥。"听上去很疏远，很客气，让他明白她不愿意再往下聊了。不过乌古喜欢给她家跑腿。他有机会看到内西纳齐弯腰给燃烧的木柴扇风，或剁碎乌谷[2]叶子，加到母亲的汤锅里，要不就是坐在屋外头，照看弟弟妹妹。她的裹裙系得比较低，乌古看得见她乳房的上端。自打她那对尖尖的乳房突兀耸起，乌古便不住地想：它们是像糊糊一样软，还是跟乌贝[3]树上未成熟的果实一样硬？他常常希望阿努利

---

[1] umunna是父系宗族。——除特殊标注外，本书注释均为译注

[2] 乌谷（ugu），尼日利亚的一种绿叶蔬菜。

[3] 乌贝（ube），梨的一个热带品种，果实较小，椭圆形，多汁。

卡的胸部不要那么平坦，让他可以摸一摸——令他不解的是，是什么使得她的乳房发育那么慢，毕竟她与内西纳齐年龄差不多。当然，阿努利卡会啪的一声拍掉他的手，或许甚至打他一耳光，不过他会速战速决——捏一下就跑——如此一来，至少他能做到心里有数，一旦终于有机会抚摸内西纳齐的乳房，最起码知道那会是什么感觉。

可是乌古担心，自己也许永远没有机会抚摸内西纳齐的乳房，因为她叔叔已经提出让她去卡诺学做一门生意。等到年底，她母亲最小的孩子——也就是她整天抱着的那一个——开始走路时，她就会去北部。乌古想表现得跟家中其他人一样地欣喜和感激。毕竟北部是个有钱赚的地方。乌古知道有人北上做生意，回来后拆掉了茅屋，盖起了带波纹铁皮屋顶的房子。可他害怕北部某个大腹便便的生意人会看中内西纳齐，他知道接下来便会有人带着棕榈酒上她父亲家来，从此他就失去了抚摸那一对乳房的机会。很多个夜晚，他在手淫的时候，先是慢悠悠地抚弄阴茎，而后加大力度，直到一声微弱的呻吟脱口而出，内西纳齐的乳房是他留到最后时刻才让它在脑海里闪现的图像。他总是先想她的脸，她圆润的双颊，象牙白的牙齿，然后想象着她的双臂环绕着他，她的身体紧贴着他的身体。此时他才让她的乳房现形。有时候她的乳房感觉很硬，他忍不住想咬一口；其他时候，她的乳房非常柔软，他担心光是在想象中用手捏一捏它们，便会让她疼痛难忍。

乌古考虑今晚想一想内西纳齐，不过又打消了这个念头。

这是他在主人家度过的第一个夜晚，也是他第一次睡在这样的床上——完全不像家里那种手工编织的酒椰席子。他先是用手压一压柔软又有弹性的床垫，又仔细瞧了瞧上面覆盖的几层布，不知道是该睡在布上面，还是该在睡前把布取下收起来。他爬上床，躺在布上面，身体蜷缩成一团。

他梦见主人在叫他——"乌古，我的好伙计！"——他睁开眼睛，发现主人就站在门口，望着他。或许他根本没做梦。他赶紧爬下床，疑惑地瞅了瞅已经拉上窗帘的窗户。天很晚了？难道这张柔软的床欺骗了他，害得他睡过了头？他一般天一亮就醒了。

"早上好，先森！"

"这里有股很浓的烤鸡味道。"

"对不起，先森。"

"烤鸡在哪儿？"

乌古在短裤口袋里乱摸了一通，掏出来一些鸡块。

"你们那里的人睡觉的时候还吃东西吗？"主人问。他穿着一件像是女士外套的衣服，心不在焉地捻搓着系在腰间的绳子。

"您说什么，先森？"

"你是不是想在床上吃烤鸡？"

"不是，先森。"

"食物不要带出餐厅和厨房。"

"是，先森。"

"今天必须把厨房和浴室清扫干净。"

"是，先森。"

主人转过身，走了。乌古站在屋子中央，浑身发颤，抓着鸡块的手依旧伸着。他多希望用不着走过餐厅，走到厨房。终于，他把鸡块塞进短裤口袋，深吸了一口气，走出了屋子。主人坐在餐桌旁，面前的一堆书里放着一个茶杯。

"你知道谁是杀害卢蒙巴[1]的真凶吗？"正在看杂志的主人抬起头，问道，"美国人和比利时人。与加丹加省没有关系。"

"您说得对，先森。"乌古希望主人不停地说下去，他想听主人洪亮的声音，还有悦耳的夹杂着英语单词的伊博语句子。

"你是我的男仆，"主人说，"如果我命令你到大街上，用棍子打一个路过的妇人，你打得她的腿流血受伤，谁该为她的腿伤负责？你还是我？"

乌古瞪大了眼睛，摇了摇头，不能确定主人是不是在拐弯抹角地说烤鸡的事。

"卢蒙巴是刚果的总理。你知道刚果在哪里吗？"主人问。

"不知道，先森。"

主人立即站起身，走进了书房。乌古既疑惑又害怕，连眼皮都发颤。是不是因为他的英语说得不好，把鸡肉装在口袋里过夜，不知道主人提到的那些陌生地方，所以主人要把他打发回家？主人拿着一大张纸回来了，他展开这张纸，铺在餐桌

---

[1] 帕特里斯·埃默基·卢蒙巴（1925—1961），刚果（利）（今刚果民主共和国）民族独立运动领袖，1960年刚果（利）独立后任首任总理，1961年在加丹加省（今沙巴区）被害。

上，书和杂志被他推到了一边。他用笔指着说:"这是我们的世界,尽管画这张地图的人决定把他们的土地置于我们的头顶。你看,根本不存在头顶和脚底。"主人把图纸拿起来对折,两端相对,中间留下一个窟窿。"我们的世界是圆的,没有尽头。Nee anya(看这儿),这都是水,都是海洋,这是欧洲,这是我们的大陆——非洲,刚果在非洲的中部。上方这里是尼日利亚,恩苏卡在这儿,东南部——这是我们所在的地方。"他用笔轻轻敲了敲。

"是的,先森。"

"你上过学吗?"

"上过小学二年级,先森。不过我学什么都很快。"

"小学二年级?多久了?"

"到现在很多年了,先森。但是我学什么都很快!"

"为什么退学了?"

"我父亲的庄稼没有收成,先森。"

主人缓缓地点点头,说:"你父亲为什么不借钱供你读书?"

"什么,先森?"

"你父亲应该借钱!"主人厉声说,接着又用英语说,"教育是第一位的!如果我们没有知识,不了解剥削,我们如何能够对抗剥削?"

"您说得对,先森!"乌古使劲点着头。他一定要尽可能地表现出思维的敏捷,因为主人的眼睛里闪烁着狂热。

"我要送你去上这所大学的子弟小学。"主人说,手上的笔还在敲打着餐桌上的图纸。

乌古的姑姑对他说过,他尽心伺候主人几年之后,主人会送他去商业学校,在那里他可以学习打字和速记。姑姑也提到过员工子弟小学,只是告诉他,上这所学校的都是这所大学的教师的孩子,他们穿着蓝色的校服和白色的短袜,短袜上面装饰着几缕蕾丝,十分精致,你会感到奇怪:怎么会有人为了区区一双短袜浪费那么多时间。

"好的,先森,"他说,"谢谢您,先森。"

"我想你在这个年龄才开始上三年级,一定是班上最大的学生,"主人说,"你要赢得同学们的尊重,唯一的办法就是做最好的学生。明白吗?"

"明白,先森!"

"坐下,我的好伙计。"

乌古坐在了离主人最远的椅子上,很不自在地把双脚并拢。他更喜欢站着。

"关于我们的土地,他们教给你的一切都有两种答案:真实的答案和考试及格所要求的答案。你必须读书,知道两种答案。我会给你书,非常好的书。"主人呷了一口茶。"他们将教给你说,是一个叫芒戈·帕克[1]的白人发现了尼日尔河。胡说八道。远在芒戈·帕克的爷爷出生之前,我们的人民就在尼日尔河

---

1 芒戈·帕克(1771—1806),苏格兰探险家,两次勘查尼日尔河河道,在第二次勘查中溺死,著有《非洲内地旅行》。

里打鱼了。但在考试的时候,你只能写是芒戈·帕克发现了尼日尔河。"

"是,先森。"乌古多希望这个叫芒戈·帕克的人没有给主人带来这么大的不愉快。

"你就不能说点别的?"

"什么,先森?"

"唱首歌给我听。"

"先森?"

"唱首歌。你会唱什么歌?唱吧!"主人一把扯下眼镜。他双眉紧锁,表情严肃。乌古唱起他在父亲的农田里学会的一首老歌。他的心怦怦地敲打着胸膛,疼极了。"Nzogbo nzogbu enyimba enyi(踩呀,踩呀,巨大的象)……"

刚开始乌古的声音很低,但主人用笔敲着桌子说:"大声点!"于是他提高了声音,主人还是一个劲地说:"大声点!"直到他扯着嗓子尖叫,主人才满意。乌古反复唱了几遍之后,主人让他停下来。"唱得好,唱得好。"他说,"你会泡茶吗?"

"不会,先森。但是我学得很快。"乌古回答。唱歌释放出了他心里郁积的某种情绪,现在他呼吸轻快,心脏也不怦怦乱跳了。有一点他确信无疑:主人非常疯狂。

"我基本上都在员工俱乐部吃饭。现在既然你来了,我想我得多带点食物回家。"

"先森,我会做饭。"

"你做饭?"

乌古点点头。很多个夜晚，他曾在一旁看着母亲做饭。他为母亲生火，火快熄的时候会用扇子扇。他削掉山药和木薯的皮，把它们捣碎，吹掉稻米里的谷壳，拣出豆子里的象鼻虫，剥开洋葱，磨碎胡椒。母亲犯病咳嗽的时候，他常常希望做饭的是他，而不是阿努利卡。阿努利卡对他说过，他花了太多的时间跟做饭的女人混在一起，再这样下去，他恐怕长不出胡子来。

"那好，你可以给自己做饭，"主人说，"你需要什么，列一张单子。"

"是，先森。"

"你不知道怎么去农贸市场，对吧？我会叫乔莫领你去。"

"谁是乔莫，先森？"

"乔莫收拾庭院。他每周来三次，是个有趣的人，我见过他对着巴豆说话。"主人顿了一下，"反正他明天会来。"

之后，乌古列了一张食品单，交给了主人。

主人盯着单子看了一会儿。"了不起的组合，"主人用英语说，"我猜学校的老师会教你多用一些元音字母。"

乌古不喜欢主人忍不住想笑的表情。"我们还需要一些木料，先森。"他说。

"木料？"

"用来放您的书，先森。这样我才能把它们归整好。"

"哦，对，是书架。我想我们可以找个地方多摆几个书架，也许走廊里可以试一试。我会去找工程部的人。"

"好的，先森。"

"奥登尼博。叫我奥登尼博。"

乌古疑惑地盯着主人。"先森?"

"我不叫'先森'。叫我奥登尼博。"

"是,先森。"

"奥登尼博是我一辈子的名字。'先生'这个叫法变幻无常。明天'先生'可能就是你。"

"是,先森——奥登尼博。"

乌古其实更喜欢"先森"这个称呼,叫起来干脆有力。几天后,工程部来了两个人,在走廊里装书架。乌古告诉他们,必须等先森回来,他自己不会在这张打字机打印了字的白纸上签字。他说"先森"两个字的时候,充满了自豪。

"他是乡下来的男仆。"一个工人不屑地说。乌古盯着这个人的脸,低声诅咒急性痢疾永远缠着他和他的子孙后代。他摆放着主人的书,在心里发誓说一定要学会在表格上签字,这些话差点脱口而出。

接下来的几个星期里,乌古仔细察看了平房的每一个角落,发现腰果树上有一个蜂窝,太阳最亮的时候,前院会聚集很多蝴蝶,在这个过程中,他对主人生活起居的节奏做了同样细致入微的了解。每天早晨,他把小贩放在门口的《每日时报》和《文艺复兴》拿进屋,折叠起来连同主人的茶和面包一起摆在餐桌上。他赶在主人吃完早餐之前把欧宝车清洗干净,主人下班回来午睡时,他又把车擦一遍,好让主人开着去网球场。有些天,主人在书房一待便是数小时,乌古走动时便会悄无声息。主人在走廊里来回踱步，大声说话时，他会烧好泡茶的开水。他每天擦洗地板。百叶窗板经他擦拭后，在午后的阳光中闪闪发亮。他仔细擦洗浴缸的小缝隙，还把招待主人朋友时盛可乐果的小碟子擦得锃亮。起居室每天至少要招待两位客人，收音电唱两用机播放着像是笛子吹奏的奇怪音乐，音量不大，乌古在厨房或在走廊上熨烫主人的衣物时，能够清晰地听见起居室里说笑和碰杯的声音。

乌古想做更多的事，想使得主人有更为充足的理由把他留下来，所以一天早晨，他熨起了主人的短袜。这些黑色的罗纹短袜并非皱皱巴巴，但他想熨烫过后，袜子看上去会更平滑。滚烫的电熨斗发出嘶嘶声，等乌古把电熨斗举起来，袜子的一半已经粘在了底板上。他惊呆了。主人正在餐桌旁，快吃完早餐了，随时都会过来穿上鞋袜，拿起架子上的文件夹上班去。乌古想把这只袜子藏在椅子下面，冲过去从抽屉里拿一双新的，可他的腿根本动弹不了。他站在原处，手里拿着烫坏的袜子，心里清楚，这个姿势会保持到主人过来为止。

"你熨了我的袜子，是不是？"主人问，"你这个无知的笨蛋。""无知的笨蛋"如音符一般从他的嘴里滑落。

"对不起，先森！对不起，先森！"

"我说过，不要叫我'先生'。"主人从架子上拿起一个文件夹，"我要迟到了。"

"先森，我再去拿一双行吗？"乌古问。但是主人已经光着脚穿上鞋子，急匆匆地走了出去。乌古听到主人砰的一声关上了门，驾车远去。他感到胸非常闷。他想不清楚自己怎么会熨那双袜子，熨好那件旅游装后为什么不停下来。有恶鬼在作怪，一定是这个原因。是恶鬼指使他熨袜子的。它们躲在暗处，无所不在。每当他发烧病倒，还有一次，他从树上摔下来，母亲便用树脂黄油涂抹他的身体，一边抹一边嘟哝："我们将打败它们，它们赢不了。"

乌古向前院走去，修剪过的草坪周围摆放着石头，一块紧挨一块。恶鬼们赢不了。他不会让它们打败自己。草坪中央有一块圆形的无草区，恍如绿色海洋中的一个小岛，岛上栽着一棵纤细的棕榈树。乌古从未见过这么矮的棕榈树，也从未见过枝叶展开的形状如此完美的棕榈树。这棵树看上去不够结实，长不出果实，似乎与这里大多数植物一样，毫无用处。乌古捡起一块石头，扔向远处。这么大的空间闲置无用。在他的村子里，村民们耕种家以外的每一小寸土地，栽种有用的蔬菜和香草。他的祖母不用栽种她最喜欢的香草 arigbe（阿里贝），因为这种草在哪里都会蓬勃生长。她常说阿里贝让男人的心变软。她告诉乌古，丈夫有三个妻子，她是二房，没有大房或三房那样的特殊地位，所以每次她向丈夫提要求之前，会为他煮加了阿里贝的香辣山药粥。很管用，次次如此。或许这个办法对主人也有效。

乌古四处寻找阿里贝。粉红色的花丛中，一根枝条挑起一个多孔蜂窝的腰果树下，黑色兵蚁沿着树干爬上爬下的柠檬树下，还有即将成熟的果实被鸟啄出大洞的木瓜树下，他都找遍了。然而，地面上干干净净，没有任何香草。乔莫的除草工作很彻底，很仔细，不需要的植物全都被清理干净了。

他们第一次见面时,乌古向乔莫打招呼,他点点头,一声不吭,继续干活。乔莫个子不高,身材结实、皱缩,与他经常用空金属罐子瞄准射击的那些植物相比,乌古觉得乔莫更需要灌溉。终于,乔莫抬头看了看乌古。"Afa m bu Jomo(我叫乔莫),"他说,仿佛乌古不知道他是谁,"一些人叫我肯雅塔[1],就是那个肯尼亚的伟大人物。我是一个猎人。"

乌古不知道该如何回答,因为乔莫直视着他的双眼,似乎是想听听乌古做过的了不起的事情。

"你捕杀哪种动物?"乌古问。乔莫仿佛正盼着乌古问这个问题,他眉开眼笑,滔滔不绝地说了起来。乌古坐在通向后院的台阶上聆听。从第一天开始,他便不相信乔莫的故事——赤手空拳击退一只豹子,一枪打死两只狒狒——不过他喜欢听,便把给主人洗衣服的时间推迟到乔莫过来的那几天,乔莫工作的时候他可以坐在屋外。乔莫的一举一动不慌不忙,很有章法,不论是耙土,还是浇水,或者栽种,都充满着庄严的智慧。树篱修剪到一半,他会抬起头说:"那是块好肉。"而后走到自行车那里,把手伸进拴在车后的山羊皮袋子里翻找弹弓。有一次,他用一颗小石子从腰果树上射下一只野鸽子,裹在树叶里,放进了山羊皮袋子。

"我不在的时候,不要去碰我的袋子,"他对乌古说,"里面

---

[1] 乔莫·肯雅塔(约1891—1978),肯尼亚"民族主义之父",肯尼亚共和国独立后第一任总统(1964—1978)。

可能有一个人头。"

乌古大笑，不过并不觉得乔莫说的完全是假话。他多希望今天是乔莫上班的日子。有关阿里贝以及讨好主人的最好办法等问题，询问乔莫是最好不过的了。

乌古走出庭院，来到街上，在路边的草丛里仔细寻找，终于看到一棵沙沙作响的松树的树根旁，有一簇乱蓬蓬的叶子。他从未在主人从员工俱乐部带回来的清淡食物中闻到辛辣的阿里贝气味。他要用阿里贝炖肉，让主人就着米饭吃，之后再向他求情。"请不要赶我走，先森。我会多干活，弥补烫坏袜子的过错。我会挣钱买一双赔给您。"他并不十分清楚靠什么挣钱赔一双袜子，但他还是计划这样对主人说。

如果阿里贝让主人变得心软，或许乌古将在后院栽种一些，外加一些其他的香草。他会对主人说，子弟小学的校长告诉过主人，乌古不能在一个学期的中间入学，所以在上学之前，他可以拾掇花园。不过他想要实现的愿望也许太多了。如果主人要他走，如果主人不原谅他烫坏了袜子，提香草园有什么用？他飞快地走进厨房，把阿里贝放在台子上，舀出一些大米。

几小时后，乌古听到主人的车轧过沙石路面发出的嘎吱嘎吱声，还有发动机的嗡嗡声，之后停在了车库，他的胃不由得抽紧了。他站在炖菜的炖锅旁，不停地搅动，胃部的痉挛有多厉害，握住汤勺的手就有多紧张。主人会不会不等他有机会献上食物就把他赶走？他如何向家人交代？

"下午好，先森——奥登尼博。"主人还没走进厨房，他便开始打招呼。

"好，好。"主人回应。他一只手搂着书，另一只手握着公文包。乌古冲过去帮忙搬书。"先森，您要吃饭吗？"他用英语问道。

"吃什么？"

乌古的胃痉挛得更厉害了。他担心弯腰把书放在餐桌上的工夫，胃也许会崩裂。"炖菜，先森。"

"炖菜？"

"是的，先森。很好吃的炖菜，先森。"

"那好，我尝一尝。"

"好的，先森！"

"叫我奥登尼博！"主人厉声说完，走进浴室去冲下午澡。

乌古把饭菜端上餐桌，站在厨房门后，看着主人用叉子把一口米饭和炖菜放进嘴里，而后又吃了一口，大叫："好吃极了，我的好伙计！"

乌古从门后走了出来。"先森，我可以在小园子里种这些香草，做更多这种味道的炖菜。"

"小园子？"主人喝了一口水，翻过一页杂志，"不不不。屋外边是乔莫的领地，屋里边是你的领地。劳动分工，我的好伙计。如果需要香草的话，让乔莫种就行了。"乌古觉得用英语说"劳动分工，我的好伙计"动听极了。

"是，先森。"他答道，心里却已经想着哪个地方最适合做香草园：男仆宿舍旁边，主人从不去那里。他不能把香草园托付给乔莫，主人不在的时候，他要自己去照看，这样一来，阿里贝，他的宽恕香草，就永远不会用光。到了夜里，乌古才意识到，主人一定是早在回家之前，就已经把袜子的事忘得一干二净。

乌古逐渐明白了其他的一些事情：他不是个一般的男仆。邻居奥凯凯博士家的男仆不睡在床上，而是睡在厨房地板上；街尽头那家的男仆与乌古一起去农贸市场采购，但做什么饭菜不由他决定，让他做什么他就做什么。他们家的男主人或女主人也没有给他们书，并且对他们说："这本书写得非常好，好极了。"

乌古读不懂那些书里的大多数句子，但他特意装出一副认真读书的架势。他也不能完全听懂主人与友人之间的谈话，但他听得很仔细，听他们说，国际社会应该就南非沙佩维尔[1]被杀的黑人采取更多的行动，被俄罗斯击落的间谍飞机根本就是为美国人服务的，戴高乐对阿尔及利亚问题的处理很蹩脚，联合国永远不会除掉刚果加丹加省的冲伯[2]。主人偶尔会站起来，高举酒杯大声说："为就读密西西比大学的那位勇敢的美国黑人[3]干杯！""为锡兰[4]干杯！为世界上第一位女总理干杯！""为古巴对美国以其

1　沙佩维尔，南非东北部城镇。1960年3月，南非当局曾在此血腥镇压示威的黑人，有69人被杀害，180多人受伤。

2　莫伊塞·卡彭达·冲伯（1919—1969），曾任加丹加省省长（1960年），并宣布加丹加独立，1960年至1963年间任总统，1963年兵败逃往国外，后被召回任刚果（金）总理（1964—1965），翌年解职，死于阿尔及尔监狱。

3　1962年9月，密西西比大学理事会录取了一名黑人学生詹姆斯·梅瑞迪斯，引发白人学生的抗议，最终导致骚乱，迫使州长罗斯·巴内特与约翰·肯尼迪总统对话，在联邦军队的干预下，梅瑞迪斯最终成为该大学历史上第一名黑人学生。

4　锡兰，今斯里兰卡。1960年，班达拉奈克夫人当选为锡兰总理，成为世界上第一位女总理。

人之道还治其人之身干杯!"随后,啤酒瓶与玻璃杯、玻璃杯与玻璃杯、啤酒瓶与啤酒瓶碰撞的声音传到乌古的耳朵里,无比悦耳。周末,更多的朋友来访,乌古为他们送饮料时,主人有时候会把他介绍给客人——当然是用英语。"乌古帮我管家。非常聪明的男孩子。"尽管乌古不动声色,继续开启啤酒和可乐的瓶盖,却分明感到一股自豪的暖流从脚趾尖倏忽间传遍了全身。他尤其喜欢主人把他介绍给外国人,比如来自加勒比海、说话结巴的约翰逊先生,还有鼻音很重、眼睛如新鲜叶子一般绿得通透的美国白人莱曼教授。乌古第一次见到莱曼教授时,心里不由一惊,因为他一直以为只有恶鬼才有碧绿如青草的眼睛。

很快,乌古便认识了家里的常客,不用主人招呼便会端上来他们各自的饮料。常客中有印度人帕特尔医生,他喜欢把金几内亚牌啤酒和可乐掺着喝。主人称呼他"医生"。每次乌古端上可乐果,主人便说:"医生,你知道可乐果不懂英语。"随后便用伊博语为可乐果祈神祝福。每次帕特尔医生都把后背往沙发上一靠,短腿一伸,开怀大笑,仿佛这是一个他从未听过的笑话。主人掰开可乐果,放在碟子里从一个客人传给另一个客人,帕特尔医生总是拿上一小片,装进衬衫口袋,乌古从未见他吃过。

还有又高又瘦的埃泽卡教授,嗓音嘶哑,说话时让人感觉像是压着嗓子。他总是举起酒杯对着灯光,看看乌古清洗得是否干净。有时他会带来一瓶杜松子酒。其他时候,他都喝茶,还会仔细察看糖碗和奶罐,嘴里嘟哝着:"细菌的威力不容小觑。"

另一位是奥凯奥马,他来的次数最多,待的时间最长。他看上去比其他客人年轻,总穿一条短裤,头发浓密,偏分,高高竖起,比主人的有过之而无不及。与主人不同的是,他的头发蓬乱无形,似乎他不爱梳理。奥凯奥马喝芬达汽水。一些夜晚,他会手捧一扎纸,大声朗读自己的诗歌,乌古透过厨房门,看到在场的客人都注视着奥凯奥马,表情凝重,似乎连大气都不敢出。奥凯奥马读完后,主人会拍着手大声说:"我们这一代人的心声!"大家不停地鼓掌,直到奥凯奥马大叫:"够了!"

另外还有阿德巴约小姐,她和主人一样喝白兰地,完全不像乌古想象中的大学女老师。姑姑给他讲过一些大学女老师的故事。她应该有所了解,因为她白天在理学院当清洁工,晚上在员工俱乐部做服务员;有时候,老师们还会请她到家里打扫卫生。她说大学女老师在书架上摆放着镜框,里面镶着她们在伊巴丹、英国和美国求学的照片。早餐,她们吃没煮熟的鸡蛋,蛋黄晃晃悠悠,没有凝固,她们戴有弹力的直发假发,穿长至脚踝的连衣裙。她曾经讲过一个故事,说一对夫妇乘坐豪华的标致404型轿车前来参加在员工俱乐部举办的鸡尾酒会。男方穿一套笔挺的奶油色西装,女方穿一条绿色的连衣裙。所有的人都转过头注视着他们手挽手走过来,突然,一阵风吹掉了女人头上的假发。她竟然是秃顶。姑姑说,她们希望看上去像白人,所以用滚烫的梳子拉直头发,可惜这种梳子最终会烧掉她们的头发。

乌古在脑海里描画过那个秃顶女人的形象:很漂亮,鼻子高挺,不是他见惯了的那种扁平的塌鼻子。他想到娴静、雅致等品质，这样的女人无论打喷嚏，还是说话或欢笑，都如小鸡的绒毛般轻柔。然而，主人访客中的那些女人，他在超市和大街上见到的女人，与他的想象不一样。她们大多戴着假发（少数人用线绳把头发编成辫子），却不像娇弱的草茎。她们都是大嗓门。嗓门最大的是阿德巴约小姐。她不是伊博人，乌古光听她的姓名就能推断出这一点，何况他有一次还在农贸市场上撞见了她和女仆，听到她们俩都说语速极快、不知所云的约鲁巴语。阿德巴约小姐让乌古稍等，想顺道载他回校园，他表示感谢，说还有很多东西要买，之后会坐出租车回去，其实他已经买好了所有的物品。他不想搭她的便车，不喜欢她在起居室里争辩、质疑，嗓门压过了主人。乌古常常必须扼制自己的冲动，不然他一定会在厨房门后大声呵斥，叫阿德巴约小姐闭嘴，当她说主人是诡辩家的时候，乌古的冲动最为强烈。他并不知道"诡辩家"的具体含义，但他不喜欢她这样称呼主人。他也不喜欢她目光不离主人。即便有另一个人在说话，她本该把注意力集中在说话者身上，但她的双眼还是紧盯着主人。星期六晚上，奥凯奥马的玻璃杯掉在地上，乌古进来清扫地板上的玻璃碴。他不紧不慢地扫着。现在他能更清晰地听到他们说话，埃泽卡教授的声音也清楚多了。乌古在厨房里几乎听不清他的话。

"对于美国南部正在发生的一切，我们应该以泛非联盟的名义做出更强烈的反应——"埃泽卡教授说。

主人打断了他的话。"你知道，泛非主义本质上是一个欧洲的概念。"

"你跑题了。"埃泽卡教授摇摇头说,脸上是他一贯的傲慢神情。

"也许它是一个欧洲概念,"阿德巴约小姐说,"但从整体来看,我们属于同一个种族。"

"什么从整体来看?"主人问道,"那是白人从整体来看!难道你们不明白,我们并非人人都一样,只是在白人看来,我们才没有区别。"乌古注意到主人的嗓门自然而然地提高了。喝到第三杯白兰地,他便会举着酒杯开始比画,身体前倾,到了最后,屁股挪到了扶手椅的边缘。夜深时分,主人上床睡觉了,乌古会坐在主人的扶手椅上,想象着自己说一口快速的英语,模仿主人的语调,对着假想的全神贯注的客人口若悬河,"去殖民化""泛非"等字眼张口即来,他也会不停地挪动屁股,一直挪到椅子的边缘。

"我们当然都一样,我们都遭受着白人的压迫,"阿德巴约小姐冷冷地说,"泛非主义无疑是最明智的对策。"

"当然,当然,但我认为非洲人唯一的真实身份是部落,"主人说,"我之所以是尼日利亚人,是因为白人创立了尼日利亚,给了我这个身份。我之所以是黑人,是因为白人把'黑人'建构得尽可能与'白人'不同。但在白人到来之前,我是伊博人。"

埃泽卡教授哼了一声,摇摇头,把一条干瘦的腿搁在另一条上。"但是你之所以意识到自己是伊博人,是因为白人。泛伊博人的理念是面对白人的宰制才产生的。你必须认识到,今天的部落概念也与民族、种族等概念一样,是殖民的产物。"埃泽卡教授又换个方向跷起了二郎腿。

"泛伊博人的理念早在白人到来之前就有了!"主人大叫,"去问问你们村里的老辈人,问问你们的历史。"

"问题是,奥登尼博是一个不可救药的部落主义者,我们有必要让他保持安静。"阿德巴约小姐说。

她接下来的举动让乌古大吃一惊:她大笑着站起身,走到主人跟前,把他的上下唇捏在一起。她似乎站了很长时间,手始终捏着主人的嘴唇。乌古想象着主人被白兰地稀释的口水沾湿了她的手指。他捡着地上的碎玻璃杯,绷紧了身体。他多希望主人的反应不是坐着不动,光摇摇头,似乎整件事很滑稽。

从那以后,阿德巴约小姐构成了一种威胁。她看上去越来越像狐蝠:皱缩的脸,阴沉的气色,像翅膀一样在她身上扑腾的印染连衣裙。乌古最后一个给她端上饮料。在给她开门之前,他要用干毛巾把手擦干,磨蹭好几分钟。他担心她会嫁给主人,把那个说约鲁巴语的女仆带过来,毁掉他的香草园,命令他做什么饭菜,不做什么饭菜。直到他听到了主人和奥凯奥马的对话,才打消了疑虑。

"她今天似乎不想回家,"奥凯奥马说,"伙计,你确定不会对她怎么样?"

"别胡扯了。"

"就算你做了什么,伦敦那边也不会有人知道。"

"听着,听着——"

"我知道你对她没有那种兴趣,不过我还是不能理解,这些女人到底看中了你哪一点。"

奥凯奥马大笑,乌古如释重负。他不希望阿德巴约小姐——或任何女人——侵入他们的生活,扰乱他们的生活。一些夜晚,客人走得早,乌古会坐在起居室的地板上,听主人开讲。主人讲的大多是乌古听不懂的事,似乎在白兰地的作用下,他忘记了乌古不是客人。不过这没有关系。乌古想听的是主人低沉的嗓音和受英语影响的悦耳的伊博语,想看的是主人厚厚的眼镜片的反光。

乌古伺候主人四个月后,主人告诉他:"一位特别的女士周末要过来。非常特别。你一定要把房子打扫得干干净净。我会从员工俱乐部购买饭菜。"

"可是,先森,我会做饭。"乌古说,他有一种令他难过的不祥预感。

"她刚从伦敦回来,我的好伙计,她喜欢吃一种特殊的米饭。我想是炒饭。我不确定你做出来的米饭是否适合她的口味。"主人转身要离开。

"我能做,先森,"乌古赶紧回答,尽管他根本不知道炒饭是什么,"让我来做米饭,您去员工俱乐部买烤鸡。"

"很有谈判技巧。"主人用英语说,"那好吧。你做米饭。"

"是,先森。"乌古说。之后,他像往常一样仔细清扫了房间,擦洗了抽水马桶,但主人看了看,说不够干净,又出门去买了一罐"维姆"去污粉,很严厉地质问乌古,为何不擦洗瓷砖之间的缝隙。乌古又擦洗了一遍。他不停地擦，汗水顺着他的脸颊淌下来，胳膊都擦疼了。星期六，做饭的时候，乌古禁不住生起气来。之前主人从未抱怨过他的工作。都是这个女人的错，在主人眼里，这个女人特别到了吃不了他做的饭菜的地步。刚从伦敦回来，怪不得。

门铃响了，乌古轻声诅咒：让这个女人吃屎，肚子肿胀。他听到主人高声地招呼客人，听上去像个孩子，非常兴奋，接下来安静了很长时间，他想象着他们拥抱的情景，她丑陋的身体紧贴着主人。随后他听到了她的声音。他呆住了。他一直以为主人的英语比任何人都悦耳。埃泽卡教授比不上，他说的英语几乎听不清；奥凯奥马也不行，说英语感觉像是在说伊博语，节奏与停顿如出一辙；帕特尔的英语像一首声音越来越弱的小调；就连莱曼教授这个白人，说英语时单词都像是从鼻子里挤出来的，不像主人的英语，给人一种尊贵的感觉。主人的英语是音乐，而乌古此刻听到的这个女人的英语，是魔法。这是一种更优越的语言，更清晰易懂，他在主人的收音机里听到的就是这种英语，娓娓道来，声音清亮，发音清晰，准确无误。他不由想起了用磨快的刀子片山药的感觉，每一刀都能轻而易举地片出完美的形状。

"乌古！"主人在叫，"拿可乐来！"

乌古向起居室走去。她散发出椰子的气味。他向她打了一声招呼，眼睛盯着地板，咕哝了一句"下午好"。

"你好吗？"她问候道。

"我很好，女士。"乌古仍旧没有看她。在他打开可乐瓶盖的工夫,主人说的一句话让她大笑起来。乌古正要把冰凉的可乐倒进她的玻璃杯,她挡住了他的手,说:"不用管了,不用管了。"

她的手有些湿润。"是,女士。"

"乌古,你的主人对我说,你把他照顾得无微不至。"她说。她说伊博语比说英语要柔和,非常流畅,他不禁有点失望。他多希望她说伊博语时会磕巴,没料到那么完美的英语居然还配上同样完美的伊博语。

"谢谢,女士。"他嘟哝着。眼睛还是紧盯着地板。

"你给我们做了什么饭菜,我的好伙计?"主人问,仿佛他事先不知情。他的语气那么轻快活泼,很让乌古心烦。

"我现在端上来,先森。"乌古用英语回答,话音刚落,他便后悔自己怎么没说"我这就端上来",后者听上去更正确,留给她的印象会更深刻。在摆餐具的过程中,他克制着不朝起居室里张望,尽管他听得见她的笑声,还有主人的说话声,带着那种让他心烦的新音色。

她和主人坐在了餐桌旁,乌古终于看了她一眼。她那椭圆形的脸庞光滑得犹如一颗鸡蛋,气色恍若被雨水浇透之后的大地,显得郁郁葱葱,眼睛很大,眼角向上吊着,整个相貌让人感觉她不应该像常人那样走路和说话,她应该待在主人书房里摆放的那只玻璃橱窗里,观众可以欣赏她那曲线玲珑、丰满性感的身材,她将受到保护,完璧无损。她的头发很长,发辫缕缕,垂到脖颈处,末梢是柔软的茸毛。她总是笑意盈盈,牙齿的颜色与眼睛相同,是明亮的白色。乌古不知道自己站在桌旁盯着她看了多久,只听到主人说:"乌古平常的手艺比今天好多了。他会做一种特别好吃的炖菜。"

"一点味道都没有,不过比味道差当然要强一点。"她说,冲着主人笑了笑,又转过头对乌古说:"乌古,我会教你正确的炒饭方法,不用这么多油。"

"是,女士。"乌古回答。他用花生油翻炒米饭,创造了他想象中的炒饭,心里多少希望他们两个吃完之后,便会忙不迭地上洗手间。然而,此刻他很想做一顿最美味可口的饭菜,好吃的乔洛弗米饭[1],或者用阿里贝调味的特色炖菜,让她领略一下他的好手艺。他推迟了洗刷餐具的时间,免得哗哗的流水声淹没了她的声音。他端上茶,把碟子里的饼干重摆一遍,就想多待一会儿,听她说话,不料主人说:"好了,我的好伙计。"她的名字叫奥兰娜。不过主人只有一次叫了这个名字,他大多叫她nkem,"我的爱"。他们谈论索科托酋长[2]与西区总理之间的争吵,随后主人说什么等到奥兰娜搬来恩苏卡,毕竟只有几星期了。乌古屏住了呼吸,想证实自己没有听错。此刻主人笑了起来,说:"但我们将一起住在这里,我的爱,你还可以保留伊莱亚斯大街的公寓。"

她要搬来恩苏卡。她将住进这座房子里。乌古从厨房门后

---

[1] 乔洛弗米饭(jollof),一种由鸡肉、洋葱、西红柿等做成的米饭,呈红色,味香辣。
[2] 索科托酋长(1909—1966),本名阿哈迈杜·贝洛,尼日利亚民族独立革命领袖之一,早年曾受封索科托酋长(1938年),后担任北区总理(1954—1966),被刺身亡。

走开,两眼直视着炉子上的炖锅。他的生活将发生改变。他将学会做炒饭,少用一些油,听她的指令。他感到悲伤,但悲伤并不是全部。他还满心期待,一种连他自己都不太明白的兴奋。

那天晚上,乌古在后院柠檬树旁洗主人的床单,他的视线离开盆里的肥皂水,看见奥兰娜站在后门口望着他。刚开始他坚信这是他的错觉,因为他想得最多的人常常以幻象出现。他总是在想象中与阿努利卡聊天;夜里他自慰完之后,内西纳齐总会短暂现身,脸上浮现着神秘的微笑。然而,奥兰娜本人就站在门口。她正穿过院子,朝他走来。她只穿了一件裹胸裙,她走过来的时候,乌古仿佛在看着一棵黄色的腰果树,风姿绰约,散发成熟韵味。

"女士,您需要什么?"他问。他知道如果他伸手去抚摸她的脸,感觉一定像黄油,主人打开包装纸、涂抹在面包上的那种黄油。

"我来帮你拧干床单。"她指着乌古正在漂洗的床单,乌古缓缓地把滴水的床单拎起来。奥兰娜抓着床单的一角,往后退。"你向那个方向拧。"她说。

乌古向右拧着手里的床单,奥兰娜也向右拧,水在他们的注视下一点点地挤了出来。床单有点滑。

"谢谢女士。"乌古说。

她笑了。她的笑容让乌古觉得高大起来。"哦,瞧,那些木瓜快熟了。Lotekwa(记着),别忘了摘。"

她的嗓音,她这个人,都给人优雅之感。她就像泉水喷涌而出时正对着的那块石头,被经年累月翻腾的波浪打磨得光滑圆润,望着她,如同找到了那块石头,谁都知道它是稀有之物。乌古望着奥兰娜走进了房子。

乌古不愿与任何人分享照顾主人的工作,也不愿他与主人生活中的平衡被打破,然而,见不到她的念头突然间又变得让人难以承受。晚饭后,他蹑手蹑脚地走到主人的卧室前,把耳朵贴在门上。奥兰娜正大声地呻吟,声音沙哑,奔放,撩人心弦,与她的形象很不相符。乌古在门口站了很长时间,直到呻吟声停止了,才回到自己的房间。

2

奥兰娜和着车载收音机里播送的快活之音[1]的音乐频频点头。她的手搁在奥登尼博的大腿上。他要换挡了，奥兰娜便抬起手，之后再放回来，奥登尼博打趣说她是一个让人分神的爱与美的女神，她哈哈大笑。她坐在奥登尼博身边，无比兴奋，车窗摇下来了，空气里飘浮着灰尘和雷克斯·劳森如梦似幻的节奏。两小时后，奥登尼博得去上课，但仍坚持送她去埃努古机场，尽管她嘴巴上拒绝，心里却巴不得如此。车驶在穿越米利肯山的狭窄公路上，一边是深幽的沟壑，另一边是陡峭的山坡，奥兰娜没有提醒奥登尼博，车开得有点快。她也没有看路边的手写标志牌，上面的字迹很潦草："与其阴间早到，不如阳间迟到。"

快到机场了，奥兰娜失望地看到光滑洁白的飞机正在滑行。奥登尼博把车停在柱廊下的机场入口处。行李搬运工围拢过来，嘴里嚷着："先森？女士？要搬行李吗？"奥兰娜几乎充耳不闻，因为奥登尼博把她拽入了怀里。

"我等不及了，我的爱。"他说，嘴唇压上了她的嘴唇。他嘴里有一股橙子酱的味道。奥兰娜想对他说，她也等不及要搬来恩苏卡，不过反正奥登尼博肯定知道，而此时他的舌头伸进了她

---

[1] 快活之音（High Life music），一种音乐形式，20世纪初兴起于西非，以爵士管和吉他为主要乐器。尼日利亚音乐代表人物有音乐家雷克斯·劳森、维克托·乌瓦伊福、斯蒂芬·奥希塔·奥萨德贝等。

的嘴里,奥兰娜感到两腿间涌起一股暖流。

一辆车鸣起了喇叭。一个行李搬运工大叫:"嘿,这个地方是用来上货的,哦!光用来上货!"

奥登尼博终于放开了奥兰娜,跳下车,把她的包从行李箱里取出来。他拎着包送到售票处。"一路平安,ije oma(一路平安)。"他说。

"小心开车。"奥兰娜说。

她望着奥登尼博离开,他有着厚实壮硕的身材,下身穿一条卡其布长裤,上身穿一件熨得平展挺括的短袖衬衫。他甩着有力的步子,看上去踌躇满志:拥有这种步态的人不屑于问路,但坚信自己能够到达目的地。他开车走了,奥兰娜低下头,嗅了嗅自己。这天早晨,她一时冲动,在身上拍了一些奥登尼博的帆船牌古龙水,但没有告诉他,因为他肯定会笑话她。他不懂把他的一缕香味带走的迷信做法。至少在一段时间里,这一缕香味似乎可以抑制奥兰娜内心的疑问,让她变得更加像他,更加有信心,少一些质疑。

奥兰娜转身朝着售票员,在一张纸上写下姓名。"下午好,我买一张去拉各斯的单程票。"

"奥佐比亚?"售票员痘痕斑斑的脸上笑容怒放,"奥佐比亚酋长的千金?"

"是的。"

"哦!好啊,女士。我叫行李搬运工带您去贵宾室。"售票员转过身,"伊肯纳!那个笨孩子哪儿去了?伊肯纳!"

奥兰娜摇摇头，笑了。"不，不用。"她又笑了笑，希望对方明白，她不想去贵宾室，并不是他的错。

候机大厅人头攒动。奥兰娜坐在三个衣衫褴褛、穿着拖鞋的小孩子对面，他们时不时地吃吃笑，他们的父亲则严厉地瞪着他们。他们的祖母，一个满脸皱纹、愁眉不展的老妇人，正坐在离奥兰娜最近的座位上，手里抓着一只手提包，小声地自言自语。奥兰娜闻到了她的裹裙上的霉味。老妇人一定是从年头久远的箱子里翻出了这件裹裙，在这个场合穿。一个清晰的声音宣告，尼日利亚航空公司的一架班机已经抵达机场，这位父亲倏地跳起来，又坐下。

"你一定是在接人。"奥兰娜用伊博语对他说。

"对，nwanne m（我弟弟），我弟弟在国外读了四年书，今天回来。"他的奥韦里方言带着浓重的乡下口音。

"噢！"奥兰娜想问他，他弟弟从哪个国家回来，学的是什么，但没有问出口。他也许不知道。

老祖母转过头对奥兰娜说："他是我们村里第一个去国外留学的人。村里人准备了一支舞蹈，舞蹈队将在伊凯杜鲁迎接我们。"她自豪地笑了笑，露出了一口黄牙。她的口音更重，很难听明白她的话。"我们村里的女人都嫉妒我，不过她们的儿子大脑空空，而我的儿子能拿到白人的奖学金，这难道是我的错吗？"

机场广播说，又有一架飞机抵达了机场，这位父亲说："等一下！是他吗？是他！"

孩子们站了起来，父亲命令他们坐下，自己却站起身。老祖母紧抓手提包的手按在了腹部。奥兰娜注视着飞机降落。飞机落地，在跑道上滑行，老祖母尖叫起来，手提包掉到了地上。

奥兰娜大吃一惊。"怎么啦？怎么啦？"

"妈妈！"孩子们的父亲也在叫。

"飞机为什么不停下来？"老祖母问，双手绝望地捧着头。"Chi m（我的上帝）！我的上帝！我真不幸！现在那架飞机要把我儿子带去哪里？你们这些人都骗我吗？"

"妈妈[1]，飞机会停下来的，"奥兰娜说，"停下来之前它都是这么滑行的。"她捡起地上的手提包，握住了老妇长满老茧的手。"飞机会停下来的。"她又说。

飞机完全停下之后，奥兰娜才松开手，老祖母把手抽走，嘟哝着骂了几声那些连飞机都造不好的蠢货。奥兰娜望着这家人急匆匆地朝国际航班抵达出口走去。几分钟后，她走向自己的登机口，不时回头张望，希望能瞅见那位从国外归来的儿子。可惜没有看见。

奥兰娜乘坐的航班一路颠簸。旁边座位上的男子嘎吱嘎吱地咬着苦涩的可乐果，他转过脸，想跟她搭讪，奥兰娜慢慢挪动身子，最后竟紧贴着飞机舱壁。

"我只是一定得告诉你，你太美了。"男子说。

奥兰娜微笑着说了声谢谢，眼睛始终盯着报纸。如果她把

---

[1] 尼日利亚人常称年长的女子为妈妈。

这个男子的行为举止告诉奥登尼博,他一定觉得很好笑,对于她的仰慕者,他总是一笑置之,表现出不容置疑的自信。这正是初次见面时他吸引她的地方,那是两年前的六月,在伊巴丹,一个雨天的正午,天空呈现出黄昏才有的靛蓝色。奥兰娜从英国回家度假。她与穆罕默德正处在一段严肃的关系里。她在大学剧院门口排队买票,奥登尼博排在她前面,刚开始她并未注意到他。如果她的身后没有站着一个满头银发的白人,如果不是售票员招呼这个白人先上前买票的话,她也许永远不会注意到奥登尼博。"让我来为您服务,先生。"售票员说,没有受过教育的人总是处心积虑地模仿"白人的"口音,听上去很滑稽。

奥兰娜虽然恼火,但并不愤怒,因为她知道队伍向前移动的速度很快。令她感到惊讶的是,一个身穿褐色旅游装、手握一本书的男子竟然勃然大怒,他就是奥登尼博。他走到队伍最前方,把白人男子送回原位,又对着售货员大吼:"你这个可怜的蠢货!你看见一个白人,他比你的同胞长得好看?你必须向排队的每一个人道歉!快点!"

之前,奥兰娜已经开始思考如何离开穆罕默德,但又能把伤害降低到最小,此时她一直盯着奥登尼博,注意到他的眼镜后边弯成弓状的眉毛,还有厚实的身板。即便奥登尼博没有开口说话,她或许仍然能够看出来他的与众不同,光看他的发型就够了:头发直立,犹如一个高耸的光环。不过他周身的清爽与整洁也毋庸置疑;他不属于那种以邋遢的外表来彰显激进主义思想的人。趁着他从身边走过,奥兰娜微笑着说:"干得好!"这是她做过的最大胆的事,是她头一次主动吸引一个男人的注意力。奥登尼博停下来做了自我介绍:"我叫奥登尼博。"

"我叫奥兰娜。"她回答。后来,她对奥登尼博说,当时空气中似有魔法发生,噼啪作响,而他也说,那一刻,他的欲望之强烈,连腹股沟都隐隐作痛。

当奥兰娜亲身感受到奥登尼博的欲望时,她的惊奇无以复加。她不知道男人生殖器的抽送竟然能够中止记忆,她不知道完全可能到达这样一种境界:无法思考,无法记忆,只能感受。两年了,奥登尼博的欲望强烈如初,他那充满自信的古怪行为和强烈的道德意识一如既往地令她敬畏。然而奥兰娜担心的是,他们之所以相爱如初,是因为这是一场细水长流的恋爱——她只是在回家度假时才能与奥登尼博见面;他们互相写信,互通电话。现在既然她回到了尼日利亚,他们将在一起生活,她不明白奥登尼博怎么可能不表现出一丁点不自信。他太自信了。

奥兰娜望向窗外的云层,如烟的云朵轻轻飘浮,它们多么脆弱啊,她心想。

奥兰娜本不想陪父母共进晚餐,主要是因为他们邀请了奥孔吉酋长。可是母亲走进她的房间,请她参加。他们并非每天都招待这位财政部长,由于父亲想得到一个建筑合同,这顿晚餐更显重要。"Biko(求你),穿漂亮点。凯内内也会盛装打扮一番。"母亲加了这么一句,似乎提一提奥兰娜的孪生姐姐就可以证明其要求的合法性。

此刻，奥兰娜抚平了膝上的餐巾，管家把一碟切成两半的鳄梨放在她身旁，她冲他笑了笑。管家的白色制服经过浆洗，异常笔挺，长裤看上去像是用硬纸板做的。

"谢谢你，麦克斯韦尔。"她说。

"不用谢，阿姨。"麦克斯韦尔喃喃地说，端着托盘走到下一位客人旁边。

奥兰娜环顾餐桌。父母的注意力全放在奥孔吉酋长身上，他正在讲最近与联邦总理巴勒瓦[1]的会面，父母频频点着头。凯内内正仔细察看碟子里的鳄梨，脸上流露出她惯有的调皮表情，似乎正拿鳄梨开玩笑。他们谁都没有对麦克斯韦尔说声谢谢。奥兰娜希望他们表示感谢，认可为他们服务的人同样具有人性，这是一件多么简单的事情。她曾经提醒过一次；父亲说他提供了很好的工资待遇，母亲说表示感谢会给仆人创造羞辱主人的机会，而凯内内和往常一样，一言不发，一脸厌烦。

"这是很长时间以来，我吃过的最好的鳄梨。"奥孔吉酋长说。

"是我们自家的农庄种的，"母亲回答，"在阿萨巴附近。"

"我会让管家给您准备一袋带回家。"父亲说。

"太好了，"奥孔吉酋长说，"奥兰娜，我希望你也喜欢吃，喜欢吗？你一直瞪着你那一份，似乎那东西咬人。"他大笑，一

---

[1] 阿布巴卡尔·塔法瓦·巴勒瓦（1912—1966），尼日利亚独立后第一任总理（1960—1964），1964年连任。1966年1月15日，伊博青壮派军官发动军事政变，巴勒瓦被杀。

种兴高采烈的朗声大笑,父母赶紧跟着大笑起来。

"很好吃。"奥兰娜抬头说。奥孔吉酋长的笑容给人感觉很湿润。上周,在伊科伊俱乐部,他把名片塞进奥兰娜手里,当时,她便替他的这种笑容担心,因为嘴唇的张合似乎使得他的嘴里含满唾液,眼看就要沿着下巴流下来。

"我希望你已经考虑过到我们财政部来工作,奥兰娜。我们需要头脑像你一样聪慧的一流人才。"奥孔吉酋长说。

"能有几个人由财政部长亲自推荐工作?"母亲对着大家说。笑容点亮了她那黑色的鹅蛋脸,她的脸型几近完美,非常对称,朋友们都叫她"艺术"。

奥兰娜放下勺子。"我已经决定去恩苏卡工作了,两周后搬过去。"

她注意到父亲抿紧了嘴唇。母亲的手在空中悬置了片刻,似乎这个消息太悲惨,容不得她继续向碟子里撒盐。"我以为你还没决定好。"母亲说。

"我不能浪费太多的时间,不然他们就把工作给别人了。"奥兰娜说。

"恩苏卡?真的吗?你要搬去恩苏卡?"奥孔吉酋长问道。

"是的。我申请做社会学系的讲师,成功了。"奥兰娜回答。她一般喜欢吃不加盐的鳄梨,可这份鳄梨索然无味,几乎让她有点反胃。

"哦,这么说你要离开我们,离开拉各斯。"奥孔吉酋长说。他的脸似乎要熔化了,皱缩成一团。他转过头用过于欢快的语调问：" 凯内内，你呢？"

凯内内直视着奥孔吉酋长的眼睛，面无表情，神情麻木，几乎让人感觉到几分敌意。"对呀，我呢？"她挑起了眉毛，"我也要好好利用刚刚拿到的学位。我将搬到哈科特港，照看父亲在那边的生意。"

奥兰娜多希望自己仍有那些灵光乍现的时刻，能够感应到凯内内的真实想法。她们上小学时，有时候不用说什么，就会对视着哈哈大笑，因为她们想到了同一个笑话。她疑惑凯内内现在是否还有这种灵光乍现的时刻，她们之间已经不再谈论这些事。她们不再谈论任何事。

"这么说，凯内内要去管理水泥厂？"奥孔吉酋长转头问凯内内的父亲。

"她将管理东部的所有生意——工厂，还有我们新增加的石油生意。她一向很有做生意的眼光。"

"谁说你生了一对双胞胎女儿就是失败，真是瞎扯。"奥孔吉酋长说。

"凯内内不光像一个儿子，她顶得上两个儿子。"父亲说。他瞥了凯内内一眼，凯内内把脸转开，似乎对父亲脸上的自豪感到无所谓，奥兰娜赶紧看着自己的碟子，生怕他们两人看出来她一直在观察他们。碟子很雅致，淡绿色，与鳄梨的颜色一模一样。

"这个周末你们一家来我家做客如何？"奥孔吉酋长问，"来尝一尝我厨师做的鱼肉胡椒汤。那家伙来自内姆贝，他知道怎么做新鲜的鱼。"

父母哈哈大笑。奥兰娜不明白这有何可笑之处，但这是部长讲的笑话。

"太好了。"父亲说。

"趁奥兰娜还没搬去恩苏卡，我们大家都来您家，真是太好了。"母亲说。

奥兰娜禁不住有点恼火，身上有一种刺痛感。"我很乐意，但这个周末我不在这里。"

"你不在这里？"父亲问。奥兰娜怀疑父亲眼里流露的是绝望之极的恳求。她也想知道，父母如何答应以女儿与奥孔吉酋长的性交易换取那一纸合同。他们说得很明白吗？还是含蓄地暗示？

"我计划去卡诺，看看姆巴埃齐舅舅和他们一家，还有穆罕默德。"奥兰娜说。

父亲戳着鳄梨说："原来是这样。"

奥兰娜呷了一口水，没再接话。

晚餐结束后，他们来到阳台上喝利口酒。奥兰娜喜欢这种晚餐后的仪式，常常离开父母和客人，独自站在栏杆旁，望着照亮底下各条小径的高耸的路灯，在明亮的灯光下，游泳池泛着银光，红色、粉色的木槿花和九重葛散发着亮闪闪的光泽。奥登尼博唯一一次来拉各斯看望她时，他们站在这里俯瞰游泳池，奥登尼博扔下一个瓶塞，望着它扑通一声掉进水里。他喝了不少白兰地，奥兰娜的父亲说恩苏卡大学是一个很愚蠢的创意，尼日利亚尚未做好开办本土大学的准备，由一所美国大学——而不是一所正规的英国大学——提供资助根本就是犯傻，奥登尼博禁不住提高声音应答。奥兰娜以为奥登尼博会注意到，父亲只是想激怒他，让他明白他并不把恩苏卡大学的资深讲师当回事。奥兰娜以为奥登尼博会对父亲的话一笑置之。可他争辩说恩苏卡大学摆脱了殖民影响，而且声音越来越高，奥兰娜多次冲他眨眼，示意他停下来，他也许没有注意到，因为阳台的光线比较暗。终于，电话铃响了，谈话不得不结束。奥兰娜看得出来，父母的眼神中很不情愿地流露出少许尊敬，但他们并未停止规劝她，说奥登尼博太疯狂，不适合她，说他属于那些容易激动的大学老师，他们讲呀讲呀，讲到每个人都犯了头疼，但谁都没听明白他说了些什么。

"今晚真凉快。"奥孔吉酋长站在奥兰娜身后说。奥兰娜转过身。她不知父母与凯内内何时进屋去了。

"是的。"她回答。

奥孔吉酋长站在她眼前。他的阿巴达[1]衣领四周绣着金线。奥兰娜看了看他的脖子，脖子上堆积着一圈圈的肥肉，她想象着他沐浴时扒开那些肥肉的情景。

"明天有空吗？伊科伊酒店有一个鸡尾酒会，"他说，"我想安排你们一家人认识一些移居尼日利亚的外国人。他们想买地，我可以安排他们以五六倍的高价买你父亲的地。"

---

[1] 阿巴达（agbada），约鲁巴语，一种制作精美、袖子宽大的宽松长袍，是男子的传统服饰之一。

"明天我要参加圣文森特·德·保罗协会举办的慈善赛车。"

奥孔吉酋长靠近奥兰娜。"我没法不想你。"他说，一股酒气喷到了奥兰娜的脸上。

"我没有兴趣，酋长。"

"我就是没法不想你，"奥孔吉酋长又说，"听着，你不用到部里上班。我可以安排你去某个管理委员会，你想去任何一个委员会都行，你想去哪里，我都可以给你提供一套公寓。"他把她拽入怀里，奥兰娜刚开始没有反抗，身体软软地贴着对方。她习惯了这一切：被扛着头衔四处走动、浑身上下散发古龙水味的男子揪住不放，他们都以为自己有权有势，而她美貌出众，是天造地设的一对。过了片刻，奥兰娜推开奥孔吉酋长，她感觉到手陷进了他那软绵绵的胸腔，隐约有种想吐的感觉。"别这样，酋长。"

酋长双眼紧闭。"我爱你，相信我。我真的爱你。"

奥兰娜溜出他的怀抱，走进屋子。父母的声音从起居室隐约传来。奥兰娜在楼梯口停下脚步，靠墙的小桌子上摆着一个花瓶，上楼前，她闻了闻花瓶里快要枯萎的花朵，尽管她知道花香眼看就要消逝。她的房间看上去有几分陌生：暖色调的木质墙纸，茶色的家具，铺满整个地板、保护她双脚的紫红色地毯，还有宽敞的空间，凯内内说她们的房间赶得上一套"公寓"。一份《拉各斯生活报》还摆在奥兰娜的床上。她拿起报纸，看着第五版上她和母亲的合影，她们的神情无比惬意和满足，那是在英国高级专员举办的鸡尾酒会上。母亲看到一个摄影师走过来，赶紧把奥兰娜拉到身边。闪光灯一闪之后,奥兰娜叫住摄影师,请求他不要刊登这张照片。摄影师奇怪地看着她。此刻,她意识到自己当时那么做有多愚蠢,摄影师当然不可能理解她的不自在,这种不自在源于父母流光溢彩的生活,而她是其中的一分子。

奥兰娜躺在床上读书时,母亲敲门走了进来。

"哦,你在读书呢。"母亲说。她手里攥着几卷布料。"酋长刚走了。他说我应该来看看你。"

奥兰娜想问一问,他们是否答应了酋长与她之间的性交易,然而她知道自己永远也开不了口。"你手里拿的是什么?"

"酋长走之前,打发他的司机去车里取的。这是欧洲最新款的蕾丝,明白吗?手感特别好,i fukwa(你见过吗)?"

奥兰娜抚摸着这些蕾丝。"没错,手感特别好。"

"你注意到他今天穿的蕾丝长袍了吗?独一无二!Ezigbo(正宗的上品)!"母亲坐在她身旁。"你知道吗?他们说同一套衣服他不会穿两次。穿过一次之后,他就把衣服送给仆人。"

奥兰娜眼前浮现出酋长家可怜的男仆的木箱,里面很不协调地装满了蕾丝。她相信这些男仆每个月的工钱不会很高,他们拥有的是主人淘汰的,但他们永远也穿不了的各种土耳其长袍和阿巴达。奥兰娜感到很疲惫。与母亲聊天总让她觉得很累。

"你想要哪一种,nne(内)[1]?我想给你和凯内内各做一条长裙和一件短上衣。"

---

[1] nne(内),伊博语,对女子的爱称。

"不用，不用麻烦了，妈妈。给你自己做吧。我在恩苏卡不能经常穿华丽的蕾丝衣裳。"

母亲用一根指头顺着床头柜抹过去。"这个傻女仆连家具都擦不干净。她以为我给她工钱，是让她来玩的吗？"

奥兰娜放下手中的书。她看得出来，母亲想再说点什么，她那设计好的笑容，小心翼翼的姿势，只是一个开头。

"奥登尼博怎么样？"母亲终于发问了。

"挺好的。"

母亲叹了口气，带着几分夸张，意思是她希望奥兰娜能够理智一些。"搬到恩苏卡，你真的想好了？想清楚了？"

"比任何时候想得都清楚。"

"但是你到那里会过得舒服吗？"母亲说到"舒服"这个词，身子禁不住有些颤抖，奥兰娜差点笑出来，因为母亲心里想的是奥登尼博的基本大学住房：房间坚固耐用，家具简单朴素，地板没有铺设地毯。

"我会过得很好。"奥兰娜回答。

"你可以在拉各斯工作，周末去那边看他。"

"我不想在拉各斯工作。我想做大学老师，我想和他生活在一起。"

母亲盯着她，半晌才站起身来，说了句："晚安，女儿。"声音不大，似乎她受到了伤害。

奥兰娜瞪着卧室的门。她早已习惯母亲不赞成的态度。毕竟，对于她的每一个重要决定，母亲都持这种态度——她坚持认为课堂中讲到的"英国统治下的和平"[1]自相矛盾,为此拒绝向希斯格罗夫的年级主任道歉,宁愿选择停学两周的惩罚;她加入伊巴丹的学生独立运动;她拒绝嫁给伊圭·奥卡布埃之子,后来又拒绝嫁给奥卡罗酋长之子。然而,母亲每次表示反对,都使得她想道歉,想通过某种方式加以弥补。

奥兰娜快睡着的时候,凯内内敲门进来了。"这么说,你为了爸爸的合同,准备为那只大象叉开大腿啰?"凯内内问。

奥兰娜讶异地坐起来。她已经记不得凯内内上次来她房间的时间了。

"爸爸直接把我从阳台拉走,好让你跟那位慷慨的内阁部长独处,"凯内内说,"那么他会把合同给爸爸吗?"

"他没说。不过他似乎也不是一无所得。爸爸仍然会给他10%的回扣。"

"10%的回扣是正常的行情,额外的好处总会有帮助。其他竞标者可能没有一个美丽的女儿。""美——丽——的——",凯内内拖长了这个词的发音,听上去很不自然,有点倒胃口。她飞快地翻着那份《拉各斯生活报》,纤瘦的腰身紧紧地裹在丝绸睡衣里。"丑女儿的好处是没有人用你做性诱饵。"

"他们没有用我做性诱饵。"

凯内内没说话。她似乎在读报纸上的一篇文章,随后她抬

---

[1] "英国统治下的和平",指的是1815年滑铁卢战役结束至19世纪70年代,大英帝国成为海上强国之后,欧洲进入相对和平的时期。

起头来。"理查德也要去恩苏卡。他得到了那笔研究基金,要到那里写书。"

"哦,不错。那就是说,你也会时不时地去一趟恩苏卡?"

凯内内答非所问。"理查德在恩苏卡一个人都不认识,也许你可以把他介绍给你的革命恋人。"

奥兰娜笑了。"革命恋人",说出这样的名词时,凯内内居然能够绷着一张脸!"我会介绍他们认识的。"奥兰娜说。她从未喜欢过凯内内的男朋友,也不赞成她在英国时与那么多白人男子约会。他们那种几乎不加掩饰的屈尊态度,那种虚伪的肯定,让她很不忿。不过凯内内带理查德·丘吉尔来家里吃饭时,她的反应有所不同。或许是因为理查德没有英国人那种惯常的优越感——他们自以为比非洲人还要了解非洲。理查德反倒令人感到亲切,他身上有一种不太自信的气质——几乎称得上羞涩。或者,可能是因为理查德遭到父母的漠视,他们对他根本不在意,因为他不认识任何值得交往的人。

"我想理查德会喜欢奥登尼博的家,"奥兰娜说,"到了晚上,他家就像个政治俱乐部。刚开始他只邀请非洲人,因为恩苏卡大学里外国人太多,他希望非洲人有机会相互交往。刚开始的做法是自带酒水,现在他要求每个人缴纳一定的费用,每周由他去买酒水,在他的房子里聚会——"奥兰娜闭住了嘴。凯内内面无表情地盯着她,仿佛是因为她打破了她们之间不言而喻的规矩,开始漫无边际地闲聊。

凯内内转身朝门口走去。"你什么时候去卡诺?"

"明天。"奥兰娜希望凯内内留下来，坐在床上，抱着一个枕头，说笑闲聊到深夜。

"一路顺风，jee ofuma（一路顺风）。问候舅妈、舅舅和阿里泽。"

"我会的。"奥兰娜回答，尽管凯内内已经走出去，关上了门。她听着凯内内走过铺着地毯的走廊。现在她们都从英国回来了，又住在同一个屋檐下，奥兰娜这才意识到彼此之间已经非常疏远。凯内内从小便是一个孤僻的孩子，少年时代总是闷闷不乐，经常显得尖酸刻薄，不愿委屈自己取悦父母，把这个责任全部推给奥兰娜。不过尽管如此，她们一直很亲密。她们曾是朋友。奥兰娜不知道这一切何时发生了改变。显然是在去英国之前，因为她们在伦敦竟然没有共同的朋友。或许发生在她们在希斯格罗夫读中学期间。或许更早。什么事情都不曾发生——没有重大的吵架，没有重要的突发事件——她们只是自然而然地疏远了，不过现在，是凯内内非要保持彼此的距离，致使她们难以重归于好。

奥兰娜决定不坐飞机去卡诺。她喜欢坐在火车的车窗边，望向窗外，茂密的树林一晃而过，绿草青青的平原绵延铺展开，光着膀子的牧民驱赶着牛群，牛儿轻快地甩着尾巴。奥兰娜到达卡诺后，再一次惊讶于这个地方与拉各斯、恩苏卡及家乡乌姆纳奇的不同，惊讶于整个北部与南部的差别。这里，细小的灰色沙粒经受着太阳的炙烤，完全不同于家乡那边凝块较多的红土；树木温顺沉静,不像通向乌姆纳奇的路上,树木绿意盎然,直冲云霄,洒下斑驳阴影;这里,地势平坦,无边无际,乘客的视线不由得越伸越远,直到与银白的天空相接。

奥兰娜从火车站坐上一辆出租车,让司机先停在农贸市场,她要看一看姆巴埃齐舅舅。

狭窄的农贸市场过道上,挤满了头顶货物的小男孩、讨价还价的妇人和大声叫卖的商贩。奥兰娜在他们中间自如地钻来钻去。一家磁带店正大声播放快活之音音乐,她稍微放慢脚步,跟着哼唱博比·本森的《出租车司机》,而后才赶紧去找舅舅的货摊。他的货架上整整齐齐地摆放着水桶和其他家居用品。

"Omalicha(美丽)!"看到奥兰娜,舅舅说。他也用这个词形容奥兰娜的母亲:美丽。"我一直想着你。我早就知道你很快会来看我们。"

"舅舅,下午好。"

他们拥抱在一起。奥兰娜把头靠在舅舅的肩上。他身上有一股混合着汗水、露天农贸市场和摆在灰迹斑斑的木架子上的器皿的味道。

很难想象姆巴埃齐舅舅和母亲竟然是一起长大的兄妹。这不仅因为舅舅肤色较浅的脸庞全然没有母亲的美丽,还因为他显得土里土气。有时候奥兰娜想,如果舅舅与母亲没有这么大的差别,她是否还会像现在一样敬佩他?

每次奥兰娜过来,姆巴埃齐舅舅总在晚饭后陪她坐在院子里,给她讲家里最近发生的事情——一个堂弟的女儿未婚先孕,他想接她过来住，躲开恶毒的村里人；一个侄子死在了卡诺，他正想法儿用最省钱的方式把尸体运回村里。或者，他给她讲一讲政治：伊博联盟正在组织什么，抗议什么，讨论什么。他们在他家的院子里开会。奥兰娜参加过几次，她还记得被激怒的男人和女人控诉北部的学校不接纳伊博孩子。姆巴埃齐舅舅站起身，踩着脚说："Ndi be anyi（我的同胞们）！我的同胞们！我们将盖起我们自己的学校！我们将集资盖我们自己的学校！"他说完，奥兰娜和大家拍着手齐声说："说得好！应该如此！"不过她担心，修建一所学校很难。或许说服北部人接纳伊博孩子更为实际。

然而，现在，仅仅过了几年，奥兰娜乘坐的出租车行驶在机场公路上，伊博联盟文法学校就在路旁。奥兰娜的车路过时，刚好赶上下课时间，校园里到处都是孩子。男孩子分成不同的队伍，在同一个操场上踢足球，好多个足球一齐在空中翻滚。奥兰娜想知道他们如何分得清哪个足球属于哪支球队。一群群女孩子在靠近公路的地方玩"老板"和"大人物"游戏，一边换着脚做单脚跳，一边有节奏地拍着手。出租车停在萨邦加里集体宿舍外，奥兰娜看见伊费卡舅妈坐在路边的售货亭旁。伊费卡舅妈在褪了色的裹裙上擦擦手，拥抱了奥兰娜，又把她拉开仔细端详，最后再抱住她。"我们的奥兰娜！"

"我的舅妈！Kedu（您还好吗）？"

"看到你，我感觉更好了。"

"阿里泽还在缝纫班上课没回来？"

"都这个钟点了,她随时可能回来。"

"她还好吗?O na-agakwa(学得还顺利吗)?缝纫学得还顺利吗?"

"家里到处都是她裁剪的式样。"

"奥丁谢佐和埃凯内呢?"

"他们在那边呢。上星期他们回家,还问起你。"

"他们在迈杜古里过得怎么样?他们的买卖有起色吗?"

"他们没说要饿死了。"伊费卡舅妈微微地耸耸肩。奥兰娜注视着眼前这张平凡的脸,一个令她内疚的念头一闪而过:如果她是自己的母亲该多好。伊费卡舅妈其实相当于她的母亲,因为她和凯内内刚出生不久,母亲的奶水就干枯了,给姐妹俩哺乳的是伊费卡舅妈。凯内内过去常说,母亲的奶水并没有干枯,而是为了防止乳房下垂,才把她们交给舅妈。

"来,ada anyi(我们的女儿),"伊费卡舅妈说,"进屋吧。"她拽下售货亭的木门,遮住一盒盒摆放整齐的火柴、口香糖、糖果、香烟和清洁剂,而后拎起奥兰娜的包,领着她进了院子。这栋狭小的平房没有涂过漆。晾在外边的衣服纹丝不动,看上去很僵硬,似乎被炽热的午后阳光晒干了水分。孩子们做游戏时用的废旧轮胎堆放在库卡[1]树下。奥兰娜知道,孩子们很快就会放学回家,院子里单调的安静状态便会被打破。各家各户的家门都会敞开,凉台上,厨房里,到处一片叽叽喳喳。姆巴埃齐舅舅一家

---

1 库卡(kuka),尼日利亚北部的一种树,枝叶繁茂,结荚果,可食用。

住两间房。一到夜里，第一个房间的破旧的沙发便被推到一旁，腾出空地铺席子，奥兰娜从包里取出她带来的东西——面包、鞋、几瓶奶油，伊费卡舅妈双手背在身后，站在一旁看着。"祝你好人有好报。祝你好人有好报。"伊费卡舅妈说。

没多久，阿里泽回来了，奥兰娜做好挺立不动的准备，免得阿里泽兴奋的拥抱把她撞翻在地。

"姐！你要来，应该先给我们说一声！至少我们会把院子打扫得更干净一点！啊！姐！Aru amaka gi（你真是容光焕发）！你真是容光焕发！一定有故事吧，哈！"

阿里泽哈哈大笑。她那丰满的身躯、圆鼓鼓的胳膊也跟着不停地颤动。奥兰娜搂紧阿里泽。她感到一切井然有序，各归其位，即便偶尔分崩离析，最终仍会恢复原样。她之所以来卡诺，就是因为这种清晰可见的祥和氛围。伊费卡舅妈飞快地扫视着院子，奥兰娜明白，她在找一只适合宰杀的鸡。每次奥兰娜来，伊费卡舅妈总要杀一只鸡款待她，哪怕就剩这一只也没关系，舅妈养的鸡在院子从容不迫地漫步，羽毛上涂了一两抹红漆，以区别于邻居家的鸡，后者不是在翅膀上绑了一些布条，便是涂上了别的颜色。奥兰娜不再拦着舅妈杀鸡，也不再拦着舅舅舅妈睡在地上，和很多似乎总待着不走的亲戚睡在一起，却把床留给她。

伊费卡舅妈看似漫不经心地走近一只褐色的母鸡，一把逮住它，递给阿里泽拿到后院去宰杀。她们坐在厨房外，阿里泽拔着鸡毛，伊费卡舅妈吹着稻米里的谷壳。一个邻居正在煮玉米，烧开的水偶尔溢出来，炉火嘶嘶作响。孩子们正在院子里玩，白色的尘土飞扬,喊声震天。库卡树下,孩子们打成一团,奥兰娜听到一个孩子用伊博语大骂另一个孩子:"你妈的!"

太阳渐渐落山时,已经变成了红色,到这会儿姆巴埃齐舅舅才回到家。他大声叫着奥兰娜,让她出来见他的朋友阿卜杜勒马利克。奥兰娜见过这个豪萨人[1]一面,他在农贸市场里卖皮拖鞋,摊位紧挨着姆巴埃齐舅舅,她从他那里买了几双带到英国去,但没穿过,因为当时正是严冬时节。

"我们的奥兰娜刚刚读完了硕士学位!伦敦大学的硕士学位!很不容易!"姆巴埃齐舅舅骄傲地说。

"好样的。"阿卜杜勒马利克说。他打开包,取出一双拖鞋,双手捧着递给奥兰娜,狭小的脸因微笑而皱缩成一团,牙齿上可见深浅不一的黄色和褐色牙垢,是可乐果、烟草和奥兰娜无从得知的其他东西留下的痕迹。看他的表情,仿佛收到礼物的是他自己。那些对教育推崇备至,但平静地笃信自己永远无权拥有的人,脸上流露的就是他此刻的表情。

奥兰娜伸出双手接过拖鞋。"谢谢你,阿卜杜勒马利克,谢谢你。"

阿卜杜勒马利克指着库卡树上成熟的葫芦状荚果,说:"你

---

[1] 豪萨人(Hausa),非洲最大的族裔之一,多信仰伊斯兰教,主要分布在尼日利亚北部和尼日尔南部。本书中提到的尼日利亚内部政变,多是在国际因素的影响下,发生在豪萨人和主要居住在南部、信仰基督教的伊博人和约鲁巴人之间的冲突。自1960年从英国获得独立以来,北方的穆斯林和南方的基督徒就不断地为取得国家控制权而相互斗争。双方之间的矛盾由于南方基督徒聚居区伊博地区附近发现经济价值巨大的石油矿藏而愈加尖锐。

来我家做客吧。我老婆做的库卡汤非常甜。"

"哦，我会的，下次一定来。"奥兰娜回答。

阿卜杜勒马利克又小声道贺多次，这才与姆巴埃齐舅舅坐到凉台上，面前摆着一桶甘蔗。他们咬掉绿色的硬皮，咀嚼着鲜美多汁的白色果肉，用豪萨语聊着天，不时哈哈大笑。他们把甘蔗渣吐在地上。奥兰娜陪着坐了一会儿，可他们的豪萨语讲得太快，很难跟上。她多希望自己能流利地说豪萨语和约鲁巴语，就像这里的舅舅、舅妈和表弟、表妹，她乐意用自己掌握的法语和拉丁语来交换。

厨房里，阿里泽把宰好的鸡切开，伊费卡舅妈在淘米。奥兰娜给她们看阿卜杜勒马利克送的拖鞋，随后穿在脚上。这双红色拖鞋的带子编成发辫的式样，使她的脚显得纤巧，更有女人味。

"太好看了，"舅妈说，"我要谢谢他。"

奥兰娜坐在小板凳上，小心翼翼地不去看饭桌各个角上的蟑螂虫卵，一种光滑的黑色卵鞘。一个邻居在厨房的一角烧柴火，尽管屋顶上有倾斜的通风口，呛人的浓烟还是弥漫了整个屋子。

"I makwa（你知道吗），她家天天只吃淡鳕鱼干，"阿里泽指着噘着嘴的邻居说，"我怀疑她家的孩子可能不知道肉味。"阿里泽仰头大笑。

奥兰娜瞅了那妇人一眼。她是伊贾族人，听不懂阿里泽的伊博语。"也许他们喜欢吃淡鳕鱼干。"她说。

"O di egwu（真是太棒了）！太棒了！你知道那东西多便宜吗？"阿里泽大笑着转过头对妇人说，"伊比巴，我正在给我姐讲，你做的汤总是很香。"

妇人不再对着柴火吹气，脸上露出微笑，一种心知肚明的微笑，奥兰娜心想，或许她听得懂伊博语，但愿意配合阿里泽的玩笑。阿里泽的活泼和顽皮有某种特质，让人愿意包容。

"你要搬到恩苏卡嫁给奥登尼博吗，姐？"阿里泽问。

"是不是嫁给他，我还不清楚。我就是想离他近一点，我还想教书。"

阿里泽的圆眼睛里透着钦佩，还有疑惑。"姐，只有像你这样读了太多书的女人才能说出这种话。像我这样没读过书的人如果等的时间太长了，就只有死路一条。"阿里泽从鸡的肚子里取出一只灰白色、半透明的卵，接着说："哦！现在也好，将来也好，我都想嫁人。我的好朋友都离开我，嫁到了夫家。"

"你还小，"奥兰娜说，"现在应该把注意力放在学缝纫上。"

"缝纫能给我一个孩子吗？即便我考上了学校，现在我还是会想要孩子。"

"不用太心急，阿里[1]。"奥兰娜很想把小板凳挪到门口，呼吸新鲜空气。但她不想让伊费卡舅妈或阿里泽甚或这个邻居知道，她的眼睛被烟熏得很不舒服，嗓子被呛得难受，看到蟑螂虫卵让她感到恶心。她想表现得适应这一切，适应这种生活。

1　阿里泽的昵称。——编注

"姐，我知道你会嫁给奥登尼博，但说实话，我不是很赞成你嫁给一个阿巴人。阿巴人太难看了，kai（咳）！如果穆罕默德是伊博人，而你不嫁给他的话，我愿意吃自己的头发。他是我见过的最帅的男人。"

"奥登尼博长得不丑。英俊的相貌有很多种。"奥兰娜回答。

"那是enwe（丑猴子）的亲戚给他说，英俊的相貌有很多种，为的是让他自我感觉好一点。"

"阿巴人不丑，"伊费卡舅妈说，"我的宗族都在那里。"

"你的族人难道不像猴子吗？"阿里泽问。

"你的全名是阿里泽恩迪昆内姆，对吧？你也属于你妈的宗族。所以，或许你长得也像猴子。"伊费卡舅妈低声说。

奥兰娜大笑。"阿里，你为什么总说结婚呢？你有了自己喜欢的人？或者，我把穆罕默德的一个兄弟介绍给你？"

"不，不！"阿里泽假装惊恐地挥舞双手，"爸爸如果知道我对像他那样的豪萨男人有意思，他会先杀了我。"

"你父亲只能杀一具尸体，因为我会先把你杀了。"伊费卡舅妈说完，端着一碗干净的大米站起来。

"姐，我喜欢上了一个人，"阿里泽朝奥兰娜身边靠了靠，"但我不知道他对我有没有意思，哎。"

"你们干吗说悄悄话？"伊费卡舅妈问。

"我跟你说话了吗？我不是在跟姐说话吗？"阿里泽对母亲发问。她又提高声音说："那个人叫纳宽泽，来自奥吉迪，离我们很近。他在铁路上工作。但他什么也没对我说。我不知道他有没有仔细看我。"

"如果他没有仔细看你,那是他的眼睛有问题。"伊费卡舅妈说。

"你们见过这种女人吗?为什么我不能和姐安安静静说会儿话?"阿里泽翻着白眼说,不过她显然很高兴,或许利用这个机会让母亲知道了纳宽泽的存在。

这天夜里,奥兰娜躺在舅舅舅妈的床上,一条绳子拴在墙上的钉子上,上面挂了薄薄的帘子,她透过帘子望着阿里泽。绳子没有拉直,帘子中央有点下垂。她注视着阿里泽呼吸时胸部的起伏,想象着阿里泽还有弟弟奥丁谢佐和埃凯内的成长经历:透过帘子他们可以看见父母,父亲的臀部在上下运动,母亲的双臂紧紧搂着他,他们发出的声响在孩子们听来,似乎是因为某种怪异神秘的疼痛。奥兰娜从未见过父母做爱,甚至从未见过任何迹象表明他们做爱。她的卧室总与父母的卧室隔着过道,随着他们一次次搬家,过道越来越长,铺设的地毯也越来越厚。等他们搬到现在有十个房间的大房子后,父母第一次各有各的卧室。"我需要整个衣橱,你父亲来串门的感觉也会很美妙!"母亲曾说。不过她那少女般的笑声在奥兰娜听来并不真切。当她来到卡诺,父母之间矫揉造作的关系变得更难以忍受,更令她羞愧。

墙上的窗户敞开着,夜晚静谧的空气中充溢着屋后排水沟的气味,这里的住户都在这条沟里倒马桶。不久,奥兰娜听到清理下水道粪便的环卫工人在低声闲聊,他们在夜色的掩护下工作着。听着他们的铁铲刮擦下水道的声音,奥兰娜睡着了。

穆罕默德家宅大门外的乞丐看见奥兰娜时,并未挪动位置。他们依旧坐在地上,背靠着泥土垒的院墙。他们身上爬着密密麻麻的苍蝇,猛一看,像是磨损的白色土耳其长袍上洒了黑色的漆。奥兰娜想在他们的碗里放一些钱,但一转念,决定不这样做。如果她是个男人,他们一定会对她喊叫,向她伸出乞讨的碗,身上的苍蝇便会轰然飞起,黑压压,一大片。

一个门卫认出了她,打开大门。"欢迎您来,女士。"

"谢谢,苏莱。你好吗?"

"您记得我的名字,女士!"他眉开眼笑,"谢谢您,女士。我很好,女士。"

"你家人好吗?"

"很好,女士,托真主的福!"

"你家少爷从美国回来了吗?"

"回来了,女士。请进。我让人去请少爷。"

穆罕默德的红色跑车停在宽敞的沙地院落前,不过奥兰娜更关注的是这栋房子:平展的屋顶因其简单,颇显雅致。她坐在凉台上。

"最好的惊喜!"

奥兰娜抬起头,穆罕默德穿着白色的土耳其长袍,正笑盈盈地望着她。他的双唇有着性感的曲线,奥兰娜过去经常亲吻他的双唇,在那些日子里,她的大多数周末都在卡诺度过,在他家里吃手抓饭，在飞翔俱乐部看他打马球，读他写给她的蹩脚诗歌。

"你看上去气色真好，"他们拥抱时，奥兰娜说，"我以为你可能还没从美国回来。"

"我正计划去拉各斯看你。"穆罕默德退后一步，端详着她。他的头略有倾斜，眼睛微眯，这表明他的心里依然抱着一丝希望。

"我准备搬去恩苏卡。"奥兰娜说。

"也就是说，你终将做一个知识分子，嫁给那位大学老师。"

"谁都没提过结婚。珍妮特好吗？或者应该是简？我把你的美国女人都搞混了。"

穆罕默德挑起了一边的眉毛。奥兰娜不禁在心里赞叹他那焦糖一般的气色。过去她常常调侃他，说他比她还漂亮。

"你的发型怎么回事？"穆罕默德说，"根本不适合你。难道这就是你的大学老师喜欢的样子，像个灌木地带的女人？"

奥兰娜摸了摸新近用黑色线绳编织的发辫。"舅妈梳的。我很喜欢。"

"我不喜欢。我更喜欢你戴假发。"穆罕默德靠过来，又抱住了她。奥兰娜感到他箍紧了双臂，便把他推开了。

"你不让我吻你。"

"不让，"奥兰娜回答，尽管穆罕默德并不是在问她，"你没给我讲珍妮特或简。"

"简。这么说，你一去恩苏卡，我就再也见不到你了。"

"我当然会见你。"

"我知道你那位大学老师很疯狂,所以我不会去恩苏卡的。"穆罕默德哈哈大笑。他的身材高挑修长,细长的手指透着几分柔弱和温驯。"你要来点饮料吗?还是喝点葡萄酒?"

"这房子里竟然有酒?得有人向你叔叔告发一下。"奥兰娜调侃道。

穆罕默德按响呼叫器,让管家端来一些饮料。他坐下来,若有所思地用拇指搓着食指。"有时候,我觉得自己的生活不会有什么结果。我到处旅行,开着进口轿车,女人都追着我不放。但总缺点儿什么,总有什么不对劲。你明白吗?"奥兰娜看着他,心里明白他说这番话的用意。当他说"我多希望一切还是老样子",奥兰娜颇为感动,也很开心。

"你会找到一个好女孩的。"奥兰娜的声音毫无底气。

"瞎扯。"穆罕默德说。他们并肩坐着,喝着可乐,奥兰娜回想起当初她告诉他,他们必须立即结束恋爱关系,因为她不愿对他不忠,穆罕默德脸上浮现出难以置信的痛苦神情,如今他的痛苦只见加强,不见消失。她本以为穆罕默德不会同意,她非常清楚,他深爱着她,但令她震惊的是,穆罕默德让她不要客气,只管与奥登尼博上床,只要不离开他即可——这是穆罕默德吗?要知道他经常半开玩笑说,自己的先祖是圣战士,是虔诚的男子气概的化身。或许正是因为他的宽容大度,奥兰娜对他的感情中总掺着感激,一种出自私心的感激。他本可以让他们的分手更为艰难,他本可以大大加重她的内疚。

奥兰娜放下手中的玻璃杯。"我们开车出去兜兜风吧。我不喜欢每次来卡诺,都只看到萨邦加里丑陋的加锌水泥墙。我想看看那座古老的泥塑,再沿着可爱的城墙走一走。"

"有时候你就像那些白人,呆呆地盯着那些平常的东西。"

"我是这样吗?"

"这只是个玩笑。如果你和那个疯狂的大学老师同居,怎么可能学得会不要把什么都当真?"穆罕默德站起身,"走,我们应该先去跟母亲打声招呼。"

他们走过一扇不大的后门,来到穆罕默德母亲住处门前的庭院,奥兰娜记起了过去来这里时心中的战战兢兢。会客室还是老样子:金色的墙壁,厚实的波斯地毯,暴露在外的天花板上点缀着凹雕花纹。穆罕默德的母亲戴着鼻环,头上围着丝巾,看上去没什么变化。她给人一种过于精致的感觉,奥兰娜以前总想,她每天盛装打扮却闭门不出,难道总能安之若素吗?这位年长了几岁的妇人脸上不再是过去那种冷冰冰的表情,说话不再生硬,视线也不再停留于奥兰娜的脸与手雕镶板之间。这次,她竟然站起身来,拥抱了奥兰娜。

"你看上去可爱极了,亲爱的。不要让太阳晒坏了你的皮肤。"

"Na gode(谢谢)[1]。谢谢你,哈吉娅。"奥兰娜说,她感到疑惑,为什么有些人的感情和情绪能收放自如?

1　此处为豪萨语。

"我不再是你要娶的那个伊博女人,我的异教徒出身会玷污你们的血统,"奥兰娜说,他们钻进保时捷,"于是我现在成了朋友。"

"先前我无论如何都会娶你,她知道这一点。她喜欢谁无关紧要。"

"刚开始可能无关紧要,之后呢?等我们结婚十年了,又会怎么样?"

"你父母和我母亲的想法是一样的。"穆罕默德转过头看着她,"我们现在谈这个做什么?"他的眼里有一种无以言表的哀伤。或者,也许这只是奥兰娜的想象。也许她暗暗希望,想到他们永远无法结合,穆罕默德会抑制不住地伤感。她不想嫁给穆罕默德,但纠缠于他们没有做,也永远不会做的事,这令她愉悦。

"对不起。"奥兰娜回答。

"没什么需要道歉的。"穆罕默德抓住了她的一只手。他们开过大门,汽车发出尖厉刺耳的声音,"汽车废气里灰尘太多。这些车不适合我们这个地区。"

"你应该买一辆结实的标致。"

"你说得对。"

奥兰娜望着围墙四周簇拥着的乞丐,他们的身上和乞讨的碗里爬满了苍蝇。空气中有一股印度楝树叶的酸辣气味。

"我不像白人。"奥兰娜静静地说。

穆罕默德瞥了她一眼。"你当然不像白人。你是一个民族主义者,一个爱国人士,很快就要嫁给你的大学老师、自由斗士。"

奥兰娜怀疑，穆罕默德轻松愉快的语调里，隐藏着更严肃的嘲讽。她的手依旧被他握着，不知道他只用一只手开车，是不是感到费劲。

一个刮着大风的星期六，奥兰娜搬到了恩苏卡，第二天，奥登尼博去伊巴丹大学参加一个数学会议。要不是这个会议重点探讨他的导师、美国黑人数学家戴维·布莱克韦尔的著作，他是不会去的。

"他是活着的最伟大的数学家，最伟大的，"他说，"我的爱，你随我一起去，不好吗？只去一星期。"

奥兰娜没有答应。她想利用这个机会安顿下来，适应因他不在身边产生的恐惧。奥登尼博走后，她做的第一件事便是扔掉起居室中央桌子上的红白色塑料花。

乌古一脸惊骇。"可是女士，这些花没坏。"

奥兰娜带着乌古，走到院子里乔莫刚刚浇过水的非洲百合和红粉玫瑰旁，让他摘下一些花朵。她告诉乌古，花瓶里应该放多少水。乌古看看花朵，摇摇头，似乎不敢相信奥兰娜的愚蠢。"这些花会死掉的，女士。那些花不会死。"

"你说得对，不过这些花更好，fa makali（它们更漂亮）。"奥兰娜说。

"How better, mah（哪里更好了，女士）？"每当奥兰娜说伊博语，乌古总会用英语回答，似乎奥兰娜跟他说伊博语是对他的羞辱，他必须坚持说英语以维护自己的尊严。

"它们就是更好。"奥兰娜回答,她发现自己不知如何解释鲜花好过塑料花。后来,她在厨房的储藏柜里看见了那些塑料花,并不感到意外。乌古把它们留下来了,他用同样的方法保存了旧糖盒、瓶塞,甚至还有山药皮。奥兰娜知道,这个习惯的根源是他们从未富有过,所以不愿丢弃任何东西,甚至于那些没用的东西。于是,当她与乌古同在厨房时,她提到有必要只保存有用的东西,暗暗希望乌古不要问她"鲜花有什么用"。她让乌古清理储藏柜,在架子上铺上旧报纸,乌古忙碌的工夫,她站在旁边,询问他的家庭情况。乌古词汇量有限,对每位家人都用"很好"来形容,奥兰娜很难进行具体的想象。她随乌古一起去农贸市场,买了家居用品,还给他买了一把梳子和一件衬衫。她教乌古把青椒和胡萝卜切块用以炒米饭;告诉他不要煮豆子,除非是豆子布丁;不要放太多的油,不要放太少的盐。尽管第一次见面时,她就闻到了乌古的体味,但在等了几天后,才给了他一些用于胳肢窝的香粉,并让他在洗澡水里加上两瓶盖"滴露"。乌古嗅了嗅香粉,面露欣喜,奥兰娜想知道他是否嗅得出,这种香粉有一股女人味。她也想知道乌古究竟如何看待她。乌古显然很喜欢她,但他的眼睛总在静静地揣摩她,似乎是用某种标准在衡量她。奥兰娜担心衡量的结果是在他眼里她有所欠缺。

那天,奥兰娜重新归置墙上的照片,乌古终于开始用伊博语与她交谈。一只壁虎从奥登尼博身着毕业长袍的相框后钻出来,爬得飞快,乌古大喊:"Egbukwala(不要打死它)!不要打死它!"

"你说什么?"奥兰娜站在椅子上,转过头来,居高临下望着他。

"你打死它的话,肚子会疼。"他说。奥兰娜觉得乌古的奥皮方言很有趣,每一个单词似乎都是吐出来的。

"我们当然不会打死这只壁虎。我们把这张照片挂到那面墙上吧。"

"是,女士。"他说,接着又用伊博语告诉奥兰娜,妹妹阿努利卡曾经打死过一只壁虎,之后肚子疼得很厉害。

奥登尼博回来后,奥兰娜少了一些自己是访客的感觉。他用力把她拉入怀里,吻她,搂紧她。

"你该先吃饭。"奥兰娜说。

"我知道我想吃什么。"

奥兰娜大笑。她感到既可笑又欢喜。

"这里怎么啦?"奥登尼博环顾四周,问道,"所有的书都摆到那个架子上了?"

"旧一点的书都在第二间卧室。我得给自己的书腾出点地方。"

"Ezi okwu(真的)?你真的搬进来了,对吧?"奥登尼博开怀大笑。

"去冲个澡。"奥兰娜说。

"我的好伙计身上的花香是什么?"

"我给了他一些有香味的爽身粉。你以前没闻到他身上的气味?"

"农村人都是这种气味。在离开阿巴去上中学之前,我身上一直有这种味道。不过你无从了解这些事。"他的语气中带着些许调侃。他的手更不老实。它们解开了她的短上衣扣子,把她的一只乳房从乳罩里放了出来。奥兰娜不知过了多长时间,她只知自己与奥登尼博的身体赤裸而温暖,在床上痴缠,直到乌古敲门说有客人。

"他们不能走吗?"奥兰娜嘟噜。

"起来吧,我的爱。"奥登尼博说,"我都等不及让他们来见见你了。"

"我们再待一会儿。"奥兰娜说着,用手捋过奥登尼博拳曲的胸毛,不过他只是亲了她一下,便起身去找内衣裤。

奥兰娜很不情愿地穿上衣服,来到起居室。

"朋友们,朋友们,"奥登尼博打着夸张的手势宣布,"这位,就是奥兰娜。"

正在调收音电唱两用机的一位女士转过来,握住奥兰娜的手。"你好吗?"她头上包着鲜艳的橘色头巾。

"我很好,"奥兰娜回答,"你一定是拉拉·阿德巴约。"

"是的,"阿德巴约小姐说,"他没告诉我们,你美得如此不合逻辑。"

奥兰娜退后一步,心里的慌乱持续了片刻。"我就当你是夸我啦。"

"多么标准的英国口音。"阿德巴约小姐嘟哝着,脸上的笑容带着几分怜悯,而后又转身去调收音电唱两用机。她身材结实,在硬挺的橘色印花连衣裙衬托下,挺直的脊背愈发显得挺直,这样的身体属于一个无人胆敢反唇相讥的质疑者。

"我是奥凯奥马。"一个头发没有梳理、乱成一团的男子说,"我以为奥登尼博的女友是人,他没说你是美人鱼。"

奥兰娜开心大笑,奥凯奥马的表情让她感觉温暖,握住她手的时间也略长,她不由心生感激。帕特尔医生一脸腼腆,说:"终于见到你了,非常高兴。"埃泽卡教授与她握握手,听她介绍自己获得的是社会学学位,不属于严格意义上的科学,轻蔑地点点头。

乌古把酒水端上来之后,奥兰娜注视着奥登尼博举杯送到唇边,脑子里竟然浮现出几分钟前的情景:他的双唇紧紧吸吮着她的乳头。奥兰娜偷偷移动胳膊,用胳膊内侧蹭了蹭乳房,充满快感、针扎一般的疼痛令她闭上了双眼。有时候奥登尼博咬得太重了。她希望客人们离开。

"那位伟大的思想家黑格尔不是把非洲称为'孩童时期的大陆'吗?"埃泽卡教授的腔调颇为做作。

"那么肯尼亚蒙巴萨的电影院里,那些打出'孩子与非洲人不得入内'告示牌的人或许读过黑格尔。"帕特尔医生说着,自顾自地笑了。

"谁都不能把黑格尔的话当真。你们仔细读过他的书吗?他很有趣,非常有趣。但是休谟、伏尔泰和洛克都对非洲持同样的看法,"奥登尼博说,"伟大与否,取决于你来自何方。就像那天被问到对艾希曼[1]审判有何看法的那些以色列人，其中一个回答，他不明白纳粹怎么会被任何时代的任何人认定为伟大。可是纳粹就是伟大，不是吗？现在仍然如此！"奥登尼博挥舞着一只手，掌心朝上，奥兰娜想起这只手曾揽着她的腰。

"人们没有意识到的是，如果欧洲更加关注非洲，犹太人大屠杀便不会发生了，"奥登尼博说，"换句话说，第二次世界大战便不会发生了！"

"你什么意思？"阿德巴约小姐问。她把玻璃杯举到唇边。

"你怎么还问我什么意思？显而易见，始于赫雷罗人大屠杀[2]。"奥登尼博在座位上挪动着身体，嗓门也大了许多，奥兰娜心想，他是否记得他们做爱时的声音有多大，完事后他大笑着说："如果夜里我们总这么大声，恐怕会把乌古吵醒，可怜的家伙。"

"你又来这一套，奥登尼博，"阿德巴约小姐说，"你是说，如果白人没有屠杀赫雷罗人，犹太人大屠杀便不会发生？我看不出两者之间有任何联系！"

"你难道不明白吗？"奥登尼博反问，"他们的种族研究始于赫雷罗人，终于犹太人。两者当然有联系！"

---

[1] 阿道夫·艾希曼（1906—1962），德国纳粹军官，对于二战中的犹太人大屠杀负有重要责任，战后逃往南美，1960年被以色列特工部门逮捕，在以色列接受审判，后被处决。哲学家汉娜·阿伦特据对他的公开审判提出了备受争议的"平庸之恶"的说法。

[2] 1904年，德属西南非洲（今纳米比亚）爆发反抗德国殖民统治的赫雷罗人（Herero）起义，冯·特罗塔将军颁布了臭名昭著的灭绝令。至1907年起义被镇压时，赫雷罗人的数量从8万下降到了1.5万。

"你的观点根本站不住脚,你这个诡辩家。"阿德巴约小姐说完,不屑地将杯中酒一饮而尽。

"不过,恰如我们的同胞所言,这次世界大战有坏的一面,也有好的一面。"奥凯奥马说,"我叔叔在缅甸作战,回来后满脑子想着一个亟待解决的问题:为什么没人告诉过他,白人并非长生不死?"

在座的人哈哈大笑。有种习惯在起作用:他们之前有过多次类似的讨论,所以知道在哪个节点上大笑。奥兰娜也跟着大笑,有一刹那,她觉得自己的笑声与众不同,听上去更尖厉。

接下来的几星期里,奥兰娜开始讲授一门社会学入门课程,加入员工俱乐部,与其他老师一起打网球,开车送乌古去农贸市场,与奥登尼博一起散步,并加入了圣彼得教堂的圣文森特·德·保罗协会。她慢慢适应了奥登尼博的朋友们。奥登尼博调侃她,说因为她在这里,现在家里的客人比以前多了,奥凯奥马和帕特尔都正在爱上她,因为奥凯奥马如此热切地朗诵描写女神的诗歌,他笔下的女神很像奥兰娜,而帕特尔医生津津乐道在马凯雷雷[1]的生活趣事,把自己描述成骑士精神十足的知识分子。

奥兰娜喜欢帕特尔医生,但最盼望奥凯奥马的来访。他那乱蓬蓬的头发、皱巴巴的衣服和戏剧性的诗歌让奥兰娜倍感轻松。她早前已经看出来,奥登尼博最尊重的是奥凯奥马的观点,

---

[1] 此处应是指乌干达的马凯雷雷大学(Makerere University),是乌干达规模最大的大学,位于首都坎帕拉。

他说"我们这一代人的心声!"时,似乎是发自内心。奥兰娜仍然不知道该如何看待埃泽卡教授嘶哑嗓音中透着的目空一切,他自信比其他人更有头脑,却总是沉默寡言。她也捉摸不透阿德巴约小姐。如果她流露出嫉妒,奥兰娜会感觉轻松一些,但阿德巴约小姐似乎觉得她的做派太不像知识分子,脸蛋太漂亮,还模仿压迫者,说一口英国英语,根本不屑于与她竞争。奥兰娜发现,只要阿德巴约小姐在场,自己的话便不由得多了起来,她急于表达看法,为的是给阿德巴约小姐留下深刻印象:恩克鲁玛[1]应该统治整个非洲;美国把导弹留在土耳其,却要求苏联把导弹撤出古巴,真是傲慢;沙佩维尔屠杀只是南非政权每天屠杀上百黑人行为的一个戏剧性案例。不过奥兰娜怀疑,自己的全部观点都有拾人牙慧之感。她还怀疑阿德巴约小姐明白她的意图。每次她一开口,阿德巴约小姐便会拿起一本期刊,或再倒一杯酒,或起身去洗手间。奥兰娜最终放弃了这种做法。她永远不会喜欢阿德巴约小姐,而阿德巴约小姐甚至永远不会动动念头,来喜欢她。或许阿德巴约小姐光看奥兰娜的脸,便能看出她胆小怕事,缺乏自信,不是无法容忍自我怀疑的人。正如奥登尼博,或者如阿德巴约小姐。她可以直视一个人的眼睛,冷静地告诉她,她美得不合逻辑。阿德巴约小姐居然会使用这样的语言:"美得不合逻辑。"

---

[1] 夸米·恩克鲁玛(1909—1972),加纳政治家,在英属加纳取得独立(1957年)的过程中发挥了重要作用,后任加纳总统(1960—1966),主张非洲统一,出国访问期间国内发生政变,流亡几内亚。

然而，当奥兰娜与奥登尼博一起躺在床上、两腿交叠缠绕时，她会觉得，在恩苏卡生活，恍若深陷于一张用柔软的羽毛编织的网，即便奥登尼博一连几小时把自己锁在书房里，她也有这种感觉。每次奥登尼博提出结婚，奥兰娜都会拒绝。他们太幸福了，一种没有安全感的幸福，奥兰娜想保护这种亲密的感情。她担心婚姻会使之变得平淡无奇，变成乏味的合伙人关系。

3

在苏珊带他去的派对上,理查德几乎一言不发。每次苏珊向人介绍理查德,总要加上一句:他是作家。理查德希望其他客人以为,他有着作家拒人于千里之外的通病,尽管他担心他们看穿了他,知道他只是觉得格格不入。不过他们对他很客气。只要苏珊的风趣、大笑和喝了葡萄酒后现出红晕的脸上那闪亮的绿眼睛还在持续地吸引他们,他们便会对苏珊的同伴很客气。

理查德并不介意站在一旁,等待苏珊愿意离开的那一刻,也不介意苏珊的朋友中没有人想办法帮他融入这个圈子,甚至不介意一个喝醉了酒、脸色苍白的女人说他是苏珊的"漂亮宝贝"。但他不喜欢这些派对,参加者全是移居尼日利亚的外国人,苏珊总是轻推示意他"与男士打成一片",她则加入女士的行列,聊一聊她们在尼日利亚的生活。与这些男客人在一起,理查德很不自在。他们大多是英国人,前殖民政权的行政官员和约翰·霍尔特、金斯威、大不列颠奥里万特、壳牌-英国石油和联合非洲等公司的商人。在阳光和酒精的双重作用下,他们脸色泛红。他们笑盈盈地谈论尼日利亚的部落政治,或许那些家伙还没有完全做好自治的准备。他们谈论板球、已经或即将拥有的庄园、乔斯的绝好天气和卡杜纳的商业机会。理查德说自己对伊博-乌库艺术感兴趣,他们回应说,这方面的市场还不大,理查德也不愿继续解释说,自己对钱根本不感兴趣,吸引他的是伊博-乌库艺术的美学价值。他又提到自己刚到拉各斯,想写一本关于尼日利亚的书,他们笑了笑,建议说:尼日利亚人都是十足的乞丐,准备好忍受他们的体味,还有他们站在公路上瞪大眼睛盯着你的模样,不要相信任何一个不幸的故事,不要对家里的帮佣示弱。对于非洲人的每一个特征,他们都会讲一个笑话加以说明。理查德印象最深刻的笑话说的是非洲人的傲慢自大——一个非洲人正在遛狗,一个英国人问:"你跟那只猴子在做什么?"非洲人回答:"这是一只狗,不是猴子。"——他竟然以为英国人在跟他说话!

这些笑话逗得理查德哈哈大笑。在聊天时,他也努力不让自己始终被人牵着鼻子走,不表露出自己的尴尬不安。他更愿意与女士聊天,但他已学会避免与某一位女士交谈的时间太长,否则一到家,苏珊便会把玻璃杯摔到墙上。第一次发生这事时,理查德根本摸不着头脑。他与克洛维斯·班克罗夫特聊了一小会儿,聊到她哥哥几年前担任埃努古地区专员的生活,之后苏珊的司机接他们回家,苏珊一路上沉默不语。理查德以为她可能睡着了,才没有谈论某人难看至极的连衣裙或毫无情趣的餐前开胃食品。但一回到苏珊家里,她便从橱柜里拿出一只玻璃杯,对着墙壁砸了过去。"那个讨厌的小女人,理查德,还当着我的面。太恶心了!"她坐在沙发里,双手捂着脸,直到理查德说非常抱歉,她才罢休,而理查德并不十分清楚自己为何道歉。

几星期后,又一只玻璃杯被摔碎了。理查德与朱莉娅·马奇聊天，谈的大多是她对加纳阿散蒂土王[1]的研究，他站在那里，听得入了迷，直到苏珊走过来，把他拽走。后来，玻璃杯被砸得粉碎，苏珊说她知道理查德并非想跟人调情，但是他必须明白，人们放肆到了可怕的地步，这里的闲言碎语很恶毒，太恶毒了。理查德再次道歉，他想知道清扫玻璃碴的管家心里怎么想。

后来在一次晚宴上，理查德与一位大学老师谈论诺克艺术，她是一个腼腆的约鲁巴人，与他一样，感觉与周围的环境格格不入。理查德预料到了苏珊的反应，准备在进入起居室前向她道歉，节省一只玻璃杯。但在坐车回家的路上，苏珊竟然说个不停，她问理查德与那个女子的聊天是否有趣，希望他从中获得了对写书有帮助的信息。理查德坐在幽暗的车内，瞪着苏珊。如果与他聊天的是英国女子，即便其中有人曾帮助拟定了尼日利亚宪法，苏珊也决不会说出这种话。理查德意识到原因很简单：黑人女性对苏珊构不成威胁，她们不是平等的对手。

伊丽莎白姑姑对理查德说过，苏珊生性活泼，很有魅力，不要介意苏珊比他大几岁，她在尼日利亚待的时间有一阵子了，可以带他四处看一看。理查德不愿让人领着四处看，过去每次出国，他都把自己的行程安排得非常好。伊丽莎白姑姑坚持己见。"非洲"与阿根廷或印度不可同日而语。她说"非洲"的语气像是竭力克制住了战栗，也许这是因为她不希望理查德离开，她

---

[1] 阿散蒂土王（Asantehene），阿散蒂是一个位于加纳中南部的部落国家（存在于18世纪到19世纪）。后来英国建立"黄金海岸殖民地"，逐步北上征服阿散蒂，形成今日加纳的雏形。英国人的行动激起阿散蒂人激烈反抗，阿散蒂土王亦于1902年被逐。

希望他留在伦敦，继续为《新闻纪事》撰稿。理查德仍旧怀疑他的小专栏是否有读者，尽管伊丽莎白姑姑说她的朋友都是他的读者。不过她当然可以这么说：理查德的工作毕竟有点像闲差；如果报社编辑不是她的一位老朋友，理查德根本得不到这份工作。

理查德没有向伊丽莎白姑姑解释，他为何渴望去尼日利亚看一看，但他接受了苏珊做他向导的好意。理查德到了拉各斯，注意到的第一点便是苏珊的活力，她的时髦与漂亮，她全神贯注地听他说话，大笑时轻触他的胳膊。说起尼日利亚和尼日利亚人，她语带权威。他们开车经过喧闹的农贸市场，商铺里传来响亮刺耳的音乐，街边小贩的货摊随意摆放，排水沟里满是黏稠的臭水，苏珊说："他们的活力让人惊叹，真的，但我觉得几乎没有卫生概念。"她告诉理查德，北部的豪萨人是一个尊贵的民族；伊博人性情粗暴，爱钱如命；约鲁巴人生性快活，尽管他们还是一流的马屁精。星期六的夜晚，苏珊指着街上亮如白昼的顶棚下衣着鲜艳、翩翩起舞的人群，说："看到了吧？约鲁巴人为了举办这样的派对，不惜欠下巨额债务。"

苏珊帮理查德租了一套小公寓，买了一辆小型轿车，拿到一个驾驶执照，参观拉各斯和伊巴丹的博物馆。"你一定要见见我所有的朋友。"她说。刚开始苏珊介绍说，理查德是作家，他想加以纠正：是记者，不是作家。不过他的确是一个作家，至少他确信自己的发展方向是成为一个作家，一个艺术家，一个创造者。做记者是暂时的，在动笔写那部杰出的长篇小说前，这是他的工作。

于是，他听任苏珊介绍说，他是作家。毕竟这样一来，苏珊的朋友们就能容忍他的存在。正因为他是作家，尼古拉斯·格林教授才给他出了一个点子：申请恩苏卡大学的外国人研究基金，在大学的环境里进行创作。理查德听从了格林教授的建议，不仅因为他看中了大学的创作环境，还因为他要去的是东南部，伊博-乌库艺术的故乡，美丽的套绳青铜罐的故乡。毕竟，当初他是为了后者才会来尼日利亚。

理查德来尼日利亚几个月之后，苏珊问他是否愿意搬去她那里，因为她在伊科伊的房子很大，花园很漂亮，她认为理查德在那里，写作效率会更高，在他租住的公寓里，水泥地高低不平，房东抱怨说，他房间里灯亮的时间太长了。理查德不想答应。他不想在拉各斯待得太久。在等恩苏卡那边的回音的这段时间里，他想到尼日利亚各地多转一转。但苏珊已经重新装修了她那间通风的书房，于是理查德搬了过去。日复一日地，他坐在苏珊家的皮椅上，仔细阅读一些书籍和不多的研究材料，透过窗户望着园丁给草坪浇水，在打字机上敲打，尽管他清楚自己不是在写作，而是在打字。苏珊小心翼翼地让他拥有他需要的安静，只是有时会探头轻声地问："要喝茶吗？"或者，"喝点水？"或者是，"早点吃午饭？"他回答时也是轻言细语，仿佛他的创作已经变成了神圣的事业，使得他的房间变成了神圣不容亵渎的地方。理查德没有告诉苏珊，他尚未写出任何有价值的东西，脑海里的诸多想法尚未聚合、演化成人物、背景环境和主题。在他看来，苏珊听了之后会觉得很受伤。他的创作已经成了苏珊最大的嗜好，每天她都会从英国文化协会图书馆借书和期刊带回家。她认为理查德的书是一个已经存在的实体，因而肯定能够完成。然而，理查德尚不确定自己要写什么题材。不过对于苏珊的信任，他心存感激，似乎仅仅因为苏珊的信任，他的创作已然变成了真实的存在。为了表达感激之情，他陪苏珊出席他并不喜欢的派对。几次之后，理查德决定，光出席是不够的，他要想办法逗人发笑。如果苏珊向别人介绍他时，他能说出一句风趣的话，也许能弥补他不爱说话的特点，更重要的是，能取悦苏珊。有一段时间，他站在洗手间的镜子前，练习一个滑稽的、自我贬低的表情和一种结结巴巴的说话方式。"这位是理查德·丘吉尔。"苏珊一般这样介绍，紧接着他便会握手，打趣说："抱歉，我不是丘吉尔爵士的亲戚，不然我应该更聪明一些。"

苏珊的朋友闻言大笑，不过理查德怀疑，他们不是因为觉得有趣而发笑，而是他笨嘴拙舌的幽默让他们心生怜悯。但不曾有人语带讥讽地说："你真逗。"在联邦宫廷酒店鸡尾酒厅与凯内内第一次见面时，她恰恰就是这么说的。她正吸着烟。她能够吹出完美的烟圈。她与理查德、苏珊站在同一个朋友圈里聊天，理查德瞥了她一眼，以为她是某位政客的情妇。对于遇到的人，理查德都会做一番揣测：他们为何出席，由谁带来。或许这是因为要不是苏珊，他不会出现在这样的任何一个场合。他没想到凯内内是某个尼日利亚富人的千金，因为她没有半点借助教育精心培养出来的端庄娴静。她看上去更像一个情妇：红得过分扎眼的唇膏，紧绷的裙装，吸烟。但她不像情妇那般假笑。她甚至不具备情妇特有的美貌，理查德倾向于相信尼日利亚政客互换情妇的谣言，就是因为情妇的相貌大同小异。事实上，凯内内根本谈不上漂亮。理查德起初并未注意到她，苏珊的一个朋友做介绍时，他才再次打量她。"这位是凯内内·奥佐比亚，奥佐比亚酋长的千金。凯内内刚在伦敦拿到了硕士学位。凯内内，这位是苏珊·格伦维尔-皮茨，在英国文化协会工作，这位是理查德·丘吉尔。"

"你好。"苏珊对凯内内说，又转过身与另一位客人交谈。

"你好。"理查德说。凯内内嘴里衔着烟，不动声色地盯着他，好久都不说话，于是理查德捋着头发，含糊地说："抱歉，我不是丘吉尔爵士的亲戚，不然我应该更聪明一些。"

凯内内吐了一口烟，说："你真逗。"她身材高挑纤瘦，几乎与理查德一样高，她直视着理查德的眼睛，目光冰冷，毫无表情。她有着比利时巧克力的肤色。理查德稍稍叉开腿，双脚牢牢抓地，他担心会站立不稳，撞到凯内内。

苏珊回来，用力拽着理查德，但他不想离开，他张开嘴，不知道自己想说什么。"原来凯内内和我在伦敦有一个共同的朋友。我对你讲过在《旁观者》工作的威尔弗雷德吗？"

"哦，"苏珊微笑着说，"那太好了。那我让你们两位多叙叙旧，一会儿再过来。"

苏珊与一对年老的夫妇互相亲吻，而后走到房间的另一头，融入了那边的人群。

"你刚才对你妻子撒了谎。"凯内内说。

"她不是我的妻子。"理查德感到惊讶,单独与凯内内站在一起令他头晕目眩。凯内内举起酒杯,喝了一小口。她吸了一口烟,吐出烟圈,如此反复。银色的烟灰旋转着掉落在地。一切似乎都是慢动作:酒店的舞厅如气球般胀大缩小,空气被吸进呼出,有那么一刹那,这个空间似乎只有他和凯内内两个人。

"你能走开吗?"凯内内问。

理查德吃了一惊。"什么?"

"你身后有一个摄影师,急着想拍我的照片,尤其想拍我的项链。"

理查德走到一旁观望,凯内内凝视着照相机镜头。她没有摆姿势,但看上去很自然。在派对上被拍照,她习以为常。

"这条项链将成为《拉各斯生活》明天重点介绍的对象。我想这是我为新近独立的祖国做贡献的方式。我向尼日利亚同胞提供了让他们渴望的某种东西,还有努力工作的动力。"她走到理查德身边说。

"这条项链很秀雅。"理查德说,尽管它看上去颇为俗气。不过他想伸手摸一摸,从她脖子上捧起项链,再让它垂下,贴着她的咽喉根部。她的锁骨很突出。

"根本不秀雅。我父亲在珠宝方面的品位令人恶心,"她说,"但花的是他的钱。对不起,我看见我的姐妹[1]和父母在找我。我

---

[1] 英语里的姐姐与妹妹为同一个词:sister。凯内内与理查德的对话便是利用了sister的歧义,在凯内内未明确说出谁是姐姐,谁是妹妹之前,译文直接用姐妹一词的表达。

该过去了。"

"你的姐妹也来了?"理查德赶在她转身离开前,飞快地问。

"对。我们是双胞胎,"她回答后,又顿了一下,仿佛她的话披露了一个极其重大的情况,"凯内内与奥兰娜。她的名字很抒情,'上帝的金子',而我的更务实,'让我们耐心等待,看看上帝接下来给我们带来什么'。"

理查德注视着她一边的嘴角因微笑而上翘,一种冷笑,他想象着其隐含的意味,或许是不满。他不知该说什么。他感觉时间在悄悄溜走。

"谁是姐姐?"他问。

"谁是姐姐?这是什么问题。"她挑起了眉毛,"他们告诉我,先出来的是我。"

理查德握紧了手中的葡萄酒杯,心想,握得再紧一些会不会捏碎整个杯子。

"她在那边,我的妹妹,"凯内内说,"要我给你介绍一下吗?人人都想认识她。"

理查德没有转身。"我更愿意与你聊天,"他说,"我是说,如果你不介意的话。"他用手捋着头发。凯内内盯着他,她的目光让理查德恍若回到了青春期。

"你很腼腆。"凯内内说。

"我得到的评价还有比这更差的。"

凯内内笑了,她的笑容表明,她认为理查德的回答很有趣。能让她微笑,理查德很有成就感。

"你去过巴洛贡的农贸市场吗？"凯内内问，"他们把大块大块的肉摆在桌子上，你可以摸一摸，感受一下，然后决定买哪一块。妹妹和我就是这样的肉。我们来这里，为的是让合适的单身汉捕杀。"

"哦。"理查德说。尽管凯内内依旧语带讥讽，口气冷漠——这似乎是一个天生的特点——但她竟然告诉理查德这样私密的事，实在是怪异。理查德也想把自己的一些情况告诉她，与她分享自己的一些小隐私。

"你拒绝承认的妻子来了。"凯内内低声说。

苏珊走过来，向他手里塞了一杯酒。"这边，亲爱的，"她说完，又转头对凯内内说，"认识你太好了。"

"认识你太好了。"凯内内说着，对着苏珊半举酒杯。

苏珊领着理查德走开。"她是奥佐比亚酋长的女儿，对吧？她身上到底发生了什么？很不寻常。她母亲有着惊人的美貌，非常惊人。奥佐比亚酋长拥有半个拉各斯，不过他身上暴发户的特征很明显。你知道吗？他没有受过什么正规的教育，他妻子也一样。我想正是这个原因，他才如此引人注目。"

苏珊的迷你人物传记通常能把理查德逗乐，但这一次，她的悄悄话令他感到厌烦。他不想喝香槟，苏珊的指甲戳进了他的胳膊。她领着他，来到一群在尼日利亚定居的外国人身边，停下来聊天，大笑，微带醉意。理查德寻找着凯内内的身影。刚开始他没有找到她穿的红色连衣裙，过后看到她站在她父亲身边；奥佐比亚酋长身躯庞大，说话时总爱拱手打手势，身上的蓝色阿巴达绣着精美的刺绣，一圈圈的褶层使他看上去更胖了。奥佐比亚夫人的体形只有丈夫的一半，裹裙和头巾用的都是同一种蓝布。她的眼睛是完美的杏仁眼，两眼距离较宽，镶嵌在让人胆怯不敢看的黑脸上。理查德永远无法猜到她就是凯内内的母亲，他也无法猜到凯内内和奥兰娜是双胞胎。奥兰娜长得像母亲，但她的美丽更平易近人：脸部的线条更加柔和，洋溢着优雅的微笑，黑色的连衣裙包裹着丰满而曲线玲珑的身体。按苏珊的说法，这是非洲人的身体。凯内内站在奥兰娜身边更显纤瘦，紧绷的长裙勾勒出男孩一般的髋部，几乎给人雌雄同体的感觉。理查德盯着她看了很久，暗暗希望她也在找他。她似乎很超脱，望着周围的客人，脸上时而露出冷漠，时而带着讥讽。终于，她抬头张望，视线与理查德相遇，她歪着头，挑起眉毛，似乎心里很清楚，理查德一直在望着她。理查德移开视线，又飞快地望回去，决心这一次冲对方笑笑，做出某种得力的手势，但凯内内已经转过身，背对着他。理查德望着她，直到她与父母和奥兰娜离开。

理查德读着第二天的《拉各斯生活》，看到了凯内内的照片，他审视着她的表情，想找出他不知道的东西。他爆发出了癫狂的创造力，一连写了几页纸，以虚构的笔法刻画一个肤色乌黑、几近平胸的高个女子形象。他来到英国文化协会图书馆，在商业期刊里找寻凯内内父亲的相关报道。他抄下了电话簿中排在"奥佐比亚"名字下的全部四个号码。许多次，他拿起电话，听到接线员的声音后又放下。他站在镜前练习要说的话和要做的手势，尽管他心里清楚,如果他们通电话,凯内内不会再见他。他想送给凯内内一张卡片,或者,也许送个果篮。他最终打了电话。凯内内听到他的声音,并不感到意外。或者,也许只是她的声音太平静了,而理查德的心脏在胸膛里怦怦直跳。

"你愿意出来喝一杯吗?"理查德问。

"好的。中午,佐比斯酒店,如何?那是我父亲开的酒店,我可以要一个私人套间。"

"好的,好的,那太好了。"

理查德挂上电话,浑身发颤。他不知道自己是否应该兴奋,"私人套间"是否别有深意。他们在酒店大堂见面时,凯内内靠近理查德,让他亲吻她的脸颊,而后又领着他上楼来到阳台,俯瞰游泳池旁的棕榈树。这天天气晴朗,阳光普照。时不时地,一阵微风吹过,棕榈树轻轻舞动,理查德希望他的头发不会被风吹得太乱,希望有了头顶的遮阳伞,他的脸上不会出现露丑的番茄状红斑,他只要一晒太阳,红斑便不请自来。

"在这里你可以看见希斯格罗夫,"凯内内用手指着说,"一所隐秘、昂贵到近乎邪恶的英国中学,妹妹和我就是在那里上的学。父亲当时认为我们年纪太小,不适合送到国外,不过他决心让我们成长为欧洲人,越像越好。"

"是那栋带高塔的建筑物吗?"

"对,整个学校其实只有两栋楼。里面几乎没有我们的人。它太排外,许多尼日利亚人甚至不知道它的存在。"她看了看杯中的酒,"你有兄弟姐妹吗?"

"没有。我是独子。我九岁时父母就死了。"

"九岁。那时你很小。"

理查德很高兴，因为凯内内并未表露出过度的同情，不像一些人那么假情假意，即便不认识他的父母，也让人感觉他们是老相识。

"父母常常不在家。带大我的其实是莫莉，我的保姆。父母死后，家族决定让我随姑姑在伦敦生活。"理查德顿了顿，感受到因谈论自己——他很少这样做——而慢慢出现的一种奇怪的亲密感，很是欣喜。"姑姑的孩子马丁和弗吉尼亚与我年龄相仿，但可怕的是，他们老于世故。你知道，伊丽莎白姑姑是个好人，但对马丁和弗吉尼亚来说，我是来自什罗普郡一个小村庄的表弟。第一天到她家，我就打算逃跑。"

"真的吗？"

"跑过很多次。他们总能找到我。有时候就在街的那一头。"

"你要跑到哪里去？"

"什么？"

"你要跑到哪里去？"

理查德想了一会儿。他知道自己逃离的是一栋房子，房子墙上挂着的照片里，死去很久的人似乎正对着他吐气。但他不知道自己要跑去哪里。小孩子会想这个问题吗？

"或许我要跑去找莫莉。我不知道。"

"我知道我想跑到哪里去。但这个地方不存在，所以我没有逃跑。"凯内内说，后背靠在了座椅上。

"怎么会？"

凯内内点着一支香烟，像是没有听见理查德的问题。她的沉默令理查德手足无措，他急于再次吸引她的注意。他想给凯内内讲一讲套绳青铜罐。他不记得第一次是在哪里读到关于伊博-乌库艺术的报道：当地人在挖井时发现了可能是非洲最早的青铜铸件，可追溯到九世纪。不过他是在《殖民地杂志》上看到了图片。他一眼便相中了套绳青铜罐，他用手拂过图片，心里漾起一种渴望，想摸一摸这件铸造精美的青铜器。理查德试图向凯内内描述套绳青铜罐如何令他心潮澎湃，但想想还是算了。他想等一等。经过这样一番心理活动，他感到莫名的安慰，因为他意识到，与凯内内在一起，他最想要的是时间。

"你来尼日利亚，是要逃开什么吗？"凯内内终于又开了口。

"不是，"他回答，"我一直是个独来独往的人，一直想来看看非洲，所以我辞去了不起眼的报社工作，向姑姑借了一大笔钱，来到了这里。"

"之前我可没觉得你是个独来独往的人。"

"为什么？"

"因为你长得英俊。帅哥美女一般都不是独来独往的人。"她干巴巴地说，仿佛这不是一句赞美，因此理查德希望她没注意到他脸红了。

"唉，偏偏我就是，"他说，他不知道还能如何回答，"我一直都是。"

"一个独来独往的人，一个黑暗大陆的现代探险家。"凯内内冷冷地说。

理查德大笑。笑声从内心漫溢而出,无拘无束。他低头望着清澈的蓝色游泳池,愉快地想,或许那一池蓝色也是希望的颜色。

第二天,理查德与凯内内共进午餐,第三天也是如此。每一次,凯内内领着理查德走进私人套间,一起坐在阳台上,吃米饭,喝冰啤酒。凯内内总会先伸出舌头舔一舔杯沿,然后才喝上一小口。理查德瞅见她那红色的舌头,禁不住心旌荡漾,凯内内自己毫无察觉,这令他感觉更加强烈。凯内内沉默不语,似在沉思,给人与世隔绝之感,然而,理查德觉得与她息息相通。或许这是因为她冷漠、孤独。理查德发现自己的说话方式与平时大相径庭。时间一到,凯内内站起身,常常是去陪父亲出席会议,此时理查德感觉双脚血液凝结,似乎有些肿胀。他不想离开,一想到回到苏珊家坐在书房里打字,等待苏珊轻柔的敲门声,他就觉得难以忍受。他不明白,为什么苏珊没有怀疑他?为什么她不能看看他,推断一下他和原先有些不同?为什么她甚至没有注意到,他开始往身上喷更多的须后水?当然他尚未做出不忠之事,但忠诚并非仅仅表现为性关系。他与凯内内一起大笑,给她讲伊丽莎白姑姑的故事,看着她吸烟,如此种种,当然都是不忠的表现——他这样觉得。当凯内内与他吻别时,他心跳加速,这是一种不忠。饭桌上,他的手紧握凯内内的手,这是一种不忠。一天,凯内内没有像往常那样与理查德吻别,而是张开双唇,压在了他的嘴唇上,理查德惊讶万分。之前他不允许自己有什么奢望。或许是这个原因,他的阴茎竟然没有勃起:讶异与欲望相融合,产生了一种去势的效果。他们飞快地脱掉衣服。理查德赤裸的身体压在凯内内身上,可他的阴茎绵软无力。理查德亲吻着凯内内的锁骨沟和腹股沟,不住地祈祷自己的身体与大脑能够协调一致,祈祷自己的欲望能够绕开焦虑。然而,他的阴茎依旧没有硬挺。他能感觉到两腿间的重物绵软松弛。

凯内内在床上坐起身,点着了一支烟。

"对不起。"理查德说。凯内内耸耸肩,一言不发。理查德看在眼里,后悔自己道了歉。装饰过分奢华的私人套间里,气氛沉闷,理查德穿上了不如不脱的长裤,凯内内挂上了胸罩的挂钩。理查德希望她能说些什么。

"我们明天还见面吗?"他问。

凯内内从鼻孔里喷出烟雾,望着它消失在空气中,而后说:"问得很直率,不是吗?"

"我们明天还见面吗?"他又问。

"我要陪父亲去哈科特港见一些做石油的朋友,"她说,"不过星期三午后就会回来。我们可以晚一点一起吃午餐。"

"好的,我等你。"理查德说,他担心凯内内不会来,几天后,凯内内在酒店大厅里等着他,他悬着的心才算落了地。他们一起吃了午餐,眺望着在楼下游泳池里游泳的人。

凯内内比几天前活泼了一些,烟吸得多了一些,话也多了一些。她给理查德讲为父亲工作之后遇到的人,他们全都一个样。"新兴的尼日利亚上流社会里，全是一些没读过书的文盲，他们在价格高得离谱的黎巴嫩餐馆吃不喜欢的食物，社交场合只谈论一个话题：'新买的车表现如何？'"有一次凯内内哈哈大笑。有一次她握住了理查德的手。不过她没有邀请理查德进私人套间，理查德想知道她是否要等一等，或者，她是否已经认定，她想与他保持的本来就不是性关系。

理查德没有勇气贸然行动。几天后，凯内内终于问他，是否愿意进入私人套间，理查德感觉自己如同一个希望A角演员不要露面的替角，当A角演员最终没有出现时，替角却表现拙劣，不像自己预想的那样能够适应舞台灯光。凯内内领着他进了私人套间。理查德动手把她的连衣裙撩到大腿之上，她却平静地把理查德推开，仿佛她知道，理查德疾风骤雨般的举动不过是为了掩盖他的胆怯。凯内内把连衣裙挂在椅子上。理查德极度害怕再次令凯内内失望，当他看到自己的阴茎勃起时，禁不住欣喜若狂、感激涕零，他的情绪如此高涨，结果刚刚进入凯内内的体内，便感觉到一阵不能自控、无法自抑的颤抖。他们躺在床上，理查德趴在凯内内身上，过了一会儿，才翻身躺下来。他想告诉凯内内，他以前从未有过这种经历。他与苏珊的性生活虽然像例行公事，但也让双方满意。

"非常抱歉。"他说。

凯内内点燃一支香烟，望着他。"今晚你愿意来吃晚饭吗？我父母邀请了一些客人。"

理查德惊呆了。半晌，他才回答："好的，我非常乐意。"他希望这一次的邀请别有意味，反映出凯内内对彼此关系的看法发生了变化。然而，当他来到凯内内父母位于伊科伊的家时，凯内内介绍说："这位是理查德·丘吉尔。"随后停顿片刻，似乎是有意怂恿她的父母和其他客人按照各自的逻辑加以想象。她的父亲打量着他，询问他的职业。

"我是个作家。"理查德回答。

"作家？我明白了。"奥佐比亚酋长说。

理查德后悔不该说自己是一个作家，所以又加了一句，似乎想有所弥补："我对伊博-乌库的发现非常感兴趣，那些青铜铸件。"

"嗨，"奥佐比亚酋长低声说，"你有家人在尼日利亚做生意吗？"

"没有，我想没有。"

奥佐比亚酋长微笑着看向一旁。整个夜晚，他与理查德很少交谈。奥佐比亚夫人也是如此，她跟在丈夫身后，一举一动颇有皇家风范，从近处看，她的美貌更是令人敬畏。奥兰娜与他们不同。凯内内做介绍时，奥兰娜的笑容带着几分戒备，但他们开始交谈后，她的态度越来越热情，理查德想知道的是，她眼中闪烁着的是不是怜悯？她是否看得出来，他多么热切地想说一些得体的话，但又不清楚应该说些什么？奥兰娜的热情令他受宠若惊。

当她远远地坐在桌旁时，理查德心里涌起一股奇怪的失落感。沙拉刚刚上完，奥兰娜便开始与一位客人谈论政治。理查德知道他们谈论的是尼日利亚成为一个共和国，停止尊奉伊丽莎白女王为国家元首的必要性，不过他没有仔细听，后来奥兰娜转过头来看着他，问道："你同意吗，理查德？"仿佛他的看法很重要。

理查德清了清嗓子。"哦，当然同意。"他回答，尽管他不清楚她指的是什么。他非常感激，因为奥兰娜让他加入了聊天，把他纳入这个圈子，她那种既老练又纯真的气质令他着迷，这是一种拒绝被冷酷现实扼杀的理想主义。奥兰娜的皮肤闪着亮光，微笑的时候颧骨隆起。但她没有凯内内的忧郁和神秘，这正是凯内内让他既兴奋又困惑的特质。凯内内坐在理查德身旁，从头至尾很少说话，只有一次厉声要求管家更换一只看上去雾蒙蒙的玻璃杯，还有一次靠过来说："这种酱料让人反胃，不是吗？"大部分时间，凯内内都在观望，喝酒，吸烟，如此不可捉摸。理查德有一种心痛的感觉，他渴望了解她的内心。当他渴望得到她的时候，也有类似的心痛感觉，在梦里，他进入了她的身体，他尽可能深地插入，尽可能去发现最深处的隐秘存在，尽管他知道自己永远无法做到。这种感觉犹如喝了一杯又一杯的水，却仍旧口渴难忍，且伴随着一种难以平复的恐惧：他永远解不了渴。

理查德一想到苏珊，不禁忧心忡忡。他总是望着她，那结实的下巴、碧绿的双眼，对自己说，欺骗她，在书房里磨蹭到她熟睡才出来，对她撒谎说自己在图书馆或博物馆或马球俱乐部，这些对她是不公平的。她应该得到更好的回报。然而，与她在一起，理查德有一种可靠的安全感，她的轻言细语和墙上挂着莎士比亚素描像的书房，都让他感到安心。凯内内则不同。每次离开她，理查德心中溢满幸福，飘然若仙，不安全感却同样折磨着他，令他头晕目眩。他想问她如何看待他们从未讨论过的一些问题——他们的关系，他们的未来，还有苏珊——但每次都是心中毫无着落的感觉让他开不了口，他害怕她的回答。

理查德拖延着不做决定，直到一天早晨醒来，他想起了在文特诺的一天，他在外边玩耍，听到莫莉在喊："理查德！吃晚饭了！"他没有一边回答"来了！"一边跑向莫莉，而是躲到树篱下，蹭破了膝盖。"理查德！理查德！"莫莉的声音听上去很是着急，可理查德依旧蹲着不吭声。"理查德！你在哪里，迪基？"一只野兔停下来望着他，他也紧盯着野兔的双眼，在那个短暂的时刻，只有他和野兔知道他的所在。随后野兔跳出树篱，莫莉探头察看灌木丛下，发现了他。莫莉重重地打了他，命令他一整天都待在房间里。她说，她非常恼火，要告诉丘吉尔先生和夫人。但有了那个短暂的时刻，一切都是值得的，在那个完全不受约束、自由放任的时刻，理查德感觉他，他一个人，控制着童年时代的整个世界。理查德回想着这件小事，决定结束与苏珊的关系。他与凯内内的关系可能不会持续很久，但有了那些与她共享的时刻，有了那些知道自己不会受谎言和托词折磨的时刻，就算时间短暂，也是值得的。

下定决心之后，勇气接踵而至，不过，他还是把与苏珊摊牌的时间推迟了一星期，直到一天晚上，他们参加完一个派对回到家，苏珊喝了很多杯葡萄酒，颇有几分醉意。

"你要不要来杯睡前酒，亲爱的？"

"苏珊，我非常在乎你，"理查德急急忙忙地开了口，"但我不太确定一切进展顺利，我说的是我们之间的关系。"

"你说什么？"苏珊问，但她压低的声音和畏缩的表情表明，她非常清楚理查德话里的意思。

理查德捋着头发。

"她是谁？"苏珊问。

"不是别的女人。我只是觉得我们的需求不同。"他担心自己的话听上去不够真诚，但这是实话：他们的需求从来都是各不相同，看重的东西也各不相同。从一开始，他就根本不该搬来与苏珊同居。

"不是克洛维斯·班克罗夫特，对吧？"苏珊的耳朵红了。苏珊喝了酒之后，耳朵总是发红，但理查德此刻才注意到这一特点的怪异之处：因愤怒而发红的一对耳朵从苏珊苍白的脸庞两侧突兀而出。

"不是，当然不是。"

苏珊给自己倒了一杯酒，坐在沙发的扶手上。有片刻的工夫，两人都沉默不语。"第一眼看到你，我就喜欢上了你，说实话，我以为我不会这样。我心想，他真帅，真温柔，我一定是在那个时候打定主意，永远不会放你走。"苏珊不出声地大笑，理查德注意到她眼角的细纹。

"苏珊——"理查德喊了一声，又停下，因为不清楚还能说些什么。他不知道苏珊对他竟有这样的评价。他这才意识到，彼此的言语交流太少，彼此的关系恰如放任自流的溪水，没有来自双方的投入，至少他这一方是这种情形。对他而言，他与苏珊的关系纯属偶然。

"对你来说，一切都太仓促了，是吗？"苏珊说。她走过来，站在他身边。她已经恢复了镇定，下巴不再颤抖。"的确，你还没有机会实现你的愿望，多看一看这个国家。你搬到这里，我让你去参加那些很恐怖的派对，那些人不太关心文学创作、非洲艺术之类的东西。你一定觉得很难受。我非常抱歉，理查德，我真的明白你的心思。你当然必须看一看这个国家。我能帮忙吗？我在埃努古和卡杜纳都有朋友。"

理查德接过苏珊手中的酒杯，放到一边，把她揽入怀里。苏珊用的洗发水散发出一种理查德熟悉的苹果香味，在他心里勾起了些许怀旧的感觉。"不用，我不会有问题的。"他说。

显然，苏珊并不认为他们的关系真的走到了尽头，她以为理查德还会回来，理查德不愿说什么，以改变她的想法。系着白色围裙的管家打开前门，让他出去时，理查德如释重负。

"再见，先生。"管家说。

"再见，奥孔。"理查德想知道的是，捉摸不定的奥孔是否曾把耳朵贴在门上，偷听他与苏珊摔玻璃杯吵架。他曾请奥孔教他一些简单的埃菲克语句子，但是当苏珊发现他们两人都在书房里，理查德念着单词，奥孔则在一旁站立不安时，立即阻止了他们。奥孔充满感激地望着苏珊，仿佛她刚从一个疯狂的白人男子手里把他救了出来。之后，苏珊的口气变得柔和，她说她知道理查德不明白做事情的规矩。人不能跨越一些界线。她的语气让理查德想起了伊丽莎白姑姑，想起了挟英式体统——毫不歉疚、自我放任的英式体统——之名认可的一些观点。如果他把凯内内的存在告诉苏珊，也许她会用同样的语气告诉他：她非常理解他想体验黑人女性的需要。

理查德驾车离开时，看到奥孔在挥手。他心里涌起一股抑制不住的想唱歌的冲动，只可惜他不是一个会唱歌的人。格洛弗街上的其他房子都与苏珊的房子类似，面积极大，周围环绕着棕榈树和毫无生气的草坪。

第二天下午，理查德裸身坐在床上，俯视着凯内内。他试图进入她的身体，但又让她失望了。"对不起。我觉得我太激动了。"他说。

"我可以吸烟吗？"凯内内问。丝绸被单勾勒出她瘦骨嶙峋的裸体。

理查德为她点燃一支烟。她身上披着被单，坐了起来，在冰凉的空调房间里，她那黑褐色的乳头绷紧了，吐烟雾时，她把头扭向一边。"我们可以慢慢来，"她说，"而且还有别的方式。"

理查德心中腾起一股怒火，既恨自己的家伙绵软无力，不顶用，又气凯内内一脸微带嘲讽的笑容，还说什么有别的方式，似乎他这辈子永远无法按传统方式做爱。他知道自己可以做爱。他相信自己能够满足凯内内。他只是需要时间。然而，他已开始考虑吃一些药草，他记得在哪里读过相关的报道，说非洲男人吃一些增强男性性欲的药草。

"恩苏卡是灌木地带正中一小块尘土飞扬的土地，那是他们盖大学能够买到的最便宜的地皮。"凯内内说。她如此轻易地转换到世俗的话题，真让人吃惊。"不过对你的创作来说，那里应该是一块宝地，对吧？"

"是的。"理查德回答。

"你可能会喜欢那里，想继续待下去。"

"有可能。"理查德钻进被单下面。"不过我非常高兴，你要去哈科特港，我不需要大老远地赶来拉各斯见你。"

凯内内没有答话，只是一口接一口地吸烟，有片刻的工夫，理查德惶恐地想，凯内内是否要告诉他，等他们都离开拉各斯，他们的关系就彻底结束，她将在哈科特港找一个善于做爱的男人。

"我的房子是我们度周末的最佳场所，"凯内内终于开口说，"面积特别大。去年，我父亲把这栋房子作为一份嫁妆送给我，我想是作为一种诱惑，帮他这个不引人注意的女儿找个好丈夫。你想一想就会觉得，这种做法特别欧化，因为我们不兴嫁妆，兴彩礼。"她捻灭了手中的香烟。烟还没有吸完。"奥兰娜说她不想要房子。没说她需要房子。把房子留给丑女儿。"

"别这么说，凯内内。"

"别这么说，凯内内。"凯内内重复着他的话。她起了床，理查德想把她拉回被窝，但他没有这样做。他无法信任自己的身体，无法承受再让她失望一次的打击。有时候他觉得自己对她一无所知，仿佛他永远无法靠近她，挨着她；可是其他时候，他躺在凯内内身边，分明有一种完满无缺的感觉，他确信，自己别无所求。

"对了，我已经对奥兰娜说过，让她把你介绍给她那个革命恋人、大学老师。"凯内内说。她扯下假发，露出梳成玉米棒子的短发，她的脸更显年轻、娇小。"她过去与一个豪萨王子约会，一个讨人喜欢、温和乏味的家伙，但没有她那些疯疯癫癫的幻想。这个奥登尼博把自己想象成一个自由斗士。他是个数学家，却把全部时间用来给报纸写文章，大谈特谈他那种大杂烩一样的非洲社会主义。奥兰娜崇拜他这些东西。他们似乎没有认识到，社会主义是个多大的笑话。"她又戴上假发，开始梳理。波浪般的假发从中间两分，垂到了她的下巴。凯内内纤瘦的身体有着清晰的线条，抬起的胳膊非常柔滑，这些都让理查德喜欢。

"我觉得如果实施得当的话，社会主义也会非常适合尼日利亚。"理查德说，"它的实质就是经济意义上的公平正义，不是吗？"

凯内内鼻子哼了一声。"社会主义永远不会适合伊博人。"她那握着梳子的手停在半空中。"奥本耶阿卢是女孩子的一个常用名字，你知道它是什么意思？'不要嫁给穷人。'孩子一出生便打上这样的印记，说这是资本主义，已经够抬举他们的了。"

理查德大笑，让他更觉有趣的是，凯内内居然没有笑，她只是继续梳理假发。理查德想着下一次与凯内内一起大笑的情景，还有再下一次。他发现自己总爱想象未来，即便当下还没有结束。

理查德下了床，凯内内瞥了一眼他的裸体，他颇为羞涩。或许她面无表情，只是为了掩饰她内心的厌恶。理查德急急忙忙穿上内裤，扣上衬衫的纽扣。

"我已经离开了苏珊，"他脱口而出，"现在我住在伊凯贾的普林斯威尔旅社。去恩苏卡之前，我会去她那里搬走我的东西。"

凯内内注视着理查德，他在她的脸上发现了惊讶，紧接着是他不太明白的某种表情。是疑惑吗？

"我和她之间从来就不是正经八百的恋爱关系。"理查德说。他不希望凯内内以为他是因为她才离开苏珊，也不希望她扪心自问她与理查德的关系。还不是时候。

"你会需要一个男仆。"凯内内说。

"什么？"

"在恩苏卡需要一个男仆。你会需要一个人给你洗衣服，打扫房间。"

凯内内没有前提的结论让理查德陷入了片刻的迷惑。"一个男仆？我可以很好地照顾自己。我已经一个人生活了很长时间。"

"我会让奥兰娜帮你找个人。"凯内内说。她从烟盒里掏出一支烟，但没有点着。她把这支烟放在床头柜上，走过来拥抱理查德，她的双臂微微发颤，紧紧地箍着理查德。理查德无比惊讶，竟然没有回报以拥抱。只有在床上，凯内内才会如此搂紧他。她似乎也不懂自己为何有这种举动，因为她迅速离开了理查德的怀抱，点着了香烟。此后，理查德常常想起这个拥抱，每次想起，都有一种墙壁崩塌的感觉。

一星期后，理查德去了恩苏卡。他开车的速度不快不慢，偶尔找个出口停车，看一看凯内内给他的手绘地图。过了尼日尔河，他决定在伊博-乌库稍做停留。既然他终于来到了伊博人的聚居地，他最想做的事便是看一看套绳青铜罐的故乡。村庄里点缀着一些水泥房子，它们破坏了土墙茅屋构成的如画景色，这些茅屋挤在泥土小径的两旁，小径如此狭窄，他只得把车停在村外很远的地方，跟着一个穿卡其布短裤的年轻人进了村子，这个年轻人似乎习惯了做导游，带着参观者四处看一看。他名叫埃梅卡·阿诺齐，是参与考古挖掘的劳工之一。他带着理查德参观了开挖文物留下的方形大壕沟，还有清扫青铜器上尘土的铁铲和敞口金属盘。

"您想和我们的老爸聊一聊吗？我可以做你们的翻译。"埃梅卡提议。

"谢谢。"这里的热情接待有些出乎他的意料，那些尾随而来的村民，也颇让他感动，他们对他说："下午好，欢迎，欢迎。"似乎他们根本没想计较他是一位不速之客。

阿诺齐爸爸[1]身上围着一块看上去很脏的布，在脖子后打结。他领着理查德进了微暗的主屋，里面有一股蘑菇的味道。尽管理

---

1 尼日利亚人常称年长的男子为爸爸。

查德读过有关青铜器发现经过的报道，他还是问了这个问题。阿诺齐爸爸把一撮鼻烟轻轻推进了鼻孔，方才娓娓道来。大约二十年前，他的弟弟正挖一口井，工具撞到了某种金属制品，原来是一个葫芦。很快他又找到了一些其他的金属制品，挖出来后洗干净，请邻居过来观看。这些金属制品工艺精巧，似曾相识，但无人知道有谁制造过类似的东西。不久，埃努古地区专员得到了消息，派人把这些金属制品送到了拉各斯的文物局。之后一段时间，既无人亲临察看，也无人过问这些青铜器的其他情况，弟弟打好了水井，生活持续如初。几年前，伊巴丹的白人过来开挖。开挖之前他们举行了长时间的谈判，牵涉到必须搬迁的一间羊圈和一堵院墙，不过开挖进展顺利。此时正值哈麦丹风[1]的季节，但他们担心有雷暴，便在壕沟上架上竹竿，上面铺上防水油布。他们挖出了很多精美的文物：葫芦、贝壳、妇女的许多装饰品、蛇形物件、罐子。

"他们还发现了一个墓葬室，是不是？"理查德问。

"是的。"

"你认为那是国王的墓葬室吗？"

阿诺齐爸爸久久地望着理查德，眼神痛苦，又嘟哝了很长时间，神情忧伤。埃梅卡大笑过后，才开始翻译："爸爸说，他以为你属于有知识的白人。他说伊博人聚居区的居民不知道什么是国王。我们有祭司和长老。那也许是祭司的墓葬室。但祭司不

---

[1] 哈麦丹风，每年11月至次年3月由非洲内陆吹向大西洋海岸的燥风。

像国王那样祸害人民。正因为白人给我们派来了委任酋长,今天才有一些蠢货自称国王。"

理查德表示了歉意。他确实知道,几千年来,伊博人据说一直是一个实行共和制的部落,不过一篇关于伊博-乌库文化遗址的报道曾指出,伊博部落曾经有过国王,后来被废黜了。毕竟,这个部落总是废黜不再有用的神祇。理查德坐了一阵子,想象着这个民族的生活:他们在阿尔弗烈德大王[1]的时代便有能力创造如此美丽的器物,实行如此复杂的制度。他想写一写这个题材,就这个灵感进行创作,但他不清楚究竟要创作什么。或许是一部推理小说,主要人物是一个挖掘青铜器的考古学家,并因此经由时空旅行,回到了田园牧歌般的过去?

理查德对阿诺齐爸爸道了谢,起身准备离开。阿诺齐爸爸说了些什么,埃梅卡说道:"爸爸请您不要拍他的照片,行吗?来过的所有白人都要拍照。"

理查德摇摇头。"抱歉,我不拍照。我没带相机。"

埃梅卡大笑。"爸爸问这是哪种白人?他为什么来这里?他在做什么?"

理查德驾车向恩苏卡驶去,他也在问自己:他在做什么?还有更令他烦恼的问题:他要写什么?

---

[1] 阿尔弗烈德大王(849—899),英格兰西南部韦塞克斯王国国王,在位期间率军击败丹麦人的入侵,曾下令编纂法典和《盎格鲁-撒克逊编年史》。

位于伊莫凯街上的恩苏卡大学宿舍是专门为访问学者和艺术家准备的，屋内摆设稀疏，几乎形同苦行僧的住处。理查德看了看起居室里的两把扶手椅，还有单人床、空无一物的厨房储藏柜，恍然间，有一种到家的感觉。整个房子弥漫着恰到好处的静谧氛围。理查德去拜访奥兰娜和奥登尼博，奥兰娜说："我觉得你一定想让住处更舒适一些。"理查德回答道："是的。"尽管他喜欢目前这种空荡荡的陈设。他之所以表示同意，只是因为奥兰娜的微笑恰如一种奖赏，因为她的关心令他受宠若惊。她坚持要理查德雇用他们的园丁乔莫，在他的院子里种一些花草，每周来两次。她把理查德介绍给他们的朋友，带他去农贸市场，还说为他找到了最合适的男仆。

理查德以为自己的男仆像乌古一样年轻，思维敏捷，不料想哈里森是一个瘦小、驼背的中年人，穿一件垂至膝下的白衬衫。每次与人说话，他都要先鞠一大躬。他告诉理查德，爱尔兰神父伯纳德和美国教授兰德是他先前的雇主，言语间毫不掩饰他的自豪之情。"我在做非常好吃的甜菜沙拉。"[1]他第一天上班时说。后来理查德才明白，令他自豪的不仅是他做的沙拉，还有用甜菜做菜，因为大多数尼日利亚人不吃甜菜，所以他只有去"特种蔬菜"货摊才能买到。哈里森做的第一顿正餐是一条美味的鱼，甜菜沙拉是开胃菜。第二天的晚餐则是深红色的炖甜菜

---

[1] 哈里森与乔莫受教育程度不高，英语说得错误百出（比如辅音发音不准，或者卷舌音不标准，等等）。这句话里，哈里森混淆了英文的一般现在时和现在进行时（"在做"和"会做"分不清）。译文对他们说的非标准英语选用对应的有破绽的中文翻译。下同。

配米饭。"我仿照一本美国食谱中的炖土豆,我正在做这道菜。"哈里森说,理查德吃饭时他一直在旁边看着。第三天吃的是甜菜沙拉,第四天又是炖甜菜,颜色红得很恐怖,还有一道菜是鸡肉。

"不要了,哈里森,"理查德举起手说,"请不要再做甜菜了。"

哈里森现出失望的神情,随后面露喜色。"可是,先森,我做的是你们国家的饭菜,都是你们在小时候吃的饭菜。我其实没有在做尼日利亚的饭菜,都是国外的食谱。"

"尼日利亚饭菜很不错,哈里森。"理查德说。真希望哈里森明白他多么厌恶小时候的食物:烟熏鲱鱼片味道很刺激,鱼刺很多;粥上覆盖着厚厚的一层皮,看上去很可怕,像是防水的衬里;烧牛肉煮得很老,浸在肉卤里,边缘都是肥肉。

"好的,先森。"哈里森看上去闷闷不乐。

"对了,哈里森,你也许知道男人吃的药草吧?"理查德问,暗暗希望自己的语气听上去很随意。

"什么,先森?"

"药草。"理查德含混地打着手势。

"是蔬菜吗,先森?哦,我做你们国家的每一种沙拉很好吃,先森,我在给兰德教授做过很多种不同的沙拉。"

"是的,不过我说的是用来治病的蔬菜。"

"病?您去医务中心看医生。"

"我感兴趣的是非洲的药草,哈里森。"

"可是先森,药草不好,是巫医[1]给的。它们都很邪恶。"

"你说得对。"理查德决定放弃。他早该看出来,哈里森极端热爱一切非尼日利亚的事物,他问错人了。他应该问乔莫才对。

理查德一直等到乔莫来上班,他站在窗边,注视着乔莫给新栽的百合浇水。浇完后,乔莫把喷壶放到一边,开始拾取伞状楝的果子。头一天夜里,这些淡黄色的椭圆形果子掉到了草地上。理查德常常会嗅一嗅这些果子腐烂时散发的浓香,他知道他将永远把这种气味与恩苏卡联系在一起。他走到乔莫跟前,乔莫手里的酒椰袋子已经装满了果子。

"哦,早上好,理查德先森。先森,"乔莫非常严肃地问候理查德,"我想把这些果子交给哈里森,也许您想要,先森。我自己不会拿走。"乔莫把袋子放在地上,拿起了喷壶。

"没关系,乔莫,我不要这些果子。"理查德说,"对了,你知道男人吃的药草吗?那些……与女人在一起有问题的男人?"

"知道,先森。"乔莫并未停止浇水,仿佛他天天听到这个问题。

"你知道男人吃的一些药草?"

"知道,先森。"

理查德感觉到了胃部的雀跃。"我想看一看那些药草,乔莫。"

---

[1] 巫医,尼日利亚的传统医师,能借助咒语、符咒、卜占、草药和魔法治病、驱邪等。

"我弟弟以前身体有问题,因为大老婆没怀孕,小老婆也没怀孕。巫医给他一片叶子,他开始嚼。现在他怀孕两个老婆了。"

"哦,太好了。这种药草你能帮我找一些吗,乔莫?"

乔莫停下来望着理查德,智慧但枯槁的脸上溢满慈爱与怜悯。"白人吃了不管用,先生。"

"哦,不是。我想写一写这种药草。"

乔莫摇摇头。"你去找巫医,在他面前嚼药草。不是用来写的,先生。"乔莫又浇起水来,嘴里哼着不成调的小曲。

"我明白了。"理查德说,他走进屋里,强忍着不要显露出沮丧。他的身体挺得笔直,提醒自己说他毕竟是这里的主人。

哈里森站在前门外,假装擦玻璃。"乔莫有什么事情做得不好吗,先森?"他满怀希望地问。

"我只是问了乔莫一些问题。"

哈里森露出失望的表情。显然,他和乔莫,一个是厨师,一个是园丁,谁都认为自己比另一个人强,从一开始就相处不融洽。一次,理查德听到哈里森命令乔莫不要给书房窗外的花草浇水,因为"浇水的声音正在干扰先生写作。"他站在书房窗外,声音很大,显然也希望理查德听见。哈里森的溜须拍马让理查德觉得好笑,同样有趣的还有对他的文字创作的尊崇:哈里森养成了每天给打字机掸灰尘的习惯,即便打字机从未落过很厚的灰;另外,他很不情愿丢弃垃圾桶里的稿纸。"您不在再用这个了,先生?您决定了?"哈里森问,手里握着那些皱巴巴的纸张,理查德则会回答,是的,他决定了。有时候,理查德心想,如果他说他甚至拿不准自己写了些什么,哈里森会有何评论:他写了一篇考古学家的人物素描,而后扔掉了;写了一个英国男人与一个非洲女人之间的爱情故事,又扔掉了;现在已着手写一个尼日利亚小镇的生活。最近的创作素材大多来源于他与奥登尼博、奥兰娜及其朋友共度的夜晚时光。他们很自然地接纳了他,没有特别关注他,或许是这个原因,他坐在起居室沙发上聆听的时候,备感轻松惬意。

奥兰娜把理查德介绍给奥登尼博时,说:"这位就是我给你讲过的凯内内的朋友,理查德·丘吉尔。"奥登尼博热情地与他握手,说:"我没有成为国王的首席大臣,为的是主持大英帝国的停业清理。"

过了片刻,理查德才明白这是奥登尼博对温斯顿·丘吉尔爵士的拙劣模仿,不由得哈哈大笑。之后,理查德看到奥登尼博挥舞着一期《每日时报》,大喊:"现在我们就该着手对我们的教育进行去殖民化!不是明天,是现在!给他们教我们的历史!"理查德心想,眼前这个人信赖自己的古怪个性,这个人没有特别出众的魅力,但在一屋子充满魅力的人当中,他能得到最多的关注。理查德也注意观察奥兰娜,他每瞅她一眼,都感觉焕然一新,仿佛在前几分钟里,她变得更美丽了。然而,当他看到奥登尼博把手搭在奥兰娜肩上,又想象他们两个在床上的情景,心里颇不是滋味。除了跟大家一起聊天,理查德与奥兰娜很少交谈,不过在他去哈科特港看望凯内内前一天,奥兰娜说:"理查德,请向凯内内问好。"

"我会的。"理查德回答。这是奥兰娜头一次提到凯内内。

凯内内开着她的标致404,在火车站接上理查德,离开哈科特港的市中心,向海边开去,来到一栋偏僻的三层小楼前,小楼的阳台被颜色最浅的紫色九重葛匍匐覆盖,层层盘绕。凯内内领着他参观各个宽敞的房间,房间里的家具、木雕、柔和的风景画和精美的雕塑构成了极有品位的混搭风格,理查德闻到了空气中的咸味。抛光地板散发出树木的香味。

"我本希望房子离海更近一些,这样我们就能看到更好的海景。我改变了爸爸的装潢风格,但愿看上去不太有暴发户的感觉,你觉得呢?"凯内内问。

理查德大笑。不仅因为凯内内套用苏珊的原话——他向凯内内复述过苏珊对奥佐比亚酋长的描绘——还因为她用了我们。我们指的是他们两人,她把理查德包括在内。凯内内把他介绍给家里的三个管家,他们穿着极不合身的卡其布制服,她脸上露出惯常的略带嘲讽意味的微笑,告诉三个管家:"你们今后会经常见到理查德先生。"

"欢迎,先生。"他们异口同声地说,凯内内一一指着,介绍他们的名字:伊凯基德、恩南纳和塞巴斯蒂安,他们几乎保持着立正的姿势。

"伊凯基德是三个当中唯一有一半脑子的人。"凯内内说。

三个管家笑了,他们似乎各怀心思,但当然谁都没说什么。

"好了,理查德,我带你看一看院子。"凯内内开玩笑似的鞠了一躬,领着理查德穿过后门向果园走去。

"奥兰娜让我向你问好。"理查德抓住她的手说。

"这么说,她的革命恋人让你加入了他们的圈子。我们应该表示感谢。他过去只让黑人老师去他家里。"

"对,他给我说过。他说,恩苏卡到处都是美国国际开发署、联合国维和部队和密歇根州立大学的人,他想给不多的尼日利亚老师提供一个论坛。"

"还有他们的民族主义激情。"

"我想是的。他的确与众不同,令人耳目一新。"

"与众不同,令人耳目一新。"凯内内重复道。她停下脚步,用凉鞋鞋跟踩平了地上的某样东西,"你喜欢他们,对吗?奥兰娜和奥登尼博。"

理查德想直视着凯内内的双眼,想探悉她究竟要听什么样的回答。他想说她想听的话。"对,我喜欢他们。"他说。凯内内的手被他握在手里,有些松垮,他担心她会把手抽走。"有了他们,我融入恩苏卡的生活轻松多了。"他加了一句,似乎是为了说明喜欢他们的理由。"我已经安顿下来,相当快。当然还有哈里森。"

"哈里森,那是当然。这位甜菜先生干得怎么样?"

理查德见她没有恼火,松了一口气,把她拉入怀里。"他干得很好。他是个好人,真的,很逗。"

此刻他们来到了果园,置身于密密匝匝、纵横交错的橙子树下,一种怪异的感觉席卷了理查德的全身。凯内内正说着话,说的是她手下的一个员工，理查德却觉得自己渐渐变得模糊，他的思绪渐渐张开，又如卷席般渐渐卷曲。眼前这些橙子树，周围这么多树，头顶苍蝇的嗡嗡声，还有满目的葱绿，唤醒了他对文特诺的父母家房子的记忆。这个炎热潮湿的地方竟然让他想起英国那栋摇摇欲坠的房子，实在不协调：即便在夏天，那栋房子也是通风良好的，而这里的太阳把他的胳膊晒成了淡淡的猩红色，蜜蜂则在阳光下自得其乐。他看见了高耸的白杨和柳树，在那栋房子后面，在他追捕獾的田野里，在凌乱无序的小山上，山上的石楠花和欧洲蕨绵延几英里，吃草的羊点缀其中。"记忆中蓝色的山丘。"他看见父亲、母亲陪着他坐在卧室里，卧室里有股潮气，父亲为他和母亲朗诵诗歌。

> 风，吹入我心如刀割
> 从那遥远的乡间：
> 那些记忆中蓝色的山丘是什么？
> 那些是什么样的尖塔？什么样的农田？
>
> 那是失乐的土地，
> 我看见它闪着平易的光芒，
> 幸福的公路，我去过
> 却无法再来。[1]

1　此为英国诗人A. E. 豪斯曼（1859—1936）的一首诗，选自诗集《什罗普郡一少年》。

每每念到"记忆中蓝色的山丘",父亲的声音总会变得深沉。在他们离开卧室后,还有接下来他们离家的几个星期里,理查德都会眺望窗外,凝视着远处的山丘染上一抹蓝色。

凯内内忙碌的生活让理查德感到困惑。之前理查德在拉各斯看到她,在酒店与她短暂会面,并未意识到她的生活如此满满当当,即便没有他,她的生活也已经没有空隙。理查德一想到他不是凯内内世界的唯一占有者,便有一种奇怪的心烦意乱的感觉,更怪的是,凯内内来到哈科特港才几个星期,她的日常生活便已开始按部就班地进行。她的工作排在第一位,她决心要让父亲的工厂发展壮大,要比父亲做得还出色。到了晚上,来访者——公司的人来谈生意,政府的人来谈行贿,工厂的人来谈工作——接踵而至,把车停在果园的入口。凯内内总不让他们待的时间太长,也不让理查德见他们,因为她说,他们会让他厌烦,所以理查德总待在楼上读书或乱写,等他们离开。他经常强迫自己不去担心夜里是否会让凯内内失望,他的身体还是那么不可信赖,他也发现,心里越是想着可能会失败,失败的次数就越多。

理查德第三次来哈科特港时,管家敲着卧室的门说:"马杜少校来了,女士。"凯内内问理查德,是否愿意跟她一起下楼。

"马杜是我的老朋友,我希望你见见他。他刚刚参加完巴基斯坦的一个陆军训练课程。"凯内内说。

理查德在走廊里便闻到了客人身上的古龙水味道,一种浓得让人恶心的味道,但让人感觉到对方肌肉结实、强壮有力。酒这种古龙水的男子引人侧目，理查德立即想到了"原始"这个词：一张红褐色的宽大脸庞，宽大的嘴，宽大的鼻子。马杜站起身来握手，理查德差点后退一步。此人是庞然大物。一屋子人当中，理查德通常是个子最高的、别人必须仰视的那一位，但眼前这个人至少比他高三英寸，肩膀宽阔，体格魁梧，看上去更高大，但笨重。

"理查德，这位是马杜·马杜少校。"凯内内说。

"你好，"马杜少校说，"凯内内跟我说起过你。"

"你好。"理查德说。这是一种过于亲密的感觉：听到这个脸上挂着几分屈尊笑容的庞然大物以此种口吻说出凯内内的名字，似乎他十分了解凯内内，似乎他知道理查德不知道的什么内情，似乎凯内内在肉体亲密接触之后的傻笑中，对他咬耳朵说了理查德的情况。而且，马杜·马杜究竟是什么名字？理查德坐在沙发上，凯内内问他喝点什么，他拒绝了。他感到虚弱。他多希望凯内内介绍说，这位是我的爱人理查德。

"你和凯内内是在拉各斯认识的?"马杜少校问。

"是的。"理查德回答。

"大约一个月前，我从巴基斯坦给凯内内打电话，那是她第一次提到你。"

理查德不知该说什么。他不知道凯内内与远在巴基斯坦的马杜通过电话，也不记得凯内内提到过一位名和姓相同的陆军军官朋友。"你们认识多久了？"理查德话音刚落，便担心自己听上去话里有话。

"我家在乌蒙纳奇的房子就在奥佐比亚家隔壁。"马杜少校转头对凯内内说,"不是说我们的祖先有亲戚关系吗?可惜你家的人偷我们的地,被我们赶走了?"

"是你们家人偷了那块地。"凯内内大笑着说。理查德听到凯内内沙哑的笑声,十分惊讶。令他更惊讶的是,马杜少校的一举一动非常随意放松,无论是一屁股坐进沙发里,还是站起身来翻转立体声唱片,抑或与端来晚餐的管家开玩笑,都给人无拘无束之感。理查德觉得自己是个外人。他希望凯内内事先告诉过他,马杜少校将留下来吃晚餐。他希望凯内内与他一起喝杜松子酒补剂,而不是随马杜少校喝掺水的威士忌。他希望这个家伙不要一个劲地问他问题,似乎是要与他攀谈,似乎这个家伙是主人,而理查德是客人。你喜欢尼日利亚吗?米饭不是很好吃吗?你的书进展如何?你喜欢恩苏卡吗?

理查德厌恶这些问题,厌恶这个家伙完美的餐桌礼仪。

"我在英国桑德赫斯特[1]陆军军官学校受过训,"马杜少校说,"我最讨厌那里的寒冷。一部分是因为每天早晨,他们让我们只穿着薄衬衫和短裤,冒着那么可怕的严寒跑步。"

"我明白你为什么觉得那里冷。"理查德说。

"噢,是的。萝卜白菜,各有所爱。我敢保证,你在这里很快就会想家。"马杜少校说。

"我不这样认为。"理查德说。

---

[1] 英格兰中南部雷丁东南的一个村庄,著名的皇家陆军军官学校所在地。

"你瞧,英国政府刚刚决定控制来自英联邦国家的移民,不是吗?他们希望各国的人民都待在自己的国家。当然,反讽的是,我们作为英联邦国家,却不能控制英国人移居我们的国家。"

马杜少校慢慢地咀嚼着米饭,仔细地看着一瓶瓶装水,仿佛那是一瓶葡萄酒,他想知道它的酿造年份和产地。

"我从英国回来后,就作为第四营的一员去了刚果,受联合国的指挥。我们营指挥不善,但即便如此,我还是更喜欢刚果,胜过相对安全的英国。天气是唯一的原因。"马杜少校停顿片刻。"在刚果,我们营的指挥很差。我们的指挥官是一个英国上校。"他瞥了理查德一眼,继续嚼着米饭。

理查德非常恼怒,他的手指感觉很僵硬,他担心叉子会从手中掉落,从而让这个令人难以忍受的家伙掌握他的心理活动。

晚餐结束后,他们坐在洒满月光的阳台上,边喝酒边听快活之音音乐,这时,门铃响了。

"一定是乌多迪,我让他到这里来找我。"马杜少校说。

理查德啪的一声,拍打着耳边一只讨厌的蚊子。凯内内的房子似乎变成了这个家伙与他朋友的约会场所。

乌多迪身材矮小,长相平凡,没有马杜少校那种见过世面的魅力和隐而不露的傲慢。他似乎喝醉了酒,握着理查德的手上下猛烈晃动,几近疯狂。"你是凯内内的生意合伙人?做石油生意吗?"他问。

"我还没做介绍,是不是?"凯内内说,"理查德,乌多迪·埃凯奇少校是马杜的朋友。乌多迪,这位是理查德·丘吉尔。"

"噢。"乌多迪少校眯缝着眼睛说。他向一只玻璃杯里倒了威士忌,一饮而尽,用伊博语说了什么,凯内内冷冷地用清晰的英语回答:"我选谁做男友,与你无关,乌多迪。"

理查德多希望自己能够张开嘴,利索地把这个家伙臭骂一通,但他做不到。他感到无助、虚弱,一种因疾病和悲痛导致的虚弱。音乐停了,他听到远处海浪拍岸的声音。

"哦,对不起!我没说这与我有关!"乌多迪少校大笑着说,又伸手去抓威士忌酒瓶。

"悠着点,"马杜少校说,"你在食堂肯定早就吃了。"

"生命苦短,我的兄弟!"乌多迪少校说,又给自己倒了一杯酒。他转过脸对凯内内说:"I magonu(你知道),你知道,我说的是,我们那些跟在白人男子屁股后面的女人都属于一个类型:出身贫寒,还有白人男子喜欢的那种身材。"他顿了一顿,又滑稽地模仿着英国口音说:"妙不可言、让人心痒难耐的屁股。"他放声大笑。"白人男子在黑暗中不停地戳这些女人,戳呀戳呀戳呀,但永远不会与她们结婚。怎么可能!他们甚至不会公开带这些女人去一个好场所。可这些女人作践自己,拼命要得到这些男人,就为了那几个小钱,还有装在花哨茶罐里的破茶叶。这是一种新的奴隶制。我告诉你,新的奴隶制。但你是一个大人物的千金,你为什么跟他搅和在一起?"

马杜少校站起身。"我向你道歉,凯内内。这个家伙不正常。"他一把拽起乌多迪少校,飞快地说了几句伊博语。

乌多迪少校又放声大笑。"好,好,让我把这瓶威士忌带走。都快空了。让我带走。"

乌多迪少校从桌上抓起那瓶威士忌酒,凯内内一言未发。他们走后,理查德坐在凯内内身旁,握住了她的手。他感觉自己早已消失得无影无踪,这应该是马杜少校没有向他道歉的原因。"他真让人讨厌。他这么做,我很难过。"

"他醉得一塌糊涂。马杜现在的心情一定很糟糕。"凯内内说。她指了指桌上的文件,加了一句:"我刚刚签了一份合同,向卡杜纳的军营供应军靴。"

"那太好了。"理查德喝干杯子里的最后一点酒,望着凯内内翻看文件。

"管事的人是伊博人,马杜说他最想把合同交给一个伊博人。所以我很幸运。他只要百分之五的折扣。"

"回扣吧?"

"哦,我们难道不合法吗?"

凯内内的嘲讽令理查德感到恼火,同样让他不快的是,她竟然不计较马杜少校对乌多迪少校粗野举止应负的责任。理查德站起身,开始在阳台上踱步。一些小虫子围着荧光灯泡飞舞,嗡嗡声一片。

"这么说,你认识马杜很久了。"理查德终于开口说。他厌恶对那个家伙直呼其名,这样称呼表达出一种亲切感,但并非他内心的真实感受。可他别无选择。他当然不会称呼那个家伙"少校",加上头衔太抬举他了。

凯内内抬起头。"何止很久。他们家和我们家关系非常好。

我记得几年前，我们去乌蒙纳奇过圣诞节，他送给我一只乌龟。那是我得到的最怪异、最好的礼物。奥兰娜认为马杜做得不对，把那个可怜的小东西与它生长的自然环境分开，诸如此类的，但她毕竟与马杜不太投脾气。我把乌龟养在一只碗里，当然，它很快就死了。"她又继续翻看文件。

"他结婚了，对吧？"

"对。阿达奥比正在伦敦攻读学士学位。"

"所以你才这么频繁地见他？"理查德问这个问题，声音嘶哑，似乎需要清一清嗓子。

凯内内没有回答。或许她没有听见他的话。显然，她手中的文件，一份新合约，占据了她的注意力。她站起身来。"我到书房记一下笔记，马上回来。"

理查德心想，为什么不能直接问凯内内，她是否觉得马杜有魅力，她是否与他有过恋爱关系。更严重的问题是，他们是否现在还保持着这种关系。可他很恐惧。他走到凯内内跟前，伸出胳膊抱住她，把她紧紧搂在怀里，想感受她的心跳。平生第一次，他感到自己找到了心灵的归属。

1．书：《我们死去时世界沉默不语》

在"引子"中，他讲述了那个携带葫芦的女人的故事。她坐在火车地板上，周围挤满了哭泣的人、喊叫的人和祈祷的人。她静静地坐着，轻柔而有节奏地抚摸着怀里的葫芦，葫芦上盖着东西。过了尼日尔河后，她打开葫芦盖，让奥兰娜和身旁的人看一看里面。

奥兰娜把上述故事告诉了他，他记下了细节。她告诉他，那个女人裹裙上的血迹渗进了纤维当中，现出一大片带铁锈色的紫红。她描绘了那个葫芦上雕刻的图案，各条斜线纵横交错，还描绘了葫芦里面那个孩子的头颅：肮脏的发辫散落在黑褐色的脸上，眼睛怪异地睁着，里面似乎全是眼白，嘴巴合成一个小小的"O"，述说着惊讶。

他写完这些，又提到那些用手提箱装着孩子烧焦的尸体、逃离汉堡的德国女人，口袋里装着被打致死的孩子小小器官的卢旺达女人。不过他很谨慎，没有做比较。他画了一幅尼日利亚地图，用鲜红色描出尼日尔河和贝努埃河的V字形，作为书的封面。他又用同样的红色勾勒出东南部存在了三年的比亚法拉[1]。

---

1 比亚法拉共和国（Republic of Biafra），尼日利亚东南部一个由分离主义者建立的国家，于1967年5月成立，1970年1月灭亡。

4

乌古慢慢地清理着餐桌。他先拿走玻璃杯，之后是盛过炖肉的碗和刀叉，最后再把碟子摞起来。尽管午餐进行当中，乌古并未从厨房门后偷看，但他仍能推断出每个人的座位。主人的碟子总是撒满米粒，似乎他吃饭时漫不经心，米粒总从叉子上掉下来。奥兰娜的玻璃杯上留下了月牙形的唇印。奥凯奥马吃什么都用勺子，叉和刀被他推到一边。埃泽卡教授带来了自己喝的啤酒，那个看似外国货的褐色瓶子立在他的碟子旁边。阿德巴约小姐的碗里剩了一些洋葱片。理查德先生从来不嚼鸡骨头。

厨房里，乌古把奥兰娜的碟子放在富美家牌长台面上，倒空其他人的碟子，他注视着米饭、炖肉、蔬菜和骨头滑进垃圾桶里。一些骨头被咬得很碎，看上去像是刨花。奥兰娜碟子里的骨头是个例外，因为她只是稍稍啃了啃末端，三根骨头的形状完好无损。乌古坐下来，选了一根骨头，闭上眼睛吮了起来，脑海里浮现出奥兰娜嘴里含着这根骨头的画面。

他懒懒地吮着骨头，一根接一根，没有特意压低嘴里发出的啧啧声。房子里只剩他一个人。主人与奥兰娜及朋友们刚刚去了员工俱乐部。这个时候屋里最为安静，午餐用过的餐具放在水槽里，离晚餐还有很长时间，厨房沐浴在灿烂的阳光中，乌古可以磨磨蹭蹭，无所事事。奥兰娜说这是乌古的作业时间，她在家的话，会让乌古到卧室去做作业。她不知道乌古从来不用花很

121

长时间做作业,完成功课后,他便坐在窗边,拼命想读懂主人一本书里那些难懂的句子,时不时地抬起头,盯着前院的白色花朵上上下下飞舞的蝴蝶。

乌古吮吸第二根骨头时,拿起了自己的作业本。他咀嚼着放凉了的骨髓,舌头上有一股辛辣的味道。他读着一首诗,那是他从黑板上仔细抄下来的,看上去颇像奥圭凯夫人的字体,然后闭上眼睛,开始背诵。

> 我不能忘记,我看不到
> 玩伴们见到的一切美景,
> 吹笛人答应让我也看见。
> 他说带我们去一片乐土,
> 与本镇相接,近在咫尺,
> 那里泉水喷涌果树生长,
> 花朵的颜色比这里更美,
> 一切都如此奇妙而新鲜。

乌古睁开眼睛,扫了一眼作业本,确定没有漏背。他希望主人不要记得叫他背诵这首诗,因为他虽然能够正确地背出来,但当主人问他:这首诗是什么意思?或者,你认为这首诗写的是什么?他只能张口结舌。奥圭凯夫人分发的那本书里有一些图片,一群笑逐颜开的老鼠跟着一个长头发男子,看上去莫名其妙,乌古越看这些图片,越觉得它们根本就是一个毫无意义的玩笑。连奥圭凯夫人都不明白这首诗的意思。乌古渐渐地喜欢上了她——奥圭凯夫人，因为她没有对他另眼相待，没有注意到课间休息时，他独自一人坐在教室里。第一天，主人在空气不流通的屋外等待，她对乌古进行口试和笔试，便注意到乌古学得非常快。"这个孩子肯定可以在某个阶段跳级，他天资聪明。"考试结束后，奥圭凯夫人对主人说，似乎没有意识到乌古正好站在他们身边，"天资聪明"立刻成了乌古最喜欢的词组。

乌古合上了作业本。他吮完了所有的剩骨头，开始清洗餐具，想象着嘴里徜徉着奥兰娜嘴巴的味道。几星期前，他第一次吮吸奥兰娜剩下的骨头，之前一个星期六的早晨，乌古看见奥兰娜和主人在起居室里接吻，张开的嘴巴紧贴在一起。想到奥兰娜的唾液留在主人的嘴里，乌古既反感又兴奋。现在依然是这种矛盾的感觉。奥兰娜在夜里呻吟，带给他的也是这种感觉。他不喜欢听到奥兰娜的呻吟，却常常走到他们的卧室门口，把耳朵贴在凉飕飕的木门上倾听。同样，他会仔细察看奥兰娜挂在浴室里的内衣：黑色的衬裙，手感滑溜的胸罩，白色的内裤。

奥兰娜轻松自如地融入了这栋房子里的生活。夜晚，起居室里坐满了客人，奥兰娜清晰、完美的声音非常突出，乌古想象着自己对阿德巴约小姐吐舌头说："你做不到像我家女主人那样说英语，所以闭上你的臭嘴。"衣柜里似乎总挂着奥兰娜的衣服，收音电唱两用机里似乎总放着她喜欢的快活之音音乐，每个房间里似乎总飘着她爱吃的椰子香味，车道上似乎总停着她的英帕拉车。然而，乌古还是怀念与主人共度的旧时光。他怀念那些夜晚，他坐在起居室的地板上，聆听主人低沉的声音，也怀念那些清晨，他为主人端上早餐，心里清楚除了他们的声音，不会有其他的声响。

主人变了：他看奥兰娜太频繁，抚摸她太多，当乌古打开前门让他进来，他的眼睛总是充满期待地、飞快地瞥向起居室，看看奥兰娜是否在那里。昨天，主人对乌古说："我母亲这个周末要来，打扫一下客房。"乌古尚未回答"是，先森"，奥兰娜抢先说："我觉得乌古应该搬到男仆宿舍。那样我们就有了一间空闲的客房。妈妈可以待一段时间。"

"对，当然啦。"主人答道，速度之快令乌古心生不悦：似乎只要奥兰娜提出要求，主人愿意为她上刀山，下火海，似乎她已经变成了主人。不过乌古并不介意搬去男仆宿舍，除了蜘蛛网和硬纸箱，那里空无一物。他可以把抢救下来的东西藏在那里，可以把那个房间变成他一个人的天下。他从未听主人谈到过母亲，在打扫客房时，他想象着这位女士的模样，当主人还是婴孩时，她给他洗澡，给他喂饭，给他擦鼻涕。乌古已然对她充满了敬畏，只因她生了主人。

乌古飞快地洗好了午餐用过的餐具。如果他为晚餐的蔬菜浓汤准备青菜的速度同样快，在主人和奥兰娜回来之前，他还可以到理查德先生家里，与哈里森聊天。这些天，他用手撕蔬菜，而不是用刀切。奥兰娜喜欢吃手撕的蔬菜，她说这样能保留更多的维生素。乌古也开始喜欢用手撕蔬菜，恰如他喜欢奥兰娜教给他的一些烹调方法：煎鸡蛋时加入少许牛奶；把油炸大蕉切成优雅的圆形，而不是难看的椭圆；用铝杯而不是香蕉叶蒸豆饼。既然现在奥兰娜把大部分饭菜都交给乌古来做，乌古便喜欢时不时地探头瞅一眼厨房门外，看看谁喃喃称道的次数最多，谁喜欢吃什么，谁吃了两份。帕特尔医生喜欢吃香料煮鸡。理查德先生也是，但从不吃鸡皮。或许苍白的鸡皮让他想到了自己的肌肤。乌古想不出还有别的原因，毕竟鸡皮是最好吃的部分。乌古从厨房出来送水或收走某样东西时，理查德先生总说："鸡肉好吃极了，谢谢你，乌古。"有时候，其他客人去了起居室，理查德先生会来厨房问乌古一些问题。都是些很好笑的问题。他的族人有神的雕饰或雕像吗？他进入过河边的神殿吗？乌古更觉好笑的是，理查德先生竟把他的回答记在一本皮面的笔记本里。一段时间前，乌古不经意间提到假面舞节，理查德先生的蓝眼睛变得更加明亮，说他想去瞧一瞧，他将问一问主人，能否开车带乌古去他的家乡。

乌古大笑着把蔬菜从冰箱里取出来。他无法想象理查德先生置身假面舞节的情景。在节日里，"魂灵"[1]（理查德先生说其实是假面舞会，不是吗，乌古表示同意，如果假面舞会是魂灵的意思）会在村里游行，鞭打青年男子，追逐青年女子。魂灵看到一个肤色苍白的陌生人在笔记本上写字，说不定也会哈哈大笑。不过乌古很高兴，因为他向理查德先生提及这个节日，这意味着有机会在内西纳齐去北部前见她一面。想一想他坐着白人的车，白

---

[1] 此处是伊博语，魂灵（mmuo）。

人给他当司机,这会给内西纳齐留下多么深刻的印象!他相信,这一次内西纳齐一定会注意他,他迫不及待,想在阿努利卡、堂弟堂妹和其他亲戚面前展示他的英语,他的新衬衫,还有他对三明治、自来水和他的香粉的了解。

乌古刚洗好蔬菜,便听到了门铃声。主人的朋友们不会这个时候来,太早了。他走过去开门,边走边在围裙上擦手。有一刹那,他怀疑站在门口的是否真是姑姑,还是因为他在想家,所以看到了姑姑的幻象?

"姑姑?"

"乌古阿尼,"姑姑说,"你得回家。Oga gi kwan(你的主人怎么样)?你的主人呢?"

"回家?"

"你母亲病得很重。"

乌古盯着姑姑头上缠的头巾。他注意到头巾有些地方很破旧,布料被磨薄了。乌古记得,表姐的父亲去世时,家人捎信给身在拉各斯的表姐,要她回家,说她父亲病得很重。如果你远离家乡,他们会对你说,死去的人病得很重。

"你母亲病得很重,"姑姑又说了一遍,"她要见你。我会对主人说,你明天回来,这样的话他就不会觉得我们的要求很过分。你知道的,很多男仆许多年回不了家。"

乌古没有动,只是不停地用手指卷着围裙的一角。他想让姑姑说真话,如果母亲过世了,那就告诉他实情。可他问不出口。乌古想起了上一次母亲生病的情景,不由得心中惶然:母亲不停地咳嗽,咳呀咳,父亲天不亮就去请巫医,父亲的小老婆奇奥凯揉搓着她的后背。

"主人不在家,"乌古终于开口说,"不过很快就会回来。"

"我会等他回来,请求他放你回家看一看。"

乌古领着姑姑进了厨房,姑姑坐在那里,看着他把山药切成片,随后又把片切成丁。乌古干起活来,动作飞快,颇有几分疯狂。阳光透过窗户,照了进来,此时已是下午偏晚,阳光似乎过于灿烂,充满了不祥的预兆。

"我父亲身体还好吧?"乌古问。

"他很好。"姑姑脸色晦暗,语调平淡——没有把知道的坏消息都说出来的人都是这种样子。她一定有所隐瞒。或许母亲真的过世了,或许父母那天早上都倒下了。乌古继续切着山药,保持一种夸张的安静,一直保持到主人回到家,白色网球服被汗水打湿,贴在背上。主人独自回来了。乌古多希望奥兰娜也回来了,那样的话,他可以边看她的脸边说话。

"欢迎回家,先森。"

"谢谢,我的好伙计。"主人把网球拍搁在厨房的桌子上,"请给我倒点水喝。今天的比赛我一局都没赢。"

乌古把冰凉的水倒进玻璃杯里,配了一个杯托。

"晚上好,先森。"姑姑打着招呼。

"晚上好,"主人回答,看上去有点疑惑,似乎不确定她是谁,"哦,对了。你还好吗?"

姑姑尚未开口,乌古便抢着说:"我母亲病了,先森。先森,我请求您，如果我回去看母亲，明天一定回来。"

"什么？"

乌古重复了一遍。主人瞪着他，又瞪着炉子上的炖锅。"你做好饭了吗？"

"没有，先森。我会非常非常快地做好饭，然后再走。我会摆好饭桌，把什么事都安排好。"

主人转身问乌古的姑姑："Gini me（出了什么事）？他母亲出了什么事？"

"先森？"

"你耳朵聋了吗？"主人猛戳着自己的耳朵，仿佛乌古的姑姑不懂"聋"的意思。"他母亲出了什么事？"

"先森，她的胸膛有一团火。"

"胸膛有一团火？"主人哼着鼻子说。他一口喝光了水，转身用英语对乌古说："穿上衬衫，上车。你们那个村子不是很远。我们很快就能赶回来。"

"先森？"

"穿上衬衫，上车！"主人在一张小传单的背面写了一封短信，留在桌子上。"我们去把你母亲接来，让帕特尔医生看一看。"

"是，先森。"乌古与姑姑、主人一起向小车走过去，感觉自己像个易碎品。他感觉周身的骨头如同扫帚把，刮哈麦丹风的季节里很容易折断的扫帚把。一路上，三个人几乎没有说话。他们路过一些农田，一排排的玉米和木薯恰如编得很整洁的发辫。

主人说:"看到了吗?这才是我们政府应该关注的问题。如果我们学会了灌溉技术,我们就很容易养活这个国家。我们可以摆脱粮食依赖进口的殖民体制。"

"是的,先森。"

"可是,政府里那些笨蛋光知道撒谎,光知道做贼。你知道吗,今天早晨一群人去拉各斯示威,其中有我的很多学生。"

"是,先森,"乌古说,"他们为什么示威,先森?"

"是人口普查。"主人说,"这种人口普查根本就是胡来,每个人都伪造数字。不是指望巴勒瓦能做些什么,因为他和所有的人一样,深陷其中。但我们必须表达我们的意见!"

"是,先森。"乌古回答,在为母亲担忧的同时,一股强烈的自豪感油然而生,因为他知道,姑姑会睁大了眼睛,惊奇地听着他与主人之间的深奥对话,而且,还是用英语对话。他们在乌古家的茅屋前不远的地方停下车来。

"收拾你母亲的东西,快点,"主人说,"今晚我有朋友从伊巴丹过来。"

"是,先森!"乌古和姑姑同时回答。

乌古钻出小车,站在那里。姑姑冲进茅屋,父亲旋即出来,眼眶红肿,他的背看上去比乌古记得的还要弯。父亲跪在地上,紧紧抱住主人的双腿。"谢谢先森。谢谢先森。祝您好人有好报。"

主人退后一步,乌古注视着父亲身体摇晃,几乎仰面跌倒。"起来,kunie(起来)。"主人说。

奇奥凯从茅屋里出来。"这是我另一个老婆，先森。"父亲站起来说。

奇奥凯伸出双手，与主人握手。"谢谢您，主人。Deje（您好）！"她跑回茅屋，又跑出来，把一个小菠萝塞进主人的手里。

"不用，不用，"主人说着，推开了菠萝，"本地菠萝太酸了，我的嘴巴会有火烧火燎的感觉。"

村里的孩子们都围拢过来，打量着小车，充满敬畏地用手拊过蓝色的车身。乌古发出"嘘"声，把他们赶跑了。他希望阿努利卡在家，可随他一同进入母亲的茅屋。他希望内西纳齐现在能过来，握住他的手，安慰他说，母亲的病一点都不严重，然后带着他来到小河边的小树林，解开裹裙，用手托起乳房，献给他。孩子们叽叽喳喳聊着天。一些旁观的女人双臂交叉，压低声音说着话。父亲不停地请主人吃一点可乐果，喝一点棕榈酒，坐在小凳上，喝一点水，但主人不断地回答，不，不，不。乌古希望父亲能闭上嘴巴。他走进茅屋，朝里张望。昏暗的光线中，他的视线与母亲的视线交织在一起。母亲看上去形容枯槁。

"乌古，"母亲叫道，"欢迎，欢迎你回来。"

"您好。"乌古打了声招呼，而后不再说话，只是注视着姑姑帮母亲在腰间系好裹裙，领着她走出茅屋。

乌古正要扶母亲坐进车里，主人说："让开，我的好伙计。"主人扶着她坐进车里，让她躺在后座上，尽可能地舒展身体。

突然，乌古希望主人不要触碰母亲，因为母亲的衣服年头已久，散发出一股霉味，还因为主人不知道母亲背疼，母亲种的芋头总是收成很差，她咳嗽时，胸膛里的确有一团火。主人全部的所作所为不过是在夜里与友人高喊大叫，喝白兰地，他又会了解什么呢？

"保重身体，看过医生后，我们会给你们捎信。"主人开车前，对乌古的父亲和姑姑说。

乌古不让自己回头看母亲。他摇下车窗，让风在耳边呼呼吹过，分散自己的注意力。快进校园时，乌古终于回头，却看到母亲双眼紧闭，嘴唇松弛，吓得心脏几乎停止了跳动。好在母亲的胸膛仍有起伏。她还在呼吸。乌古缓缓吐了一口气，想起了那些冰冷的夜晚，母亲不住地咳嗽，他站在茅屋里，靠着硬邦邦的墙壁，听父亲和奇奥凯劝母亲喝药。

奥兰娜打开门，她系着围裙，围裙上有一团油渍。这是乌古的围裙。奥兰娜吻了吻主人。"我已经把帕特尔请来了。"她说完，又转身问乌古的母亲，"妈妈，你好吗？"

"我还好。"母亲轻声回答。她环顾四周，看到沙发、收音电唱两用机和窗帘，不由得更为畏缩。

"我带她进去，"奥兰娜说，"乌古，请把厨房的活儿干完，把饭桌摆好。"

"是，女士。"

厨房里，乌古搅动着一锅胡椒汤。油辘辘的汤旋转着，辛辣的香料气味飘上来，刺激着他的鼻子，肉块和肚块从炖锅的一端漂浮到另一端。但乌古并未多加注意。他竖起耳朵，想听到点什么。自从奥兰娜领母亲进去，帕特尔医生也跟进去开始，时间过了很久，太久了。乌古的眼睛被胡椒味刺激得湿润了。他想起了上次母亲犯咳嗽病，哭喊着说她感觉不到腿在哪里，巫医让她把恶鬼呵斥走。"告诉他们，还轮不到他们！Gwa ha kita（现在就告诉他们）！现在就告诉他们！"巫医催促着她。

"乌古！"主人叫道。客人到了。乌古来到起居室，机械性地送上可乐果和鳄椒，打开瓶塞，舀出冰块，摆放一碗碗热气腾腾的胡椒汤。之后，他坐在厨房里，揪着脚指甲，想象着卧室里发生的一切。他听见主人在起居室里大声说着话。"没人说焚烧政府资产是好事，但是以维护秩序的名义派部队来杀人呢？有蒂夫人无缘无故就死了。无缘无故！巴勒瓦疯了！"

乌古不知道蒂夫人是什么人，但听到"死"这个字，他禁不住浑身发抖。"还轮不到你，"他轻声说道，"还轮不到你。"

"乌古！"奥兰娜出现在厨房门口。

他飞快地离开小凳，站起身。"女士？女士？"

"你不必担心。帕特尔医生说是感染，会好的。"

"哦！"乌古如释重负，他担心自己如果抬起一条腿，整个身子便会飘浮起来。"谢谢女士！"

"把剩下的蔬菜汤放进冰箱里。"

"是，女士。"乌古望着奥兰娜回到起居室。她那贴身连衣裙上的刺绣闪着柔光，刹那间，她仿佛变成了从海里走出来的、形体优美的精灵。

客人们正在哈哈大笑。乌古瞥视着起居室。酒酣微醉、谈兴阑珊之际，很多客人不再正襟危坐，而是斜倚在座位上。夜晚的聚会接近尾声。谈话的主题变得温和，转为网球和音乐。他们会站起身来，因一些并不有趣的小事而呵呵笑，比如前门很难打开。夜蝙蝠飞得过低。乌古等奥兰娜去了浴室、主人去了书房，才进去看他的母亲，母亲像孩子般蜷缩在床上，睡着了。

第二天早晨，母亲两眼发亮。"我好了，"她说，"医生给我的药很厉害。不过那种气味难闻死了。"

"什么气味？"

"他们嘴巴里的气味。今天早晨你的女主人和男主人进来看我的时候，还有我上厕所的时候，我都闻到了。"

"哦，那是牙膏的气味，我们用它刷牙。"乌古用了"我们"这个词语，告诉母亲他也用牙膏刷牙，他心里充满了自豪。

但母亲似乎没什么反应。她打了个响指，拿起她的花椒棍。"用一根好花椒棍有什么不行？那种气味让我想吐。如果我待在这里时间再长一点，我会因为那种气味而反胃。"

不过，当乌古告诉她，他要搬去男仆宿舍时，母亲颇受震动。这恰如得到了自己的房子，单门独户，一个人的世界。母亲让乌古带她去男仆宿舍，惊讶地发现这个房间竟然比她的茅屋还要大，之后，她又坚持说自己身体好了，要到厨房帮忙。乌古注视着母亲弯腰扫地，想起来以前母亲曾因阿努利卡弯腰扫地的姿势不正确而猛拍她的屁股。"你吃蘑菇了？扫地要像个女人！"母亲总这么说，而阿努利卡则嘟哝着回话，扫帚太短，没钱买长扫帚，不是她的错。乌古禁不住希望阿努利卡在这里，还有宗族里的小孩子和喜欢说长道短的大小老婆。他希望整个村子里的人都在这里，这样他就可以与他们一起，在月光下闲聊和争吵，但仍住在主人家带自来水、电冰箱和火炉的房子里。

"我明天回家。"母亲说。

"你应该多待几天，好好休息。"

"我明天走。等你的男主人和女主人回来，我会谢谢他们，告诉他们我好了，可以回家了。他们对我这么好，善有善报。"

上午，乌古陪母亲走到奥迪姆街的尽头。他从未见过母亲走得如此快，头上顶着两个包裹竟毫无影响，他也从未见过母亲脸上的皱纹如此少。

"保重身体，我的儿子。"母亲说着，往乌古手里塞了一根花椒棍。

主人的母亲从村里过来的那一天，乌古做了一顿香辣的杂菜饭。他把白米饭与西红柿酱搅拌在一起，尝了尝，然后盖上盖，调小了火。他又走到屋外。乔莫把耙子靠在墙上，坐在台阶上吃芒果。

"你正在煮的那东西很好闻。"乔莫说。

"是为主人的母亲做的，杂菜饭配烤鸡。"

"我应该给你一些肉，比鸡肉好吃。"乔莫指了指挂在自行车后的袋子。他让乌古看过里面用新鲜树叶包裹的毛茸茸的小动物。

"在这里，我不能用灌木地带的肉做菜！"乌古大笑着用英语回答。

乔莫转过脸来看着他。"Dianyi（伙计），现在你说英语就像那些老师的孩子。"

乌古点点头，听到乔莫的称赞很开心，更开心的是，乔莫永远也不会猜到，每当奥圭凯夫人问他一个问题，他的发音和浓重的灌木地带口音总让那些饱食奶油、英语张嘴就来的本校子弟吃吃窃笑。

"哈里森应该过来听一听不吹牛的人说的好英语，"乔莫说，"他以为光靠伺候一个白人，他就无所不知。Onye nzuzu（笨蛋）！笨蛋！"

"很笨的笨蛋！"乌古说。上个周末，哈里森说乔莫很傻，乌古同样积极地附和。

"昨天，那只公羊锁住了贮水池，不给我钥匙，"乔莫说，"他说我在浪费水。那是他的水吗？如果花草死了，我怎么向理查德先生交代？"

"那很不好。"乌古打着响指，表示强调。上一次这两人吵架时，哈里森藏起了割草机，拒绝透露它的位置，除非乔莫重洗一遍理查德先生的衬衫，因为上面沾了一些鸟粪。毕竟是乔莫那些无用的花花草草招来了这些鸟。乌古对双方都表示支持，他对乔莫说，哈里森藏起了割草机，做得不对，之后又对哈里森说，乔莫不对，明知那些花草招鸟，从一开始便不该种。乌古喜欢乔莫庄重严肃的举止和虚假的故事，不过，哈里森尽管总说一口很差的英语,但不可思议的是,他非常了解国外那些不同的事物。乌古想了解这些事物,所以他与他们两人都保持友谊。他如同一块海绵,从他们那里吸收很多,给予很少。

"总有一天,我会给哈里森一点厉害瞧瞧,maka Chukwu(上帝做证)。"乔莫说。他把橙色的芒果果肉吮得干干净净,只剩下纯白色的核,他扔掉了芒果核。"有人敲前门。"

"哦!她来了!一定是主人的母亲!"乌古冲进屋里,他几乎没听见乔莫说再见。

主人的母亲与她儿子一样,身体健壮结实,皮肤黝黑,精力充沛,仿佛她顶着水罐,或从头上取下一堆木柴时,从不需要别人帮忙。乌古惊讶地发现她身边站着一个目光低垂的年轻女子,手里拎着袋子。他以为主人的母亲会独自前来。他本希望她到这里的时间稍微晚一点,等到米饭做熟了。

"欢迎,妈妈,欢迎。"乌古说。他接过年轻女子手里的袋子,"欢迎,阿姨,欢迎。"

"你就是乌古吧?你好吗?"主人的母亲拍着乌古的肩膀说。

"很好,妈妈。一路走得还顺利吧?"

"顺利。Chukwu du anyi(有上帝引路)。有上帝引路。"她盯着收音电唱两用机。印有圣乔治头像花纹的绿色裹裙僵硬地悬在她的腰际,使得臀部看上去四四方方。她穿裹裙的架势不像校园里的女人,那些习惯于佩戴珊瑚珠子和金耳环的女人。在乌古的想象中,如果他的母亲也拥有这样一件裹裙,穿起来肯定也是这种感觉:缺乏自信,似乎她无法相信自己已经不再是穷人。

"你好吗，乌古？"主人的母亲又问了一遍。

"我很好，妈妈。"

"我儿子给我讲过你干得有多好。"她那绿色的头巾戴得很低，快要遮住眉毛，她伸手调整了位置。

"是，妈妈。"乌古谦虚地低下了头。

"上帝保佑你，你的chi（守护神灵）会摧毁一路上的大石头。听见了吗？"她的语气铿锵有力，充满权威，听上去很像主人。

"是，妈妈。"

"我儿子什么时候回来？"

"他们晚上回来。他们说过，您来了之后应该休息，妈妈。我正在做米饭和鸡肉。"

"休息？"她微笑着走进厨房。乌古注视着她从袋子里取出各种食品：干鱼、芋头、调味品和苦叶。"我难道不是从地里过来的吗？"她反问，"现在就是休息。我带来了原料，给我儿子做像样的汤。我知道你很努力，但你毕竟是个男孩。男孩知道什么是真正的做饭手艺？"她得意地笑着，又转身对着年轻女子说："难道不是这码事吗，阿玛拉？厨房是男孩的领地吗？"年轻女子仍旧站在门边，双手交叠，眼神依然低垂，似乎在等待命令。

"Kpa（不是），妈妈，不是。"阿玛拉的嗓子很尖。

"知道了吧，乌古，厨房不是男孩子的领地。"主人的母亲听上去得意扬扬。她站在长台面旁边，已经拆开了一些干鱼，取出了针尖大小的骨头。

137

"是,妈妈。"乌古感到惊讶的是,她没有先要一杯水喝,也没有进去先换衣服。他坐在矮凳上,等着主人的母亲吩咐。这正合她的心意,乌古能够感觉出来。她正在厨房里四处查看。她用怀疑的眼光瞅了瞅炉子,敲了敲高压锅,用手指弹了弹炖锅。

"唉!我儿子买这些鬼东西,浪费钱,"她说,"你看不出来吗,阿玛拉?"

"看得出来,妈妈。"阿玛拉回答。

"这些东西都是女主人的,妈妈。她从拉各斯带来很多东西。"乌古说。他很恼火:主人的母亲想当然地以为所有的东西都归主人所有,她主宰他的厨房,她根本不注意他做的完美的杂菜饭和鸡肉。

主人的母亲没有回答。"阿玛拉,来煮一些芋头。"她说。

"是,妈妈。"阿玛拉往炖锅里放了一些芋头,却又无助地望着炉子。

"乌古,帮她点火。我们是乡下人,只懂得烧木柴!"主人的母亲浅笑一声说。

乌古和阿玛拉都笑不出来。乌古点着了炉子。主人的母亲朝嘴里扔了一片干鱼。"放一些水,煮一煮,乌古,然后把乌谷叶子切一点放在汤里。"

"是,妈妈。"

"这房子里有快刀吗?"

"有,妈妈。"

"用快刀好好切一切这些乌谷。"

"是,妈妈。"

乌古拿着一块切菜板坐了下来。他知道主人的母亲在观察他。当他开始切这种纤维很多的南瓜叶子时,主人的母亲大喊:"哦!哦!你就是这么切乌谷的?Alu melu(大错特错)!切小点!照你这么切,还不如把整片叶子放进汤里。"

"是,妈妈。"乌古把南瓜叶子切成细条,煮在汤里一定会碎掉。

"好多了,"主人的母亲说,"你明白男孩子无权待在厨房的原因了吧?你连乌谷叶子都切不好。"

乌古想说,我当然能切好乌谷叶子,厨房里有很多事情我都做得比你好。然而,他只是说:"我的女主人和我都不切蔬菜,我们用手撕,因为这样的话,营养成分更容易被人体吸收。"

"你的女主人?"主人的母亲没有往下说。她似乎想说什么,却欲言又止。空气中弥漫着水蒸气。"告诉阿玛拉研钵在哪里,她要研磨一些芋头。"她终于说道。

"是,妈妈。"乌古从桌子下把研钵拿出来,正在冲洗的时候,奥兰娜回来了。她出现在厨房门口,身着合体大方的连衣裙,脸上洋溢着灿烂的微笑,容光焕发。

"妈妈!"奥兰娜叫道,"欢迎您来,欢迎。我是奥兰娜。一路还好吗?"她伸出手,拥抱主人的母亲。她双臂合拢,搂住了老妇,但主人母亲的双手始终贴在腰际,没有拥抱她。

"好,我们一路过来都很顺利。"主人母亲说。

"下午好。"阿玛拉说。

"欢迎。"奥兰娜拥抱了阿玛拉,然后转身问主人母亲:"这就是奥登尼博老家的亲戚吧,妈妈?"

"阿玛拉帮我做家务。"主人母亲回答。她已经转过身,背对着奥兰娜,正在搅动炖锅里的汤。

"妈妈,来,我们坐下吧。Bia nodu ana(来坐下)。不用麻烦您下厨房。您应该休息。让乌古做吧。"

"我想给儿子做一道像样的汤。"

奥兰娜沉默片刻,说:"当然可以的,妈妈。"她的伊博语转成了一种方言,主人的堂兄弟姐妹和表兄弟姐妹过来时,乌古听到过主人说这种方言。奥兰娜在厨房里四处走动,似乎急于做点什么讨好主人的母亲,但又不知该做什么。她打开焖米饭的锅盖,又盖上。"至少让我给您打打下手,妈妈。我去把衣服换了。"

"我听说你小时候没有含过母亲的乳头。"主人母亲说。

奥兰娜停下脚步。"您说什么?"

"他们说你没有含过母亲的乳头。"主人母亲转身看着奥兰娜。"请回去告诉那些派你来的人,你没找到我儿子。告诉你的女巫同伙,你没看见他。"

奥兰娜两眼圆睁,盯着主人的母亲。主人母亲提高了声音,仿佛是奥兰娜持续的沉默逼得她喊叫:"听见了吗?告诉他们,谁的药都不会对我儿子起作用。他不会娶一个不正常的女人,除非你先杀了我。除非我死了!"主人的母亲拍着手,随后发出猫头鹰一般的叫声,同时用手掌击打嘴巴,制造回声的效果。

"妈妈——"奥兰娜说。

"不要叫我妈妈,"主人的母亲说,"我说过,不要叫我妈妈。只希望你别骚扰我儿子。告诉你的女巫同伙,你没找到他!"她打开后门,出去大喊:"邻居们!我儿子家里有一个女巫!邻居们!"她的声音尖厉刺耳。乌古想堵住她的嘴,把切好的蔬菜塞进她的嘴巴。汤辣得烧心。

"女士?您去您的房间吧?"乌古一边走向奥兰娜,一边说。

奥兰娜似乎恢复了镇定。她把一缕发辫掖在耳朵后,拎起桌子上的包,向前门走去。"告诉你的主人,我到我的公寓去了。"她说。

乌古跟在她身后,望着她钻进小车,开车离开。她没有挥手。院子里一片静寂,没有蝴蝶在白色的花朵中间飞舞。回到厨房,乌古惊讶地听见主人的母亲正唱着一首轻柔动听的教堂歌曲:Nya nya oyamu ga-ana. Na m metu onu uwe ya aka...("如果我摸一摸耶稣衣服的下摆,我的病就痊愈了……")

她停止了歌唱,清了清嗓子。"那女人去哪儿了?"

"我不知道,妈妈。"乌古回答。他走到水槽边,把干净的碟子放进橱柜里。他厌恶主人母亲做的汤,在厨房里散发出一股过于浓重的气味。她走后,乌古要做的第一件事便是清洗窗帘,因为这股气味会渗进窗帘的纤维。

"这就是我来这里的原因。他们说她控制着我儿子,"主人的母亲一边搅着汤,一边说,"怪不得我儿子还没有结婚,而他的伙伴都在数生了多少个孩子。她施了巫术,控制我儿子。我听说她父亲一家子是乌蒙纳奇懒得出奇的乞丐,后来他做了税收员，榨取勤奋工作的人的钱财。现在他做起了很多生意，横行拉各斯，俨然一个大人物。她母亲也好不到哪里去。她自己活得好好的，却要别人给她的孩子喂奶，这是什么女人？这正常吗，gbo（正常吗），阿玛拉？"

"不正常，妈妈。"阿玛拉的眼睛紧盯着地板，似乎在辨认上面的图案。

"我听说她从小长到大，拉完屎后都是用人给她擦ike（肛门）。而且她父母送她上大学。为什么？读书太多会毁掉一个女人，谁都明白这个道理。读书太多的女人自高自大，会欺负丈夫。那是哪一种老婆？"主人母亲掀起裹裙的一角，擦掉眉毛上的汗珠。"这些上大学的女人整天跟着男人转，直到她们的身体一无是处，谁知道她还能不能生孩子？你知道吗？谁知道？"

"不知道，妈妈。"阿玛拉回答。

"有人知道吗，乌古？"

乌古把一个碟子重重地放进橱柜，假装没有听见她的话。她走过来拍着他的肩膀。

"别担心，我儿子会找一个好姑娘，结婚后不会赶你走的。"

或许附和这个女人能够让她快点感到累，闭上嘴巴。"是，妈妈。"乌古说。

"我知道我儿子多么努力才得到今天的一切。这一切不能浪费在一个荡妇身上。"

"不能，妈妈。"

"我不介意我儿子娶的女人来自哪里。我不是那种非要从同村找儿媳妇的母亲。但我不想要一个Wawa（本地伊博）女人，当然也不能要那些伊莫或阿罗的女人，她们的方言太怪了，我真怀疑是谁告诉她们，我们都属于伊博人。"

"是，妈妈。"

"我不会让这个女巫控制他。她不会得逞的。我回家后会找巫医恩瓦福尔·阿巴达问一问。他的药在我们那里非常出名。"

乌古停下了手中的工作。他听说很多人用过巫医的药：一个没有生育的大老婆捆扎住了小老婆的子宫；一个女人让邻居家事业兴旺的儿子发了疯；一个男人因为土地纠纷杀了自己的兄弟。或许主人的母亲会捆扎住奥兰娜的子宫或让她残废，或者最可怕的是，杀了她。

"我马上就回来，妈妈。主人要我去小货亭。"乌古说完，赶在她回答之前，急急忙忙从后门走了出去。他必须告诉主人。他只去过主人办公室一次，当时是奥兰娜开车路过，去取东西，不过他相信自己能找到地方。那里离动物园很近，他所在的班级最近参观过动物园，班上同学排成一个长队，跟在奥圭凯夫人身后，他个子最高，所以排在最后。

在姆巴内福街，乌古看见主人的车驶过来。车停了。

"这条路不通向农贸市场，对吧，我的好伙计？"主人问。

"对，先森。我是去您的办公室。"

"我母亲来了吗？"

"来了，先森。先森，出了一点事。"

"什么？"

乌古把下午的情况向主人做了汇报,他快速复述了两个女人的原话,最后说出了最可怕的事:"妈妈说她要去找巫医,先森。"

"什么乱七八糟的,"主人说,"好了,上车。你坐我的车回家。"

乌古大为震惊:主人居然没有感到震惊,居然不明白事态的严重性。于是他加了一句:"非常糟糕,先森。非常糟糕。妈妈差点扇了我的女主人一耳光。"

"什么?她扇奥兰娜的耳光?"主人问。

"没有,先森。"乌古停顿片刻,或许他的暗示有些过分,"但看上去她想扇女主人一耳光。"

主人紧绷的脸放松下来。"这个女人无论什么时候都不太明白事理,"他摇着头,用英语说,"上车,我们走。"

但乌古不愿上车。他希望主人掉头,马上就去奥兰娜的公寓。他的生活井井有条,很有安全感,必须制止主人的母亲破坏这一切,第一步便是让主人去安抚奥兰娜。

"上车。"主人又说,伸手越过前排的座位,看看车门是否已经打开。

"可是,先森。我以为您要去找女主人。"

"上车,你这个笨蛋!"

乌古打开车门,上了车,主人开车回了奥迪姆街。

5

奥兰娜透过玻璃看了奥登尼博一会儿,才打开门。他走进来时,奥兰娜闭上了眼睛,似乎这样做,可以帮她抵制他身上的帆船牌古龙水香味一直以来带给她的愉悦。奥登尼博穿着白色的网球服,奥兰娜经常调侃说,那条白色短裤把他的屁股包得太紧。

"我和母亲谈了谈,不然我早就来了。"奥登尼博说。他把嘴唇压在奥兰娜的嘴唇上,指了指她穿的旧布布装[1]。"你不来俱乐部吗?"

"我在做饭。"

"乌古给我讲了发生的事情。我很抱歉,我母亲那样做。"

"我必须离开……你的房子。"奥兰娜支吾着说。她本想说"我们的房子"。

"没有必要,我的爱。你不要理她,真的。"他把一本《鼓》杂志放在桌上,开始在屋子里踱步,"我决定和奥科罗博士谈一谈工会罢工的事情。巴勒瓦和他的爪牙竟然完全拒绝他们的要求,这不可接受。真是不可接受。我们必须表示支持。我们不能允许我们变得四分五裂。"

"你母亲大吵大闹。"

---

[1] 尼日利亚男女都穿的一种长袍,极宽松。

"你生气了。"奥登尼博一脸困惑。他坐进扶手椅里,奥兰娜第一次注意到家具之间的空间有多大,她的公寓有多空旷,几乎没有人住过的迹象。她的东西都在奥登尼博的房子里,她最喜欢的书都放在奥登尼博书房的书架上。"我的爱,我没料到你把这事看得这么严重。你看得出来,我母亲搞不清楚她做了些什么。她只不过是个村妇。她试图在新世界闯荡一番,但她那些技能更适合旧世界。"奥登尼博站起身,靠近奥兰娜,想把她搂在怀里,但奥兰娜转身走进了厨房。

"你从未说过你母亲,"她说,"你从未让我去阿巴看望她。"

"哦,别说了,我的爱。我去看她的次数并不那么多,而且上次我想带你去时,你要去拉各斯。"

奥兰娜走到炉子跟前,背对着奥登尼博,用海绵擦着温暖的灶台,一遍又一遍。她觉得自己在某种意义上对不起他和自己,因为她竟然允许自己被他母亲的举止搅得心烦意乱。她应该不屑于计较;她应该耸耸肩,斥之为村妇撒泼;她不该不停地想着她本可以反唇相讥,而不是站在厨房里,一声不吭。然而,她的确心烦意乱了,奥登尼博的表情更是加重了她的烦恼,他似乎不能相信,奥兰娜竟然没有他设想的那么品格高尚。奥登尼博令她感到渺小,感到自己性急易怒到了荒诞的地步,更糟糕的是,她怀疑奥登尼博是对的。在失去理智的那一刹那,她不由得希望自己能摆脱他。旋即她又比较理性地希望自己能爱他,但又不需要他。因为她需要他,他不费吹灰之力便能对她施加影响;因为她需要他,她常常觉得与他相处时别无选择。

"你做什么饭?"奥登尼博问。

"米饭。"她把海绵冲洗干净,放到一边。"难道你不去打网球?"

"我以为你要去的。"

"我觉得自己没法打网球。"奥兰娜转过身来。"因为你母亲是个村妇,她的行为就能被容忍,凭什么?我认识不会做出这种举动的村妇。"

"我的爱,我母亲的一辈子都在阿巴度过。你知道那是怎样的一个灌木地带小村庄?她当然会觉得一个与她儿子生活在一起的、受过教育的女人对她是个威胁。你当然得是个女巫。那是她理解这一切的唯一思路。在我们这个后殖民世界里,真正的悲剧不是大多数人无权决定他们是否想要这个新世界,而是没有谁给大多数人提供成功应付这个新世界的工具。"

"你跟她谈过这些吗?"

"我不觉得有用。瞧,我要去俱乐部找奥科罗博士。回来后我们再讨论。今晚我住在这里。"

正在洗手的奥兰娜停了下来。她希望奥登尼博能请她一起回他的房子,希望他说为了她,他要当着她的面责备他母亲。然而,他却决定住在她的公寓,就像一个吓坏了的、躲着母亲的小男孩。

"不行。"奥兰娜说。

"什么?"

"我说不行。"奥兰娜没擦干手,便走进了起居室。这套公寓似乎太小了。

"你怎么啦，奥兰娜？"

奥兰娜摇摇头。她不愿听任奥登尼博给她心理暗示，使她以为自己真的出了问题。心烦意乱是她的权利，放弃过于崇高的智性主义、选择计较她受到的羞辱也是她的权利，她要捍卫她的权利。"走，"她指着门说，"去打你的网球吧，不要回这里。"

她注视着奥登尼博站起来，走了出去。他砰的一声关上了门。他们从未吵过架；对于她的不同意见，他从未像对待其他人那样不耐烦；或者，事实也许很简单：奥登尼博迁就她，从一开始便不把她的意见当回事。她感到头昏脑涨。她独自坐在空无一物的饭桌旁——连桌布都在奥登尼博的房子里——吃起了米饭。没什么味道，根本不像奥登尼博家的米饭。她打开收音机。她似乎听到了天花板上的沙沙声。她站起身，想去拜访她的邻居埃德娜·惠勒。她一直想认识这位漂亮的美国黑人女邻居，埃德娜有时候送来一碟用布遮盖的美国饼干。不过奥兰娜走到门口，便改变了主意，没有出门。她把吃了一半的米饭放在厨房里，在房间里四处走动，拾起旧报纸又放下。最后，她走到电话机旁，接通了接线员。

"快点说你的电话号码，我还有事要忙。"听筒里传来一个懒洋洋的、鼻音很重的声音。

奥兰娜已经习惯了没有专业素质、不称职的接线员，但这是她碰到的最粗鲁的一个。

"Haba[1]（讨厌），如果你再浪费我的时间，我就挂了。"接线员说。

奥兰娜叹了口气，缓缓地背出凯内内的电话号码。

凯内内接了电话，听上去睡意正浓："奥兰娜？发生了什么事？"

奥兰娜心中涌起一股悲哀：孪生姐姐认为一定得有事发生了，她才会打电话。"没什么事。我只是想问一声'你好吗'，看你过得好不好。"

"太让人震惊了。"凯内内打着哈欠说，"恩苏卡怎么样？你的革命恋人呢？"

"奥登尼博很好。恩苏卡很好。"

"理查德似乎被迷住了。他甚至被你的革命恋人迷住了。"

"你应该过来看一看。"

"理查德和我更愿意在哈科特港见面。他们给他提供的那个小盒子不太合适。"

奥兰娜想告诉凯内内，她的意思是看一看她，她和奥登尼博。凯内内显然明白她的意思，却故意装蒜。

"下个月我要去伦敦，"奥兰娜说，"也许我们可以一起去。"

"我在这里要做的事太多，没有时间度假。"

"为什么我们不再聊天了，凯内内？"

"这是什么问题。"听上去凯内内似乎觉得很好笑，奥兰娜

1　此处为豪萨语。

脑海中浮现出姐姐一边的嘴角一撇、露出嘲讽笑容的模样。

"我只想知道为什么我们不再聊天了。"奥兰娜说。凯内内没有回答。电话线那端传来噼里啪啦的噪声。两人都不说话,时间之长令奥兰娜产生了道歉的念头。"我不该跟你没完没了。"奥兰娜说。

"下周你来参加爸爸的晚宴吗?"凯内内问。

"不来。"

"我早该想到的。对你那节俭的革命恋人和你自己来说,爸爸的晚宴太奢靡了,对吧?"

"我不该跟你没完没了。"奥兰娜又说,挂了电话。她又拿起电话,正要让接线员接到母亲那里,一转念,又放下。她多希望有一个人可以依靠,随后她又希望自己不是这种人,而是与凯内内一样,是一个无须依靠他人的人。她拽掉电话线,切断了电话。父母坚持要在她的公寓里安装一部电话机,仿佛他们没有听见她说,她实际上与奥登尼博住在一起。她表示抗议,但态度温和,父母不断地向她的银行账户存钱,还送给她一部崭新的、全部采用软座套的英帕拉车。

尽管奥兰娜知道穆罕默德身在国外,她还是把他在卡诺的电话号码给了接线员。电话那头鼻音很重的声音说了一句:"今天你的电话太多!"而后才接通电话。电话接通的铃声早就断了,奥兰娜依旧握着话筒。天花板上又传来沙沙声。她坐在冰凉的地板上,把头靠在墙上,看看会不会少一些轻飘飘的感觉,漂泊不定的感觉。奥登尼博母亲的到来,在羽毛编织的安全网上撕了一个洞，让她受了惊吓，还抢走了她的某样东西。她感觉离自己应该待的地方有了一步之遥。仿佛她让珍珠散落的时间太长，该把它们收拢，更加小心地看护起来。一个念头在她的大脑里缓缓成形：她想给奥登尼博生个孩子。他们从未认真谈论过孩子的问题。她曾对奥登尼博说，她没有传说中女性对生育的渴望，母亲一直说她"不正常"，后来凯内内说她也没有这种渴望，母亲才作罢。奥登尼博大笑着说，把孩子带到这个不公平的世界上来，说到底是麻木的资产阶级行径。奥兰娜从未忘记这种说法：生育是麻木的资产阶级行径——多有趣的说法，多么不真实的说法。恰如在此之前，她从未严肃考虑过生孩子的问题。腹部下方升腾的渴望来得突然，一种全新的热切的渴望。她想要一个孩子，奥登尼博的孩子，想要感受体内孩子的坚实的重量。

那天晚上，门铃响了，奥兰娜爬出浴缸，披上一条毛巾去开门。奥登尼博手里拿着一包用报纸裹着的香辣烤肉串。她从站立的地方，能够闻见烟熏过后的芳香。

"你还在生气吗？"奥登尼博问。

"是的。"

"穿上衣服，我们一起回去。我会和母亲谈一谈。"

奥登尼博身上有一股白兰地的味道。他进了门，把香辣烤肉串放在桌上，奥兰娜从他那布满血丝的眼睛里，瞥见了他侃侃而谈的自信背后深深隐藏的弱点。他终究也会害怕。奥登尼博拥抱着奥兰娜，奥兰娜把脸紧贴着他的脖子，平静地说："不，你不用那么做。留在这里吧。"

奥登尼博的母亲走后,奥兰娜回到了他的住处。乌古说:"对不起,女士。"似乎他对妈妈的行为多少负有责任。随后他拨弄着围裙的口袋,说:"妈妈和阿玛拉走了之后,昨天夜里我看见了一只黑猫。"

"一只黑猫?"

"是的,女士。在车库旁边,"他顿了一下,"黑猫代表邪恶。"

"我懂了。"

"妈妈说她要去找村里的巫医。"

"你觉得黑猫是巫医派来咬我们的?"奥兰娜笑着说。

"不,女士,"乌古双臂交叠,愁眉苦脸,"我们村出现过这种事,女士。一个小老婆找巫医要药,想杀大老婆,大老婆死之前的那天夜里,一只黑猫来到了她的茅屋前。"

"就是说,妈妈要用巫医的药杀了我?"奥兰娜问。

"她想拆散您和主人,女士。"

乌古的严肃神情让奥兰娜有些感动。"我相信那不过是邻居家的猫,乌古,"她说,"主人的母亲无法用药拆散我们。什么都不能拆散我们。"

奥兰娜望着乌古回到厨房,心里回想着她刚说过的话。"什么都不能拆散我们。"奥登尼博的母亲从巫医那里要来的药——事实上,任何超自然的神物——对她来说毫无意义,但她为自己与奥登尼博的未来担忧。她需要确定无疑的未来。她渴望看到一种迹象，一条彩虹，向她昭示万无一失的未来。然而，轻松恢复上课、打网球、起居室里高朋满座的生活——她的生活，他们的生活——仍让她有种如释重负之感。因为朋友们都是夜里晚些时候才过来，所以一周之后的某天下午，当她听到门铃声时，不由吃了一惊，此时奥登尼博仍在上课。来的是理查德。

"你好。"奥兰娜打了个招呼，让他进来。他个子很高，奥兰娜必须把头后仰，才能看见他的脸，如平静的海洋一般的蓝眼睛，还有搭在前额的头发。

"我来就是想把这个给奥登尼博。"他说着，递给奥兰娜一本书。奥兰娜喜欢听理查德念奥登尼博的名字：非常真挚的重音。他回避着奥兰娜的眼睛。

"你不坐一坐吗？"她问。

"很遗憾，我赶时间。我得去赶火车。"

"你要去哈科特港见凯内内吗？"奥兰娜不知道自己为何会问这个问题。答案显而易见。

"是。我每个周末都去。"

"代我向她问好。"

"好的。"

"上周我们通了电话。"

"对，她提到过。"理查德仍旧站着不动。他瞥了奥兰娜一眼，飞快地移开视线，奥兰娜注意到他的脸上悄悄地泛出了红晕。她见过理查德脸红了无数次，却始终不明白那是因为他觉得她美丽。

"你的书进展如何?"她问理查德。

"相当顺利。真是不可思议,一些装饰品做工精巧,显然是按艺术品的标准制作的,根本不是偶然所为……我不该说这些,让你腻烦。"

"不,你没有。"奥兰娜微笑着说。她喜欢理查德的腼腆。她不愿他立刻离开。"你想让乌古给你拿一些钦钦[1]吗?好吃极了,是他今天早上做的。"

"不用,谢谢你。我该走了。"可他没有转身离开。他把前额的头发向后捋,头发又落回原处。

"那好吧。祝你一路平安。"

"谢谢。"他仍站着不动。

"你要开车去吗?不对,我记得你不开车。你坐火车。"她尴尬地笑了笑。

"对,我坐火车。"

"一路平安。"

"好的。那就再见了。"

奥兰娜望着理查德倒车,驶离院子,过了很久,她仍旧站在门口,注视着一只腹部血红的鸟在草地上栖息。

早晨,奥登尼博把奥兰娜的手指含在嘴里,叫醒了她。她

1　钦钦(chin-chin),尼日利亚的一种小吃,油炸过的生面团,一口大小,味甜。

睁开眼睛。透过窗帘,她能看见烟雾缭绕的拂晓亮光。

"如果你不嫁给我,我的爱,那就让我们生个孩子。"奥登尼博说。

含在嘴里的手指减弱了他的声音,奥兰娜抽开手,坐起来瞪着他,他宽阔的胸膛,和睡肿的眼睛,想确定自己没有听错。

"让我们生个孩子,"他又说,"一个小女孩,就像你,我们就叫她奥比阿努朱,因为她使我们的生活更加完满。"

奥兰娜本想等一段时间,等奥登尼博母亲来访的阴影消散之后,再对他说想要个孩子,现在他却提出来,在她之前表达了自己的渴望。奥兰娜惊愕地盯着他。这就是爱:一连串逐渐显得重要,演变成奇迹的巧合。"或者一个小男孩。"她终于说道。

奥登尼博拉她躺下,他们肩并肩地躺着,没有触摸对方。奥兰娜能听见在花园里吃木瓜的乌鸫发出的刺耳叫声。

"让乌古把早饭送到床上来,"奥登尼博说,"或者,今天是你奉献给信仰的又一个星期天吗?"他露出温柔宽容的微笑,奥兰娜伸出手,抚摸着他的下嘴唇,感受他唇上细小的绒毛。奥登尼博喜欢调侃奥兰娜,说宗教并非社会公益,因为她去教堂只为参加圣文森特·德·保罗协会的活动:开车带着乌古在附近村庄的泥土小路上行驶,分送山药、大米和旧衣物。

"今天我不去了。"奥兰娜回答。

"好。因为我们有事要做。"

奥兰娜闭上眼睛,因为此刻奥登尼博跨坐在她身上,他的动作刚开始缓慢轻柔,随后加大了力度,他轻声说:"我们将有一个非常聪明的孩子,我的爱,非常聪明的孩子。"奥兰娜回答,是的,是的。随后她感到快乐无比,因为她知道,她身上的一些汗水是奥登尼博的,而奥登尼博身上的一些汗水是她的。每一次奥登尼博滑下她的身体,她都会夹紧双腿,脚踝交叉,做深呼吸,似乎肺部的运动有助于受精。然而她知道,她没有怀上他的孩子。她突然觉得自己的身体或许出了问题,这一想法笼罩着她,让她备感沮丧。

6

理查德慢慢地喝着胡椒汤。他用勺子舀起肚片后,把玻璃碗端到嘴边喝汤。他流出了鼻涕,舌头上有一种很舒服的灼烧感,他知道自己的脸红了。

"理查德喝这汤很轻松嘛。"坐在身边的奥凯奥马望着他说。

"哈!我以为我们的胡椒不适合像你这样的人,理查德!"坐在餐桌另一端的奥登尼博说。

"连我都吃不了这种胡椒。"另一位客人说。他是一位加纳经济学讲师,理查德总忘记他的名字。

"这证明理查德的前世是非洲人。"阿德巴约小姐说完,对着餐巾擤起了鼻涕。

她的话招来哄堂大笑。理查德也笑了,但笑得不响亮,因为他嘴里还有太多的胡椒。他靠在座位上。"太好吃了,"他说,"让人清醒。"

"指排也很好吃,理查德,"奥兰娜说,"非常感谢你带来这个菜。"她坐在奥登尼博身边,探出身来朝理查德微笑。

"我知道那是香肠卷,这是什么?"奥登尼博戳着理查德带来的盘子问。哈里森很讲究地用银箔包好了每一道菜。

"茄饺,对吧?"奥兰娜瞥了一眼理查德。

"对,哈里森主意很多。他把茄子掏空,塞进奶酪,我想是的,还有调味品。"

"你知道欧洲人取出一个非洲女人的内脏,塞进其他东西,然后在全欧洲展览吗?"奥登尼博问。

"奥登尼博,我们在吃饭!"阿德巴约小姐说,尽管她在努力控制着自己不要笑出来。

其他客人哈哈大笑。奥登尼博却没有笑。"两者的原理是一样的,"他说,"你们在食物里面塞东西,你们在人体里面塞东西。如果你不喜欢某种食物里面的东西,不吃拉倒,不要塞别的东西。在我看来,这是浪费茄子。"

乌古正好走进餐厅来收拾餐具,他也忍俊不禁。"理查德先森,先森?我把这些吃的给您装起来?"

"不用,要么留着,要么扔了。"理查德回答。他从不带剩菜回家。他带给哈里森的是客人的称赞,说他做的东西看上去很漂亮,但没有告诉他,客人们称赞完毕,便绕过他做的夹小鱼烤面包,吃起了乌古做的胡椒汤、豆饼和苦草炖鸡肉。

大家向起居室走去。很快,奥兰娜便会关上灯光,因为荧光灯太明亮炫目,乌古会端来更多的酒水饮料,他们将会聊天,大笑,听音乐,从走廊洒落进来的灯光在房间里制造了一团团阴影。在他们的聚会过程中,这是乌古最喜欢的时段,尽管有时候他怀疑奥兰娜和奥登尼博在幽暗中互相触摸对方。他知道自己不该想他们,这与他无关。但他的确在想。乌古注意到奥登尼博在争论中间望着奥兰娜的眼神,流露的信息不是他需要奥兰娜支持他的观点,因为他似乎从不需要任何人的支持,他似乎只是想确定,奥兰娜在那里。乌古也发现奥兰娜有时候朝奥登尼博眨眼,传送他无从获知的信息。

理查德把他的一杯啤酒放在一张靠墙的桌子上,坐在阿德巴约小姐和奥凯奥马旁边。在胡椒的作用下,他的舌头依旧有又麻又辣的感觉。奥兰娜站起来换了唱片。"先放我最喜欢的雷克斯·劳森,再放一些奥萨德贝的音乐。"

"雷克斯·劳森有点创意不足,不是吗?"埃泽卡教授说,"乌瓦伊福和达伊罗是更好的音乐家。"

"所有的音乐都有渊源,教授。"奥兰娜以调侃的口吻回答。

"雷克斯·劳森是一个真正的尼日利亚人。他没有死守着他的卡拉巴里部落,他用我们所有的主要语言演唱。这就是创意——当然也足以让我们喜欢他。"阿德巴约小姐说。

"足以不让我们喜欢他,"奥登尼博说,"这种民族主义意味着我们应该追求无视个体文化的境界,很愚蠢。"

"不要浪费时间问奥登尼博关于快活之音音乐的问题。他从来没听懂过,"奥兰娜笑着说,"他喜欢古典音乐,但不愿当着别人的面承认,因为这是一种多么西方化的品位。"

"音乐无疆界。"埃泽卡教授说。

"但音乐必定扎根于文化,而文化都是具体的、独特的,对吧?"奥凯奥马问,"那么,难道不能说奥登尼博崇拜产生了古典音乐的西方文化吗?"

大家都笑了,奥登尼博望着奥兰娜,这种眼神使他的眼睛看上去柔和了许多。阿德巴约小姐又开始谈论法国大使的话题。她当然认为法国人不应该在阿尔及利亚进行核武器试验,但她不明白这件事情何以严重到导致巴勒瓦与法国断绝外交关系的地步。她听上去很疑惑，这很不寻常。

"答案相当明显：巴勒瓦这样做的目的，是为了转移人们对他与英国签订防御协定的注意力，"奥登尼博说，"而且他知道，怠慢法国人总能讨好他的英国主子。他是丑角的配角。他们把他搁在这个位置上，他们叫他做什么，他就做什么，的确是威斯敏斯特议会模式。"

"今天不谈威斯敏斯特议会模式，"帕特尔医生说，"奥凯奥马答应为我们朗诵一首诗。"

"我告诉过你，巴勒瓦这样做，就是为了博得北非人的好感。"埃泽卡教授说。

"博得北非人的好感？你以为他在乎其他的非洲人吗？白人是巴勒瓦唯一的主子。"奥登尼博说，"难道不是他说罗得西亚[1]的非洲人还没有做好自治的准备？如果英国人叫他自称一只被阉割的猴子，他也不会犹豫。"

"哦，胡扯，"埃泽卡教授说，"你跑题了。"

"你对事情的真相视而不见！"奥登尼博挪动了一下屁股。"我们生活在一个白人极尽邪恶之能事的时代。他们剥夺了南非和罗得西亚黑人的人性，他们挑起了在刚果发生的一切，他们不让美国黑人参与选举，他们不让澳大利亚土著参与选举，不过最糟糕的是他们在这里所做的一切。这个防御协定比种族隔离的危

---

1 罗得西亚（Rhodesia），原英国殖民地，包括今天的赞比亚及津巴布韦。

害还要大，但我们没认识到这一点。他们要对我们进行垂帘听政。这太危险了！"

奥凯奥马靠近理查德。"今晚这两个家伙不让我朗诵诗歌。"

"他们正处于良好的战斗状态。"理查德说。

"一向如此。"奥凯奥马笑着说，"对了，你的书怎么样了？"

"写得很费劲。"

"写的是这里的外国人？"

"噢，不是，不完全是。"

"但它是小说，对吧？"

理查德喝了一口啤酒，心想，如果奥凯奥马了解真相，会有何反应：连他自己也不知道写的是小说还是什么别的，因为他写好的文字根本无法构成一个连贯的整体。

"我对伊博-乌库艺术非常感兴趣，我想让它成为我这本书的核心。"理查德说。

"为什么？"

"我第一次读到相关的报道，便被那些青铜器完全吸引住了。细节的刻画令人吃惊。相当不可思议的是，就在北欧海盗四处劫掠的时代，这里的人们便已将熔模铸造法的复杂艺术完善到了炉火纯青的地步。那些青铜器复杂得如此绝妙，真就是绝妙。"

"你似乎很惊讶。"奥凯奥马说。

"什么？"

"你似乎很惊讶，似乎你从未想象过这里的人们能做这样的事情。"

理查德瞪大眼睛盯着奥凯奥马。奥凯奥马也瞪着理查德，眼光里多了一种平静的轻蔑，他眉头轻锁，说："够了，奥登尼博和教授！我有一首诗要让你们大家的耳朵听一听。"

理查德吮吸着自己的舌头。胡椒引起的灼烧感现在变得无法忍受，他等奥凯奥马朗诵完毕一首怪异的诗——讲述非洲人在进口金属马桶里大便，臀部患上皮疹的故事——便起身告辞。

"奥登尼博，我下星期开车带乌古回他的家乡，你没改变主意吧？"理查德问。

奥登尼博瞥了一眼奥兰娜。

"当然可以，"奥兰娜说，"我希望你在观看假面舞节的过程中获得无穷的乐趣。"

"再喝一瓶啤酒吧，理查德。"奥登尼博说。

"我一大早就要去哈科特港，所以现在必须睡觉了。"理查德回答，但奥登尼博已经转过身去朝着埃泽卡教授。

"你们怎么看西区众议院里那些逼得警察用催泪瓦斯的蠢政客？催泪瓦斯！他们的勤务员抬着他们软绵绵的身体，往他们的轿车里送！想象一下！"

理查德想到自己告辞后，奥登尼博并不会想念他，不由得垂头丧气。到了家，哈里森开了门，弓着腰说："晚上好，先森。饭菜还好吃吧，先森？"

"是的，是的，让我去睡觉。"理查德厉声答道。他清楚接下来的一幕，可他没有兴致：哈里森会提出，如果任何一位朋友的男仆想学习非凡的雪利酒甜品或茄饺食谱，他愿意传授。理查德走进书房，把写好的手稿摊在地上，望着它们：一部小镇小说的几页，一部考古学家小说的一章，还有几页对青铜器的痴迷描绘。他动手揉皱这些手稿，一页接一页，直到垃圾桶旁堆了参差不齐的一堆纸，随后他站起身，带着令耳朵充血的兴奋，上床休息。

他睡得不好，感觉似乎他的头刚碰到枕头，刺眼的阳光便已透过窗帘倾泻而入。他听到哈里森在厨房里弄出的咔嗒声，还有乔莫在花园里挖土的声音。他感觉很脆弱。他迫不及待地想让凯内内的瘦胳膊压在他的身上，睡个好觉。

哈里森端来煎鸡蛋和烤面包片做早餐。

"先森？我正看见书房的地上有很多纸？"他看上去颇为惊恐。

"就搁那儿，你别管。"

"是，先森。"哈里森双臂交叉，打开，又交叉。"您要带走您的手稿？我在您的箱子里放一些别的纸？"

"不用，这个周末我不工作。"理查德回答。哈里森脸上的失望并未如往常那般让他感觉好笑。他登上火车，心里想着，每个周末哈里森在做什么。或许他为自己做一些精致的小食品。他不该对这个可怜的家伙发脾气。奥凯奥马觉得他以屈就的态度对待非洲人，这不是哈里森的过错。奥凯奥马的眼神让他最为不安：那是一种充满蔑视的不信任，令他想起在某处读过一段话，说非洲人与欧洲人永远无法调和。奥凯奥马的错误之处在于，他想当然地以为理查德也是一个否认非洲人具有同等智力的英国佬。现在想来，或许当时他说话的口吻透着几分惊讶，但是如果在英国或世界任何地方有类似的发现，他也会流露出同样的惊讶。

成群的小商贩四处乱窜。"买花生！""买橙子！""买大蕉！"

理查德向一个端着一盘煮花生的年轻女子招招手，他并非真的想要这种煮花生。年轻女子放低盘子，理查德拿了一颗，用手剥开，嚼了嚼，而后买了两杯。年轻女子似乎有些吃惊，理查德居然知道先品尝后购买，理查德苦恼地心想，奥凯奥马肯定也会觉得惊讶。理查德每吃一颗花生，先要仔细看一看——半熟，浅紫色，皱缩——他克制着不去想书房里被揉皱的纸张，直到火车驶进哈科特港。

"马杜夫妇邀请我们明天去吃饭。"凯内内开着她的长款美国车，接上理查德驶离火车站时，对他说，"他妻子刚从国外回来。"

"是吗？"理查德不再多说，而是望着路上的商贩，他们喊叫着，比画着，跟在小车后奔跑收钱。

第二天早上，雨水拍打窗户的声音惊醒了理查德。凯内内躺在他身边，双眼怪异地半睁着，这表明她睡得正香。理查德望着凯内内油光滑亮的黑巧克力色肌肤，低头挨近她的脸。他没有吻凯内内，也没有去贴她的脸，而是停在足够近的地方，感受着她呼吸的潮湿和湿气凝结之后的气味。他伸了伸懒腰，来到窗边。哈科特港的雨是倾斜的，故而雨水打在窗户和墙上，而不是落在屋顶上。或许是因为海洋近在咫尺,空气里湿气太重,导致雨水降落的速度太快。有片刻的工夫,雨下得更猛了,雨水拍打窗户,十分嘈杂,仿佛鹅卵石砸在了玻璃上。他又伸了伸懒腰。雨停了,窗玻璃一片朦胧。身后,凯内内动了动,喃喃地说了些什么。

"凯内内?"理查德叫道。

她的双眼依旧半睁,呼吸依旧平稳。

"我出去走一走。"理查德说,尽管他知道凯内内听不到。

外头,伊凯基德正在摘橙子,他用一根棍子轻轻戳着树上的果实,制服的后背现出了褶皱。

"早上好,先森。"他打着招呼。

"你好吗?"理查德问道。与凯内内的管家练习伊博语,让理查德颇感自在,因为他们总是面无表情,他无须担心自己的语调是否正确。

"我很好,先森。"

"Jisie ike(干得好)。"

"是,先森。"

理查德走到果园的尽头,透过密密匝匝的树丛,他可以望见海浪泛起的白沫。他坐到地上。他希望马杜少校没有邀请他们去吃晚饭,他根本就对和那个家伙的妻子见面不感兴趣。他站起身,伸伸懒腰,走到前院,望着爬满墙壁的紫色九重葛。他沿着凯内内门前那条荒无人烟、泥泞肮脏的公路走了一会儿,才掉转身往回走。凯内内还在床上,读着一份报纸。理查德爬上床，躺在她身边，凯内内伸出手，抚摸他的头发，手指轻柔地触摸着他的头皮。"你还好吧？从昨天到现在，你一直显得精神紧张。"

理查德讲述了他与奥凯奥马之间的不愉快，凯内内没有立即说什么，理查德又说："我记得第一次读到一篇谈论伊博-乌库艺术的文章时，一位牛津大学的老师形容说，它有一种奇异的洛可可风格，一种类似于法贝热[1]风格的精湛技艺。我永远忘不了那些词语——'洛可可风格''类似于法贝热风格的精湛技艺'。我甚至爱上了那些词语。"

凯内内合上报纸，放在床头柜上。"奥凯奥马怎么想，为什么这么重要？"

"我从心里热爱伊博-乌库艺术。他竟然指责我不敬，真可恶。"

"而你也不对，你以为爱会排斥其他一切情感。人有可能爱某样东西，但仍自视优越，屈尊相从。"

理查德翻了个身，离凯内内远一些。"我不清楚自己正在做的事。我甚至不清楚自己是不是作家。"

"只有动笔写的时候你才会清楚，对吧？"凯内内下了床，理查德注意到她那瘦削肩膀上的金属光泽。"看得出来，你对晚上出门没兴趣。我会给马杜打电话，取消晚餐的约会。"

---

[1] 法贝热（1846—1920），俄国金匠、珠宝首饰工艺设计家，其作坊精心制作的复活节彩蛋被俄国和各国皇室视为珍品，十月革命后流亡瑞士。

凯内内打了电话，回来坐在床上，沉默拉远了他们的距离，但理查德突然心生感激：凯内内干脆利落的答话没有留给他任何自我怜悯的空间，没有留给他任何躲避真相的借口。

"我曾往父亲的水杯里吐痰，"凯内内说，"他没有让我不高兴，或做了其他不好的事。我就是吐了。那年我十四岁。如果他喝了这杯水，我会欣喜若狂的，可不出所料的是，奥兰娜跑去换了一杯水。"她四肢摊开躺在理查德身边。"现在你给我讲讲做过什么可恶的事。"

凯内内丝般光滑的肌肤蹭着理查德的肌肤，她还欣然改变了与马杜少校的晚餐聚会，这两点在理查德心里诱发了一股冲动。"我没有那种自信，做不了可恶的事。"他说。

"噢，随便说点什么。"

他想给凯内内讲述在文特诺的那一天，他躲着不让莫莉找到，第一次感受到掌握自己命运的可能性。可他没有讲。他讲的是父母：他们交谈时总是紧盯着对方；他们忘记他的生日，过了几个星期，才让莫莉做一个蛋糕，上面有"迟到的生日祝福"等字样；他们从不清楚他何时吃饭，吃什么，莫莉想起来了才给他喂饭。父母从未有过生他的计划，所以对他的抚养全是事后的安排。然而，即便他年幼，他却懂得父母并非不爱他，而是常常忘了他们爱他这一事实，因为他们太爱彼此。凯内内挑起眉毛，一副讥讽的神情，似乎听不懂理查德的逻辑推理，因为这一点，理查德不敢告诉她：有时候他认为自己太爱她。

2. 书：《我们死去时世界沉默不语》

他详细描写了集军人与商人于一身的英国人陶布曼·格尔迪：他如何采取强制、诱骗和杀戮的手段达到控制棕榈油业的目的；在1884年欧洲列强分割非洲的柏林会议上，他如何确保在尼日尔河流域两个保护区——北部保护区与南部保护区——的问题上，英国击败了法国。

英国政府更喜欢北部。那里虽然酷热，但干爽宜人。豪萨-富拉尼人五官精细，因此比南部的黑人优越；他们是穆斯林，因此达到了土著文明的最高境界；他们处于封建社会，因此非常适合间接统治。态度温和的埃米尔替英国人收税，作为回报，英国人把基督教传教士挡在境外。

潮湿的南部保护区则到处都是蚊子、万物有灵论者和全然不同的各个部落。约鲁巴人是西南部最大的部落。在东南部，伊博人生活在共和体制的小社会里。他们不听管教，野心勃勃，令人担忧。既然他们不够通情达理，不愿拥立国王，英国人便创立了"委任酋长"，因为间接统治降低了英国王权的投入。英国人允许传教士进来收服异教徒，他们带来的基督教和教育蓬勃发展。1914年，英国总督合并了北部和南部的保护区，他的妻子挑了一个名字，由此诞生了尼日利亚。

第二部

六十年代末

7

母亲的茅屋里,乌古躺在席子上,瞪着墙上一只被压碎的死蜘蛛,蜘蛛的体液在泥墙上留下了颜色更红的污点。阿努利卡正在一杵杵地舂面包果,茅屋里弥漫着烤面包果的硬皮发出的芳香。阿努利卡在说话。她已经说了好大一会儿,乌古感觉到头疼。或许是因为只吃水果和坚果,胃里好像有气体在不停地翻转,乌古猛然觉得,在家待着的时间似乎长过了一个星期。母亲做的饭菜很不好吃。蔬菜煮过了头,玉米粉结块太多,汤里水太多,山药块在烹煮的过程中没有加一团黄油,口感粗糙。他迫不及待想回到恩苏卡,吃上一顿像样的饭菜。

"我想先生一个男孩,因为这样我就能在奥涅卡的家里站稳脚跟。"阿努利卡说。她走过去从椽子上取了一个袋子,乌古又注意到她的身体圆润了许多,令人生疑:乳房塞满了整个短上衣,屁股随着脚步左右摇摆。奥涅卡一定碰过她。乌古一想到那个家伙的丑陋身体进入了妹妹的身体,便觉得难以忍受。这一切发生得太快了。上次他回家,听说有人提亲,但妹妹说起奥涅卡,却是一脸冷漠,他以为她不会这么快答应他的提亲。现在,连父母都忙不迭地谈论奥涅卡:他在城里做技工,工作很好,他有自行车,他举止文雅,仿佛他已成了家里的一员。没人提起奥涅卡的五短身材和一嘴尖牙,看上去像是丛林鼠的一嘴尖牙。

"你知道,埃泽乌古家的奥努娜先生了一个女儿,她丈夫家的人竟然去找巫医，想知道为什么！当然，奥涅卡的家人不会这样对待我，他们不敢，不过我还是想先生一个男孩。"阿努利卡说。

乌古站起来。"我听腻了奥涅卡的事。昨天他过来，我注意到一点。他应该多洗澡，身上有一股腐烂的山柳豆子味。"

"那你呢，你身上有股什么味？"阿努利卡把量好的面包果装进袋子里，打上结。"我好了。你最好快点动身，不然天太晚了。"

乌古走到院子里。母亲正对着研钵捣着什么，父亲在她身旁，弯着腰在一块石头上磨刀。金属刮擦石头，迸发出小火花，倏地一闪，消失了踪影。

"阿努利卡把面包果装好了吗？"母亲问。

"装好了。"乌古把袋子举给母亲看。

"向你的男主人和女主人问好，"母亲说，"谢谢他们送给我们东西。"

"是，母亲。"他走过去搂着母亲。"您多保重。奇奥凯回来时，替我向她问好。"

父亲直起腰，在手掌上蹭了蹭刀刃，这才与他握手。"一路平安，一路平安。等奥涅卡的家人说他们准备送棕榈酒了，我们就带话给你。还有几个月吧。"

"是，父亲。"乌古站在一旁，听他的堂兄弟姐妹和表兄弟姐妹们——小一点的光着身子，大一点的穿着过大的衬衫——一边说再见，一边罗列他们希望他下次回来带的东西。给我们买面包！给我们买肉！给我们买煎鱼！给我们买落花生！

阿努利卡陪着乌古向大路走去。乌古看见乌贝小树林附近有一个熟悉的身影。尽管四年前她去卡诺学做生意后，乌古一直没见过她，但他一眼便认了出来，那是内西纳齐。

"阿努利卡！乌古！是你们吗？"内西纳齐的嗓音与他记忆中的一样沙哑，但她现在长高了，北部炙热的太阳把她的皮肤晒得更黑。

他们拥抱时，乌古感觉到内西纳齐的乳房顶住了他的胸膛。

"我差点没认出你来，北部让你变化这么大。"乌古说，心里很想知道，她是否真的靠在了他身上。

"我是昨天和堂兄堂姐一起回来的。"她冲乌古微笑着。过去她从未对他露出如此温暖的笑容。她剃了眉毛，再用眉笔勾画，一边的眉毛浓过另一边。她转过脸对阿努利卡说："阿努利，我正要去看你。我听说你要结婚了！"

"姐姐，我听说也有这么回事。"阿努利卡说，两人大笑起来。

"你要回恩苏卡吗？"内西纳齐问乌古。

"对。不过很快就会回来，参加阿努利卡的抬棕榈酒仪式[1]。"

"一路平安。"内西纳齐直视着乌古的双眼，时间虽短，却很大胆，而后继续向前走，乌古由此得知刚才并非自己的想象——他们拥抱时，内西纳齐的确靠在了他身上。他感觉双腿突然瘫

---

1 尼日利亚伊博人的传统婚礼仪式，按这一仪式，新娘要向新郎敬酒。

软，挪不动脚步。他控制着，不让自己转头去看内西纳齐，免得碰上她也回头看他，有片刻的工夫，他忘记了胃里很不舒服的翻腾。

"她在北部一定见过世面。你不能娶她，所以你最好赶在她嫁人之前，接受她的暗示。"阿努利卡说。

"你注意到了？"

"我怎么会注意不到？我像个笨蛋吗？"

乌古眯缝双眼，打量着阿努利卡。"奥涅卡碰过你吗？"

"奥涅卡当然碰过我。"

乌古放慢了脚步。他知道阿努利卡一定与奥涅卡睡过觉，但他不愿听她证实这一点。奥凯凯博士家的女仆钦耶雷趁天黑溜过树篱，溜进他的男仆宿舍与他做爱，速战速决。一次回家，他把此事告诉了阿努利卡，还和她一起讨论。但他们从未说过阿努利卡的事。乌古向来都是想当然地认为，她无事可供讨论。阿努利卡走在前面，并未在意他绷着脸，放慢了脚步，他快步赶上阿努利卡，一语不发，他们的脚步轻轻地落在草地上，小时候，他们曾在草里捉过蚱蜢。

"我饿极了。"乌古终于说。

"你连妈妈煮的山药都没吃。"

"我们煮山药加黄油。"

"我们煮山药加'boh-tah'[1]。看看你的嘴。等到他们把你打发回村里，看你怎么办？你到哪里去找'boh-tah'煮山药？"

1　boh-tah，阿努利卡对英语单词butter（黄油）的读音。

"他们不会把我打发回来。"

阿努利卡斜着眼上下打量着乌古。"你忘了自己的祖宗,你现在变这么蠢,竟然以为自己是个大人物。"

乌古回到恩苏卡,正赶上主人在起居室,他向主人打了招呼。

"你的家人还好吗?"主人问。

"他们很好,先森。他们向您问好。"

"很好。"

"我妹妹阿努利卡很快就要嫁人了。"

"我知道了。"主人专心调着收音机。

乌古听见奥兰娜和宝贝在浴室里唱歌。

伦敦桥要塌下来,塌下来,塌下来。

伦敦桥要塌下来,我美丽的淑女。

宝贝的声音很小,尚未成形,"伦敦"听上去像是"糖糖"。浴室的门开了。

"晚上好,女士。"乌古说。

"哦,乌古,我没听见你回来了!"奥兰娜说。她正俯身对着浴盆,给宝贝洗澡。"欢迎回来,欢迎。你家人好吗?"

"好,女士。他们向您问好。我母亲说,您送给她裹裙,她感激不尽。"

"她的腿怎么样了?"

"不疼了。她让我给您带来一些面包果。"

"啊!她一定知道我现在最馋这东西。"她转过身,看着乌古,双手沾满了泡沫。"你看上去气色很好。看看你的胖脸蛋!"

"是,女士。"乌古说,尽管这是一句谎言。他每次回家体重都会下降。

"乌古!"宝贝叫道,"乌古,快来看!"她手里捏着一只呱呱叫的塑料鸭子。

"宝贝,先洗完澡,再和乌古打招呼。"奥兰娜说。

"阿努利卡很快就要嫁人了,女士。我父亲说,我应该让您和主人知道。他们还没有定下日子,不过如果你们能去的话,他们会非常高兴的。"

"阿努利卡?她岁数不是还小了点吗?大概十六七岁?"

"她的伙伴们都开始嫁人了!"

奥兰娜转过身,对着浴缸。"我们当然会去。"

"乌古!"宝贝又叫。

"我去把宝贝的粥热一热,女士?"

"好。还有,给她煮牛奶。"

"是,女士。"乌古将磨蹭一会儿,然后问奥兰娜,他走后这个星期里,是否一切正常?她将告诉他,来了什么朋友,谁带来了什么东西,他们是否吃光了他储藏在冰箱里的一罐罐炖肉。

"你的主人和我商量好了,让阿里泽来这里,她九月份生孩子。"奥兰娜说。

"好的，女士，"乌古说，"我希望孩子长得像阿里泽表姨妈，不像纳宽泽表姨父。"

奥兰娜笑了。"我也希望是这样。我们得在她来之前，打扫好房间。我希望她的房间没有半点肮脏的地方。"

"肯定不会有，女士，别担心。"乌古喜欢阿里泽表姨妈。他记得大概三年前在乌蒙纳奇为阿里泽表姨妈举行的抬棕榈酒仪式，她看上去异常丰满，兴高采烈。乌古喝了太多棕榈酒，差点把小宝贝摔在地上。

"星期一我去卡诺接她，带她去拉各斯买东西，"奥兰娜说，"我要带上宝贝。我们要带上阿里泽给她做的那件蓝色连衣裙。"

"粉红色的更好，女士。蓝色连衣裙太紧了。"

"说得对。"奥兰娜拾起一只塑料鸭子，扔进浴缸里，宝贝一声尖叫，把鸭子按进水里。

"我的爱！"主人大叫，"O mego（事情发生了）！事情发生了！"

奥兰娜赶紧跑进起居室，乌古紧跟其后。

主人站在收音机旁。电视机开着，但按了静音，画面上的舞者像是喝醉了似的摇摆着身体。"发生了一场政变，"主人说着，指了指收音机，"恩泽奥古[1]少校在卡杜纳发表讲话。"

---

[1] 帕特里克·丘库马·卡杜纳·恩泽奥古（1937—1967），尼日利亚伊博军官，天主教徒，1966年1月15日率领伊博青壮派军官发动政变，残忍杀害了当时的联邦总理、北区和西区总理以及一些豪萨高级军官。随后，6月30日，比亚法拉宣布独立，但尼日利亚北部人依然没有停止对伊博人的屠杀。1967年7月29日，时任比亚法拉中校的恩泽奥古在战斗中身亡。

宪法暂缓执行，地区政府和民选议会就此解散。亲爱的同胞们，革命委员会的目的是建立一个没有腐败和内讧的国家。我们的敌人是靠政治投机牟取暴利的奸商，骗子，那些职位或高或低、索取贿赂和10%回扣的人，那些试图让我们国家永久分裂，从而能够永葆权力的人，宗派主义者，任人唯亲者，那些让我们国家在国际社会无故丢大的人，那些败坏我们社会的人。

奥兰娜跑到电话旁。"拉各斯怎么样？他们说了吗？拉各斯怎么样了？"

"你父母很好，我的爱。平民都很安全。"

奥兰娜正在拨号。"接线员？接线员？"她放下电话，又拿起来。"打不通。"

主人温柔地从她手里接过电话。"我相信他们没事。电话线路很快就会恢复。这只是为了安全起见。"

收音机里的声音听上去更加坚定。

我向所有的外国人保证，他们的权利将继续受到尊重。我们向每一位守法的公民承诺，我们将摆脱各种形式的压迫，摆脱普遍的无效率，享受在人类努力的各个领域生活和奋斗的自由。我们承诺，你们将不再耻于承认你们是尼日利亚人。

"奥拉妈咪!"宝贝在浴室里叫喊,"奥拉妈咪!"

乌古回到浴室,用毛巾擦干宝贝的身体,搂着她,对着她的脖子吹气。她身上散发出一股好闻的梨牌儿童浴液的芳香。

"宝贝小鸡!"乌古胳肢着宝贝说。宝贝的发辫被水打湿了,卷曲的末梢扭结在一起,乌古捋顺了她的发辫,再次惊讶于她与父亲如此相像。主人的家人肯定会说,是主人从嘴里吐出了这个孩子。

"还要胳肢我!"宝贝大笑着说,胖嘟嘟的脸蛋潮湿光滑。

"宝贝宝贝小鸡。"乌古小声地说,这种单调的节奏总能逗乐宝贝。

宝贝大笑着,乌古听到起居室传来奥兰娜的声音:"噢,上帝,他说什么?他说什么?"

乌古给宝贝喂粥的时候,副总统做了短暂的广播讲话,声音软弱无力,仿佛因说这句话而用尽了力气:"政府的权力将移交给军方。"

后来又发布了更多的消息——联邦总理失踪了;尼日利亚目前由一个联邦军政府统治;北区和西区的总理失踪了——但乌古无法断定说话者是谁,在哪个电台,因为主人站在收音机旁,飞快地旋转着旋钮,停下听一听,再旋转旋钮,又停下听一听。他摘掉了眼镜,眼窝深陷,看上去更加不堪一击。客人们都来了,主人才戴上眼镜。今天的客人比往常多,乌古把餐厅的椅子搬到起居室,让所有客人都就座。他们的声音急切、激动,每个人都等不及上一个人说完话,就急着要发言。

"这是腐败的末日。这是大罢工之后我们盼望发生的事情。"一个客人说。乌古记不得他的名字,但他常在刚刚端上钦钦后不久,便吃得一干二净,所以乌古习惯于把盘子放在尽可能远离他的地方。这个客人长着一双大手,他伸出大手抓上几大把,盘子里便什么都没有了。

"这些少校是真正的英雄!"奥凯奥马举起一只胳膊说。

即便谈论被杀害的人,他们的声音里也洋溢着激动。

"他们说索科托酋长躲在老婆的屁股后面。"

"他们说财政部长被枪杀之前,把屎拉在裤子里。"

一些客人吃吃地笑,乌古也跟着笑,但他听到奥兰娜说:"我认识奥孔吉。他是我父亲的一个朋友。"她的声音压得很低。

"英国广播公司说这是一场伊博人政变,"爱吃钦钦的客人说,"他们说得有道理。被杀的大多是北部人[1]。"

"政府里的大多数都是北部人。"埃泽卡教授轻声说,他的眉毛向上拱起,仿佛不敢相信他必须说出这么显而易见的事实。

"英国广播公司应该问一问他们的人民,是谁把这么多北部人安插在政府里,让他们在所有人头上作威作福!"主人说。

主人和埃泽卡教授似乎意见一致,这让乌古感到惊讶。让他更惊讶的是,当阿德巴约小姐说"那些北非人疯了,竟然说这是异教徒与正义之间的斗争",主人竟然哈哈大笑——不是往常

---

[1] 尼日利亚内战期间(1967—1970)的矛盾,多来自北部人(以豪萨人为主)对南部人(以伊博人为主)掌管国家的恐惧,最终由种族冲突演变成种族屠杀,酿成内战。

那种大声的嘲笑,笑过之后他总挪动屁股,坐到座位边沿,与她争辩;这是一种表示赞同的大笑。他同意阿德巴约小姐的观点。

"如果这个国家有更多的像恩泽奥古少校那样的人,我们就不会走到今天这一步,"主人说,"他其实具有远见卓识。"

"他不是共产主义者吗?"说话的是绿眼睛的莱曼教授,"他在英国桑德赫斯特陆军军官学校受训时,去过捷克斯洛伐克。"

"你们美国人,总是到人家的床底下搜查共产主义。你以为我们有时间为共产主义操心吗?"主人问,"能推动我们的人民前进的东西才重要。我们做个假设:资本主义民主在原则上是好东西,但如果是我们这种资本主义民主——有人给你一条连衣裙,告诉你说,这条连衣裙看上去与她们自己的一模一样,但你穿上不合身,而且扣子也掉了——那么你就必须抛弃,按你自己的尺寸量身定做一条连衣裙。你必须这么做!"

"修辞太多,奥登尼博,"阿德巴约小姐说,"你不能为军方做纯理论的辩解。"

乌古感觉好了一些,这正是他所习惯的争论。

"我当然可以。有了像恩泽奥古少校那样的人,我就可以,"主人回答,"乌古!再拿一些冰块!"

"那人是共产主义者。"莱曼教授坚持自己的看法。他的鼻音很重,乌古听了心烦,或许只是因为莱曼教授有着与理查德先生一样的金发,但缺少他的镇静与尊贵。乌古多希望理查德先生还到这里来。他清楚地记得他上次来的时间,宝宝出生几个月前,但对于那几个纷纷扰扰、吵吵闹闹的星期,其他的记忆都已经淡化了,不再完整;他极度担心主人和奥兰娜不会破镜重圆,他的世界将分崩离析,所以减少了偷听的次数。如果不是哈里森告诉他,他甚至不会知道理查德先生卷入了一起口角。

"谢谢你,我的好伙计。"主人端起那碗冰块,叮叮咚咚地拨了一些到自己的杯子里。

"不客气,先生。"乌古回答,他望着奥兰娜。奥兰娜双手十指交叉,头靠在手上。乌古多希望他能为奥兰娜那位被杀的政客朋友真心地感到难过,但政客毕竟不像常人,他们是政客。他在《文艺复兴》和《每日时报》上读过相关的报道——政客花钱雇暴徒毒打对手;用政府资金购买土地和房屋;成批地进口长款美国车;花钱雇一些女人把短上衣里塞满假选票,装扮成孕妇。每次乌古把一锅煮豆子的水倒空时,那臭得恶心的下水道口总让他想到政客。

那天夜里,乌古躺在男仆宿舍的房间里,试图专心阅读《卡斯特桥市长》,但这本小说很难读。他希望钦耶雷钻过树篱,过来找他。他们从未做过计划,钦耶雷有些天过来,有些天不过来。在这个令人激动的夜晚,政变改变了现状和秩序,创造了可能性,创造了新生事物,乌古热切地盼望着钦耶雷的到来。他听到钦耶雷轻敲着窗户,赶紧羞怯地向神灵表示感谢。

"钦耶雷。"他叫道。

"乌古。"钦耶雷叫道。

钦耶雷身上有一股不新鲜的洋葱味。灯灭了,映着屋外安全灯射进来的淡淡光线,钦耶雷脱掉了短上衣,解开腰间的裹裙，躺在床上，乌古望着她那如圆锥般突起的双峰。黑暗中有一种潮湿的感觉，他们紧贴在一起的身体也有一种潮湿的感觉，乌古把钦耶雷想象成内西纳齐，把缠绕着他的绷紧的腿想象成内西纳齐的腿。钦耶雷刚开始很安静，随后她用双手搂紧乌古的后背，臀部疯狂迎送，嘴里喊出了她每次都喊的声音。听上去像是一个名字——阿邦伊，阿邦伊——但乌古不敢肯定。或许钦耶雷也把他想象成了另外一个人，她村里的某个人。

钦耶雷起了床，悄无声息地走了，恰如她悄无声息地到来。第二天乌古隔着树篱，看到钦耶雷正在绳子上挂衣服，她叫了一声"乌古"便不再说什么。她没有微笑。

8

由于发生政变,奥兰娜推迟了去卡诺的时间。她等到机场重新开放,邮电总局重新开张,各个地区的军事长官都得到了任命。她等到她确信社会秩序已经恢复。然而,政变的影响无处不在。人人都在谈论政变,就连头戴白帽、身穿土耳其长袍、把她和宝贝从机场送往阿里泽家的出租车司机也在谈论政变。

"可索科托酋长没有被杀,女士,"司机低声说,"他在真主的帮助下逃跑了,现在到了麦加。"奥兰娜报以温柔的微笑,但没说什么,因为她看见这个人的念珠挂在后视镜上,她知道他需要这种信念。毕竟,索科托酋长不仅是北区总理,还是这个人以及许多与他一样的穆斯林的精神领袖。

奥兰娜把司机的话告诉了阿里泽,阿里泽耸耸肩说:"他们没有什么不说的。"阿里泽的裹裙被捋到了腰部以下,短上衣很宽松,容得下隆起的腹部。她们坐在起居室里,油渍斑斑的墙上挂着阿里泽与纳宽泽举行婚礼的照片,宝贝与院子里的孩子们在玩耍。奥兰娜不希望宝贝接触这些衣衫褴褛、淌着乳白鼻涕的孩子,但她没有说出口。自己竟然有这种想法,她为此感到羞愧。

"阿里,我们明天坐第一班飞机去拉各斯,这样你就能在采购之前休息一会儿。我不想做任何让你觉得费劲的事。"奥兰娜说。

"哈,费劲!我不过是怀了孕,姐姐,我没有生病,哦。难道不是像我这样的女人在庄稼地里一直干到孩子出生吗？难道我不是缝那件连衣裙的人吗？"阿里泽指了指屋角，她的辛格牌缝纫机架在桌子上，周围摆着一堆衣物。

"我关心的是我的教子或教女，不是你。"奥兰娜说。她掀起阿里泽的短上衣，把脸贴在阿里泽浑圆结实的肚子上，挨着紧绷的肌肤，自阿里泽怀孕以来，这是她一直举行的温柔仪式。阿里泽说，如果仪式举行的次数足够多，孩子就会吸取她五官的模样，长得像她。

"我不关心外在，"阿里泽说，"但她的内在必须像你。她必须拥有你的头脑，知书达理。"

"或者是他。"

"不是，这个孩子是女孩，你等着瞧吧。纳宽泽说这是一个男孩，长得像他，可我告诉他，上帝不允许我的孩子长他那张大扁脸。"

奥兰娜大笑。阿里泽站起来，打开一个搪瓷盒子，取出一些钱。"瞧瞧凯内内姐姐上星期送给我的钱。她说我应该用这些钱给孩子买些东西。"

"她真不错。"奥兰娜知道自己听上去有些做作，知道阿里泽在观察她。

"你和凯内内姐姐应该谈一谈。过去发生的一切都过去了。"

"你只能和愿意与你谈的人谈。"奥兰娜说。她想改变话题。一提起凯内内，她总想改变话题。"我最好带宝贝去跟伊费卡舅妈打个招呼。"不等阿里泽说什么，她急忙跑出去找宝贝。

奥兰娜洗掉了宝贝脸上和手上的沙子，领着她走出院子，向公路下方走去。姆巴埃齐舅舅还未从农场市场回来，奥兰娜抱着宝贝，与伊费卡舅妈一起坐在小货亭前的一张长凳上。院子里到处都是邻居的闲聊和孩子们在库卡树下奔跑尖叫的声音。有人打开了留声机，大声播放音乐；院门口的一群男人开始大笑，互相推搡，模仿着留声机播放的那首歌。伊费卡舅妈也大笑着拍着手。

"什么这么好笑？"奥兰娜问。

"那是雷克斯·劳森的。"伊费卡舅妈回答。

"这首歌有什么好笑的？"

"我们都说合唱部分听起来像咩——咩——咩，山羊的咩咩叫。"伊费卡舅妈吃吃地笑着说道，"他们说索科托酋长央求他们不要杀他的时候，就是发出这样的叫声。士兵们用迫击炮轰击他的房子时，他蹲在老婆背后，像羊一样咩咩叫：'咩——咩，请不要杀我，咩——咩——咩！'"

伊费卡舅妈又大笑，宝贝也跟着大笑起来，仿佛她听懂了。

"哦。"奥兰娜想起了奥孔吉酋长，想知道是否有类似的说法：他死前也像山羊咩咩叫。她望向街对面，孩子们在那边玩汽车轮胎，一边向前滚轮胎，一边互相追逐。远处正刮起一场小沙暴，沙尘如灰白的云朵起伏翻腾。

"索科托酋长是个坏人，ajo mmadu（坏人），"伊费卡舅妈说，"他恨我们。他恨所有不愿意脱鞋向他鞠躬的人。难道不是他不许我们的孩子上学吗？"

"他们不该把他杀了,"奥兰娜平静地说,"他们应该把他关进监狱。"

伊费卡舅妈哼着鼻子说:"把他关进哪座监狱呀?在这个他控制一切的尼日利亚?"她站起来,动手关闭小货亭。"走,我们回家去,我给宝贝找点东西吃。"

奥兰娜回到阿里泽家,这里正大声播放着雷克斯·劳森的歌。纳宽泽也觉得这首歌非常热闹有趣。他长了两颗很大的门牙,笑起来,像是太多的牙齿被艰难地塞进了他的小嘴巴。咩——咩——咩,一只山羊央求不要被杀,咩——咩——咩。

"这不可笑。"奥兰娜说。

"姐姐,可它的确可笑哟,"阿里泽说,"因为读了太多的书,你都不知道怎么笑了。"

纳宽泽坐在地板上,挨着阿里泽的脚,轻轻地用手在她的肚子上画着圆圈。他们结婚第一年,第二年,第三年,阿里泽没有怀孕,他根本没有阿里泽那么焦急。他母亲来看他们看得过于频繁,每次都戳着阿里泽的肚子逼她坦白婚前流了几次产,他要求母亲不要再来。他还要求母亲不要带难闻的汤药,逼着阿里泽大口喝下,那滋味苦不堪言。现在阿里泽怀孕了,他在铁路上加班的次数更多了,还要求阿里泽减少缝纫的工作量。

纳宽泽仍在哼唱雷克斯·劳森的歌,边唱边笑。一只山羊央求不要被杀:咩——咩——咩。

奥兰娜站起身来。夜晚微风轻送,虽然凉爽,却并不舒适。"阿里,你应该上床睡觉,明天早上去拉各斯之前,你能得到充分的休息。"

纳宽泽作势要扶她起来，但阿里泽把他推开说："我告诉过你们，我没生病。我只是怀了孕。"

奥兰娜得知拉各斯的房子空无一人时，非常高兴。父亲打电话说，他们要去国外。奥兰娜知道，这是因为父亲想外出避避风头，因为他为10%的回扣、奢华的晚宴和靠不住的社会关系而焦虑，不过他和母亲都没有说出来。他们说这是度假。闭口不提是他们一向的做法，恰如他们假装没有注意到奥兰娜与凯内内不再交谈，奥兰娜只在确信凯内内不回家的时候，才回家来看一看。

坐在机场出租车里，阿里泽教宝贝唱一首歌，奥兰娜则望着窗外闪过的拉各斯街景：喧嚣的交通，生锈的巴士和等巴士的疲惫的人们，兜售者，踩着四轮木板车滑行的乞丐，衣衫褴褛的小贩拼命把盘子伸向不想买或买不了的人们。

司机把车停在伊科伊，奥兰娜父母的高墙大院前。他瞥了一眼高耸的大门。"他们杀死的部长过去就住在附近，abi（对吧），阿姨？"他问。奥兰娜假装没听见，对宝贝说："瞧瞧，瞧瞧你的连衣裙！快进去，赶快洗掉上面的脏东西！"

之后，奥兰娜母亲的司机伊贝基埃开车带他们去了金斯威超市。超市里有一股新刷的油漆味。阿里泽从一排货架走到另一排货架，一边嘤嘤低语，一边抚摸着塑料包装纸，挑选了宝贝衣物、一辆粉红色的宝贝车和一个长着蓝眼睛的塑料娃娃。

"姐姐，超市里的东西都亮闪闪的，"阿里泽笑着说，"没落灰。"

奥兰娜拿起一件镶着粉色蕾丝花边的白色连衣裙。"O maka（真可爱）。真可爱。"

"太贵了。"阿里泽说。

"谁问你价钱了？"

宝贝从低一点的架子上拽下一个玩具娃娃，把它倒转身，娃娃发出一声哭叫。

"不要，宝贝。"奥兰娜拿过玩具娃娃，放回架子上。

她们在超市里又逛了一会儿，而后去雅巴农贸市场，阿里泽可以在那里买一些布料。特朱奥肖路很拥挤，一家一家的人围着一锅锅沸腾的食物挤坐在一起，女人在内壁烧焦的炭火盆里烤玉米和大蕉，光膀子的男人把袋子往卡车上装，卡车上有手写的字样：**"没有永恒不变的条件。上帝明察秋毫。"**伊贝基埃把车停在报摊前。奥兰娜扫视着站着读《每日时报》的人，一股自豪感油然而生，连脚步也变得轻飘起来。她知道他们读的是奥登尼博的文章，那显然是其中最好的文章。她替奥登尼博修改了这篇文章，使其咄咄逼人的言辞变得柔和一些，从而凸显其论点：只有一个统一的中央集权的政府才能铲除主张分裂的地方主义。

奥兰娜握着宝贝的手，在路边的摊贩中穿行，这些小贩坐在伞下，搪瓷盘子里整整齐齐地码放着电池、挂锁和香烟。奇怪的是，市场的大门居然无人进出。随后奥兰娜看到了前方的人群。人群中央站着一个汗衫发黄的男子，另有两个男子轮流扇他耳光，有条不紊，发出像是打在皮革上的响声。"为什么现在？为什么抵赖？"被打的男子瞪着他们，眼神空洞，每挨一下打，脖子便弯曲几分。阿里泽停下了脚步。

人群里有人在叫："我们在计算伊博人。Oya（很好），过来说明你的身份。你是伊博人吗？"

阿里泽嘟哝："I kwuna okwu（别说话）。"仿佛奥兰娜想说些什么，而后阿里泽摇摇头，大声说起流利的约鲁巴语，一边说一边满不在乎地转过身，以退回她们刚才来的路。人群对她们失去了兴趣。另一个穿旅游装的男子正被人拍打后脑勺。"你是伊博人！别抵赖！老实交代！"

宝贝开始哭泣。"奥拉妈咪！奥拉妈咪！"

奥兰娜抱起宝贝。她和阿里泽坐到了车里，才开始说话。伊贝基埃已经倒转车，两眼不断地扫视后视镜。"我刚看见人们在跑。"他说。

"发生了什么事？"奥兰娜问。

阿里泽耸耸肩。"我们听到谣传，说政变之后，卡杜纳和扎里亚一直有这种事发生；他们走到街上，开始骚扰伊博人，因为他们说政变是伊博人的政变。"

"真的？真的？"

"是的，阿姨，"伊贝基埃说得飞快，似乎他一直等待着这个说话的机会。"政变之后，我在埃布特梅塔的叔叔就没在家里睡过觉。他所有的邻居都是约鲁巴人，他们说有人在找他。在照顾好生意的同时，他每天夜里睡在不同的房子里。他把孩子都送回了家。"

"Ezi okwu（真的）？真的？"奥兰娜又问了一遍。她觉得心里空落落的。她不知道事态已经发展到了这一步。在恩苏卡，生活闭塞，新闻并不真实，纯粹作为夜晚闲聊的谈资，作为奥登尼博慷慨陈词、激昂文字的素材。

"事态会平静下来的，"阿里泽说着，碰了碰奥兰娜的胳膊，"别担心。"

奥兰娜点点头，望着车窗外附近一辆卡车上涂抹的文字：**"禁止给天堂打电话"**她无法相信，否认自己的身份，耸耸肩对身为伊博人不屑一顾，竟是如此容易。

"姐姐，她成为基督徒的那一天，将穿上那件白色的连衣裙。"阿里泽说。

"什么，阿里？"

阿里泽指了指自己的肚子。"你的教女将穿上那件白色连衣裙，成为一名基督徒。非常感谢你，姐姐。"

看到阿里泽眼中的光芒，奥兰娜展露笑颜。事态的确会平息。她胳肢着宝贝，但宝贝没有笑。宝贝瞪着她，眼里充满恐惧，泪水尚未干透。

9

理查德望着凯内内拉上淡紫色连衣裙的拉链,转过身来朝着他。酒店的房间非常明亮,他望着凯内内,望着在她身后,那个镜子里的她。

"Nke a ka mma(这件更漂亮)。"理查德说。这件连衣裙比床上的黑色连衣裙更漂亮,之前凯内内想穿上后者出席父母的晚宴。她装模作样地鞠了个躬,坐下来穿上鞋子。她看上去几乎称得上漂亮,因为她脸上扑了能使皮肤光滑的香粉,嘴上抹了红色的唇膏,一举一动松弛自在,不像最近一段日子,像上紧了的发条,拼命追着壳牌-英国石油公司签合同。离开房间前,理查德拨开她的些许假发,吻了吻她的前额,免得破坏她的唇妆。

凯内内父母的起居室里挂着颜色鲜艳的气球。晚宴已经开始了。穿着黑白制服的管家端着盘子四处走动,脸上挂着谄媚的微笑,头却毫无意义地抬得很高。高脚玻璃杯里的香槟闪闪发亮,枝形吊灯的光芒与胖女人脖子上珠宝的光芒交相辉映,屋角的快活之音乐队起劲地演奏着分贝极高的音乐,人们不得不聚集在一起,才能听得清彼此说的话。

"我看到了新政府的许多大人物。"理查德说。

"爸爸在讨好新政府方面,没有浪费半点时间,"凯内内贴着他的耳朵说,"他跑出去,等待事态平息,现在又回来结交新朋友。"

理查德扫视着房间的其他地方。他一眼看见了宽肩大脸、五官疏朗、高人一头的马杜上校。他正与一位身着紧身无尾礼服的阿拉伯人交谈。凯内内走过去与他打招呼,理查德则去取一杯酒,避免此时与马杜交谈。

凯内内的母亲走过来,亲吻理查德的脸颊。理查德知道她喝醉了,否则她一般会冷冰冰地跟他打个招呼:"你好吗?"然而,此刻她却对理查德说,他看上去气色很好,并且很不幸地把他堵在房间的一角,他的后背顶着墙壁,身旁立着一尊吓人的雕塑,像是一头正在咆哮的狮子。

"凯内内告诉我,你很快就要回伦敦了?"凯内内的母亲问。她乌黑的脸上抹了太多的化妆品,看上去像蜡一般光滑。她的一举一动似乎透着紧张。

"对。我要离开大约十天。"

"才十天?"她露出些许微笑。或许她希望理查德离开的时间长一些,这样一来,她终于可以为女儿寻找一个合适的配偶。"回家探亲?"

"我表兄马丁要结婚。"理查德回答。

"哦,我明白了。"她脖子上绕着一圈圈的金饰,压得她的头向下垂,似乎她承受着重压,想努力掩饰,却欲盖弥彰。"也许我们会在伦敦一起喝一杯。我对丈夫说,我们应该再去度个小假。不是说会发生任何事情,但并非人人都满意政府正在探讨的《中央集权法令》[1]。离开一段时间，等待事态有了结果，这样更好一点。我们可能下星期就走，但我们没告诉任何人，所以也请你保密。"她开玩笑似的碰了碰理查德的袖子，嘴唇的弧线令理查德想到了凯内内。"我们甚至没有告诉我们的朋友阿朱阿夫妇。你认识拥有那家瓶装公司的阿朱阿酋长吗？他们是伊博人，但他们是西部的伊博人。我听说他们就是否认自己伊博人身份的人。谁知道他们会说我们做了些什么呢？谁知道？为了得到生锈的一便士，他们会出卖其他伊博人。就为了生锈的一便士，我给你讲。你还要酒吗？在这里等着，我去取。就在这里等着。"

她蹒跚着刚刚离开，理查德便赶紧去找凯内内。他发现她与马杜站在阳台上，俯瞰游泳池。空气里弥漫着烤肉的味道，理查德观察了他们一会儿。凯内内说话时，马杜的头稍微歪向一边，在他的魁梧身材衬托下，凯内内的身体更显瘦弱，他们的组合不知何故，颇有天衣无缝的感觉。两人都是皮肤黝黑，一个高而瘦，另一个更高，体形庞大。凯内内转身看见了理查德。

"理查德。"她叫道。

理查德走过去，与马杜握了握手。"你好吗，马杜？A na-emekwa（一切都好吧）？"理查德热切地先打招呼。"北部的生活怎么样？"

"没什么可抱怨的。"马杜用英语回答。

---

[1] 《中央集权法令》，1966年1月15日的伊博军官政变后，约翰逊·阿圭伊-伊龙西将军（1924—1966）担任尼日利亚国家元首，颁布《中央集权法令》，即"1号法令"，取消联邦制，建立中央集权政府。

"你没带阿达奥比?"他希望这家伙出来时,更多地带上妻子。

"没有。"马杜说完,喝了一口酒。显然,他不希望任何人打搅他与凯内内闲聊。

"我看见母亲在招待你,真让人激动,"凯内内说,"马杜和我在那里被阿哈迈德纠缠了一会儿。他想买爸爸在伊凯贾的仓库。"

"你父亲不会卖给他任何东西,"马杜宣称,似乎这是他可以做的决定,"那些叙利亚人和黎巴嫩人已经占有了半个拉各斯,他们都是这个国家的该死的机会主义者。"

"如果他身上不再散发出那么难闻的大蒜味,我就会卖给他。"凯内内说。

马杜大笑。

凯内内把手伸进了理查德的手。"我刚才告诉马杜,你认为又有一场政变即将发生。"

"不可能还有政变。"马杜说。

"你肯定知道,对吧,马杜?现在你是上校,大人物。"凯内内用调侃的口吻说。

理查德握紧了凯内内的手。"上星期我去了一趟扎里亚,那里似乎人人都在谈论第二次政变,第二次政变。连卡杜纳电台和《新尼日利亚人》都不例外。"他用伊博语说。

"媒体又能知道什么?"马杜用英语说。他总是这样做:由于理查德的伊博语几乎达到了流利的程度,马杜坚持用英语作答,想迫使理查德换回英语。

"报纸上刊登了报道穆斯林圣战者组织的文章,卡杜纳电台不断播送死去的索科托酋长的讲话,有传言说伊博人要占据公职部门……"

马杜打断了理查德的话。"不可能有第二次政变。军队的局势出现了些许的紧张,但军队历来都有一点紧张的状况。你吃山羊肉了吗?难道不好吃吗?"

"好吃。"理查德几乎不假思索地表示赞同,话一出口即后悔。拉各斯的空气潮湿;站在马杜身旁,感觉像要窒息。这家伙令他感觉自己无关紧要。

一星期后,发生了第二次政变,理查德的第一反应是幸灾乐祸。当时他正在橘园里,再次读着马丁的来信,凯内内常给他说,他坐的地方已经出现了一个与他屁股的大小和形状一模一样的坑。

> 还有"入乡随俗"的说法吗?我一直都知道,你会入乡随俗!母亲告诉我,你放弃了写一本部落艺术书的打算,开开心心地写着眼下这本!一本虚构的游记?而且是关于欧洲人在非洲犯下的恶!我相当热切地期待在伦敦听你讲一讲。遗憾的是,你放弃了以前那个书名:《盛手的篮子》。在非洲也有砍手的事情吗?我以为只有印度发生这样的事。我太好奇了!

理查德眼前浮现出学生时代，马丁脸上经常流露的笑容，当时伊丽莎白姑姑的决心近乎疯狂：禁止无所事事。于是他们俩沉迷于各种各样的活动：板球比赛、拳击课、网球，还要跟着一位口齿不清的法国人学钢琴。马丁在各项活动中表现优异，脸上总挂着充满优越感的微笑，天生合群且出类拔萃的人才有这种笑容。

理查德伸手摘了一朵看似罂粟的野花。他想象着马丁的婚礼。马丁的未婚妻竟然是一位时装设计师。如果凯内内能随他前往就好了，如果她不用留在尼日利亚签新合约该多好。理查德想让伊丽莎白姑姑、马丁和弗吉尼亚见一见凯内内，但最重要的是，他想让他们看一看他，在尼日利亚待了几年之后的他：看一看他的肤色变深了，心情更愉快了。

伊凯基德过来找他。"理查德先生，先生！女士说让你过去。又有政变。"伊凯基德说。他看上去很激动。

理查德赶紧向屋里走去。他的预测是对的，马杜错了。七月的湿热天气使得他的头发软塌塌地趴在头上，他一边走一边用手捋着头发。凯内内坐在起居室的沙发上，双臂交叠揽胸，身体前后晃动。收音机里，英国人的声音非常响亮，凯内内提高了嗓门说："北部军官已经控制了局势。英国广播公司说他们正在杀害卡杜纳的伊博军官。尼日利亚电台什么也没说。"她的语速太快。理查德站在她身后，开始揉搓她的肩膀，画着圆圈按摩她那僵硬的肌肉。收音机里，那个上气不接下气的英国口音说，非同寻常的是，第二次政变只比第一次政变晚了半年。

"非同寻常。的确非同寻常。"凯内内说。她突然伸手,啪的一声把收音机推下了桌子。收音机落在地毯上,一块滑脱的电池滚了出来。"马杜在卡杜纳,"她用手捂着脸说,"马杜在卡杜纳。"

"没事的,我亲爱的,"理查德说,"不会有事的。"

理查德头一次开始考虑马杜死去的可能性。他决定暂时不回恩苏卡,但说不清为什么。真的是因为当凯内内听到马杜的死讯时,他想陪伴在她身边吗?接下来的几天里,凯内内显得极度焦虑和紧张,理查德禁不住也为马杜担忧起来,但转念又憎恨起自己的同情心,而后又憎恨这种负面的情绪。他不应该如此狭隘。毕竟凯内内让他与她一起担忧,仿佛马杜是他们共同的朋友,而不是她一个人的朋友。她告诉理查德,她给谁打了电话,她询问了什么人,想打听到发生的情况。没人知道。马杜的妻子什么都没听说。拉各斯陷入了混乱。凯内内的父母去了英国。许多伊博军官死了。杀戮是有组织的,凯内内告诉理查德,一个士兵说,他们在军营里听到全营检阅会操的号令,集合完毕后,北部人挑出来所有的伊博士兵,带走枪决。

凯内内保持缄默,一语不发,但从未泪眼婆娑,所以一天当她哽咽着说:"我听说了一件事。"理查德知道一定是与马杜有关的消息。他想着该如何安慰凯内内,他是否安慰得了凯内内。

"乌多迪,"凯内内说,"他们杀了乌多迪·埃凯奇上校。"

"乌多迪?"理查德本来笃定是关于马杜的消息,此刻心中一片茫然。

"北部军人把他关在军营的牢房里,逼他吃自己的屎。他吃了。"凯内内停顿片刻,"随后他们把他打得不省人事,把他绑在一个铁十字架上,把他扔回了牢房。他死了,绑在十字架上。他死在十字架上。"

理查德缓缓坐下。在过去的几年里,他对乌多迪——大声嚷嚷、喝得烂醉的乌多迪,每个毛孔都显示出他的口是心非——的厌恶与日俱增。然而,听到他的死讯,他的心情格外严肃。他又想到了马杜正遭受死亡的威胁,意识到他并不知道自己会有何感受。

"谁告诉你的?"

"玛丽亚·奥贝莱。乌多迪的妻子是她的表妹。她说,有传言说没有任何伊博军官从北部逃了出来。但乌蒙纳奇的一些人说,他们听说马杜逃走了。阿达奥比没听到任何消息。他怎么可能逃得了。怎么逃?"

"他也许正躲在哪里。"

"怎么躲?"凯内内又问。

两星期后,马杜上校出现在凯内内的房子里,他瘦了很多,看上去个子也高了很多。透过他的衬衫,肩胛骨棱角分明,突兀而出。

凯内内尖叫着。"马杜!是你吗? O gi di ife a(是你吗)?"

理查德没看清是谁先走向谁,但凯内内和马杜此时靠得很近,彼此搀扶,凯内内轻柔地抚摸着马杜的胳膊和脸,理查德忍不住别过脸去。他走到酒柜前,为马杜倒了一杯威士忌,为自己倒了一杯杜松子酒。

"谢谢你,理查德。"马杜说,但他没把酒杯接过去,理查德端着两杯酒站了片刻,放下了一杯。

凯内内坐到了马杜跟前一张靠墙的桌子上。"他们说,他们在卡杜纳杀了你,后来他们说,他们把你活埋了,后来他们说,你逃走了,后来他们又说,你被关在拉各斯的监狱里。"

马杜没有答话。凯内内注视着他。理查德喝完酒,又倒了一杯。

"你记得我的朋友易卜拉欣吗?在英国桑德赫斯特陆军军官学校的朋友?"马杜终于开口问道。

凯内内点点头。

"易卜拉欣救了我的命。那天早晨他把政变的阴谋告诉了我。他没有直接参与,但他们大部分人——那些北部军官——都知道。他开车送我去他堂弟家,我并不太明白他是什么意思,直到他让堂弟把我带到养家畜的后院。我在鸡圈里睡了两天。"

"不!Ekwuzina(别说了)!"

"还有,你知道当兵的来他堂弟家搜我吗?人人都知道易卜拉欣与我的关系有多好,他们怀疑是他帮我逃走了。不过他们没有搜查鸡圈。"马杜上校顿了顿,点点头,望向远处。"我在鸡屎里睡了三天[1],才知道鸡屎有多难闻。第三天,易卜拉欣派一个小

---

[1] 原文如此。——编注

男孩给我送来几件土耳其长袍和钱,让我赶快离开。我打扮成富拉尼族牧民,穿过小一点的村庄,因为易卜拉欣说,炮兵在卡杜纳的各大路口设置了路障。我很幸运,找到了一个卡车司机,他是伊博人,来自奥哈费亚,他把我送到了卡凡赞。我的堂弟住在那里。你认识奥努恩阔,对吧?"马杜不等凯内内回答,又接着说:"他是火车站站长,他对我说,北部军人封锁了马库尔迪桥。到那里就等于进了坟墓。他们搜查每一辆交通工具,旅客列车被延误达八小时,他们把在那里发现的伊博军人全部枪杀,尸体到处乱扔。许多军人乔装改扮,但他们利用长靴来找人。"

"什么?"凯内内向前探着身子。

"长靴。"马杜瞥了一眼自己穿的鞋,"你知道我们当兵的一年四季穿长靴,所以他们仔细察看每个人的脚,那些脚很干净、皮肤没有被哈麦丹风吹裂的伊博人都被带走枪杀。他们还检查他们的额头,看看那里的肤色是不是因为戴过贝雷帽而显得淡一些。"马杜摇摇头。"奥努恩阔建议我等几天。他认为我过不了桥,因为不管我如何乔装改扮,他们轻而易举就能认出我。所以我在卡凡赞附近的一个村庄藏了十天。奥努恩阔让我藏在不同的房子里。和他住在一起不安全。最后,他说他找到了一个司机,一个来自恩内威的好人,他愿意让我藏在火车的水箱里。那个人给了我一套消防员的制服,我穿上后爬进了水箱。水淹到了我的下巴。每次火车颠簸一下,一些水就会呛进我的鼻子。到了桥上,一些军人非常仔细地搜查了整列火车。我听到水箱盖上有脚步声,心想这下完蛋了。但他们没有打开水箱盖,放我们过去了。就在那一刻,我知道我活着,我的命不会丢。我回到乌蒙纳奇,发现阿达奥比穿着黑色的丧服。"

马杜说完了很久,凯内内仍旧注视着他。又有一段时间的沉默,理查德颇不自在,因为他不知道该做何反应,流露何种表情。

"这事之后,伊博军人和北部军人永远不可能住在同一座军营里。不可能。不可能。"马杜上校说。他的眼中闪着玻璃般的光泽。"戈翁[1]不能做国家元首。他们不能把戈翁强加给我们,做我们的国家元首。没有这么行事的。有人比他资格更老。"

"现在你想怎么办?"凯内内问。

马杜似乎没听见她的话。"我们死了这么多人,"他说,"这么多实打实的好人——乌多迪、伊洛普塔伊费、奥昆韦泽、奥卡福尔——这些人都拥护尼日利亚,不在乎部落的差异。乌多迪说豪萨语终究好过伊博语,可你看他们是如何残杀他的。"他站起来,在房间里踱着步。"问题在于族裔平衡政策。我们的委员会建议总指挥官,我们应该废除族裔平衡政策,它正在造成军队的两极化,他们应该停止提拔不够格的北部人,我是这个委员会的一员。但我们的总指挥官说不行,我们的英国总指挥官。"马杜转过身,扫了理查德一眼。

"我让伊凯基德做你喜欢吃的那种米饭。"凯内内说。

马杜耸耸肩,没有说话,双眼直视着窗外。

---

[1] 雅库布·戈翁(1934—),尼日利亚政治家,恩加斯族。1966年7月29日,尼日利亚豪萨军官发动政变,时任陆军参谋长的戈翁被推举为国家元首,1975年7月25日,他因政变下台,流亡英国。

10

午餐时间,乌古摆好了桌子。"好了,先森。"他说,尽管他知道主人不会碰秋葵荚汤,而是仍旧会在起居室里来回踱步,听着声音开得很大的收音机,阿德巴约小姐大约一小时前离开后,主人便是这副情形。此前,阿德巴约小姐拼命地捶打着前门,乌古担心玻璃会碎,等他开了门,她从他身边挤过去,问道:"你主人在哪里?你主人在哪里?"

"我去叫他,女士。"乌古说,但阿德巴约小姐已经急匆匆地跑进了主人的书房。乌古听见她说"北部有麻烦",立即感到口干舌燥,因为阿德巴约小姐不是一个危言耸听的人,不论北部发生了什么,一定很严重,而奥兰娜正在卡诺。

几星期前,第二次政变发生,伊博军人被杀,从那以后,乌古一直想了解正在发生的一切,他更加细致地阅读报纸,更加仔细地倾听主人与客人的谈话。他们之间的谈话不再以充满信心的大笑结束,起居室里常常笼罩着浓重的不确定氛围,还有尚未完结的消息,似乎他们每个人都知道将有事情发生,却不能确定是何事情。然而,他们谁也没有预料到这会发生,他们谁也没有预料到埃努古全国广播公司埃努古电台的播音员会宣布:"我们得到确切的消息,多达五百名伊博人在迈杜古里被杀。"此时乌古正在铺桌布。

"胡说八道!"主人大喊,"你听到那条新闻了吗?你听到了吗?"

"听到了,先森。"乌古说。他希望主人的喊叫不会吵醒午睡的宝贝。

"不可能!"主人说。

"先森,您的汤。"乌古说。

"五百人被杀。根本就是胡说八道。不可能是真的。"

乌古把汤端进厨房,放进冰箱里。调味品的气味让他感到恶心,看到汤,看到食物,也是这种感觉。但宝贝很快就会醒来,他必须给她准备晚饭。乌古从储藏室里取出一袋土豆,坐在厨房里,眼睛直勾勾地盯着袋子,想起了两天前,奥兰娜前去卡诺接阿里泽表姨妈,她的发辫牵拉着前额的肌肤,看上去光滑闪亮。

宝贝走进了厨房。"乌古。"

"I tetago(你醒了)?你醒了?"乌古说完,把宝贝抱在怀里。他想知道主人是否看见宝贝走过起居室。"你梦见宝贝小鸡了吗?"

宝贝大笑,脸颊现出了深深的酒窝。"梦见了!"

"你和它们说话了吗?"

"说了!"

"它们说了什么?"

宝贝没有像往常那样回答。她松开乌古的脖子,蹲在地上。"奥拉妈咪在哪里?"

"奥拉妈咪很快就回来。"乌古仔细察看着刀刃,"来,帮我收拾土豆皮。把它们都放进垃圾桶里,等奥拉妈咪回来,我们会告诉她,你在厨房里当小帮手。"

乌古把土豆放进锅里,趁煮土豆的工夫,给宝贝洗了个澡,用梨牌爽身粉把宝贝全身上下扑了一遍,又找出来她的粉色睡裙,这是奥兰娜喜欢的睡裙,她说宝贝穿上之后,像个布娃娃。可宝贝说:"我要穿睡衣。"乌古开始犯糊涂:奥兰娜喜欢的到底是什么,睡裙还是睡衣?

乌古听到前门有人敲门。主人跑出了书房。乌古冲到门后,先伸手抓住了门把手,他抓住不放,确保自己是开门的人,尽管他知道来人肯定不是奥兰娜。奥兰娜有钥匙。

"是奥比奥佐吗?"门口站着两位男子,主人看着其中的一位说,"奥比奥佐?"

乌古看到眼前这两个人眼窝深陷,衣服上污垢斑斑,马上想到应该把宝贝带走,保护她。他把宝贝的晚饭端进卧室,放在她的游戏桌上,告诉她,她可以假装与《杰克与吉尔》中的吉尔一起吃饭,这本漫画书是连同《文艺复兴》一起送来的。乌古站在通向走廊的门口,向起居室里张望。一个男子在说话,另一个喝着一瓶水,没顾得上用桌上的玻璃杯。

"我们遇见了一个卡车司机,他愿意捎我们。"第一个男子说,乌古立即判断出,他是主人的亲戚。他的阿巴口音很重,每个f音听上去都像v。

"出了什么事?"主人问。

另一个男子放下瓶子,平静地说:"他们把我们当蚂蚁一样杀害。你听到我的话了吗？像蚂蚁一样。"

"我们亲眼看到了很多，anyi afujugo anya（我们看够了），"奥比奥佐说，"我看到了一家人，父亲、母亲和三个孩子，都倒在通往汽车站的路上。就倒在路上。"

"卡诺呢？卡诺情况怎么样？"主人问。

"杀人是从卡诺开始的。"男子回答。

奥比奥佐还在说话，说什么兀鹫和倾倒在城墙外的尸体，但乌古听不下去了。"杀人是从卡诺开始的。"这句话在他的脑海里回荡。他不想为客人打扫客房，找床单，热汤，做新鲜的炒木薯粉。他希望他们赶紧离开。或，如果他们留下，他希望他们闭上脏嘴。他也希望电台播音员们保持沉默，但他们都说个不停。他们重复播报着迈杜古里大屠杀的新闻，乌古恨不得把收音机扔到窗外。第二天下午，两位客人离开后，埃努古电台传来一个非常严肃的声音，详细讲述着来自北部的目击报告：在扎里亚，老师遭到劈砍；在索科托，整座天主教堂被焚烧；在卡诺，一个孕妇被劈开。播音员顿了顿。"现在我们的一些同胞回来了。幸运的同胞们回来了。火车站挤满了我们的同胞。如果你们能省出一点茶和面包，请送到火车站。帮一帮落难的兄弟。"

主人从沙发上跳起来。"去，乌古，"他说，"带上茶和面包，去火车站。"

"是，先生。"乌古应道。在泡茶前，他油炸了一些大蕉，做宝贝的午餐。"我把宝贝的午餐放在烤箱里，先生。"他说。

乌古不能确定主人是否听见了他的话，他出门之后，又担心宝贝会挨饿，主人不知道烤箱里有油炸大蕉。他听任自己为此事担心，直到进了火车站。月台上铺满了席子和肮脏的裹裙，人们瘫倒在上面，男人、女人和孩子，他们都在哭泣，吃面包，包扎伤口。小贩们头顶着盘子，四处走动。乌古不愿走进那个衣衫褴褛者的集市，便鼓起勇气，向一个坐在地上的男子走去，这个男子的头上缠着血迹斑斑的破布。到处都有苍蝇嗡嗡乱叫。

"你要吃面包吗？"乌古问。

"要，我的兄弟。Dalu（谢谢你）。谢谢你。"

乌古没有再看他头上的刀伤有多深。他倒了茶，把面包递过去。明天他便不会记得这个男子，因为他不想记住他。

"你要吃面包吗？"乌古问附近弯腰坐着的另一个男子，"I choro bread（你要吃面包吗）？"

男子转过身来。乌古身子一缩，手里的水瓶差点掉在地上。他的右眼没有了，只剩下一团红色的肉浆。

"是当兵的救了我们。"第一个男子说，他正蘸着茶水吃面包，似乎是作为交换，他必须讲一讲他的经历。"他们叫我们跑到军营里去。那些疯子像脱逃的山羊一样追赶我们，但我们一进军营的大门，就安全了。"

一列摇摇晃晃的火车进了站，上面挤满了人，有些乘客只能紧紧抓住金属栏杆，趴在车厢外侧。乌古望着疲惫不堪、灰尘满身、血迹斑斑的乘客爬下火车，但他没有加入冲上去帮忙的人群。他一想到奥兰娜也是这些步履蹒跚、灰心丧气的人中的一员，便觉得难以承受。然而，他同样无法想象奥兰娜不会出现在他们中间,她还在那边,北部某个地方。他一直盯着,直到火车里空无一人。奥兰娜不在火车上。他把剩下的面包给了独眼男子,转过身猛跑。他一直跑到奥迪姆街,跑过开着白花的灌木丛,才停下脚步。

11

奥兰娜坐在穆罕默德家的凉台上,喝着冰冻过的加米牛奶糊,好吃又冰凉的牛奶糊顺着喉咙流进胃里,嘴唇黏糊糊的,奥兰娜忍不住哈哈大笑,这时门卫来了,有事要向穆罕默德报告。

穆罕默德离开片刻后又回来了,手里拿着一本像是小册子的物品。"他们在暴动。"他说。

"学生暴动,对吧?"奥兰娜问。

"我认为是宗教暴动。你必须立刻离开。"他不敢直视奥兰娜的眼睛。

"穆罕默德,冷静下来。"

"苏莱说他们在设置路障,搜查异教徒。快走,快走。"他朝屋里走去。奥兰娜跟在后边。他担心过度了,穆罕默德的确担心过度了。毕竟穆斯林学生总是由于这个原因或那个原因举行示威,骚扰穿着西化的人,但他们总是散得很快。

穆罕默德走进一个房间,出来时拿了一条长围巾。"戴上这个,这样你就能蒙混过关。"他说。

奥兰娜把围巾戴在头上,又沿着脖子绕了一圈。"我看上去像个地道的穆斯林妇女。"她开玩笑说。

但穆罕默德几乎笑不出来。"我们走。我知道一条去火车站的近路。"

"火车站?阿里泽和我要到明天才走,穆罕默德。"奥兰娜说。她几乎要跑步才跟得上他。"我要回舅舅在萨邦加里的家。"

"奥兰娜。"穆罕默德发动了汽车。汽车颠簸了一下,才开始加速。"萨邦加里不安全。"

"你什么意思?"奥兰娜用力拽着围巾。围巾四周的刺绣蹭着脖子,感觉粗糙,不舒服。

"苏莱说他们很有组织性。"

奥兰娜瞪着他,他看上去如此害怕,这使得奥兰娜突然间生出了几分恐惧。"穆罕默德?"

穆罕默德的声音很低。"他说伊博人的尸体躺在机场路上。"

奥兰娜方才意识到,这不仅仅是信教学生的又一次示威。恐惧灼烧着她的咽喉。她的双手紧握。"请先去接我的亲人,"她说,"求你了。"

穆罕默德朝萨邦加里驶去。一辆满是灰尘的黄色大巴开了过去,看上去像是竞选大巴,政客们坐在其中在农村游走,向村民分发大米和现金。一个男子探身车门外,喇叭紧贴着嘴巴,一口慢悠悠的豪萨语在耳边回响。"伊博人必须滚蛋。异教徒必须滚蛋。伊博人必须滚蛋。"穆罕默德伸手捏住了奥兰娜的手,一直没有松开,路边有一群年轻人齐声高喊:"Araba,Araba(团结,团结)!"穆罕默德放慢了车速,按了几声喇叭,表示声援。他们挥挥手,穆罕默德又加快了车速。

在萨邦加里,第一条街空空荡荡。奥兰娜看见了烟尘腾空而起,犹如高大的灰色幽灵,随后她闻到了燃烧的气味。

"待在车里别动。"穆罕默德说,他把车停在姆巴埃齐舅舅家的院门外。奥兰娜望着他跑了出去。街道看上去颇为生疏,不再是熟悉的模样,院门被损坏了,金属门扇倒在了地上。随后奥兰娜注意到了伊费卡舅妈的小货亭,或者说它的残余物:木头碎片,散落在尘土中的一包包落花生。她打开车门,钻了出去。她停顿了片刻,因为眼前竟然如此明亮耀眼,如此灼热,屋顶的火焰如巨浪翻滚,沙砾和烟灰在空气中飘浮,她开始向舅舅家跑去。她看见了尸体,停下了脚步。姆巴埃齐舅舅脸朝下,双腿张开,身体扭曲成难看的形状,躺在地上。某种乳白色的东西从他脑后的大伤口中渗了出来。伊费卡舅妈躺在凉台上。她全身赤裸,刀伤略小,如微微张开的红唇,点缀着她的四肢。

奥兰娜感到肚子里似乎有水在晃荡,想呕吐,紧接着一股麻木感席卷全身,止于双脚。穆罕默德在拉她,拽她,他抓疼了她的胳膊。但没有阿里泽,奥兰娜不能离开。阿里泽的孩子随时可能降生,她必须待在离医生较近的地方。

"阿里泽,"奥兰娜说,"阿里泽在公路的那头。"

烟雾越来越浓,奥兰娜看不清楚飘进院子的究竟是一伙男子,还是缕缕青烟,这时她看到了他们手持的斧头和大砍刀上闪闪发亮的刀刃,他们身穿的土耳其长袍血迹斑斑,下摆在两腿间飘荡。

穆罕默德把奥兰娜推进车里,绕到车的另一头,也钻了进来。"低下头。"他说。

"我们干掉了这一家子。这是真主的旨意!"一个男子用豪萨语说。这个男子很眼熟。是阿卜杜勒马利克。他用脚轻轻踢了踢地上的一具尸体，奥兰娜方才注意到地上躺着多少尸体，像布做的娃娃。

"你们是什么人？"另一个男子站在车前问。

穆罕默德已经启动马达，他打开车门，用豪萨语飞快地说着好言好语。男子站到一边。奥兰娜转过身想看仔细，那个男子是否真的是阿卜杜勒马利克？

"不要抬头！"穆罕默德说。他差点撞上一棵库卡树，树上的一颗大荚果掉到了地上，车驶过的时候。奥兰娜听到荚果被压碎的吱嘎声。她低下头。那个男子是阿卜杜勒马利克。他又踢了踢另一具尸体，一具女人的无头尸，他跨了过去，先迈一只脚，再迈另一只脚，尽管尸体边上有足够的空间放脚。

"真主不能容忍这种事。"穆罕默德说。他在发抖，整个身体都在发抖。"真主不会饶恕他们。真主不会饶恕那些指使他们这么做的人。真主永远不会饶恕这种事。"

一路上，他们在极度癫狂的状态下保持着沉默；一路上，他们看到了制服被血泼溅的警察、在路边栖息的兀鹫，还有小男孩抱着抢来的收音机。穆罕默德把车停靠在火车站，使劲把奥兰娜推上了一列拥挤的火车。

奥兰娜坐在火车的地板上，双腿收拢，膝盖顶着前胸，周围人温暖汗湿的身体挤压着她。车厢外，人们用带子把自己的身体绑在车厢上，一些人抓着扶手，站在上下车的台阶上。一个男子掉下了火车，奥兰娜听到人们压着嗓门的喊叫声。这列火车如同一堆松松垮垮连在一起的金属,开起来很不平稳,仿佛路轨上横向放置了很多缓速块,火车每次颠簸,奥兰娜便被甩到旁边的女人身上,碰到她膝盖上的某样东西,是一个大碗,一个葫芦。这个女人的裹裙上布满了斑斑点点,像是血迹,不过奥兰娜不能确定。她的眼睛灼痛,感觉像是里面有胡椒和沙子,刺痛并且灼伤了她的眼睑。眨眨眼会带来巨大的痛苦,闭上眼也会带来巨大的痛苦,睁着眼亦是如此。她想把眼睛掏出来。她用唾液沾湿手指,揉了揉眼睛,宝贝身上稍有点痒的话,她有时候也用这个办法。"奥拉妈咪!"宝贝呜咽着举起发痒的胳膊或腿,奥兰娜把一个指头伸进嘴里,再抹在宝贝的痒处。但唾液让奥兰娜的双眼更感灼痛。

奥兰娜前面的一个年轻男子尖叫一声,双手捂住了头。火车拐了一个弯,奥兰娜又撞上了那个葫芦,她喜欢它那结实的触感。她慢慢地伸出手,轻柔地抚摸着葫芦上纵横交错的雕刻纹路。她闭上眼睛,因为闭上之后,眼睛的灼痛感稍有减轻。她闭着眼睛,手放在葫芦上,如此过了几小时,听到有人用伊博语大叫:"Anyi agafeela(我们过了)!我们过了尼日尔河!我们已经到家了!"

一种液体——尿液——在火车地板上流淌。奥兰娜感到冰冷的尿液渗进了她的连衣裙。抱着葫芦的女人轻轻推了推她,又示意旁边的一些人。"Bianu(来),来,"她说,"来瞅瞅。"

她打开了葫芦盖。

"瞅瞅。"她又说。

奥兰娜向葫芦里探头看。她看见了一个小女孩的头，皮肤色如土灰，编着发辫，翻着白眼，张着嘴巴。她凝视着小女孩的头，过了一会儿才把视线移开。有人在尖叫。

女人盖上了葫芦盖。"你知不知道，"她说，"我花了多长时间才编好她的发辫？她的头发那么多。"

随着锈迹斑斑的火车发出一声尖厉的声响，火车停了下来。奥兰娜下了车，站在推来挤去的人群里。一个女子晕倒了。司机们拍打着卡车的两侧，反复地叫喊："奥韦里！埃努古！恩苏卡！"奥兰娜想着葫芦里那个小女孩的发辫。她的眼前浮现出小女孩的母亲编发辫的情景：她先用手指蘸着头油抹在头发上，再用木梳把头发分成若干部分。

12

飞机在卡诺降落的过程中,理查德又读了一遍凯内内写的字条。他刚才在公文包里找杂志时,发现了这张字条。他多希望在伦敦停留的十天里,便已知道这张字条等着他去读。

> 爱是否是这种误入歧途的需要,希望你大部分时间待在我的身边?爱是否是我们沉默无言时我内心的这种安全感?爱是这种归属感?这种完整无缺的感觉?

理查德读着字条,脸上露出了微笑。此前凯内内从未给他写过类似的文字。他不能确定凯内内是否给他写过任何文字,除了在送他的生日贺卡上,写上人人都用的"爱你的,凯内内"。他读了一遍又一遍,目光久久地停留于每一个"I"[1],她把这个单词写得曲线玲珑,颇像英镑的简写£。突然间,理查德不再介意航班在伦敦被延误,而此时在卡诺停留,再转机飞往拉各斯,将耽误他更长的时间。一种荒谬的光亮,如帘布升挂于他的周围;一切都有可能,一切都可在掌握之中。他站起身,帮坐在旁边的一位女士取下行李包。"爱是否是我们沉默无言时我内心的这种

---

[1] "I",原句中的"我"。

安全感？"

"你太好了。"受到帮助的女士有爱尔兰口音。飞机上的乘客都不是尼日利亚人。如果凯内内在这里，肯定会说一句讥讽的话："这就是四处劫掠的欧洲人。"理查德下到客机梯子底部，与乘务员握手告别，而后快速穿过停机坪。烈日当空，这种穿透力极强的白热状态使得他担心，自己的体液正在挥发，正在干涸，一走进凉爽的大楼，他不由得松了口气。他站在等候报关的队伍里，又读了一遍凯内内的字条。"爱是否是这种误入歧途的需要，希望你大部分时间待在我的身边？"等他回到哈科特港，他将向凯内内求婚。刚开始凯内内会说这样的话："一个白人，根本谈不上有钱。我父母会觉得是奇耻大辱。"然而，她会答应的。理查德知道她会答应的。这是因为她近来的某种变化，更为成熟，更为温柔，这张字条便是这一过程的产物。理查德不知道凯内内是否已经原谅他与奥兰娜之间的事——他们从未谈论过——但这张字条，这种崭新的真情流露，却表明凯内内愿意继续发展他们的关系。理查德正把字条放在手掌上抚平，一位肤色黝黑的年轻海关工作人员问："您有什么要申报吗，先生？"

"没有，"理查德说着，递过去他的护照，"我还要飞往拉各斯。"

"好的，很好，先生！欢迎来到尼日利亚。"年轻人说。他身材圆胖宽大，穿上制服后显得邋遢。

"你在这里工作？"理查德问。

"是的,先生。我正在实习。十二月份我将成为一名正式的海关工作人员。"

"太棒了,"理查德说,"你老家在哪里?"

"我老家在东南部,一个叫奥博希的小镇。"

"奥尼查的小邻居。"

"您知道那个地方,先生?"

"我在恩苏卡工作,去过东部各个地方。我正在写一本关于这个地区的书。我的未婚妻来自乌蒙纳奇,离你们那里不远。"理查德感到一股强烈的成就感袭上心头,他竟然如此轻松地说出"未婚妻"三个字,这预示着他将来会享受到"妻管严"的极致幸福。他露出微笑,但马上意识到自己的微笑眼看要变成傻笑,自己可能因欣喜若狂而稍有失态。要怪就怪这张字条。

"您的未婚妻,先生?"年轻人似乎不赞成。

"是的。她叫凯内内。"理查德说得很慢,以便完整地发出这个名字的第二个音节[1]。

"您说伊博语,先生?"此刻,年轻人的眼里流露出些许的尊敬。

"Nwanne di na mba(兄弟可能来自异国他乡)。"理查德故作高深地说,心里暗自希望自己没有混淆,希望这个成语的意思是兄弟可能来自异国他乡。

"哈!您说了!I na-asu Igbo(您竟然说伊博语)!"年轻人

1　Kainene(凯内内)的读音为['kaineinei],有三个音节。

伸出一只潮润的手,热情地握住了理查德的手,开始谈论他自己。他的名字是恩纳埃梅卡。

"我很了解乌蒙纳奇的人,他们太爱惹是生非了,"年轻人说,"我的族人警告我的堂姐,不要嫁给乌蒙纳奇的一个男子,但她不听。他们天天打她,逼得她收拾东西,回了父亲家。不过,不是乌蒙纳奇的每个人都是坏人。我母亲的老家就在那里。您没听说过我母亲的母亲吗?恩瓦伊凯·恩奎莱?您应该把她写进您的书里。她是一个特别好的草药医生,她有治疗疟疾的最好的药。如果她治病要高价的话,现在我肯定在国外学医。但我们家没有能力送我去国外,拉各斯的人把奖学金给了贿赂他们的人的孩子。正是因为恩瓦伊凯·恩奎莱,我才想行医。不过我的意思不是说,我在海关的工作不好。我们毕竟得参加考试才能得到这份工作。许多人眼红,等我成了一名正式工,生活会更好,痛苦会更少……"

一个说英语,但带有优美豪萨口音的声音宣布:请从伦敦飞往拉各斯的乘客开始登机。理查德如释重负。"与你聊天很开心,jisie ike(干得好)。"他说。

"是,先生。向凯内内问好。"

恩纳埃梅卡转身走回自己的柜台。理查德拎起公文包。侧门突然敞开,三个男子手持长长的步枪,冲了进来。他们穿着绿色的军装,理查德感到奇怪的是,当兵的怎会如此横冲直撞,大出洋相?这时他看到了他们血红的眼睛,眼神呆滞却透着野蛮。

领头的士兵挥舞着手中的步枪。"Ina nyamiri[1]（尼亚米里在哪里）！伊博人在哪里？这里谁是伊博人？异教徒在哪里？"

一个女人在尖叫。

"你是伊博人。"第二个士兵对恩纳埃梅卡说。

"不是，我来自卡齐纳！卡齐纳！"

第二个士兵走向恩纳埃梅卡。"说 Allahu Akbar！[2]"

候机厅里一片静寂。理查德感觉到冰冷的汗珠沉甸甸地压在睫毛上。

"说 Allahu Akbar！"第二个士兵再次下令。

恩纳埃梅卡跪在地上。理查德发现，恐惧深深地刻进了恩纳埃梅卡的脸庞，导致他的两颊塌陷变形，仿若戴上了一张完全不像他的面具。恩纳埃梅卡不愿说 Allahu Akbar，因为他的口音会露馅。理查德想用意念促使恩纳埃梅卡说这些话，不管怎么样，试一试。他还希望在令人窒息的静寂中能发生点事情，任何事情都可以，他的想法仿佛得到了回应，步枪响了，恩纳埃梅卡的胸膛爆裂，血肉横飞，理查德手中的字条掉到了地上。

乘客们蜷缩在椅子后面。男人们跪在地上，头点着地。有人用伊博语大喊："我的母亲，哦！我的母亲，哦！上帝说了不允许！"喊叫的是酒吧招待。一个士兵走到跟前，对他开了一枪，又瞄准整齐摆放的一瓶瓶酒射击。候机厅里弥漫着威士忌、

1　尼亚米里（nyamiri），豪萨语，是尼日利亚北部的豪萨人对伊博人的蔑称，此为音译。

2　Allahu Akbar，（阿拉伯语）真主至大。

堪培利开胃酒和杜松子酒的气味。

此刻候机厅里拥进来更多的士兵,响起了更多的枪声和喊叫声:"尼亚米里!""团结,团结!"酒吧招待在地上挣扎,他嘴里发出的咯咯声来自喉咙,尖厉刺耳。士兵们跑到停机坪上,冲上飞机,把已经登机的伊博人拽下来,列队射杀,他们的尸体倒在地上,鲜亮的服装如同斑驳色彩,泼溅在积满灰尘的黑色停机坪上。身着制服的机场警卫双臂交叠,冷眼旁观。理查德感觉到自己尿湿了长裤。耳朵里有声音在回响,十分难受。理查德几乎错过了航班,因为当其他乘客摇晃着走向飞机的时候,他站在一边呕吐。

苏珊仍然穿着浴袍。看到理查德不打招呼便到她家里来,她并不觉得惊讶。"你看上去筋疲力尽。"她摸着理查德的脸颊说。她的头发蓬乱,没有光泽,松松地梳在脑后,露出发红的耳朵。

"我刚从伦敦过来。我们的航班经停卡诺。"理查德说。

"是吗?"苏珊说,"马丁的婚礼怎么样?"

理查德静静地坐在沙发上。他对伦敦发生的一切没有任何记忆。苏珊似乎没有注意到他不吭声。"低度威士忌兑大量的水?"她问,手却已经开始倒酒。"卡诺很有趣,对吧?"

"是的。"理查德说,尽管他想告诉苏珊,他看着拉各斯拥挤的公路上的小贩、小车和大巴,感到疑惑不解,因为这里的生活还是一如既往,公路上的人和车还像过去一样横冲直撞,仿佛卡诺没有发生任何事。

"北部人宁肯花三倍的工钱请老外,也不愿雇南部人,真够傻的。不过这对我们来说,有不少钱可赚。奈杰尔刚刚打电话来,给我讲他的朋友约翰,一个可怕的苏格兰人。不管怎么着,约翰是个包机飞行员,过去这几天开飞机把伊博人送到安全的地方,发了一笔小财。他说光扎里亚就有几百人被杀。"

理查德感觉自己的身体似乎已经准备好做点什么:哆嗦,瘫倒。"这么说,你知道那里发生了什么?"

"我当然知道。我只希望不要蔓延到拉各斯。谁都无法预测这种事。"苏珊把杯里的酒一饮而尽。理查德注意到她苍白的肤色,以及嘴唇上方细小的汗珠。"这里有很多很多的伊博人——唉,他们无处不在,不是吗?你仔细想想,不能说这些罪孽不是他们自己招来的,他们那么强调宗族,那么傲慢自大,又控制着市场。很像犹太人,真的很像。再想想,相对来说,他们的文明程度不高;没法把他们与——比如说——约鲁巴人相提并论,约鲁巴人在海边与欧洲人打了多年的交道。我记得第一次来这里时,有人告诉我,雇伊博人做仆人要小心,因为他会占有你的房子和盖房子的这块地,而你却蒙在鼓里。再来一杯低度威士忌?"

理查德摇摇头。苏珊给自己倒了一杯,不过这次没有兑水。"你在卡诺机场没看见点什么,是吗?"

"没有。"理查德说。

"我想他们不会去机场。这太不寻常了,不是吗,这些人无法控制他们对彼此的仇恨。当然，我们都会恨某个人，但这完全是个控制的问题。文明教你学会控制。"

苏珊喝光杯里的酒，又倒了一杯。理查德走进浴室，苏珊的声音仍在耳边回响，加重了头痛欲裂的痛苦。他拧开水龙头。镜子里的他没有任何变化，眉毛依旧无所顾忌地竖起，眼睛依旧是教堂彩色玻璃中的蓝色，他感到异常震惊。他的面容应该因目睹的一切而变形。他的羞耻应该在脸上留下红色的疤子。当他目睹恩纳埃梅卡被枪杀的时候，他并未感到震惊，而是万分庆幸凯内内没有与他在一起，因为他无力保护凯内内，他们会察觉她是伊博人，开枪打死她。理查德不可能救得了恩纳埃梅卡，但他应该首先想着恩纳埃梅卡，他应该为这个年轻人的死而萎靡憔悴。理查德瞪着镜子中的自己，满腹疑惑：这一切真的发生了吗？他真的目睹人们死去吗？破碎的酒瓶和流血的尸体散发出久久不能消散的气味，这气味纯粹是他的想象吗？然而，他心里清楚，这一切的确发生了，他之所以质疑，是因为他想这样做。他低下头，对着水槽开始哭泣。水从龙头里喷涌而出，发出嘶嘶的声响。

3．书：《我们死去时世界沉默不语》

他讲述了独立。第二次世界大战改变了世界格局。大英帝国正在衰落，一群畅所欲言的尼日利亚精英开始出现，他们大多来自南部。

北部颇为警觉，它担心被教育水平更好的南部统治，何况一直以来，它想建立一个与异教徒聚居的南部分离的国家。但英国必须维持尼日利亚的现状，这是他们的珍贵的创造，他们的巨大的市场，法国人的眼中钉、肉中刺。为了安抚北部，他们操纵独立前的大选结果，使之有利于北部，同时制定了一部新宪法，让北部执掌中央政府。

热切盼望独立的南部接受了这部宪法。英国人走了，人人都将得到好处：长期以来尼日利亚人无从获得的"白人的"工资、提职、最好的工作。少数民族的大声疾呼没有受到关注，各个地区之间已然开始的竞争如此激烈，一些地区竟然要求设立单独的外国大使馆。

一九六〇年宣布独立时，尼日利亚是用易碎的钩环串在一起的碎片。

13

奥兰娜的噩梦开始于她从卡诺回来的那一天,她的双腿瘫痪的那一天。她下火车时,双腿没有任何问题,她无须用手抓住那些血迹斑斑的扶手;她在一辆开往恩苏卡的公共汽车上连续站立三小时,车上十分拥挤,她无法伸手挠一挠背上的痒处,当时双腿也没有问题。然而,到了奥登尼博的房门前,她的两腿不听使唤了。膀胱也是如此。她的腿在消融,还有滚烫的液体在大腿间流淌,湿漉漉的感觉。宝贝发现了她。宝贝走到前门张望,问乌古奥拉妈咪何时回来,随即看见了瘫倒在台阶上的母亲,大叫起来。奥登尼博把奥兰娜抱进家门,为她洗澡,不让宝贝把她抱得太紧。宝贝入睡后,奥兰娜把目睹的一切告诉了奥登尼博。她描述说,院子里的无头尸穿的衣服有些眼熟;姆巴埃齐舅舅的手指仍在抽搐;葫芦里那个孩子的头,两眼上翻,倒在院子里的所有尸体都现出一种怪异的色泽——没有光泽、发黄的灰白,如同一块没擦干净的黑板。

那天夜里,奥兰娜第一次做噩梦:一块厚实的毛毯从天而降,紧紧地罩住她的头,她拼命想呼吸。随后毛毯张开,她得以大口大口地呼吸,却看见燃烧的猫头鹰在窗边咧着嘴笑,扇动着烧焦的羽毛向她打招呼。奥兰娜试图向奥登尼博描述这些噩梦。她还试图告诉他,帕特尔医生带来的药片有种滑腻的味道,恰如清晨醒来时她的舌头。

但奥登尼博总说:"嘘,我的爱。你会好起来的。"他的口吻过于温柔。他的声音听上去很可笑,一点都不像他。他甚至在浴缸里放满了水,水里散发着宝贝的浴液的芳香,他一边为她洗澡,一边唱歌。奥兰娜想要求他,停止做这些滑稽可笑的事,可她的嘴唇重得难以张开。说话成了辛苦的劳动。父母与凯内内过来看望她时,奥兰娜说的话不多,是奥登尼博向他们转述了她的见闻。

奥登尼博用那种温柔又可笑的口吻讲述着,起先奥兰娜的母亲坐在父亲身旁,边听边点头。随后她全身瘫软,身子一个劲地往下滑,仿佛她的骨头已经融化,最后半躺半坐在了地板上。这是奥兰娜第一次见到母亲没有化妆,没有佩戴金耳环,也是她从孩提时代开始第一次见到凯内内哭泣。"你不必讲这些,你不必讲。"凯内内哽咽着说,尽管奥兰娜根本没打算开口。

父亲在房间里踱来踱去。他问了奥登尼博一遍又一遍:帕特尔究竟在哪里学过医?他何以声称奥兰娜是由于心理因素,失去了行走能力?父亲说起他们感到多么灰心丧气,因为联邦政府的封锁意味着尼日利亚航空公司不再开通飞往东南部的航班,他们不得不从拉各斯一路开车过来。"我们就想立刻赶过来,立刻。"他说了又说,奥兰娜禁不住怀疑,他是否真的认为他们赶过来后,会令她的状况大有改观。不过他们的到来,尤其是凯内内的到来,的确让她感觉到了变化。当然,这并不意味着凯内内原谅了她,但的确有某种意味。

接下来的几个星期里,亲朋好友过来探望,他们对她说

ndo——"难过"——摇着头低声数落那些豪萨穆斯林的罪恶，那些像公山羊一般黝黑的北部人，那些双脚被沙蚤感染的肮脏的养牛人，奥兰娜躺在床上，点着头。有客人的日子，她的噩梦加重了；有时候连着来三个客人，累得奥兰娜气喘吁吁、精疲力竭，累得哭不出来，只有力气吞下奥登尼博放进她嘴里的药片。一些客人会讲一些故事：奥卡福尔失去了一个儿子和他在扎里亚的四个家人；伊贝家的女儿还没有从考拉纳莫达回来；奥涅卡希家失去了在卡诺的八个亲人。还有其他的故事：扎里亚大学里的英国老师支持大屠杀，派学生去煽动青年人；在拉各斯的汽车站，人群发出嘘声和辱骂："滚，伊博人，滚，你们一滚蛋，炒木薯粉就降价！滚，再也甭想占有每一间房屋，每一家商店！"奥兰娜不喜欢听这些故事，也不喜欢客人偷偷摸摸地扫视她的腿，似乎是想找到一个肿块，能解释她无法行走的原因。

有些天，奥兰娜小睡醒来之后，感觉头脑清晰，比如今天。卧室的门开着，她能听见起居室里高低起伏的说话声。有一段时间，奥登尼博要求朋友们暂时不要聚会。他也不再去打网球，待在家里，免得让乌古搀扶奥兰娜上洗手间。现在朋友聚会恢复了，奥兰娜非常高兴。有时候她会聆听他们的谈话。她知道大学妇女协会正组织向难民捐赠食品；伊博人逃离之后，北部的农贸市场、铁路和锡矿都闲置了；如今奥朱库上校被视为伊博人的领袖；人们都在谈论脱离联邦，建立新国家，这个新国家将比亚法拉湾的名称命名。

阿德巴约小姐正扯着大嗓门说话。"我说，我们的学生应该停止抗议。让戴维·亨特离开,不合情理。给那家伙一个机会,看看是否能带来和平。"

"戴维·亨特以为我们在心智上都是孩子。"说话的是奥凯奥马,"那家伙应该滚回国去。他凭什么过来告诉我们如何扑火?要知道捡来柴火的本来就是他和他的英国同胞。"

"也许是他们捡来了柴火,划着火柴的却是我们。"说话者的声音很不耳熟,可能是阿查拉教授,新来的物理学老师,第二次政变发生后,他从伊巴丹回到这里。

"管它柴火不柴火的,重要的是赶在事态爆发之前,找到一个创造和平的办法。"阿德巴约小姐说。

"我们要什么和平?戈翁自己说不存在统一的基础,所以,我们要什么和平?"奥登尼博说。奥兰娜想象着他坐在椅子的边缘,说话时向上推了推眼镜。"脱离联邦是唯一的出路。如果戈翁想保持这个国家的统一,他早就应该想办法了。我的天,他们没有一个人站出来谴责大屠杀,几个月已经过去了!似乎我们所有被杀的人根本不算什么!"

"你没听到齐克几天前的说法吗?东尼日利亚在沸腾,沸腾,还会持续地沸腾,直到联邦政府处理大屠杀事宜。"埃泽卡教授的嘶哑嗓音消失得很快。

奥兰娜感到头疼。乌古把早餐端进来时,拉开了窗帘,此刻微弱的阳光照了进来。奥兰娜想小便。这些日子她的小便过于频繁,她想问帕特尔医生是不是用药的问题,但总忘了问。她盯着床头柜上的电铃,然后伸出一只手,越过黑色的圆顶状的塑料底座，对着中间的红色按钮，如果她按下按钮，电铃会发出尖厉的声音。奥登尼博坚持要自己安装这个电铃，每次奥兰娜按住按钮，墙上的插座便会迸出火花。最后奥登尼博请来了电工，电工一边改装线路，一边吃吃地笑。电铃不再迸出火花，但声音太大，每次奥兰娜想去洗手间，按响电铃后，铃声响遍了整个房子。奥兰娜的手指在红色按钮上盘桓片刻，缩了回来。她不想按响电铃。她让双腿触地。此刻，起居室里的说话声变小了，似乎有人调低了大家的音量。

随后，奥兰娜听见奥凯奥马说"阿布里"。那个加纳小镇的名字，听上去很可爱的名字，奥兰娜的脑海里浮现出一片片芳香的草地，和草地上一连串宁静的家园。阿布里经常出现在他们的谈话中：奥凯奥马说戈翁应该遵循他与奥朱库在阿布里签署的协定；或者，埃泽卡教授说在《阿布里协定》[1]签署之后，戈翁出尔反尔，说明他对伊博人不怀好意；或者，奥登尼博宣布："我们坚守《阿布里协定》。"

"但戈翁怎么能够变卦呢？"奥凯奥马的声音更大了。"他在《阿布里协定》中同意建立联邦制国家，现在却想要一个统一的尼日利亚，有一个中央集权的政府，但中央集权的政府恰恰就是他和手下对伊博军官大开杀戒的原因。"

奥兰娜站起身来，向前伸出一条腿，再挪动另一条腿。她

---

[1] 1967年1月4日至5日，尼日利亚联邦国家元首戈翁和东区军事长官奥朱库在加纳小镇谈判，签署《阿布里协定》，这被视为阻止尼日利亚内战爆发的最后一次机会。

有些摇晃。踝关节四周有一种压迫感。她走了起来。脚下硬实的地板在轻轻移动，她的双腿里似乎长了振动的血管。她路过宝贝扔在地上的"破烂娃娃"，停下来看了看这个填充玩具，然后才进了洗手间。

后来，奥登尼博走进来，探究似的盯着她的眼睛，他经常这样看着她，似乎在找寻某种证据。"你有一段时间没有按铃了，我的爱。不想小便吗？"

"人都走了？"

"走了。不想小便吗？"

"我已经小便过了。我走过去的。"

奥登尼博瞪大了眼睛。

"我走过去的，"奥兰娜又说，"我上了洗手间。"

奥登尼博的脸上现出她从未见过的某种表情，宠爱与恐惧的交织。奥兰娜坐起身，奥登尼博赶忙伸手去扶她，她扭身表示拒绝，走了几步，走到了衣柜前，又走回床边。奥登尼博坐下来望着她。

奥兰娜抓起奥登尼博的手触摸她的脸，而后按在乳房上。"抚摸我。"

"我要去告诉帕特尔。我想请他来看一看。"

"抚摸我。"她知道奥登尼博不想，也知道他之所以抚摸她的乳房，是因为他愿意做她希望的任何事，能让她好转的任何事。她爱抚着奥登尼博的脖子，用手指拨着他浓密的头发，当奥登尼博滑进她的身体时，她想起了阿里泽隆起的腹部，皮肤绷得那么紧,一定非常容易裂开。她开始哭泣。

"我的爱,别哭。"奥登尼博停止了做爱,他躺在奥兰娜身边,按摩着她的额头。之后,他拿给奥兰娜更多的药片和一些水,奥兰娜顺从地吃了药,躺在床上,等待着药片带来的奇异的宁静。

乌古轻柔的敲门声唤醒了奥兰娜。他将打开门,端进来一盘食物,与一小袋一小袋的药、一瓶葡萄适饮料和一罐葡萄糖放在一起。奥兰娜记得她回来的第一个星期,只要她稍有动静,奥登尼博便会一跃而起。她想喝水,奥登尼博打开卧室门,要去厨房倒水,乌古蜷缩在卧室门外的一张席子上,差点绊了他一跤。"我的好伙计,你在这里做什么?"奥登尼博问,乌古回答:"您不知道厨房里的东西在什么地方,先森。"

此刻,奥兰娜闭上了眼睛,假装熟睡。乌古站在她身旁,盯着她。她能听见他的呼吸。

"女士,您准备好了的话,吃的就放在这里。"乌古说。奥兰娜差点大笑起来。乌古很有可能一直都明白:每次他端来食物,奥兰娜都在装睡。奥兰娜睁开眼睛。"你做什么了?"

"杂菜饭。"他掀开了盖子。"我放了从花园里新摘的西红柿。"

"宝贝吃了吗?"

"吃了,女士。她在外头与奥凯凯博士的孩子们玩耍。"

奥兰娜拿起叉子,握着不动。

"明天我给您做水果沙拉,女士。后面的木瓜树上有一个木瓜已经熟了。我再等一天,然后我要在那些鸟儿来之前,赶紧把它摘下来。我要放橙子和牛奶。"

"好。"

乌古仍旧站着不动,奥兰娜知道,在她动手吃饭前,乌古不会离开。她缓缓地把叉子举到嘴边,闭上双眼咀嚼着。她相信,杂菜饭的味道与乌古做的任何食物一样好吃,但这么长时间以来,除了那些白垩粉一样的药片,她尝不出任何味道。最后她喝了一点水,让乌古把盘子端走。

床头柜上,奥登尼博放了一张很长的纸,顶端用打字机打了"**我们,大学教职员工,基于安全之忧,要求脱离联邦**"的字样,底端汇集了各式各样的签名。

"我在等你身体康复到能在上面签字,再把它递交给埃努古的南区政府。"奥登尼博对奥兰娜说过。

乌古离开后,奥兰娜拿起钢笔,在请愿书上签了字,而后通读全文,检查是否有错。没有任何错误。不过,奥登尼博没有必要递交这封请愿书,因为当天晚上奥朱库便宣布了脱离联邦的决定。他坐在床上,收音机放在床头柜上。收音机里的声音几乎没有受到杂音干扰,仿佛无线电波也懂得这一讲话的重要性。奥朱库的声音明确无误;这是一种充满活力的男声,魅力非凡,流畅悦耳。

男女同胞们,东尼日利亚的人民:你们相信万能

的上帝在全人类面前拥有至高无上的权威，你们明白对后世子孙的责任，你们认识到扎根于东尼日利亚境外的任何政府不再能够保护你们的生命和财产，你们决意终止与前尼日利亚共和国的所有政治联系和其他联系，由此授权我代表你们，以你们的名义宣布，东尼日利亚是一个主权独立的共和国，因此，现在我庄严宣布，众所周知的东尼日利亚，被称为东尼日利亚的领土和地区，以及她的大陆架与领海，自此以后是一个独立的主权国家，她的名讳与称谓便是比亚法拉共和国。

"这是我们的新纪元。"奥登尼博说。他的声音已经摆脱了那种虚假的柔和，听起来又恢复了正常，铿锵有力，振奋人心。他摘下眼镜，抓住宝贝的小手，拉着她转着圈跳舞。奥兰娜大笑着，随后感觉像是照着脚本演戏，仿佛奥登尼博的兴奋只能容忍更强烈的兴奋。她坐起身，浑身颤抖。她曾希望脱离联邦成为现实，然而此刻，这一步棋似乎过于重大，超出了她的理解力。奥登尼博和宝贝不停地转着圈，奥登尼博唱着一首现编的歌曲，唱得走了调："这是我们的新纪元，哦，是的，我们的新纪元，哦，是的……"宝贝沉浸于不明就里、无以复加的快乐，哈哈大笑。奥兰娜望着他们，她的思维凝固于当下，凝固于宝贝连衣裙前方的腰果汁污迹。

集会在校园中央的自由广场举行,老师和学生们喊叫着,歌唱着,高昂的头颅不计其数,高举的标语一望无际。

> 我们不会,我们永远不会动摇,
> 就像水边栽种的一棵树,
> 谁都不能把我们来撼动。
> 奥朱库是我们的依靠,我们永远不会动摇。
> 上帝是我们的依靠,我们永远不会动摇。

他们一边歌唱,一边摇摆着身体,奥兰娜想象着芒果树与石梓木也和着节奏摇摆起舞,舞出了一道流畅的弧线。太阳仿若一抹距离太近的火焰,天却下着蒙蒙细雨,微温的雨点与奥兰娜的汗珠融汇在一起。奥兰娜举起标语牌,胳膊拂过奥登尼博的胳膊,标语牌上写着:"**我们不能像狗一样悲惨地死去。**"宝贝骑在奥登尼博的肩上,挥舞着她的布娃娃,蒙蒙细雨中,阳光依旧灿烂,奥兰娜感觉心中充满活力,无比愉悦。乌古站在她身旁。他的标语牌上写着:"**上帝保佑比亚法拉。**"他们是比亚法拉人。她是比亚法拉人。在她身后,一个男子正在谈论农贸市场,那里的商贩随着刚果音乐翩翩起舞,分发最好的芒果和落花生。一个女子说,集会一结束,她便会去农贸市场,看看能否得到馈赠。奥兰娜转过身,冲他们哈哈大笑。

一个学生领袖对着麦克风讲了什么,歌唱声停了下来。一些年轻人正在抬一副棺材,上面用白粉笔写着"尼日利亚"。他们佯装严肃，举起棺材。随后，他们放下棺材，脱掉衬衫，在地上挖一个浅坑。他们把棺材抬进浅坑时，人群爆发出一阵欢呼，如涟漪四下扩散。直到所有的人都异口同声地欢呼，奥兰娜感觉这里所有的人都合为一体。有人大喊："奥登尼博！"喊声在学生中间传扬。"奥登尼博！给我们讲几句！"

奥登尼博登上讲坛，手里挥舞着比亚法拉国旗：红色、黑色和绿色的长条中央，是半轮放射光芒的黄日。

"比亚法拉诞生了！我们将要领导黑非洲！我们将会过上安稳的生活！没有谁再能侵犯我们！永远不能！"

奥登尼博振臂高呼，奥兰娜想起了伊费卡舅妈倒在地上，胳膊极不优雅地扭曲，鲜血瘀积一摊，浓稠如胶水，却不是红色，而是近乎黑色。也许伊费卡舅妈能看到此刻的这个集会，还有现场所有的人，或者，如果死亡的结果是沉默与晦暗，也许她无法看到。奥兰娜摇摇头，甩掉这些思绪，她从乌古脖子上抱下宝贝，紧紧地搂着她。

集会结束后，奥兰娜与奥登尼博开车去员工俱乐部。学生们聚集到了附近的曲棍球场，围着一堆明亮的篝火焚烧戈翁的纸板模拟像，青烟袅袅，升入夜空，与他们的笑声、说话声交织融合。奥兰娜望着他们，心中的喜悦如巨浪汹涌，因为她意识到，他们都感受到了她的感受，奥登尼博的感受，仿佛流淌在他们血管里的不是血液，而是熔化的钢铁，仿佛他们能赤脚站在炽热的余烬上。

14

理查德以为找到恩纳埃梅卡家不会这么容易,但当他到达奥博希,停在圣公会教堂前问路时,用《教理问答》传授基本教义的牧师告诉他,沿路开下去就到了他家那栋没有粉刷、两侧种着棕榈树的房子。恩纳埃梅卡的父亲是一个瘦小的白化病患者,有着赤褐色的肌肤,理查德一开口说伊博语,他那略带灰色的淡褐色眼睛便闪闪发亮。眼前这个人与机场那个皮肤黝黑、身材圆胖的海关工作人员差异太大,有片刻的工夫,理查德心想或许他找错了房子,他不是恩纳埃梅卡的父亲。但老人为可乐果祈神祝福时,他的声音与恩纳埃梅卡如此相像,理查德禁不住想起了那个炎热的下午,在机场候机厅里,想起了恩纳埃梅卡让人厌烦的闲聊,接着门猛地被推开,闯进来一伙士兵。

"带来可乐果的人带来了生命。你和你的生命将存活,我和我的生命将存活。让老鹰栖息,让鸽子栖息,如果任何一方判令另一方不得栖息,这于他无益。愿上帝以耶稣的名义保佑这颗可乐果。"

"阿门。"理查德说。现在他看得出来两人更多的相似点了。老人把可乐果掰成五瓣的动作怪异地像极了恩纳埃梅卡,还有他的嘴型,下嘴唇向外突出。理查德一直等到咀嚼完可乐果,等到恩纳埃梅卡的母亲穿一身黑衣现身,才开口说:"出事那天,我在卡诺机场见到了你们的儿子。我们聊了一会儿。他讲到你们和他的家族。"理查德停顿片刻,心想,他们是否更愿意听他说,他们的儿子面对死亡坚忍淡定?或者,他们是否想听他说,儿子进行了反抗,朝枪口猛扑过去?"他告诉我,在乌蒙纳奇的外祖母是一个受人尊敬的草药医生,她的疟疾疗法远近闻名,就是因为她,他起初想做一名医生。"

"是的,是这样的。"恩纳埃梅卡的母亲说。

"他说的都是家族的好话。"理查德说。他小心翼翼地斟酌着伊博语的用词。

"他当然只说家族的好话。"恩纳埃梅卡的父亲盯着理查德看了半晌,似乎他不明白,理查德何必说一些他们早就知道的事情。

理查德在长凳上挪了挪位置。"你们办葬礼了吗?"他问,话一出口又后悔不迭。

"办了。"恩纳埃梅卡的父亲回答,他的目光一直停留在面前的搪瓷碗,里面放着最后一瓣可乐果。"我们等着他从北部回来,但他没有回来,所以我们办了一个葬礼。我们埋葬了一副空棺材。"

"不是空的,"恩纳埃梅卡的母亲说,"我们不是把他那本用来复习参加公务员考试的旧书放进去了吗?"

他们坐在那里,不再说话。阳光从窗户射进来,尘埃在光束中游弋。

"请您一定带上最后一瓣可乐果。"恩纳埃梅卡的父亲说。

"谢谢。"理查德把那瓣可乐果放进了口袋。

"需要我叫孩子们去车那边吗?"恩纳埃梅卡的母亲问。黑色的头巾盖住了她的头发和额头的很大部分,很难分辨出她的模样。

"车那边?"理查德不解地问。

"对。你没有给我们带东西吗?"

理查德摇摇头。他本该带上一些山药和酒水。这毕竟是一场吊唁之旅,而且他清楚当地的习俗。他太沉迷于自己的想法了,他以为他的到来便已足够,他以为他是高贵无私的天使,把他们儿子的最后时光带给了他们,这样便能减轻他们的悲伤,拯救他自己。然而,在他们眼里,他与其他前来吊唁的人毫无二致。他的到来改变不了唯一重要的事实:他们的儿子死了。

理查德站起来准备离开,他知道对他自己而言,也是什么都未改变;他从卡诺回来后,是何种心情,现在依然如此。他常常希望自己精神错乱,或者他的记忆能够产生自我压抑,但恰恰相反,一切都清晰透明,令人不寒而栗,他只要闭上眼睛,眼前便会出现机场地板上那些死去不久的尸体,耳边便会回响起那些尖声高叫。他的头脑一直保持清醒。清醒的程度足以让他冷静地回复伊丽莎白姑姑发狂一般的来信,告诉她,他很平安,不打算返回英国,请她停止邮寄报纸的航空版,上面用铅笔圈着报道尼日利亚大屠杀的文章。这些文章让他感到恼火。"古老的部落仇恨。"《先驱报》写道,是大屠杀的根源。《时代周刊》的文章题目是《人必须重击》,这是印在一辆尼日利亚卡车上的一句话,但文章作者完全拘泥于"重击"的本义,解释说尼日利亚人有暴力倾向,乃至于在客运卡车的标语中强调暴力的必要性。理查德向《时代周刊》邮寄了一封言简意赅的信。他写道,在尼日利亚的洋泾浜英语中,"重击"意思是"吃东西"。至少,《观察家报》稍显在行,指出如果尼日利亚熬过了伊博人大屠杀这一关,便能克服一切困难幸存下来。但是所有的叙述都很空洞,给人不真实的感觉。于是理查德开始撰写一篇关于大屠杀的长文。在凯内内的房子里,他坐在餐桌旁,写在没有画线的长纸上。他把哈里森带来了哈科特港,此刻,他能听到哈里森与伊凯基德、塞巴斯蒂安在闲聊。"你们不正知道怎么烤德国巧克力蛋糕?"一阵呵呵的笑声。"你们不正知道什么是大黄奶酥派?"又一阵轻蔑的呵呵笑。

理查德从大屠杀导致的难民问题说起,提及逃离北部市场的商人、离开校园的大学老师、逃离政府部门工作岗位的公务员等。结尾的段落写得很费劲。

> 我们迫切需要牢记,针对伊博人的第一次屠杀发生在1945年,尽管那一次的规模比最近的这一次小很多。英国殖民政府谴责伊博人举行全国大罢工,取缔了伊博人出版的报纸,广泛地鼓动反伊博人情绪,从而导致了1945年大屠杀的突然发生。因此,"古老的"仇恨招致了新近的这桩大屠杀——这一观点其实是一种误导。北部和南部的部落接触的历史很长,至少可以追溯到九世纪,伊博-乌库历史遗迹中出土的一些华

丽念珠便是明证。毫无疑问，这些部落之间发生过战争，相互侵袭掠夺奴隶，但从未发生过这种形式的大屠杀。如果根源是仇恨，那只能是年头不长的仇恨。简单说来，这一仇恨的始作俑者是英国殖民实践中非正式的分而治之政策。这种政策操控部落间的差异，确保统一难以为继，从而实现对这样一个大国的轻松统治。

理查德写好文章后，交给凯内内，凯内内眯缝着双眼，仔细阅读后告诉他："非常猛。"

理查德不知道"非常猛"的确切意思，也不知道凯内内是否喜欢这篇文章。他迫切希望得到凯内内的赞许。她从恩苏卡看望奥兰娜回来后，便恢复了对他的冷淡态度。她挂起了被害亲人的一张合照——身穿婚纱、笑逐颜开的阿里泽和身穿紧身西装、兴高采烈的姆巴埃齐舅舅站在身穿印染布裹裙、满脸严肃的伊费卡舅妈身边——但几乎从不谈论他们，而且闭口不提奥兰娜。她常常在谈话中陷入沉默，每次出现这种情形，理查德从不干预。有时候他很羡慕凯内内，她具备这种被所发生之事改变的能力。

"你认为这篇文章怎么样？"理查德问，凯内内尚未回答。他又问了真正想问的问题："你喜欢吗？你感觉如何？"

"我认为这篇文章过于正式，过于枯燥，"她回答，"但我的感觉是骄傲。我感到骄傲。"

理查德把文章寄给了《先驱报》。两星期后，他收到了答复，读完后便把信撕成碎片。《先驱报》的副编辑写道，国际媒体充斥着讲述非洲暴力的故事，这篇来稿异常迂腐乏味，或许理查德可以从人的角度写一篇文章？比如说，他们在杀戮的过程中念着部落特有的咒语？他们也像在刚果一样吃人的器官吗？有什么办法可以真正了解这些人的头脑？

理查德扔掉了自己的文章。让他惶恐的是，他竟然每个晚上都能安然入睡，橙子树叶的香味和静谧的蓝绿色海洋对他依然能够起到镇静的作用，他依旧感觉灵敏。

"我还在继续。生活还是老样子，"他对凯内内说，"我应该有所反应，一切应该有所不同。"

"你不能在头脑里写一部剧本，然后逼着自己去演。你必须让自己放松，理查德。"凯内内平静地说。

但理查德不能放任自己。他不相信，对大屠杀的其他所有目击者来说，生活没有任何改变。他又想到或许自己不过是个偷窥狂，不由更感惶恐。他不曾为自己的性命担忧，故而大屠杀成了一个外部的、外在于他的事件；他清楚自己的人身安全有保障，他正是透过这样超然的镜头来看待大屠杀的。但事情不能如此；如果当时凯内内在场，她不会安然无恙。

理查德开始动笔写恩纳埃梅卡，还有机场候机厅里酒吧招待的脸被子弹打爆，倒在地上，酒和鲜血混在一起的刺鼻气味，但他无法写下去，因为这些句子荒唐可笑，太耸人听闻了。听上去与国外媒体刊登的文章没有两样，让人感觉似乎这些残杀行为并未发生，即便发生了，似乎也不会是以这种方式。不真实的回响压弯了每个字眼；理查德清晰地记得卡诺机场发生的一切，但要写下来，他必须重新加以想象，而对于自己是否有这种想象力，他没有自信。

奥朱库宣布脱离联邦的那天，理查德与凯内内站在阳台上，听着收音机里奥朱库的讲话，而后把凯内内搂在怀里。刚开始他以为他们两个都在颤抖，但当他退后看着凯内内的脸时，他才发现凯内内神态自若。只有他在颤抖。

"独立快乐。"他对凯内内说。

"独立。"凯内内说，又加了一句，"独立快乐。"

理查德想向凯内内求婚。这是一个新的开端，一个新的国家，他们的新国家。这不仅仅是因为考虑到伊博人承受的一切，脱离联邦是正义之举，还因为比亚法拉呈现给他的诸多可能性。在某一方面，他做尼日利亚人永远赶不上做比亚法拉人：他从一开始便在这里他参与了比亚法拉的诞生。他将在比亚法拉找到归属感。他在大脑里说了许多次："嫁给我，凯内内。"却始终没有说出声来。第二天，理查德带着哈里森回了恩苏卡。

理查德喜欢菲莉斯·奥卡福尔。他喜欢她那蓬松假发透出的活力，她那密西西比人拖着长音说话的腔调，以及她那严峻的镜框与温暖的眼神之间的反差。理查德不再去奥登尼博家后，晚上便常常与菲莉斯及她的丈夫恩纳涅卢戈一起活动。她似乎知道理查德失去了一种社交生活，便坚持不懈地邀请他去艺术剧院和公共讲座，去打壁球。所以，当她邀请理查德去参加大学妇女协会组织的主题是"假如战争爆发"的研讨会时，理查德满口答应。做好战争准备当然是不错的建议,但战争不可能发生。尼日利亚人会给比亚法拉一条生路,他们永远不会对一个已经被大屠杀重创的民族开战。何况,他们能摆脱伊博人,是莫大的喜事。对此理查德确信无疑。他没有把握的是,如果在研讨会上遇到奥兰娜,他该怎么办。到目前为止,躲避她很容易。在四年的时间里,他只有几次开车与她擦肩而过,他从不去网球场和员工俱乐部,也不再去东区商店买东西。

礼堂入口处,理查德站在菲莉斯旁边,扫视着里面。奥兰娜抱着宝贝坐在前排。她那爽心悦目的面容似乎非常熟悉,还有她身穿的有褶裥饰边衣领的蓝色连衣裙,仿佛最近才见过。理查德移开视线,禁不住舒了一口气:奥登尼博没有来。礼堂挤满了人。讲坛上的女子一遍又一遍地说:"用防水袋包好你们的证书,必须疏散的时候,一定要先拿上它们。用防水袋包好你们的证书……"

更多的人上台发言。随后研讨会宣告结束。人们融洽相处,笑着,说着,交换着更多的"假如战争爆发"的经验技巧。理查德注意到奥兰娜就在近旁,与一个留着络腮胡子的音乐老师交谈。他很随意地掉转身,准备溜走,靠近门口时,奥兰娜出现在他身旁。

"你好,理查德。你好吗?"

"我很好。"他回答。他感到脸上的皮肤绷紧了。"你呢?"

"我们很好。"奥兰娜说。她的嘴唇上抹了一层微微发亮的粉色唇彩。理查德注意到她用了表示复数的"我们"。他不能确定她指的是她和孩子，还是她和奥登尼博，或者，或许"我们"是用于暗示她已能平静对待他们之间发生的事，以及它对她与凯内内关系造成的影响。

"宝贝，你打招呼了吗？"奥兰娜低头问孩子，孩子的一只手攥在她手里。

"下午好。"宝贝高声说。

理查德弯腰摸了摸孩子的脸蛋。宝贝的一举一动从容自若，这使得她看上去比四岁的孩子大一些，懂事一些。"你好，宝贝。"

"凯内内好吗？"奥兰娜问。

理查德回避着她的目光，他不知道该露出何种表情。"她很好。"

"你的书写得顺利吗？"

"顺利，谢谢。"

"书名还是《盛手的篮子》吗？"

奥兰娜居然还记着过去的书名，这让理查德感到高兴。"不是。"他顿了顿，尽量不去想那部手稿的遭遇，不去想那些一定很快便烧焦手稿的火焰。"书名叫《套绳青铜罐的时代》。"

"很有意思的书名，"奥兰娜低声说，"我希望不会发生战争，但这场研讨会相当有用，不是吗？"

"是的。"

菲莉斯走过来，向奥兰娜问好，而后拽着理查德的胳膊说："他们说奥朱库来了！奥朱库来了！"礼堂外边传来一片嘈杂声。

"奥朱库？"理查德问。

"对，对！"菲莉斯朝门口走去，"你知道几天前他事先没有安排，便突然去了埃努古校区吗？似乎现在轮到我们了！"

理查德跟着菲莉斯出了门。一群老师站在一只狮子雕像旁，他们走了过去。奥兰娜不见了踪影。

"现在他在图书馆。"有人说。

"不对，他在评议会大楼里。"

"不对，他要对学生发表讲话。现在去了行政大楼。"

一些人已经朝行政大楼飞快地走去，菲莉斯和理查德跟在他们后面。他们快接近车道两旁的伞状楝时，理查德看见了那个留着络腮胡子的男子，他身穿朴素却帅气的军装，扎着皮带，正大步走过走廊。一些记者紧跟其后，手里举着录音机，像是奉献供品。学生们——数量如此之多，理查德不禁怀疑，他们怎么能这么快速地聚拢起来？——开始齐声喊叫："权力！权力！"奥朱库走下楼，站在草地中的几块水泥砖上。他高举双手。他全身上下没有一处不在闪亮：他那经过修饰的络腮胡子，他的手表，他的宽肩。

"我来问你们一个问题。"奥朱库说。他操一口伦敦腔，让人惊讶的是，他的嗓音柔和，没有收音机里的那种音色，听上去有点做作，有点太有板有眼。"我们该怎么做？我们该保持沉默，听任他们把我们逼回尼日利亚？我们应该无视在北部被杀的成千上万的兄弟姐妹？"

"不！不！"学生们挤满了宽敞的院子，拥到了草地和车道上。许多老师把车停在路上，加入了听众的行列。"权力！权力！"

奥朱库又高举双手，喊叫声停了下来。"如果他们宣战，"他说，"我想告诉你们，这将是一场持久战。一场持久战。你们准备好了吗？我们准备好了吗？"

"准备好了！准备好了！奥朱库，nye anyi egbe（给我们枪）！给我们枪！Iwe di anyi n'obi（我们的心里充满愤怒）！我们的心里充满愤怒！"

此时，听众开始不断地齐声高喊：给我们枪，我们的心里充满愤怒，给我们枪。很有节奏感，令人振奋。理查德扫了一眼菲莉斯，她一边高喊，一边高举拳头。理查德又看了看周围的每一个人，此刻他们全神贯注，情绪激昂。理查德也开始挥臂高喊："奥朱库，给我们枪！奥朱库，给我们枪！"

奥朱库点燃一支香烟，扔进草地里。火焰摇曳了片刻，奥朱库伸出脚，闪亮的黑色长靴把香烟踩得粉碎。"连青草也会为比亚法拉战斗。"他说。

理查德告诉凯内内，他被奥朱库深深吸引，尽管他出现了早秃的迹象，隐约有些矫揉造作，还戴着一枚俗气的戒指。他还给凯内内讲了研讨会的情况。他不知是否该告诉她，他撞见了奥兰娜。他们坐在阳台上。凯内内正用小刀削着橙子皮，薄薄的橙子皮掉进了地上的盘子。

"我看见了奥兰娜。"理查德说。

"真的吗？"

"在研讨会上。我们打了个招呼，她问起你。"

"我知道了。"橙子从她的手里滑了下来,或者她有意松开了手,因为她没有从阳台的水磨石地板上捡起这个橙子。

"抱歉,"理查德说,"我以为我应该提一提我看见了她。"

理查德捡起橙子,递给凯内内,但她没有接。她站起身,走到栏杆前。

"要打仗了,"她说,"哈科特港要疯狂了。"

她望着远处,仿佛她能看见这座城市的癫狂:过多的晚会、狂乱的性交和风驰电掣的汽车。这天下午早些时候,在火车站,一个衣着考究的年轻女子走到理查德跟前,拉着他的手说:"去我的公寓吧。以前我从未和oyinbo(白人男子)做过爱,但我现在什么都想尝试,哦!"她大笑着说,但她眼睛里流露出狂热的欲望,透着足够的严肃。理查德耸耸肩,抽出手,走开了,但想到这个女子最终会和另一个陌生人同床共枕,他心里不由涌起一股奇怪的哀伤。在这座松树高耸入云、迎风呼啸的城市里,人们似乎想赶在战争剥夺他们所有的选择之前,尽最大可能把能攥住的一切都攥在手中。

理查德站起身来,站在凯内内身边。

"不会爆发战争。"他说。

"她怎么问起我的?"

"她说,凯内内好吗?"

"你回答说,我很好?"

"对。"

凯内内不再说这个话题,理查德也不期待她多说什么。

15

乌古钻出轿车，走到车后打开行李箱。他把装干鱼的袋子压在装炒木薯粉的大一点的袋子上，把两个袋子都顶在头上，跟着主人沿着一段有裂缝的楼梯进了一栋光线幽暗的大楼，这里是市镇联盟办公室。奥沃科先生过来迎接他们。"把袋子送到储藏室去。"他指着储藏室告诉乌古，仿佛乌古仍不知道储藏室的位置，尽管他过去常常给难民送食物过来。储藏室几乎空无一物，只在角落里有一小袋大米，上面爬满了象鼻虫。

"情况怎么样？一切都好吧？"主人问。

奥沃科先生搓着双手。他长着一张忧伤的脸，拒绝安慰的人都长着这种脸。"这些日子没人捐多少东西。这些人不断过来，问我要吃的，之后又开始要工作。你知道，他们从北部回来时，两手空空。两手空空。"

"我知道他们回来时两手空空，我的朋友！用不着给我上课！"主人厉声说。

奥沃科先生后退几步。"我只是说，情况严重。刚开始，我们的人民争先恐后地捐赠食品，可现在他们全忘了。战争一旦爆发，这会带来一场灾难。"

"战争不会爆发。"

"那么，为什么戈翁继续封锁我们？"

主人不再理睬奥沃科，转身离开。乌古跟在后边。

"人们当然还在捐赠食品。那个愚蠢的家伙一定是把食品都带回了自己家。"主人发动汽车的时候说。

"是的，先森，"乌古说，"连他的肚子都特别大。"

"那个戈翁笨蛋许诺给两百多万难民提供微不足道、少得可怜的食物。他以为死掉的是鸡，活着回家的是这些鸡的亲戚？"

"不是，先森。"乌古望着车窗外。到这里来送炒木薯粉和鱼给本来在北部自给自足的人，每个星期都听主人发同样的牢骚，乌古的心里充满着悲伤。他伸出手，捋直了后视镜上耷拉下来的绳子。绳子上系的塑料纪念品上画着一幅画：黑色背景中的半轮黄日。

之后，乌古坐在后院的台阶上阅读《匹克威克外传》，不时停下来想一想，望着微风拂过玉米的嫩叶，发出沙沙的声响。他听到主人在起居室里高声说话，并不感到惊讶。在这样的日子里，主人总爱发火。

"那么我们在伊巴丹、扎里亚和拉各斯的大学同人呢？谁在为这事大声疾呼？他们保持沉默，而那些国外来的白人却鼓励暴徒杀害伊博人。你要不是身在伊博人的老家，你也会和他们一样！你能有多少同情心？"主人叫嚷着。

"你敢说我没有同情心！我说脱离联邦不是自我保全的唯一道路，并不意味着我没有同情心！"说话的是阿德巴约小姐。

"你的表兄弟姊妹、堂兄弟姊妹中有人死了吗？你的舅舅死了吗？下星期你就回到拉各斯你的民族身边，没有人会因为你是约鲁巴人而骚扰你。难道不是你的民族在拉各斯杀害伊博人吗？

难道不是你们的一群酋长跑到北部，向那些埃米尔表示感谢，因为他们没有对约鲁巴人大开杀戒？那么你在说什么？你的看法有什么关系？"

"你侮辱我，奥登尼博。"

"真相变成了侮辱。"

沉默。而后，前门被打开，又被砰的一声关上，声音尖厉刺耳。阿德巴约小姐走了。乌古站起身来，他听到了奥兰娜的声音："这不可接受，奥登尼博！你欠她一个道歉！"

乌古听到奥兰娜的喊叫，不由得恐慌起来，因为她很少喊叫，因为他上次听到奥兰娜喊叫，是在宝贝降生前那几个支离破碎的星期，理查德先生不再登门，一切都处于行将淹没的边缘。有一会儿工夫，乌古没有听见说话声——或许奥兰娜也甩手走了——随后他听见奥凯奥马在朗读。乌古知道这首诗"如果太阳拒绝升起，我们将使它升起"。奥凯奥马第一次朗读这首诗的时候，正赶上《文艺复兴》更名为《比亚法拉太阳报》，乌古聆听了整首诗，感觉精神振奋，他最喜欢的一句让他倍受鼓舞："用热忱烧制的陶罐，它们将冷却我们爬行时的双脚。"然而，此刻乌古却听得眼泪汪汪。这首诗让他心生渴望，他渴望回到那些日子，那时，奥凯奥马朗诵的诗歌讲述人们使用进口马桶大便后，屁股得了皮疹的故事；他渴望回到那些日子，那时，阿德巴约小姐和主人大喊大叫，但夜晚的聚会不会因她夺门而去而中止；他渴望回到那些日子，那时，他可以给客人煮胡椒汤。现在，他只能端给他们可乐果。

过了一会儿,奥凯奥马告辞离开,乌古听到奥兰娜的声音又响了:"奥登尼博,你必须道歉。你欠她一个道歉!"

"这不是一个我是否欠她一个道歉的问题。这是一个我是否说了真话的问题。"主人说。奥兰娜说了一些乌古听不见的话,随后主人的语气平静了一些:"好吧,我的爱,我会的。"

奥兰娜走进厨房。"我们要出门,"她说,"来锁上门。"

"是,女士。"

奥兰娜与主人开车走了,乌古听见后门有人敲门,过去看看是谁。

"钦耶雷。"他惊讶地说。她从未这么早过来,也从未来过主人的房子。

"我和我的女主人、孩子们明天早晨去村里。我过来说一声,请多保重。Ka o di(后会有期)。"

乌古从未听她说过这么多话。他不知道该如何回答。他们对视了一会儿。

"一路平安。"乌古说。他望着钦耶雷走到两家院子之间的树篱,从下面溜了过去。她不会再在夜里出现在他的门口,躺到床上,一声不吭地张开双腿,至少在一段时间内不会再来。乌古感到脑袋里似有千钧重负,很奇怪的感觉。变化飞驰而至,气势汹汹,向他进逼,而他无法让它放慢脚步。

乌古坐下来,瞪着《匹克威克外传》的封面。后院洋溢着安详和宁静的氛围,芒果树轻轻舞动,腰果树上渐渐成熟的果实散发出类似于葡萄酒的芳香。这种氛围掩饰了乌古在身边看见的一切。现在家里的客人越来越少,到了晚上,珍珠般的灯光点缀着空荡荡、静悄悄的校园街道,颇为阴森可怖。东区商店已经关了门。钦耶雷的女主人家只是校园里打算离开的许多家庭之一。男仆们从市场里买来巨大的硬纸板箱子,小汽车拖着沉甸甸的行李箱,开出了院子。但奥兰娜和主人没有收拾任何行李。他们说战争不会爆发,人们纯粹是恐慌。乌古知道各家各户都得到了通知,把女眷和孩子送回老家,但男人不能离开,因为如果男人离开,这就意味着他们非常恐慌,但其实没什么可恐慌的。"没有惊恐的理由"是主人挂在嘴边的话。"没有惊恐的理由。"住在奥凯凯博士对门的乌佐玛卡教授被校门口的民兵挡回了三次。第三天,乌佐玛卡教授发誓说他会回来,他只是把家人送回老家,因为妻子过于焦虑不安,于是他们放他出了校门。

"乌古阿尼!"

乌古抬起头,看见姑姑从前院向他走来。他站起身。

"姑姑!欢迎。"

"我刚敲了前门。"

"对不起。我没听见。"

"你一个人在家吗?主人呢?"

"他们出去了。宝贝跟着他们。"乌古打量着姑姑的脸。"姑姑,一切都好吧?"

她笑了。"都好,o di mma(都好)。你父亲有口信给你。下星期六是阿努利卡的抬棕榈酒仪式。"

"哈!下星期六?"

"他们最好现在就办，赶在战争开始之前，如果会有战争的话。"

"说的也是。"乌古的视线移向柠檬树。"这么说，阿努利卡真的要嫁人了？"

"你以为你会娶自己的妹妹？"

"上帝不容许。"

姑姑伸手掐了一把乌古的胳膊。"瞧瞧你，长成男子汉了。啊！过几年就轮到你了。"

乌古笑了。"姑姑，那时候，会是您和我母亲给我物色一个好姑娘。"他假装正经地说。没有必要告诉姑姑，奥兰娜对他说了，他读完中学之后，他们会送他上大学。他要变得像主人，用很多年来读书，在此之前不会结婚。

"我要走了。"姑姑说。

"您不喝点水吗？"

"我不能耽搁。Ngwanu（好了），就这样吧。向你的主人问好，把我的口信带给他。"

姑姑尚未离开，乌古便开始想象他到场参加仪式的情形。这次，他终于会把赤裸、顺从的内西纳齐搂在怀里。埃泽叔叔的茅屋是带她去的好地方，或者，小河旁安静的小树林也许可以凑合，只要小孩子不来捣乱。他希望内西纳齐不会像钦耶雷那样一声不吭，他希望她能发出他把耳朵贴在卧室门上听到的奥兰娜的声音。

那天晚上，乌古正在做饭，收音机里传来一个平静的声音，宣布尼日利亚将发动一场警察行动，收服比亚法拉的叛乱者。

乌古与奥兰娜待在厨房里，他削着洋葱，注视着奥兰娜搅动炉子上的汤锅，肩膀一动一动的。洋葱令他感觉清爽干净，仿佛受洋葱刺激流出的眼泪带走了所有不纯净的东西。他听到宝贝在起居室里与主人玩耍，高声大叫。他不希望他们两个此刻进入厨房。他们将破坏他感受到的魔力，洋葱对他眼睛的甜蜜刺激，还有奥兰娜皮肤上的光泽。奥兰娜正说着在奥尼查报复性进攻中被杀的北部人。乌古喜欢奥兰娜吐出"报复性进攻"几个字的方式。

"大错特错，"奥兰娜说，"大错特错。但元首阁下做得很好，如果他不把北部军队打回去，天知道会有多少人死掉。"

"奥朱库是一个伟人。"

"是的，他很伟大，但我们对彼此都做得出同样的事情，真的。"

"不，女士。我们不像那些豪萨人。报复性袭击之所以发生，是因为他们逼人太甚。"他相信，自己嘴里说出的"报复性进攻"听上去与奥兰娜很接近。

奥兰娜摇摇头，没有说话。片刻之后，她终于说："你妹妹的抬棕榈酒仪式过后，我们将去阿巴待一段时间，学校里太空了。如果你愿意的话，你可以和家人待在一起。等我们回来，再来找你；我们出去的时间不会超过一个月，顶多一个月。在一两个星期内，我们的军队会把尼日利亚人赶回去。"

"我要跟着您和主人,女士。"

奥兰娜笑了,似乎这正是她所希望听到的话。"这汤根本稠不起来。"她嘟哝。随后,她给乌古讲述小时候第一次做汤的情形,炖锅底部被她烧焦,变成了黑紫色,但汤竟然非常可口。乌古入神地听着奥兰娜的嗓音,竟没有听见窗外某个遥远的地方传来了轰隆隆的声响。奥兰娜停止了搅动,抬起头。

"什么声音?"她问。"你听到了吗,乌古?什么声音?"

奥兰娜扔掉手中的长勺,跑进起居室。乌古跟在她身后。主人站在窗边,手里握着一份折叠的《比亚法拉太阳报》。

"什么声音?"奥兰娜问。她把宝贝拉到怀里。"奥登尼博!"

"他们在推进,"主人平静地说,"我想我们应该计划今天离开这里。"

随后乌古听到屋外传来小汽车的喇叭声。突然间,他不敢去开门,甚至不敢走到窗边偷瞄一眼。

主人打开门。由于紧急刹车,绿色莫里斯迷你车的一只车轮滑出了车道,轧碎了草坪边上的百合。一个男子从车里钻出来,乌古惊愕地发现,他只穿了汗衫和长裤。还有一双浴室的拖鞋!

"赶紧撤离!联邦军队已经攻进了恩苏卡!我们现在就撤离!马上!我要去通知还住着在这里的每一户人家!赶紧撤离!"

这个男子说完话,赶紧钻进小汽车,一路按着喇叭,绝尘而去,乌古此时才认出他:文森特·伊肯纳先生,教务主任。他来过几次。他把啤酒和芬达汽水掺在一起喝。

"收拾一些东西,我的爱,"主人说,"我去检查一下车子的水箱。乌古,赶紧锁门!别忘了男仆宿舍。"

"什么东西?什么东西?"奥兰娜问,"我带什么东西?"

宝贝开始哭泣。轰隆隆!轰隆隆!轰隆隆!声音越来越近,越来越大。

"时间不会长,我们很快就会回来。就带一点东西,衣服。"主人含糊地指了指,从架子上抓起车钥匙。

"我还在做饭。"奥兰娜说。

"带上车。"主人说。

奥兰娜一脸茫然。她用抹布裹住汤锅,放进车里。乌古跑来跑去,把各种东西扔进袋子里:宝贝的衣服和玩具、冰箱里的饼干、他的衣服、主人的衣服、奥兰娜的裹裙和连衣裙。他多希望自己知道该带什么。他多希望轰隆隆的声响听上去不是越来越近。他把袋子扔进汽车后座,又冲回屋里锁门,放下百叶窗板。主人在屋外按响了汽车喇叭。乌古站在起居室中央,头晕目眩。他想小便。他跑进厨房,关掉火炉。主人在喊着他的名字。他从架子上取下照片簿,奥兰娜仔细摆放装好的三本照片簿,跑出去钻进车里。他刚关上车门,主人便开动了车。校园的街道怪异可怕,静悄悄,空荡荡。

校门口,比亚法拉士兵挥舞双臂,指挥车辆通过。他们身着卡其布军装,长靴锃亮,袖子上缝着半轮黄日,看上去不同凡响。乌古多希望自己是他们中的一员。主人挥挥手说:"干得好！"

尘土在四周盘旋飞扬，如一张透明的褐色毛毯。大路上十分拥挤；女人头上顶着盒子，背上绑着婴孩，赤脚的孩子们抱着一捆捆的衣服或山药或盒子，男人费力地推着自行车。乌古感到奇怪的是，天还没黑，为什么他们都拎着点燃的煤油灯笼？他看见一个小孩子脚下一绊，倒在地上，母亲弯下腰，猛地把他拉起来。乌古想起了自己的家，想起了他的小堂弟堂妹、小表弟表妹、他的父母和阿努利卡。他们很安全。他们的村庄太偏远，不需要逃跑。这只是意味着，他看不到阿努利卡结婚，无法实施计划，把内西纳齐抱在怀里。不过他很快就会回来。等比亚法拉陆军用毒气把尼日利亚人送上西天，战争便会结束。他还将品味内西纳齐的温柔甜美，还将抚爱她那柔软的肉体。

由于拥挤的人群和路障，主人的车开得很慢，到达米利肯山时，车速最慢。前面的卡车车身上喷着"**无人知晓明天**"的字样。卡车沿着陡峭的斜坡往上爬时，一个年轻人跳下来，扛着一块木板在车旁跑，一旦卡车向后退，他便会把木板扔到后轮胎下。

他们终于到达阿巴时，已是黄昏，挡风玻璃上覆盖着赭色的尘土，宝贝睡着了。

16

理查德听到联邦政府宣布将发动"一场警察行动,平息比亚法拉叛乱"的消息时,不禁大吃一惊。凯内内并不感到意外。

"是因为石油,"她说,"有这些石油,他们便不会轻易放过我们。不过战争很快就会结束。马杜说奥朱库有一个宏大的计划。他建议我向战时内阁捐一些外汇,等战争结束了,只要我投标,合同都是我的。"

理查德直视着她。她似乎不明白,理查德根本无法理解战争的爆发,不管它多快结束。

"你最好能把东西搬到哈科特港,直到我们把尼日利亚人赶回去。"凯内内说。她正浏览一张报纸,和着立体声音响里甲壳虫乐队的音乐点着头,她让这一切看似正常:战争是事件导致的必然结果,把他的东西从恩苏卡搬过来是理所当然。

"好的,当然可以。"理查德说。

凯内内的司机开车送理查德回恩苏卡。到处设置了检查站,汽车轮胎和布满钉子的木板横在路上,旁边站着身穿卡其布衬衫、面无表情、举止受过训练的男子和女子。头两个检查站很容易通过。"你们去哪里?"他们问完,挥挥手让车通过。但到了埃努古附近,民防人员用树干和锈迹斑斑的旧鼓挡住了路。司机停下车。

"开回去!开回去!"一个男子从车窗向里瞥着。他举着一块雕刻精细、很像步枪的长木条。"开回去!"

"下午好,"理查德说,"我在恩苏卡大学工作,我现在去恩苏卡。我的男仆在那里。我必须去取我的手稿和一些私人物品。"

"请回吧,先生。我们很快就能把那些烧杀抢掠、无恶不作的野蛮人赶回去。"

"但我的手稿、我的论文和我的男仆都在那里。你瞧瞧,我什么都没带在身边。我不知道战争会爆发。"

"请回吧,先生。这是我们的命令。前面不安全。不过很快,等我们把野蛮人赶回去,你就能回恩苏卡了。"

"但你必须明白。"理查德的身体向前探得更远。

男子眯缝着双眼,但他衬衫上印着的"警惕"下方的大眼睛似乎睁得更大了。"你能保证你不是尼日利亚政府的密探?就是你们白人允许戈翁杀害无辜的妇女和儿童。"

"Abu m onye Biafra(我是比亚法拉人)。"理查德回答。

男子大笑,理查德不敢确定他是高兴地笑还是不高兴地笑。"啊,一个说他是比亚法拉人的白人!你在哪里学会了说我们的语言?"

"从我妻子那里。"

"好吧,先生。不要担心你在恩苏卡的东西。几天后,公路就畅通了。"

司机倒转车,沿着来路开了回去,理查德一直回望着被封锁的路段,直到看不见为止。他想着刚才那句伊博语多么容易地溜出了他的嘴。"我是比亚法拉人。"他不知道原因,但他不希望司机告诉凯内内,他说过这句话。他也不希望司机告诉凯内内,他称她为妻子。

过了一些日子,苏珊打来了电话。当时正是上午稍晚,凯内内在一家工厂里。

"我不知道你有凯内内的电话号码。"理查德说。苏珊哈哈大笑。

"我听说恩苏卡被撤空了,我知道你会和她在一起。怎么样?还好吗?"

"好。"

"撤离的时候没有遇到麻烦吧?"苏珊问,"你真的没事?"

"我没事。"苏珊的关切让他有些感动。

"那就好。你有什么计划?"

"我暂时待在这里。"

"那里不安全,理查德。我待在这里的时间不会长过一星期。这里的人打仗从来不像文明人,不是吗?居然还叫什么文明的战争[1]。"苏珊停顿片刻。"我给埃努古的英国文化协会打过电话,我无法相信我们在那边的人竟然还打水球,还在总统酒店举行鸡尾酒会。一场血淋淋的战争已经开始了。"

"这场战争很快就烟消云散了。"

"烟消云散,哈!奈杰尔过两天就走了。没有什么会烟消云

---

[1] 此处使用双关语,"a civil war"指内战,字面意思同时也是"文明的战争"。

散。这场战争会拖上好几年。看看刚果发生的一切。这里的人没有和平的概念。他们宁愿打到最后一个人也倒下——"

苏珊还在喋喋不休,理查德挂上电话,连他自己也惊讶于自己的粗鲁。在一定程度上,他希望自己能够帮助苏珊,扔掉她橱柜里一瓶瓶的酒,消除令她生活受损的妄想狂病症。她要离开,或许这是好事。理查德希望她能找到幸福,与奈杰尔一起,或以其他方式。他满脑子仍在想着苏珊,既希望她不要再打电话来,又希望她再打电话来,直到凯内内回了家。她吻着理查德的脸颊、嘴唇和下巴。"你一整天都在担心哈里森和《套绳青铜罐的时代》吗?"她问。

"当然不是。"理查德回答,尽管他们两人都知道他在撒谎。

"哈里森不会有事的。他一定已经收拾好东西,搬回自己的村庄了。"

"对,一定是这样。"理查德说。

"他很有可能随身带着你的手稿。"

"是的。"理查德想起来凯内内如何毁掉了他的第一部真正的手稿《盛手的篮子》,然后领着他走到果园,那棵他最喜欢的树下,去看那堆烧焦的纸片,自始至终,她都面无表情,之后他竟然没有责怪,没有愤怒,心里涌动的是希望。

"今天在城里又有一场集会,至少一千人步行,还有许多盖着绿叶的车辆,"凯内内说,"我希望他们坚守战场,而不是在主要道路上设置路卡。我已经捐了钱,我不会在光天化日之下被抢劫,给奥朱库的野心助一臂之力。"

"他们为的是一个事业,凯内内,不是为了某个人。"

"对,这个事业就是手段温和的勒索,你知道出租车司机不再向士兵收费?如果哪个士兵提出付费,他们会很生气。马杜说每隔一天就有一群女子来到军营,她们从穷乡僻壤给士兵们送来了山药、大蕉和水果。他们本来就是一无所有的人。"

"这不是勒索。这是他们的事业。"

"的确是事业。"凯内内摇摇头,脸上露出被逗乐的表情,"马杜今天告诉我,军队两手空空,什么都没有。他们根据奥朱库的言论判断,以为他在某个地方堆积了大批的武器。'黑非洲没有任何力量能够打败我们!'于是马杜和一些从北部回来的军官去找奥朱库,说我们没有武器,没有全军动员,我们的人用木枪训练,我的天!他们希望奥朱库能发放他的武器储备。但他转过身,说他们图谋推翻他。显然他根本没有武器,他计划用双拳打败尼日利亚。"她微笑着举起一只拳头。"不过我的确认为他极有魅力,光是他的络腮胡子就极有魅力。"

理查德没有说话。一个念头闪过他的脑际:他是否该留络腮胡子?

17

这是奥登尼博在阿巴的房子,奥兰娜倚在凉台的栏杆上,望着院子。离大门不远,宝贝跪在沙子里玩耍,乌古在一旁看着她。风吹过番石榴树,树叶发出沙沙声。这棵树的树皮吸引了奥兰娜的注意力:树皮有些部位褪色,犹如打了补丁,交替呈现较亮的黏土色与较暗的深蓝灰色,很像村里得了Nlacha(恩拉查)皮肤病的儿童的皮肤。他们从恩苏卡到达这里的当天,很多得了这种皮肤病的孩子过来说"欢迎你们,欢迎你们",他们的父母和伯父伯母、叔叔婶婶、姑姑姑父也来了,带来了良好的祝愿,急着聊一聊撤离的话题。奥兰娜非常喜爱他们,他们的热情让她有受到保护的感觉。她的友善甚至惠及奥登尼博的母亲。此刻,她心想,为什么她没有把宝贝从奶奶怀里拉开,毕竟一出生,奶奶便抛弃了她?为什么她没有躲开妈妈的拥抱?然而,那天发生的一切——与乌古在厨房里做饭,匆匆离家,不知是否关掉了炉火,路上的人群,轰隆隆的炮声——似乎没有完结,却又挥之不去,于是奥兰娜平静地接受了妈妈的拥抱,甚至伸出手,抱了抱妈妈。现在他们回到了礼尚往来的文明状态,妈妈常常穿过把她家与奥登尼博家隔开的泥墙中的木门,过来看望宝贝。有时候宝贝也过去看望奶奶,追逐在她的院子里漫步的山羊。奥兰娜从不清楚,宝贝回来时嘴里咀嚼的干鱼片或熏肉片是否洁净,但她逼着自己不要介意,恰如她努力压抑自己内心的怨恨;妈妈对宝贝向来都是半心半意，不是全心投入，如今为时太晚，除了怨恨，奥兰娜感受不到其他。

乌古说了什么，宝贝哈哈大笑。听到她那调门很高的清脆笑声，奥兰娜禁不住微笑起来。宝贝喜欢这里——生活放慢了，简单了。因为他们的火炉、烤箱、压力锅和进口调味品都留在了恩苏卡，他们的一日三餐也简单了，乌古有了更多的时间与宝贝玩耍。

"奥拉妈咪！"宝贝叫道，"快来看！"

奥兰娜挥挥手。"宝贝，晚上洗澡的时间到了。"

奥兰娜望着隔壁院子里芒果树的轮廓，一些芒果树上垂着果实，仿若沉重的耳环。太阳快要落山。鸡在咯咯叫着，飞到可乐果树上，它们会在上面睡觉。她能听见一些村里人互相打着招呼。与缝纫小组里的女人们一样，嗓门很大。两星期前，在村公所，她加入了缝纫小组，为士兵们缝制汗衫和毛巾。刚开始，奥兰娜对她们心怀怨怒，因为她一说起留在恩苏卡的东西——她的书、钢琴、衣服、瓷器、假发、辛格牌缝纫机、电视机——她们便不搭理她，开始聊别的话题。现在她明白了，没有人谈论被迫留在家里的东西。她们谈论打赢战争的各种努力。一位老师把自行车捐给了士兵，一个修鞋匠免费为士兵做鞋，农夫分发山药。打赢战争。奥兰娜难以想象出战争正在发生，子弹落在恩苏卡的红土地上，比亚法拉军队迫使无恶不作的野蛮人节节败退。奥兰娜对任何具体事物的想象，常常因对阿里泽、伊费卡舅妈和姆巴埃齐舅舅的记忆而变得模糊，常常令她感觉生活像是在悬置的时间中度过。

奥兰娜踢掉脚上的拖鞋,赤脚穿过前院,走到宝贝的小沙堡跟前。"非常好,宝贝。如果明天早晨山羊不进院子,也许你的小沙堡一整天都不会倒。现在该洗澡了。"

"不,奥拉妈咪!"

"我想乌古马上就要把你抱走了。"奥兰娜瞥了乌古一眼。

"不!"

乌古抱起宝贝,朝屋里跑去。宝贝的拖鞋掉在地上,他们停下来捡拖鞋,宝贝一边说"不!"一边哈哈大笑。他们下星期要去乌穆阿希亚,离这里三小时车程,奥登尼博被派到那里的人力资源部,奥兰娜不知道宝贝是否愿意离开。奥登尼博本希望去研究与生产部,但那里有太多资历过高的人、太少的工作岗位,连奥兰娜也被告知,那里的任何一个部门都没有她的职位。她将在小学教书,那是她为打赢战争做出的努力。这个词组听上去的确悦耳:打赢战争,打赢战争,打赢战争。她希望阿查拉教授为他们找的住处靠近其他的大学老师,这样宝贝便能和一帮称心合意的孩子一起玩耍。

奥兰娜坐在一把低矮、倾斜的木椅上,她必须向后躺才能让后背靠在椅背上。她只在村里见过这种椅子,做这种椅子的是村里的木匠,他们在泥土路的角落里支起积满灰尘的招牌,上面的"木匠"一词(CARPENTER)常常被错拼成"capinter""capinta""carpentar"。在这种椅子上你坐不起来。它们代表着辛苦之后才能得到的休息,代表着干了一天农活之后斜靠在上面享受新鲜空气的夜晚。或许它们还代表着百无聊赖的生活。

天黑了,蝙蝠飞过头顶,声响很大,奥登尼博回到了家。白天他总在外边,一场接一场地开会,场场的主题都是阿巴如何对打赢战争做贡献,阿巴如何在建立比亚法拉国的过程中扮演主要角色。有时候奥兰娜看见有的男人们开会回来,手里举着木头雕刻的假枪。她望着奥登尼博甩开大步、气宇轩昂地穿过凉台。她的男人。有时候她看着奥登尼博,如着魔一般,心里涌起无限的自豪。

"你好吗?"奥登尼博问候了一声,俯身吻奥兰娜的嘴唇。他仔细打量着奥兰娜的脸,似乎他必须这样做,才会确信她身心健康。自奥兰娜从卡诺回来后,奥登尼博便养成了这个习惯。他常常对奥兰娜说,那一次"经历"改变了她,使她变得如此"内向"。他与友人交谈时,使用"大屠杀"这个词,但在她面前例外。仿佛卡诺发生的事件是一场大屠杀,而她的亲眼所见是一种经历。

"我很好,"奥兰娜回答,"你回来得有点早吧?"

"明天在广场有一场大会,所以我们结束得早了一点。"

"为什么?"奥兰娜问。

"长老们觉得是时候了。到处都是愚蠢的谣言,说很快就要撤离阿巴。一些笨蛋甚至说联邦军队已经攻进奥卡!"奥登尼博大笑着坐在奥兰娜身边。"你去吗?"

"参加大会?"她甚至还没想过这个问题,"我不是阿巴人。"

"如果你嫁给我，你就是阿巴人。你应该是。"

奥兰娜看着他。"我们现在这样挺好的。"

"我们正在打仗，如果我遭遇不测，母亲必须决定如何处置我的尸体。你应该来做这个决定。"

"不许说，你不会有事的。"

"我当然不会有事。我只是希望你嫁给我。我们真的应该结婚。现在还不结婚，实在没有道理。不结婚，总是没有道理的。"

奥兰娜望着一只黄蜂绕着挂在墙角的柔软多孔的巢飞来飞去。这在她看来很有道理：她决定不结婚，她需要用差异的外壳保护他们拥有的一切。然而，她把理想放置其中的旧框架已经消失，因为阿里泽、伊费卡舅妈和姆巴埃齐舅舅永远成了她相片簿里静止的脸庞。因为恩苏卡子弹横飞。"那么你必须给我父亲送酒去。"她说。

"你这是答应了吗？"

一只蝙蝠猛扑下来，奥兰娜低下头。"是的。我答应了。"她说。

这天早晨，奥兰娜听见村里的传令员大声敲着锣，从门前走过。"明天下午四点，阿马埃泽广场，全体阿巴人大会！"咣！咣！咣！"明天下午四点，阿马埃泽广场，全体阿巴人大会！"咣！咣！咣！"阿巴政府说了，每个男人和女人都要参加！"咣！咣！咣！"谁不参加，阿巴政府就罚谁的款！"

"我想知道罚款高得有多过分。"奥兰娜说，眼睛望着正在穿衣服的奥登尼博。奥登尼博耸耸肩。他只有乌古急急忙忙放进行李的两件衬衫和两条长裤,奥兰娜想到她何以知道奥登尼博每天早晨穿什么衣服,不由得笑了起来。

他们坐下来吃早饭,这时奥兰娜父母的路虎越野车开进了院子。

"运气太好了,"奥登尼博说,"我要马上告诉你爸爸。我们下星期在这里举行婚礼。"他微笑着。奥兰娜在凉台上答应求婚之后,奥登尼博便显出了几分孩子气,一种天真无邪的快乐,奥兰娜多希望自己也能有这种感受。

"你知道不是那么办的,"她说,"你得和你的家人去乌蒙纳奇,按规矩办。"

"我当然知道。刚才我只是开玩笑。"

奥兰娜走到门口,心里很疑惑:父母为何会来?毕竟他们一星期前才来过,奥兰娜不太想再听神经过敏的母亲喋喋不休,而父亲站在一旁,频频点头表示赞同:请来乌蒙纳奇,和我们住在一起;在我们知道这场战争是持续还是结束之前,凯内内应该离开哈科特港;我们留在拉各斯的那个约鲁巴看守人会把房子洗劫一空;我给你说,我们本应安排把所有的车都带回来。

路虎车停在可乐果树下,母亲钻了出来。只有母亲一个人。父亲没有来,奥兰娜不由得轻舒了一口气。一次对付一人,容易一些。

"欢迎,妈妈,欢迎,"奥兰娜拥抱着母亲说,"还好吗?"

母亲耸耸肩,意思是说还凑合。她身穿印有圣乔治头像花纹的红色裹裙和粉色的短上衣,脚蹬闪亮的黑色平跟鞋。"还好。"母亲四下张望，上次过来时，她也是这样鬼鬼祟祟地张望，而后把一个装了钱的信封塞进奥兰娜的手里。"他在哪儿？"

"奥登尼博？他在里面，吃饭。"

母亲领着奥兰娜走到凉台，倚在一根柱子上。她打开手提包，示意奥兰娜看包里头。里面装满了华丽炫目、闪闪发亮的珠宝、珊瑚、金属和宝石。

"啊！啊！妈妈，这是干什么？"

"现在不管到哪里我都带着它们。我的钻石塞在乳罩里。"母亲悄悄地说，"内，有谁了解正在发生的一切。我们听说乌蒙纳奇很快就要陷落，联邦军队近在咫尺。"

"烧杀抢掠的野蛮人并不是近在咫尺。我们的军队正在恩苏卡附近把他们赶回去。"

"但是要等多长时间才能把他们赶回去？"

奥兰娜不喜欢母亲不悦时噘嘴的模样，也不喜欢她压低声音说话，似乎这样便能把奥登尼博排除在外。她不会告诉母亲，他们已经决定结婚。还不到时候。

"管它怎么样，"母亲说，"反正你父亲和我已经确定了我们的计划。我们已经给一个人付了一笔钱，他会带我们去喀麦隆，从那里把我们送上去伦敦的飞机。我们将会使用尼日利亚护照，喀麦隆人不会给我们制造麻烦。这不容易，但已经定了。我们付了四个地方的费用。"母亲拍了拍头巾，似乎想确认头巾还在头上。"你父亲去了哈科特港，去通知凯内内。"

望着母亲眼睛里流露的请求，奥兰娜不禁心生怜惜。母亲心里清楚,她不会跟随他们跑去英国,凯内内也不会。但个性使然,不肯放手的母亲要试一试,要做出好心好意但注定失败的努力。

"你知道我不会走,"奥兰娜柔声说,她想伸手抚摸母亲完美的肌肤,"不过你和爸爸应该走,如果这样你们感到更安全的话。我要和奥登尼博、宝贝待在一起。我们不会有事的。几星期后,我们要去乌穆阿希亚,奥登尼博要到那边的部里工作。"奥兰娜停顿片刻。她想说他们将在乌穆阿希亚举行婚礼,但她说的却是"恩苏卡一收复,我们就回去"。

"但是如果恩苏卡收复不了呢?如果这场战争没完没了呢?"

"不会的。"

"我怎么能扔下孩子,自己跑去安全的地方?"

不过奥兰娜清楚,母亲能够做到,而且也会这么做。"我们不会有事的,妈妈。"

母亲用手心擦了擦眼睛,尽管她没有流泪,而后从手提包里掏出一个航空信封。"这是穆罕默德的信。有人带到了乌蒙纳奇。他显然听说了恩苏卡全城疏散,以为你来了乌蒙纳奇。对不起,我不得不拆了信,确保里面没有什么危险的东西。"

"危险的东西?"奥兰娜问,"什么?你在说什么,妈妈?"

"谁知道呢?难道他现在不是敌人吗?"

奥兰娜摇摇头。让她高兴的是,母亲将去国外,战争结束之前,她不再需要应付她。她想等母亲走后再读这封信,这样母亲便无法观察到她脸上的表情,但她无法控制自己,迫不及待地抽出了信封里唯一的一张纸。穆罕默德字如其人：字体长而高贵，带着优美的花饰。他想知道奥兰娜是否安好。他留下了电话号码，她需要帮助时可以给他打电话。他认为这场战争毫无意义，希望很快就能结束。他爱奥兰娜。

"感谢上帝，你没有嫁给他，"母亲看着她叠起信纸说，"不然你想象得出现在你的处境吗？太可怕了！"

奥兰娜没有吭声。母亲很快就离开了；她不想进来与奥登尼博见面。"你还可以改变主意，内，那四个地方都付了钱。"母亲说着，爬上了越野车，双手紧抓着她那装满珠宝的手提包。奥兰娜挥着手，直到路虎车开出了院子的大门。

奥兰娜惊讶地发现，阿巴竟有如此多的男人和女人聚集到广场上那棵古老的乌达拉[1]树下开会。奥登尼博曾告诉过她，小时候，他和其他人早晨被派去清扫村里的广场，但他们的大部分时间都用于争夺落地的乌达拉果。他们不能爬这棵树，或摘树上的果实，因为那是禁忌，乌达拉属于魂灵。长老们向人群讲话的时候，奥兰娜仰头望着这棵树，想象着孩提时代的奥登尼博也像她一样仰着头，希望看见魂灵模糊的轮廓。他是否像宝贝这样精力旺盛？很有可能，或许比宝贝还要好动。

"阿巴，kwenu（冲啊）！"巫医恩瓦福尔·阿巴达说，据说他的医术是这个地区最厉害的。

---

[1] 乌达拉（udala），一种果树，果实很黏。

"呀啊!"众人应和。

"阿巴,kwezuenu(向前冲)!"

"呀啊!"

"阿巴从未被谁打败过。我说了,阿巴从未被打败过。"他的声音铿锵有力。他的头上只有几簇头发,如棉花球一般,他把权杖重重地插在地上,权杖在摇晃。"我们决不犯人,但人若犯我,我们必定把他们打垮。我们与乌库鲁和乌波作战,他们完蛋了。我父亲从未给我讲过,哪一场战争中我们是失败者,他的父亲也从未给他讲过他们曾在哪一场战争中被人打败过。我们不会逃离我们的家乡。我们的先祖禁止发生这样的事。我们永远不会逃离我们的土地!"

人群发出喝彩。奥兰娜也跟着欢呼。她记起了大学里的支持独立的集会;群众运动总是让她充满力量,一种可能性在很短的时间里把所有这些人团结在一起,一想到这一点,她便备感振奋。

大会结束后,奥兰娜与奥登尼博从广场走回家,她告诉他穆罕默德来信的内容。"这一切一定让他深感不安。我无法想象他的感受。"

"你怎么说出这种话?"奥登尼博说。

奥兰娜惊愕万分地放慢了脚步,转头看着他。"怎么啦?"

"怎么啦?你在说一个双手沾满鲜血的穆斯林豪萨男人感到不安!他是同谋,绝对的同谋,害得我们的人民遭受这一切,你怎么还说他深感不安?"

"你在开玩笑吗？"

"我是在开玩笑吗？你看到了他们在卡诺的所作所为，居然还能说出这种话？你能想象阿里泽的遭遇吗？他们强奸孕妇，然后把她们砍死！"

奥兰娜不由得缩了缩身子。她绊住了路上的一颗石头。她不能相信，奥登尼博竟然以这种方式提及阿里泽，他如此廉价地利用对阿里泽的记忆，只为了在一场不合逻辑的辩论中表达一个观点。愤怒冻结了她的五脏六腑。她开始加快脚步，甩掉了奥登尼博，到家后，她躺在客房里，噩梦降临时，她并不感到惊讶。她拼命想结束噩梦，拼命呼吸，最终精疲力竭，躺在床上。第二天她没有跟奥登尼博说话。第三天，也没有。她母亲的堂弟奥希塔堂舅从乌蒙纳奇赶来，通知她去参加在外祖父家里召开的一个会议，她没有把这个消息告诉奥登尼博。她只是让乌古帮宝贝做好准备，等奥登尼博出去参加一个会议，便开着他的车，带着他们离开了。

奥兰娜回忆着奥登尼博说"对不起，对不起"，语气里透着不耐烦，似乎他觉得理所当然能够得到她的谅解。奥登尼博一定认为，如果奥兰娜能够原谅宝贝降生前后发生的一切，其他的任何事情都不在话下。奥兰娜厌恶他的这种想法。或许这就是她为何没有告诉他，她要去乌蒙纳奇的原因。或者，也许是因为她明白被叫去乌蒙纳奇的原因，不想与奥登尼博谈论这一点。

奥兰娜开车行驶在两旁野草林立、颠簸不平的泥土路上，心里颇觉有趣的是，村里人居然会说出"乌蒙纳奇召唤你"之类的话,仿佛乌蒙纳奇不是一个镇,而是一个人。天下着雨。公路变成了沼泽地。路过父母的乡村别墅时,她瞥了一眼赫然耸立的三层小楼。此刻他们身在喀麦隆,或许已经到了伦敦或巴黎,读着报纸了解家乡的情况。她把车停在外祖父的房前,靠近茅草围墙。在结块的泥地里,车轮有些打滑。乌古和宝贝下车后,奥兰娜静静地坐了片刻,眼睛盯着挡风玻璃上滑落的雨滴。她感觉胸口绷得很紧,她需要时间呼吸,让胸口放松,让自己放松,这样才能在会上回答老人们向她提出的问题。他们会很温和,很正式,所有的人都聚集在散发着霉味的起居室里:年迈的伯外祖、叔外祖和舅舅们、堂舅们,他们的妻子,一些表兄弟姊妹,或许谁的背上还趴着一个孩子。

奥兰娜将以清晰的口吻说话,她将低头看着地面上用白色黏土描画的众多线条,有些因年头长而淡了很多,有的是简单的直线,有的是繁复的曲线,有的则是简单的姓名首字母。小时候,她曾望着外祖父把一块食用白色黏土呈给客人,而后又望着男客人用它在地上描画,女客人用它在脸上涂抹,有时候甚至放在嘴里咬一咬。有一次,外祖父出去后,奥兰娜也嚼了嚼那块黏土,现在仍然记得那种让舌头发闷的碳酸钾的味道。

奥兰娜的外祖父恩韦凯·乌德内如果还活着,一定会主持这场家族大会。不过这次的主持人将是恩瓦福尔·伊赛亚——现在他是这个宗族年纪最大的长者。他将说:"其他人都回来了,我们一直注意公路,等待着我们的儿子姆巴埃齐、我们的儿媳伊费卡、我们的孙女阿里泽和来自奥吉迪的孙女婿。我们等呀等,没有等到他们。很长时间过去了，我们望着公路的眼睛开始疼痛。我们今天叫你过来，把你所知道的告诉我们。乌蒙纳奇的人正在打听所有没有从北部归来的亲人。你去过那里，我们的外孙女。你对我们说什么，我们便对乌蒙纳奇的人说什么。"

会议的经过大致如此。奥兰娜唯一没有预料到的是伊费卡舅妈的妹妹多齐妈妈的吵嚷。她是一个性情刚烈的女人，曾把多齐爸爸痛打了一顿，因为他没有照看生病的孩子，却出门去看他的情妇。多齐妈妈在阿古挖芋头。孩子差点死了。据说多齐妈妈威胁说，如果孩子死了，她要先砍掉多齐爸爸的阴茎，再把他掐死。

"不要撒谎，奥兰娜·奥佐比亚，i sikwana asi（不要撒谎）！"多齐妈妈大喊。"如果你撒谎，就让水痘折磨你。谁告诉你，你看到的是我姐姐的尸体？谁告诉你的？不要在这里撒谎。霍乱会要你的命。"

多齐妈妈被她儿子多齐带走了。奥兰娜最后一次见到多齐，是在几年前，现在他长这么高了。他紧紧抓着母亲的手，她想推开他，似乎要狠狠捶打奥兰娜，奥兰娜多希望自己能被她揍一顿。她希望多齐妈妈打她，扇她耳光，如果这样做，能让多齐妈妈好受一些，如果这样做，能把她告诉聚在这个房间里的大家族的一切变成谎言。她多希望奥丁谢佐和埃凯内也冲她大喊大叫，质问她为什么活着，而不是死去，就像他们的姐姐、父母和姐夫一样。她多希望他们不是安静地坐在那里，像服丧的男人通常所做的那样低着头，之后还对她说，他们庆幸她没有看到阿里泽的尸体。人人都知道那些畜生如何对待孕妇。

奥丁谢佐从芋头枝上摘下一片大叶子，递给奥兰娜，临时当作雨伞用。但奥兰娜快步向小车走过去时，并未把叶子罩在头上。她慢腾腾地开着车门，让雨水浇湿她的发辫，流过她的眼睛，淌下她的脸颊。让她印象深刻的是，家族大会如此飞快地步入正题，证实四个家人的死亡只需要如此短的时间。她给身后屋子的人带来了哀悼，戴孝，接待来访的哀悼者，听他们说"Ndo nu（我们很难过）"的权利。她给他们带来了哀悼过后继续生活、视阿里泽及其丈夫和父母为永远逝去的权利。四个无言的葬礼，四个不见尸体、以她口说为凭的葬礼，如累累重负压在她的心头。她有些怀疑：她是否搞错了？或许那些倒在地上的尸体都是她的想象？院子里躺着如此多的尸体，一想到当时的场面，她的嘴里不由涌起一股咸味。等她终于打开车门，乌古和宝贝冲进去坐下，她又一动不动地坐了半晌，但她知道乌古正关切地盯着她，宝贝快要睡着了。

"要我给您找点水喝吗？"乌古问。

奥兰娜摇摇头。乌古当然知道她不想喝水。乌古希望她能摆脱恍惚的状态，发动汽车，把他们带回阿巴。

18

乌古是第一个发现人们成群结队地在贯穿阿巴的泥土路上行走的人。他们拽着山羊,头上顶着山药和盒子,胳膊夹着鸡和卷席,手里抓着煤油灯。孩子们拎着小盆,或拉着更小的孩子。乌古望着他们从眼前走过,有些人保持沉默,有些人大声聊天。他知道他们中的许多人不知道目的地。

那天晚上天黑不久,主人开完会回来。"我们明天去乌穆阿希亚,"他说,"我们本来就要去乌穆阿希亚。只是提前了一两个星期。"他说得非常快,眼睛望着远方某个地方。乌古怀疑,做出这个决定,是否因为主人不想承认他的家乡即将沦陷,或者,是否因为奥兰娜一直和他进行"冷战"。乌古不清楚他们之间发生了什么冲突,但不管有何冲突,一定是发生在村里的广场大会之后。奥兰娜回家后,一语不发,很是怪异。她说话很机械,也不笑。她让乌古决定吃什么,安排与宝贝相关的一切,自己大部分时间则躺在凉台的斜木椅上。一次,乌古看到奥兰娜走到番石榴树下,温柔地抚摸它的树干,乌古对自己说,过一会儿他要去把她拉走,免得邻居说她要疯了。不过奥兰娜在树下待的时间不长。她平静地转过身,回来坐在凉台上。

此刻,她看上去还是那么平静。"乌古,请把我们明天要带的衣服和食物打包。"

"是,女士。"

他飞快地收拾好了行李——他们的东西本来便不多,不像在恩苏卡,物品多得他无从选择,结果只带了极少的东西。第二天早晨,他把行李放进车里,然后在房子里四下察看,确定没有丢下任何物品。奥兰娜已经带上了照片簿,还给宝贝洗了澡。他们站在车旁等待,主人则在检查车子的油箱和水箱。公路上走过了大群大群的人。

房后泥墙里的木门吱的一声打开了,阿涅克韦纳走进了院子。他是主人的堂弟。乌古不喜欢他撇嘴唇的诡秘模样,他总在开饭的时间不请自来,当奥兰娜邀请他一起"用手碰嘴"时,他会发出夸张的惊叫:"哦!哦!"此刻他脸色阴沉。在他的身后是主人的母亲。

"奥登尼博,我们准备走了,你母亲拒绝收拾行李,她过来了。"阿涅克韦纳说。

主人合上了引擎盖。"妈妈,我以为我们商量好了,您去乌凯。"

"Ekwuzikwananu nofu(别说这种话)!别说这种话!你告诉我,我们必须逃走,我最好去乌凯。但你听见我同意了?我对你说'嗯'了?"

"那么,你愿意和我们一起去乌穆阿希亚?"主人问。

妈妈看着装得满满的轿车。"但你们为什么要逃走?你们要跑到哪里去?你们听见枪声了?"

"阿巴加纳和乌波的人都在逃走,这就是说,豪萨军队已经很近,很快就会进入阿巴。"

"难道你没听见巫医告诉我们,阿巴从未被征服过?为了谁我连自己的家都不要了? Alu melu(真不像话)!你知道你父亲现在会诅咒我们吗?"

"妈妈,您不能留在这里。没有人会被留在阿巴。"

妈妈仰起头,眯缝着仔细看着,似乎在可乐果树上搜寻一个快熟的果实远比听主人说话重要。

奥兰娜打开车门,让宝贝钻进后座。

"没有好消息。豪萨军队离我们很近,"阿涅克韦纳说,"我准备去乌凯。你们到了乌穆阿希亚后,给我们捎个信。"他转过身,准备离开。

"妈妈!"主人大喊,"快去把你的行李拿来!"

母亲依旧仰头望着可乐果树。"我要留下来,看守这栋房子。你们都跑了,还会回来的。我会在这里等你们。为了谁我连自己的家都不要了,正常吗?"

"跟她说话客气点,或许比大声嚷嚷更好。"奥兰娜用英语说。她听上去非常正式,干脆利落。除了宝贝出生前的那几个月里,乌古没听到过她用这种口吻对主人说话。

主人的母亲怀疑地望着他们,似乎她觉得奥兰娜刚才用英语说了侮辱她的话。

"妈妈,你不愿和我们一起走吗?"主人问道,"求您。求您和我们一起走。"

"把你房子的钥匙给我。我也许需要里面的东西。"

"请和我们一起走。"

"把钥匙给我。"

主人瞪着母亲,无言以对,而后递给她一串钥匙。"请和我们一起走。"他又说,但母亲没有回答,把钥匙系在裹裙的一角。

主人钻进车里。他把车开动之后,不断地回头看母亲,或许想看看她是否会改变主意,冲过去跟在阿涅克韦纳身后,或者挥手让他停下来。但她没有。她站在原处,没有挥手。乌古也望着她,直到他们拐上了泥土路。她怎么能一个人待在这里,周围没有亲戚?如果阿巴人都要走,农贸市场没有了,她吃什么?

奥兰娜碰了碰主人的肩膀。"她不会有事的。联邦军队不会在阿巴停留,如果他们顺利通过的话。"

"对。"主人说。他探身亲吻了她的嘴唇,看到他们又开始正常地交谈,乌古感到宽慰,心情轻快。结队行走的难民人流在减少。

"阿查拉教授在乌穆阿希亚为我们找了一处房子,"主人说,他的声音太大了,太开心了,"一些老朋友已经到了那里,一切很快就会恢复正常。完全正常!"

因为奥兰娜保持沉默,所以乌古答道:"是的,先森。"

这栋房子谈不上正常。茅草屋顶和没有粉刷、出现裂缝的墙壁让乌古很是烦恼,不过赶不上外屋厕所那深渊一般的大坑。上面摆着一块生锈的锌板阻挡苍蝇飞出来。宝贝感到害怕。她第一次上厕所的时候,乌古扶着她,奥兰娜哄着她。宝贝哭个不停。接下来的日子里,宝贝经常哭泣,似乎她也意识到,这栋房子配不上主人,院子里长着又短又粗的草,角落里堆着水泥砖,很难看,邻居家的房子挨得太近,近得可以闻见他们油腻的饭菜,听见孩子的哭声。乌古认为阿查拉教授让主人租这栋房子,纯属欺骗,那家伙鼓胀的眼睛流露出几分老谋深算。另外,他自家的房子在公路的那一头,不仅宽敞,而且粉刷成耀眼的白色。

"这房子不好,女士。"乌古说。

奥兰娜大笑。"瞧瞧你。你不知道现在很多人得合住吗?房屋非常紧缺。而我们在这里,拥有两间卧室、一间厨房、一间起居室和一间餐厅。能认识乌穆阿希亚的本地人,我们很幸运。"

乌古不再说什么。他希望奥兰娜不至于如此容易满足。

"我们决定下个月举行婚礼,"几天后,奥兰娜告诉乌古,"规模很小,婚宴就在这里。"

乌古目瞪口呆。对于他们的婚礼,他想象的是一个完美的场景:恩苏卡的房子装饰得像过节一样喜庆,崭新的白色桌布上摆满了佳肴。与其在这栋房间阴暗、厨房发霉的房子里举行婚礼,不如等到战争结束。

似乎连主人都不介意房子的好坏。每天晚上,他从部里回来,坐在屋外,心满意足地听着比亚法拉电台和英国广播公司的广播,仿佛凉台的地上没有硬土块,仿佛硬邦邦的长木椅比得上恩苏卡的软沙发。时间过去了几个星期,他的朋友们开始登门拜访。有时候主人跟随他们一起去路那头的"旭日东升"酒吧。其他时间,他和他们坐在凉台上交谈。客人的到来使得乌古不再注意房子的有失体面。他不再为客人煮胡椒汤,端酒水,但他能够听到他们起伏有致的说话声、笑声、歌唱和主人的喊叫。生活与宣布脱离联邦后不久的恩苏卡相差无几，希望再次在四周盘旋。

乌古喜欢斯佩修尔·朱利叶斯，他是一个军队承包商，身穿用亮片装饰的及膝短袖束腰外衣，带来了一箱箱的"金几内亚"啤酒和一瓶瓶的"白马"威士忌，有时候还有装在黑色简便油桶里的汽油。也是斯佩修尔·朱利叶斯建议，主人在车顶堆满棕榈叶作为伪装，并用柏油刷前灯。

"我们极不可能遭到空袭，但警惕必须是我们的口号！"主人手里握着刷子说。一些柏油顺着挡泥板流下来，破坏了蓝色的车身，主人进屋后，乌古仔细擦掉了车身上的污迹，只让头灯盖上黑色的一大团柏油。

然而，乌古最喜欢的客人是埃克文努戈教授。他是科学小组的成员。他食指上的指甲很长，呈圆锥形，看上去像是一把细长的匕首，他一边抚弄指甲，一边谈论他和同事们正在制造的物品：被称作"奥布尼圭"的高冲击力地雷、椰子油做的制动液、金属废料做的汽车引擎、装甲车、手榴弹。他每宣布一种物品，其他人便大声喝彩，乌古坐在厨房里的小凳上，也跟着喝彩。埃克文努戈教授宣布比亚法拉第一架火箭发射成功，得到了最热烈的掌声。

"今天下午我们发射了火箭，就在今天下午。"他抚摸着指甲说，"我们自制的火箭，我的人民，我们正在腾飞。"

"我们是一个天才的国家！"斯佩修尔·朱利叶斯没有具体所指，"比亚法拉是一个天才的国度！"

"天才的国度。"奥兰娜重复道,她的表情微妙,介于微笑与大笑之间。

鼓掌很快变成了歌唱。

> 团——结到永远!
> 团——结到永远!
> 我们的共和国将高奏凯歌!

乌古也跟着唱,他又希望自己能参加民防联盟或民兵组织,他们像梳梳子一样搜查隐藏在灌木地带的尼日利亚人。聆听战报成了乌古每天最重要的活动,伴随着快节奏的鼓声,一个优美的声音传来:

> 永远的警惕是自由的代价!这里是比亚法拉埃努古电台!现在是每日战报时间!

听完了无限荣光的新闻——比亚法拉军队正在痛歼最后一部分顽敌,尼日利亚军队伤亡惨重,肃清残敌工作进入尾声——乌古便幻想着参军。他将与那些进入训练营的新兵——他们的亲属和祝福者站在一旁,欢呼雀跃——一样,出来后两眼放光,穿着浆洗之后笔挺鲜艳的军装,袖子上的半轮黄日闪闪发光。

乌古渴望发挥作用,渴望行动,打赢这场战争。所以,当收音机里传来比亚法拉攻占中西部、比亚法拉军队向拉各斯进军的新闻时，他的反应颇为奇怪：既宽慰又失望。胜利属于他们，他热切地想回到奥迪姆街的房子，离他的亲人近一些，还可以看一看内西纳齐。然而，战争似乎结束得太快，他尚未做出任何贡献。斯佩修尔·朱利叶斯带来了一瓶威士忌，客人们唱着歌，醉醺醺地嚷叫着比亚法拉的强大威力、尼日利亚人的愚钝，还有英国广播公司那些播音员的愚蠢。

"瞅瞅他们那肮脏的英国嘴巴！'比亚法拉令人惊异的军事行动'，真是的！"

"他们很惊讶，哈罗德·威尔逊[1]把武器送给那些穆斯林放牛人，却没有像他们希望的那么快地把我们赶尽杀绝！"

"你应该责怪俄罗斯，而不是英国。"

"绝对是英国。我们的士兵从恩苏卡战区拿回来一些尼日利亚的炮弹壳，我们做了分析。每个炮弹壳上都印着'英国战争部'。"

"我们也在截获的无线电通信中不断听到英国口音。"

"那就是英国和俄罗斯。这个非神圣同盟不会得逞。"

声音越来越大，乌古不再聆听。他站起来，从后门走出去，坐在房子旁边堆着的水泥砖上。比亚法拉少年旅的一些小男孩正在大街上操练，他们手里拿着枪支模样的棍棒，做着蛙跳，高声叫着对方："上尉！""副官！"

一个头顶盘子的小贩徐徐走了过来。"买炒木薯粉啦！买炒

---

[1] 哈罗德·威尔逊（1916—1995），1960年代至1970年代间曾两次担任英国首相，1976年辞职。

木薯粉啦！"

小贩听到对门的一个年轻女子叫她，停下了脚步。她们在讨价还价，过了一会儿，年轻女子大叫着说："如果你想抢人民的钱，那就抢吧。别说你卖炒木薯粉，卖那种价钱。"

小贩嘘了一声，走开了。

乌古认识这个年轻女子。他之所以注意到她，是因为她臀部浑圆，形态完美，走起路来很有节奏地左右摇摆。她的名字叫埃伯莱奇。乌古听邻居们谈论过她，据说她父母把她送给了一个来访的军官，就像把可乐果呈给客人一样。他们在夜里敲这个军官的门，打开后，把这个女子轻轻推了进去。第二天早晨，满面笑容的军官向埃伯莱奇那满脸堆笑的父母表示感谢，她就站在旁边。

乌古望着她走进屋里，不知她被献给一个陌生人时心里是何感受？她被推进他的房间之后，发生了什么？谁更应受到谴责，她的父母，还是那名军官？然而，乌古不想过多地纠缠于谴责的问题，因为这让他想起了宝贝出生前几个星期的主人和奥兰娜，他更愿意忘记那些日子。

婚礼那天，主人找到了一位雨师。这位老人来得很早，在房后挖了一个浅坑，烧起了一堆篝火，坐在发蓝的浓烟里，向火里添干树叶。

"婚礼结束之前不会下雨，什么事都不会有。"当乌古给他端去一碟米饭和肉，他说。乌古嗅到他的呼吸中一股刺鼻的杜松子酒味。他转身走进屋里,免得浓烟渗进他那仔细熨烫过的衬衫。奥兰娜的表弟奥丁谢佐和埃凯内身着民兵制服,坐在凉台上。摄影师正在鼓捣着照相机。一些客人在起居室里说笑,等待着奥兰娜,偶尔有人走过去把某样东西——一个炖锅、一只小凳、一架电风扇——放进礼物堆里。

乌古敲了敲奥兰娜的房门,打开。

"阿查拉教授准备好了,要带您去教堂,女士。"乌古说。

"好的。"奥兰娜从镜子里移开视线。"宝贝在哪里?她没出去玩耍,对吧?我不希望她裙子沾上灰。"

"她在起居室里。"

奥兰娜坐在歪斜的镜子前。她的头发盘起来了,那张容光焕发、光滑得毫无瑕疵的脸展露无遗。乌古从未见过她如此漂亮,不过当奥兰娜拍着侧戴的象牙白与粉色相间的帽子,看看别针是否别紧了时,她的动作里透出略带伤感的勉强。

"我们以后再举行抬棕榈酒仪式,等我们的军队收复了乌蒙纳奇。"奥兰娜说,仿佛乌古并不知情。

"是,女士。"

"我给哈科特港的凯内内捎了信。她不会来,不过我希望她知道。"

乌古迟疑片刻。"他们都在等着,女士。"

奥兰娜站起身,上下打量着自己。她用一只手捋过象牙白与粉色相间的连衣裙的两侧,裙子从腰部向下展开,裙长正好盖过膝盖。"针法很不均匀。阿里泽的手艺好多了。"

乌古没有答话。多希望他能伸手揪一揪她的嘴唇，消除她脸上悲伤的微笑。多希望光这样就足以消除她悲伤的微笑。

阿查拉教授敲了敲半掩的门。"奥兰娜？准备好了吗？他们说奥登尼博和斯佩修尔·朱利叶斯已经到教堂了。"

"我准备好了，请进，"奥兰娜说，"你把花带来了吗？"

阿查拉教授递给她一束五颜六色的塑料花。奥兰娜吃惊地往后退。"这是什么？我要的是鲜花，埃梅卡。"

"但乌穆阿希亚没人种花。这里的人光种他们能吃的东西。"阿查拉教授大笑着说。

"那我就不捧花了。"奥兰娜说。

两人都迟疑片刻，不知道该怎么处置这些塑料花：奥兰娜捧着花，胳膊伸了一半，阿查拉教授的手碰到了花，却没有抓在手里。最后他接过花说："让我看看能不能找到别的。"说完离开了房间。

婚礼很简单。奥兰娜没有捧花。圣塞巴斯蒂安天主教堂很小，但来的客人只占了教堂的一半位置。不过乌古没有仔细察看来了哪些客人，因为他两眼紧盯着破旧的祭坛罩，想象着结婚的是他自己。他的新娘先是奥兰娜，然后变成了内西纳齐，再变成那个臀部浑圆的埃伯莱奇，她们都穿着象牙白与粉色相间的连衣裙，戴着与之匹配的小帽子。

奥凯奥马现身于他们的房子，这才把乌古拉出了他的想象世界。与乌古记忆中的奥凯奥马相比，眼前的他完全变了样：那个头发乱蓬蓬、衬衫皱巴巴的诗人不见了。一身合体帅气的军装使他看上去更笔挺，更瘦削，袖子上的半轮黄日旁边还有一个骷髅图案。主人和奥兰娜频频拥抱他。乌古也想拥抱他，因为奥凯奥马喜笑颜开的脸强有力地把过去拉到了当下，有一刹那，乌古觉得这间弥漫着雨师浓烟的屋子变成了奥迪姆街的起居室。

奥凯奥马带来了瘦高的表弟恩瓦拉医生。

"他是信天翁医院的军医长。"奥凯奥马介绍说。恩瓦拉医生毫不掩饰他的爱慕之情，两眼直视着奥兰娜，令人恼火，乌古恨不得告诉他，管你是不是军医长，不要用你的青蛙眼对着奥兰娜。乌古不光感觉自己牵涉其中，而且认为自己对奥兰娜的幸福负有责任。她和主人在屋外跳舞的时候，朋友们围着他们鼓掌，乌古心想，他们属于我。他们的婚礼等同于稳定的保证，因为只要他们结了婚，他与他们共有的世界便是安稳的。他们两个贴身跳了一段时间，斯佩修尔·朱利叶斯把舞厅音乐换成了快活之音，夫妇俩的身体分开，拉着手，注视着对方的脸，跟着雷克斯·劳森的新歌《为自由的国度比亚法拉喝彩》跳起舞来。奥兰娜穿着高跟鞋，身高超过了主人。她时而微笑，时而大笑，喜气洋洋。奥凯奥马开始祝酒时，奥兰娜擦了擦眼睛，对站在三脚架后面的摄影师说："等等，等等，先别拍。"

起居室里，主人与奥兰娜正要切蛋糕，乌古听见空中传来疾速的嗡嗡声。起初声音如雷鸣一般，随即变得模糊，片刻之后又响了起来，声音比之前更大，更快。近旁的鸡开始咯咯地狂叫。

有人说："敌机！空袭！"

"快到外边去!"主人大喊。但一些客人尖叫着跑进了卧室:"耶稣基督!耶稣基督!"

此刻,声音更大了,就在头顶。

他们——主人、抱着宝贝的奥兰娜、乌古,还有一些客人——跑到房子旁边的木薯地里,趴在地上。乌古抬起头,望着飞机如两只猛禽在空中低飞滑翔。飞机喷射出成百上千颗子弹,散落一地,接着又从腹部滚出黑色的球,像是在下大鸡蛋。第一声爆炸发出如此巨大的声响,乌古感觉耳朵涨痛,大地在颤动,他的身体也跟着发抖。住在对门的一个女子拽着奥兰娜的连衣裙。"脱掉!脱掉白裙子!他们会看见我们,瞄准我们的!"

奥凯奥马猛地扯掉他的军装衬衫,纽扣四下乱飞,他把衬衫裹在奥兰娜身上。宝贝开始哭泣。主人松松地捂着宝贝的嘴巴,仿佛觉得飞行员可能听见她的声音。第二声爆炸传来,紧接着又有第三声,第四声,第五声。乌古感觉到温暖的尿液润湿了短裤,他以为轰炸不会有尽头,炸弹会持续不断地掉下来,一切都会被摧毁,人人都会被炸死。然而,轰炸停了。飞机在天空中飞远了。很长时间,没有人动一动,也没有人说话,最后斯佩修尔·朱利叶斯站起来说:"他们走了。"

"飞机飞那么低,"一个男孩兴奋地说,"我看见了飞行员!"

主人和奥凯奥马首先走出去,走到了公路上。奥凯奥马只穿了汗衫和长裤,看上去瘦小了很多。奥兰娜依旧抱着宝贝坐在地上,结婚礼服上裹着迷彩衬衫。乌古站起来,朝公路下方走去。他听见恩瓦拉医生对奥兰娜说:"让我来扶你。灰尘会弄脏你的裙子。"

一条街以外的玉米研磨加工点附近，一个院子冒着浓烟。两栋房子倒塌了，满地都是灰尘和碎石，一些人发狂地在乱糟糟的水泥堆中挖掘，嘴里说着："你听见那哭声了吗？听见了吗？"他们的身上蒙着一层薄薄的银色尘土，看上去像是眼睛睁开、没有四肢的鬼怪。

"孩子还活着，我听见哭声了，我听见了。"有人说。男人们、女人们都围拢过来，帮忙，瞪大眼睛仔细看；一些人也在碎石中挖掘，另一些人旁观，还有一些人尖叫着，打着响指。一辆车正在燃烧；一个女子的尸体倒在边上，衣服全被烧光了，烧黑的皮肤上到处都是粉红的斑斑点点，有人用一个撕坏的黄麻袋盖住了这具尸体，但乌古仍能看见那双僵硬的、漆黑如木炭的腿。天空乌云密布。即将到来的降雨带来了一股潮湿的味道，与烟火燃烧的气味混杂在一起。奥凯奥马和主人一起在碎石堆中挖掘。"我听见了孩子的声音，"又有人说，"我听见了孩子的声音。"

乌古转身离开。地上有一只样式时髦的凉鞋，乌古捡起凉鞋，看了看真皮的绑带和厚实的楔形鞋跟，又放回原处。他想象着穿这只鞋的时尚的年轻女子，为了跑到安全的地方，甩掉了这只鞋。他想知道另一只鞋在哪里。

主人回家后，乌古坐在起居室的地板上，背靠着墙。奥兰娜正在拨弄着碟子里的一块蛋糕。她仍旧穿着结婚礼服；奥凯奥马的军装衬衫整整齐齐地叠好放在椅子上。客人们都慢慢地离开了，他们几乎没说话，面容暗淡，布满歉疚，仿佛是他们允许空袭破坏了婚礼,因而异常不安。

主人给自己倒了一杯棕榈酒。"你听到那条新闻了吗?"

"没有。"奥兰娜回答。

"我们的军队在中西部占领的地盘全丢了,向拉各斯进军的行动也完蛋了。尼日利亚现在说这是战争,不再是一场警察行动。"他摇摇头。"我们被出卖了。"

"你想吃蛋糕吗?"奥兰娜问。蛋糕摆在中央的桌子上,除了她切掉的那一小块,基本完整。

"现在不吃。"主人喝下棕榈酒,又倒了一杯。"我们要修一个地堡,防止再次发生空袭。"他的语气正常、冷静,仿佛空袭是仁慈的行径,仿佛刚才近在咫尺的不是死亡。他转身对乌古说:"你知道什么是地堡吗,我的好伙计?"

"知道,先生,"乌古回答,"就像希特勒的那个。"

"嗯,对,我想差不多。"

"但是,先生,有人说地堡是集体坟墓。"乌古说。

"绝对的胡说八道。地堡比趴在木薯地里安全。"

屋外,黑夜已经来临,偶尔一次闪电,照亮了天空。奥兰娜突然从椅子上跳起来,尖叫:"宝贝在哪里?宝贝在哪里?"说完撒腿向卧室跑去。

"我的爱。"主人跟在她身后。

"你没听见吗?你没听见他们又来轰炸我们了?"

"是打雷。"主人从背后揽住奥兰娜,抱紧她。"只是打雷。被我们的雨师挡回去的雷雨终于自由了。只是打雷。"

主人抱着奥兰娜，持续了一会儿，奥兰娜终于坐下来，又给自己切了一块蛋糕。

4．书：《我们死去时世界沉默不语》

他辩称，尼日利亚在独立前没有经济。殖民政府实行专制，一种表面仁慈实则残忍、以惠泽英国为主旨的独裁统治。1960年的经济构成是潜能：原材料、人力资源、高昂的士气，以及英国人拿去重建战后经济剩下的经销管理局的储备金的一部分。还有新近发现的石油。但尼日利亚的新任领导人过于乐观，在推行行将赢得人民信任的发展项目上过于雄心勃勃，在接受剥削性的国外贷款方面过于天真，在盲目模仿英国，又过分热衷于全盘接收尼日利亚人长期以来无从拥有的傲慢态度、更好的医院和更高的工资。他勾勒出这个新国家面临的复杂问题，但重点讲述1966年的大屠杀。那些冠冕堂皇的理由——对"伊博人政变"的报复，抗议行将导致北部人在政府文职机构中失利的《中央集权法令》——并不重要。死亡人数的不同统计数字——三千、一万、五万——也不重要。重要的是大屠杀令伊博人感到恐惧，加强了他们的团结。重要的是，大屠杀使得之前的尼日利亚人变成了热忱的比亚法拉人。

第三部

六十年代初

19

乌古坐在通向后院的台阶上。雨滴顺着树叶滑落下来,空气里散发着湿土的气味,他和哈里森谈论着他和理查德先生即将开始的行程排。

"Tufia(该死的)!我不知道主人为什么要去看你们村里那个魔鬼节日。"哈里森说。他坐的地方比乌古低了几个台阶。乌古看得见他头部中央一小块秃发的地方。

"也许理查德先生想写一写魔鬼。"乌古说。假面舞节当然不是一个魔鬼节日,但他不会反驳哈里森。他需要哈里森保持一种良好的情绪,以便问一问催泪瓦斯的问题。他们半晌没有说话,一直望着兀鹫在头顶盘旋;邻居杀了一只鸡。

"啊,那些柠檬快熟了。"哈里森指了指柠檬树。"我在用新鲜的柠檬做柠檬蛋白派。"他用英语加了一句。

"柠檬蛋白派是什么?"乌古问。哈里森会喜欢这个问题。

"你不知道柠檬蛋白派是什么?"哈里森大笑。"它是一种美国食物。等你的女主人从伦敦回来,我会做柠檬蛋白派,让我主人带过来。我知道她会喜欢的。"哈里森转过身来,瞥了一眼乌古。坐下之前,他在台阶上铺了一张报纸,此刻一挪动位置,报纸便起了皱。"连你都会喜欢。"

"对。"乌古说,尽管他顺路到理查德先生家时,看见哈里森用勺子舀切成丝的橙子皮,放进一罐调味酱里,便发誓永远不吃哈里森做的食物。如果哈里森用整个橙子做菜，他不会如此惊恐，但光用橙子皮相当于用毛茸茸的山羊皮做菜，而不是用山羊肉。

"我还用柠檬做蛋糕，柠檬对身体非常好，"哈里森说，"白人的食物有助于身体的健康，不像我们吃的那些乱七八糟的东西。"

"对，你说得没错。"乌古清了清嗓子。此刻他该问哈里森催泪瓦斯的问题，但他却说："我领你去看看我在男仆宿舍的新房间吧。"

"好。"哈里森站起来。

他们走进乌古的房间，乌古指着黑白两色的天花板。"我自己弄的。"他说。他站在桌子上，举着一支蜡烛，蜡烛的火苗舔着天花板，如此持续了几小时，其间时不时地停下来移动桌子。

"真不错，真不错。"哈里森望着墙角窄窄的弹簧床、桌椅、墙上的钉子上挂的衬衫和地上整整齐齐摆放的两双鞋。"那是新鞋吗？"

"我的女主人从赤道几内亚的巴塔带回来的。"

哈里森摸着桌子上的一堆杂志。"你在读所有这些？"他用英语问。

"对。"乌古从书房的垃圾桶里救下了这些杂志。《数学年鉴》根本读不懂，但他至少读了——即便没有读懂——几页《社会主义评论》。

天又开始下雨了。锌皮屋顶上响起很大的啪嗒啪嗒声，他们站到屋外的遮篷下,望着雨水如平行线般从屋顶流淌下来,屋顶的啪嗒啪嗒声更大了。

乌古拍打着胳膊——他喜欢下雨带来的清凉空气,但不喜欢四处乱飞的蚊子。终于,他问了想问的问题:"你知道我怎么才能得到催泪瓦斯?"

"催泪瓦斯?你问这个干什么?"

"我在主人的报纸上读到了关于催泪瓦斯的报道,我想看一看它是什么样的。"他不愿告诉哈里森,其实是这么回事:主人说起过西区众议院的议员,说他们互相拳打脚踢,直到警察赶来喷射催泪瓦斯,他们全都昏了过去,只剩下勤务员抬着他们软绵绵的身体,往他们的轿车里送。乌古对催泪瓦斯极感兴趣。如果催泪瓦斯能让人昏迷,那就是他想要的东西。等他带理查德先生回家参观假面舞节时,他想在内西纳齐身上用一用。他将领着她到小河边的小树林,告诉她,催泪瓦斯是一种能让她保持健康的魔术喷雾。内西纳齐会相信他的话。看到他坐着白人的小车回家,她一定很震撼,因此不管他说什么,她都会相信。

"要得到催泪瓦斯很困难。"哈里森说。

"为什么?"

"你太年轻,不该知道为什么。"哈里森神秘地点着头,"等你成年了,我会告诉你的。"

乌古起先有些迷惑不解,之后才意识到,哈里森也不懂催泪瓦斯是什么,只是他不愿意承认。他很失望。他必须去问乔莫。

乔莫知道催泪瓦斯,乌古告诉他准备用来做什么,他大笑了很长时间。乔莫一边大笑,一边拍着手。"你是个胆小鬼,aturu(胆小鬼),"乔莫终于说,"你干吗要对一个小姑娘用催泪瓦斯?听着,回你的村子,如果时间合适,那个小姑娘又喜欢你,她就会听你的话。你不需要用催泪瓦斯。"

第二天早晨,理查德先生开车带乌古回村子,乌古一直记着乔莫的话。阿努利卡看见了他们,沿着小路跑过来迎接,还大胆地握了握理查德先生的手。她拥抱了乌古,并肩走的时候,她告诉乌古,父母在地里干活,表姐昨天刚生下小孩,内西纳齐上星期去了北部——

乌古停下脚步,瞪着阿努利卡。

"出事了吗?"理查德先生问,"节日没有取消吧?"

乌古多希望他说的是事实。"没有,先生。"

他领着理查德先生来到村里的广场,这里已经挤满了男人、女人和孩子,他们两人坐在可乐果树树下。孩子们很快围拢过来,嘴里唱着"Onye ocha(白人),白人",还伸手去摸理查德先生的头发。理查德先生说:"你们好吗?你们好,你们叫什么名字?"孩子们盯着他,吃吃地笑着,用胳膊肘互相推搡。乌古背靠着树,懊悔他花了那么多时间,盼望着见到内西纳齐。现在她走了,北部的某个商人将得到他珍爱的女人。乌古几乎没有注意那些"魂灵":他们都是身上被草覆盖的男性人物,脸上缠着木面具,长长的鞭子在手里晃动。理查德先生忙着拍照片,记笔记,问问题,一个接一个:那叫什么?他们说什么?那些用绳子挡住"魂灵"的是什么人？那样做是什么意思？最后，乌古再也无法忍受炎热的天气、理查德先生的问题、吵闹声和没有见到内西纳齐的深深失望，变得烦躁起来。

回恩苏卡的路上，乌古一言不发，两眼望着窗外。

"你已经开始想家了，是不是？"理查德先生问。

"是的，先生。"乌古回答。他希望理查德先生闭上嘴。他想一个人静一静。他希望主人还在俱乐部里，这样他便可以从起居室拿走《文艺复兴》，蜷缩在男仆宿舍的床上读一读。或者，他可以打开那台新买的电视机看节目。如果幸运的话，电视里可能正播放一部印度电影。电影里的大眼美女、歌声、鲜花、鲜艳的色彩，还有哭泣，都是他此刻需要的。

乌古从后门进屋，发现主人的母亲站在火炉附近，不禁大吃一惊。阿玛拉站在门旁边。连主人都不知道她们要来，不然他会让乌古打扫客房。

"哦，"乌古说，"欢迎您，妈妈。欢迎您，阿玛拉阿姨。"他依旧清晰地记得她们上次来这里的情形：妈妈不断地折磨奥兰娜，说她是女巫，呵斥她，更可恶的是，威胁说要去找村里的巫医。

"你好吗，乌古？"妈妈调整了一下裹裙，然后才拍了拍乌古的后背，"我儿子说，你带那个白人回村里看魂灵去了？"

"是的，妈妈。"

乌古听见主人在起居室里大声说话。或许临时来了一个客人，他决定不去俱乐部了。

"你可以去休息,听到了吗,"妈妈说,"我来为我儿子做饭。"

此刻,乌古最不情愿的事便是听任妈妈把他的厨房变成殖民地,或者用奥兰娜最喜欢的炖锅煮她那种闻起来很刺鼻的汤。他多希望妈妈干脆离开。"我留在这里,万一您需要帮忙,妈妈。"他说。

妈妈耸耸肩,又接着从胡椒壳里把黑色的胡椒粒抖出来。"你煮传统白汤煮得好吗?"

"我从没煮过。"

"为什么?我儿子喜欢喝。"

"我的女主人从未让我煮过。"

"她不是你的女主人,孩子。她只是一个女人,和一个没给她彩礼的男人同居。"

"是,妈妈。"

妈妈微笑着,似乎对乌古终于明白了一件重要之事而感到高兴,她指了指屋角的两个小陶罐说:"我给儿子带来了新酿的棕榈酒。我们那里最好的棕榈树液采集人今天早晨带给我的。"

她拔出塞在一只陶罐口的绿叶,棕榈酒喷出了泡沫,雪白,新鲜,散发着一股香味。她向一只杯子倒了一些棕榈酒,递给乌古。

"尝一尝。"

酒留在舌头上的味道很强烈,这是一种在干燥季节里采集的浓缩棕榈酒,村里的男人们喝了,很快便步履蹒跚。"谢谢您,妈妈。很好喝。"

"你们村里的人采集棕榈树液的技术好吗？"

"好，妈妈。"

"不过赶不上我们。在阿巴，我们拥有整个伊博人聚居区最好的棕榈树液采集人。不是吗，阿玛拉？"

"是的，妈妈。"

"给我洗一洗那只碗。"

"是，妈妈。"阿玛拉开始洗那只碗。擦洗的时候，她的肩膀和胳膊都在抖动。乌古之前没有仔细端详过阿玛拉，此刻他注意到她纤弱乌黑的胳膊和脸庞湿润发亮。仿佛在花生油里浸泡过。

主人洪亮坚定的声音从起居室传来。"我们的白痴政府也应该与英国分道扬镳。我们必须表明立场！为什么英国不在罗得西亚多做一些事？软弱无力的经济制裁到底能改变什么？"

乌古靠近门口，仔细聆听；他对罗得西亚非常感兴趣，对非洲南部发生的一切非常感兴趣。他无法理解长得像理查德先生的人竟然毫无道理地夺走长得像他——乌古——的人的东西。

"给我一个盘子，乌古。"妈妈说。

乌古从橱柜里取出一个盘子，做出要帮她给主人端饭菜的架势，但她挥手制止了他。"我在这里，你就可以休息休息，可怜的孩子。那个女人一旦从国外回来，又会让你劳累过度，好像你不是谁家的孩子似的。"她打开一个小包裹，向汤碗里撒了一些东西。乌古突然怀疑起来，他想起妈妈上次走后，出现在后院的黑猫。这个小包裹也是黑色的，与黑猫的颜色一模一样。

"那是什么，妈妈？你放进主人汤里的东西？"乌古问。

"这是阿巴人特有的调味品。"她转头笑了笑，"调味的效果非常好。"

"是，妈妈。"或许他错了，以为妈妈在主人的汤里放了巫医给她的药。或许奥兰娜是对的，那只黑猫没有任何特别的来历，只是邻居家的一只猫，尽管他并未见过任何邻居养了这样一只猫，眼里闪着偏黄的红光。

乌古不再想那些奇怪的调味品，也不再想那只黑猫，因为主人吃饭时，他偷偷地从陶罐里舀出一杯棕榈酒，喝完后又舀出一杯，实在太香了，之后他感觉大脑似乎被柔软的羊毛覆盖住了。他几乎无法行走。他听到起居室里，主人声音颤抖地说："为伟大非洲的未来干杯！为我们独立的冈比亚兄弟和离开罗得西亚的赞比亚兄弟干杯！"随即爆发出一阵狂笑。主人也在喝棕榈酒。尽管乌古一个人待在厨房里，不知有什么好笑之处，他仍跟着大笑。最后他坐在小凳上熟睡过去，头靠在散发干鱼香味的桌子上。

乌古醒来时，关节发硬。他的嘴里有一股酸味，头很疼，他希望太阳不要如此明亮，让人有压迫感，他希望主人边吃早餐边读报时，不要如此大声地说话。"未受任何挑战便连任的政客怎么可以多过竞选连任的政客？纯粹是胡说八道！这是最坏的阴谋操纵！"每一个音节都在乌古的脑袋里剧烈地跳动。

主人出门上班后，妈妈问乌古："你不用去上学，对吗，乌古?"

"我们在放假,妈妈。"

"哦。"她露出了失望的神情。

之后,乌古看见妈妈和阿玛拉站在浴室跟前,妈妈在阿玛拉的后背上擦着什么。他不禁又怀疑起来。这有些不对劲:妈妈的手缓缓地画着圈,似乎与某种仪式协调一致,而阿玛拉保持沉默,后背挺直,裹裙低至腰间,从旁边可以看到她那小乳房的轮廓。或许妈妈在阿玛拉身上擦一种药。但这解释不通,因为,如果妈妈的确找过巫医,巫医给的药应该用在奥兰娜身上,而不是阿玛拉。不过,也可能是这种药对所有女人都有效,妈妈必须保护自己和阿玛拉,确保只有奥兰娜一个人死掉或不育,或发疯。因为奥兰娜人在伦敦,或许妈妈此刻做的是一些预先的保护,她将把药埋在院子里,保持药性,等奥兰娜回来。

乌古浑身发抖。阴影笼罩着这栋房子。妈妈的所作所为让他担忧:兴高采烈,不成调地哼唱,掌管主人的饮食,与阿玛拉时不时地耳语。只要妈妈走到门外,乌古便会紧盯着她,看她是否埋了什么东西,等她一进屋,他便会挖出来。但她没有埋任何东西。乌古告诉乔莫,他怀疑妈妈找巫医讨过杀害奥兰娜的方法,乔莫回答:"老人家只是很开心,因为儿子全归她了,所以她才天天做饭唱歌。你知道,我回家看母亲时没带老婆,我母亲有多开心吗?"

"但她上次来,我看见了一只黑猫。"乌古说。

"路那头奥祖姆巴教授家的女仆是一个女巫。她夜里飞到芒果树上去见她的同伙,因为我总是要耙她们扔下的树叶。她就是黑猫要找的人。"

乌古试图相信乔莫的话,认为自己曲解了妈妈的一举一动,但第二天晚上,他从香草园除草归来,走进厨房,看见水槽旁挤满了苍蝇。窗户只开了一条缝。他不明白,如此多的苍蝇,超过一百只肥大的绿苍蝇,如何能从窗户缝隙里钻进来,挤作一团嗡嗡乱叫。它们的背后一定藏着可怕的事情。乌古冲进书房叫主人。

"相当怪异。"主人说;他摘掉眼镜,随后又戴上。"我相信埃泽卡教授能做出解释,苍蝇的一种迁移行为。不要关上窗户,免得它们被困在里面。"

"但是,先生……"乌古说,正在这时,妈妈走进了厨房。

"苍蝇有时候会这样,"妈妈说,"这是正常的。它们从哪里来,就会从哪里走。"她靠在门上,语气里透着不祥的得意。

"对,对。"主人转身走回书房,"茶,我的好伙计。"

"是,先生。"乌古不明白主人为何处之泰然,他为何看不出来,那些苍蝇的出现根本不是正常现象。他端着茶盘进了书房,说:"先生,那些苍蝇在提醒我们。"

主人指了指桌子。"不用倒。放那里就行。"

"厨房里的那些苍蝇,先生,表明有人下了巫医给的邪恶的药。有人下了邪恶的药。"乌古想加一句,他非常清楚谁是那个人,但主人如何看待他透露的情况,他没有把握。

"什么?"眼镜后,主人的眼睛眯了起来。

"苍蝇,先生。这表明有人对这栋房子下了邪恶的药。"

"关上门,让我做点事,我的好伙计。"

"是,先生。"

乌古回到厨房,苍蝇已经飞走了。窗户还是原样,只开了一条缝,微弱的阳光照亮了桌子上一把砍刀的刀刃。他不愿碰任何东西,身边的神秘事件玷污了深深浅浅的锅。这一次,乌古非常乐意让妈妈做饭,但晚饭时他没吃她做的山柳豆子和煎鱼,也没偷喝一丁点由他端上桌、主人和客人喝剩的棕榈酒,这天夜里,他没有睡好。他不断惊醒,眼睛湿润发痒,他多想与哪个懂得他心思的人谈一谈:乔莫、他的姑姑、阿努利卡。最后他起了床,走进主人的房子给家具掸灰,一桩柔和又不用动脑的劳动,能让他不闲着。拂晓的紫灰曙色在厨房里投下了阴影。他胆战心惊地打开电灯,以为会发现什么东西。或许是蝎子。有一次,一个嫉妒的人把蝎子放进了他叔叔的茅屋,连着几个星期,叔叔醒来后,总会在刚出生的孪生儿子附近,发现张牙舞爪的黑色蝎子在爬行。一个儿子被蝎子叮咬,差点死去。

乌古先擦书架。他把纸张从中央的桌子上拿开,正俯身掸着上面的灰尘,主人的卧室门突然打开了。他瞥了一眼走廊,惊讶于主人起床如此早。但走出卧室的是阿玛拉。走廊光线幽暗,惊恐的阿玛拉与更为惊恐的乌古四目相对,她待了片刻,才急忙向客房走去。她的裹裙松松地围在胸部。她用一只手抓住裹裙,身体砰的一声撞上客房的门,推开,仿佛她忘了如何开门,而后走进去。阿玛拉,平凡、安静、普通的阿玛拉,竟然睡在主人的卧室里！乌古呆呆地站着，费劲地想让眩晕的大脑安定下来，开始思考。他敢肯定这是妈妈的药惹的祸，不过他担忧的不是主人与阿玛拉之间发生的事。他担忧的是如果奥兰娜发现了，会有何反应。

20

起居室里,奥兰娜坐在她母亲的对面。母亲称之为女士客厅,因为这是她招待朋友的地方,在这里,她们纵情大笑,用绰号——"艺术"!"金子"!"乌戈迪亚"!——互称对方,谈论谁的儿子在伦敦与女人厮混,而他的伙伴却在父亲的土地上盖房子;谈论谁买了本地蕾丝,却谎称是来自欧洲的新货;谈论谁试图绑架某某人的丈夫;谈论谁从米兰进口了高级家具。然而,此刻,房间里气氛沉闷。母亲一只手端着一杯奎宁水,另一只手握着一条手帕。她在哭泣。她给奥兰娜讲述着父亲的情妇。

"他在伊凯贾为她买了一栋房子,"母亲说,"我的一个朋友与她住在同一条街。"

母亲擦拭眼泪时,奥兰娜注视着她手部动作的轻柔优雅。手帕的材质看起来像缎子;不可能有充足的吸水力。

"你和他谈过吗?"奥兰娜问。

"我对他说什么?Gwa ya gini(对他说什么)?"母亲放下杯子。一个女仆用银盘端进来这杯奎宁水后,她并未喝过一口。"我没有什么能对他说的。我只是想让你知道发生的状况,这样她们就不会说,我谁都不告诉。"

"我来和他谈。"奥兰娜说。这正是她母亲所希望的。她从伦敦回来一天了,她在肯辛顿看过妇科医生后燃起的希望之光已然暗淡。她已经记不得当医生说她身体没有任何问题,她只需——他眨眨眼——更加努力时,那种周身漫溢的信心。她多希望自己已经身在恩苏卡。

"最不可容忍的是,那个女人是个下等人,"母亲用手绞着手帕说,"一个约鲁巴劣等人,来自灌木地带,带着两个跟不同男人生的孩子。我听说她又老又丑。"

奥兰娜站起来。仿佛那个女人的长相非常重要。仿佛"又老又丑"不也是对父亲的准确描述。她知道让母亲烦心的不是那个情妇,而是父亲所作所为的重大意义:在拉各斯社会名流居住的社区给那个情妇买了一栋房子。

"也许我们应该等凯内内回来,让她和你父亲谈一谈,内?"母亲说着,又抹起了眼泪。

"我说了,我来和他谈,妈妈。"奥兰娜说。

然而,那天夜里,当奥兰娜走进父亲的房间时,她意识到母亲的建议是对的。凯内内是完成这一任务的最佳人选。凯内内会知道如何措辞,不会有她此刻的捉襟见肘和局促不安,锋芒毕露的凯内内,尖酸刻薄的凯内内,超级自信的凯内内。

"爸爸。"奥兰娜叫了一声,关上了身后的门。他坐在书桌旁一把黑木做的直背椅上。奥兰娜不能问父亲,此事是否属实,因为父亲必须明白,母亲知道此事属实,她也知道。有那么一刹那,奥兰娜对那个第三者充满了好奇:她的长相,她和父亲谈话的内容。

"爸爸。"奥兰娜又叫了一声。她将主要用英语说。说英语容易达到正式、冷漠的效果。"我希望你比较尊重我母亲。"这不是她本来想说的话。"我母亲",而不是"妈妈",听起来似乎她决定把父亲排除在外,似乎父亲已经变成了一个陌生人,不可能对他采用类似的称谓,不可能称呼他为"我父亲"。

父亲靠在椅背上。

"你和那个女人有关系,你在我母亲的朋友居住的地方为她买了一栋房子,这是对我母亲的不尊重,"奥兰娜说,"你下班后去那里,司机把车停在外边,你似乎不在意别人看见你。这等于是扇我母亲的耳光。"

此刻,父亲目光低垂,绞尽脑汁的男人才有这种眼神。

"我不想告诉你,该怎么办,但你必须想想办法。我母亲不开心。"奥兰娜对"必须"这个词给予了颇为夸张的强调。之前她从未和父亲这样说过话,她本来便很少和他交谈。她站在那里,瞪着父亲,父亲也瞪着她,他们之间的沉默颇显空洞。

"Anugo m(我听到你的话了),我听到你的话了。"父亲说。他说伊博语时,声音低沉,不怀好意,似乎奥兰娜的意思是他可以继续背叛母亲,但必须考虑周全。父亲的反应让她感到愤怒。或许这的确是她的意思,但她仍很生气。她环顾父亲的房间,心想,他的大床如此陌生。之前她从未看见过毛毯上那些许的金光闪闪,也从未注意到五斗橱的金属拉手竟是如此复杂的螺旋状。父亲甚至像个陌生人,一个她不认识的胖子。

"你要说的就只有这个:你听到我的话了?"奥兰娜提高声音问。

"你想要我说什么?"

猛然间，奥兰娜的心里涌动着对父亲、对母亲、对她自己和凯内内的怜悯。她想问父亲，为什么他们成了共享一个姓氏的陌生人？

"我会想办法的。"父亲加了一句。他站起来，走近奥兰娜。"谢谢你，ola m（我的金子）。"他说。

奥兰娜不知该如何看待父亲对她的感谢，也不知该如何看待他称她为"我的金子"，她还是个小孩子的时候，父亲便不再这么称呼她，此刻，这个称呼似乎带着一种刻意的庄重。奥兰娜转身离开了父亲的房间。

第二天早晨，奥兰娜听到母亲高声大叫："废物！蠢货！"便赶紧下楼。她想象着父母正在打架，母亲死死揪住父亲衬衫的前襟，对于不忠的丈夫，女人常常这样做。声音来自厨房。奥兰娜在厨房门口停下脚步。一个男子跪在母亲面前，高举双手，手掌上翻，一副哀求的模样。

"夫人，求求您；夫人，求求您。"

母亲转身对旁观的管家马克斯韦尔说："I fugo（看到了吧）？他以为我们雇了他，为的是让他偷我们的东西，马克斯韦尔？"

"不是，夫人。"马克斯韦尔回答。

母亲又转身对跪在地上的男子说："你这个没用的东西，这么说你来了之后，就一直在这么干？你来这里，为的是偷我的东西吗？"

"夫人，求求您；夫人，求求您。我以上帝的名义求您。"

"妈妈，出了什么事？"奥兰娜问。

母亲转过身来。"哦，内，我不知道你起床了。"

"出了什么事？"

"都怪这只野兽。我们上个月才雇了他，他就已经想把我的房子偷空了。"她转身对跪着的男子说，"你就是这样报答给你工作的人？蠢货！"

"他做了什么？"奥兰娜问。

"你来看。"母亲领着她出门到了后院，一辆自行车靠在芒果树上。一个编织袋从后座掉在地上，大米撒了一地。

"他偷了我的大米，正要回家。感谢上帝，袋子掉地上了。谁知道过去他还从我家里偷了什么？怪不得我一直在找一些项链。"母亲呼吸急促。

奥兰娜望着地上的米粒，心里很奇怪，仅仅因为这些米粒，母亲竟能如此大发雷霆？她怀疑母亲是否真的相信自己的怒火。

"阿姨，求您求求夫人。是魔鬼捣的鬼，害我做出了这种事。"司机哀求的双手此刻转向了奥兰娜，"求您求求夫人。"

奥兰娜不再看着男子满是皱纹的脸庞和发黄的眼睛；他比她起先猜测的岁数要大，肯定过了六十。"起来。"她说。

男子不知所措，瞥了一眼奥兰娜的母亲。

"我说了，起来！"奥兰娜并不想提高声音，但话一出口，听上去相当尖厉。男子笨拙地站起来，双目下垂。

"妈妈，如果你要炒他鱿鱼，那就赶紧炒他鱿鱼，打发他走。"奥兰娜说。

男子倒吸了一口气,似乎他没料到奥兰娜会说出这种话。母亲也满脸惊讶,轮番瞥了一眼奥兰娜、司机和马克斯韦尔,然后放下了叉在胯上的手。"我再给你一次机会,但除非你得到允许,否则不要动我家里的东西。听见了吗?"

"是,夫人。谢谢您,夫人。上帝保佑您,夫人。"

男子还在念经般地表示谢意,奥兰娜从桌上拿了一根香蕉,离开了厨房。

奥兰娜在电话里给奥登尼博讲述了这件事:那个老人如此自轻自贱的行为让她感到厌恶;她确信,母亲本来要解雇他,但一定会先花上一小时,陶醉于他的卑躬屈膝和她以为是的凌辱。"不超过四杯大米。"奥兰娜说。

"那也是偷窃,我的爱。"

"我父亲和他的政客朋友利用合同偷钱,但没人威逼他们下跪,请求宽恕。然后他们用偷来的钱盖房子,把房子租给像这个男子一样的人,租金高得过分,根本不可能还有钱买食物。"

"你不能以偷制偷。"奥登尼博听上去很严肃,这颇为怪异。奥兰娜以为他会滔滔不绝地把此种不公平痛斥一番。

"不平等难道就意味着尊严受辱吗?"奥兰娜问。

"事情往往是这样。"

"你没事吧?"

"我母亲来了。我不知道她会来。"

怪不得他听上去有点不正常。"星期二之前她会走吗?"

"我不知道。我希望你在这里。"

"我很高兴我不在。你们谈过吗,如何打破我这个受过教育的女巫的魔咒?"

"不等她开口,我就会告诉她,没什么好谈的。"

"你可以告诉她,我们正想生个孩子,安抚她一下。或者,她一想到我要生孩子,就会觉得恐怖?毕竟,一些巫术基因可能会传给她的孙子或孙女。"

她希望听到奥登尼博哈哈大笑,但他没有。"我等不及星期二。"过了片刻,他说。

"我也等不及了,"奥兰娜说,"告诉乌古,晒一晒卧室的地毯。"

那天夜里,母亲走进奥兰娜的房间,奥兰娜闻到一股"克洛艾"香水的花香,一种让人愉快的气味,但她不明白,人为何非得在上床睡觉前喷香水。母亲拥有太多的香水;一个个香水瓶子排在她的梳妆台上,恰如商店的货架:矮小的瓶子,锥形的瓶子,圆形的瓶子。即便母亲天天夜里喷香水睡觉,五十年内她也不可能用得完。

"谢谢你,内,"母亲说,"你父亲已经开始补救了。"

"我知道了。"奥兰娜不想了解父亲究竟做了什么来弥补母亲,但她心中涌起一股奇特的成就感,因为她像凯内内那样与父亲谈话,设法说服他有所表示,她发挥了作用。

"恩维祖夫人很快就不会在电话里说,她在那里看见他了,"母亲说,"前几天,她说了一些恶毒的话,说一些人家的女儿拒绝结婚。我知道她在向我挑衅,等着看我怎么反击哩。去年她女儿结婚,他们没钱为婚礼买任何进口货。连结婚礼服都是在拉各斯做的!"母亲坐了下来。"对了,有人想见你。你认识伊圭·奥诺奇埃一家吗?他们的儿子是一个工程师。我想他在哪里见过你,对你非常有兴趣。"

奥兰娜叹了口气,背往后靠,听母亲絮叨。

奥兰娜回到恩苏卡时,下午刚过一半,在这个宁静的钟点,阳光无情地照射着大地,连蜜蜂都因筋疲力尽而选择安静地休息。奥登尼博的车在车库里。奥兰娜尚未敲门,乌古已把门打开,他解开了衬衫的扣子,腋下有小片轻微的汗湿。"欢迎回来,女士。"乌古说。

"乌古。"奥兰娜很想念乌古透着忠诚的笑脸。"Unu anokwaofuma(你还好吧)?你还好吧?"

"好,女士。"他答道,出门把奥兰娜的行李从出租车里取下来。

奥兰娜进了屋。她也想念乌古擦洗百叶窗板后,清洁剂留下的微弱气味在起居室里久久不散。奥兰娜以为奥登尼博的母亲已经离开,所以看到她坐在沙发上,衣着整齐,忙着整理一只袋子,不由得心中沮丧。阿玛拉站在附近,手里抱着一个金属小盒子。

"我的爱!"奥登尼博急忙上前说,"你回来了,真让人高兴!真高兴!"

他们拥抱的时候，奥登尼博的身体没有放松地倚着奥兰娜，他的嘴唇轻点着奥兰娜的嘴唇，感觉像纸一样薄。"妈妈和阿玛拉就要走了。我送她们去汽车站。"他说。

"下午好，妈妈。"奥兰娜说，但没做出要靠近她的表示。

"奥兰娜，你好吗？"妈妈说。是妈妈主动拥抱了奥兰娜，也是妈妈脸上洋溢着温暖的笑容。奥兰娜虽觉疑惑，但很高兴。或许奥登尼博跟她讲过，他们多么认真地对待彼此的关系，他们要孩子的计划最终赢得了妈妈的心。

"你好吗，阿玛拉？"奥兰娜说，"我不知道你也来了。"

"欢迎您回来，阿姨。"阿玛拉喃喃地说，眼睛低垂。

"你把东西都带好了吗？"奥登尼博问母亲，"我们走吧。我们走吧。"

"您吃了吗，妈妈？"奥兰娜问。

"早饭还在我的肚子里，没有消化。"妈妈回答。她脸上露出一种揣测的神情，还带着几分喜悦。

"我们必须走了，"奥登尼博说，"我跟别人约好了，完了之后去打球。"

"你吃了吗，阿玛拉？"奥兰娜问。妈妈的笑脸突然间使得她想多留她们一会儿。"我希望你吃了点东西。"

"吃了，阿姨，谢谢您。"阿玛拉回答，眼睛仍旧紧盯着地面。

"把钥匙给阿玛拉，让她把行李放到车里去。"妈妈对奥登尼博说。

奥登尼博向阿玛拉走过去，但没走到跟前便停了下来，他只能伸长胳膊，才能把钥匙递给阿玛拉。阿玛拉小心翼翼地从他手指上接过车钥匙。他们的肌肤没有接触。这是很短暂的瞬间，一闪而过，但奥兰娜注意到他们两人如此小心谨慎地避免任何接触，任何肌肤的接触，似乎有某种共享的重大事实把他们联系在一起，使得他们下定决心，决不容许任何其他的关联。

"一路平安。"奥兰娜说。她望着车轻巧地开出了院子，她站在原处，告诉自己，她错了，奥登尼博和阿玛拉的姿势没有任何隐藏的意味。然而，她难以释怀。当她等待妇科医生的时候，也有着类似的感觉：相信她的身体出了问题，但渴望医生告诉她，一切正常。

"女士，您要吃饭吗？我把米饭热一热？"乌古问。

"现在不吃。"她闪过一个念头，差点问乌古是否也注意到了那个姿势，是否注意到了任何问题，"去看看有没有鳄梨熟了。"

"是，女士。"乌古迟疑片刻，出了门。

奥兰娜站在前门，一直等到奥登尼博回来。她不知道如何解释胃部的皱缩和胸膛里的突突猛跳。她打开门，端详着奥登尼博的脸。

"出了什么事？"奥兰娜问。

"你什么意思？"奥登尼博手里握着一些报纸，"我的一个学生错过了最后一场考试，早上他过来送一些钱，希望我能让他通过，那个笨蛋。"

"我不知道阿玛拉跟着妈妈过来。"奥兰娜说。

"她来了。"奥登尼博回避她的眼睛,开始整理报纸。一股震惊慢慢传遍了奥兰娜的全身。她明白了。从奥登尼博急促的动作、脸上的惊慌、恢复镇定的急切中,可以看出,发生了一件不该发生的事。

"你碰了阿玛拉。"奥兰娜说。这不是一个问题,但她希望奥登尼博能把它当成问题来回答,她希望他说"没有",并对她有这种想法而感到恼火。但奥登尼博没有说话。他坐到扶手椅里,看着奥兰娜。

"你碰了阿玛拉。"奥兰娜又说了一遍。她会永远记得奥登尼博的表情,他看着她,似乎他根本没有想到过这个场景,故而此刻当他必须想一想对奥兰娜说什么或做什么时,他竟不知如何是好。

奥兰娜转身向厨房走去,胸膛恰有千钧重量,与她的体格很不相符,她差点摔倒在餐桌旁。

"奥兰娜。"奥登尼博叫道。

奥兰娜没有理他。他不会跟过来,因为他无比惊恐,心里充满了被判有罪者的恐惧。她没有立即钻进自己的车,开往自己的公寓,而是走到门外,坐在后院的台阶上,望着柠檬树旁的一只母鸡护卫着六只小鸡,轻轻推着它们,朝地上的面包屑走过来。乌古正在男仆宿舍旁边的一棵树上摘鳄梨。奥兰娜不记得自己坐了多久,这时母鸡突然大叫起来,张开翅膀护着小鸡,但它们跑进鸡窝的速度不够快。一只鸢猛扑下来,掳走了一只褐白两色的小鸡。一切发生得非常迅速：鸢下降猛扑，双爪如钩抓住小鸡飞走。奥兰娜甚至以为这也许是自己的想象。但这不可能是她的想象，因为母鸡正绕着圆圈四处乱跑，咯咯直叫，掀起一团团尘埃。其他的小鸡似乎茫然不知所措。奥兰娜望着它们，怀疑它们是否懂得母亲的哀悼之舞。她终于哭出声来。

阴天一个接着一个。奥兰娜拼命地想思考，想找事做。奥登尼博第一次来公寓找她时，她不知是否该放他进门。但奥登尼博不停地敲着门说："我的爱，请开门，求求你，请开门。"最终她放他进来了。奥登尼博告诉她，那天夜里他喝醉了，阿玛拉主动投怀送抱，当时只是一种短暂、轻率的性冲动，奥兰娜从头至尾坐着，喝着水。之后，她叫奥登尼博滚蛋。令人气恼的是，他居然还是那么自以为是，称他的所作所为是"一种短暂、轻率的性冲动"。奥兰娜厌恶奥登尼博的神情，厌恶他第二次上门时语气坚定地说："那没有任何意义，nkem（我的爱），没有任何意义。"在奥兰娜看来，重要的不是有无意义，而是发生的事情本身：他们才分开三个星期，他便同母亲带来的乡下女孩上床。他背弃了她的信任，真是易如反掌。奥兰娜决定前往卡诺，如果有一个地方可以让她清醒地思索，那就是卡诺。

奥兰娜的航班先在拉各斯停留，她在候机大厅等候的时候，一个又高又瘦的女子匆匆走过。奥兰娜站起身，正要大叫"凯内内！"突然意识到对方不可能是凯内内。凯内内的皮肤比这位女子黑，也不会穿一件绿裙子配红色的短上衣。然而，她多希望这就是凯内内。她们将肩并肩坐在一起,她将把奥登尼博的出轨告诉凯内内,而凯内内将说一些既巧妙又辛辣且能解气的话。

在卡诺,阿里泽火冒三丈。

"阿巴来的野兽。他的烂鸡巴很快就会掉下来。难道他不清楚,他应该每天早晨醒来,跪在地上,感谢上帝你能看他一眼?"阿里泽一边说着,一边给奥兰娜看一些草图,上面画的是蓬松的婚纱。纳宽泽终于求婚了。奥兰娜看着这些草图。她觉得每一件婚纱都难看,设计过于烦琐,但阿里泽为她怒不可遏,令她备感安慰,于是她指着其中一件低声说道:"O maka(真不错)。很招人喜欢。"

伊费卡舅妈对奥登尼博的出轨没做任何评论。直到几天之后,奥兰娜和她一同坐在凉台上,骄阳似火,锌质遮篷噼啪作响,似乎在抗议。但这里比烟雾弥漫的厨房凉快多了,三个邻居挤在里面做饭。奥兰娜手里拿着一个酒椰小垫子扇着风。两个女人站在大门附近,一个用伊博语大声嚷嚷着:"我说了,你今天把我的钱给我!今天!今天,明天不行!你听到我之所以这么说,是因为我说话从不含糊!"另一个则做着恳求的手势,眼望着天空。

"你还好吧?"伊费卡舅妈问。她正在研钵里搅拌一个豆粉面团。

"我很好,舅妈。到这以后,我感觉好多了。"

伊费卡舅妈把手伸进面团,捡出一只黑色的小虫子。奥兰娜加快了扇风的速度。伊费卡舅妈的沉默使得她想多说些话。

"我想推迟在恩苏卡的课程,留在卡诺,"奥兰娜说,"我可以在学院里教一会儿书。"

"不行。"伊费卡舅妈放下捣锤,"Mba(不行)。你要回恩苏卡。"

"我不能就这么回他家,舅妈。"

"我没说你回他家。我说的是你回恩苏卡。你难道没有自己的公寓、自己的工作吗?奥登博做了所有男人都做的事,你不在的时候,把他的阴茎塞进他能找到的第一个洞里。这意味着有人死了吗?"

奥兰娜停止了扇风,她感觉到头皮被汗水浸湿了。

"你舅舅刚娶我那会儿,我忧心忡忡,因为我以为外面的那些女人会来取代我在家里的位置。现在我知道了,不管他做什么,都不能改变我的生活。我想让我的生活发生变化,它才会有所改变。"

"舅妈,你在说什么?"

"自从他意识到我不再害怕以后,就变得小心翼翼。我告诉过他,如果他用任何方式让我丢脸,我会剁掉他两腿之间的那条蛇。"

伊费卡舅妈又开始搅拌,她和舅舅的婚姻在奥兰娜心目中的印象出现了裂缝。

"你永远不要表现得似乎你的生命属于一个男人。听见了吗?"伊费卡舅妈说,"你的生命属于你自己,你一个人,soso gi(你一个人)。你星期六回去。让我加快速度,磨一些木薯粉让你带走。"

舅妈尝了一点面团,又吐出来。

星期六,奥兰娜离开了卡诺。飞机里,过道对面与她相邻的位置上,坐着一位男子,有着她从未见过的最亮、最黑的肤色。在停机坪上等候时,她便注意到了这位穿着羊毛三件套西装的男子,当时他正凝视着她。他提出帮奥兰娜拎手提箱,后来又问空姐,是否能让他坐在奥兰娜旁边的空位上。此刻,他递给她一份《新尼日利亚人》报,问:"你想读一读吗?"他的中指上戴着一颗很大的猫眼石戒指。

"好的。谢谢你。"奥兰娜接过报纸。她开始浏览起来,心里很清楚男子正盯着她,想和她聊天,看报纸是他搭讪的方式。突然,奥兰娜希望自己能被他吸引,希望他们之间能产生某种疯狂的、如魔术般神奇的感觉,飞机一落地,她便会让他牵着手,跟随他离开,开始一种光明的新生活。

"他们终于把拉各斯大学那位伊博副校长给撤了职。"男子说。

"哦。"

"在封底。"

奥兰娜翻到封底。"我看到了。"

"为什么一个伊博人应该做拉各斯大学的副校长?"他问道,奥兰娜没有答话,脸上露出些许微笑,表明她在聆听,男子又接着说:伊博人的问题在于他们想控制这个国家的一切。一切。为什么他们不能待在东部？他们拥有全部的商店，他们控制着行政部门，甚至包括警察局。如果你犯了罪，被逮捕，只要你会说'keda'，他们就会放你走。"

"我们说'kedu'，不是'keda'，"奥兰娜平静地说，"意思是'你好吗？'"

男子瞪着她，奥兰娜也毫不示弱地回瞪着他，她心想，他那接近于纯黑色的完美肌肤闪闪发亮，如果他是女人，该有多漂亮啊。

"你是伊博人？"他问。

"是的。"

"但你的脸长得像富拉尼人。"他的语气中带着责怪。

奥兰娜摇摇头。"伊博人。"

男子咕哝了一句话，像是"对不起"，而后扭转身，开始察看他的公文包。奥兰娜把报纸递给他，他似乎很不情愿地接过报纸，尽管奥兰娜时不时地瞥他一眼，但他的眼睛始终回避着她，直到飞机在拉各斯降落。多希望他知道，他的偏见使得她的心里充满了希望。她不必做那个因男友与乡下女孩上床而受伤的女人。她可以做一个富拉尼族人，在飞机上和一个相貌英俊的陌生人嘲笑伊博人。她可以做一个掌管自己生活的女人。她可以做任何人。

他们起身下飞机时，奥兰娜看着男子，微笑着，但没有说"谢谢"，因为她不想惊扰他的讶异与懊悔。

奥兰娜雇了一辆小卡车和一个司机，来到奥登尼博的房子。

乌古跟在她身后,看着她把书打包,指着东西让司机收拾起来。

"主人看上去像是个天天在哭的人,女士。"乌古用英语对她说。

"把我的搅拌器装进一个纸箱。"她说。"我的"搅拌器听上去很怪异,她以前总说"这个"搅拌器,从未标明她是所有者。

"是,女士。"乌古走进厨房,拿了一个纸箱出来。他试探性地举着说:"女士,请您原谅主人。"

奥兰娜看着他。他知情。他看见那个女人与主人同床共枕,他也背叛了她。"Osiso(快点)!把我的搅拌器放到车上去!"

"是,女士。"乌古转身向门口走去。

"客人们晚上还来吗?"奥兰娜问。

"不像以前您在的时候,女士。"

"不过他们仍然还来?"

"是的。"

"你主人仍然打网球,去员工俱乐部?"

"是的。"

"好。"奥兰娜口不应心。她本希望听乌古说,奥登尼博无法继续按照过去的模式,过他们共有的生活。

奥登尼博来看奥兰娜时,她必须努力掩饰自己的失望,因为他看上去很正常。奥兰娜站在门口,含含糊糊地回答着奥登尼博的问题,心里非常厌恶他的滔滔不绝,厌恶他满不在乎地说:"你知道我永远不会爱另一个女人,我的爱。"似乎他深信随着时间的流逝,一切都会恢复原样。她也厌恶其他男人对她的罗曼蒂克式的关注。单身男人喜欢来她的公寓看望她,已婚男人则常常在她工作的系教学楼外与她不期而遇。他们的献殷勤让她心烦意乱,他们之所以有这种行为,是因为他们认为,她与奥登尼博的关系永远地画上了句号。"我没有兴趣。"她对这些人说,但尽管她这样说了,她并不希望这句话传到奥登尼博耳朵里,她不愿让他觉得,她因怀念而憔悴。何况这不是事实:她在授课中加入了新材料,花很长时间做饭,阅读新书,购买新唱片。她做了圣文森特·德·保罗协会的秘书,他们把食物捐给村庄后,她在笔记本里做会议记录。她在前院栽种百日菊,并与一位美国黑人邻居埃德娜·惠勒成了朋友。

埃德娜大笑时,声音不大。她教音乐,放爵士乐唱片时声音偏大,做很嫩的猪排,经常谈论在美国蒙哥马利举行婚礼前一周弃她而去的那个男人,还有在她很小时被处以私刑的叔父。"你知道总让我感到讶异的是什么?"她总问奥兰娜,仿佛前一天她没有讲过这个话题,"就是很有教养的白人穿着体面的衣服,戴着体面的帽子,聚到一起观看一个白人男子把一个黑人男子吊死在树上。"

埃德娜不出声地笑着,拍了拍头发,头发经过热烫之后,显现出特有的油性光泽。刚开始她们从不谈论奥登尼博。拥有这样一个远离她与奥登尼博共同圈子的朋友,对奥兰娜来说是一种清新的体验。然而,一天,埃德娜跟着哼唱比莉·霍利黛[1]的《我

---

[1] 比莉·霍利黛(1915—1959),美国爵士乐女歌手。

的男人》时，问她："你为什么爱他？"

奥兰娜抬起头。她的大脑如同一块白板。"我为什么爱他？"

埃德娜挑起了眉毛，跟着比莉·霍利黛的歌词对口形，但没有唱出来。

"我认为爱一个人没有理由。"奥兰娜回答。

"当然有理由。"

"我觉得，先有了爱情，跟着才有理由。我和他在一起的时候，感觉不需要任何其他的东西。"奥兰娜的话让自己吃了一惊，其中包含着让她惊愕的真相，她忍不住哭了起来。

埃德娜注视着她。"你不能总骗自己说，你没事。"

"我没骗自己。"奥兰娜说。比莉·霍利黛带沙音的哀伤嗓音开始让她感到烦躁。她不知道她有多透明易懂。她以为她时不时的大笑真实可信，她以为埃德娜不知道她在公寓里会独自哭泣。

"谈论男人，我不是最好的人选，不过你需要和谁彻底谈一谈，"埃德娜说，"或许神父可以，作为你参加这么多次圣文森特·德·保罗协会慈善活动的回报？"

埃德娜大笑起来，奥兰娜也跟着大笑，不过在心里，她已开始琢磨，或许她的确需要谈一谈，和一个中立的人，能帮她收回真正的自我，能帮她对付眼下这个陌生的自我。接下来的几天里，她很多次开车准备去圣彼得教堂，但又改变主意，停下来。终于，在一个星期一的下午，她去了，车开得飞快，对缓速块不管不顾，生怕让自己有时间停车。她来到达米安神父不通风的办公室，坐在木条凳上，谈论着奥登尼博，眼睛始终注视着贴着"平信徒"三字的文件柜。

"我不去员工俱乐部，因为我不想看见他。我对网球失去了兴趣。他背叛了我，伤害了我，但似乎他还在控制着我的生活。"

达米安神父拽了拽衣领，扶了扶眼镜，搓了搓鼻子，奥兰娜怀疑神父是否想做什么事，任何事，因为他没有回答。

"上星期天我在教堂没有看见你。"他终于开口说。

奥兰娜很失望，但他毕竟是神父，这必然是他的解决之道：寻求上帝的慰藉。她本希望神父能让她感觉到自己的做法合情合理，巩固她的自我怜悯的权利，鼓励她占据更大的一块道德高地。她希望神父能谴责奥登尼博。

"您认为我来教堂的次数应该更多一些？"她问。

"是的。"

奥兰娜点点头，把包拿到身边，准备起身离开。她不该来的。她不该指望一个圆脸、穿白袍的自愿阉割者有能力理解她的感受。神父望着她，镜片后的眼睛很大。

"我还认为你应该宽恕奥登尼博。"他说着，又拽了拽衣领，仿佛他感到透不过气来。刹那间，奥兰娜对神父充满了鄙视。他说的话太简单，太不意外了。她没有必要专门过来听他说这些话。

"好的，"她站起身，"谢谢您。"

"你知道，这不是为了他。而是为了你。"

"什么？"神父依旧坐着，奥兰娜低头看着他的眼睛。

"不要以为这是宽恕他。就当是给你自己一个快乐的机会。你选择了痛苦,你准备怎么办?往肚里咽?"

奥兰娜望着窗户上方的耶稣受难像,望着基督痛苦中淡定的面容,没有回答。

奥登尼博来得非常早,奥兰娜尚未吃早饭。即便在她开门看见奥登尼博严肃的脸庞之前,她已猜到出事了。

"怎么啦?"奥兰娜问。她脑海里闪过一丝希望:奥登尼博的母亲去世了,旋即又为自己竟然产生这个念头而感到毛骨悚然。

"阿玛拉怀孕了。"奥登尼博回答。他的声音里透着冰冷和事不关己的感觉,仿佛他在向别人传达坏消息的同时,仍然坚定地与他们站在一起。

奥兰娜攥紧了门把手。"什么?"

"妈妈刚来告诉我,阿玛拉怀了我的孩子。"

奥兰娜大笑起来。她不停地大笑,现在的一幕,过去的几个星期,刹那间变得荒诞不经。

"让我进来,"奥登尼博说,"求求你。"

奥兰娜从门后走开。"进来吧。"

奥登尼博坐在椅子边上,奥兰娜感觉像是一直忙着修补破碎的瓷器,结果这些瓷器又被摔碎了。痛苦的根源不是瓷器第二次被摔碎,而是她意识到,试图把它们修补成原样从一开始便没有意义。

"我的爱,求求你,让我们一起处理这件事,"奥登尼博说,"你想怎么办,我们就怎么办。求你让我们一起来处理。"

奥兰娜走进厨房,关掉水壶下的炉火。她回来,坐在奥登尼博对面。"你说过,那种事只发生了一次。只有一次,她就怀孕了?只有一次?"她希望自己没有提高声音。但这太不合情理,充满戏剧性:他在烂醉如泥的状态下与一个女人上了一次床,便使她怀了孕。

"只有一次,"奥登尼博说,"只有一次。"

"我明白了。"但她根本不明白。她心里涌起一股冲动,想扇他耳光,他自认有权利强调"一次",这种态度使他活该挨耳光,仿佛问题的关键在于发生了多少次,而不在于根本就不该发生。

"我对妈妈说,我要把阿玛拉送到埃努古的奥孔库沃医生那里,她说除非她死了。她说阿玛拉将生下孩子,由她来抚养。翁多有一个做木工的年轻人,阿玛拉将嫁给他。"奥登尼博站起来。"妈妈从一开始就计划好了。现在我明白了,她先确定我已经喝得烂醉,再把阿玛拉送进我卧室。我感觉稀里糊涂地就被扔进了一个陷阱。"

奥兰娜打量着他,从他环形的头发一直看到皮凉鞋中伸出来的瘦长脚趾,她惊恐地发现,她突然对所爱的人不可遏制地感到厌恶。"没有人把你扔进陷阱。"她说。

奥登尼博作势要抱她,但奥兰娜把肩膀扭到一边,叫他离开。之后,在浴室里,奥兰娜站在镜子前,用双手狠劲地压挤自己的腹部。疼痛让她意识到自己的无用,提醒她,现在有一个孩子依偎在一个陌生人的体内,而不是在她的腹中。

埃德娜敲了很长时间的门,奥兰娜不得不起身开门。
"出了什么事?"埃德娜问。
"我祖父过去常说,别人光放屁,而他一放屁总是把屎带出来。"奥兰娜说。她想当笑话来说,但她的嗓音太嘶哑,哭腔太明显。
"出了什么事?"
"跟他上床的那个女孩怀孕了。"
"你到底出了什么事?"
奥兰娜半眯着眼。她出了什么事?
"振作一点!"埃德娜说,"你以为他也像你一样,整天哭哭啼啼?那狗杂种在蒙哥马利甩了我之后,我想自杀,而你知道他在做什么?他走了,到路易斯安那加入了一个乐队!"埃德娜烦躁地拍着头发。"瞧瞧你。你是我认识的最善良的人。瞧瞧你多漂亮。为什么你需要那么多外在的东西?你是你,难道还不够吗?你竟然这么软弱!"

奥兰娜退后几步,她体内充满的痛苦、思绪和愤怒狂乱地拥挤在一起,她的嘴里冒出来一句话,平静而清晰:"你的男人甩了你,那不是我的错,埃德娜。"

埃德娜先是满脸讶异,而后变成厌恶,最后干脆转身走出了公寓。奥兰娜望着她离开,后悔说了刚才的话。但她不想立即道歉。她要让埃德娜冷静一两天。她突然觉得很饿,钻心地饿。

她的内脏全被眼泪掏空了。她没有等杂菜饭剩饭热好,便直接从锅里吃得干干净净,还喝了两瓶冰啤酒,仍不觉得饱。她吃了橱柜里的饼干和冰箱里的一些橙子,又决定去东区商店买点葡萄酒。她想喝酒。她想喝个够。

商店门口站着两个女人,一个是科学系的那个印度女人,另一个是来自卡拉巴尔的人类学老师,她们微笑着打招呼说"下午好",但奥兰娜怀疑,她们偷偷摸摸看她的眼神中隐藏着怜悯,她们可能以为她要崩溃了,意志薄弱。

奥兰娜正仔细看着葡萄酒瓶,理查德进来了。

"我想就是你。"理查德说。

"你好,理查德,"奥兰娜瞥了一眼他的篮子,"我不知道你亲自买菜。"

"哈里森回老家几天了,"他说,"你怎么样?你好吗?"

奥兰娜憎恶他眼中的怜悯。"我非常好。我决定不了该买这两瓶酒中的哪一瓶。"她指了指葡萄酒。"我为何不把两瓶都买了,如果你愿意与我分享的话,我们可以判断哪一瓶味道更好。你能抽出一小时吗?或者,你得赶着回去写东西?"

奥兰娜的兴致之高,让理查德有些吃惊。"我不想给你添麻烦,真的。"

"你当然不会给我添麻烦。而且,你从未来过"——她顿了顿——"我的公寓。"

奥兰娜将像往常一样,展示她的优雅得体,他们将一边喝着葡萄酒,一边讨论理查德的书、奥兰娜新种的百日菊、伊博-

乌库艺术和尼日利亚西区大选的惨败。理查德回去后,将告诉奥登尼博,奥兰娜过得很好。她过得很好。

到了她的公寓,理查德笔直地坐在沙发上,奥兰娜多希望他能像在奥登尼博的房子里那样,四肢半伸,非常放松地坐在那里;连他端着葡萄酒杯的姿势都很僵硬。奥兰娜坐在地毯上。他们举杯祝贺肯尼亚的独立。

"你真的应该写一写英国人在肯尼亚干的那些可怕的事,"奥兰娜说,"他们不是切掉男人的睾丸吗?"

理查德咕哝了一句,望向别处,似乎"睾丸"一词令他感到羞臊。奥兰娜微笑着盯着他。"不是吗?"

"是的。"

"那么你应该写一写。"她慢慢地喝下第二杯酒,仰起头,享受着冰凉的液体流下喉咙的感觉。"你的书名是什么?"

"《盛手的篮子》。"

"《盛手的篮子》。"奥兰娜翘起酒杯,喝干了杯中酒。"听上去很恐怖。"

"探讨的是劳工题材。包括取得的成绩——比如铁路——也会涉及劳工如何受到剥削,以及殖民企业过分到何种地步。"

"哦。"奥兰娜站起来,打开了第二瓶酒。她弯下腰,先给自己倒了一杯。她感觉身子轻飘飘的,似乎承受自己的重量变得容易多了,不过她的头脑依旧很清醒,她清楚自己想做什么,也清楚自己正在做什么。她拎着酒瓶站到理查德面前,理查德那几乎称得上潮湿的气味钻进了她的鼻子。

"我的酒杯还不怎么空。"他说。

"对,还没空。"奥兰娜把酒瓶放在地上,挨着理查德坐下,抚摸着他那贴在皮肤上的头发,心里想,他的头发多么金黄柔软啊,不像奥登尼博的头发那样咄咄逼人,却又脆弱易断,一点都不像奥登尼博。理查德看着她,奥兰娜想知道,他的眼睛是真的变成了灰色,还是她的想象?她抚摸着理查德的脸,手停留在他的脸颊上。

"来,和我一起坐在地毯上。"奥兰娜终于说道。

他们肩并肩坐着,背靠着沙发。理查德喃喃地说:"我该走了。"或者听起来差不多的话。但奥兰娜知道,理查德不会走,她也知道,当她四肢摊开躺在刚毛地毯上时,理查德会躺在她身边。她亲吻着理查德的嘴唇。理查德猛地把她拉近自己,但又飞快地松开手,别过脸去。奥兰娜听得见他急促的呼吸。她解开理查德的皮带扣,一边后移,一边脱着他的长裤,长裤被鞋子卡住了,她大笑起来。她脱掉了自己的连衣裙。理查德趴在她身上,地毯扎着她裸露的背,她感觉到理查德的嘴软软地吸住了她的乳头。根本不像奥登尼博的咬和吮,根本不像那种电击一般的愉悦。理查德没有轻柔快速地舔遍她的全身,那种爱抚会令她忘记一切;他却亲吻着她的腹部,她感觉得到,他正在亲吻她的腹部。

理查德一进入她的体内,一切都变了。奥兰娜抬起臀部,配合理查德的抽送,上下腾挪,仿佛她正在甩掉手腕上的手铐,拔除皮肤里的钉子,用那脱口而出的声声大喊,获得身心的自由。之后,她感到内心充满了幸福感,仿若感受到了天恩。

21

理查德听到温斯顿·丘吉尔爵士的死讯时,几乎有种如释重负的感觉。这给了他一个机会,周末可以不去哈科特港。他还不能面对凯内内。

"现在你该埋葬那个糟糕的丘吉尔笑话了,是不是?"理查德在电话上告诉凯内内,他将去拉各斯出席在英国高级专员公署举行的追悼会,凯内内如此回答。理查德大笑,随即想到,如果凯内内发觉他出轨,离开他,他再也听不到电话那端那个讥讽的声音,生活会是怎样一种情形。

出轨不过是几天前的事,但对奥兰娜公寓的记忆竟已变得模糊:完事之后,他睡着了,在她家起居室的地板上,醒来后,他口干舌燥,头疼欲裂,因赤身裸体而极度不安。奥兰娜坐在沙发上,衣着整齐,沉默不语。理查德颇为尴尬,不知是否该谈论发生的事情。最后,他一声未吭,便转身离去,因为他不希望他所想象的奥兰娜脸上的懊悔变成厌恶。他不是被选中的男人:在当时的情形下,与奥兰娜在一起的可以是任何男人。在抱着赤身裸体的奥兰娜时,理查德便已意识到这一点,但这并未破坏他从奥兰娜曲线玲珑的肉体中获得的愉悦,还有她的配合动作,以及她尽情享受愉悦,予取予夺的愉悦。他的阴茎从未如此坚挺,从未持续如此长的时间,只有与奥兰娜在一起,他才有这种体验。

然而,此刻他恍若失去了什么。他的倾慕建立在奥兰娜的可遇不可求之上，这是一种远远的崇拜，但现在他品尝到了她舌尖的葡萄酒，如此近距离地与她相拥，他也闻到了椰子的气味，他心里产生了一种奇怪的失落感。他失去了他的幻想。但他最担心会失去的是凯内内。他下定决心，永远不能让凯内内知道。

追悼会上，苏珊坐在理查德的旁边。现场播放一部分温斯顿·丘吉尔爵士的演说时，苏珊戴手套的双手紧握，非常紧，身子倚着理查德。理查德感觉到自己泪水盈眶。这或许是他们唯一的共同点：他们对丘吉尔的仰慕。追悼会结束后，苏珊邀请理查德一起去马球俱乐部喝一杯。以前，她带他去过一次，他们坐在宽阔的绿草坪旁，她对他说："允许非洲人到这里来，才不过几年，但你不会相信现在有多少人来，他们几乎不领情，真的。"

一个身穿黑色紧身西装的尼日利亚侍者领着他们坐到了与之前相同的座位上，挨着粉刷过的栏杆。尽管那一头正在进行一场马球比赛，俱乐部里却几乎没有人。八个大喊大叫、大声咒骂的男子骑着马跟在一个球后面飞跑，空气中回荡着他们的声音。苏珊平静地说着话，流露出因被哀悼者素不相识而减弱的悲伤。她说，真有趣啊，最后一个享受国葬待遇的平民是威灵顿公爵[1]，似乎对理查德而言，这是新闻；她还说，真悲哀啊，一些人仍然没有认识到丘吉尔为英国做了多大的贡献；多可怕啊，追悼会上有人竟然暗示说，丘吉尔的母亲有印第安人的血统。与理查德记

---

[1] 威灵顿公爵（1769—1852），英国将军和政治家，在滑铁卢战役中指挥英、普联军击败拿破仑，有"铁公爵"之称，先后担任英国陆军元帅和首相（1828—1830）。

忆中的她相比，苏珊看上去晒黑了一些。搬到恩苏卡后，他便没再见过她。喝下几杯杜松子酒后，她变得活跃起来，说起了一部关于皇室的精彩电影，是在英国文化协会取景拍摄的。

"你没太注意听我的话，对吧？"过了一会儿，苏珊问道。她的耳朵红了。

"我当然在注意听。"

"我听说了你的女士情人，奥佐比亚酋长的女儿。"苏珊说，她以为漫画中的"女士情人"是未受教育者的说法。

"她叫凯内内。"

"你能不能保证每次都用避孕套？必须小心一点，即便是和这些人中受教育程度最高的在一起。"

理查德眺望着这片无边无际、宁静祥和的绿色草坪。与苏珊在一起，他永远不会幸福——生命将变得虚无缥缈，所有的岁月都合并成一片长长的空白。

"我和约翰·布莱克谈了场恋爱。"苏珊说。

"真的吗？"

苏珊大笑。她手握酒杯，在桌子上划拉，弄脏了桌上的积水。"你似乎感到惊讶。"

"我没有。"理查德说，尽管他的确感到惊讶。惊讶的不是她有风流韵事，而是与她扯上瓜葛的竟然是约翰，她的好友卡罗琳的丈夫。然而这就是海外英国人的生活。在理查德看来，他们的所作所为便是与别人的妻子或丈夫通奸，这种不正当的男女关系与其说是真情流露，不如说是消磨热带地区被高温炙烤的时光。

"这事没有任何意义,绝对没有,"苏珊说,"但我确实希望你知道,我一边等你结束与黑女人的风流韵事,一边会让自己很忙碌。"

理查德想指出苏珊对朋友的不忠,随即意识到他的话听上去会很虚伪,即便只有他自己才听得出来。

5. 书:《我们死去时世界沉默不语》

他描写饥饿。饥饿是尼日利亚人的战争武器。饥饿削弱了比亚法拉,令比亚法拉声名鹊起,使得比亚法拉持续了那么长的时间。饥饿吸引了世界各国人民的注意力,引发了伦敦、莫斯科和捷克斯洛伐克的抗议和示威。饥饿使得赞比亚、坦桑尼亚、科特迪瓦和加蓬承认比亚法拉,饥饿使得非洲成为尼克松在美国竞选运动的一部分,使得世界各地的父母告诫孩子们不要剩饭。饥饿使得援助组织在夜里向比亚法拉偷运食品,因为双方无法就飞行路线达成一致。饥饿推动了摄影家的事业。饥饿使得国际红十字会称比亚法拉是"二战"以来该组织遇到的最为严重的紧急情况。

22

乌古的痢疾导致肠痉挛，非常痛苦。他咀嚼着主人橱柜里的苦药片和乔莫给他的酸叶子，但没有任何起色，此病与食物无关，因为不管他吃了什么，他都得急匆匆地冲去男仆宿舍。此病与他的担忧有关。主人的恐惧令他担忧。

妈妈带来阿玛拉怀孕的消息后，主人几乎总是跌跌撞撞地走路，仿佛他的眼镜模糊不清。他叫乌古沏茶的时候，嗓门总是压得很低。他还让乌古告诉客人们，他出去了，尽管他的车还停在车库里。他常常怔怔地望着前方。他常常聆听快活之音音乐。他常常提到奥兰娜。他总说："那事等你女主人搬回来再处理"，或者，"你的女主人更喜欢把它放在走廊。"而乌古总是回答："是，先生。"尽管他知道，如果奥兰娜真的搬回来了，主人根本就懒得说这种话。

妈妈带着阿玛拉过来后，乌古的痢疾更严重了。他仔细地打量着阿玛拉。阿玛拉身材依旧纤细，腹部平坦，不像是怀了孕，乌古希望妈妈的药根本不起作用。然而，妈妈在剥滚烫的芋头时，对他说："等这个男孩生下来，就有人给我做伴了，我的那些姐妹就不会再说我的儿子阳痿。"

阿玛拉坐在起居室里。怀孕抬高了她的地位，故而，她懒洋洋地坐着听收音电唱两用机，她不再是妈妈的帮手，而是将为妈妈生一个孙子的女人。乌古从厨房门后盯着她。她没有坐在主人的扶手椅上,也没有选奥兰娜最喜欢的软垫,否则乌古会立即过去叫她站起来。阿玛拉双膝并拢,眼睛紧盯着中央桌子上的一堆报纸,面无表情。错得太离谱了,这样一个身穿难以归类的连衣裙、额头围着棉质头巾的普通人,竟然置身于这一切的中间。她既不漂亮,也不丑陋。她就像过去在村里时,乌古每天早晨都会看到的许多到小河去的年轻女子。她没有任何与众不同之处。乌古望着她,突然间变得异常愤怒。然而,他的愤怒不是针对阿玛拉,而是奥兰娜。她不该因为妈妈的药把主人推进了这个瘦弱的普通女孩怀里,便从她自己的房子里跑掉。她应该留下来,让阿玛拉和妈妈瞧一瞧,到底谁是这里真正的女主人。

生活每天都在重复,令人窒息:妈妈总是煮很刺鼻的汤,她一个人喝,因为主人待在外边,很晚才回家,阿玛拉感到恶心想吐,乌古有痢疾。但妈妈似乎并不在意。她哼着小曲,煮着饭,打扫屋子,当她终于学会如何打开炉灶时,还夸奖了自己一番。"总有一天,我会拥有自己的炉灶,我的孙子会给我买一台。"她说完,笑了起来。

一个多星期过去了,妈妈终于决定回村里去,但她说要把阿玛拉留下。"你看到她害喜很严重了吗?"她问主人,"我的敌人想破坏妊娠,他们不希望有人给我们传宗接代,但我们会打败他们。"

"你必须把她带走。"主人说。已经过了午夜。妈妈一直没睡,等着主人回来,乌古待在厨房里,睡意蒙眬,等着锁门。

"你没听见我说她害喜很严重吗?"妈妈说,"留在这里,对她更好。"

"她要看医生,但你必须带她走。"

"你在拒绝你的孩子,不是阿玛拉。"妈妈说。

"你必须带她走,"主人又说了一遍,"奥兰娜可能很快就回来,如果阿玛拉在这里,家里就会出乱子。"

"你自己的孩子,"妈妈悲哀地摇着头说,但她没有争辩,"我明天走,因为我必须参加一个宗族[1]会议。这个周末我回来接她。"

妈妈离开的这个下午,乌古发现阿玛拉蹲在菜园里,双膝支起,双臂抱着腿。她在嚼胡椒。

"还好吧?"乌古问道。这个女人也许是鬼魂的化身,到这里与她的小恶鬼[2]同伙举行仪式。

阿玛拉沉默了片刻。她说话太少,所以每次听到她那孩童般的尖嗓门,乌古难免惊讶。"胡椒可以堕胎。"阿玛拉说。

"什么?"

"如果吃很多的辣胡椒,就能把胎儿打下来。"她蜷缩在泥地里,如一只可怜的动物,慢慢地嚼着胡椒,泪流满面。

"胡椒不行。"乌古说。但他希望阿玛拉是对的,胡椒确实能导致流产,他的生活能回复到以前的状态:奥兰娜与主人在一起,安稳地生活。

---

[1] 此处的宗族(umuada)是指母系宗族。

[2] 小恶鬼(ogbanje),指不断投胎的小恶鬼。

"如果吃得够多，就能行。"阿玛拉说，又伸手摘了一颗。

乌古不希望阿玛拉吃光他精心栽种用来炖肉的胡椒，但是如果像她说的那样，胡椒能够堕胎的话，那就随她摘吧，或许会物有所值。阿玛拉脸上涕泪纵横，看上去又湿又滑，她偶尔张开嘴，伸出被胡椒辣得发烫的舌头，像狗那样气喘吁吁。乌古想问她，既然她不想要孩子，为何还要听任妈妈摆布？去主人卧室的毕竟是她自己，她一定知道妈妈的计划。但乌古没有问出口。他不想与阿玛拉交朋友。他转过身，走进了屋子。

阿玛拉走后几天，奥兰娜来了。她笔直地坐在沙发上，双腿交叉，如同一个不熟悉的客人，乌古用小圆碟端来钦钦，被她拒绝了。

主人说："放桌子上。"奥兰娜却在同一时间说："端回厨房。"

乌古端着小圆碟，不知所措地站着。

"那就端回厨房！"主人厉声说，似乎乌古多少得为屋子里的紧张气氛负责。乌古没有关上厨房门，他想站在那里偷听，不过关上门也无妨，因为奥兰娜提高了嗓门，完全可以听清楚。"是你，不是你母亲。这事之所以会发生，是因为你让它发生！你必须承担责任！"

乌古大吃一惊：那个温柔的声音怎么会变得如此凌厉？

"我不是一个花花公子，你很清楚。如果不是我母亲插手，这事是不会发生的。"主人应该压低他的嗓门。他应该非常清楚，乞丐不会大喊大叫。

"难道也是你母亲把你的阴茎拽出来,塞进阿玛拉的下体?"奥兰娜问。

乌古突然感到胃里咕咕作响,似有一股急流,他赶紧冲到男仆宿舍的洗手间。等他出来时,发现奥兰娜站在柠檬树旁。他观察着奥兰娜的脸部表情,想看出谈话的结果——如果已经结束的话——想了解她为什么站在外边。但他看不出任何端倪。她的嘴巴周围有抿紧后留下的皱纹,站立姿势优美,透着自信,戴着一顶新假发,看上去高了很多。

"您需要什么,女士?"乌古问。

奥兰娜走过来看着几株茄子。"它们长得很好。你用肥料了?"

"是的,女士。乔莫给的。"

"也给胡椒施肥了?"

"是的,女士。"

她转身走开。看到她身穿及膝连衣裙、脚蹬黑鞋站在这里,感觉很不协调。以往她来菜园,总穿一件裹裙或家居服。

"女士?"

奥兰娜转过身来。

"我有一个叔叔在北部做生意。因为他生意做得好,别人嫉妒他。有一天他洗衣服,当他把衣服从太阳下收回来时,发现有人剪掉了衬衫袖子上的一块布。"

奥兰娜注视着他,她的表情中包含着某种成分,使得乌古意识到,她没有耐心继续听他唠叨。

"剪袖子的人用那块袖子来下咒,但没有成功,因为我叔叔立刻烧了那件衬衫。那天,他的茅屋附近来了很多苍蝇。"

"你究竟在说什么?"奥兰娜用英语问。她几乎不跟乌古说英语,所以此刻听上去颇为冷淡疏远。

"妈妈对主人下了邪恶的药,女士。我在厨房里看见了苍蝇。我看见她在他的饭菜里放了东西。然后我看见她在阿玛拉的身上擦了东西,我知道那是她用来勾引主人的药。"

"胡说。"奥兰娜说。"胡说"听上去像是嘶嘶声,乌古的胃抽紧了。她不一样,她的皮肤更娇嫩,衣服更挺括。她弯下腰,掸掉粘在裙子上的一只蚜虫,走开了。不过她没有绕过屋角,经过主人的车库,向她停在房子前面的车走去。她竟然进了屋。乌古跟在后面。在厨房里,他听到奥兰娜的声音从书房传过来,她吼了一长串话,乌古听不清楚,也不想听清楚。紧接着是一阵沉默。随后传来开关卧室门的声音。乌古稍等片刻之后,蹑手蹑脚地穿过走廊,把耳朵贴在门上。奥兰娜的叫声与以前不同。乌古习惯了听她从喉咙发出的呻吟,但他此刻听见的是向外扩散的、气喘吁吁的啊——啊——啊,似乎她正绷住劲儿要爆发,似乎主人在取悦她的同时也在激怒她,而她在释放怒火之前,一直在等待,等待她能得到多少快乐。然而,希望的热潮仍在乌古内心奔涌。他要做一顿完美的杂菜米饭,庆祝他们和好如初。

后来,乌古听见奥兰娜发动了汽车,看见耀眼的前灯晃过开着白花的灌木丛,他想,奥兰娜要回公寓取一些东西。他在餐桌旁摆了两把椅子、两套餐具,但没有把饭菜端上桌,因为他想放在锅里保温。

主人走进厨房。"今天你打算一个人吃饭吗,我的好伙计?"

"我在等女主人。"

"把我的饭菜端上来,快点!"

"是,先生,"乌古说,"女主人很快就会来吗,先生?"

"把我的饭菜端上来!"主人又说了一遍。

23

奥兰娜站在理查德的起居室里。简朴空旷的风格让她感觉紧张,她希望他有一些图片,或一些书,或一些俄罗斯布娃娃,让她的视线可以停留。只有墙上挂着一幅伊博-乌库套绳青铜罐的小照片。理查德出来时,她正凝视着这幅照片。唇边微露的忐忑笑意让理查德的脸庞柔和了一些。有时候,奥兰娜忘记了他是一个多么英俊的男人,那种金发蓝眼的类型。

奥兰娜赶紧打招呼说:"你好,理查德。"她不等理查德答话,也顾不上寒暄过后的间歇,便问道:"上个周末你见凯内内了吗?"

"没,没,我没见她。"他回避着奥兰娜的眼睛,转而盯着她那富有光泽的假发。"我在拉各斯。你知道,温斯顿·丘吉尔爵士去世了。"

"发生的事情全因我俩愚蠢。"奥兰娜说,她注意到理查德的手在发抖。

理查德点点头。"是的,是的。"

"凯内内不会轻易原谅。告诉她是不明智的做法。"

"的确如此。"理查德顿了顿。"你出了感情问题,我不应该——"

"一个巴掌拍不响,理查德。"奥兰娜说,刹那间,她对理查德颤抖的双手和因羞怯而发白的脸充满了鄙视,他的脆弱表露无遗,像领带一样缠住了他的喉咙。

哈里森端着盘子走进来。"我端来了一些喝的,先生。"

"喝的?"理查德猛地转过身,转得飞快,奥兰娜注意到近旁没有东西,不由得舒了口气,否则理查德会把东西撞翻。"哦,不用了,真的。你要喝一点吗?"

"我正想走呢。"奥兰娜回答,"你好吗,哈里森?"

"我很好,女士。"

理查德随她走到门口。

"我想我们应该让一切保持正常。"奥兰娜说完,急匆匆地朝她的车走去。

奥兰娜问自己,是否应该少一些装腔作势,让双方有机会就发生的事情冷静地沟通?然而,挖出昨日不光彩的历史几乎于事无补。他们两人都希望此事发生,但又都希望此事没有发生。现在最重要的是其他人永远不要知道这件事。

因此,当她把这些告诉奥登尼博时,她把自己吓了一跳。她躺在他的床上,身边坐着他——现在,她把那间卧室视为他的,而不是他们的卧室——自从她搬出去后,这是他们第二次睡在一起。奥登尼博正央求她搬回来。

"我们结婚吧,"他说,"那样的话,妈妈就不会骚扰我们了。"

也许是他自以为是的语气,或者是他继续厚颜无耻地逃避责任、责怪母亲的做法使然,奥兰娜脱口而出:"我和理查德上床了。"

"不。"奥登尼博摇着头,露出难以置信的表情。

"是真的。"

奥登尼博下了床,走到衣柜跟前,看着奥兰娜,似乎此时此刻,他不能靠近她,因为他担心在她跟前,他会有什么不好的举动。他摘掉眼镜,揉着鼻梁。奥兰娜坐起身,意识到猜疑永远将是躺在他们中间的第三者,怀疑永远将是他们的一个选项。

"你对那个男人有感情吗?"奥登尼博问。

"没有。"奥兰娜回答。

奥登尼博上了床,挨着奥兰娜坐下。他似乎举棋不定,想把奥兰娜推下床,又想把她搂在怀里,他猛地跳下床,离开了卧室。后来,奥兰娜敲他书房的门,跟他说自己要走了,他没有反应。

回到公寓里,奥兰娜在屋子里踱来踱去。她不该把与理查德做爱之事告诉奥登尼博。或者,她应该多告诉他一些:她后悔背叛了凯内内和他,但对与理查德做爱这一行为并不感到懊悔。她应该还说,这不是一种拙劣的报复,也不是以牙还牙,对她来说具有一种拯救的意义。她应该告诉他,这种行为的自私本质让她得到了解放。

第二天早晨,公寓的前门传来重重的敲门声,刹那间,奥兰娜心中释然。她与奥登尼博将坐下来认真谈一谈,这一次她务必要做到,事先没有心灵的沟通交流,决不纵情于肉体的狂欢。但来人不是奥登尼博。埃德娜哭着走了进来,眼睛红肿,对奥兰娜说,白人炸毁了她家乡的黑人浸礼会教堂。四个小女孩死了。

其中一个是她侄女的同学。"六个月前我回家时,还见到了她,"埃德娜说,"就在六个月前,我还见到了她。"

奥兰娜泡了茶,坐在埃德娜身边,肩膀挨着肩膀,埃德娜大声地喘着气,像是有东西哽在了喉头。她的头发不再像往常那样油光锃亮,看上去犹如一把乱蓬蓬的旧拖把头。

"哦,我的上帝,"她抽噎着说,"哦,我的上帝。"

奥兰娜时不时地伸手捏一捏埃德娜的胳膊。埃德娜的悲痛欲绝令奥兰娜感到无助,她恨不得把手伸到过去,扭转历史。最后,埃德娜睡着了。奥兰娜把一个枕头轻轻地放在她的脑袋下面,坐在那里,她心想,一个单一的行为足以在不同的时空回荡,留下永远难以消除的污迹。她想到了生命的转瞬即逝,想到了不要选择痛苦。她要搬回奥登尼博的房子。

第一个夜晚,他们安静地吃着晚餐。奥登尼博的咀嚼——他那鼓胀的腮帮子和下巴的研磨动作——让奥兰娜感觉很不舒服。奥兰娜几乎没吃什么,不时望一望她放在起居室里的书箱。奥登尼博忙着剔鸡骨头,破天荒头一遭,他吃光了米饭,碟子里没剩下任何米粒。等他终于开口说话时,他谈的是尼日利亚西区的混乱。

"他们根本不应该让原来的总理连任。现在暴徒们假借大选的名义烧车、杀反对派,他们为什么感到惊讶?一个腐败的野兽终归只会表现得像个腐败的野兽。"他说。

"他背后有联邦总理撑腰。"奥兰娜说。

"真正掌握实权的是索科托酋长。这家伙把这个国家当成他的私人穆斯林领地来统治。"

"我们还想要个孩子吗?"

奥登尼博在镜片后面的眼睛露出了几分愕然。"我们当然想要,"他回答,"或者,我们是想要吧?"

奥兰娜没有回答。想到他们容忍那些事情在彼此之间发生,一种朦胧如薄雾的悲伤席卷了她的全身,然而,她也感受到了一种新开端,一种与以前不同的恋爱关系带来的兴奋感。她不再独自挣扎,保护他们共同拥有的一切。奥登尼博将加入进来。他十足的自信已经开始动摇。

乌古进来收拾桌子。

"给我来点白兰地,我的好伙计。"奥登尼博说。

"是,先生。"

奥登尼博等着乌古倒好了白兰地,离开,他说:"我叫理查德不要来我家了。"

"出什么事了?"

"我在办公楼附近的路上碰到他,他脸上的表情让我很生气,于是我跟他回到伊莫凯街,骂了他一通。"

"你说什么了?"

"我不记得了。"

"你不想告诉我。"

"我不记得了。"

"还有人在场吗?"

"他的男仆出去了。"

他们坐在起居室的沙发上。奥登尼博没有权利骚扰理查德,把他的一腔怒火发泄在理查德身上,但奥兰娜理解他为何这样做。

"我从来没有责怪阿玛拉,"奥兰娜说,"我把信任给予了你,一个陌生人能够破坏这份信任的唯一办法便是得到你的许可。我只怪你。"

奥登尼博把手放在奥兰娜的大腿上。

"你应该生我的气,而不是生理查德的气。"奥兰娜说。

奥登尼博沉默了很长时间,奥兰娜以为他不准备答话,他却说:"我想生你的气。"

他的无助让奥兰娜感动。她跪在奥登尼博面前,解开他的衬衫,吸吮他软硬适度的腹部肌肉。她碰到他的长裤拉链时,听到他吸了一口气。在她的嘴里,他的阴茎变得粗壮坚硬。奥兰娜感到下颌有些许的疼痛,奥登尼博张开十指捧着她的头,疼痛和奥登尼博十指的压力令她兴奋,她说:"我的天,乌古肯定看见我们了。"

奥登尼博领着她进入了卧室。他们默不作声地脱掉衣服,一起沐浴,在狭小的浴室里紧紧地拥着对方,随后又在床上继续缠绕,他们的身体依旧湿润,他们的动作节奏舒缓。奥登尼博的重量压在她身上,两人身体紧密结合带来的舒适令她感到惊奇。奥登尼博的呼吸中夹杂着白兰地的气味,奥兰娜想告诉他,此刻仿佛找到了从前的感觉,但她没有说话,因为她知道他一定也有同感,她不想破坏把他们紧密联结在一起的沉默。

奥兰娜等到奥登尼博睡着了,一只胳膊压在她身上,嘴唇张开,大声打着呼噜,她才下了床,给凯内内打电话。她想确定,理查德没有给凯内内透露半个字。她并不认为奥登尼博的大喊大叫会刺激理查德,使得他向凯内内坦白,但她不能完全肯定。

"凯内内,是我。"凯内内拿起话筒时,奥兰娜说。

"我的孪生妹妹。"凯内内说。奥兰娜记不得上一次凯内内叫她"我的孪生妹妹",是什么时候了。这个称呼让她感觉温暖,还有凯内内多年未变的嗓音,以及冷冰冰拖着长调说话的口吻,这种口吻表明,与奥兰娜说话是最轻微的烦扰,但毕竟仍是烦扰。

"我想说,你好吗?"奥兰娜说。

"我很好。你知道几点了?"

"我没注意到这么晚了。"

"你和你的革命恋人和好了?"

"对。"

"你应该听一听妈妈怎么说他。这一次她炮火全开,是他自己授人以柄。"

"他犯了个错误。"奥兰娜说,话一出口即后悔不迭,因为她不希望凯内内认为,她在为奥登尼博开脱。

"但是搞大了下层人民的肚子,难道不违背社会主义的宗旨吗?"凯内内问。

"我让你睡觉吧。"

短暂的停顿之后,凯内内带着好笑的口吻说:"好的。晚安。"

奥兰娜挂上电话。她应该猜到理查德没有告知凯内内,他与凯内内的关系可能承受不住这样的考验。他不再来家参加晚上的聚会,或许这样最好。

阿玛拉生了一个女儿。这是一个星期六,奥兰娜正与乌古在厨房里做油炸香蕉面糊,门铃响了,她立刻意识到,是妈妈派人送信来了。

奥登尼博来到厨房门口,双手背在身后。"O mu nwanyi(她生了个女儿),"他平静地说,"她生了个女儿。昨天。"

奥兰娜依旧低头看着沾满香蕉泥的碗,因为她不愿让奥登尼博看见她的脸。她的内心像是打翻了五味瓶,她想哭,想扇他耳光,又想坚强如钢,如果她的脸能表现出这诸多情感的残忍混杂,她不敢确定会是何种模样。

"我们应该今天下午赶到埃努古,看看一切是否顺利,"她站起来,语气轻快地说,"乌古,你接着做完吧。"

"是,女士。"乌古凝视着她。她感觉到了一种演员的责任感,家人期待她完美的演出。

"谢谢你,我的爱。"奥登尼博说。他伸手想揽着奥兰娜,被她躲开了。

"让我快点冲个澡。"

坐在车里，两人都默不作声。奥登尼博不时转过头来看奥兰娜，似乎他想说什么，却又不知从何说起。奥兰娜的眼睛一直盯着前方，只扫了他一眼，看到他小心翼翼握着方向盘的样子。她感觉自己在道义上有优越感。或许认为自己比他强，是无凭无据的想法，是往自己脸上贴金，但是现在奥登尼博与一个陌生人的孩子已经出生，想把她内心各种迥异的情感拢在一起，这是唯一的办法。

车停在医院门口，奥登尼博终于开了口。

"你在想什么？"他问。

奥兰娜打开车门。"想我的表妹阿里泽。她结婚的时间甚至不到一年，就迫不及待地想要孩子。"

奥登尼博没有说话。妈妈在产科病房门口等他们。奥兰娜本以为妈妈会手舞足蹈，眼带嘲弄斜睨她，不料那张皱纹密布的脸上竟然愁眉不展，拥抱奥登尼博时笑容也很勉强。医院里弥漫着很浓的化学品气味。

"妈妈，你好吗？"奥兰娜打着招呼。她想表现出镇定自若的样子，她想由自己来掌握事态的发展。

"我很好。"妈妈回答。

"孩子在哪里？"

妈妈对她的轻快语调感到讶异。"在新生儿病区。"

"我们先去看阿玛拉。"奥兰娜说。

妈妈把他们领进了一间小病房。病床上铺着发黄的床单，阿玛拉躺在床上，脸朝着墙。奥兰娜把视线从她略微隆起的腹部移开。这是无法承受的新思绪:奥登尼博的孩子曾依偎在她的体内。奥兰娜注视着饼干、葡萄糖罐和靠墙桌子上的一杯水。

"阿玛拉,他们来了。"妈妈说。

"下午好,欢迎你们。"阿玛拉说,但没有转过脸来。

"你好吗?"奥登尼博与奥兰娜几乎在同一时间发问。

阿玛拉嘟哝了一声。她的脸仍然朝着墙。在接下来的沉默中,奥兰娜听见外边走廊上飞快的脚步声。几个月前,她便知道眼前这一切终将到来,但望着阿玛拉,她仍有一种心如死灰的空洞感。她的内心一直有一个杂音,希望这一天永远不要到来。

"我们去看看孩子。"她说。和奥登尼博转身离开时,她注意到阿玛拉没有转身,没有移动,没有做出任何举动表明,她听见了她的话。

在新生儿病区,护士请他们坐在靠墙的长凳上等候。透过百叶窗,奥兰娜能够看见许多小床和许多哭泣的宝贝,她以为护士会弄混,抱错孩子。但她抱来的正是他们要找的孩子:满头柔软拳曲的黑发,黑色的皮肤,距离很远的眼睛,确凿无误。孩子才出生两天,却很像奥登尼博。

护士作势要把白色羊毛毯包裹的孩子放进奥兰娜怀里,但奥兰娜指了指奥登尼博。"让她父亲抱着她。"

"你知道她母亲拒绝碰她。"护士把孩子递给奥登尼博说。

"什么?"奥兰娜问。

"她根本就不碰她。我们找了一个奶妈。"

奥兰娜瞥了奥登尼博一眼,他伸长胳膊捧着孩子,似乎需要保持距离。护士正要说什么,这时过来了一对年轻夫妇,她赶紧去招呼他们。

"妈妈刚才告诉我,"奥登尼博说,"她说阿玛拉不愿抱孩子。"

奥兰娜没有作声。

"我应该去结账。"奥登尼博说,他听上去满怀歉意。

奥兰娜伸出胳膊,孩子一到她手上,尖厉的哭声便开始了。病房那一头,护士和年轻夫妇注视着她,奥兰娜心里知道,他们看得出来,她不懂如何去哄在她怀里号哭的宝贝,她怀不了孕。

"嘘!嘘!别哭了。"她哄着孩子,感觉有点装模作样。但孩子的小嘴依旧张着,依旧扭曲,哭声如此尖厉,奥兰娜怀疑她会不会哭伤了小身体。她把小手指塞进孩子的小拳头。哭声慢慢地停了下来,但孩子的小嘴仍然张着,露出了粉红的牙龈,圆眼睛皱了起来,凝视着她。奥兰娜大笑。护士走了过来。

"该抱她进病房了,"她说,"你有几个孩子?"

"我没有孩子。"奥兰娜说,护士竟然以为她有孩子,这使她感到得意。

奥登尼博回来了,他们一起走到阿玛拉的病房,妈妈坐在床边,端着一只盖着盖子的搪瓷碗。"阿玛拉拒绝吃饭,"她说,"gwakwa ya(给她说一说)。给她说一说。"

奥兰娜感觉到了奥登尼博的不安,只听他过于大声地说:"阿玛拉,你应该吃饭。"

阿玛拉嘟哝着什么。最后她转过脸来朝着他们,奥兰娜看着她：一个长相普通的乡下女孩蜷缩在床上，仿佛想躲开生活更为狂暴的再次打击。她一眼也没看奥登尼博。她对他的感觉一定是敬畏。不论是不是妈妈让她去奥登尼博的卧室，她都没有拒绝奥登尼博，因为她甚至没有想到，她有权拒绝。酒醉的奥登尼博一有表示，她便立即顺从地听他摆布：他是主人，他说英语，他有一辆车。事情本该如此。

"你听到我儿子的话了吗？"妈妈说，"他说你应该吃饭。"

"我听到了，妈妈。"阿玛拉坐起来，接过搪瓷碟子，眼睛始终盯着地面。奥兰娜注视着她。或许她对奥登尼博心怀有恨。又有谁知道那无权发声者的真实感受？奥兰娜靠近阿玛拉，但她不知该说什么，于是拿起那罐葡萄糖，仔细看了看，又放回去。妈妈和奥登尼博已经去了病房外边。

"我们要走了。"奥兰娜说。

"一路平安。"阿玛拉说。

奥兰娜想对她说什么，但张口结舌说不出来，她只拍了拍阿玛拉的肩膀，离开了病房。奥登尼博和妈妈站在一个水箱旁交谈，奥兰娜站着等了很长时间，蚊子开始叮她，她钻进车里，按了按喇叭。

"对不起。"奥登尼博上车后说。一小时后，他们开到了恩苏卡，开过了大学的大门，他才说起与母亲的谈话。"妈妈不想要这个孩子。"

"她不想要这个孩子？"

"对。"

奥兰娜知道这是为什么。"她想要一个孙子。"

"对。"奥登尼博的一只手从方向盘上伸出去，把车窗摇得更低。阿玛拉生下孩子后，奥登尼博的谦卑让奥兰娜幸灾乐祸之时，又不免感到内疚。"我们已经商量好，把孩子留在阿玛拉家人身边。下星期我去阿巴见他们，谈一谈——"

"我们来抚养她。"奥兰娜说。她吃了一惊，她竟然如此清晰地说出了自己想抚养这个孩子的愿望，而且感觉非常正当。似乎这正是一直以来她想做的事。

奥登尼博转过脸看着她，眼镜后两眼圆睁。他缓缓地把车开过一个缓速块，慢得连奥兰娜都担心，车会抛锚。"我们的关系对我来说最重要，我的爱，"他平静地说，"我们必须做出在我俩看来都正确的决定。"

"你害得她怀孕时，并没有想过我们。"奥兰娜忍不住说。她憎恶自己语气中的恶意，以及心中重新燃起的怨恨。

奥登尼博把车停在车库里。他看上去很疲惫。"我们好好想一想。"

"我们来抚养她。"奥兰娜坚定地说。

她可以抚养一个孩子，奥登尼博的孩子。她会买来讲授为母之道的书籍，找来一个奶妈，装饰卧室。那天夜里，她辗转反侧。她没有为这个孩子感到难过。相反，抱着她那温暖的小身体时，她有一种清晰的"天上掉馅饼"的感觉，她觉得，这虽非事先的筹划，但在发生的一瞬间，它便成了势在必行之举。她的母亲却不这样认为，第二天，电话线那头传来母亲低沉的声音，只在谈论死去的人时,才会用这么严肃的口吻。

"内,你很快就会有自己的孩子。你刚一出门在外,他便把一个乡下女孩的肚子搞大,现在由你来抚养他们的孩子,这不公平。抚养孩子是一种非常严肃的责任,我的女儿,但在这件事上,你不该这么做。"

奥兰娜握着话筒,凝视着中央桌子上的鲜花。一朵已经掉了。奇怪的是,乌古居然忘记拿走这朵花。奥兰娜明白,母亲的话有道理,但她也知道,这个孩子像极了想象中她与奥登尼博的孩子:浓密的头发,距离很宽的眼睛,还有粉红色的牙龈。

"她的家人会找你麻烦,"母亲说,"那个女人也会找你麻烦。"

"她不想要这个孩子。"

"那就留在她家人身边。把需要的东西送过去,但把孩子留在那里。"

奥兰娜叹了口气。"Anugo m(我听见了),我会再想想。"

奥兰娜放下电话,又拿了起来,把哈科特港凯内内的电话号码告诉了接线员。这女人听上去懒洋洋的,让她重复了几遍,才笑嘻嘻地接通了电话。

"你真高尚。"奥兰娜讲完事情的经过,凯内内说。

"我不是故意要高尚。"

"你要正式收养她吗?"

"对。我想是的。"

"你怎么给她讲?"

"我怎么给她讲?"

"对,等她大了一点。"

"事实是,阿玛拉是她母亲。我会让她叫我奥兰娜妈咪,或别的,这样一旦阿玛拉回来,她还可以是妈咪。"

"你这样做,是想取悦你的革命恋人。"

"不是。"

"你总是忙着取悦别人。"

"我不是为了他才这样做。这不是他的主意。"

"那你这样做干什么?"

"她太弱小无助了。我感觉跟认识她似的。"

凯内内半晌没有说话。奥兰娜扯了扯电话线。

"我觉得这是一个非常勇敢的决定。"凯内内终于说。

奥兰娜尽管听得很清楚,却仍然问道:"你说什么?"

"你这样做,非常勇敢。"

奥兰娜靠在了椅子上。凯内内的赞许恰似舌尖的甜味、从天而降的能力和吉祥的预兆,这是奥兰娜以前从未感受到的。眨眼间,她主意已定。她要把孩子抱回家。

"你来参加她的洗礼吗?"奥兰娜问。

"我还没有去过那个灰尘弥漫的地狱,所以嘛,或许会去。"

奥兰娜微笑着挂上了电话。

妈妈把孩子抱来了,孩子身上裹着一条褐色的披肩,散发出一股难闻的调料味。妈妈坐在起居室里,喃喃地逗着孩子,直到奥兰娜出来。她站起身,把孩子抱给奥兰娜。

"好了。我很快就会再来。"妈妈说。她似乎局促不安,行色匆匆,仿佛急于做完整件事。

妈妈走后,乌古仔细观察着宝贝,脸上透着几分担忧。"妈妈说孩子长得像母亲。这就是她母亲投胎托生。"

"人只是长得像而已,乌古,并不意味着她们是投胎托生。"

"但她们是投胎托生,女士。我们所有人,我们都会投胎托生。"

奥兰娜挥手把乌古打发走。"去把这条披肩扔进垃圾桶里。太难闻了。"

孩子哭了起来。奥兰娜哄她安静下来,在一个小盆里给她洗了澡,瞅了一眼时钟,担心乌古姑姑帮忙找的奶妈,一个身材健壮高大的女人,会迟到。后来,奶妈来了,孩子吃着她的奶水进入了梦乡,仰面躺在卧室的小床上,挨着大床,奥兰娜与奥登尼博低头端详着她。她的皮肤是褐色的,闪着光泽。

"她的头发真多,像你。"奥兰娜说。

"有时候你会看着她,恨我。"

奥兰娜耸耸肩。她不希望他以为,她这样做是为了他,是帮他一个大忙,因为此事与她自己关系更大,出发点并不全是为了他。

"乌古说,你母亲去找过一个巫医。"奥兰娜说。

"什么?"

"乌古认为,这一切之所以发生,是因为你母亲去找过一个巫医，他的药让你中了邪，诱使你跟阿玛拉睡觉。"

奥登尼博沉默片刻。"我想只有以这种方式，他才能想清楚整件事。"

"巫医的药应该能够生出妈妈想要的男孩，不是吗？"奥兰娜说，"这样想真是太不理性了。"

"不会比信仰一个你看不见的基督教上帝更不理性。"

奥登尼博总拿她把信仰与社会公益结合的做法开一些无关痛痒的玩笑，奥兰娜早习惯了，她本想回答说，她甚至无法确定自己是否信仰一个看不见的基督教上帝。但是此刻，小床上躺着一个毫无自理能力的人，一个如此依赖他人的人，她的生存必定是更高层次的善的明证，这使得奥兰娜的想法发生了变化。

"我真的信仰，"她说，"我信仰一个好的上帝。"

"什么神我都不信。"

"我知道。你没有任何信仰。"

"爱情，"奥登尼博看着她说，"我信仰爱情。"

奥兰娜本不想笑，但忍不住笑出声来。她想说，爱情也是不理性的。"我们得想一个名字。"她说。

"妈妈叫她奥比亚格利。"

"我们不能叫她那个名字。"他母亲没有权利给一个被她抛弃的孩子起名。"在为她找到一个完美的名字之前，我们暂时叫她宝贝。凯内内建议叫奇亚玛卡。我一直很喜欢这个名字：上帝是美好的。凯内内将做她的教母。我得去跟达米安神父商量一下她的洗礼。"她要去金斯威超市采购。她要从伦敦定购一个新假发。她感到飘飘然。

宝贝动了动,新一波的恐惧包围了奥兰娜。她看着宝贝那抹了英国梨牌婴儿油、闪闪发亮的头发,心里怀疑自己是否真的有能力做到,是否能将一个孩子抚养成人。她知道这很正常:宝贝呼吸过快,恰如在睡梦中喘气。然而,即便如此,她仍很担心。

这天晚上,她给凯内内拨了几次电话,都没人接听。凯内内或许在拉各斯。夜里,奥兰娜又拨了一次,凯内内"喂"的一声,听上去很嘶哑。

"我的孪生姐姐,"奥兰娜说,"你感冒了?"

"你和理查德上床了。"

奥兰娜站起身。

"你是好女儿,"凯内内的声音颇为平稳,"好女儿不该泡姐姐的男朋友。"

奥兰娜跌坐在软垫上,她意识到此刻的感觉是如释重负。凯内内知道了。她不用再担心凯内内会发觉。她解脱了,可以真正地痛悔。

"我本该告诉你的,凯内内,"奥兰娜说,"那没有任何意味。"

"当然没有任何意味。那毕竟只是和我的男朋友上床。"

"我本不想那样的,"奥兰娜感觉到泪水在眼眶中打转,"凯内内,实在对不起。"

"你为什么要那样做?"凯内内的声音平静得吓人。"你是好女儿,得宠的女儿,漂亮的女儿,不喜欢白种男人的非洲民族主义革命者,你根本不需要跟他上床。那你为什么要跟他上床?"

奥兰娜缓缓地呼吸。"我不知道,凯内内,我没有计划那样做。我非常抱歉。我的所作所为不容原谅。"

"是不容原谅。"凯内内说完,挂上了电话。

奥兰娜放下电话,体内似在急剧地开裂。她非常了解自己的孪生姐姐,她知道,凯内内会紧抱伤害,不肯释怀。

24

理查德想用笞鞭教训一下哈里森。以往一想到一些英国殖民者用笞鞭狠狠鞭打黑人老仆,理查德总是胆战心惊。然而现在,他想学一学他们的所作所为。他很想让哈里森趴在地上,用笞鞭打他,不停地打,直到这家伙懂得闭上他的嘴巴。多希望他没有把哈里森带来哈科特港。但他要在这里待上整整一星期,不愿把哈里森独自留在恩苏卡。他们到达的第一天,哈里森像是要证明他过来的正当性,烹制了一顿复杂的饭菜:一个豆子蘑菇汤,一个木瓜大杂烩,蔬菜奶油沙司拌鸡肉,柠檬脆皮挞布丁。

"这太棒了,哈里森。"凯内内说,眼里闪烁着调侃的神情。她心情不错。理查德一到,她便把他拉进怀里,在起居室光亮的地板上装模作样地跳舞。

"谢谢您,女士。"哈里森鞠着躬说。

"你在家里做这些东西吗?"

哈里森看上去很受伤。"我在家里不正在做饭,女士。我妻子正在做本地的饭菜。"[1]

"当然。"

"我在做任何一种欧洲菜,我主人在他的国家吃什么,我就做什么。"

---

[1] 此处译文以中文时态的错误表示原文中哈里森英文时态的错误。下同。——编注

"等你再回家，一定吃不惯本地的饭菜。"凯内内强调了"本地的"这个词，理查德差点笑出来。

"是的，女士。"哈里森又鞠着躬说。"但我必须吃得惯才行。"

"这个柠檬脆皮挞比上次我在伦敦吃的好吃。"

"谢谢您，女士。"哈里森眉开眼笑。"主人在告诉我，在奥登尼博先生家，每个人都像您这样说。我过去常做这种柠檬脆皮挞，让主人带过去，但那一次他对主人大喊大叫之后，我就不再给他家做任何东西了。他像个疯子那样大喊大叫，整条街都听见了。那家伙的头脑不正常。"

凯内内转过脸，看着理查德，挑起了眉毛。理查德打翻了水杯。

"我去拿抹布，先森。"哈里森说，理查德好不容易才控制住自己，没有扑过去掐死他。

"哈里森到底在说什么？"水被擦干后，凯内内问。"那个革命者冲你大喊？"

理查德本可以撒谎。哈里森并不十分清楚那天晚上奥登尼博为何开车来院子里，对着他大喊。但他没有撒谎，因为他怕自己撒的谎漏洞百出，最终还得说实话，那样的话，便会造成双倍的损害。于是他和盘托出。他给凯内内描述他与奥兰娜一起喝的那种上乘的勃艮第白葡萄酒，以及事后他如何悔恨交加。

凯内内推开碟子，胳膊肘架在桌子上，双手紧握，轻托下巴。良久，她一语不发。理查德看不懂她脸上的表情。

"我希望你不要说'原谅我',"她终于说,"没有比这更是陈词滥调的了。"

"求你,别赶我走。"

她满脸惊讶。"走?那也太简单了,对吧?"

"对不起,凯内内。"

理查德感觉自己像个透明人。凯内内看着他,他却觉得她能看见他身后墙上挂着的木雕。"这么说,你一直觊觎我的妹妹。太没独创性了。"她说。

"凯内内。"理查德叫道。

她站起身。"伊凯基德!"她大叫。"过来收拾一下。"

他们正准备离开餐厅,这时电话铃响了。凯内内没有理睬。电话铃响了又响,最后她过去接了。她回到卧室,说:"是奥兰娜。"

理查德看着她,眼睛里满是恳求。

"如果是别人,还可以原谅。但不该是我的妹妹。"凯内内说。

"实在对不起。"

"你应该睡在客房里。"

"好的,好的,那是当然。"

理查德猜不透凯内内的心思。这是最让他害怕的:他不知道她在想什么。他拍了拍枕头,整理了一下毛毯,在床上坐起身,试图读读书。但他的大脑太活跃,身体根本静不下来。他担心凯内内会给马杜打电话,把事情原原本本告诉他,马杜则会大笑着说:"从一开始,他就是一个错误,离开他,离开他,离开他。"在终于睡着之前,理查德想起了莫里哀的一句话:"完好无损的幸福令人感到厌烦,幸福应该跌宕起伏。"这句奇怪的话让他备感慰藉。

第二天早晨,凯内内呈现给他的是一张坚忍的脸。

屋顶大雨滂沱,天空阴云密布,给餐厅抹上了一层颇不自然的苍白。凯内内坐在那里喝咖啡,就着灯光读一份报纸。

"哈里森在做薄煎饼。"凯内内说完,又读起了报纸。理查德坐在她对面,手足无措,心里无比内疚,连给自己倒一杯茶都做不到。凯内内的沉默、厨房里传来的噪声和气味,令他感觉像是患上了幽闭恐惧症。

"凯内内,"他说,"我们说说话好吗?求求你。"

凯内内抬起头,理查德头一次注意到她双眼肿胀,未经修饰,随后他发现其中饱含着受伤后的狂怒。"我想说话的时候,我们会说话的,理查德。"

理查德低下头,像一个受到训斥的孩子,他又感到害怕,害怕凯内内会把他永远赶出她的生活。

正午前,门铃响了。伊凯基德进来说,女主人的妹妹在门口,理查德以为凯内内会叫他对着奥兰娜摔上门。但她没有这样做。她让伊凯基德去端饮料,自己去了起居室。理查德站在楼梯顶上,伸长耳朵想听他们说话。他听见了奥兰娜的哭腔,但听不出她在说什么。奥登尼博也简单说了几句,语气不同寻常地镇定。随后理查德听见了凯内内的声音,清晰而利落。"指望我原谅这件事,够蠢的。"

短暂的沉默,随后传来开门的声音。理查德赶紧走到床边,看见奥登尼博把车倒了出去,还是那一辆蓝色的欧宝车,那天,奥登尼博把车停在伊莫凯街的院子里,从车里跳出来,这个健壮结实的男人身穿熨烫过的衣服,大喊:"我叫你远离我的房子!听明白了吗?离远点!不要再踏进我的家!"理查德站在凉台前,不知道奥登尼博是否会揍他。后来他意识到奥登尼博并不想揍他,或许认为他不值得动拳头,这样一想,他非常沮丧。

"你偷听了?"凯内内走进来,问道。理查德转身离开窗边,但凯内内不等他开口,便温和地说:"我忘了那个革命者长得多像一个摔跤手,真像——不过是一个有勇有谋的摔跤手。"

"凯内内,如果我失去你,我永远不会原谅自己。"

凯内内面无表情。"今天早晨我从书房里拿了你的书稿,烧掉了。"她说。

理查德感到胸口涌动着难以名状的情感。《盛手的篮子》,他终于有信心将它们变成一本书的那些稿纸,都消失了。他不可能复制得了下笔时那种信马由缰、精力充沛的感觉。但这不重要。重要的是,通过焚烧他的手稿,凯内内向他表明,她不会终止他们的恋爱关系。如果她想离开,完全用不着给他制造痛苦。也许他根本不是一个真正的作家。他在哪里读到过,对真正的作家来说,没有什么比他们的创作更重要,连爱情也包括在内。

6. 书：《我们死去时世界沉默不语》

他描写比亚法拉人死去时默不作声的世界。他辩称，英国政府是世界保持沉默的根源。英国向尼日利亚提供的武器和建议影响了其他国家。在美国，比亚法拉是"英国的利益范围"。在加拿大，总理打趣说："比亚法拉在哪里？"苏联有机会在不冒犯美国或英国的前提下对非洲施加影响，无比激动，向尼日利亚派来了技师和飞机。南非和罗得西亚保持他们的白人至上主义立场，幸灾乐祸于这一论点的新论据：黑人掌权的政府注定失败。

共产主义中国公开谴责盎格鲁美国人和苏联人的帝国主义。法国人卖给比亚法拉一些武器，但没有给予比亚法拉最需要的认可。许多黑人执政的非洲国家担心独立的比亚法拉将诱发类似的分裂行径，因此支持尼日利亚。

第四部
六十年代末

25

每次听到雷声，奥兰娜都会跳起来。她想象着又发生了空袭，炸弹从飞机里滚落下来，在院子里爆炸，而她、奥登尼博、宝贝和乌古尚未跑到街道那头的地堡。有时候她又想象地堡塌陷，把他们压进泥土里。奥登尼博和这个街区里的一些男人花了一星期盖起了这座地堡。他们挖了一个深坑，与大厅一样宽敞，用抹上层层黏土的棕榈树干做屋顶，完成之后，奥登尼博对奥兰娜说："现在我们安全了，我的爱。我们安全了。"然而，他第一次教奥兰娜如何爬下参差不齐的台阶时，奥兰娜看见一个角落里盘着一条蛇。黑色的蛇皮上点缀着银色的斑纹，闪着亮光，极小的蟋蟀跳来跳去，在这潮湿寂静的地下，奥兰娜想到了坟墓，不由得尖叫起来。

奥登尼博用棍子重重击打角落里的蛇，而后告诉奥兰娜，他一定要让锌片做的地堡盖子更牢固一些。他的镇定让奥兰娜感到迷惑。他用平静的语气来谈论他们的新世界和他们已经改变的境遇，这令奥兰娜感到迷惑。当尼日利亚人改换了货币，比亚法拉电台也匆匆宣布实行新币制，奥兰娜在银行前的长队里站了四小时，躲闪着用笞鞭打人的男人和推推搡搡的女人，终于把尼日利亚币换成了更漂亮的比亚法拉镑。之后在吃早饭时，她举着一个中等尺寸、装着纸币的信封说："我们全部的现金。"

奥登尼博脸上露出好笑的神情。"我们两人都在挣钱，我的爱。"

"部里拖延发放你的工资,这已经是第二个月了,"奥兰娜说着,把他茶托上的茶包放进自己的杯子里,"还有,你不能把他们在阿夸库玛小学给我的报酬叫作挣钱。"

"我们很快就能过上以前的生活,在自由的比亚法拉。"奥登尼博说完,喝了一口茶,这是他一贯的说法,用他一贯的强有力的自信口吻。

奥兰娜把茶杯贴在脸颊上,暖一暖脸颊,这是用过一次的茶包泡的茶,她想晚一点喝第一口。奥登尼博站起身,跟她亲吻告别时,奥兰娜心里很疑惑:他们已经差不多一无所有,为什么他不感到惊慌呢?也许是因为他从不去农贸市场采购。他没有注意到,一杯盐的价钱每个星期涨一个先令,鸡肉被剁成小块,仍然很贵,无人出售大袋米,因为无人买得起。那天夜里,当奥登尼博的抽送开始加速时,奥兰娜却保持沉默。这是她第一次感觉到自己游离于他,他在她的耳边呢喃时,她却哀悼着自己存在拉各斯银行里的钱。

"我的爱?你没事吧?"奥登尼博抬起身看着奥兰娜说。

"没事。"

奥登尼博吮着奥兰娜的下嘴唇,然后翻身躺下,睡着了。奥兰娜从未觉得他的呼噜声如此让人心烦。他累极了。奥兰娜知道,他走很远的路去人力资源部,日复一日地汇编人名和地址,根本不用动脑,这工作让他筋疲力尽,然而,每天他回到家里,都会两眼放光。他加入了宣传队,下班后,他们去内陆去教育民众。奥兰娜常常想象着他站在一群痴迷的村民中间,用洪亮的嗓门描述比夫兰将要变成多么伟大的国家。他的眼睛看得见未来。所以,奥兰娜没有告诉奥登尼博,她为过去而伤怀,每天为不同的东西而伤怀:她那绣着银线的桌布,她的小汽车,宝贝的草莓夹心饼干。她没有告诉奥登尼博,有时候她注视着宝贝与社区里的孩子们跑来跑去,如此无助,却如此快乐,她真想把宝贝抱在怀里,向她道歉。倒不是宝贝能够懂得她的心。

在阿夸库玛教小学一年级的穆奥凯卢夫人告诉奥兰娜,有些孩子被士兵赶上卡车,夜里回来后,他们的手掌因碾磨木薯而受伤流血,自那以后,奥兰娜便叮嘱乌古,千万别让宝贝溜出他的视线。不过她并非真的担心士兵们会非常需要像宝贝一样幼小的孩子。她担心的是空袭。有一个梦境反复出现:她忘记了宝贝的存在,便跑去地堡,轰炸过后,她被一个孩子烧焦的尸体绊住,孩子的五官全被烧黑了,她无法确定是否便是宝贝。这个梦境萦绕在她的心头。她让宝贝反复练习跑向地堡。她让乌古反复练习抱起宝贝奔跑。她教宝贝在来不及跑到地堡的情况下,如何隐蔽自己:趴倒在地上,双手抱着头。

然而,她仍然担心自己的准备不够充分,这个梦境是一种预警:她会有一些伤及宝贝的疏失。雨季快结束时,宝贝开始咳嗽,带着拖长的啸声,奥兰娜如释重负。宝贝终于出了状况。如果上天是公平的,战时的不幸将是互相排斥的;既然宝贝病了,她不可能在空袭中受到伤害。咳嗽是奥兰娜能够控制的不幸,而空袭不是。

她带宝贝去信天翁医院。乌古拿掉了奥登尼博车顶上的一堆棕榈叶,但奥兰娜每次转动钥匙打火,发动机喝哧喝哧地响过之后,便熄火了。最后乌古干脆向前推车,启动了发动机。奥兰娜开得很慢,宝贝一咳嗽,她便踩刹车。在检查站,一棵巨大的树干横在路上,奥兰娜告诉民防队员,她的孩子病得很厉害,他们说"很遗憾",没有搜查小车和她的手提包。光线幽暗的医院走廊里散发着尿液和盘尼西林的气味。坐着的女人把孩子抱在怀里,站着的女人把孩子搂在胯部,她们喋喋不休的闲聊声中混杂着哭泣。奥兰娜想起了参加婚礼的恩瓦拉医生。她几乎没注意到他,直到空袭后,他对她说"泥巴会弄脏你的裙子",然后扶她起来,她身上仍然围着奥凯奥马的军装衬衫。

奥兰娜对护士说,她是恩瓦拉医生的老同事。

"情况非常紧急。"奥兰娜说。她注意让自己的一口英国英语说得干脆利落,头抬得高高的。一个护士立即带她去了恩瓦拉医生的办公室。坐在走廊里的一个女人咒骂道:"Tufiakwa(该死的)!我们天亮就等在这里了!难道是因为我们说话没有鼻音,不像白人那样?"

恩瓦拉医生从座位上直起柔韧的身躯,走过来与奥兰娜握手。"奥兰娜。"他直视着她的眼睛叫道。

"你好吗,医生?"

"我们在想办法维持,"他说着,拍了拍宝贝的肩膀,"你好吗?"

"非常好。上星期奥凯奥马来看我们了。"

"对,他在我这里待了一天。"他凝视着奥兰娜,但奥兰娜觉得他似乎没有听她说话,他似乎心不在焉。他的神情透着迷失。

"宝贝咳嗽好几天了。"奥兰娜大声说。

"哦。"他转头看着宝贝。他把听诊器放在宝贝的胸口,听到宝贝咳嗽,他喃喃地说:"很遗憾。"当他走到药柜前查看一些药瓶和药袋时,奥兰娜为他感到难过,但她不清楚为何有这种感觉。他用了太长的时间察看这么少的药物。

"我给她开一些止咳糖浆,但她得吃抗生素,可惜我们这里用完了。"他说,他又直视着奥兰娜,目不转睛地盯着她的双眼,颇为怪异。他的表情中充满着忧郁和疲倦。奥兰娜怀疑他也许最近失去一个所爱的人。

"我会开一个处方,你可以问一问那些做生意的人,但当然得是可靠的人。"

"当然,"奥兰娜重复着这个词,"我有一个朋友,穆奥凯卢夫人,她可以帮我。"

"很好。"

"有空的时候一定要来我家坐一坐。"奥兰娜说着,站起身来。

"好的。"他握住她的手,时间偏长。

"谢谢你,医生。"

"谢什么呀?我帮不了多大的忙。"他指了指门口,奥兰娜知道他指的是等在外边的那些女人。离开时,奥兰娜瞅了一眼几乎空荡荡的药柜。

早晨，在去阿夸库玛小学的路上，奥兰娜跑着通过了市镇广场。到了空旷地带，她总是跑步前进，一直跑到树荫浓密的地方，一旦空袭，她可以很好地隐蔽起来。一些孩子站在学校院子里的芒果树下，扔石头砸树上的芒果。奥兰娜大喊："回班上去，快点！"他们四散逃开，没过一会儿，又回来砸芒果。奥兰娜听到一个芒果掉下时孩子们的欢呼声，紧接着便是一阵喧哗，他们开始争吵是谁砸下了这个芒果。

穆奥凯卢夫人站在她的教室前面，鼓捣着上下课时敲的钟。她的胳膊和腿上长着浓密的黑色汗毛，上嘴唇上长着一层绒毛，下巴上还有几缕卷毛，四肢粗短，肌肉结实，奥兰娜禁不住怀疑，穆奥凯卢夫人或许生为男儿身更好。

"你知道我从哪里可以买到抗生素，我的姐姐？"拥抱过后，奥兰娜问，"宝贝咳嗽，但医院里一点抗生素都没了。"

穆奥凯卢夫人嘴里发出哼哼声，持续了一会儿，这表明她在思考。她每天穿布布装，布料上印着元首阁下怒目而视的脸。她常常宣称，在比亚法拉的国家政权完全建立之前，她不会穿其他的布料。

"任何人都能卖药，但你不知道是谁在他家后院调制白垩，然后说是氯喹，"穆奥凯卢夫人说，"把钱给我，我去找奥尼查妈妈。她保证货真价实。如果你支付合适的报酬，她可以把戈翁的脏裤子卖给你。"

"让她自己留着裤子,光把药品给我们。"奥兰娜哈哈大笑。

穆奥凯卢夫人微笑着拎起钟。"昨天我看到了一个幻象。"她说。她身材矮小,穿的布布装却很长,拖在地上,奥兰娜担心她会被绊住,摔一跤。

"什么幻象?"奥兰娜问。穆奥凯卢夫人总是看见幻象。在上一次的幻象里,她看见奥朱库在奥戈贾战区亲自率军冲锋陷阵,这表明那里的敌人全部被歼。

"来自阿比里巴的传统武士使用弓箭,消灭了卡拉巴尔战区的野蛮人。你知道吗,孩子们踩着他们的尸骨,去小河边。"

"真的。"奥兰娜说,她的表情保持严肃。

"这意味着卡拉巴尔永远不会沦陷,"穆奥凯卢夫人说完,开始敲钟。奥兰娜望着她那粗壮的胳膊快速地晃动。她们之间的确没有共同点,她和这个来自埃齐奥韦莱、几乎没有受过教育、相信幻象的小学教师。然而,穆奥凯卢夫人总给她一种熟悉感。这不是因为穆奥凯卢夫人梳发辫,与她一起参加妇女志愿服务会议,教她腌制蔬菜,而是因为穆奥凯卢夫人表现得无所畏惧,这一点让奥兰娜想到了凯内内。

那天晚上,穆奥凯卢夫人送来了用报纸包着的抗生素胶囊,奥兰娜请她进屋,给她看一张凯内内坐在游泳池边、嘴里叼着烟的照片。

"她是我的孪生姐姐。她住在哈科特港。"

"你的孪生姐姐!"穆奥凯卢夫人惊叫着,一边用手指拨弄着她用绳子系在脖子上的图案是半轮黄日的塑料片。"这世界上永远少不了稀奇古怪之事。我不知道你居然还有一个双胞胎姐姐，而且，瞧瞧，她长得一点都不像你。"

"我们的嘴长得一模一样。"奥兰娜说。

穆奥凯卢夫人又瞅了一眼照片，摇摇头。"她长得一点都不像你。"她又说了一遍。

抗生素让宝贝的眼睛发黄。她的咳嗽有所好转，胸腔的病症轻了一些，啸声也少了一些，但她的胃口消失了。她把碟子里的炒木薯粉拨过来拨过去，不吃的糊糊凝结成了一团蜡块。奥兰娜花掉了信封里的大部分现金，从一个深入敌后做生意的女人那里买来了饼干和用闪亮糖纸包裹的太妃糖，但宝贝只是小口小口地吃。奥兰娜把宝贝抱在怀里，向她嘴里硬塞了一些山药泥，宝贝噎住了，开始哭泣，奥兰娜拼命忍住眼泪。她最大的恐惧便是宝贝会死去。给她带来精神痛苦的这种恐惧深藏于她的每一个念头，每一个举动。奥登尼博推掉了宣传队的活动，提前赶回了家，奥兰娜明白，他和她一样恐惧。然而，他们没有谈论这种恐惧，仿佛一旦形诸语言，死神便会接踵而来，第二天早晨，奥登尼博穿戴整齐去上班，奥兰娜仍旧坐着看宝贝睡觉。比亚法拉电台的广播在屋子里回响。

> 这些非洲国家陷入了英美帝国主义的阴谋，把委员会的建议作为借口，对他们在尼日利亚的摇摇欲坠的新殖民主义傀儡政权提供大规模的武器支持……

"说得对!"奥登尼博一边说着,一边飞快地扣着衬衫的扣子。

床上的宝贝动了动。她的脸不再胖嘟嘟的,而是像大人一样两颊凹陷,皮肤极薄,让人感到不安。奥兰娜注视着她。

"宝贝闯不过这一关。"她平静地说。

奥登尼博的手停了,望着她。他关掉了收音机,走过来,让奥兰娜的脑袋靠在他肚子上。起先他什么都没说,他的沉默似乎证实,宝贝会死去。奥兰娜转过身去。

"她没有胃口完全是正常的。"奥登尼博终于说道,但他的语气中缺少了奥兰娜所熟知的笃定和自信。

"瞧瞧她瘦了多少!"奥兰娜说。

"我的爱,她的咳嗽好多了,她的胃口也会恢复的。"他开始梳头发。奥兰娜很生气,因为他没说她想听的话,因为他没有假借命运的权威,告诉她宝贝会好起来,因为他镇定自若地继续穿戴,准备上班。他走时的亲吻如蜻蜓点水,不像以往那样久久压在唇上,奥兰娜对此亦心存不满。她的眼里盈满了泪水。她想起了阿玛拉。在医院见过一面之后,阿玛拉便不再与他们联络,此刻,她不知道是否该通知阿玛拉,宝贝快死了。

宝贝打着哈欠,醒过来了。"早上好,奥拉妈咪。"连她的声音都很微弱。

"宝贝,好孩子,感觉怎么样?"奥兰娜扶起她,拥抱她,朝她的脖子吹吹气,拼命地忍住泪水。宝贝这么小,这么轻。"你要吃糊糊吗,我的宝贝?或者面包?你想吃什么?"

宝贝摇摇头。奥兰娜正千方百计想哄宝贝吃一些阿华田麦乳精,穆奥凯卢夫人来了,满面春风,手里拎着一个结绳编织的酒椰包。

"他们在主教路开了一家救济中心,今天一大早我就去了,"她说,"叫乌古给我拿一只碗。"

她向乌古拿来的碗里倒了一些黄色的粉末。

"什么东西?"奥兰娜问。

"干蛋黄。"穆奥凯卢夫人转过脸对乌古说,"用油炸一炸给宝贝吃。"

"炸一炸?"

"你的耳朵出毛病了?用水和一和,然后用油炸,快点!他们说孩子喜欢这种东西的味道。"

乌古看了她很长时间,然后才去了厨房。干蛋黄用红色棕榈油炸过之后,盛进碟子里,看上去湿乎乎的,颜色鲜艳,让人有点不敢吃。宝贝全吃光了。

救济中心原本是一所女子初中。奥兰娜想象着战前那个砌着围墙、草长莺飞的院子,年轻女子早晨急匆匆地去上课,晚上悄悄地溜到大门口,与公路那头政府学院的年轻男子约会。此刻,天蒙蒙亮,大门紧锁。外边已经聚集了一大群人。奥兰娜尴尬地站在这群男人、女人和孩子中间,他们似乎都习惯了站着等待大门打开的那一刻,他们可以走进去,分到一些陌生的外国人捐助的食物。奥兰娜颇感狼狈。她感觉像是在做一件不合宜、不道德的行为：没有任何付出，便指望得到食物。她看到院子里人们四处走动，整整齐齐摆放的桌子上堆着一麻袋一麻袋的食物，一块木板上写着"世界基督教联合会"。一些女人紧紧抓着她们的篮子，注视着大门里边，嘴里咕哝着这些救济人员在浪费时间。男人们则相互聊着天；一个最显老气的男子戴着一顶红色的酋长帽，上面插着一根羽毛。一个年轻男子喊着一些听不明白的话，像一个牙牙学语的孩子，声音格外尖厉刺耳。

"他得了严重的炮弹休克。"穆奥凯卢夫人小声说，仿佛奥兰娜看不出来。穆奥凯卢夫人只说了这么一次话。她已经慢慢地挤到大门前，每次都用胳膊肘碰一碰奥兰娜，示意她跟在身后。有人在后边讲起了故事，说的是比亚法拉的一场胜利。"我给你们讲，所有的豪萨士兵转身逃跑，他们遇到了比他们更强大的军队……"讲故事的声音越来越小，因为院子里，一个男子朝大门走过来。他瘦削的身上松松地穿了一件T恤，上面印着"朝阳国度"几个黑字，他手里握着一沓纸。肩膀抬得高高的，走起路来很有气势。他是监督员。

"排队！排队！"他说着，打开了大门。

人群你争我赶，飞快地冲进大门，让奥兰娜吃了一惊。她感觉被人推来搡去，站立不稳。似乎他们商量好了，一起用力把她挤到一边，因为她不是他们中的一员。奥兰娜身旁的一位老人迈步向院子里猛跑，他坚硬的胳膊肘狠狠地撞在她身上。穆奥凯卢夫人在队伍前面，朝一张桌子猛冲过去。帽子上插着羽毛的那位老者摔在地上，转眼便爬了起来，继续一瘸一拐地向队伍跑去。让奥兰娜同样愕然的还有民兵和桌子上那些面目严厉的女人,前者甩着长鞭打人,嘴里大喊:"排队!排队!"后者弯腰向伸到他们面前的袋子里舀东西,然后说:"好了!下一个!"

奥兰娜挤了过来,站在穆奥凯卢夫人身后有一段距离的地方,穆奥凯卢夫人说:"到那边去!那是领蛋黄的队伍!快进去!这边是淡鳕鱼干。"

奥兰娜加入了领蛋黄的队伍,一个女人试图用胳膊肘把她挤出去,她克制着没有还手。她让这个女人站在了自己的前面。排队请求施舍食物,这一不和谐的行为令她感到不安,感到有损自己的名誉。她双臂交叉抱在胸前,随后垂下双臂,又交叠起来。快轮到她的时候,她注意到舀进袋子和碗里的粉末不是黄色的,而是白色的。不是蛋黄,而是玉米粉。旁边是领蛋黄的队伍。奥兰娜赶紧过去,但分发蛋黄的女子站起身来说:"蛋黄没了!没了!"

奥兰娜不由得一阵恐慌。她追上这个女子。"求求你。"她说。

"什么事?"女子问。监督员站在附近,转过身来瞪着奥兰娜。

"我的孩子病了——"奥兰娜说。

女子打断她的话。"排到那一队里领牛奶。"

"不行,不行,她一直什么都不吃,只吃蛋黄。"奥兰娜抓住女子的胳膊。"求求你,求求你,我需要蛋黄。"

女子抽出胳膊,急忙走进楼里,砰的一声关上了门。奥兰娜站在原处。监督员仍旧盯着她，他用手里的一沓纸扇着风，对奥兰娜说："哎嗨！我认识你。"

他的秃头和络腮胡子看上去一点不熟悉。奥兰娜转过身，想走开，有些男人声称以前见过她，却只为了逮个机会跟她调调情，她以为他也是其中之一。

"我以前见过你。"监督员说。他走近了些，微笑着，但不像奥兰娜预料的那样，眼露淫光——他面露欣喜，一脸坦荡。"几年前，在埃努古机场，我去接从国外回来的弟弟。你和我的母亲聊天。I kasiriya obi（你安慰她）。飞机降落之后没有马上停下来，你安抚了她的情绪。"

奥兰娜朦朦胧胧地记起了那天在机场的情景。应该是大约七年前。她记起了他的灌木地带口音，他的紧张与兴奋，他当时显得比现在老气。

"是你吗？"奥兰娜问，"但你怎么认出我来的？"

"谁能忘记像你这样的一张脸？我母亲总给别人讲，一个漂亮的女子握着她的手。我家里的人都知道这件事。每次有人说起我弟弟回国，她就会提起这件事。"

"你弟弟怎么样？"

他的脸上洋溢着自豪。"他在部里担任高级职务。就是他给我安排了这个发救济的工作。"

奥兰娜想立即问他，是否可以帮她找一些蛋黄。但她说出口的却是："你母亲好吗？"

"非常好。她在奥尔卢我弟弟家里。我姐姐刚开始没从扎里亚回来时，母亲病得很厉害。我们都以为那些畜生对她做了和对别人一样的事，但她回来了——她的豪萨朋友帮了她——我母亲的病也好多了。如果我告诉她，我见到你了，她一定很高兴。"

他停下来，瞥了一眼一张摆放食品的桌子，两个年轻女子正在吵架，一个说："我告诉你，这些淡鳕鱼干是我的。"另一个则说："得了，今天不是你死就是我亡。"

监督员转身看着奥兰娜。"我先过去看一看那边出了什么事。你到大门那里等着。我会派人给你送蛋黄。"

"谢谢。"他主动提出帮忙，这让奥兰娜舒了一口气，同时也为这种交换感到尴尬。在大门口，她恨不得躲起来——她感觉像个小偷。

"奥科罗马杜派我来找你。"身旁的一个女子说，奥兰娜几乎跳了起来。女子把一个袋子塞进奥兰娜的手里，走进了院子。"替我谢谢他。"奥兰娜喊道。即便女子听见了，也并未转过身来。奥兰娜等着穆奥凯卢夫人，手里袋子的重量让她感到放心。之后，奥兰娜看着宝贝吃完蛋黄，碟子里只剩下棕榈油的油渍，她不由得啧啧称奇：宝贝何以忍受得了干蛋黄糟糕的塑料味道？

奥兰娜第二次去救济中心时，奥科罗马杜正对着大门口的人群讲话。一些女人胳膊下夹着卷席——她们昨夜便睡在大门外。

"今天我们没有东西给你们。从阿沃玛马运供给品的卡车在路上被劫了。"他说话很有节奏，恰如一个政客对他的支持者讲话。奥兰娜注视着他。他很享受这种权力，知道一群人能否吃上饭的权力。"我们安排了武装押送,但打劫的是士兵。他们设置路障,把卡车上的东西都抢光了,他们甚至打了司机。星期一再来,也许我们会开门。"

一个女子麻利地走到他跟前,把幼小的儿子塞进他怀里。"那你就抱他走吧!喂他吃的,直到下次开门!"她开始往回走。孩子很瘦,有黄疸,大哭着。

"Bia nwanyi(那个女的,你回来)!那个女的,你回来!"奥科罗马杜两臂僵直地举着孩子,甚至没有挨着他的身体。

人群里的其他女人开始责骂孩子的母亲——你要扔掉自己的孩子? Ujo anaghi atu gi(你难道不害怕吗)?你要当着上帝的面走掉吗?——是穆奥凯卢夫人走过去,从奥科罗马杜手上接过孩子,放回他母亲的怀里。

"带着你的孩子,"穆奥凯卢夫人说,"今天没有吃的,不是他的错。"

人群散了。奥兰娜和穆奥凯卢夫人慢慢地走着。

"谁知道是真是假?劫车的真的是士兵吗?"穆奥凯卢夫人说,"谁知道他们给自己留多少卖给别人?我们这里从来没有盐,就因为他们把所有的盐都卖掉了。"

奥兰娜眼前浮现出穆奥凯卢夫人把孩子还给母亲的场景。"你让我想起了我的姐姐。"她说。

"为什么?"

"她很厉害。她从不胆怯。"

"你给我看的那张照片里,她在吸烟。像个妓女。"

奥兰娜停住脚步，瞪着穆奥凯卢夫人。

"我没说她就是妓女，"穆奥凯卢夫人赶紧说，"我只是说她吸烟不好，因为吸烟的女人都是妓女。"

奥兰娜看着穆奥凯卢夫人，在她的胡子和毛茸茸的胳膊里看到了恶毒。奥兰娜加快了脚步，一言不发，走到了穆奥凯卢夫人前头，连再见都没说一声，便拐进了她所住的街道。宝贝和乌古坐在屋外边。

"奥拉妈咪！"

奥兰娜抱着她，捋了捋她的头发。宝贝握着她的手，抬头看着她。"奥拉妈咪，你没带蛋黄回来？"

"没有，我的宝贝。不过很快就会带一些回来。"奥兰娜回答。

"下午好，夫人。您没带任何东西回来？"乌古问。

"你看不出来我的篮子是空的吗？"奥兰娜厉声说，"你瞎了？"

星期一，奥兰娜独自去了救济中心。穆奥凯卢夫人没有在天亮前过来叫她，也没有出现在人群中。大门锁着，院子里空无一人，奥兰娜呆呆地等了一小时，人群开始散开。星期二，大门仍旧紧锁。星期三，大门上加了一把挂锁。星期六，大门才被打开，奥兰娜惊讶地发现，自己轻松自如地加入了向里冲的人群，身手敏捷地从一队钻到另一队，躲避着民兵来回挥动的笞鞭，如果有人推她，她会反推回去。奥科罗马杜到来的时候，奥兰娜正准备走，手里拎着小袋的玉米粉和蛋黄，还有两块淡鳕鱼干。

奥科罗马杜挥挥手。"美女。美女！"他说。他仍不知道奥兰娜的名字。他走过来，把一罐咸牛肉塞进了奥兰娜的篮子里，而后急忙走开，仿佛什么事也没发生。奥兰娜低头看着那个红色的长罐头，差点因意想不到的惊喜而纵声大笑。她拿出罐头，仔细察看着，一只手拂过冰凉的金属表面，抬起头来，却看见一个患炮弹休克症的士兵正盯着她。他的眼神直勾勾的，并未刻意掩饰什么。奥兰娜把咸牛肉放回篮子里，盖上一个袋子。她高兴的是，穆奥凯卢夫人没有一起来，用不着与她平分。她将吩咐乌古用这个罐头做一顿炖肉。她还要留下一些做三明治，她与奥登尼博、宝贝将就着咸牛肉三明治喝英国茶。

患炮弹休克症的士兵跟着奥兰娜出了大门。在通向大路的一段泥路上，奥兰娜加快了脚步，但五个士兵，都穿着破烂的军装，很快便包围了她。他们说着含糊不清的话，指着她的篮子，他们的动作断断续续，嗓门很高，奥兰娜终于听懂了其中几句话。"阿姨！""姐姐！""给我一点吃的！"[1]"我们大家都要饿死了！"

奥兰娜紧紧地抓住她的篮子。如孩子一般，她心里涌起一股强烈的想哭的冲动。"走开！快点走开！"

奥兰娜的大喊大叫把士兵们吓了一跳，有一会儿的工夫，他们保持不动。然后，他们一起向奥兰娜靠过来，似乎内心有一

---

[1] 此处士兵们用的是尼日利亚的洋泾浜英语，"Bring am now"。

种声音在指引着他们。他们步步进逼。他们什么事情都做得出来。他们，还有他们被噪声磨损的大脑，都表现出孤注一掷、不受法律约束的特点。奥兰娜感到恐惧，与恐惧一起产生的还有愤怒，一种强烈的、让她胆大的愤怒，她想象着与这些士兵打架，掐住他们的喉咙，杀死他们。咸牛肉罐头属于她。属于她。她退后几步。戴蓝色贝雷帽的士兵抓住了她的篮子，抓起咸牛肉罐头，跑远了，这个过程快如闪电，奥兰娜事后才意识到。其他三人都跟着跑了。最后一个士兵站在原地盯着奥兰娜，嘴巴松垮垮地张着，然后也跑掉了，只是方向与其他人相反。篮子掉在地上。奥兰娜呆呆地站着，不出声地哭泣，因为那个咸牛肉罐头从来不属于她。随后，她捡起篮子，拍拍玉米粉袋子上的沙子，走回了家。

在学校里，奥兰娜与穆奥凯卢夫人互相避不见面，差不多有两个星期，所以那天下午，奥兰娜回到家，看见穆奥凯卢夫人坐在屋外边，拎着一只装满柴火灰烬的金属桶，自然很是吃惊。

穆奥凯卢夫人站起身。"我来教你做肥皂。你知道现在一块普通的肥皂卖多少钱吗？"

奥兰娜望着穆奥凯卢夫人身上那件磨破的棉质布布装，上面是元首阁下怒目而视的脸，她意识到，这节不请自来的课其实是道歉。她接过穆奥凯卢夫人手里的那桶灰，领着她到了后院。穆奥凯卢夫人解释并演示了制作肥皂的过程之后，奥兰娜把那桶灰藏在那堆水泥砖附近。

之后,奥兰娜把这件事告诉了奥登尼博,奥登尼博摇了摇头。他们坐在凉台的茅草遮篷下,屁股下的长木椅紧挨着墙壁。

"她没有必要教你做肥皂。反正我没见你做过肥皂。"

"你以为我做不了?"

"她应该直接道歉。"

"我觉得因为牵涉到凯内内,我的反应有点过激。"奥兰娜挪了挪屁股,"不知道凯内内收到我的信没有?"

奥登尼博没有答话。他握住奥兰娜的手,奥兰娜心存感激,因为有些事她无须向他解释。

"穆奥凯卢夫人胸脯上有多少汗毛?"奥登尼博问,"你知道吗?"

奥兰娜不清楚是奥登尼博先笑,还是她先笑,但他们两个突然笑成一团,声音嘶哑,不能自已,差点滚到木椅底下。其他事情也变得非常可笑。奥登尼博说天空万里无云,奥兰娜说这种天气最适合轰炸机,两人大笑。一个路过的小男孩冲他们打招呼,他穿的短裤上有几个大洞,露出了皮肤干燥的臀部,他们回答"下午好",话刚出口便忍不住哈哈大笑。斯佩修尔·朱利叶斯走进院子时,他们的脸上仍洋溢着笑容,双手仍抓着木椅。他的紧身夹克上装饰着闪闪发光的亮片。

"我带来了乌穆阿希亚最好的棕榈酒!叫乌古拿酒杯来。"他说着,放下一只简便油桶。他华丽的衣着,乃至浑身上下,都散发着无穷无尽的乐观,似乎没有他解决不了的问题。乌古端来酒杯,斯佩修尔·朱利叶斯说:"你们听说了吗?哈罗德·威尔逊在拉各斯?他带来了英国军队,要把我们一网打尽。他们说他带来了两个营。"

"坐下,我的朋友,别胡说八道了。"奥登尼博说。

斯佩修尔·朱利叶斯大笑着嘬了一口酒。"我在胡说八道,对吧?收音机在哪儿?拉各斯也许不会告诉世界,英国首相过来帮他们杀我们,但卡杜纳那些疯子也许会这么说。"

宝贝出来了。"朱利叶斯叔叔,下午好。"

"宝贝宝贝。你的咳嗽怎么样了?好点了吗?"他把一只手指伸进棕榈酒里,又把蘸着酒的手指伸进宝贝的嘴里。"这应该可以帮你治咳嗽。"

宝贝舔舔嘴,露出一副陶醉的神情。

"朱利叶斯!"奥兰娜叫道。

斯佩修尔·朱利叶斯满不在乎地挥挥手。"千万别低估酒精的作用。"

"过来坐在我身边,宝贝。"奥兰娜说。宝贝的连衣裙穿的次数太多,有点磨损。奥兰娜把她抱在腿上,搂着她。至少现在宝贝咳嗽得不那么厉害,至少宝贝有胃口了。

奥登尼博从木椅下拿起收音机。一声尖厉的声响划破长空,起初奥兰娜以为是收音机里的声响,过后才意识到是空袭警报。她呆坐着。房子附近有人尖叫:"敌机!"与此同时,斯佩修尔·朱利叶斯大喊:"快隐蔽!"他跳过凉台,打翻了棕榈酒。邻居们都在奔跑,嘴里喊着什么,奥兰娜听不懂,因为响个不停、令人心急火燎的尖厉警报声响彻了她的大脑。她踩在棕榈酒上，跪倒在地。奥登尼博把她拽起来，然后抓住宝贝便开始狂奔。等奥登尼博撑着锌片盖板，他们都下到地堡时，敌机已经开始了低空扫射，子弹像雨点一样落下来。奥登尼博最后一个钻了进来。乌古手里抓着一把蘸了汤汁的勺子。奥兰娜拍打着蟋蟀，发潮的蟋蟀尸体沾在手指上，黏糊糊的，即便它们不再飞到她的身上，她仍啪啪地拍打着胳膊和腿。第一声爆炸听起来很远。爆炸声接二连三地传来，距离越来越近，声音越来越响，大地在颤抖。奥兰娜的四周，喊叫声此起彼伏："耶稣基督！耶稣基督！"奥兰娜感到膀胱胀满了，很痛，仿佛要爆裂开来，喷出的不是尿液，而是她喃喃的、混乱的祈祷。一个女人抱着孩子，瘫倒在她边上，是个小男孩，比宝贝小。地堡光线幽暗，但奥兰娜看得出孩子身上白色的硬皮癣。又一声爆炸，地动山摇。随后，爆炸声停了。空气仿佛停止了流动，他们爬出地堡时，听得见远处有沙哑的鸟叫声。到处弥漫着燃烧的气味。

"我们的防空火力太棒了！太棒了！"有人说。

"比亚法拉赢得了战争！"斯佩修尔·朱利叶斯开始唱起歌来，很快街上大多数人都聚拢过来，齐声高唱。

> 比亚法拉赢得了战争。
> 装甲车，爆破筒，
> 战斗机，轰炸机，
> 比亚法拉赢得了战争！

奥兰娜看着奥登尼博放声歌唱，她也想跟着唱，但歌词恰如变了味，沾在她的舌头上。她的膝盖感到钻心的疼痛；她拉着宝贝的手，走进屋里。

一天晚上，奥兰娜正给宝贝洗澡，空袭警报又响了，她一把抱起光着身子的宝贝，从外屋冲了出去。宝贝差点从她手里滑落。飞机疾速的轰鸣声和防空炮火尖厉的喀喀声从空中传来，从地下传来，从四周传来，奥兰娜的牙齿咔嚓作响。她跌坐在地堡里，对蟋蟀熟视无睹。

"奥登尼博在哪儿？"过了一会儿，奥兰娜抓住乌古的胳膊问，"你主人在哪儿？"

"在这里，夫人。"乌古环顾着四周说。

"奥登尼博。"奥兰娜叫道。没人回答。她不记得奥登尼博进了地堡。他还在上面某个地方。紧接着一声爆炸，摇松了她的内耳。她知道，如果她朝一边歪着头，一个软硬参半的东西，比如软骨，会掉出来。她走到地堡出口。她听到乌古在身后说："夫人？夫人？"住在街道那头的一个女人说："回来！你要去哪里？你要去哪里？"但奥兰娜没有理睬他们，钻出了地堡。

明亮的阳光让人颇不习惯，奥兰娜感到眩晕。她一边奔跑一边大喊："奥登尼博！奥登尼博！"心脏在胸膛里突突地跳，很痛。这时她看到奥登尼博弯着腰，地上躺着一个人。奥兰娜注视着奥登尼博长满胸毛的裸胸，他新留的络腮胡子，还有他撕破的拖鞋，突然间，她意识到了他必死的命运——他们必死的命运，如惊恐的手,攥住了她的喉咙。她紧紧地抱着奥登尼博。路的那一头,一栋房子着火了。

"我的爱,不要紧,"奥登尼博说,"一颗子弹击中了他,不过看似皮肉伤。"他推开奥兰娜,走回伤者身边,用衬衫包扎他的胳膊。

早晨,天空平静如海。奥兰娜对奥登尼博说,他不要去部里,她也不去教书,他们将在地堡里待上一整天。

奥登尼博大笑。"别犯傻了。"

"没人会送孩子去学校。"奥兰娜说。

"那你做什么?"他的语气很正常,恰如他彻夜的鼾声,而奥兰娜却彻夜未眠,大汗淋漓,总感觉听到了轰炸声。

"我不知道。"

奥登尼博吻吻她。"警报一响,就赶紧跑到地堡去。不会有事的。如果我们今天去姆贝塞进行宣传教育,我也许会晚点回来。"

他如此满不在乎,奥兰娜起初感到生气,转念又颇感欣慰。她相信奥登尼博的话,但只持续了他在身边的这段时间。他一走,奥兰娜便觉得脆弱无助,容易受到伤害。她没有洗澡。她不敢去屋外边的粪坑。她不敢坐下来,自己可能会打瞌睡,警报一响,会猝不及防。她一杯接一杯地喝水,肚子鼓了起来,她感觉嘴里的唾液都被吸干,眼看要被一团团干燥的空气哽住。

"今天我们要在地堡里待一天。"她对乌古说。

"地堡,夫人?"

"是的,地堡。你听见我的话了。"

"但我们不能光待在地堡里,夫人。"

"我说话时嘴里含着水吗?我说了,我们就待在地堡里。"

乌古耸耸肩。"是,夫人。我该给宝贝带点吃的吧?"

奥兰娜没有回答。如果乌古胆敢笑出来,她会扇他一耳光,她看得出来,乌古想到要用餐具装好宝贝的糊糊,带着钻进潮湿的地洞里待一整天,脸上露出了哑然无声的好笑表情。

"让宝贝做好准备。"奥兰娜说着,打开了收音机。

"是,夫人,"乌古说,"O nwere igwu(她长了虱子)。今天早晨我在她的头发里发现了虱子的卵。"

"什么?"

"虱子的卵。不过只有两个,没有多的。"

"虱子?你在说什么?宝贝怎么会长虱子?我很注意让她保持干净。宝贝!宝贝!"

奥兰娜把宝贝拉到自己前面,解开她的发辫,在她浓密的头发里翻找。"一定是那些脏邻居,你们在一起玩,那些脏邻居。"她的手在发抖,为了抓牢,她猛揪着一撮头发。宝贝开始哭泣。

"安静点!"奥兰娜说。

宝贝扭身从奥兰娜身边跑向了乌古,她站在乌古身边,望着奥兰娜,一脸迷惑,仿佛她认不出奥兰娜了。收音机里突然传来比亚法拉的国歌,打破了沉默。

朝阳的国度,我们无比热爱,我们倍加珍惜,
我们心中的至爱,勇敢的英雄们的家园;
我们必须保卫我们的生命,否则我们将毁于一旦。
我们必将保护我们的心脏,抵御所有的仇敌;
但为了珍爱的一切,如果必须付出死亡的代价,
那就让我们无所畏惧地迎接死神的到来……

他们聆听着,一直听到结尾。

"带她到外边去,待在凉台上,提高警惕。"奥兰娜终于疲倦地对乌古说。

"我们不用待在地堡里了?"

"就带她到外边的凉台。"

"是,夫人。"

奥兰娜调着收音机的接收频率。现在时间还早,不会有战况播报,也不会有豪情万丈的长篇大论歌颂比亚法拉的伟大,而这恰恰是奥兰娜迫切需要听到的话语。英国广播公司的广播中有关于这场战争的最新报道:教皇、非洲统一组织、英联邦都将派使者来尼日利亚提议和谈。奥兰娜无精打采地听着,她听到乌古在跟谁说话,赶紧关掉了收音机。她走到门外看看是谁。穆奥凯卢夫人正站在宝贝身后,重新扎好奥兰娜松开的发辫。她胳膊上的汗毛闪着光泽,仿佛她擦了太多的棕榈仁油。

"你也没有去学校?"奥兰娜问。

"我知道家长会把孩子留在家里。"

"谁不会呢?这是怎样的一场一刻不停的轰炸运动?"

"这是因为哈罗德·威尔逊来了。"穆奥凯卢夫人哼着鼻子说,"他们想在他面前表现表现,好让他把英国军队带进来。"

"斯佩修尔·朱利叶斯也这么说,但这是不可能的。"

"不可能?"穆奥凯卢夫人笑了,似乎奥兰娜根本不知道她在说什么,"顺便说一下,那个斯佩修尔·朱利叶斯,你知道他卖假通行证吗?"

"他是一个军队承包商。"

"我没说他不和军队签很小很小的合同,但他也卖假通行证。他哥哥是一个部长,他们俩一起干。就因为他们,各种各样的骗子拿着特别通行证到处乱跑。"穆奥凯卢夫人扎好了一根发辫,拍了拍宝贝的头发。"他哥哥是罪犯。他们说他把军人豁免通行证给了所有的男亲戚,宗族里的每一个男人。你得知道他跟那些到处钻营傍大款干爹的小女孩干什么。他们说他同时带多达五个人进卧室。该死的!等比亚法拉政权完全建立之时,像他这样的人必须处决。"

奥兰娜跳了起来。"是飞机吗?是飞机吗?"

"飞机?什么呀?"穆奥凯卢夫人大笑。"邻居有人关门,你说是飞机?"

奥兰娜坐在地板上,伸直了双腿。恐惧让她筋疲力尽。

"你听说了吗?我们在伊科特埃佩内打下了他们的轰炸机?"穆奥凯卢夫人问。

"我没听说。"

"是一个平民老百姓用猎枪打下来的!你知道,感觉像是尼日利亚人太蠢,为他们工作的人,不管是谁,连带变得很蠢。他们太蠢了,开不了苏俄和英国提供的飞机,于是他们请来了白人,但连这些白人也打不中任何目标。哈!半数的炸弹甚至不爆炸!"

"爆炸的另一半足以消灭我们。"奥兰娜说。

穆奥凯卢夫人不停地说着,似乎她没听见奥兰娜的话。"我听说我们的奥布尼圭地雷使他们充满了对上帝的恐惧。在阿菲波,它只不过杀了几百人,但整个尼日利亚军队都吓得撤退了。他们从未见过这样的武器。他们不知道我们还有什么苦头给他们吃。"她吃吃地笑着,摇着头,用手揪着脖子上挂着的半轮黄日牌子,"戈翁派他们在下午四点左右来轰炸奥古农贸市场,当时女人们正在忙着买卖。他不让红十字会送给我们食物,完全不让,为的是让我们饿死。但他不会得逞的。如果我们像尼日利亚那样,有人源源不断地送来枪支和飞机,这战争早就结束了,现在人人都回到了各自的家里。但我们会战胜他们。上帝睡着了吗?没有!"穆奥凯卢夫人大笑。警报响了。奥兰娜一直等待着这种尖厉的警报声,所以尚未听到,便有先见之明似的哆嗦了一下。她转身找宝贝,但乌古已经抱起宝贝,朝地堡跑去。奥兰娜听得见远处飞机的轰鸣声,像是越来越密集的雷声,紧接着又听见防空炮火疏落但尖厉的爆裂声。在爬进地堡之前,奥兰娜抬头望了一眼滑翔的轰炸机,像鹰一样,飞行的高度低得吓人,周身笼罩着团团灰烟。

后来，他们从地堡里爬出来，有人说："他们瞄准的是小学！"

"那些异教徒轰炸了我们的学校。"穆奥凯卢夫人说。

"看，又一架轰炸机！"一个年轻人指着头顶盘旋的一只兀鹫，大笑着说。

他们跟着人群赶往阿夸库玛小学。两个男人抬着一具熏黑的尸体，迎着他们走了过去。一个装得下一辆卡车的炸弹弹坑把校门口的公路切断成两截。教学楼的屋顶全部倒塌，地面上凌乱地堆满了木头、金属和灰尘。奥兰娜认不出她的教室。所有的窗户都震坏了，但墙壁没有倒塌。教室外边，孩子们玩沙子的地方，一颗榴霰弹在地面上钻了一个别致的洞。奥兰娜和大家一起把不多的几把还能用的椅子搬出来，她心里仍在想着地上的洞：食人肉的炽热金属如何能在土里画出这么漂亮的圆环？

清晨，空袭警报没有响，所以，当轰炸机不知从哪里冒出来，发出巨大的轰隆声时，奥兰娜正在和玉米粉，给宝贝做糊糊，她知道该发生的就要发生了。有人会死去。也许他们都会死。奥兰娜蜷缩在地堡里，抓起一些土，在指腹间磨搓，等待地堡爆炸，此时死亡成了唯一合理的结局。爆炸声越来越高，越来越近。大地在抖动。奥兰娜没有任何感觉。她在飘浮，脱离了自己的内心。又一声爆炸，大地在震荡，一个光着身子的孩子在地上爬着追蟋蟀，咯咯地笑着。随后爆炸停了，周围的人们动了起来。假如她死了，假如奥登尼博、宝贝和乌古死了，这个地堡仍会散发出新耕农田的气味，太阳仍会升起，蟋蟀仍会四处跳动。没有他们，战争仍会继续。奥兰娜呼出一口气，心中的恼怒如泡沫翻滚。正是这种微不足道的感觉将她从极端的恐惧推向了极端的恼怒。她必须让自己重要起来。她将不再软弱地活着，等待死亡的降临。在比亚法拉获胜之前，那些野蛮人无法再主宰她的生活状态。

奥兰娜第一个爬出了地堡。一个女人突然躺倒在一个孩子的尸体附近，在泥土里翻滚，哭喊："戈翁，我对你做了什么？戈翁，我对你做了什么？"一些女人围了过来，把她扶起来。"别哭了，够了，"她们说，"你想让你别的孩子怎么办？"

奥兰娜来到后院，在那桶灰里翻找。她开始烧火，呛得咳了起来，木头的烟味很熏人。

乌古注视着她。"夫人？要我来吗？"

"不用。"她把灰溶在一盆冷水里，使劲地搅动，水溅到了她的腿上。她把这些溶液放在火上，不理睬乌古。乌古一定感觉到了她体内愈烧愈旺、令她头晕目眩的怒火，因为他不再作声，走进了屋子。街上，那个女人的哭声一阵阵传来，声音越来越哑，越来越小。戈翁，我对你做了什么？戈翁，我对你做了什么？奥兰娜把一些棕榈油放进放凉了的溶液里，不停地搅动，直到最后，她的胳膊累僵了。汗水从腋窝滚落，突如其来的活力令她的心脏怦怦直跳，溶液冷却之后变成了糊状，发出一种怪味，然而，这一切让她感到愉快。糊糊冒出了泡沫。奥兰娜做出了肥皂。

第二天去学校的路上,奥兰娜没有跑过广场。对她来说,小心谨慎已经变成了靠不住的无效之举。她迈着坚实的步伐,时不时地抬头,看一看晴朗的天空里有没有轰炸机,她将停下来,对着它们猛扔石块,破口大骂。大概来了四分之一的学生。她给学生们讲解比亚法拉的国旗。他们坐在厚木板上,早晨淡淡的阳光射进了没有屋顶的教室,她摊开奥登尼博的布国旗,告诉他们各个图形的象征意义。红色代表在北部被杀害的兄弟姐妹的鲜血,黑色代表哀悼,绿色代表比亚法拉将来的繁荣富强,最后还有半轮黄日,代表光辉灿烂的未来。她教他们举起手来,像元首阁下那样飞快地行举手礼,她让他们按她的示范画两位领导人的肖像:元首阁下身材魁梧,用双线勾勒,戈翁虚弱衰竭的身体用单线勾勒。

恩基鲁卡,奥兰娜最聪明的学生,沿着肖像脸庞的轮廓线涂上阴影,用铅笔轻抹几笔之后,戈翁似在咆哮,而元首阁下在咧着嘴笑。

"我想杀死所有的野蛮人,小姐。"恩基鲁卡走过来交画像时说。她的脸上带着一个早熟孩子的微笑,她知道自己说了正确的话。

奥兰娜注视着她,不知该说什么。"恩基鲁卡,回去坐下。"她终于说道。

奥登尼博回到家里,奥兰娜告诉他的第一件事便是"杀死"

这个词从那个孩子的嘴里说出来,像是陈词滥调,令她倍感内疚。他们在卧室,收音机开着,声音很低,奥兰娜可以听见宝贝在隔壁房间里尖声大笑。

"她其实不想杀任何人,我的爱。你教给她的只是爱国主义。"奥登尼博说着,脱掉了鞋子。

"我不知道。"但奥登尼博的话给了奥兰娜勇气,恰如他满脸的骄傲。他很高兴,因为这一次,奥兰娜如此掷地有声地谈论比亚法拉的建国大业,仿佛她终于成了各种战争活动中一个平等的参与者。

"红十字会的人今天想到了我们部。"奥登尼博指了指他带回来的小纸箱。

奥兰娜打开小纸箱,把几矮罐炼乳、一罐细长的阿华田麦乳精和一袋食盐摆在床上。这些都是奢侈品。收音机里,一个充满活力的声音说,英勇的比亚法拉士兵正在扫荡阿巴卡利基附近的野蛮人。

"我们办个派对吧。"奥兰娜说。

"派对?"

"一个小规模的晚宴派对。你知道,我们在恩苏卡时经常办的。"

"这一切很快就会结束,我的爱,在自由的比亚法拉,我们将举行各种各样的派对。"

奥兰娜喜欢奥登尼博说"自由的比亚法拉"时的神气,她站起身,用劲吻着奥登尼博的嘴唇。"对,但我们可以举办一场战时派对。"

"我们自己都不够吃。"

"我们自己吃的绰绰有余。"奥兰娜的嘴唇仍旧压在奥登尼博的唇上,刹那间,她的话有了一种不同寻常的内涵,她向后挪了挪位置,麻利地把连衣裙从头上脱掉。她解开奥登尼博的裤扣。她不让他脱掉长裤。她扭转身,靠在墙上,引导奥登尼博进入她的体内,奥登尼博面露惊讶,双手抓紧她的髋部,这让她备感兴奋。她知道她应该压低声音,因为乌古和宝贝在隔壁,但她无法控制她的呻吟,无法控制一波又一波原始的、自然的快感,最后,他们两人靠着墙,大口大口地喘着气,吃吃地傻笑。

26

乌古厌恶救济食品。大米发胀，根本不像恩苏卡的细小米粒，玉米粉放在热水里搅拌之后，一点都不滑腻，奶粉冲泡后，会在茶杯底部留下化不开的奶粉块。此刻，他舀出一些蛋黄粉，心里像有虫子在爬动。很难想象这些毫无味道的粉末，竟然来自活鸡下的蛋。他把蛋黄粉倒进面团里搅动。屋外边，一只装了一半白沙的锅架在火上。他要再等一等，让沙子热一点，再把面团放进去。穆奥凯卢夫人把这种烘烤的方法教给奥兰娜时，乌古表示怀疑；他非常清楚穆奥凯卢夫人的那些创意；毕竟，奥兰娜的自制肥皂——那种让他想起小孩痢疾的黑褐色糊状物——技巧是穆奥凯卢夫人传授的。然而，奥兰娜烘烤的第一个油酥糕点味道不错。她大笑着说，要把这种面粉、棕榈油和干蛋黄的混合物叫作蛋糕，也太不知天高地厚了，不过最起码他们没有浪费这些面粉。

红十字会让乌古感到恼火，他们至少可以问一问比亚法拉人，他们喜欢什么样的食物，而不是送来如此多淡然无味的面粉。新的救济中心开张了，奥兰娜去的时候脖子上戴了一串天主教念珠，因为穆奥凯卢夫人说，天主教国际明爱会的人对天主教徒更慷慨，乌古希望那里的食物能好一些。但奥兰娜带回来的还是熟悉的那几样，干鱼甚至更咸，她脸上含着笑，唱着那些女人在救济中心唱的歌。

403

> 明爱会，谢谢你，
> 明爱会请我们吃淡鳕鱼干
> 彻底摆脱恶性营养不良。

空着手从救济中心回来的那些天，她没有唱这首歌。她会坐在凉台上，抬头望着茅草屋顶，说："你记得吗，乌古？我们过去总把一天之内没吃完的肉汤倒掉。"

"记得，夫人。"乌古总是回答。如果他能去救济中心就好了。他怀疑奥兰娜说一口英语，温文尔雅，在轮到她之前总是等待，直到救济食品分发完毕。但他不能去，因为奥兰娜不再允许他白天出门。到处都能听到强制征兵的故事。一天下午，街道那头的一个男孩被人拖走，在剃掉头发、未受训练的情况下，当晚便直接送去了前线，对此乌古深信不疑。但他觉得奥兰娜的反应有点走极端。他当然仍旧可以去农贸市场。他当然没有必要天没亮就起床去打水。

乌古听到起居室里有人在说话。斯佩修尔·朱利叶斯的声音很大，几乎可以与主人比拼。乌古将把蛋糕端出去，然后到菜地里除草，那些蔬菜形状扭曲；或者，他也许会去坐在那一堆水泥砖上，望着对面的房子，看一看埃伯莱奇是否会出来大喊："邻居，你还好吗？"他将挥挥手表示回应，想象着伸手去捏埃伯莱奇的屁股。让他惊讶的是，每次埃伯莱奇跟他打招呼，他都感到十分快乐。蛋糕外皮松脆，里面柔嫩湿润，他切了薄薄的几片，盛在小碟子里端了出去。起居室里，斯佩修尔·朱利叶斯和奥兰娜坐着,主人站着,指手画脚地描述着他刚去过的一个小村庄,村民在小河神龛前供奉了一只山羊,以赶走野蛮人。

"一整只山羊!可惜浪费了那么多蛋白质!"斯佩修尔·朱利叶斯说着,大笑起来。

主人没有笑。"不,不,你不应该低估这些做法产生的重要的心理作用。我们从不叫他们把山羊吃掉。"

"啊,蛋糕!"斯佩修尔·朱利叶斯说。他没用叉子,直接把一片蛋糕塞进嘴里,"很好吃,很好吃。乌古,你得教一教我家里的人,因为他们只会用面粉做钦钦,每天都是钦钦,钦钦,硬邦邦的,没有任何味道。我的牙齿已经完了。"

"乌古能用任何东西创造奇迹,"奥兰娜说,"他可以轻而易举地抢掉旭日东升酒吧老板娘的生意。"

埃克文努戈教授敲了敲敲开的门,走了进来。他的手上绑着奶油色的绷带。

"伙计,你怎么啦?"主人问。

"只是一点点烧伤。"埃克文努戈教授瞪着打了绷带的手,仿佛他刚才意识到,这表明他再也没法用长指甲抚摸东西了。"我们在做一个很大的东西。"

"是比亚法拉建造的第一架喷气式轰炸机吗?"奥兰娜调侃。

"一个很大的东西,假以时日,它会现形的。"埃克文努戈教授说,脸上带着神秘的微笑。他吃蛋糕的样子很笨拙;些许蛋糕还没到他嘴里,就掉了下来。

"应该是破坏分子探查器。"主人说。

"对！该死的破坏分子。"斯佩修尔·朱利叶斯发出吐唾沫的声音。"他们出卖了埃努古。你怎么能让平民光拿着大砍刀保卫我们的首都呢？他们也是这样失去了恩苏卡，莫名其妙地撤退。不是其中一个指挥官有个豪萨老婆吗？她在他吃的东西里下了药。"

"我们会夺回埃努古。"埃克文努戈教授说。

"野蛮人已经占领了埃努古，我们怎么能夺回来？"斯佩修尔·朱利叶斯说，"他们连马桶座圈都抢走了！从乌迪逃出来的一个人告诉我的。他们选择最好的房子，强迫别人的老婆和女儿为他们叉开大腿，为他们做饭。"

乌古的脑海里清晰地浮现出母亲、阿努利卡和内西纳齐大腿张开，被一个晒黑的、肮脏的豪萨人压在身下的图像，禁不住打了个寒噤。他走出门，坐在一块水泥砖上，迫切地渴望能够回家，哪怕只待一分钟，只为了确定她们没有出事。或许野蛮人已经到了那里，已经占据了姑姑家带瓦楞铁皮屋顶的茅屋。或者，也许他的家人已经赶着山羊和鸡出逃，就如源源不断来到乌穆阿希亚的那些人。难民：乌古看见了他们，街上、公共地洞里、农贸市场里的新面孔，一天比一天多。女人敲着门，常常问，有没有以工作换取食物的机会？她们带着瘦弱、裸体的孩子。有时候，奥兰娜先给他们一些泡在凉水里的木薯粉，而后告诉他们，她这里没有活儿。穆奥凯卢夫人收留了亲戚，一家八口。她把孩子们带过来，跟宝贝玩耍，每次等他们离开后，奥兰娜会叫乌古仔细翻找宝贝的头发，查看是否有虱子。邻居们也收留了亲戚。

主人的堂表兄弟也来待了几星期，睡在起居室里，后来他们参军走了。到处都是疲惫不堪、无家可归的难民，所以一天下午，奥兰娜回到家里，说阿夸库玛小学将被改为一座难民营时，乌古并不感到惊讶。

"他们已经搬来了竹床和炊具。动员部新任部长下星期过来。"她的声音很疲倦。她揭开炉子上的锅盖，瞪着一片片的水煮山药。

"孩子们怎么办，夫人？"

"我问过校长，我们能否换一个地方，她看着我，哈哈大笑。我们是最后一所学校。乌穆阿希亚的其他学校都已经改成了难民营或军训中心。"她盖上锅盖，"我将在这个院子里组织学生上课。"

"和穆奥凯卢夫人一起？"

"对，还有你，乌古。你将教一个班。"

"是，夫人。"这一提议让他感到兴奋，颇为受宠若惊。"夫人？"

"什么？"

"你觉得野蛮人到了我的家乡吗？"

"当然没有，"奥兰娜厉声说，"你的家乡太小了。如果他们待在什么地方的话，那一定是大学。"

"但是如果他们是经由奥皮去的恩苏卡呢？——"

"我说过，你的家乡太小了！他们不会想待在那里。你知道，他们待在那里，图什么呀？只不过是灌木地带的一个小地方。"

乌古看着奥兰娜,奥兰娜看着他。沉重的沉默中似有兴师问罪的架势。

"我要去把我的褐色鞋子卖给奥尼查妈妈,再给宝贝做一条漂亮的新裙子。"奥兰娜终于开口说,乌古觉得她的声音很勉强。

乌古开始洗碟子。

乌古看见一辆奔驰车沿着公路轻快地驶了过来;金属车牌上,"部长"两个大字在阳光下闪闪发亮。到了埃伯莱奇家附近,闪亮宽大的奔驰车放慢了速度,乌古希望他们能停下来,问一问他,小学在哪里,让他好好看一看汽车的仪表板。但他们没有停下来,而是驶过他的身边,开进了院子。车还未完全停稳,一个穿硬挺军装的勤务兵便已跳下车,打开了后门。部长下车时,勤务兵敬了礼。

下车的是埃泽卡教授。他看上去没有乌古记忆中的那样高,他长胖了一些,瘦小的脖子也粗壮了一些。乌古目不转睛地望着他。他显得衣冠楚楚,焕然一新,尤其是他那剪裁合体的西装,但他的傲慢神情还是老样子,还有他的嘶哑嗓子。"年轻人,你的主人在吗?"

"不在,先生。"乌古说。在恩苏卡,埃泽卡教授叫他乌古;现在他似乎没有认出他来。"他上班去了,先生。"

"你的女主人呢?"

"她去救济中心了,先生。"

埃泽卡教授示意勤务兵拿来一张纸,他写了一张便条,递给乌古。他的银笔闪着微光。"告诉他们，动员部部长来过。"

"是，先生。"乌古想起来在恩苏卡时，埃泽卡教授总是挑剔地察看玻璃杯，两条瘦长的腿总是交叉着，总是对主人的话表示异议。奔驰车非常缓慢地在街上行驶着，仿佛司机清楚有多少人在行注目礼，之后，埃伯莱奇走过来。她穿着那件紧身裙子，完美地勾勒出了浑圆的臀部。

"邻居，你好吗？"她问。

"我好着哩。你呢？"

她耸耸肩，意思是不好不坏。"刚才离开的就是动员部部长？"

"埃泽卡教授？"乌古轻快地说，"对，在恩苏卡时我们和他很熟。过去他每天都到我们家来，吃我做的胡椒汤。"

"啊！"她睁大了眼睛，大笑。"他是个大人物。你看见他的车了吗？你看见他的车了吗？"

"原装进口的底盘。"

他们沉默了片刻。乌古从未与埃伯莱奇交谈过这么长时间，也从未如此近距离地注视她。很难阻挡他的视线下移到埃伯莱奇曲线玲珑、向外扩展的臀部。他拼命稳住自己的视线，集中于埃伯莱奇的脸庞、大眼睛、前额上的丘疹，还有她那用缠线长钉编织的发辫。她也在注视着乌古，乌古多希望自己没穿这条膝盖附近破了一个洞的长裤啊。

"小女孩怎么样？"埃伯莱奇问。

"宝贝很好。她睡着了。"

"你参加小学教室屋顶的修建吗?"

乌古知道,一个军队承包商捐赠了一些瓦楞铁皮,来替代被损坏的教室屋顶,志愿者则在上面堆上棕榈叶,做成伪装。但他没有打算参加。

"好的,我会来的。"乌古回答。

"到时候见。"

"再见。"乌古等着她转身,想看一看她往家走时的后背。

奥兰娜回来时,篮子是空的,她脸上半带微笑,读着埃泽卡教授留下的便条。"对,我们昨天刚听说,他就是新部长。写这么个东西,多像他的风格啊。"

乌古已经读过这张便条:"奥登尼博和奥兰娜,来过你家问候你们。下星期再来,如果这个繁重乏味的新工作允许的话。埃泽卡。"但他仍问:"怎么像了,夫人?"

"哦,他总感觉比谁都强一些。"奥兰娜把便条放在桌上,"阿查拉教授将帮我们找来一些书籍、长凳和黑板。许多女人告诉我,下星期她们将把孩子送到我们这里来。"她颇为兴奋。

"那很好,夫人。"乌古换了换脚,"我要去帮忙修学校的屋顶。我会回来给宝贝做饭。"

"哦。"奥兰娜说。

乌古知道奥兰娜此刻想到了强制征兵。"我认为帮忙做这样一件事很重要,夫人。"乌古说。

"当然。对的,你应该帮忙。但一定要小心。"

乌古一眼便看见了埃伯莱奇。她和一群男男女女在一起,弯腰对着一堆棕榈叶，剪开，编席，再递给站在木梯上的一个男人。

"邻居！"埃伯莱奇说，"我跟每个人都说，你们一家与部长有私交。"

乌古微笑着，对大家说了声"下午好"。这些男男女女也喃喃地回应："下午好"和"来了"，"你好吗"，"欢迎"，脸上满是羡慕和尊重，因为他们知道他认识谁。乌古突然觉得自己成了重要人物。有人给了他一把短弯刀。一个妇人坐在楼梯上磨着瓜子，一些小女孩在芒果树下打牌，一个男人在雕刻一根拐杖，杖头是非常逼真的元首阁下的络腮胡子头像。空气中有一股腐烂的气味。

"想象一下，住在这种地方。"埃伯莱奇靠近乌古说，"现在既然阿巴卡利基丢了，更多的人会拥过来。你知道自从埃努古失守后，食宿变成了大问题。一些在部里工作的人甚至睡在自家的车里。"

"你说得对。"乌古说，尽管他并不十分确定。他喜欢埃伯莱奇与他聊天，他喜欢她的亲近和友好。他动手修剪棕榈叶，刀法又快又准。教室里，有人打开了收音机：在乌古没听清的一个战区，英勇的比亚法拉士兵肃清残敌的行动已近尾声。

"我们的士兵们正给他们点厉害瞧瞧！"磨瓜子的妇人说。

"比亚法拉将赢得这场战争，上帝透过天象这么说的。"一个胡子编成一缕细条的男子说。

埃伯莱奇咯咯笑着，低声对乌古说："灌木地带的男人。他不知道我们的国家叫比-亚法拉，比亚法拉，不叫巴-亚法拉。"[1]

乌古大笑。棕榈叶上爬满了肥大的黑蚁，有一只爬到了埃伯莱奇的胳膊上，她大声尖叫，无助地望着乌古。乌古拂掉她胳膊上的黑蚁，触摸到了她温暖湿润的肌肤。埃伯莱奇希望乌古帮她拂去蚂蚁，她不像是真正害怕蚂蚁的人。

一个妇人背上绑着一个小男婴。她调整了一下裹着小男婴的裹裙，说："我们从农贸市场回家，还在路上，就发现野蛮人已经占领了十字路口，正炮轰村子。我们没法回家。我们必须转身逃跑。我只有这件裹裙和短上衣，还有卖胡椒得来的一点小钱。我不知道两个孩子在哪里，我去农贸市场时，把他们留在家里了。"她开始哭泣。她突如其来的泪水，以及泪水夺眶而出的模样，令乌古惊愕万分。

"妇人，别哭了。"胡子编成小辫的男子干脆利落地说。

妇人仍在哭泣。她的孩子也哭了起来。

乌古抱着一束棕榈叶走到楼梯处，他停下脚步，向一间教室里张望。做饭用的锅、睡觉用的席子、金属盒子和竹床杂乱地堆满了整个教室，教室根本不像教室，仿佛从一开始便是各种无家可归者的家。墙上贴着一张鲜艳的海报，上面写着："**一旦有空袭，请不要惊慌。如果遇见敌人，消灭了事。**"另一个背上绑着孩子的女子正在一盆脏水里洗剥了皮的木薯。她孩子的脸皱巴

---

[1] "Bee-afra"为比亚法拉的标准读音；"Ba-yafra"为该男子对比亚法拉的读法，带灌木地带的口音。

巴的。乌古走到跟前，发现正是她的水散发出腐烂的气味，差点哽住呼吸。这盆水之前用来浸泡木薯，或许持续了好几天，现在又再次利用。这种气味非常难闻，充溢着整个鼻腔，是脏马桶、腐臭的蒸豆子和变质的煮鸡蛋混在一起的气味。

乌古屏住呼吸，回到那堆棕榈叶旁。那个哭泣的妇人正在给孩子喂奶，乳房下垂。

"要不是我们中间的那些破坏分子，我们镇不会被敌人占领！"胡子编成小辫的男子说，"我是一个民防队员。我知道我们发现了多少潜入者，他们都是河流州的人。我给你们说的是，我们不能再信任那些不会讲伊博语的少数民族。"他听到一些男孩子大叫着在学校院子里玩战争游戏，便打住话头，转过头来。他们看上去大约十岁或十一岁，头上戴着香蕉叶，端着竹子做的假枪。最长的枪属于比亚法拉一方的统帅，一个颧骨高耸、面容冷峻的高个男孩。"前进！"他喊道。

孩子们匍匐前进。

"开火！"

他们大力甩着胳膊，猛掷石头，随后抓起枪，冲向另一些男孩，他们是尼日利亚一方，失败者。

留胡子的男子鼓起掌来。"这些孩子太棒了！只要把武器给他们，他们能叫野蛮人滚回去。"

其他人也鼓着掌，为这些孩子喝彩。棕榈叶暂时被忘却了。

"你们知道吗，战争一开始，我就想参军，"留胡子的男子说，"我到处寻找机会，但他们都因为我的腿而拒绝了我，结果我只能参加民防组织。"

"你的腿怎么啦?"磨瓜子的妇人问。

男子抬起腿。他失去了半只脚,剩下的像是一截枯萎的老山药。"我在北部的时候失去了半只脚。"他说。

在接下来的沉寂中,棕榈叶的噼啪声格外响亮。一个妇人冲出了一间教室,追赶着反复拍打一个小孩的头。"这么说,你只打碎了一只碟子?不,接着来呀,打碎我所有的碟子好了。都打碎!都打碎!我们有很多,不是吗?我们把全部的碟子都带来了,不是吗?都打碎!"她说。小女孩朝芒果树跑去。她的母亲走进教室之前,站在那里咒骂了一会儿,嘟哝着说,派这个孩子来打碎不多几个碟子的魂灵不会得逞。

"那孩子为什么就不该打碎一只碟子?到底能用这只碟子吃什么?"喂奶的妇人吸着鼻子,烦躁地说。大家大笑起来,埃伯莱奇靠近乌古,悄声说留胡子的男子有口臭,这可能是军队不要他的原因。乌古心痒难耐,想把自己的身体与埃伯莱奇紧贴在一起。

他们两人一起离开,乌古回头看了看,确定大家都注意到他们走在一起。一个身穿比亚法拉军装、头戴头盔的士兵从他们身边走过,嘴里说着一口洋泾浜英语,发音拙劣,不知所云,声音大得过分。他走路的时候身子歪斜,似乎要向一边栽倒。他只有一只胳膊,另一只只剩下残肢,断在胳膊肘那里。埃伯莱奇注视着他。

"他家里人不知道。"她平静地说。

"什么?"

"他家里人以为他身体健康,在为我们的建国大业战斗。"

士兵张嘴大喊:"不要浪费你们的子弹!我说,一颗子弹一个野蛮人,立竿见影!"小男孩们聚集到他的周围,奚落他,冲他大笑,为他唱赞美诗。

埃伯莱奇稍微加快了步伐。"我哥哥从一开始就参了军。"

"我不知道。"

"是的。他只回过一次家。街上的每个人都出来迎接他,孩子们你争我夺,就为了摸一摸他的军装。"

她不再说话,走到她家门前时,她转身走开。"让天快亮起来吧。"她说。

"明天见。"乌古说。他真后悔没有跟埃伯莱奇多说一说话。

乌古在凉台上为奥兰娜的班级准备了三张长凳,在院门口为穆奥凯卢夫人的班级摆放了两张长凳;乌古的班级由最小的孩子组成,他在那堆水泥砖附近摆放了两张长凳。

开学前一天,奥兰娜对乌古和穆奥凯卢夫人说:"我们每天都教数学、英语和公民学。我们必须确保战争一结束,他们都能轻松地融入正规的学校。我们将教他们说一口完美的英语和完美的伊博语,就像元首阁下。我们将教他们对我们伟大的国家充满自豪。"

乌古盯着奥兰娜,他想知道她是不是流泪了,还是只因为阳光太刺眼。他想尽最大努力,学会奥兰娜和穆奥凯卢夫人的本事，驾轻就熟地教书，让奥兰娜看一看他有能力做到这一点。开学第一天，乌古正把他的黑板安在树桩上，斯佩修尔·朱利叶斯的一个女亲属把女儿送过来了。她瞪着乌古。

"这个人是老师？"她问奥兰娜。

"是的。"

"他不是你的家仆吗？"她的声音很尖厉。"什么时候仆人开始教书了，请问？"

"如果你不想让孩子学习，那就带她回家吧。"奥兰娜回答。

妇人拽着女儿的手离开了。乌古认定奥兰娜的目光里将充满同情，这比刚才那个妇人更让他恼火。然而，奥兰娜耸耸肩说："甩掉她太好了。她女儿长了虱子。我看到她头发里有虱卵。"

其他孩子的父母态度不同。他们望着奥兰娜，望着她美丽的脸庞，还有她要求不高的费用和完美的英语，心里充满了敬畏和尊重。他们带来了棕榈油、山药和炒木薯粉。一个穿梭于敌我防区做生意的女子带来了一只鸡。一个军队承包商送来了两个孩子，还有一纸箱书：除了启蒙读物，还有六本《奇凯与河》[1]、八本《傲慢与偏见》的简写本。奥兰娜打开纸箱，张开双臂拥抱了这个男子，男子的脸上流露出惊愕、邪念和快感，令乌古倍感厌恶。

一星期后，乌古不露声色地得出结论：穆奥凯卢夫人的学

---

[1] 《奇凯与河》（*Chike and the River*），尼日利亚著名伊博作家钦努阿·阿契贝（1930—2013）的儿童文学作品，出版于1966年。

识少得可怜。她小心翼翼地做着简单的除法,朗读的时候声音很低,像是喃喃自语,仿佛她害怕这些字句,她责备出错的学生,但又不告诉他们正确的做法。于是,乌古只注意奥兰娜。"念清楚一些!发音要清晰!"奥兰娜总是提高声音,对她的学生说。"Set-tle(解决)。Set-tle。这个单词里没有R!"因为奥兰娜每天都让每一个学生大声朗读,乌古也让他的学生朗读一些简单的单词。宝贝常常是第一个。她是最小的孩子,还不到六岁,班里的其他孩子都七岁了,但她能正确地读出"猫""平底锅""床"等单词,口音像极了奥兰娜。不过她记不得跟别的学生一样称呼他"老师",每当她叫"乌古!"乌古只能忍住不笑出来。

第二个星期的最后一天,孩子们都回家了,穆奥凯卢夫人请奥兰娜与她一起坐在起居室。她把长得过分的布布装的裙摆拢在一起,掖进两腿之间。

"我要养活十二个人,"她说,"这还不算我丈夫那些刚从阿巴卡利基过来的亲戚。我丈夫从前线回来,只剩下一条腿。他能做什么?我打算开始做跨界生意,看看能不能买到食盐。我不能再教书了。"

"我理解,"奥兰娜说,"但是,你必须和他们一起从敌占区买东西吗?"

"比亚法拉有什么可买的?他们彻底地封锁了我们。"

"但你怎么去呢?"

"我认识一个女人。她给军队提供炒木薯粉,所以他们对她的卡车实行武装押运。我们坐她的卡车到乌富马,然后徒步走到恩奎雷-伊尼,那里有地方可以偷越边境。"

"要走多长?"

"大概十五或二十英里,下定决心之后,就没有什么做不到的。我们将带上尼日利亚的硬币,买食盐和炒木薯粉,然后走到停卡车的地方。"

"一定要小心,我的姐姐。"

"很多人都在这么做,没出过什么事。"她站起来,"只能由乌古来教我的班。但我知道他能教好。"

乌古坐在餐桌旁,让宝贝吃炒木薯粉和汤,他假装什么都没听见。

第二天,乌古接手了穆奥凯卢夫人的班级。当他向这些大一点的孩子解释一个单词的含义时,他们眼里闪烁着认知的光芒,这让他十分快乐,让他同样快乐的是,主人大声对斯佩修尔·朱利叶斯说:"我妻子和乌古正采用苏格拉底教学法,改变比亚法拉年轻一代的面貌!"他最喜欢的当然是埃伯莱奇以调侃的口吻叫他"老师"。他令她刮目相看。当他看见埃伯莱奇站在房子边上,望着他教学生时,他会提高嗓门,更加注意他的发音。埃伯莱奇开始在下课后过来串门。她和乌古一起坐在后院,或者与宝贝玩耍,或者望着乌古在菜地里除草。有时候,奥兰娜请她送一些玉米到公路那头的研磨加工点。

主人从部里带回来一些牛奶和糖,乌古偷了一些,装在旧罐头盒里,送给埃伯莱奇。她说了声"谢谢",似乎并不放在心上,于是,在一个灼热的下午,他溜进奥兰娜的房间,倒了一些香气扑鼻的爽身粉到一张折叠的纸上。他必须让埃伯莱奇对他刮目相看。埃伯莱奇嗅了嗅,拍了一些在脖子上,然后说:"我没问你要爽身粉。"

乌古大笑,在埃伯莱奇面前,他头一次感到轻松自在。埃伯莱奇给他讲述父母把她推进那个军官卧室的故事,乌古饶有兴致地听着,仿佛他从未听过似的。

"他有一个大肚子,"她说,听上去似乎事不关己,"他很快就完事,然后叫我躺在他身上。他睡着了,我想下来,可他又醒了,叫我躺着别动。我睡不着,所以一整夜我都看着口水从他的嘴角流下来。"她顿了顿。"他帮了我们。他把我哥哥安排在军队的核心部门。"

乌古别过脸去。他对埃伯莱奇的经历感到愤怒,他对自己感到愤怒,因为这个故事使他情不自禁地想象埃伯莱奇赤身裸体的模样,下身有了反应。接下来的几天里,乌古想象着自己和埃伯莱奇同床共枕,与她和那个上校的经历相比,他们的感觉必定不同。他将给予埃伯莱奇足够的尊重,善待她,按她喜欢的方式来做,只按她的想法来做。他将向她展示他在恩苏卡时,从主人的《夫妻生活简明手册》中学来的姿势。这本薄薄的书被压在书房书架上布满灰尘的一角,乌古打扫房间时,第一次看到了这本书,他赶紧翻了翻,快速扫视着书里的铅笔素描图示,正因为这些图示不是真人实景,反倒更令人兴奋。后来,乌古意识到主人可能已经忘记了这本书,于是,他把书带到男仆宿舍,仔细研究了几个晚上。他曾打算与钦耶雷试一试其中的一些姿势,但从未付诸实施:她的夜访总是在有条不紊的沉默中完成,使得任何创新都不可能。乌古多希望他从恩苏卡带来这本书。他想回忆起一些更具体的细节,比如,在身后斜插姿势中,女方如何用手辅助。乌古在主人的卧室里寻找,感觉自己在犯傻,因为他清楚,这里不可能有《夫妻生活简明手册》。随后,他心里涌起一股深深的悲哀:桌子上,整个屋子里,书少得可怜。

乌古正做着宝贝的早餐,主人正在淋浴,奥兰娜竟然在起居室里大叫起来。收音机开着,声音非常大。她拎着收音机,跑到后院,跑到外屋。"奥登尼博!奥登尼博!坦桑尼亚承认了我们!"

主人出来了,腰上松松垮垮地系着发潮的裹裙,胸膛上布满了密密麻麻、湿润有光泽的胸毛。他面露微笑,没有戴厚厚的眼镜,看上去有些滑稽。"什么?什么?"

"坦桑尼亚承认了我们!"奥兰娜说。

"啊?"主人惊叫。他们抱成一团,嘴贴着嘴,脸贴着脸,如此亲密,似要吸入彼此的气息。

之后,主人接过收音机,调着频率。"我们证实一下。听听其他电台的广播。"

《美国之音》正在报道,法国电台也在播送这则新闻,奥兰娜翻译如下:坦桑尼亚是承认比亚法拉独立国家地位的第一个国家。比亚法拉的存在终于得到了认可。乌古胳肢着宝贝,宝贝哈哈大笑。

"尼雷尔[1]将作为一个真理的追随者而流芳百世,"主人说,"当然,其他的很多国家也想承认我们,但因为美国,他们不能做出此种表态。美国是个绊脚石!"

乌古不清楚,其他国家不承认比亚法拉,美国何以该受谴责?他以为英国是真正的罪魁祸首。不过,那天下午,他带着权威的口吻,向埃伯莱奇复述了主人的话,仿佛那是他的肺腑之言。天很热,他在凉台的荫凉处找到了埃伯莱奇,她躺在席子上睡觉。

"埃伯莱奇,埃伯莱奇。"乌古叫道。

她坐起身,两眼发红,感觉很受伤,每一个从睡梦中被惊醒的人都是这副神情。但等她看清来人是乌古时,不由得笑了。"老师,今天的课上完了?"

"你听说了吗,坦桑尼亚承认我们了?"

"对,听说了。"她揉着眼睛,大笑着说,快乐的笑声让乌古更感快乐。

"其他的很多国家没有承认我们,原因在于美国;美国是个绊脚石。"乌古说。

"对。"埃伯莱奇说。他们肩并肩坐在台阶上。"今天我们双喜临门。我姑姑现在是天主教国际明爱会的州代表。她说,要在圣约翰教堂的救济中心给我提供一个工作。这意味着我将得到额

---

[1] 朱利叶斯·康巴拉吉·尼雷尔(1922—1999),坦桑尼亚联合共和国首任总统(1964—1985),非洲统一组织领导人之一。

外的淡鳕鱼干！"

埃伯莱奇伸出手，两根手指轻轻用力，开玩笑似的掐了掐乌古脖子上的肌肤。乌古看着她。他不仅想轻捏她赤裸的臀部，还希望一觉醒来时，躺在她身边，而且知道每天都会躺在她身边，更希望与她交谈，聆听她的大笑。埃伯莱奇根本不像钦耶雷，一个他喜欢的方便的性伴侣，她更像一个真实的内西纳齐，基于她的一言一行，而不是基于对她言行的想象，乌古慢慢喜欢上了她。乌古意识到这一点，心潮澎湃，他想一遍又一遍地说，他爱她。他爱她。但他没有说。他们坐在那里，称赞着坦桑尼亚，梦想着淡鳕鱼干，一辆标致403飞速驶过大街时，他们仍在天马行空地漫谈。标致403向后倒着车，发出很响的急刹车声，似乎司机想尽可能地吸引别人的注意力，车最后停在房门前。车身上用红漆潦草地写着"比亚法拉陆军"几个字。一个士兵端着枪下了车，他身穿笔挺齐整的军装，衣襟上的熨烫痕迹很明显。士兵朝他们走过来，埃伯莱奇站起身。

"下午好。"埃伯莱奇说。

"你是埃伯莱奇吗？"

她点点头。"是我哥哥吗？我哥哥出了什么事？"

"不是，不是。"士兵似乎心知肚明，一脸不怀好意，乌古一看便心生厌恶。"恩沃古少校在找你。他在路那头的酒吧里。"

"哦！"埃伯莱奇张着嘴，手按在胸口。"这就来，这就来。"她转身跑进屋里。她的兴奋让乌古感觉遭到了背叛。士兵正瞪着他。

"下午好。"乌古说。

"你是谁?"士兵问,"一个悠闲的老百姓?"

"我是老师。"

"老师? Onye nkuzi(老师)?"他前后晃动着枪。

"是的,"乌古用英语回答,"我们在这个居民区里组织上课,把比亚法拉建国大业的奋斗目标教给小的们。"[1]他希望自己的英语说得像奥兰娜,他也希望他的装腔作势能够吓住士兵,不再问更多的问题。

"什么课?"士兵问,听起来像是嘟哝。他似乎觉得乌古不同寻常,又有些不知所措。

"我们主要教公民学、数学和英语。动员部部长对我们的努力提供了赞助。"

士兵瞪圆了双眼。

埃伯莱奇匆匆跑了出来;她的脸上抹了薄薄的一层白粉,眉毛涂黑了,嘴唇如同一道红色的伤口。

"走吧。"她对士兵说。她弯下腰,悄声对乌古说:"我要走了。如果他们找我,就说我去恩戈齐家取东西去了。"

"好了,我的老师!再见!"士兵说,乌古感觉他的眼睛闪过一丝得意,这个愚蠢的文盲。乌古无法忍受自己眼巴巴地看着他们离开。他转而盯着自己的指甲。受伤的感觉,加上慌乱和尴

---

[1] 译文保留乌古说的英语原貌,为了说明与乌古初到奥登尼博家相对比,其英语进步很大,最终能用英语写作。

尬，让他变得脆弱。他无法相信，埃伯莱奇跑去看望一个她从未对他提过的男人，刚才竟然让他帮她撒谎。乌古走过公路，两腿沉重迟缓。这一天余下的时间里，他做的每一件事都染上了苦涩的滋味，他不止一次想去酒吧，看一看正在发生的一切。

埃伯莱奇敲后门时，天已经黑了。

"你知道他们已经把旭日东升的名字改了？"她笑着说，"现在叫坦桑尼亚酒吧！"

乌古看着她，一声不吭。

"大家演奏坦桑尼亚音乐，跳着舞，一个商人给所有的客人点了鸡肉和啤酒。"她说。

乌古的嫉妒深入骨髓；嫉妒攥住了他的喉咙，要把他掐死。

"奥兰娜阿姨呢？"埃伯莱奇问。

"她和宝贝在读书。"乌古费劲地说。他想摇晃埃伯莱奇的身体，逼她告诉他整个下午的真实经过，她和那个男人做了什么，嘴上的唇膏为什么消失了。

埃伯莱奇叹了一口气。"有水吗？我口渴。今天我喝了啤酒。"

乌古不能相信，她竟然如此满不在乎，如此心安理得。他在一个杯子里倒了一点水，埃伯莱奇慢慢地喝着。

"几个星期前，我碰到了那个少校。我去奥尔卢时，他让我搭了便车，但我想他不会记得我。他真是一个大好人。"埃伯莱奇顿了一下，"我告诉他，你是我哥哥。他说他保证，不会有人来抓你壮丁。"她对这一成果似乎很是骄傲，乌古却感觉她在故意拔着他的牙齿,一颗接着一颗。

他转过身。他不需要从埃伯莱奇的情人那里得到恩惠。"我必须洗漱了。"他生硬地说。

埃伯莱奇又喝了一杯水,说:"快点吧,让天快亮起来吧。"便离开了。

乌古不再去埃伯莱奇的房子。她打招呼时,乌古也不理睬,她瞪大双眼的模样,还有她的问题——"怎么啦,乌古?我做什么了,让你这么生气?"——也让乌古怒火中烧。最终,埃伯莱奇不再问这些问题,也不再和乌古说话。乌古不在乎。然而,每次听到有车驶过,乌古都会冲过去看一看是不是写着"比亚法拉陆军"字样的标致403。他看见埃伯莱奇在早晨离家,心想,或许她和少校已经找到了一个定期约会的场所,这种想法一直持续到一天晚上,她过来把一些淡鳕鱼干送给奥兰娜。乌古打开门,接过小包裹,一言不发。

"真是个好姑娘,真是个好姑娘,"奥兰娜说,"她在那家救济中心一定表现很好。"

乌古没有搭话。奥兰娜对埃伯莱奇的喜爱让他很不高兴,同样刺激他的还有宝贝总爱打听埃伯莱奇阿姨什么时候过来和她玩耍。乌古希望她们与他一样,感到一种遭到背叛后的愤怒。他要跟奥兰娜谈一谈事情的原委。的确,他从未对她讲过这么私密的事情,但他觉得他可以讲。他精心谋划,把时间安排在星期五。那天,主人下班后,和斯佩修尔·朱利叶斯一起去了坦桑尼亚酒吧。奥兰娜带着宝贝看望穆奥凯卢夫人去了,乌古趁着等她们回来的工夫,在菜地里除草,心里很担心他的故事太虚幻。奥兰娜将充满耐心地冲着他笑,主人说了什么滑稽可笑的事时,她也是这么笑的。毕竟,埃伯莱奇从未向他表露过内心的情感。但毫无疑问的是,她不可能假装不知道乌古对她的感觉。即便她对乌古没有同样的感觉,她用那种方式出乎意料地把她的军官情人推到乌古面前,也太冷酷无情了。

乌古鼓励自己坚强起来,他走进屋里,听见了奥兰娜的声音。她们在起居室里,宝贝坐在地板上,拆着包在一张旧报纸里的什么东西。

"回来了,夫人。"乌古说。

奥兰娜转身看着他,她的眼神一片茫然,令乌古吓了一跳。出事了。也许奥兰娜已经发现,乌古把一些炼乳给了埃伯莱奇。但她的眼神太空洞,太深不可测,不太可能只是对乌古几星期前偷炼乳的行为感到愤怒。出了大事。宝贝又病了?乌古瞥了一眼宝贝,她一门心思在拆旧报纸包装。一想到会有坏消息,乌古的胃里一阵痉挛。

"夫人?有事发生了?"

"你主人的母亲去世了。"

乌古走近了一些,因为奥兰娜的话已经凝固,变成了在空中盘旋的某种悬浮物,他够不着。过了一会儿,他才醒过神来。

"他的表弟送了一个口信,"奥兰娜说,"他们在阿巴开枪打死了她。"

"哎呀!"乌古把手放在头上,拼命地回忆着最后一次看见妈妈时,她的模样,当时她站在可乐果树下,不愿离家逃走。但乌古无法记起她的模样。他反倒是记起了她在恩苏卡的一个模糊影像:她在厨房里,剥开一个胡椒荚果。他的眼睛里充满了泪水。他想知道还会听到什么不幸。野蛮的豪萨人也许占领了他的家乡,也许他们也杀害了他的母亲。

主人回家后,走进他的卧室,乌古不知道是该跟进卧室,还是该等他出来。他决定等主人出来。他打开煤油炉,给宝贝做糊糊。他很后悔,当初如果不是那么厌恶妈妈做的刺鼻的汤,该多好。

奥兰娜走进了厨房。

"你用煤油炉干什么?"她大叫。"你是个笨蛋吗?你是个笨蛋吗?我不是告诉过你,要节省煤油吗?"

乌古吓了一跳。"可是夫人,你说的是,我应该在炉子上给宝贝做饭。"

"我没说过!出去,烧一堆火!"

"对不起,夫人。"但奥兰娜的确说过。现在只有宝贝一天吃三顿,其他人吃两顿,奥兰娜让他在煤油炉上做宝贝的饭菜,因为木柴的烟熏味会让宝贝咳嗽。

"你知道煤油多贵吗?就因为你用的东西无需你付钱,你认为你便可以为所欲为?在你的家乡,连木柴不也是奢侈品吗?"

"对不起,夫人。"

奥兰娜坐在后院的一块水泥砖上。乌古生了一堆火,把宝贝的食物做好。他感觉到奥兰娜在看着他。

"你的主人不愿和我说话。"奥兰娜说。

紧接着是一阵沉默,乌古感受到与奥兰娜之间的亲近,心里极为别扭;奥兰娜从未像这样和他聊过主人。

"很遗憾,夫人。"乌古说着,坐在了奥兰娜的身边。他想把一只手放在她的背上,安慰她,但他做不到,于是他让这只手悬在空中,离奥兰娜几英寸远,最后,奥兰娜叹了一口气,站起来,走进屋里。

主人出来,朝外屋走去。

"女主人把发生的事告诉了我,先生,"乌古说,"我很难过。我很难过。"

"好,好。"主人说着,没有停下轻快的步履。

对乌古来说,他们之间的交流很不够。他感到妈妈的去世要求他们之间进行更多的言语和手势交流,还有更多的共处时间。但主人几乎没瞥他一眼。后来,斯佩修尔·朱利叶斯过来说"我很难过"时,主人的回答也是同样的简单,步履也是同样的轻快。

"我们当然必须预料到死伤。死亡是我们获得自由的代价。"主人说着,突然站起来,走进了卧室,奥兰娜眼含热泪,只能冲斯佩修尔·朱利叶斯摇头。

第二天,乌古以为主人要待在家里,不去上班,但他冲澡的时间竟然比平常还早。他没喝茶,也没碰乌古热好的昨晚剩下来的山药片。他没有把衬衫掖进裤子里。

"你就是不能越界跑去比亚法拉-Ⅱ敌占区,奥登尼博。"奥兰娜说,她跟着主人出来,朝他的车走去。主人把堆在车顶的棕榈叶推了下来。奥兰娜不停地说着乌古听不清的话,而主人打开引擎盖,弯腰看着里面,一声不吭。他钻进车里,轻轻挥了一下手,开车走了。奥兰娜沿着公路跑掉了。乌古以为她在追赶主人的车,这个荒谬的念头持续了片刻,但奥兰娜回来说,她请斯佩修尔·朱利叶斯跟上主人,把他带回来。

"他说他必须去掩埋她的尸体。但是路都被敌人占领了。路都被占领了。"奥兰娜说。她的眼睛凝视着院子门口。每听到有动静——卡车的隆隆声,叽叽喳喳的鸟叫声,孩子的哭声——她便从凉台的长凳上跑出去,朝公路上张望。一群拿着大砍刀的人唱着歌走了过去。带头的只有一只胳膊。

"老师!干得好!"他们看到了奥兰娜,其中一个人喊道,"我们要去进行彻底的搜查!我们要让潜入者无处可藏。"

这群人眼看要走过去了,奥兰娜猛地跳起来,大喊:"请留意我丈夫开的一辆蓝色欧宝车。"

其中一个人转过身,挥了挥手,脸上露出些许的不解。

即便在茅草遮篷下,乌古依然能感受到下午的大太阳热气袭人。宝贝光着脚,在前院玩耍。斯佩修尔·朱利叶斯的加长美国车开了进来,奥兰娜站起身。

"他没回来吗?"斯佩修尔·朱利叶斯坐在车里,问道。

"你没看见他。"奥兰娜说。

斯佩修尔·朱利叶斯一脸担忧。"但是,是谁告诉奥登尼博,他能通过被敌人占领的公路?谁告诉他的?"

乌古希望这个家伙闭上嘴巴。他没有权利批评主人,与其穿着那件丑陋的外套坐在车里,不如掉转车,仔细找一找主人。

斯佩修尔·朱利叶斯走后,奥兰娜坐下来,身子前倾,双手抱着头。

"想喝水吗,夫人?"乌古问。

她摇摇头。乌古注视着太阳落山。黑夜来得飞快,来得残酷,没有从亮到暗的渐变。

"我该怎么办?"奥兰娜问,"我该怎么办?"

"主人会回来的,夫人。"

但主人没有回来。奥兰娜坐在凉台上,头靠着墙,一直等到过了午夜。

27

理查德坐在餐桌旁,门铃响了。他调低了收音机的音量,重新摆放了书写纸,然后才开了门。哈里森站在门口,他的前额、脖子、胳膊和卡其布短裤下的双腿都打了绷带,血迹斑斑。

湿润的红色血迹让理查德感到眩晕。"哈里森!天哪!出了什么事?"

"下午好,主人。"

"你受到袭击了?"理查德问。

哈里森进了屋,放下他的破袋子,大笑起来。理查德瞪着他。哈里森举手拆开头上带血的绷带时,理查德说:"别,别,没有必要。根本没有必要。我马上叫司机。我们送你去医院。"

哈里森猛地拉掉了绷带。他的头光滑完好;没有深深的伤口,没有任何流血的印迹。

"是甜菜,先森。"哈里森说着,又笑了起来。

"甜菜?"

"是的,先生。"

"你的意思是,不是血?"

"不是,先生。"哈里森往起居室里又走了几步,想站在角落里,但理查德让他坐下。他怯怯地坐在椅子边上。他从头道来,脸上的笑容消失了。

"我从家乡来,先森。我没在给任何人讲,我们的家乡很快就会沦陷,这样一来,他们就不会再说我是破坏分子。不过谁都正知道野蛮人近在咫尺。就在两天前,我们还听到炮声,但镇政府理事会说是我们的军队在操练。于是我把家人和山羊都送到最靠里面的农庄。然后我启程来哈科特港,因为我不知道主人的情况。好几个星期前,我托布莱登教授的司机给您带过口信。"

"我没收到任何口信。"

"愚蠢的家伙,"哈里森咕哝了一句,又继续说,"我在把布浸在新鲜的甜菜汁里,再把它们当成绷带缠在身上,我在说我是空袭幸存者。只有这样说,那些民兵才让我搭乘卡车。只有受伤的男人才能跟在女人和孩子后边。"

"恩苏卡怎么样?你怎么离开的?"

"过去好几个月了,先森。当我听见炮声的时候,正把您的东西打包,把手稿装在盒子里,埋在花园,靠近乔莫上次种的那种小花。"

"你把手稿埋在地下?"

"是的,先森,因为不埋起来的话,在路上会被他们抢走的。"

"对,没错。"理查德说。希望哈里森把《套绳青铜罐的时代》带在身边,是不合情理的要求。"那么,这些日子你们怎么熬过来的?"

哈里森摇摇头。"饿得厉害,先森,我的族人都盯着山羊。"

"盯着山羊?"

"看看山羊在吃什么,看见之后,他们也煮同样的叶子,把汤给孩子喝。可以治疗恶性营养不良。"

"明白了,"理查德说,"现在去男仆宿舍,洗一洗。"

"是,先森。"哈里森站了起来。

"你现在有什么计划?"

"先森?"

"你打算回家乡吗?"

哈里森拨弄着胳膊上的绷带,绷带上沾着厚厚的假血。"不,先森。我等着战争结束,所以我想为您做饭。"

"当然可以。"理查德说。这是好事,因为凯内内的两个仆人参军了,只剩下伊凯基德。

"可是,先森,他们说,哈科特港很快就会被占领。野蛮人带着很多英国军舰来了。他们正在哈科特港外发动炮击。"

"去吧,去洗个澡,哈里森。"

"是,先生。"

哈里森走后,理查德调高了收音机的音量。他喜欢卡杜纳电台播音员带阿拉伯口音的说话节奏,但不喜欢他用无比欣喜、信心十足的口吻说:"哈科特港解放了!哈科特港解放了!"在过去的两天里,他们一直报道着哈科特港的陷落。拉各斯电台也是如此,但语气里少了些许欣喜。英国广播公司也宣称,哈科特港的即将陷落意味着比亚法拉的灭亡,比亚法拉将失去它的赖以维持生计的海港、机场和石油资源控制权。

理查德拔掉桌上酒瓶的竹塞,给自己倒了一杯酒。这种粉色的液体如一股暖流席卷了他的全身,舒服极了。各种情感在他的内心盘旋:为哈里森活着感到欣慰;因手稿埋在恩苏卡感到失望;对哈科特港的命运感到忧虑。在倒第二杯酒之前,理查德读着酒瓶上的标签:比亚法拉共和国,研究与生产部,瞧一瞧牌雪利酒,酒精度45%。理查德缓缓地呷着酒。马杜上次过来时,带来了两箱这种酒,开玩笑地说,旧酒瓶里装本地酒,也属于打赢战争的努力。

"研究与生产部的人声称,奥朱库喝这种酒,但我表示怀疑,"马杜说,"我自己只喝那些清澈的,因为我不信任他们的染色技术。"

马杜如此不敬,竟然对元首阁下直呼其名,这总让理查德感到不快,但他没有说出心中的不快,因为他不愿看见马杜按捺不住、自鸣得意的微笑,马杜脸上曾带着同样的微笑,对凯内内说:"我们的车用煤油和棕榈油的调和油",或者,"我们已经完善了飞翔的奥布尼圭地雷,"或者,"我们用废金属做了一辆坦克车。"他用"我们"这个词,带着排除异己的意味。他用深沉的口吻故意强调"我们",其实是暗示理查德不是"我们"的一部分,客人不可能享受主人的自由权利。

因此,理查德颇感不解的是,几星期前,凯内内竟然告诉他:"马杜希望你为宣传部写一些文章。他将给你一个特别通行证,并提供汽油,让你能够四处活动。他们将把你的文章送到我们在海外的公关人员手里。"

"为什么是我?"

凯内内耸耸肩。"为什么不能是你?"

"他恨我。"

"别那么戏剧性。我觉得他们想找有经验的知情人来写一写文章,这些文章可不能光写比亚法拉的死亡人数。"

刚开始,"知情人"这个词让理查德心花怒放。但疑虑很快袭上心头;毕竟,"知情人"是凯内内使用的词语,而不是马杜。马杜视他为外国人,或许这便是马杜认为他擅长写这类文章的原因。马杜打来电话,问他是否愿意时,理查德回答说:"不。"

"你仔细考虑过吗?"马杜问。

"如果我不是白人,你不会想到请我。"

"我请你,当然是因为你是白人。因为你是白人,他们会郑重对待你的文章。听着,事实在于,这不是你的战争。这不是你的建国大业。如果你提出要求,你的政府在一分钟之内便可以让你撤走。所以,光举着柔软的树枝高喊'权力,权力',来表示你对比亚法拉的支持,是不够的。如果你真的想做点贡献,这就是你能够做贡献的方式。世界必须了解正在发生的一切,必须了解真相,因为我们在死去,他们不能就这样保持沉默。他们会相信一个在比亚法拉生活,但没有受过新闻专业训练的白人。你可以告诉他们,即便苏俄人和埃及人驾驶尼日利亚的米格-17战斗机、伊尔-28轰炸机和L-29'幻境'教练机天天轰炸我们,我们仍然屹立不倒,所向披靡;你可以告诉他们,他们是如何让运输机也派上了用场,炸弹拙劣地滚落下来,杀害我们的妇女和儿童;你可以告诉他们,英国人和苏联人组成了非神圣同盟,向尼日利亚提供越来越多的武器,美国人拒绝向我们提供帮助;你可以告诉他们,我们运送救济品的飞机在夜里不开灯,飞抵目的地,因为如果是白天,尼日利亚人会把飞机打下来……"

马杜顿了一下,喘一口气,理查德说:"好的,我愿意。""我们在死去,他们不能就这样保持沉默",这句话在他的脑海中回响。

理查德的第一篇文章写的是奥尼查的陷落。他写道,尼日利亚人多次强攻,试图占领这座古老的城镇,但遭到比亚法拉人的英勇抗击;战争爆发之前,这里出版了成百上千的通俗小说;燃烧的尼日尔桥冒着黑色的浓烟,宛如一曲永不服输的挽歌。他描写了天主教圣三一教堂,尼日利亚第二师的士兵先是在祭坛上拉大便,之后杀害了两百名平民。他引用了一个冷静的目击者的话:"这些野蛮人在上帝头上拉屎。我们将打败他们。"

在写这篇文章的过程中,理查德感觉像是回到了学生时代,在校长的监控下给伊丽莎白姑姑写信。理查德清晰地记得校长的模样,他的斑驳肤色,他称科学为"粪便",他一边吃麦片粥,一边在食堂里四处走动,他说这是绅士的做法。理查德仍然无法确定,当时他更厌恶的是被迫给家里写信呢,还是在写信的时候有人监控?他也无法确定,此刻他更反感的是把马杜想象成他的监控人,还是意识到他非常在乎马杜的看法?几天后,理查德收到了马杜的一封短信。"写得非常好(或许下一次,辞藻不必那么华丽?),他们已经寄到欧洲去了。"马杜的字迹很难辨认,稿纸上,"尼日利亚军队"中"尼日利亚"几个字用墨水涂掉了,潦草地添上了印刷体的"比亚法拉"三个字。马杜的来信让理查德确信,他做出了正确的决定。他想象自己是年轻的温斯顿·丘吉尔,负责报道基钦纳[1]指挥的乌姆杜尔曼战役[2],那是一场高端武器对土枪土炮的战役,但他与丘吉尔不同,他站在道义的胜利者一方。

现在,几星期过去了,他写了更多的文章,颇有如鱼得水的感觉。司机眼中最新流露的尊敬让他感到快乐,尽管理查德告诉司机不要跳下车为他开门,司机仍旧照做不误。民防队员查看他的特殊任务通行证,刚开始总会怀疑地瞅他一眼,但当他用伊博语打招呼时,他们马上喜笑颜开;人们非常乐意回答他的问题。这些都让理查德感到快乐。同样让他快乐的是,他以高人一等的姿态面对外国记者,含糊其词地谈论着这场战争的背景——全国大罢工、人口普查和西区暴乱的含意——其实他心里非常清楚,他们根本听不懂他说的是什么。

然而,最大的快乐莫过于遇见元首阁下。那是在奥韦里,一部戏剧正在上演。空袭震碎了剧院所有的百叶窗板,夜晚微风轻拂,演员的一些台词因此听上去非常模糊。理查德坐在元首阁下的身后,与他隔了几排,演出结束后,动员部的一个高级官员把理查德介绍给元首阁下。元首阁下紧握他的手,带着柔和的牛津口音说:"谢谢你正在做出的贡献",他的姿态和口音让理查德

---

[1] 霍拉肖·赫伯特·基钦纳(1850—1916),英国军事家,殖民地官员,曾指挥埃及军团夺回苏丹(1898年),残酷镇压南非布尔人,一战期间任陆军大臣(1914—1916)。

[2] 乌姆杜尔曼战役:乌姆杜尔曼是苏丹中部城市。1898年9月2日,基钦纳率领的英裔埃及军队在此附近打败了忠于苏丹宗教领袖马赫迪的部队。

镇定下来。尽管他认为这部戏的政治色彩太明显,但他没有说出来。他对元首阁下的看法表示赞同:这部戏很棒,真的很棒。

理查德听得见哈里森在厨房里的动静。他调到比亚法拉电台,刚好赶上一段新闻的结尾:敌人被楔牢在奥巴。理查德关上了收音机。他又给自己倒了一小杯酒,再把最后一句话读了一遍。他正在写关于特别突击队的报道:在老百姓中间,他们很受欢迎,备受尊敬,但他不喜欢突击队队长,一个德国雇佣兵,这种情绪影响了他的文笔,显得颇不自然。通篇读来,很是矫揉造作。雪利酒非但没有消除他的焦虑,反倒雪上加霜。他站起身,拿起话筒,拨通了马杜的电话。

"理查德,"马杜说,"运气太好了。我刚进门。"

"哈科特港有消息吗?"

"消息?"

"哈科特港是不是受到了威胁?乌姆奥库鲁希一直遭到炮击,不是吗?"

"哦,我们得到可靠的情报,一些破坏分子搞到了一些炮弹。你以为如果野蛮人真那么近,他们会那么三心二意地打炮?"

马杜的声音里透着几分调侃,理查德立即感觉自己很傻。"对不起,给你添麻烦了。我只是以为……"他听任自己的声音变得微弱。

"没关系。凯内内回来后,替我向她问好。"马杜说完,挂上了电话。

理查德喝掉了杯中的酒,准备再倒一杯,想想又算了。他把瓶塞使劲按进酒瓶口，走到阳台上。大海风平浪静。他伸了一个懒腰，飞快地捋了一下头发，似乎是想甩掉他的不祥预感。如果哈科特港沦陷，他将失去他渐渐热爱的这座城市，失去见证他爱情的这座城市，他将失去部分的自我。然而，马杜必定是正确的。对于一座即将陷落的城市，马杜不会否认，更何况那是凯内内生活的城市。如果马杜说哈科特港没有危险，那它必定没有危险。

理查德望着玻璃门里模糊的自己。他的皮肤晒成了古铜色，头发看上去更浓密，稍有些凌乱，他想起了兰波[1]的话："我是别人。"

理查德向凯内内讲述了哈里森用甜菜汁假充人血之事，凯内内哈哈大笑。她碰了碰理查德的胳膊说："别担心，如果他把手稿放在盒子里，就不会被白蚁蛀空了。"她脱掉工作服，缓缓地伸着懒腰，理查德无比爱慕地注视着她弓起的后背，精瘦，优雅。欲望在他心里盘旋，但他要等到夜里，吃了晚餐，招待完客人，伊凯基德下去休息了。他们两人将来到阳台上，理查德把桌子推到一旁，铺开柔软的地毯，赤裸着躺在上面。凯内内跨坐在他身上，他将抱紧她的髋部，抬头凝视夜空，在那个时候，他真切地体味到了极乐的内涵。战争开始以来，这已经成了他们的新仪式，也是他对这场战争心存感激的唯一理由。

---

[1] 让·尼古拉斯·阿瑟·兰波（1854—1891），法国诗人。

"科林·威廉姆森今天来了我的办公室。"凯内内说。

"我不知道他回来了。"理查德说着,眼前立即浮现出科林被太阳晒黑的脸,他总爱说,他离开英国广播公司是因为编辑支持尼日利亚,每次一说起,便会闪现一口褪色的牙齿。

"他给我带了一封母亲的信。"凯内内说。

"你母亲!"

"她看到了科林在《观察家报》上的文章,和他取得了联系,问他是否要回比亚法拉,能否给哈科特港的女儿捎封信。她听科林说认识我们,非常惊讶。"

理查德喜欢凯内内说"我们"的口吻。"他们好吗?"

"他们当然过得还不错,没人轰炸伦敦。她说,她做噩梦,梦见奥兰娜和我快要死了,她在为我们祈祷,他们与伦敦的'拯救比亚法拉运动'有联系,这一定是说,他们捐了一小笔钱。"凯内内顿了一下,递给他一个信封。"她很聪明,把一些英镑粘在卡片的内衬。真有她的。她给奥兰娜也捎了一封信。"

理查德飞快地读着信。蓝色信纸的底端,写着"向理查德问好",这是信中唯一一次提到他。他想问凯内内,她打算如何把信送给奥兰娜,但没有问出口。过去的每个月,每一年,他们不曾提过奥兰娜,用沉默把这个话题如神明一般供奉起来。战争开始后,凯内内收到了奥兰娜写来的三封信,她只说了一句话:收到了。她没有回信。

"下星期我派人把奥兰娜的信送到乌穆阿希亚。"凯内内说。

理查德把信还给凯内内。沉默似乎在凝固。

"尼日利亚人不会停止谈论哈科特港的。"他说。

"他们攻不下哈科特港。我们最好的一个营驻守在这里。"听起来凯内内满不在乎,但她的眼睛里多了几分警惕,几个月前,她告诉理查德,她想在奥尔卢购买一栋尚未完工的房子,当时她的眼里便有这种神色。她说,拥有地产胜过拥有现金,但理查德怀疑,凯内内视其为一旦哈科特港沦陷的安全网。对他来说,哪怕只是想到哈科特港沦陷的可能性,便是亵渎神明。每个周末,他们两人去视察那栋房子,确保建筑工人没有偷窃建筑材料,理查德从不提及何时入住,仿佛是想避免亵渎神明。

理查德也不想出门旅行。他想在这里守卫着哈科特港。他觉得只要他在这里,什么事都不会发生。但欧洲的公关人员需要一篇关于乌里简易机场的报道,不得已,他一大早便出发,想在中午之前赶回来,避免碰上尼日利亚飞机低空扫射大路上的车辆。奥基圭公路的前方赫然出现了一个宽大的弹坑。司机赶紧打方向盘绕过弹坑,理查德有一种熟悉的不祥预感,但快到乌里时,他的心情又轻松了不少。这是他第一次参观比亚法拉与外界的唯一纽带,在这个堪称奇迹的简易机场里,食品和武器逃脱了尼日利亚飞机的轰炸。他钻出汽车,看到停机坪两边覆盖着浓密的灌木,想到比亚法拉人民用如此稀少的资源做出了如此众多的事情。一架很小的飞机停在停机坪的另一端。上午的阳光炽热如火。三个男子在停机坪上飞快地铺着棕榈叶,他们推着堆满棕榈叶的大推车,汗如雨下。理查德走过去说:"干得好,干得好。"

一位官员从尚未完工的机场候机楼里走出来,与理查德握了握手。"不要写太多,哦!不要泄露我们的秘密。"他开着玩笑。

"当然不会,"理查德说,"我可以采访你吗?"

官员眉开眼笑,做了一下扩肩运动,说:"对了,我主管海关与移民。"理查德忍住笑,当他提出采访要求时,他们总感觉自己是个大人物。他们站在停机坪旁交谈,这位官员刚刚进入候机楼,一个金发高个男子走了出来。理查德认出了他:冯·罗森伯爵。与理查德见过的照片相比,他看上去更显老相,接近七十岁,而不是不到六十,但这是一种优雅的衰老,他的步伐迈得很大,下巴收得很紧。

"他们告诉我,你在外边,我来跟你打个招呼。"冯·罗森伯爵说,他握手的架势,还有他的绿眼睛,都透着同等的坚定。"你那篇写比亚法拉少年旅的文章很出色,我拜读了。"

"很荣幸见到您,冯·罗森伯爵。"理查德说。荣幸之至。这位来自瑞典的贵族驾驶自己的小飞机,轰炸尼日利亚境内的目标,理查德看过了相关的报道,便一直想见他。

"了不起的人民,"伯爵瞥了一眼停机坪上的工人说,他们所做的便是确保从空中望去,黑色的停机坪像是一个灌木丛,"了不起的国家。"

"没错。"理查德说。

"你喜欢奶酪吗?"伯爵问。

"奶酪?喜欢,当然喜欢。"

伯爵把手伸进口袋,掏出来一个小包。"很棒的切达奶酪。"

理查德接过奶酪，努力掩饰着内心的惊讶。"谢谢。"

伯爵又在口袋里摸索，理查德担心他会掏出更多的奶酪。不料他拿出来一副太阳镜，戴在脸上。"别人对我说，你妻子是一个很有钱的伊博人，属于那些留下来为建国大业奋斗的富人。"

凯内内留下来为建国大业奋斗——理查德从未这样想过，但有人对伯爵这样说，还说他和凯内内已经结婚，理查德不由得心花怒放。刹那间，他心里升腾起一股强烈的情感：为凯内内感到骄傲。"是的。她是个不平凡的女人。"

短暂的沉默。奶酪拉近了彼此的距离，要求理查德有所回报，于是他打开日记本，让伯爵先看了一张凯内内在游泳池边、嘴里叼着烟的照片，又看了一张套绳青铜罐的照片。

"我爱上了伊博-乌库艺术，然后爱上了她。"他说。

"很美，两个都是。"伯爵说完，摘下太阳镜仔细看着照片。

"今天您有飞行任务吗？"理查德问。

"有。"

"你为什么这样做，伯爵？"

伯爵戴上太阳镜。"我与埃塞俄比亚的自由斗士一起工作过，在那之前，我向华沙的犹太人聚居区空运过救济品。"他说，脸上露出些许笑容，仿佛这便是答案。"现在我必须上飞机了。你做得很好，加油。"

理查德望着伯爵走远，心里想，这个腰板笔直的瑞典朝臣与那个雇佣兵是多么的不同。"我爱比亚法拉人，"那个红脸膛的德国人说,"根本不像那些残忍的刚果老黑。"说这话时,他在自己位于灌木地带中央的家里,喝着一大瓶威士忌酒,望着养女——一个蹒跚学步、长相漂亮的比亚法拉孩子——在地板上摆弄一堆旧弹片。他对孩子的态度半是喜爱,半是鄙夷,他对比亚法拉人另眼相看,这些都令理查德感到恼火。雇佣兵似乎认为自己终于在这里找到了值得喜欢的黑人。伯爵与他不同。理查德又扫了一眼那架很小的飞机,然后上了车。

回家的路上,就在哈科特港城外,理查德听到远处传来噼里啪啦的枪炮声。枪炮声不久就停了。理查德忧心忡忡。凯内内建议第二天去奥尔卢,为她的新房找一个木匠,理查德却希望他们不必走。要连着两天离开哈科特港,这令他坐卧不安。

腰果树环绕着这栋新房子。理查德记得,凯内内刚买下时,房子只完工一半,没有粉刷的墙上长着一层层霉菌,看上去让人情绪低落;他也记得,掉落地上的腰果引来了成群的苍蝇和蜜蜂,他看了只觉恶心。房子原来的主人是公路另一头那所社区初中的校长。现在,既然学校成了难民营,他的妻子也去世了,校长准备带着山羊和孩子搬到内陆去。他一再说:"这房子位于炮弹的射程之外,炮弹完全打不到这里。"理查德不由得心生疑惑,他如何知道尼日利亚人的炮弹从何处打过来?他们在新近粉刷过的空屋子里走动的时候,理查德承认,这栋平房有一种不招摇的美。凯内内从难民营里雇来两个木匠,在一张纸上画了草图,回到车里,她对理查德说:"我不相信他们能做出一张像样的桌子。"

车开出了奥尔卢,一声尖啸传来。司机紧急刹车,把车停在了公路中央,一行人跳下车,钻进茂密的绿色灌木丛中。一些在路上走的女人也跑了起来,一边跑一边扭着脖子抬头仰望。这是理查德第一次与凯内内一起隐蔽。她挨着他平躺在地上,姿势僵硬。他们的肩挨着肩。司机在他们身后不远的地方。万籁俱寂。身边有东西沙沙作响,声音很大,理查德绷紧了神经,却看见一只红头蜥蜴爬了出来。他们一直等呀等,终于爬起身来,听到一辆汽车的引擎在加速运转,附近还有人在叫喊:"我的钱不见了!我的钱不见了!"几码之外便是农贸市场。一个商户在隐蔽的过程中,钱被人偷了。理查德看见她和一些女人在敞开的摊位下面,一边叫喊,一边打手势。很难想象片刻之前,这里一片死寂;也很难想象,尼日利亚人轰炸了奥古的露天市场后,比亚法拉人的农贸市场竟然如此轻易地在灌木地带兴盛起来。

"假的空袭警报比真的更让人讨厌。"司机说。

凯内内仔细掸着身上的灰尘,但地面是湿的,泥巴沾在了衣服上;她的蓝色裙子看似经过特别设计,加了巧克力色的涂痕。他们上了车,继续向前开。理查德感觉到了凯内内的怒火。

"瞧那棵树。"理查德指着对凯内内说。从枝叶到树干,这棵树完全被劈成两半,一半兀自屹立,稍有倾斜,另一半倒在地上。

"似乎是刚劈的。"凯内内说。

"我伯父在二战中开飞机。他轰炸了德国。想到他做过这种事，感觉很是怪异。"

"你没说过他。"

"他死了。他被打下来了。"理查德顿了一下,"我要写一写我们新开的森林农贸市场。"

司机在一个检查站停下车。一辆满载沙发、书架和桌子的卡车停在路边,一个男子站在卡车边上,与一个身穿卡其布斜纹制服、脚蹬帆布鞋的年轻女民防队员交谈。她从男子身边走开,走过来,眯着眼打量理查德与凯内内。她要司机打开行李箱,看一看仪表板上的储物箱,而后伸出手要凯内内的手提包。

"如果我有一个炸弹,我不会把它藏在包里。"凯内内嘀咕。

"你说什么,女士?"年轻女子问。

凯内内没有回答。女子仔细查看手提包。她掏出来一个小收音机。"这是什么?是发射机吗?"

"不是发射机。是收——音——机。"凯内内故意放慢速度回答。年轻女子仔细看了看他们的特殊任务通行证,微笑着,调整了一下贝雷帽。"对不起,女士。不过你知道我们中间有很多破坏分子,使用怪异的小机器向尼日利亚发报。警惕是我们的口号!"

"你为什么拦下那个卡车司机?"凯内内问。

"我们正把搬空家具的人拦回去。"

"为什么?"

"这样子搬来搬去,会在老百姓中造成恐慌。"她听上去像在背诵某句排练过的台词。"没有什么可恐慌的。"

"但是如果他所在的城市要被敌人占领了,那怎么办?你知道他从哪里来吗?"

她的站立姿势变得僵硬起来。"再见,女士。"

司机刚发动汽车,凯内内便忍不住说:"一个多么可怕的玩笑,不是吗?"

"什么?"理查德问,尽管他知道凯内内的意思。

"我们在人民当中激起来的这种恐慌。女人乳罩里有炸弹!罐装宝贝牛奶里有炸弹!到处都有破坏分子!盯紧你的孩子,因为他们可能为尼日利亚工作!"

"战争时期,这很正常。"有时候他希望凯内内不要如此挑剔,"让大家认识到我们中间有破坏分子,这很重要。"

"我们中间的破坏分子只有奥朱库编造出来的那些人,因为他想把对手关起来,还有一些人,他想霸占他们的老婆。我告诉过你吧,难民开始回家后不久,一个奥尼查人买光了我们厂里所有的水泥?奥朱库和这个奥尼查人的老婆通奸,刚刚用莫须有的罪名逮捕了他。"

凯内内的脚轻点着车内的地板。她一说起元首阁下,调子总跟马杜没多大区别。她对元首阁下的蔑视无法令理查德信服。她的这种情绪起始于马杜的抱怨:元首阁下跳过他,提拔了他的下属做指挥官。如果元首阁下没有跳过马杜,或许凯内内不会如此苛责。

"你知道他关了多少军官吗?他对军官们疑虑重重,干脆让平民老百姓去买武器。马杜说他们刚从欧洲购买了一些质量拙劣的使用活动枪栓的步枪。的确,比亚法拉一旦建国,我们必须把奥朱库赶下台。"

"让谁来取代他,马库?"

凯内内大笑,理查德又喜又惊:他的挖苦话竟然让凯内内如此开心。快到哈科特港时,理查德的不祥预感又回来了,胃里有东西在流动,轰隆隆地响。

"停下来,我们要买油炸豆饼和炸鱼。"凯内内对司机说,司机踩了一脚刹车,这也让理查德感到紧张。

到家后,伊凯基德说马杜上校打过四次电话。

"我希望没出事。"凯内内说着,打开了油渍斑斑的报纸里裹着的炸鱼和豆饼。理查德拿了一块依然烫手的油炸豆饼,吹了吹,对自己说,哈科特港依旧安全。没出任何事。电话铃响了,理查德一把抓起话筒,听到马杜的声音时,他的心跳开始放缓。

"你们怎么样?有问题吗?"马杜问。

"没有。为什么问这个问题?"

"有谣言说,英国向尼日利亚提供了五艘战舰,所以今天,年轻人一直在焚烧哈科特港的英国商店和房子。我想知道你们没有受到骚扰。我可以派一两个士兵过来。"

理查德一想到他仍是一个容易受到攻击的外国人,起初的反应是恼火,随后又很感激马杜的关心。

"我们很好,"理查德回答,"我们去看了奥尔卢的房子,刚刚回来。"

"哦,很好。如果有任何情况,一定要告诉我。"马杜顿了一下,声音模糊地跟谁说了什么,而后又对理查德说:"你应该写一写法国大使昨天说的话。"

"好的,当然可以。"

"'我听说比亚法拉人像英雄一样地战斗,但现在我知道,英雄像比亚法拉人一样地战斗。'"马杜拖着长调、充满自豪地说,似乎这句赞美针对的是他个人,他想让理查德知道。

"好的,当然可以,"理查德又说,"哈科特港是安全的,对吧?"

马杜那一端出现短暂的停顿。"一些破坏分子被抓起来了,他们都是伊博人以外的少数民族。我不懂这些人为什么非要帮敌人?但我们将取得胜利。凯内内在吗?"

理查德把话筒递给凯内内。有人竟然背叛比亚法拉,简直是亵渎。理查德想起在奥韦里一家银行里遇到的一个伊贾族人和一个埃菲克族人,他们说比亚法拉一旦建国,伊博人将凌驾于他们之上。理查德告诉他们,一个从不公的灰烬中降生的国家将控制它自身的不公行径。他们看着他,目光里充满怀疑,理查德便指出,一个陆军将领是埃菲克族人,一个部长是伊贾族人,还有众多的少数民族士兵在为建国大业英勇战斗。然而,他们仍然疑虑不安。

接下来的日子里,理查德一直待在家里。他写了一篇关于森林农贸市场的报道,还常常站在阳台上,俯瞰连绵不断的公路,心里暗自等待着一群青年暴徒举着燃烧的火炬冲进房子。凯内内在下班回家的路上看到了一栋被烧毁的房子。小打小闹，凯内内这样说——他们只是烧黑了墙壁。理查德也想看一看，写一篇报道，或许把它跟他最近目睹的在政府用地上焚烧威尔逊和柯西金[1]的肖像联系起来，但他又等了一个星期，确信英国人出门在外安全有保障时，才起了个大早，到城里转一圈。

理查德惊讶地发现，阿格雷公路上新设了一个检查站，更让他惊讶的是，把守这个检查站的居然是军人。或许因为那栋被烧毁的房子。路上空荡荡的，那些头顶落花生、报纸和炸鱼在路边叫卖的小贩不见了。一个士兵站在路中央，冲他坐的车挥舞着枪，示意他们往回开。司机停下车，理查德亮出通行证。士兵根本不看他的通行证，仍旧不停地挥动手中的枪。"往回开！往回开！"

"早上好，"理查德说，"我是理查德·丘吉尔，我是——"

"往回开，不然我就开枪了！没人将离开哈科特港！没什么好恐慌的！"

士兵抓枪的手在抖动。司机把车拐个弯，开了回去。理查德的不祥预感变成了堵在鼻孔里的坚硬鹅卵石，回家后，他把发生的事告诉了凯内内，但尽量说得轻松随意。

我相信没什么事，"理查德说，"很多谣言满天飞，军队可能想阻止恐慌的情绪蔓延。"

---

[1] 阿列克谢·尼古拉耶维奇·柯西金（1904—1980），在尼基塔·赫鲁晓夫后出任苏联总理（1964—1980），但其光芒往往被苏共党总书记列奥尼德·勃列日涅夫掩盖。

"这样做当然是个好办法。"凯内内说,她的眼睛里又流露出警惕的神色。她把一些纸张塞进文件夹里。"我们应该打电话给马杜,问一问情况。"

"对,"理查德说,"那好,我去刮胡子。走之前我没时间刮。"

在浴室里,理查德听到了第一声轰鸣。他的剃须刀依旧在下巴上滑动。这种声音又响起来了:轰隆隆,轰隆隆,轰隆隆。百叶窗板震得粉碎,玻璃碎片掉到了地板上,发出叮叮咣咣的声音。一些玻璃碎片落在了他的脚边。

凯内内打开浴室的门。"我已经交代哈里森和伊凯基德,把一些东西拿到车上去,"她说,"我们不开福特,开标致。"

理查德转过身,凝视着她,忍不住想哭。他多希望自己能和凯内内一样平静,洗手的时候双手不会发抖。他拿了自己的剃须膏、凯内内的香皂和一些海绵,放进袋子里。

"理查德,我们得快点,炮击的声音非常近了。"凯内内说,又传来一连串轰隆隆的声音。她正把自己的东西和理查德的东西塞进手提箱里。存放理查德的衬衫和内衣的抽屉被拉开了,凯内内收拾东西时,动作飞快,有条不紊。理查德用手拂过摆在书架上的书籍,然后开始寻找几张纸,他准备用纸上记的笔记写一篇关于奥布尼圭的报道,那是比亚法拉自制的地雷,很了不起。他清楚地记得,他把这些纸放在桌上。他在抽屉里寻找。

"你看见我的稿纸了吗?"他问凯内内。

"在敌人推进之前,我们必须已经通过了主干道,理查德。"

凯内内说。她把两个鼓鼓的信封装进包里。

"那信封是干什么的?"理查德问。

"应急现金。"

哈里森和伊凯基德进来,动手把两个装满的箱子拉走。理查德听到头顶有飞机的轰鸣声。不可能吧。哈科特港从未遭到空袭,现在这座城市要沦陷了,野蛮人正在附近发动炮击,此时再进行空袭,毫无意义。然而,毫无疑问,这是飞机的轰鸣声,哈里森大喊:"敌机,先森!"他的喊叫纯属多余。

理查德朝凯内内跑去,但凯内内已经跑出了房间,他紧跟其后。哈里森和伊凯基德蹲在厨房的桌子底下,凯内内跑过时说:"快出来,去果园!"

屋外,空气潮湿。理查德抬起头,看见了两架低飞的轰炸机,在天空划出两条银白的长线,适于高速飞行的流线造型给人以不祥之感。

恐惧导致无助,席卷了他的全身。他们平卧在橙子树下,他和凯内内,肩并肩,保持沉默。哈里森和伊凯基德跑出了房子。哈里森趴倒在地上,伊凯基德则一直跑,身体略微前倾,双臂四下挥舞,头部上下摆动。这时传来迫击炮在空中呼啸而过的声音,阴森森的,紧接着便是落在地上的撞击声和爆炸的轰隆声。理查德把凯内内拽进怀里。一块拳头大小的弹片呼呼地飞了过去。伊凯基德还在跑,理查德看向别处,然后又瞥了伊凯基德一眼,他的头却不见了。他的身体略微前倾,双臂四下挥舞,仍在跑动,唯独头没有了。只剩一个鲜血淋漓的脖颈。凯内内高声尖叫。伊凯基德的身体在凯内内的长款美国车旁轰然倒下，飞机后撤，消失在远方，他们静静地趴在地上，等了很长时间，哈里森这才站起身，说："我这就去取袋子。"

哈里森回来时，拿了一个酒椰袋。他走过去捡起伊凯基德的脑袋，放进袋子里，理查德没有看。之后，他抓起伊凯基德仍旧温暖的脚踝，哈里森抓着伊凯基德的手腕，两人一起把伊凯基德的尸体移到果园尽头浅浅的墓穴里，理查德依旧没有直视。

凯内内坐在地上，注视着他们。

"你还好吗？"理查德问她。她没有反应。她的眼神一片茫然，怪异可怕。理查德不知如何是好。他轻轻地摇着凯内内，但她的眼神依旧茫然，于是他从水龙头里接了一桶凉水，泼在她身上。

"住手，看在上帝分上，"凯内内说完，站起身来，"你把我的裙子弄湿了。"

她从一只手提箱里掏出一条连衣裙，在厨房换上，然后出发去奥尔卢。她不再着急，缓缓地，她捋直了衣领，又用双手抚平了皱巴巴的上身。理查德开着车，混乱的噪声——迫击炮的轰隆声，越来越急促的枪声——让他心烦意乱，他以为随时会有尼日利亚士兵拦住他们，或者攻击他们，或者朝他们扔一个手榴弹。然而他完全错了，路上非常拥挤。检查站消失了。哈里森坐在后座，战战兢兢地小声说："他们正调动全部力量攻占哈科特港。"

到达奥尔卢后，他们没有看见木匠和家具，那些家伙带着预付款消失了踪影，凯内内几乎没说一句话。她只是走到公路另一头的难民营，又找来一个木匠，一个面有菜色的男子，他提出用工钱换食物。接下来的几天里，他们坐在屋外，望着木匠切割，钉钉子，用刨子刨。

"你为什么不要钱？"凯内内问他。

"要钱能买什么？"男子反问。

"你一定是脑子出了问题，"凯内内说，"有了钱，你能买的东西很多。"

"在比亚法拉做不到，"男子耸耸肩，"给我炒木薯粉和大米就行。"

凯内内没有回答。有鸟粪掉在了阳台的地上，理查德拾起一片腰果树叶，擦掉了鸟粪。

"你知道奥兰娜看见过一个把孩子脑袋带在身边的母亲。"凯内内说。

"对，"理查德回答，尽管他并不知道。凯内内从未给他讲过奥兰娜在大屠杀中的经历。

"我想去看她。"

"你应该去。"理查德深吸了一口气，让自己镇定下来，凝视着一把已经做好的椅子。椅子的拐角处不是直角，很难看。

"弹片怎么能够完全削掉伊凯基德的脑袋？"凯内内问，仿佛她希望理查德告诉她，这一切都是误会。理查德多希望自己能这样做。夜里，凯内内总会哭泣。她告诉理查德，她想梦见伊凯基德，但每天早晨醒来，她清晰地记得他那跑动的无头尸体，而在更为安全的、模糊的梦境中,她看到的是自己拿着一个雅致的金烟斗在吸烟。

小货车送来了一袋袋炒木薯粉,凯内内请哈里森不要往下搬,因为它们是给难民营的。她是新的食品供货商。

"我亲自去把食物分发给难民,我将向农业研究中心要一些大粪。"她对理查德说。

"大粪?"

"肥料。我们可以在难民营里开一片农庄。我们可以给自己提供蛋白质、大豆和四季豆。"

"哦。"

"有一个来自埃努古的男子在编篮子、做灯具方面,具有特别出色的天赋。我将让他教会其他人。我们在这里可以创造收入。我们可以促成变化!我还会请红十字会每周给我们派一位医生。"

她精力充沛,近乎疯狂,每天前往难民营,晚上回来时,筋疲力尽,连眼睛都发暗。她不再提伊凯基德。她挂在嘴边的是大约二十人住在只够一人居住的空间里,小男孩们玩着战争游戏,妇人给宝贝喂奶,还有无私的天主教圣灵会神父马赛尔和裘德。但她说得最多的是伊纳蒂米。他是比亚法拉自由斗士组织的一员,在大屠杀中失去了全部亲人,经常潜入敌军军营。他过来给难民上课。

"他认为重要的是让我们的人民知道,我们的建国大业是正义的,并且懂得这一真相背后的原因。我告诉他,用不着给难民讲联邦制、《阿布里协定》等等。他们永远听不明白。一些难民连小学都没上。但他不理我,继续花时间与小群小群的难民待在一起。"凯内内的口吻中带着钦佩,仿佛伊纳蒂米对她的忽视进一步证明了他的英雄品质。理查德憎恶伊纳蒂米。在他的想象中,伊纳蒂米完美、勇敢、令人振奋,因为失去亲人而变得无畏、敏感。等他终于见到伊纳蒂米时,当着这个鼻子长得像洋葱、脸上满是粉刺的小矮个的面,他差点哈哈大笑。但他立刻看了出来,伊纳蒂米心中的神是比亚法拉。他对建国大业抱着强烈的信念。

"当我失去全部亲人,一个不剩时,自己像是获得了重生,"伊纳蒂米平静地告诉理查德,"我就像一个新生儿,因为不再有亲人提醒我,过去我是什么样子。"

两位神父与理查德的想象也不吻合。他们平和、快乐,让他感到惊讶。他们告诉理查德:"上帝在这里行的善让我们万分惊奇。"理查德却想反问他们,为什么从一开始上帝要允许战争发生。然而,他们的信仰让他感动。如果上帝能让他们如此真诚地关心别人,上帝便是一个有价值的概念。

医生来的那天上午,理查德正与马赛尔神父谈论上帝。医生那布满灰尘的迷你莫里斯车上用红漆写着"红十字会"。在她从容地握着他的手说"我是伊尼扬医生"之前,理查德便已看出,她来自一个少数民族。他能够分辨出谁是伊博人,为此他深感自豪。是否是伊博人与他们的长相无关,而是一种心灵相通的手足情。

凯内内领着伊尼扬医生直接去了病房,即大楼尽头的教室。理查德跟在后面;他注视着凯内内谈论躺在竹床上的难民。一个怀孕的年轻女子坐起身,捂着胸口,开始咳嗽,发自胸腔的没完没了的咳嗽,光听一听便足以让人心里难受。

伊尼扬医生拿着听诊器,弯下腰,用洋泾浜英语对年轻女子轻声说:"你好吗?你好吗?[1]"

怀孕的年轻女子先是身子一缩,然后恶狠狠地吐了一口唾沫,用了很大的劲儿,连额头都起皱了。唾沫沾在伊尼扬医生的下巴上。

"破坏分子!"怀孕女子说,"是你们这些非伊博人的外人给敌人引路!别碰我!是你们把他们引到了我的家乡。"

伊尼扬医生的一只手搁在下巴上,她目瞪口呆,竟然忘了擦去唾沫。何去何从的犹疑不定中,沉默越发显得沉重。凯内内噌噌地走过去,飞快地在怀孕女子的脸颊上扇了两耳光。

"我们都是比亚法拉人!Anyincha bu Biafra(我们都是比亚法拉人)!"凯内内说,"你明白吗?我们都是比亚法拉人!"

怀孕女子跌倒在床上。

凯内内的暴力举动让理查德大吃一惊。她似乎相当脆弱,理查德担心轻轻一碰,她便会碎裂;她如此狂热地投身于这一件事——擦除记忆——恐怕会因此毁了她自己。

---

[1] 医生此处说的是洋泾浜英语"How you dey?",标准英语是"How are you?(你好吗?)"。

28

奥兰娜做了一个美梦。她不记得梦境的内容,但她记得这是一个快乐的梦,所以醒过来时,她想着自己还能做美梦,心里泛起一股暖意。她多希望奥登尼博没去上班,她要把这事告诉他,看他聆听时脸上露出温和、宽容的微笑,这笑容表明,他无须表示赞同,只管相信她。然而,自从他的母亲去世,自从他试图去阿巴却失魂落魄地回来,自从他开始起大早去上班,下班路上在坦桑尼亚酒吧停留,奥兰娜便再也没有看到过这种笑容。若不是他曾试图通过被占领的公路,他便不会像现在这样消瘦孤僻;悲伤之外,他不用为失败而徒增心灵的负担。当初她不该放他走。但奥登尼博决心已定,平静中带着敌意,似乎他觉得奥兰娜没有权利阻止他。他的话——"我必须掩埋兀鹫吃剩的尸骨"——在他们之间挖了一条鸿沟,她不知道如何架桥跨越。奥登尼博钻进车里开走之前,她告诉他:"一定有人已经埋葬了她。"

之后,奥兰娜坐在凉台上等待着奥登尼博,她憎恨自己没有说出更得体的话。"一定有人已经埋葬了她。"听起来太无关紧要了。她的意思是说,奥登尼博的堂弟阿涅克韦纳埋葬了他母亲。阿涅克韦纳的口信是托一个休假的士兵带来的,很短:阿巴被占,他偷偷溜回去,想带走一些财物,却发现妈妈倒在院墙边,死于枪伤。口信到此为止,但奥兰娜猜想,阿涅克韦纳一定挖好了坟墓。他不可能听任妈妈的尸体倒在地上腐烂。

奥兰娜不记得等待奥登尼博回家那几个小时的情形,但她记得双眼变得盲目的感觉,犹如一个冰冷的护套蒙住了她的眼睛。过去,她时不时地担心宝贝、凯内内和乌古会死去,朦朦胧胧地意识到将来可能要承受悲伤,但她从未想过奥登尼博会死。从来没有。他是她生命中的常数。午夜过了很久,奥登尼博回来了,鞋子上沾满了泥巴,奥兰娜清楚,他将不再是原来的他。奥登尼博要乌古端来一杯水,平静地对奥兰娜说:"他们一直逼着我回来,所以我把车停在一个隐蔽的地方,开始步行。最后,一个比亚法拉军官扣动扳机,说如果我不往回走,他就开枪,给野蛮人省点麻烦。"

奥兰娜搂着奥登尼博,抽泣起来。她心里虽感慰藉,却也不无悲凉。

"我没事,我的爱。"奥登尼博说。然而,他不再跟着宣传队去内陆,不再两眼放着光回到家。他反倒天天去坦桑尼亚酒吧,回来后沉默寡言。一旦开口说话,他就会谈论他那些留在恩苏卡的、没有发表的学术论文,数量多得足以让他当上正教授,天知道那些野蛮人会怎么处置它们。奥兰娜希望奥登尼博能发自肺腑地与她沟通,帮助她,使她转而能帮他释放出内心的伤痛,但每次她提起这个话题,奥登尼博便会回答:"太晚了,我的爱。"奥兰娜摸不准他的意思。她感受到了他那层层的悲伤——他永远无法获知妈妈死去的经过,永远无法平息旧日的怨恨——但她感觉不到自己与他的哀悼有何关联。有时候奥兰娜心想,这或许是她的失败,而非奥登尼博的失败,或许她缺少某种力量,不能逼迫奥登尼博把她包括在他的痛苦里。

奥凯奥马来了，表达了他的哀悼之情。

"我听说了。"奥兰娜开门后，他说。奥兰娜拥抱着他，看着从他下巴延伸至脖子的一条肿胀的锯齿状伤疤，心想，死亡的消息传得真快啊！

"他还没真正跟我谈过，"奥兰娜说，"我听不懂他对我说的话。"

"奥登尼博从不知道脆弱是怎么一回事。对他要有耐心。"奥凯奥马像是在耳语，因为奥登尼博出来了。他们拥抱着，捶打着对方的后背，奥凯奥马看着奥登尼博。

"我很难过，"他说，"我很难过。"

"我想他们向她开枪，妈妈一定觉得很惊讶，"奥登尼博说，"妈妈从来没搞明白，我们处于真正的战争状态，她的生命受到了威胁。"

奥兰娜凝视着他。

"既然发生了，就别去想了，"奥凯奥马说，"你一定要坚强。"

屋子里陷入了短暂却让人感到别扭的沉默。

"朱利叶斯带过来一些新酿的棕榈酒，"奥登尼博终于说道，"你知道，现在他们在里面掺了太多的水，但这些酒非常正宗。"

"我以后再喝。你留到特殊场合才喝的白马威士忌呢？"

"差不多喝完了。"

"那就由我来喝完。"奥凯奥马说。

奥登尼博取出来那瓶白马牌威士忌,他们一起坐在起居室里,收音机的声音调低了,乌古做的汤的香味飘浮在空气中。

"我的司令官喝这个跟喝水一样。"奥凯奥马说着,摇摇酒瓶看里面还剩多少酒。

"你的司令官,那个白人雇佣兵,他怎么样?"奥登尼博问。

奥凯奥马充满歉意地瞥了奥兰娜一眼,然后才说:"他在光天化日之下,其他男人能够看到的地方,就把女孩子撂翻在地,发泄一通,从头至尾把钱袋抓在一只手里。"奥凯奥马对着酒瓶喝了一口,脸不由得皱了一下。"只要这家伙听从我们的建议,我们本来可以轻而易举地夺回埃努古,但他觉得他比我们更了解我们自己的土地。他已经开始征用救援轿车。上星期,他威胁元首阁下说,如果他得不到他的那一份银行存款,他就甩手走人。"

奥凯奥马又喝了一大口酒。

"两天前,我穿着便装外出,一个巡逻的士兵在路上拦住我,指责我是个逃兵。我警告他不要再拦我,否则我就让他看一看,我们突击队员与一般士兵有什么不同。我走开时,听到他在哈哈大笑。想想看!以前,他哪敢嘲笑一个突击队员。如果我们再不赶紧整顿,我们将会失去诚信。"

"为什么我们就该花钱请白人来为我们打仗?"奥登尼博向后靠在椅子上,"我们很多很多人具有真正的战斗力,因为我们甘愿为比亚法拉献出一切。"

奥兰娜站起身来。"吃饭吧,"她说,"很抱歉,我们的汤里没有肉,奥凯奥马。"

"'很抱歉,我们的汤里没有肉,'"奥凯奥马鹦鹉学舌,"这地方是肉铺吗?我又不是来找肉吃的。"

乌古把几碟炒木薯粉摆在桌上。

"奥凯奥马,吃饭时请把手榴弹解下来。"奥兰娜说。

奥凯奥马从腰间解下手榴弹,放在屋角。他们默不作声地吃着,把炒木薯粉揉成球,放进汤里蘸一蘸,咽进肚里。

过了一会儿,奥兰娜问:"你的伤疤是怎么回事?"

"哦,没什么,"奥凯奥马轻轻地用手摸着伤疤说,"它看上去比实际情形严重一些。"

"你应该加入比亚法拉作家同盟,"奥兰娜说,"你应该和那些人一起去国外,宣传我们的建国大业。"

奥兰娜话未说完,奥凯奥马便开始摇头。"我是一个兵。"他说。

"你还写作吗?"奥兰娜问。

他又摇摇头。

"但你给我们准备了一首诗,对吧?保存在大脑里?"奥兰娜又问,连她自己都听得出来语气中的绝望。

奥凯奥马吞下一个炒木薯粉球,他的喉结在上下跳动。"没有,"他回答,转头对奥登尼博说,"你知道在奥尼查战区,我们的海岸炮台怎么对付野蛮人?"

午饭后,奥登尼博进了卧室。奥凯奥马喝光了威士忌,又一杯接一杯地喝棕榈酒,最后坐在起居室的椅子上睡着了。他的呼吸很费劲；他喃喃地说着什么，两次猛烈地挥动他的胳膊，似乎是想甩掉某些看不见的袭击者。奥兰娜拍了拍他的肩膀，叫醒他。

"起来。来，到里屋躺下。"奥兰娜说。

奥凯奥马睁开发红的双眼，眼里都是迷惑。"不，不，我并没有睡着。"

"瞧瞧你。你喝醉了。"

"根本没那回事。"奥凯奥马忍住了一个哈欠。"我的确构思了一首诗。"他坐起身，挺直后背，开始吟诵。他听上去不像从前。在恩苏卡，他的诗歌朗诵极有戏剧性，似乎他相信他的艺术创作比什么都重要。现在他的语调是一种不太情愿的逗趣，不过仍是逗趣。

> 褐色
> 带着美人鱼的闪亮与华彩，
> 她出现了，
> 带来了银色的晨曦；
> 太阳陪护着她，
> 永远不属于我的
> 美人鱼。

"奥登尼博一定会说：'一代人的心声！'"奥兰娜说。

"你会说什么？"

"一个男人的心声。"

奥凯奥马腼腆地笑一笑,她想起奥登尼博曾调侃她说,奥凯奥马暗恋着她。这首诗是写她的,奥凯奥马希望她明白。他们默不作声地坐着,奥凯奥马的眼睛又合上了,不久,他的呼噜声变得很有规律。奥兰娜注视着他,想知道他梦见了什么。阿查拉教授晚上过来时,奥凯奥马还在睡觉,时不时地喃喃低语,头则不断地左右翻转。

"哦,你的突击队员朋友在这里,"阿查拉教授说,"请把奥登尼博叫出来。我们去凉台谈点事。"

他们坐在凉台的长凳上。阿查拉教授不断地朝地面看一眼,两手一会儿紧握,一会儿松开。

"我碰到了一件棘手的事。"他说。

恐惧压挤着奥兰娜的胸膛:一定是凯内内出事了,他们派阿查拉教授过来通知她。她希望阿查拉教授赶快离开,不要告诉她,因为如果她不知情,便不会受到伤害。

"是什么?"奥登尼博厉声问道。

"我试图说服你们的房东改变主意。我尽了最大的努力。但他拒绝了。他希望你们两星期内搬出去。"

"我不知道自己是不是听懂了你的话。"奥登尼博说。

但奥兰娜知道,他一定听懂了。他们被要求搬出这栋房子,因为房东找到了一个愿意出两倍、也许是三倍租金的主顾。

"很抱歉,奥登尼博。一般情况下,他是一个最讲道理的人,我想要怪就怪这个世道,害得我们失去了一部分理性。"

奥登尼博叹了一口气。

"我会帮你们另找一个住处。"阿查拉教授说。

现在乌穆阿希亚挤满了难民,奥登尼博一家很幸运,租到了一间屋子。这栋长条形的建筑里总共有九个房间,一字排开,门都朝向一个狭长的凉台。两头分别是厨房和浴室,浴室挨着一个小香蕉林。他们的房间靠浴室这一头,第一天,奥兰娜环顾房间,无法想象她如何与奥登尼博、宝贝和乌古在这里生活,在一间屋子里吃饭、穿衣、做爱。奥登尼博动手用一块薄薄的布帘把他们睡觉的地方隔开,之后,奥兰娜望着他拴在墙壁钉子上的松垮的绳子,想起姆巴埃齐舅舅与伊费卡舅妈在卡诺的房间,忍不住哭起来。

"我们很快会找个更好的地方。"奥登尼博说,奥兰娜点点头,但没告诉他,她不是为房子而哭泣。

奥吉妈妈住在隔壁。她长得凶,而且很少眨眼,第一次交谈的时候,她瞪大眼睛直视的模样令奥兰娜感到心神不宁。

"欢迎,欢迎,"奥吉妈妈说,"你丈夫不在家?"

"他上班去了。"奥兰娜回答。

"我本想赶在别人前面见他,是我孩子的事情。"

"你孩子?"

"房东叫他'医生'[1]。"

1　Doctor:[英语]医生;博士。此处,奥吉妈妈误以为奥登尼博是医生。

465

"哦，不对。他有一个博士学位[1]。"

奥吉妈妈冷冷的、茫然的眼神像一把凿子，在奥兰娜身上凿了几个洞。

"他是书读得多的博士，"奥兰娜说，"不是给病人看病的医生。"

"哦。"奥吉妈妈的表情并未改变。"我的孩子得了哮喘。战争开始到现在，死了三个，剩下三个。"

"很遗憾。很遗憾。"奥兰娜说。

奥吉妈妈耸耸肩，告诉奥兰娜，所有的邻居都是熟练的小偷。如果她把一壶煤油留在厨房，回头出来找的时候，肯定已经空了。如果她把肥皂留在浴室，肥皂自己长脚跑了。如果她在外边晾衣服，不时时盯着的话，衣服便会飞下晾衣绳。

"一定要多加小心，"奥吉妈妈说，"即便你只是去撒尿，也要把门锁上。"

奥兰娜表示感谢，为了奥吉妈妈，她也希望奥登尼博真的是医生。她也向其他前来问好、闲聊的邻居表示感谢。院子里的人太多了；奥吉妈妈隔壁的一家有十六口人。浴室的门黏糊糊的，太多的人在里面洗掉了太多的灰尘，厕所里充满了陌生人的气味。在湿气很重的夜晚，这些气味弥漫在潮湿的空气中，久久不散，奥兰娜多希望有风扇，有电。他们原来的房子在镇子的另一头，晚上八点之前一直供电，但在这个偏远的地方，根本没有

---

[1] Doctorate：[英语]博士学位。

电。她买了用牛奶罐做的油灯。每次乌古点亮油灯，宝贝都会发出长长的尖叫，火苗腾地蹿起来时，她便跑开。奥兰娜注视着宝贝，心里无比宽慰：对于再次搬家，再次开始的新生活，宝贝并未表现出慌乱与不解；她反而每天与新伙伴阿丹娜一起玩耍，大叫着："隐蔽！"大笑着钻进香蕉树丛中，躲避假想的飞机。然而，奥兰娜担心宝贝将学会阿丹娜的乌穆阿希亚灌木地带口音，或者因为接触阿丹娜胳膊上化脓的疖子，或阿丹娜的瘦狗宾戈身上的跳蚤，而染上某种疾病。

第一天，奥兰娜和乌古在厨房里做饭，阿丹娜妈妈走进来，端着一只搪瓷碗说："行行好，给我一点汤。"

"不行，我们的汤不够喝。"奥兰娜说。但她想起了阿丹娜唯一的连衣裙，是用装救济食品的麻袋做的，所以裙子的后背有"FLOU"几个字母，另一个字母"R"被接缝处吞掉了。[1]于是，奥兰娜向阿丹娜妈妈的搪瓷碗里，舀了一些自家无肉可放的稀汤。第二天，阿丹娜妈妈进来，讨要一份炒木薯粉，奥兰娜给了她半杯。第三天，厨房里挤满了女邻居，她来了，又问奥兰娜要汤。

"不要再把你的饭菜给她！"奥吉妈妈尖叫，"每次来了新房客，她都来这一套。她应该去种木薯养活一家老小，不要骚扰别人！她毕竟是乌穆阿希亚本地人！她不是像我们一样的难民！她怎么能向一个难民讨吃的？"奥吉妈妈发出很大的嘘声，继续捣

1　FLOUR：[英语]面粉。

着研钵里的棕榈果。干练的发型衬着她那瘦若无肉的脸庞，奥兰娜深受吸引。她从未看见奥吉妈妈笑。

"可难道不是你们难民把我们的食物都吃光了吗？"阿丹娜妈妈说。

"闭上你的臭嘴！"奥吉妈妈说。阿丹娜妈妈立即闭嘴，似乎她清楚她不可能吼得过奥吉妈妈，奥吉妈妈嗓门尖厉，反应迅速，滔滔不绝，语速飞快。

夜里，奥吉妈妈和丈夫吵架，整个院子都回荡着她的声音："你这只阉羊！你说自己是个男人，却从部队逃了回来！只要让我听见你再对谁说，你在打仗时受了伤！只要你再一次张开你的脏嘴，我就去叫当兵的，让他们看看你一直躲在哪里！"

奥吉妈妈慷慨激昂的长篇大论是这个院子的一大特色。还有安布罗斯牧师，总是一边跛步一边大声祈祷。此外还有厨房隔壁房间里的钢琴声。奥兰娜第一次听见这些忧郁的乐音时，不由得吃了一惊，如此纯粹的音乐，如此充满自信，空气里似乎溢满了音符，连摇曳的香蕉树也变得纹丝不动。

"是艾丽斯。"奥吉妈妈说。"埃努古沦陷后，她逃到了这里。以前她跟谁都不说话。现在别人打招呼时，她至少会回应。她一个人住在那间屋子里。她从不出门，也从不做饭。没人知道她吃什么。有一次我们去搜查野蛮人，她自视甚高，不愿加入。楼里的其他人都出来，到灌木地带去找藏在那里的野蛮人，唯独她不出来。一些女人甚至提议，把她报告给民兵组织。"

钢琴声仍在不断地飘出来。听上去像是贝多芬，但奥兰娜不敢肯定。奥登尼博一定知道。接着，音乐的节奏变得类似于快板，带着一种愤怒的急促，音调越来越高，越来越高，直到戛然而止。艾丽斯走出房间。她是一个骨架不大、身材娇小的女子，光看着她，奥兰娜便觉得自己长得过于高大笨拙；艾丽斯的肤色很浅，几乎半透明，双手非常小，感觉像个小孩。

"晚上好，"奥兰娜说，"我是奥兰娜。我们刚搬进那个房间。"

"欢迎。我见过你的女儿。"握手时，艾丽斯的力量很小，仿佛她对自己的一举一动总是倍加小心，仿佛她从不过于用劲地擦洗自己。

"你弹得真好。"奥兰娜说。

"哦，不好，一点都不好。"艾丽斯摇摇头，"你从哪里来？"

"恩苏卡大学。你呢？"

艾丽斯犹豫片刻。"我从埃努古来。"

"我们在那里有朋友。你在尼日利亚艺术学院有熟人吗？"

"哦，浴室没人。"她转过身，赶紧走了。她的猝然离开让奥兰娜感到惊讶。等她再出来，走过奥兰娜身边时，微微点了一下头，走进了她的房间。不久，奥兰娜听到了钢琴声，一种缓慢悠长的曲调，她心里涌起一股欲念，想走过去，打开艾丽斯的房门，看着她弹奏。

奥兰娜时常想着艾丽斯，她的娇小白皙中透着纤弱优雅，她的钢琴弹奏却又让人感受到难以置信的力量。奥兰娜把宝贝、阿丹娜和楼里的其他一些孩子聚到一起，为他们读书，她希望艾丽斯能出来与她一起朗读。她想知道艾丽斯是否喜欢快活之音音乐。她想和艾丽斯谈论音乐、美术和政治。但艾丽斯每次出门，都是匆匆忙忙去浴室，奥兰娜敲她的房门，也不见她回应。"我一定是睡着了。"之后她这样说，但她并不会请奥兰娜换个时间再来。

最后她们又在农贸市场碰了面。天刚亮，空气中露水很重，在浓密的森林树荫下，在清凉湿润的环境里，奥兰娜四处走动，小心翼翼地跨过密集的树根。她和一个小贩讨价还价，态度平和但坚持不懈，然后才买下一些粉皮木薯，她曾以为这种颜色的木薯有毒，但穆奥凯卢夫人告诉她并非如此。头顶的一棵树上，一只小鸟在啼叫。偶尔会有一片树叶翩然飘落。她站在一张摆放着泛灰的生鸡块的桌子前，想象着自己一把抓起鸡块、以最快速度逃跑的情景。如果她买了鸡肉，那她便买不了别的东西。于是她买了四只中等大小的蜗牛。小一点的螺旋壳蜗牛便宜一些，在篮子里堆得高高的，但她不能买这些蜗牛，她无法当它们是食物；在她看来，它们向来都是乡下孩子的玩具。她正要离开的时候，看见了艾丽斯。

"早上好，艾丽斯。"她打着招呼。

"早上好。"艾丽斯回答。

奥兰娜做出要拥抱她的架势，见面打招呼时很短暂的那种拥抱，但艾丽斯伸出手来，很正式地与她握手，仿佛她们不是邻居。

"我找不到食盐，哪里都没有食盐，"艾丽斯说，"那些把我们置于这种处境的人想要多少盐,就有多少盐。"

奥兰娜颇为惊讶。她在这里当然找不到食盐,几乎任何地方都找不到。艾丽斯穿着一件毛料连衣裙,束着优雅大方的腰带,看上去娇小但端庄,在奥兰娜的想象中,这件裙子应该挂在伦敦的商店里。根本不像一个天亮时分到森林市场来买东西的比亚法拉女人。

"他们说,尼日利亚人不停地轰炸乌里,在一星期内没有救援飞机能降落。"艾丽斯说。

"对,我听说了,"奥兰娜说,"你回家吗?"

艾丽斯移开视线,看向茂密的树林。"现在还不回。"

"我等你,我们一起走回去。"

"不,不给你添麻烦了,"艾丽斯说,"再见。"

艾丽斯转过身,向那一堆货摊走去,她的步态优美,稍显做作,仿佛是一个误入歧途的人教过她如何"像淑女一样走路"。奥兰娜站在原地望着她,琢磨着她的外表下究竟隐藏着什么,然后才转身往家走。路过救济中心,她停下脚步,看看里面是否有食物,看看飞机是否终于降落了下来。院子里空无一人,她从锁着的大门朝里张望了一会儿。墙上钉着一张被撕掉一半的海报。有人用木炭涂黑了"WWC:WORLD COUNCIL OF CHURCHES",潦草地写上"WWC:WARCAN CONTINUE。"[1]

---

[1] WORLD COUNCIL OF CHURCHES:[英语]世界基督教联合会。WAR CAN CONTINUE:[英语]战争能够持续。两者的首字母缩写均为WWC。

奥兰娜快走到玉米研磨加工点时,看到一个妇人从路边的一栋房子里跑出来,哭喊着追赶两个士兵,他们手里拽着一个高个男孩。"我说了,你们应该带我走!"她尖叫。"带我走!我们不是已经牺牲了阿布奇,让你们这些人把他带走了吗?"两个士兵不理睬妇人,男孩则一直保持后背的挺直,仿佛他不敢回头看母亲。

他们经过的时候,奥兰娜站到一旁,回到家里,她看到乌古站在院子前面,与一些年老的邻居聊天,不由得火冒三丈。任何一个带着征兵任务的士兵都能看见他。

"过来,我的小伙计?你哪根神经错乱了?我不是告诉过你,不要出来吗?"奥兰娜的声音听上去嘶嘶作响。

乌古接过篮子,嘟哝:"对不起,夫人。"

"宝贝呢?"

"在阿丹娜家。"

"把钥匙给我。"

"主人在家里,夫人。"

尽管没有必要,奥兰娜还是瞥了一眼手表。时间还早,奥登尼博不该已经回到家里。他坐在床上,弓着背,肩膀不出声地起伏着。

"出什么事了?出什么事了?"奥兰娜问。

"没出什么事。"

奥兰娜走向奥登尼博。"别哭了,别哭了。"她喃喃地说。但她不希望奥登尼博停下来。她希望他不停地哭,直到他把哽住喉咙的痛苦全部倒空,直到他把心中的悲伤与愠怒冲洗干净。她搂着奥登尼博,双臂环绕着他,慢慢地,他的身体松弛下来,靠在她身上。奥登尼博伸出胳膊,抱着她。听得见他的抽泣。他每吸一口气,都会令奥兰娜想到宝贝;他哭泣时,就像他女儿。

"我为妈妈做的实在很不够。"他终于开口说。

"没关系。"奥兰娜轻声说。她也后悔,当初应该多想办法与奥登尼博的母亲沟通,而非轻易心生怨恨。如果可以的话,她想撤回很多话很多事。

"我们从来不曾积极地铭记死亡,"奥登尼博说,"我们之所以这样活着,是因为我们不记得我们将死去。我们都将死去。"

"是的。"奥兰娜说;奥登尼博的肩膀有一点下垂。

"但是或许这就是活着的全部意义?生命便是对死亡的拒斥?"奥登尼博问。

奥兰娜把他搂得更紧。

"我一直在想着军队,我的爱,"奥登尼博说,"也许我应该参加元首阁下的新S旅。"

奥兰娜没有说话。她有一点冲动,想猛揪他新留的胡子,揪出毛发,揪出鲜血。过了一会儿,她说:"你不如找一棵结实的树和一根绳子,奥登尼博,因为用那种方法自杀,更容易。"

奥登尼博挪开身体,看着奥兰娜,但奥兰娜始终望着别处,然后又站起身,打开收音机,调高音量,让整个房间里充满了甲壳虫乐队的歌声;她不想再讨论奥登尼博的参军欲望。

"我们应该挖一个地堡,"奥登尼博说着,向门口走去,"对,我们这里当然需要一个地堡。"

他眼神呆滞无光,肩膀无力下垂,奥兰娜不由得心急如焚。但是,如果他必须做点事,挖地堡总比参军强。

外边,奥登尼博与奥吉爸爸,还有站在楼门口的其他一些男人聊着天。

"你没看见那些香蕉树吗?"奥吉爸爸说,"每次遭到空袭,我们都躲在里面,从来没有出过事。我们不需要地堡。香蕉树能够吸住子弹和炸弹。"

奥登尼博的眼神与他的回答一样冷酷。"一个逃兵懂什么地堡?"

奥登尼博离开了这些男人,没过多久,他便和乌古在楼后划定地方,开挖起来。很快,年轻人加入进来,太阳落山时,年老一点的男子也开始加入,包括奥吉爸爸。奥兰娜望着他们,很想知道他们对奥登尼博的看法。其他人开着玩笑,哈哈大笑,奥登尼博却没有反应。他只谈论如何挖地堡。不对,不对,再移过去一点。对,就在这里挖。不对,稍微改变一点方向。他的汗衫全被汗水浸湿了,沾在身上,奥兰娜头一次注意到,他瘦了很多,胸膛似乎陷下去很多。

那天夜里,奥兰娜躺在床上,脸紧贴着奥登尼博的脸。奥登尼博尚未告诉她,为何躲在家里为母亲哭泣。但她希望,不管原因是什么,哭泣可以打开他郁积在胸的一些心结。奥兰娜亲吻着他的脖子,他的耳朵,乌古睡在凉台上的那些夜晚,这种亲吻总能促使他把她拉入怀里。但是此刻,他扭身甩掉奥兰娜的手,说:"我累了,我的爱。"以前奥兰娜从未听他说过这种话。他身上散发出一股陈旧的汗味,奥兰娜突然感受到一种钻心的欲望,她想闻那瓶留在恩苏卡的帆船古龙水。

连阿巴加纳大捷也没有打开奥登尼博的心结。如果是以前,他们会像庆祝个人的胜利一样庆祝这次胜利。他们会把对方搂在怀里,相互亲吻,奥兰娜会把脸贴在奥登尼博新留的胡子上,蹭痒痒。然而,当他们第一次听到收音机里广播这个消息时,奥登尼博只是说:"太好了,太好了。"之后,他便望着跳舞庆祝的邻居,面无表情。

奥吉妈妈带头唱起了歌:"谁将取得胜利?"其他女人应和:"比亚法拉将取得胜利,是的!"大家围成一圈,优雅地摇摆着身体,嘴里喊着"是的!"脚则使劲跺着地。尘起尘落,如波浪翻滚。奥兰娜加入了跳舞的队伍,"谁将取得胜利?比亚法拉将取得胜利,是的!"这些歌词令她深受鼓舞,她多希望奥登尼博不再面无表情地干坐着。

"奥兰娜跳得像白人!"奥吉妈妈大笑着说,"她的屁股根本不会扭!"

这是奥兰娜头一次看见奥吉妈妈大笑。男人们在一遍遍地讲述着阿巴加纳大捷:有人说比亚法拉陆军设下埋伏,火烧了一纵列共一百辆车辆,另一些人说,实际上摧毁了一千辆装甲车和卡车。不过他们都同意,如果这支车队抵达目的地,比亚法拉肯定已经完蛋了。各家各户的凉台上都摆放着收音机,开得震天响。阿巴加纳大捷的新闻播了一次又一次，每次到了结尾，许多邻居便会跟着播音员拖长语调说："为了自由的世界而拯救比亚法拉是必须完成的任务！"连宝贝都学会了这句话。她拍着宾戈的头，念叨着这句话。艾丽斯是唯一一个没有出来的邻居，奥兰娜想知道她在屋里做什么。

"艾丽斯觉得她太高贵，不屑于跟这个院子里我们这些人打交道，"奥吉妈妈说，"瞧瞧你。他们不是说你是一个大人物的千金吗？但你把别人当人看。她以为她是谁？"

"也许她睡觉了。"

"真是睡觉了。那个艾丽斯是破坏分子。光看她的脸，就很清楚。她为野蛮人工作。"

"从什么时候开始，破坏分子的脸上写着这几个字了？"奥兰娜问，心里觉得很好笑。

奥吉妈妈耸耸肩，仿佛她不屑于说服奥兰娜相信她确信无疑的事实。

几个小时后，院子里空了一些，也安静了一些，埃泽卡教授的司机到了。他递给奥兰娜一张便条，然后走到车后，打开行李箱，搬出两个纸箱。乌古赶紧把纸箱搬进屋里。

"谢谢你，"奥兰娜说，"向你的主人问好。"

"是，夫人。"他站着不动。

"还有别的事吗？"

"夫人，我必须等您检查一下，确定什么都没少才能走。"

"哦。"埃泽卡在便条的正面用潦草的笔迹罗列了他送的所有物品，在背面则写了"请确认司机没有乱动任何东西"。奥兰娜走进屋里，数了数一罐罐的奶粉、茶叶、饼干、阿华田麦乳精、沙丁鱼，还有一盒盒的砂糖，一袋袋的食盐，当她看到卫生纸时，不禁猛地吸了一口气。在一段时间内，至少宝贝上厕所不需要用旧报纸了。奥兰娜写了一封溢于言表的感谢信，交给司机。如果埃泽卡的出发点是进一步显示他的优越，这并不影响奥兰娜心中的欢喜。乌古甚至比她更欢喜。

"就像在恩苏卡，夫人！"乌古说，"瞧那些沙丁鱼！"

"请把一些食盐装进一个袋子里。那个小包的四分之一。"

"夫人？给谁？"乌古满脸怀疑。

"给艾丽斯。不要告诉邻居们，我们有什么东西。如果他们问的话，就说一个老朋友给你主人送来了一些书。"

"是，夫人。"

奥兰娜拿着装好的一袋盐朝艾丽斯的房间走去，一路上感觉乌古不满的目光在盯着她的后背。她敲门后，没人应答。她转过身，正想往回走，艾丽斯把门打开了。

"我们的一个朋友带来了一些日用品。"奥兰娜说着，把手里的一袋盐递了过去。

"哎呀！我不能要这么多，"艾丽斯说着，伸手接过了袋子，"谢谢你。哦，非常感谢！"

"我们和他好久没见面了。他给我们带来了惊喜。"

"让你为我费心了。你真不该这么费心。"艾丽斯把手里紧抓着的食盐按在胸口上。她的眼睛暗淡发黑，苍白的皮肤上匍匐

477

着一条条青筋的末梢,奥兰娜怀疑她是不是病了。

但到了傍晚,艾丽斯从房间出来,挨着奥兰娜坐在凉台的地上,伸展双腿,她看上去变了样,肤色很显清新。或许她扑了一点粉。她的脚非常小。她身上散发出一股熟悉的润体乳的气味。阿丹娜妈妈从旁边走过,说:"啊!艾丽斯,我们从没看见你坐在外边!"艾丽斯的嘴唇稍微动了动,露出微笑。安布罗斯牧师正在香蕉树旁祈祷。在渐渐消失的夕阳下,他的红色长袖长袍闪着柔和的光泽。"圣洁的耶和华用圣灵之火摧毁野蛮人!神圣的耶和华为我们战斗!"

"上帝为尼日利亚战斗,"艾丽斯说,"上帝总是站在武器更多的一方。"

"上帝与我们站在一起!"奥兰娜厉声说,她被自己的严厉口吻吓了一跳。艾丽斯也露出惊讶的神色,房子后边某个地方,宾戈在嚎叫。

"我只是觉得,上帝站在正义的一方。"奥兰娜口气柔和地加了一句。

艾丽斯拍掉了一只蚊子。"安布罗斯假装是牧师,逃避兵役。"

"对,没错。"奥兰娜微笑,"你知道埃努古的奥圭路上那座奇怪的教堂吗?他就像里面的一个本堂牧师。"

"我其实不是埃努古人。"艾丽斯支起膝盖,"我来自阿萨巴。我在那里读完师范学院后便离开了,去了拉各斯。战争爆发前我在拉各斯工作。我遇到了一个陆军上校,几个月后,他向我求婚,但他没有告诉我,他已经结过婚,妻子在国外。我怀孕了。他一直拖延时间,不去阿萨巴举行传统的仪式。他说他很忙,国内发生的一切对他造成了很大的压力,我相信他的话。他们杀害伊博军官,他逃跑了,我跟着他去了埃努古。我在埃努古生下了孩子。我在埃努古和他住在一起,就在战争开始前,他妻子回来了,他离开了我。然后我的孩子死了。然后埃努古沦陷了。然后我就到了这里。"

"我很难过。"

"我是个傻女人。只有我一个人相信他所有的谎言。"

"别这么说。"

"你很幸运。你有丈夫和女儿。我不知道你怎么做到的,一家人能保持一条心,还有教孩子读书等等。我希望我能像你。"

艾丽斯的钦佩让奥兰娜感到温暖,也有几分惊讶。"我没有什么特别之处。"她说。

安布罗斯牧师的言语越来越狂乱。"魔鬼,我用枪打死你!撒旦,我用炸弹炸死你!"

"你们怎么设法从恩苏卡撤出来的?"艾丽斯问,"失去的东西多吗?"

"失去了一切。我们走得特别急。"

"我在埃努古也是一样。我不知道他们为什么不把真相告诉我们,让我们有时间做准备。情报部的人开着他们的广播车满城跑,告诉我们一切正常,只是我们的士兵在练习打炮。如果他们告诉我们真相,我们许多人就能准备得更好,不会失去那么多东西。"

"不过你带来了钢琴。"奥兰娜不喜欢艾丽斯说"他们",似乎她与他们不是同一战壕的战友。

"钢琴是我从埃努古带来的唯一的东西。埃努古陷落的那一天,他派人送来钱,还有一辆小货车帮我搬家。他的内疚感超时工作。司机后来告诉我,他和妻子几星期前就把财物转移到家乡去了。想想吧!"

"你知道他现在在哪儿吗?"

"我不想知道。如果我再看见那个家伙,我会亲手杀了他,eziokwu m(我不是说着玩的)。"艾丽斯举起她的小手。这是她第一次说伊博语,带着阿萨巴口音,把"F"发成了"W"。"我只要想起我为那个家伙所经历的一切,就下得了手。我放弃了在拉各斯的工作,我不断对我的家人撒谎,朋友告诉我,他不认真,我和这些朋友断绝了关系。"她弯腰从沙子里捡起什么,"而他甚至连那个都不会做。"

"什么?"

"他总是跳到我身上,像个色鬼那样哦哦哦地呻吟,就是这样。"她伸出一根手指,"这么小的家伙。完事后,他总笑得很开心,根本不管我是否知道他何时开始,何时结束。男人!男人都不可救药。"

"不,不是所有的男人。我丈夫知道怎么做,用这么大的家伙。"奥兰娜举起一个握紧的拳头。两人哈哈大笑起来,奥兰娜感觉到,她们之间结成了一种粗俗但无比畅快的女性情谊。

奥兰娜等着奥登尼博回家,想告诉他,她与艾丽斯刚刚结下的情谊,以及她对艾丽斯说的话。她希望奥登尼博回家后,用劲把她拽进怀里,他很长时间没有这样做了。然而,当他从坦桑尼亚酒吧回来时,却带着一把枪。一把双筒枪,又长又黑,暗淡无光,放在床上。"这是什么?这是什么?"奥兰娜问。

"部里的一个人给我的。很旧了。但拿着以防万一,还是很不错的。"

"我不希望这里有枪。"

"我们在打仗。到处都有枪。"他脱下长裤,在腰上系了一条裹裙,然后脱下衬衫。

"我今天和艾丽斯聊天了。"

"艾丽斯?"

"弹钢琴的邻居。"

"哦,对了。"他瞪着隔开房间的布帘。

"你看上去很累。"奥兰娜说。她其实想说,"你看上去很悲伤。"多希望他能有更好的事可做,多希望有某种事做的时候,他能沉浸其中,摆脱悄然袭上心头的悲伤。

"我很好。"他说。

"我想你应该去看看埃泽卡。请他把你调到其他部门。即便不是他的部门,他对别的部长也应该有一定的影响力。"

奥登尼博把长裤挂在墙上的钉子上。

"你听到了吗?"奥兰娜问。

"我不会去求埃泽卡。"

奥兰娜看出了他的表情：他很失望。她忘记了他们有着崇高的理想。他们是有原则的人；他们不求身居高位的朋友施以恩惠。

"如果你换一个部门，能够用到你的大脑和天赋，你就能更好地为比亚法拉服务。"奥兰娜说。

"我在人力资源部为比亚法拉服务得够好了。"

奥兰娜注视着拥挤杂乱的房间，这是他们的家：床、两根山药、斜靠在脏墙上的床垫、堆在墙角的纸箱和袋子、需要时才拎到厨房去的煤油炉。奥兰娜心中猛地涌起一股厌恶，她迫切地想跑开，一直跑，跑到远离这一切为止。

他们睡在床上，背朝着对方。奥兰娜醒来时，奥登尼博已经走了。她碰了碰他那一侧的床单，抚摸着，尽情感受着皱巴巴的床单上最后一缕残存的暖意。她将亲自去找埃泽卡。她将求他为奥登尼博帮忙。她走出房间，向浴室走去，边走边对一些邻居说"早上好"和"今天早晨起来感觉好吗？"宝贝和一些岁数小一点的孩子们挤在香蕉树旁，听奥吉爸爸讲故事：他在卡拉巴尔如何用手枪射下一架敌机。岁数大一点的孩子们正在一边打扫院子，一边唱着

> 比亚法拉，起来，与尼日利亚作战，
> 我们将打败豪萨人，
> 他们是不信神的民族，
> 杀了他们，消灭他们，

活捉戈翁。

他们唱完后,安布罗斯牧师的晨祷听上去声音更大了。"上帝保佑元首阁下!上帝赐予坦桑尼亚和加蓬力量!上帝摧毁尼日利亚、英国、埃及、阿尔及利亚和苏联!以耶稣的强大名义!"

一些人从各自的房间里大喊:"阿门!"安布罗斯牧师举起《圣经》,仿佛某个固体的奇迹要从天而降,落在上面,他嘴里喊着一些毫无意义的话:"谢巴巴谢巴巴谢巴巴。"

"安布罗斯牧师,别再胡言乱语了,去参军吧!你说这么多外语,对我们的建国大业有什么帮助?"奥吉妈妈说。她和儿子在他们的房前,儿子头上包着布,低头对着一个热气腾腾的碗。当他抬起头透一口气时,奥兰娜看着奥吉妈妈配制的哮喘药:把尿液、油类、药草和只有上帝知道的什么东西混在一起。

"夜里他觉得不舒服吗?"奥兰娜问奥吉妈妈。

奥吉妈妈耸耸肩。"不舒服,但没有很不舒服。"她转头对儿子说:"你想让我扇你巴掌,你才对着它吸气吗?你干吗让那东西挥发浪费呢?"

儿子又低头对着药碗。

"耶和华消灭戈翁和阿德昆莱[1]!"安布罗斯牧师尖声喊叫。

"闭嘴,去参军!"奥吉妈妈说。

有人从一个房间里大喊:"奥吉妈妈,放过安布罗斯牧师

---

[1] 阿德昆莱,戈翁手下的一个指挥官。

吧！你丈夫当了逃兵，先让他回部队去！"

"至少他参过军！"奥吉妈妈的反驳很迅猛，"而你丈夫躲在奥哈菲亚的森林里，像个哆哆嗦嗦的胆小鬼，就为了不让士兵们看见他。"

宝贝从楼后走了过来，宾戈跟在她身后。"奥拉妈咪！宾戈能看见魂灵。如果它在夜里叫唤，就说明它看见了魂灵。"

"没有魂灵这些东西，宝贝。"奥兰娜说。

"不对，有。"

宝贝在这里学到的东西让奥兰娜感到苦恼。"阿丹娜告诉你的？"

"不是，丘库迪告诉我的。"

"阿丹娜呢？"

"她在睡觉。她病了。"宝贝说完，开始"嘘嘘"地赶着宾戈头上飞舞的苍蝇。

奥吉妈妈嘟哝："我一直给阿丹娜妈妈说，那孩子的病不是疟疾。但她一直给孩子用印楝油，一点作用都没有。如果没人说，那我来说：阿丹娜得的是哈罗德·威尔逊综合征，铁定无疑。"

"哈罗德·威尔逊综合征？"

"恶性营养不良。孩子得了恶性营养不良。"

奥兰娜放声大笑。她不知道他们竟然用英国首相的姓名来重新命名恶性营养不良，但当她来到阿丹娜的房间时，好笑的感觉立即烟消云散。阿丹娜躺在席子上，眼睛半闭。奥兰娜用手背碰了碰孩子的脸,看看她是否发烧,尽管她知道答案是否定的。她早就该意识到阿丹娜得了恶性营养不良;孩子的肚子肿胀,肤色呈病态,比几星期前浅了很多。

"这疟疾真顽固。"阿丹娜妈妈说。

"她得了恶性营养不良。"奥兰娜平静地说。

"恶性营养不良。"阿丹娜妈妈重复了一遍,她看着奥兰娜,眼里充满了恐惧。

"你必须找一些小龙虾或牛奶。"

"牛奶,天哪?到哪儿去找?"阿丹娜妈妈问。"不过我们附近有反恶性营养不良。那天奥比凯妈妈告诉我的。我去找一点。"

"什么?"

"治恶性营养不良的叶子。"阿丹娜妈妈话音未落,人已经出了门。

阿丹娜妈妈飞快地拉起裹裙,费力地走进公路对面的灌木丛,速度之快令奥兰娜感到惊讶。过了一会儿,她拿着一把绿色的嫩叶回来了。"现在我来煮粥。"她说。

"阿丹娜需要牛奶,"奥兰娜说,"那东西治不好恶性营养不良。"

"别管阿丹娜妈妈。只要煮的时间不要太长,治恶性营养不良的叶子还是管用的,"奥吉妈妈说,"何况救济中心什么都没有。你没听说吗?恩内威的所有孩子喝了救济中心的牛奶后,都死了?野蛮人下了毒。"

奥兰娜叫了一声宝贝,把她带进屋里,脱了她的衣服。

"乌古已经给我洗过澡了。"宝贝说,满脸疑惑。

"对,没错,我的宝贝。"奥兰娜说着,仔细地察看着宝贝的身体。宝贝的皮肤仍是红木的红褐色,头发仍是黑色,尽管瘦了一些,肚子却没有肿胀。奥兰娜多希望救济中心开放,奥科罗马杜仍在那里工作,但许多牧师都失去了教区的教众,世界基督教联合会把他的工作给了一个牧师,他搬去奥尔卢了。

阿丹娜妈妈在厨房里用叶子煮粥。奥兰娜从埃泽卡送的纸箱里拿了一罐沙丁鱼和一些奶粉,送给她。"不要告诉任何人,我给了你这些东西。让阿丹娜一天吃一点。"

阿丹娜妈妈抓住奥兰娜。"谢谢,谢谢。谢谢。我不会告诉任何人。"

但她食言了,因为之后当奥兰娜去埃泽卡教授的办公室时,奥吉妈妈大叫:"我儿子有哮喘,牛奶不会杀了他的!"

奥兰娜没有理睬她。

奥兰娜走到大路上,站在一棵树下。每次有车开过,她都试图打旗语拦车。一个士兵开着锈迹斑斑的旅行车,停了下来。奥兰娜在爬上车坐在他身边之前,便已看到了他淫荡的目光,于是她极力夸大她的英国口音,她清楚士兵不会听得懂她说的每一句话,她从头至尾不停地谈论建国大业,还提到她的车和司机在修理站。士兵几乎没插上话,最后让奥兰娜在部办公楼前下了车。他不知道奥兰娜是谁,也不知道她认识谁。

埃泽卡教授的鹰脸秘书慢悠悠地打量着奥兰娜,从她仔细梳理过的假发一直看到鞋子,然后说:"他不在!"

"那现在就给他打电话,告诉他,我在等他。我的名字是奥兰娜·奥佐比亚。"

秘书一脸诧异。"什么?"

"我还要说一遍吗?"奥兰娜问,"我相信,教授想听我说说这个情况。你打电话的时候,我坐在哪里?"

秘书瞪着奥兰娜,奥兰娜也目不转睛地瞪着秘书。秘书无声地指了指一把椅子,拿起了电话筒。半小时后,埃泽卡教授的司机过来接奥兰娜去他家,他家隐藏在一条隐蔽的泥路深处。

"教授,我以为像你这样的大人物会住在政府住宅区。"奥兰娜问候过后说。

"哦,当然不是。空袭的时候,目标太明显了。"他没有变化。他挥手让奥兰娜进屋,请她等他做完书房的工作,他的说话口气中依然带着吹毛求疵的优越感。

奥兰娜在恩苏卡时几乎没见过埃泽卡太太;奥登尼博有一次提到,她生性腼腆,几乎没受过教育,是埃泽卡村里人给他找的那种妻子。当埃泽卡太太来到宽敞的起居室,两次拥抱她时,奥兰娜不得不掩饰内心的惊讶。

"见到老朋友真是太高兴了!这些日子,我们的社交都太官方了,今天这个官邸的活动,明天轮到那个。"埃泽卡太太的脖子上挂着一条链子,链子上的金吊坠垂得很低。"帕梅拉!快来见见阿姨。"

一个小女孩抱着一个玩具娃娃跑出来,她比宝贝大一些,可能有八岁。她的脸型跟母亲很像,肉乎乎的脸蛋,粉色的缎带在头发间晃动。

"下午好,"帕梅拉说。她正给玩具娃娃脱衣服,把裙子从塑料身体上拽下来。

"你好吗?"奥兰娜问。

"我很好,谢谢。"

奥兰娜一屁股坐进一个红色长毛绒沙发里。中央的桌子上,摆放着一个玩具屋,里面放着小巧精致的玩具碟子和玩具茶杯。

"你想喝什么?"埃泽卡太太满面春风地问,"我记得奥登尼博喜欢白兰地。我们家里真有相当好的白兰地。"

奥兰娜看着埃泽卡太太。她不可能记得奥登尼博喝什么酒,因为夜晚的聚会中,她从未跟随丈夫来过她家。

"我想喝一些冰水。"奥兰娜说。

"只喝冰水?"埃泽卡太太问,"反正午饭后我们可以喝点别的。仆人!"

仆人立即现身,仿佛他一直站在门口,"送一些冰水和可乐来。"埃泽卡太太说。

帕梅拉仍旧用力拽着玩具娃娃的衣服,嘴里开始哼哼唧唧。

"来,来,我来帮你。"埃泽卡太太说。她转头对奥兰娜说:"她现在就是这么焦躁不安。你看,我们本来上个星期要去国外的。两个大孩子已经走了。元首阁下几年前就答应了。我们本该乘坐一架救援飞机走的,但没有一架降落下来。他们说尼日利亚的轰炸机太多了。你能想象吗？昨天，我们在乌里等着，就在他们说是候机楼的那座没有完工的大楼里，等了两个多小时，没有飞机降落。但我们很有希望在星期天飞走。我们先飞到加蓬，再飞去英国，当然是用尼日利亚护照！英国人拒绝承认比亚法拉！"她放声大笑，憎恨在奥兰娜心里油然而生，就像被崭新的别针扎了，伤口细微却很疼痛。

仆人用银盘端来了冰水。

"你确定水够凉吗？"埃泽卡太太问，"是新冰箱里的，还是旧冰箱里的？"

"新冰箱，夫人，按照您的吩咐。"

"吃蛋糕吗，奥兰娜？"仆人走后，埃泽卡太太问，"我们今天做的。"

"不了，谢谢。"

埃泽卡教授拿着一沓文件走了进来。"你就喝那个？水？"

"你的家很有超现实主义的感觉。"奥兰娜说。

"瞧你选的这个词，超现实主义。"埃泽卡教授说。

"奥登尼博在他那个部里干得很不快乐。你能帮他调到别的部门吗？"奥兰娜吞吞吐吐地说出这些话，她意识到，她多么厌恶开口求人，多么想结束今天的来访，赶快离开这栋房子——这里铺着红地毯，摆着相配的红沙发，放着电视机，飘着埃泽卡太太所用香水的果香味。

"现在每个部门都满满当当，真的，非常满，"埃泽卡教授说，"申请从各个地方涌进来。"他坐下来，把文件放在大腿上，双腿交叉起来。"不过我会看看能帮什么忙。"

"谢谢你,"奥兰娜说,"再次谢谢你送来的日用品。"

"吃点蛋糕。"埃泽卡太太说。

"不了,我不想吃任何蛋糕。"

"也许午饭后再吃。"

奥兰娜站起身。"我不能留下吃午饭。我必须走了。我在院子里教一些孩子,我告诉过他们,一小时后上课。"

"哦,太棒了,"埃泽卡太太说着,陪奥兰娜走向门口,"要不是我这么快就要出国,我们也可以一起做点事情,为赢得战争做出努力。"

奥兰娜强迫自己做出微笑的嘴型。

"司机会送你回去的。"埃泽卡教授说。

"谢谢你。"奥兰娜说。

在上车前,埃泽卡太太请奥兰娜到后院,看了看她丈夫让人挖的地堡;地堡是用混凝土修筑的,非常坚固。

"想想吧,那些野蛮人把我们逼到什么地步了。他们轰炸我们的时候,帕梅拉和我有时睡在里面,"埃泽卡太太说,"但我们会幸存下来。"

"是的。"奥兰娜说,眼睛注视着光滑的地面、两张床和一个装修过的地下室。

奥兰娜回到自家的院子里,看见宝贝在哭泣。细细的鼻涕从鼻子里流了下来。

"他们吃了宾戈。"宝贝说。

"什么?"

"阿丹娜的妈咪吃了宾戈。"

"乌古,出了什么事?"奥兰娜把宝贝抱在怀里,问道。

乌古耸耸肩。"院子里的人是这么说的:一段时间前,阿丹娜妈妈把狗带走了,他们问她狗在哪里,她不回答。而且,她刚刚煮了肉汤。"

奥兰娜哄着宝贝不再哭泣,擦了擦她的眼睛和鼻子,又想了想那只头上伤痕累累的狗。

一个炎热的下午刚过一半,凯内内来了。奥兰娜在厨房里浸泡一些干木薯,听见奥吉妈妈大叫:"有一个开车来的女人找你!"

奥兰娜赶紧迎出去,看见姐姐站在香蕉树旁,不由得停下了脚步。她穿一件古铜色的及膝裙,看上去雅致大方。

"凯内内!"奥兰娜微微伸出胳膊,有点不知所措,凯内内向前走了几步。她们的拥抱时间很短,身体几乎没有接触,凯内内随即后退几步。

"我去了你住过的房子,有人叫我来这里。"

"我们的房东把我们踢出来了,我们影响他的生意。"奥兰娜被自己蹩脚的笑话逗笑了,凯内内却没有笑。凯内内眯着眼朝房间里张望。奥兰娜多希望凯内内过来时赶上他们仍住在单门独院的一栋房子里,她多希望自己不要感到这么难为情,这么不自在。

"进来坐。"

奥兰娜从凉台上把长凳拽进来,凯内内小心地看了看,方才坐下,双手握着她的皮包,皮包的颜色与她那由美发师打理过的假发一样,都是土褐色。奥兰娜拉起隔开空间的布帘,坐在床上,捋了捋身上穿的裹裙。她们的视线没有接触。千言万语,不知从何说起。

"你过得好吗?"奥兰娜终于开了口。

"一切都很正常,直到哈科特港沦陷。那时我是一个军队承包商,我有进口淡鳕鱼干的执照。现在我在奥尔卢。我主管那里的一个难民营。"

"哦。"

"你不说我也知道,你在谴责我发战争财吧?你知道,必须有人进口淡鳕鱼干。"凯内内挑起了眉毛,眉毛用眉笔画过,是纤细流畅的弧形。"许多承包商光拿钱不交货。至少我拿钱也交货。"

"不,不,我根本没这么想。"

"你就是这么想的。"

奥兰娜看向别处。太多的事在她的脑海里盘旋。"哈科特港沦陷那会儿,我担心死了。我托人送了信。"

"我收到了你送到马杜那里的信。"凯内内拨弄着手提包的皮带和搭扣,"你说过你在教书。现在还教吗?你的赢得战争的崇高努力?"

"学校现在变成了一所难民中心。有时候我在院子里教学生。"

"你的革命丈夫呢?"

"他还在人力资源部。"

"你没有婚礼的照片?"

"婚礼上发生了空袭。摄影师把相机扔掉了。"

凯内内点点头,似乎没有必要对这则消息表示同情。她打开手提包。"我来给你这个。妈妈托一个英国记者带来的。"

奥兰娜把信封握在手里,不知是否该当着凯内内的面拆开。

"我还给宝贝带来了两条裙子,"凯内内说着,指了指她放在地上的包,"一个从圣多美[1]回来的女子在卖一些很好的童装。"

"你给宝贝带了衣服?"

"很震惊吧。孩子差不多该叫奇亚玛卡了吧。总叫宝贝,都烦了。"

奥兰娜笑了。

想想吧,姐姐坐在她的对面;想想吧,姐姐来看她;想想吧,姐姐给孩子带了衣服。"你喝水吗?我们只有水。"

"不,我不渴。"凯内内站起来,走到放着床垫的墙边,又回来坐下,"你不认识我的仆人伊凯基德,对吧?"

"他不是麦克斯韦尔从老家带来的吗?"

"对。"凯内内又站起来,"他死在哈科特港。他们的飞机

---

[1] 圣多美,圣多美和普林西比民主共和国的首都。

在轰炸,大炮也在轰炸,一块弹片削掉了他的脑袋,完全削掉了他的脑袋,他的身体还在跑。他的身体不停地跑,却没有头。"

"哦,上帝。"

"我看着他。"

奥兰娜站起来,坐到长凳上凯内内的身边,伸出一只胳膊搂着她。凯内内身上有一股家的气味。她们沉默了很长时间。

"我想过替你把钱兑换一下,"凯内内说,"但你自己可以去银行兑换,然后存起来,对吧?"

"你没看见银行周围的弹坑吗?我的钱都藏在床底下。"

"不要让蟑螂发现了。这世道,它们的生活也很艰辛。"凯内内靠在奥兰娜身上,但她似乎突然记起了什么事情,站起来拽直了裙子。悲伤在奥兰娜心里缓缓蔓延,一个人还在眼前,你却已经开始思念她时,便是这种感觉。

"老天。我不记得过了多长时间。"凯内内说。

"你还会来吗?"

凯内内沉默片刻,说:"我大部分时间都待在难民营。也许你可以来看一看。"她从手提包里翻出一张纸,写下去她家的路线。

"好的,我会来的。下星期三我过来。"

"你开车吗?"

"不开。因为那些当兵的。而且我们的汽油不多。"

"替我向那位革命者问好。"凯内内钻进车里,发动了引擎。

"你的车牌变了。"奥兰娜看着车牌号前面的"VIG"[1]说。

"我多付了一些钱,把我的爱国之心铭刻在车上。警惕!"凯内内挑起眉毛,挥挥手,开走了。奥兰娜注视着标致404消失在公路的尽头,又在原地站了一会儿,感觉就像吞下了一片闪亮的光芒。

星期三,奥兰娜来得很早。哈里森打开门,瞪大了双眼,惊讶得似乎忘了一贯的鞠躬礼。"夫人,早上好!好久不见!"

"你好吗,哈里森?"

"很好,夫人。"他说着,终于鞠了一躬。

起居室窗户敞开,光线明亮,几乎空无一物,奥兰娜坐在两张沙发中的一张上面。里面的某个房间,收音机开着,声音很大,她听到越来越近的脚步声,拼命想让自己的嘴巴放松,她不知道该对理查德说什么。不过进来的是凯内内,穿着一件有皱痕的黑色连衣裙,手里拿着假发。

"我的孪生妹妹。"凯内内说着,拥抱了奥兰娜。她们的拥抱很亲近,彼此的身体紧贴着对方,备感温暖。"我正盼着你早点来,这样我们可以一起去研究中心,然后再去难民营。你想吃点米饭吗?上星期救济人员给了我一袋米,在此之前我没意识到自己多久没吃米饭了。"

"不,现在不吃。"奥兰娜期待着拥抱姐姐的时间更长,闻

---

[1] VIG:[英语] vigilance(警惕)头三个字母的大写。

一闻那熟悉的家的芳香。

"我刚才在听尼日利亚电台。卡杜纳说每一个伊博女人都该被强奸,"凯内内说,"他们的想象力让我震撼。"

"我从不听那些电台。"

"哦,我听拉各斯和卡杜纳的时间多过听比亚法拉。你必须亲近你的敌人,了解他们的动向。"

哈里森进来,鞠了一躬。"女士?我送一些喝的来吧?"

"听他说话的口吻,你会觉得这栋完工一半的房子里,某个偏僻的地方藏着一个大酒窖。"凯内内嘟哝着,用手指梳着她的假发。

"女士?"

"不用了,哈里森,不用送喝的。我们现在就走。记住,准备两个人的午饭。"

"是,女士。"

奥兰娜想知道理查德在哪里。

"哈里森是我见过的最爱装腔作势的农民,"凯内内说着,发动了汽车,"我知道你不喜欢'农民'这个词。"

"对。"

"但他的确是农民,你知道的。"

"我们都是农民。"

"我们都是?这是理查德爱说的话。"

奥兰娜立即感觉口干舌燥。

凯内内瞥了她一眼。"理查德今天很早就走了。下星期他要去加蓬参观恶性营养不良症中心,他说他得去看看各种准备工作。但我觉得他这么早离开,是因为他怕见到你感到尴尬。"

"哦。"奥兰娜噘起了嘴。

凯内内开起车来带着一种漫不经心的自信,一路开过坑洞,开过砍光了枝叶的棕榈树,开过一个瘦弱的士兵,他手里牵着一只更为瘦弱的山羊。

"你梦见过葫芦里装着的那个小孩的脑袋吗?"凯内内问。

奥兰娜望向窗外,记起了葫芦上纵横交错的斜线,还有孩子满眼的眼白。"我不记得我做过什么梦。"

"谈到他经历过的艰难困苦,爷爷过去常说,'困难难不倒我,反倒让我长了见识。'"

"我记得。"

"有些事情根本不能宽恕,相比之下,宽恕其他事情反倒容易多了。"凯内内说。

短暂的沉默。奥兰娜的内心深处,某个钙化的东西顷刻间恢复了活力。

"你懂我的意思吗?"凯内内问。

"懂。"

到了研究中心,凯内内把车停在一棵树下,奥兰娜坐在车里等待。没过多久,凯内内急匆匆地回来了。"我找的人不在。"她说着,发动了汽车。奥兰娜一路上没再说什么,直到到了难民营。战争爆发前,这里是一所小学。房子看上去褪了颜色,过去涂抹的白漆大部分都脱落了。一些站在外边的难民停下来瞪着奥兰娜,对凯内内说"欢迎"。一个消瘦的年轻神父穿着褪了色的黑色法衣,向她们的车走过来。

"马赛尔神父,这是我的孪生妹妹,奥兰娜。"凯内内说。

神父一脸讶异。"欢迎,"他说,随后又毫无必要地加了一句,"你们长得不像。"

他们站到一棵凤凰木下,马赛尔神父告诉凯内内,那袋小龙虾已经发放了,红十字会的确已经暂停救援航班,伊纳蒂米早前来过了,带来了比亚法拉自由斗士组织的另一个成员,还说要回来。奥兰娜注视着凯内内说话。她没有听见凯内内说的很多话,因为她满脑子想的是凯内内的自信如此咄咄逼人。

"我带你转一圈,"马赛尔神父走后,凯内内对奥兰娜说,"我一般先去地堡。"凯内内领着她看了地堡,一个挖得很粗糙的深坑,坑上架着木头,然后朝院子远端的一栋房子走过去。"现在去'回头无路'。"

奥兰娜跟着她,刚到第一道门,一股气味扑鼻而来,从奥兰娜的鼻子径直钻进她的胃。翻转着她的胃,搅拌着她早餐吃的水煮山药。

凯内内注视着她。"你不一定进去。"

"我想进去。"奥兰娜说,她觉得她应该进去,她心里并不想。她不知道这是什么气味,但它在扩散,她几乎看得见它,污秽的褐色云团。她感到头晕目眩。她们走进第一间教室。大约十二个人躺在竹床上、席子上、地板上。没有一个人伸手拍打肥大的苍蝇。奥兰娜只看见坐在门口的一个孩子在动:张开交叠的双臂，又合上。他的骨骼轮廓清晰，胳膊上的裹布看上去非常平展，如果他的皮肤下有些许肌肉，便不可能出现此种情况。凯内内飞快地扫视着教室，然后转身向门口走去。到了门外，奥兰娜大口大口吸着气。在第二间教室里，奥兰娜感觉体内的空气正变得污浊，她想捏紧鼻孔，阻止体外的空气与体内的空气混合。一个母亲坐在地上，旁边躺着两个小孩。奥兰娜看不出来他们有多大。他们全身赤裸；他们的肚子像个绷紧的球，无论如何是塞不进衬衫里的。他们的臀部和胸膛缩拢成了一层层皱巴巴的皮肤。他们的头上是一簇簇发红的头发。孩子的母亲始终凝视着她们，奥兰娜的目光与她相遇，赶紧移向别处。她拍打着脸上的一只苍蝇，心想，所有的苍蝇看上去如此健康，如此有生气，如此有活力。

"那女的死了。我们得把她搬走。"凯内内说。

"不！"奥兰娜脱口而出，因为这个始终凝视着她们的妇人不可能死了。但凯内内指的是一个脸朝下趴在地上的妇人，一个瘦小的宝贝紧紧地抓住她的后背。凯内内走过去，把宝贝抱开。她又走出门去，大喊："神父！神父！要埋一个人。"随后坐在门外的台阶上，抱着宝贝。宝贝本该大哭的。凯内内正设法向宝贝嘴里塞一个颜色类似于酵母的软药丸。

"那是什么？"奥兰娜问。

"蛋白丸。我会给你一些，让奇亚玛卡吃。味道让人受不了。上星期我终于说服红十字会给了我一些。当然不够，所以都留给孩子。让那里面的大多数人吃蛋白丸，起不了任何作用。但也许会对这个孩子有用。也许。"

"每天死多少人?"奥兰娜问。

凯内内低头看着宝贝。"他妈妈从一个很早就沦陷的地方来。来这之前,他们去了大约五个难民营。"

"每天死多少人?"奥兰娜又问。但凯内内没有回答。宝贝终于发出一声尖细的啼哭,凯内内赶紧把药丸塞进张开的小嘴里。奥兰娜望着马赛尔神父和另一个男子抓着死去妇人的脚踝和手腕,把她抬出了教室,向楼后边走去。

"有时候我恨他们。"凯内内说。

"野蛮人。"

"不是,他们,"凯内内指着教室,"我恨他们会死。"

凯内内把孩子抱进教室,交给另一个妇人,她是死去妇人的亲戚,瘦骨嶙峋的身体正在发颤;她的眼里没有泪水,所以奥兰娜过了片刻才意识到,她正在哭泣,宝贝紧挨着她那平坦、干瘪的乳房。

后来,她们向车子走过去的时候,凯内内把一只手伸进了奥兰娜的手里。

29

乌古知道，安布罗斯牧师的话不可信：国外的一个基金会在圣约翰路的尽头摆了一张桌子，给路人散发煮鸡蛋和冰冻过的瓶装水。他也知道，他不该离开这栋房子，奥兰娜的警告在他的脑海里回荡。但他觉得很无聊。天气闷热，屋后陶罐里储存的水有一股粉尘味，乌古喝腻了。他渴望喝到在电冰箱冰过的水，任何在电冰箱冰过的东西都行。安布罗斯牧师的话完全可能是真的，任何事都有可能。宝贝和阿丹娜在玩耍，他可以抄近道，在宝贝尚未察觉他离开之前，便赶了回来。

乌古刚刚绕过圣约翰教堂边上的拐角，便看见公路那一头站着一群男子，他们排成一列，双手抱住头。旁边有两个士兵，个子都很高，其中一个手里的枪指着前方。乌古停下脚步。端枪的士兵嘴里喊着什么，朝他跑过来。乌古的心脏在胸膛里怦怦直跳；他看了看路边的灌木丛，太稀疏，没法躲在里面。他回头望了一眼，公路上很空旷，一眼望不到头；没有什么能帮他躲开士兵的子弹。他转过身，冲进教堂的院子里。一个身穿白袍的年老神父站在大门的台阶顶上。乌古松了一口气，跳了起来，士兵不会进入教堂抓他。乌古用力拉门，但门是锁着的。

"求求您，神父，让我进去。"乌古说。

神父摇摇头。"外边那些被强征入伍的人，他们也是上帝的孩子。"

"求求你，求求你。"乌古猛拉着门。

"上帝的福佑会伴随着你。"神父说。

"开门！"乌古大喊。

神父摇摇头，慢慢退后。

士兵跑进了教堂的院子。"停下，不然我就开枪！"

乌古站在那里，两眼发直，脑海里一片空白。

"你知道他们叫我什么？"士兵大喊，"'杀了就走！'"他太高了，破烂的长裤吊在腿上，与黑靴的上沿隔着很长一段距离。他对着地面吐了一口痰，使劲拽乌古的胳膊。"该死的平头老百姓！跟我走！"

乌古跌跌撞撞地跟着。神父在身后说："上帝保佑比亚法拉。"

乌古站进队列里，双手抱住头，他没有看其他人的脸。他在做梦；他必须做梦。近处某个地方有狗叫声。"杀了就走"冲一个男子大声嚷嚷，扣上扳机，冲空中开了一枪。不远处，一些妇人聚在一起，其中一个与"杀了就走"的同伴在交谈。她的声音刚开始很低，带着哀求的口吻，随后她抬高了嗓门，乱打手势。"难道你看不出来，他连话都说不好？他是个傻子！他怎么能扛枪呢？"

"杀了就走"把抓到的男子两个两个地绑在一起，他们的双手反绑在背后，两个人之间的绳子绷得很紧。与乌古绑在一起的男子猛拉了一下绳子，似乎是想看看绳子有多结实，乌古差点摔倒在地。

"乌古！"

声音来自那群妇人中间。乌古转过身。穆奥凯卢夫人满眼骇然，望着他。乌古冲她点点头，他希望这足以表现出对她的尊敬，因为他不能冒险说话。穆奥凯卢夫人沿着公路一会儿走，一会儿跑，乌古望着她离开，心里无比失望，但又不知道自己对她有什么期望。

"准备上路！""杀了就走"喊着。他抬起头，看见路尽头有一个男孩，便追了过去。他的同伴拿枪指着队列。"谁跑我就开枪。"

"杀了就走"回来了，那个男孩走在他的前面。

"闭嘴！"他说着，把男孩的双手反绑在背后。"大家一起走！我们的车在旁边的公路上！"

他们迈着笨拙的步子，刚开始走，却听见"杀了就走"大喊："向左转！向右转！"这时乌古看见了奥兰娜。她慌慌张张，急急忙忙，头上戴着假发，这些天她很少戴假发，这次她戴得很匆忙，因为两边不对称。她微笑着，冲"杀了就走"打了个手势，"杀了就走"喊了一声"停！"然后向她走过去。他们在说着什么，"杀了就走"的背朝着队列，过了一会儿，他转过身，猛砍绑住乌古双手的绳子。

"他已经在为我们的国家服务。我们只对无所事事的平头老百姓有兴趣。"他冲同伴大声说，同伴点点头。

获救的喜悦冲昏了乌古的头脑。他揉搓着手腕。回家的路上，奥兰娜一言不发，乌古只在她开锁之后用力推门的架势中，感觉到了奥兰娜沉默中郁积的怒火。

"对不起，夫人。"乌古说。

"你太蠢了，不配有今天这么好的运气，"奥兰娜说，"我把所有的钱都用来贿赂那个当兵的。现在由你来想办法养活我的孩子，明白吗？"

"对不起，夫人。"他又说。

接下来的几天，奥兰娜很少跟乌古说话。她亲手为宝贝做糊糊，仿佛不再信任乌古。乌古跟她打招呼，她只是冷冰冰地点点头。乌古比以前醒得更早去打水，擦洗地板也比以前更用劲，一心等待着挽回奥兰娜的友谊。

最终，靠着烤蜥蜴的帮助，乌古与奥兰娜冰释前嫌。那天早晨，奥兰娜与宝贝准备去奥尔卢看望凯内内。一个小贩走进了院子，他头顶一个盖着报纸的瓷盘，手里举着一只烤得焦黄、插在棍子上的蜥蜴，嘴里喊着："买烤肉啦！买烤肉啦！"

"我想吃，奥拉妈咪，行吗？"宝贝说。

奥兰娜没有理她，继续梳头发。安布罗斯牧师从房间里出来，与小贩讨价还价。

"我想吃，奥拉妈咪。"宝贝说。

"这些东西对你不好。"奥兰娜说。

安布罗斯牧师买了蜥蜴，用报纸包好，进了房间。

"牧师买了。"宝贝说。

"但我们不买。"

宝贝哭了起来。奥兰娜转过头，恼怒地看着乌古，突然间，两人相视而笑,这情形很好笑:宝贝哭着想得到许可,吃蜥蜴。

"蜥蜴吃什么,宝贝?"乌古问。

宝贝嘟哝:"蚂蚁。"

"如果你吃了蜥蜴,蜥蜴吃的所有蚂蚁会在你的肚子里爬来爬去,咬你。"乌古平静地说。

宝贝眨着眼睛。她看着乌古,似乎要决定是否相信他的话,过了一会儿,她擦掉了眼泪。

那天,奥兰娜和宝贝去了奥尔卢,准备在凯内内家住上一星期,主人下班回来比以前早,而且没有去坦桑尼亚酒吧。母亲去世后,主人一蹶不振,乌古希望奥兰娜和宝贝不在家时,主人能够振作起来。主人坐在凉台上听收音机。乌古惊讶地发现,艾丽斯本来要去浴室,却走了进来。他以为主人会很冷漠,模棱两可地回答她问题,她灰溜溜地回房间继续弹钢琴。然而,他们低声交谈着,乌古听不清大部分的内容;他偶尔听到艾丽斯咯咯地笑。第二天,艾丽斯挨着主人坐在长凳上。她在那里待到全楼的人都睡了。几天后,乌古从后院过来,发现凉台空无一人,房门紧闭。他的胃抽紧了;对阿玛拉的记忆如骨鲠在喉。艾丽斯与阿玛拉不一样。她那种处心积虑的童稚气息引起了乌古的怀疑。乌古看得出来,为什么她不需要巫医下药,便有能力引诱主人;她靠苍白的皮肤和无助的神情便可以做到。乌古走到香蕉树旁,又回到门口,大声敲门。他决意要阻止他们,阻止他们做那事。他听到里面有声音。他又敲了敲门。再敲一次。

"什么事？"主人的声音很模糊。

"是我，先生。我想问，我能不能拿煤油炉，先生。"拿上煤油炉后，他将假装忘了拿炒木薯粉杯，忘了拿最后一点山药，还有汤勺。他准备假装突然发病，癫痫发作，装什么病都行，只要能阻止主人与那女人正在做的事。过了好几分钟，主人才开了门。他没有戴眼镜，眼睛似乎肿了。

"先生，怎么啦？"乌古问，视线却投向主人的背后。房间里没有其他人。"您还好吧，先生？"

"当然不好，你这个笨蛋。"主人说，眼睛紧盯着地上的一双拖鞋。他似乎若有所思。乌古等待着。主人叹了一口气。"埃克文努戈教授随科学小组一起去铺设地雷，路上有一些坑洞，地雷爆炸了。"

"地雷爆炸了？"

"埃克文努戈被炸死了。死了。"

"被炸死了"几个字在乌古的耳朵里回响。

主人让开地方。"你把煤油炉拿走吧。"

乌古走进去，拎起了他并不需要的煤油炉，想起了埃克文努戈教授长长的圆锥形指甲。"被炸死了。"他和他所说的火箭、装甲车和无需原料的燃油，一直以来都被乌古视为比亚法拉必将获胜的证明。他的身体器官是像烧焦的木炭，还是样样分明，可以辨认？抑或变成了许多干燥的碎片，恰如压碎了一片被哈麦丹风吹干的树叶？"被炸死了。"

过了一会儿，主人去了坦桑尼亚酒吧。乌古换上像样的长裤,赶往埃伯莱奇家。去她家似乎是最自然不过的事,也是唯一能做的事。他不愿去想,如果奥吉妈妈把他出门之事告诉奥兰娜,奥兰娜会多么着急,也不愿去想埃伯莱奇的反应,她会不理睬他吗?还是欢迎他?或者冲他叫喊?他必须见她。

埃伯莱奇独自坐在凉台上,穿着一条紧身包臀的裙子,乌古记得这条裙子,她的发型变了,不是用线绳扎的发辫,而是剪成了球状的短发。

"乌古!"她惊讶地叫了一声,站起身。

"你剪了头发。"

"哪里有线绳?更别说买线绳的钱了。"

"发型很适合你。"乌古说。

她耸耸肩。

"我早该过来看你的。"乌古说。他不该因为一个陌生的军官而拒绝与埃伯莱奇说话。"原谅我。原谅我。"

他们对视着,埃伯莱奇伸出手,掐了一下乌古脖子上的皮肤。乌古顽皮地拍掉她的手,又一把抓住。他们两个坐在台阶上,乌古始终抓着埃伯莱奇的手,埃伯莱奇给他一一道来:租住主人之前所住房子的那家人很缺德;抓壮丁的士兵一来,街上的男孩子藏到天花板里;上次空袭,他们的墙被穿了一个洞,老鼠进进出出。

乌古最后才说,埃克文努戈教授死了。"我给你讲过他,记得吗?科学小组的那个人,那个人能制造非常了不起的东西。"乌古说。

"我记得，"埃伯莱奇说，"留着长指甲的那个人。"

"指甲剪掉了。"乌古说着，哭了起来。他的眼泪很少，感觉有点痒。埃伯莱奇把一只手搭在乌古的肩膀上，乌古的坐姿保持不变，生怕晃掉了她的手，一心想着让她的手留在那里。眼前是一个全新的埃伯莱奇，或许是乌古对外部事物的感知发生了变化。现在他相信世间之物的宝贵。

"你说他剪掉了长指甲？"埃伯莱奇问。

"对。"乌古说。剪掉指甲在他看来突然变成了一件好事，乌古一想到长指甲被炸掉，便觉得难以忍受。

"我该走了，"乌古说，"主人先回家就糟了。"

"明天我来看你，"埃伯莱奇说，"我知道有一条去你那里的近路。"

乌古到家的时候，主人还没有回来。奥吉妈妈冲着丈夫尖叫："真不要脸！真不要脸！"安布罗斯牧师在祈求上帝用圣灵炸药击溃英国人，一个孩子在哭。慢慢地，这些声音一个接一个地停止了。夜幕降临。油灯灭了。乌古坐在屋外等待，一直等到主人走进楼里，脸上带着一丝笑意，两眼发红，很是明显。

"我的好伙计。"主人叫道。

"欢迎回来，先生。欢迎。"乌古站起身。主人站立不稳，身子稍向左侧歪斜。乌古赶紧上前，伸出胳膊，架起主人。他们刚刚进门，主人弯下腰，猛地抽搐一下，吐了起来。冒着白沫的呕吐物溅了一地。屋子里弥漫着一股酸臭味。主人坐在床上。乌古找来一块抹布，端来一些水，清洗着地面，他听见主人的呼吸很不平稳。

"不要把这事告诉你的女主人。"主人说。

"是,先生。"

埃伯莱奇经常过来,她的微笑、手的轻触,或轻捏他的脖子,这些都给乌古带来了极大的快乐。那天下午,他第一次亲吻了埃伯莱奇,宝贝当时睡着了。他们在屋子里,坐在长凳上玩比亚法拉扑克,埃伯莱奇说"你输了",打出她的最后一张牌,乌古靠近她,舔了舔她耳后带酸味的污垢。随后他又吻了埃伯莱奇的脖子、下巴和嘴唇。在他舌头的强压下,埃伯莱奇张开嘴,一股喷涌而至的暖流令乌古如痴如醉。他把一只手移到埃伯莱奇的胸部,握住她的小乳房。埃伯莱奇推开他的手。乌古把手移到她的肚子上,亲吻着她的嘴,又飞快地把手塞进她的裙子底下。

"我只看一看,"乌古说,免得埃伯莱奇阻止他,"光看一看。"

埃伯莱奇站起身。乌古掀起她的裙子,轻轻扯着她的裤腰,拽下棉布内裤,盯着她圆鼓鼓、肉乎乎的屁股。而后他拉上内裤,不再抓着她的裙子。乌古爱她。他想告诉她,他爱她。

"我要走了。"埃伯莱奇说着,抻了抻她的短上衣。

"你的那位军官朋友怎么样?"

"他在另一个战区。"

"你跟他做了什么?"

埃伯莱奇用手背擦了擦嘴唇,似乎是要擦掉什么东西。

"你跟他做过什么?"乌古问。

埃伯莱奇一声不吭,向门口走去。

"你喜欢他。"此刻乌古心里充满了绝望。

"我更喜欢你。"

重要的不是她还在与那位军官交往。重要的是"更"这个字眼,重要的是她更喜欢谁。乌古试图把她拽进怀里,但她躲开了。

"你会害死我的,"她说着,笑了起来,"放开我。"

"我送你到半路。"乌古说。

"没必要。只剩宝贝一个人。"

"我会赶在她醒来之前回来。"

乌古想握住埃伯莱奇的手,不过没这么做。他走在她身边,挨得很近,两人的身体偶尔有轻微的接触。乌古没走多远,便扭头回家了。走过一条短短的小路便到了,这时乌古看见两个士兵端着枪,站在一辆小货车旁边。

"你!站住!"一个士兵喊道。

乌古跑了起来,他听到了枪声,震耳欲聋,近得吓人,他摔倒在地,以为自己被子弹打中了,便等待着钻心的疼痛侵入他的身体。但没有痛感。开枪的士兵跑了过来,乌古先看到了他脚上穿的帆布鞋,又抬头看见他那瘦削而结实的身板,还有一张横眉怒目的脸。士兵脖子上挂着一串天主教念珠。火药燃烧之后的气味从他的枪里冒出来。

"快点站起来,该死的平头老百姓!跟他们站一块去!"

乌古站起身,士兵拍了一下他的后脑勺,乌古顿觉眼冒金星。他使劲用脚抵着沙地,免得站立不稳,片刻之后,才走到那两个胳膊高举的男子身边。一个年纪很大,至少有六十五岁,另一个还是个少年,估计有十五岁。乌古冲着老年男子嘟哝了一句:"下午好。"然后站在他身边,举起双臂。

"上车。"另一位士兵说。他留着浓密的络腮胡子,几乎盖住了整个脸颊。

"如果事情发展到了这一步,也就是你们把我这把年纪的人抓去当兵,那就说明比亚法拉亡国了。"老年男子平静地说。

络腮胡子注视着他。

挂着念珠的士兵大叫:"闭上你的臭嘴,死老头!"紧接着便打了老年男子一巴掌。

"住手!"络腮胡子说。他转身对老年男子说:"爸爸,走吧。"

"什么?"老年男子不敢相信自己的耳朵。

"走吧,走吧。"

老年男子用手揉着刚被打过的脸颊,慢慢地、小心翼翼地迈开了步子,随后他开始了时快时慢的小跑。乌古望着他消失在公路的尽头,他多希望自己能跳过去,抓紧他的手,被他拉着奔向自由。

"上车!"挂着念珠的士兵说。老年男子的离去似乎让他感到愤怒,他不怪罪络腮胡子,反倒迁怒于新抓的壮丁。他推搡着少年和乌古。少年摔倒在地，赶紧爬起来，众人一起钻进了货车的车厢。里面没有座位，生了锈的底板上，旧酒椰袋子、生牛皮笞鞭和空酒瓶扔得到处都是。乌古看见一个男孩坐在里面，哼着曲子，对着一个旧啤酒瓶喝酒，不由得吃了一惊。乌古坐在这个男孩身边，闻到了一股本地杜松子酒的刺鼻气味，心想或许他不是一个男孩，而是一个矮小的成年人。

"我叫'高科技'。"男孩说，酒的气味更浓烈了。

"我叫乌古。"乌古扫了一眼他的大号衬衫、破烂的短裤、长靴和贝雷帽。他的确还是个未成年人。不会超过十三岁。但他眼里流露出冷漠和玩世不恭，看上去比瘫倒在对面的少年老气很多。

"你呢？你叫什么名字？""高科技"问少年。

少年在抽泣。他看上去有点面熟，或许也住在这个社区，是天亮前去井眼里打水的男孩之一。乌古为他感到难过，也很愤怒，因为他的哭声更加彰显他们的无助，使得他们的处境显得严酷，不可改变。他们的确是被抓去当兵了。他们的确将不经训练，便被派上战场。

"难道你不是个男子汉？""高科技"问少年。"I bu nwanyi（你的一举一动怎么像个娘们）？"

少年哭着，用手捂着眼睛。"高科技"的讥讽变成了大声的嘲笑。"这家伙不愿为我们的建国大业战斗！"

乌古没有说话；"高科技"的大笑和杜松子酒的气味让他感到恶心。

"我承担 rayconzar meechon[1]，""高科技"宣布，这是他头一次说英语。乌古想纠正他对 reconnaissance mission（侦查任务）的发音。如果这个男孩跟着奥兰娜的班级学英语，一定会有长进。

"我们营全是战地工程师，我们只使用威力强大的奥布尼圭地雷。""高科技"顿了一下，打了一个嗝，仿佛他期待着听众从他的话中获得乐趣。少年不停地哭。乌古面无表情地听着。他觉得赢得"高科技"的尊重很重要，唯一的办法便是不让渗透全身的恐惧表露出来。

"我就是发现敌人行踪的人。我靠近敌人的防线，爬到树上，找出敌人确切的位置，然后我们的指挥官利用我提供的信息，决定在哪里组织进攻。""高科技"盯着乌古，乌古依旧面无表情。"在之前那个营，我常假装成一个孤儿，混入敌方阵营。他们之所以叫我'高科技'，是因为我的第一个指挥官说，我的作用大过任何一个高科技间谍装置。"他似乎急着想让乌古感到震撼。乌古伸长了双腿。

"你说的 reyconzar 应该是 reconnaissance。"乌古说。

"高科技"看了他一会儿，大笑着把酒瓶递过来，但乌古摇了摇头。"高科技"耸耸肩，喝了一口酒，哼着"比亚法拉赢得战争"，脚在底板上打着拍子。少年还在哭泣。挂着念珠的士兵

1　rayconzar meechon：[英语] 侦查任务，按"高科技"的错误发音拼写，其正确拼法是 reconnaissance mission。

开着车，嘴里吸着用纸卷的干叶子，吐出来的烟很呛，路上花了很长时间，乌古想撒尿，实在憋不住了。

"麻烦你，我想撒尿！"乌古大叫。

挂着念珠的士兵停下车，用枪指着他说："下车撒尿。你跑，我就开枪。"

他们到达训练营后，还是这个士兵，用一片碎玻璃剃掉了乌古的头发。训练营的前身是一所小学，各栋房子上都覆盖着棕榈叶。经过玻璃片毛糙的刮擦之后，乌古的头皮一触即痛，上面布满了小豁口。教室里的席子和床垫上爬满了凶猛的臭虫。体格训练时，那些皮包骨头的士兵——他们没有皮靴，没有军装，袖子上没有半轮黄日——对乌古又踢又捆，极力挖苦。列队行进让乌古的胳膊变得僵硬。障碍训练让他的小腿发颤。缘绳攀登让他的手掌流血。他排队领几包炒木薯粉，一天一次从铁盆里舀一些清汤，他感到饥饿难忍。在这个他没有发言权的新世界里，处处都是漫不经心的残忍，他的体内慢慢地长了一个恐惧的硬块。

教室的屋顶上有一个鸟窝，里面住着一家子。早晨，它们的喳喳叫被指挥官尖厉发颤的哨音打断，一个声音在喊："集合！集合！"只见成年与未成年的男子闻声奔跑，乱糟糟地聚拢。下午，太阳晒得人蔫头蔫脑，心情恶劣，士兵们吵着架，玩着比亚法拉扑克，聊着在过去的行动中被他们炸死的野蛮人。一个士兵说："我们的下一次行动马上就要开始！"想到自己已经是一个为比亚法拉战斗的士兵,乌古既害怕,又激动。多希望他属于正规军队的一个营,用枪去打仗。他记得埃克文努戈教授对奥布尼圭地雷的描述:"高冲击力地雷。"听上去多么引人入胜,这种比亚法拉自制的地雷,这种所谓的"奥朱库桶",这个让野蛮人如此困惑的奇迹,据说他们赶着牛群前来探路,想搞清楚为什么奥布尼圭炸死了那么多人。然而,当乌古参加第一次训练时,眼前的这个东西让他不由得瞪大了眼睛:一个颜色暗淡的金属桶,里面装满了金属废料。

乌古真想把内心的失望告诉埃伯莱奇。他还想给埃伯莱奇讲一讲指挥官,他是这里唯一一个身穿全套军装的军人,军装经过熨烫,笔直硬挺;指挥官经常对着一台收发两用无线电设备咆哮,如果哪个少年在训练课上试图逃跑,他会徒手揍得少年鼻血直流,而后扯着嗓子大叫:"把他关进禁闭室!"村里的妇人们送来一包包炒木薯粉和清汤,偶尔还有"打赢战争"米饭,里面放了些许棕榈油,几乎别无其他,这个时候,乌古最想念埃伯莱奇。有时候,更为年轻的女子进入指挥官的宿舍,出来时脸上带着羞怯的微笑。门口的哨兵总是摇起栏杆,放这些女子进来,其实哨兵没有必要这样做,因为这些女子从旁边很容易进来。一次,乌古看见一个走路时浑圆的臀部起伏晃动的女子走出营门,他想大喊一声:埃伯莱奇!尽管他知道她不是埃伯莱奇。乌古不断寻找一些小纸片,想记下他每天做的事,也不断寻找与埃伯莱奇再见的机会,在这个过程中,他发现了黑板下方的一个小角落里塞着一本书:《弗雷德里克·道格拉斯,一个黑人奴隶的自述》[1]。书的扉页上盖着深蓝色的"政府学院藏书"印章。乌古坐在地上,读了起来。两天内他读完了这本书,又从头开始读,单词一个接一个地滚过他的舌尖,他背下了一些句子:

奴隶们对柏油的恐惧赶上了对鞭子的恐惧。他们发现与没有床相比,没有时间睡觉更让人难以忍受。

乌古读书的时候,"高科技"喜欢坐在他的身旁。有时候他哼一些比亚法拉歌曲,调子单一,到了让人恼火的地步,其他时候他则聊这聊那。乌古不理睬他。但是一天下午,村里的妇人们没有带来任何食物,男人们在抱怨声中挨过了一整天。夜里,"高科技"用胳膊肘轻轻推了推乌古,递过来一罐沙丁鱼。乌古一把抓在手里。"高科技"大笑。"我们得一起吃。"他说,乌古想知道他如何设法搞到了这个罐头,一个岁数这么小的孩子何以如此长袖善舞。他们来到房后,一起吃掉了油腻的沙丁鱼。

"野蛮人吃得真好啊!""高科技"说,"我上次混入敌营,当时还在恩特杰当兵,敌营里的女人在汤里放大块大块的肉。他们休战一星期过复活节,甚至把一些肉给了我们的人。"

"他们休战过复活节?"乌古问。

"高科技"终于引起了乌古的注意,心里很是得意。"对。

---

[1] 弗雷德里克·道格拉斯(1817—1895),美国黑奴,后逃跑,获得自由,成为著名的废奴主义者和演说家,《弗雷德里克·道格拉斯,一个黑人奴隶的自述》(1845年)是他的自传之一。

他们甚至在一起打牌,喝威士忌。有时候他们商量着不要打仗,让每个人都得到休息。""高科技"瞥了乌古一眼,笑了。"你的发型真难看。"

乌古摸了摸头,锯齿状的玻璃片漏掉了一簇簇头发,颇为怪异。"是很难看。"

"这是因为剃的时候,他们没有打湿你的头发,""高科技"说,"我用一把剃刀和肥皂,剃得比这好。"

"高科技"取出一块绿色的肥皂,在乌古头上涂上肥皂泡,用一把剃刀的刀片剃掉了多余的头发,这时摸上去,手感光滑柔软。后来,"高科技"小声告诉乌古:"两天后有行动。"乌古想到了那些把头发剃掉以示悼念的人。剃掉头发,纪念死亡。乌古仰面躺在单薄的床垫上,聆听着周围那些让人心烦的鼾声。他在训练中表现出色,跑步翻越障碍,摇摇晃晃地攀缘粗糙的绳索,向其他人证明了自己的实力,但他没有交上朋友。他很少说话。他不想了解他们的故事。让每个人的精神负荷保存于各自的头脑,不必开启,不受干扰,如此更好。乌古想着即将到来的行动,想着用奥布尼圭地雷炸死野蛮人,想着埃克文努戈教授被炸的尸体。他想象着自己在静谧的月色中站起身,跃出去,一路跑到乌穆阿希亚的院子里,向主人和奥兰娜问好,抱一抱宝贝。但他清楚,他不会去尝试,因为他有点想留在这里。

战壕里,大地感觉像是浸泡过的面包。乌古静静地躺着。一只蜘蛛爬上了他的胳膊,他没有把蜘蛛拍掉。这里一团漆黑,伸手不见五指，乌古想象着毛茸茸的蜘蛛腿，蜘蛛发现自己触到的不是冰冷的泥土，而是温暖的人体，该是何等惊讶。月亮偶尔从云后露脸，头顶枝叶繁茂的树现出了模糊的轮廓。野蛮人就在那边的某个地方。乌古希望这里更亮一些；早前，他把奥布尼圭地雷埋在前方大约三十码的地方，当时的月光亮一些。此刻，大地却笼罩于黑暗之中。导火线抓在手里，十分冰冷。在他旁边，一个士兵正在喃喃地祈祷，声音极其轻柔，乌古以为他在向他耳语。"现在以及我们死亡的时刻，圣母玛丽亚为我们这些罪人祈祷。"野蛮人开始射击了，乌古甩掉胳膊上的蜘蛛，站起身。嗒嗒的炮火声稀稀拉拉，先是很大，而后变小；步兵从不同的方向进行反击，那些野蛮人，那些养牛的肮脏家伙，将会摸不着头脑，不知道奥布尼圭地雷正在等着他们。

乌古想象着埃伯莱奇的手指正掐着他脖子上的皮肤，她的舌头被他含在嘴里，湿漉漉的。野蛮人开始打炮了。空中先是传来迫击炮的呼啸声，随后听到炮弹轰然落地，炽热的弹片四处飞溅。一片草丛着火了，烧了起来，乌古看见前面的树丛旁有一只白鼬，蜷着身子，像一只巨大的乌龟。随后他发现了他们：蹲伏的剪影向前移动，一伙男子。他们已经进入了地雷的杀伤范围，感觉太快了，他以为在他们过来送死之前，在他引爆奥布尼圭地雷，地雷破土而出、铁片四散横飞之前，会发生更多的事情。他深吸了一口气。小心翼翼地，毫不手软地，他把导火索与手中的点火栓连在一起，紧接而来的强大的爆炸把他吓了一跳，尽管这本是意料之中的事。顷刻间，恐惧使他的内脏纠结在一起。也许他估算得不够准确。也许他没有炸中敌人。但他听见旁边有人大喊:"中了!"这句话在他的脑海中回响,他们等了好几分钟,这才跃出战壕,朝散落一地的野蛮人尸首走过去。

"把他们剥光! 脱掉长裤和衬衫!"有人大喊。

"只要长靴和枪!"另一个声音喊着,"没时间了。没时间了。快点,快点! 他们的援兵已在路上!"

乌古对着一具精瘦的尸体弯下腰去。他猛地拽下尸体脚上的长靴。在尸体的口袋里,他摸到了一颗冰冷的可乐果,还有温暖、浓稠的血液。乌古碰到旁边的第二具尸体时,尸体动了动,他不由得退后几步。尸体勉强地喘了一口气,而后不再动弹。乌古全身发抖。在他身边,一个士兵举着几支枪,正在喊叫。

"走!"乌古喊着,在长裤上擦了擦染血的双手。

士兵们结队前往司令部,上交导火索,他们捶着乌古的后背,叫他"目标摧毁者!""你从读的那本书里学来的这本事?"他们调侃着他。成功让他如入云端。在接下来的几天里,他一直处于飘飘然的状态,和大家一起打着比亚法拉扑克,喝着杜松子酒,等待着下一次行动。乌古仰面躺在地上,"高科技"用旧纸卷起一些松脆的干叶子,两人一起吸着。乌古更喜欢战神牌香烟;叶子烟让他有脱臼的感觉,大腿与臀部之间似乎拉开了一段小小的距离。他们没有躲起来吸叶子烟,因为指挥官很高兴,比亚法拉从野蛮人手里夺回了奥韦里,新闻广播中洋溢着希望。军规也不再那么严格;他们可以去高速公路旁的那所酒吧。

"走路很远。"有人说。"高科技"笑着回答:"我们当然要征用一辆车。"

听到"高科技"的笑声,乌古记起来他是一个孩子。只有十三岁。九个男人一起走,他看上去十分瘦小,很不协调,乌古心想。塑料拖鞋的吧嗒声在寂静的公路上回响。有两个人光着脚。他们等了一会儿,一辆积满灰尘的大众甲壳虫开了过来,他们在公路上一线排开,挡住了这辆车。车停了,一些士兵捶打着引擎盖。

"出来!该死的平民老百姓!"

开车的男子脸色阴沉,似乎下定决心要让他们看看,他不可能被他们胁迫。坐在他身旁的妻子开始哭着央求:"求求你们,我们要去找儿子。"

一个士兵狠狠地捶打着引擎盖。"我们的军事行动需要这辆车!"

"求求你们,求求你们,我们要去找儿子。有人说,他们在难民营里看到了他。"妇人眉头深锁,定睛看了"高科技"片刻。或许她以为他是她的儿子。

"我们为你们出生入死,你们却在这里开游览车?"一个士兵说着,把妇人从车里拽了出来。开车的男子主动钻了出来,但仍站在车旁。他把钥匙攥在手里,握紧了拳头。

"这是不对的,长官。你们没有权利征用这辆车。我有通行证。我为政府工作。"

一个士兵扇了他一耳光。男子踉跄了一下,士兵接着又打他耳光,一下,两下,三下,男子倒在地上,钥匙从手里滑落下来。

"够了！"乌古说。

另一个士兵摸了摸男子的脖子和手腕，确定他是否还有呼吸。一伙人挤进车里，向酒吧开去，妇人则俯身察看丈夫的情况。

酒吧女招待迎上来，说没有啤酒。

"你确定没有啤酒？你是不是怕我们不付钱，把啤酒藏起来了？"一个士兵问她。

"真的，真的没有啤酒。"女招待很瘦，五官尖削，脸上没有一丝笑意。

"我们消灭了敌人！"这个士兵说，"给我们啤酒！"

"她说了，这里没有啤酒。"乌古厉声说。这个士兵的大嗓门让他感到厌烦；离野蛮人靠近还早着呢，这家伙便丢弃他的奥布尼圭地雷，只管自己跑掉了。"让她拿本地杜松子酒。"

女招待在桌子上摆开当地产的杜松子酒和几个金属小杯子，士兵们谈论着尼日利亚的军人，比亚法拉获胜之后，他们将把丹朱马[1]、阿德昆莱和戈翁头朝下吊死。"高科技"开始卷一些叶子烟。乌古觉得纸张上尚未卷起的部分有一个很熟悉的字，"述"，但想想不可能。他又看了一眼。"那是什么纸？"乌古问。

1　西奥菲勒斯·丹朱马（1938—　），尼日利亚军官、政治家，在1966年7月29日的豪萨军官政变中，率部软禁、杀害了伊博联邦总理伊龙西将军；比亚法拉战争中，担任第一师参谋长，率军攻占了埃努古。

"就是你那本书的第一页。""高科技"微笑着把烟卷递给乌古。

乌古没有接。"你撕了我的书?"

"只是第一页。我的纸用光了。"

乌古火冒三丈。他对着"高科技"的脸扇了过去,出手极快,极重,极猛,但"高科技"在最后一秒钟向后退开,躲过一劫,乌古的手只是刮了一下他的脸颊。乌古又举起手,但其他人拦住了他,把他拉开,说不过是一本书,让他多喝一些杜松子酒。

"对不起。""高科技"嘟哝。

乌古的头开始疼。一切都发生得太快。不是他在过日子,是日子在过他。他不紧不慢地喝着酒,注视着其他人,他们的嘴巴一张一合,让人恼火的嘲弄、自以为是的吹嘘和夸大美化的记忆,源源不断地从他们的嘴里说出来。很快,整个酒吧,以及桌子四周的长凳,变成了一个模糊的、散发着酸味的场景。女招待把空瓶子拿走,又一瓶接一瓶地拿来新酒。古心想,这些酒可能是在公路那头他们的后院里酿造的。他站起来,走到酒吧外边小便,而后靠在一棵树上,呼吸新鲜空气。仿佛坐在恩苏卡家中的后院,望着柠檬树、他的香草园子和乔莫修剪过的植物。他在这里待了一会儿,不料听到酒吧里传来一阵阵大喊。或许有人打赌赢了,或是其他。他们让他感到厌倦。战争让他感到厌倦。他向酒吧走去,在门口停下脚步。女招待仰面躺在地上,裹裙堆在腰间,肩膀被一个士兵按住,双腿张开,张得很开。她在哭泣:

"求求你们,求求你们,求求你们。"她的短上衣还穿在身上。她的两腿间,"高科技"正在抽动。他的抽送快速短促,瘦小的臀部比腿部更黑。其他士兵在喝彩。

"'高科技',够了!开火,撤退!"

"高科技"发出一声呻吟,瘫倒在女招待身上。一个士兵把他拉开,笨手笨脚地解着他的长裤,这时有人说:"等一等!下一个是'目标摧毁者'!"

乌古从门口向后退。

"害怕了!'目标摧毁者'害怕了!"

乌古耸耸肩,走上前"谁害怕了?"他轻蔑地说,"我只是喜欢第一个吃,就这么回事。"

"这东西还是新鲜的!"

"'目标摧毁者',你不是个男人吗?"

躺在地上的女孩纹丝不动。乌古拽下长裤,惊讶地发现阴茎勃起得很迅速。他进入了女招待的身体,里面很干,很紧。他没有看着她的脸,也没有看着那个按住她的士兵,什么都不看,只是飞快地抽送,而后感受到了高潮,一股液体从阴茎口冲泄而出——一种引发自我憎恨的释放。其他人拍着手,乌古拉上长裤的拉链。最后他看了一眼女孩。她也在瞪着他,目光平静,充满仇恨。

又有更多的军事行动。有时候,恐惧让乌古不知所措,他会吓得不能动弹。他躺在战壕里,把身体使劲压进泥里,尽情享受着与大地依偎相连的感觉,此时,他把精神从肉身的束缚中解放出来,两者一分为二。嗒嗒的射击声,男人的哭喊声,死尸的气味、头顶和四周爆炸发出的巨响,这些都很遥远。但回到营地,他的记忆变得清晰。他记起了那个双手捂住被炸开的肚子,似乎想把肠子堵在里面的男子,还有那个在僵死之前嘟哝着提到儿子的男子。然而,每次行动过后,一切又变了样。乌古看着自己一天一袋的炒木薯粉,心里充满了惊奇。他一遍又一遍地读着《弗雷德里克·道格拉斯,一个黑人奴隶的自述》。他摸着自己的肌肤,想象着它的腐烂。

一天下午,指挥官的吉普车开了进来,侧面绑着一只病态的山羊,四肢缚在一起。这是从一个无所事事的老百姓那里征来的。山羊温顺地咩咩叫着,士兵们聚拢过来,想到有肉吃了,异常兴奋。两个士兵宰了山羊,烧起火,当大块的肉煮好之后,指挥官要求悉数搬去他的宿舍。他花了很长时间检查水盆,看看山羊是否完整:腿、头和睾丸。之后来了两个村妇,她们被领进了指挥官的宿舍;又过了很久,她们才离开,士兵们冲她们扔着石头。乌古梦到指挥官把一半的山羊肉给了士兵,他们吃得一干二净,连骨头都吞下了肚。

乌古醒来时,收音机开得很响,"高科技"在抽泣。乌穆阿希亚失守了。比亚法拉失去了首都。一个士兵举起手,说:"那只山羊,那只山羊是一个凶兆。什么都没了!我们必须投降!"其他士兵都垂头丧气。指挥官说他知道有一个光复乌穆阿希亚的秘密反攻计划,但这个消息未能鼓舞士兵们的士气。不过,元首阁下要来的消息给他们注了一剂强心针。士兵们打扫营院，清洗衣物，整整齐齐地坐在长凳上，等着欢迎元首阁下。当一列吉普车和庞蒂亚克车开进营院时，士兵们都站起来敬礼。

乌古的敬礼很马虎，因为他担心奥兰娜、主人和宝贝在乌穆阿希亚的安全，因为他对元首阁下不感兴趣，因为他不喜欢指挥官。他不喜欢任何一个军官，他们那种盛气凌人的讥笑，还有把士兵当绵羊一样对待的态度，都让他感到不满。但是他欣赏一个上尉，一个独来独往、很有自律的人，名叫奥哈埃托。所以有一天，当乌古发现自己与奥哈埃托上尉在同一战壕并肩战斗时，他下定决心要给对方留下深刻印象。战壕不湿，里面的蚂蚁多过蜘蛛。从嘈杂的枪声和迫击炮的轰鸣声中，乌古能够判断出，敌人靠近了。但光线不好，看不清楚。他很想给奥哈埃托上尉露一手，如果光线亮一点该多好。他正要连接导火索和点火栓，这时有东西在耳边呼啸而过，紧接着一股刺痛灼烧着他的后背。在他身旁，奥哈埃托上尉变成了血肉模糊、残缺不全的一团。随后乌古感觉自己被举到了战壕上方，一种无助又不幸的感觉。等他落到地上，是他自身的重量，而不是席卷全身的疼痛，把他惊得说不出话来。

30

理查德坐在标致车里，不断地挪动位置，尽可能地离两个美国记者远一些，身体贴住了车门。他的确应该坐在前排，让勤务兵和他们一起坐在后排。但他没有料到，他们两人身上的气味竟然如此难闻：一个叫查尔斯，身材肥胖，头戴一顶压扁了的帽子；另一个也叫查尔斯，红头发，下巴上留着姜黄色的胡子。

"一个中西部的记者和一个纽约的记者来比亚法拉，我们都叫查尔斯。是不是很巧？"他们自我介绍之后，胖子笑着说，"而且，我们的妈妈都叫我们查克！"

理查德不知道在里斯本登机之前，他们等了多长时间，但在圣多美等待一架救援飞机的时间拉长到了十七个小时。他们需要冲澡。坐在理查德身旁的胖子开口讲述他在战争伊始对比亚法拉的第一次访问，理查德感觉他还需要漱口水。

"我们乘坐一架真正的客机降落在哈科特机场，"胖子说，"但这次我坐在飞机的地板上，飞机里面装着二十吨奶粉，飞行的时候没有开灯。我们她妈的飞么低，我朝外看，能看见尼日利亚高射炮的橘色炮火。我吓得大便都失禁了。"他大笑着，堆满脂肪的阔脸看上去很可爱。

红头发没有笑。"我们没法确定那是尼日利亚的炮火。可能是比亚法拉人搞错了。"

"哦，别瞎说了！"胖子瞥了理查德一眼，但理查德依旧板着面孔,"当然是尼日利亚的炮火。"

"至少在飞机里,比亚法拉人混淆了食物和枪支。"红头发说。他转过头问理查德:"不是吗?"

理查德不喜欢红头发。他不喜欢他那褪了色的绿眼睛和长了红色斑点的脸。他在机场接上他们,递给他们通行证,告诉他们,他是他们的向导,比亚法拉政府欢迎他们的到来,当时红头发脸上露出轻蔑和想笑的神情,理查德心里很不是滋味。红头发的意思仿佛是,你是比亚法拉人的代言人?

"我们的救援飞机只运载食物。"理查德回答。

"当然,"红头发说,"只运食物。"

胖子俯身越过理查德,望向窗外。"我不相信人们开着车,四处走动。不像在打仗。"

"空袭一来,就变样了。"理查德说。他向后仰着脸,屏住了呼吸。

"有可能看一看比亚法拉士兵枪杀意大利石油工人的地点吗?"红头发问,"我们已经在《论坛报》上做了报道,但我想写一篇更长的特写。"

"不行,不可能。"理查德厉声说。

红头发盯着他。"好吧。但你能告诉我一些新情况吗?"

理查德吐了一口气。恰如有人在他的伤口上撒了胡椒:成千上万的比亚法拉人死了,这个家伙却想了解一个死去白人的新情况。理查德要写一写这一点,即西方新闻报道的规则:一百个死去的黑人相当于一个死去的白人。"没什么新情况,"理查德说,"那个地区现在被占领了。"

在检查站,理查德对民防队员说伊博语。她检查了他们的通行证,露出挑逗的微笑,理查德也冲她笑了笑,她的高瘦身材和平胸让他想起了凯内内。

"她似乎真的有性趣,"胖子说,"我听说这里随便做爱的事很多。但女孩子有某种通过性交传播的疾病?邦尼[1]病?你们这些家伙得小心一点,免得把什么病带回家。"

他的放肆让理查德感到恼火。"我们要去的难民营由我的妻子管理。"

"真的?她在这里时间很长了吗?"

"她是比亚法拉人。"

红头发一直望着窗外,此刻他转过头看着理查德。"我上大学时有一个朋友,他真的喜欢有色人种的女孩。"

胖子很是尴尬。他急忙说:"你的伊博语说得很好?"

"对。"理查德回答。他想把凯内内和套绳青铜罐的照片拿给他们看,转念一想还是算了。

"我很想见见她。"胖子说。

"今天她出门了。她正想办法为难民营补充更多的给养。"

理查德第一个钻出了小车,他看见有两个翻译在等待。他们的到来让他很不快。的确,他常常理解不了伊博语的习语、那些微妙之意和方言,但部里总是急着派翻译。坐在屋外的大多数

---

[1] 邦尼,尼日利亚东南部的一个港口,在邦尼岛上。

难民望着他们,露出些许的好奇。一个消瘦的男子腰上别着匕首,四处走动,一边走一边自言自语。空气中弥漫着腐烂的气味。一群孩子围着一堆火烤两只老鼠。

"哦,我的上帝。"胖子瞪大了眼睛,绷紧了脸上的肥肉。

"黑鬼对他们吃的东西从不讲究。"红头发嘀咕。

"你说什么?"理查德问。

红头发假装没听见他的话,匆忙跟着一个翻译上前采访一群下国际跳棋的男子。

胖子说:"你知道在圣多美堆满了食物,爬满了蟑螂,因为没有办法运进来。"

"知道。"理查德顿了一下,"不知我可否托你带几封信?带给我妻子的父母,他们在伦敦。"

"当然可以,我从这里一出去,就帮你邮寄。"胖子从背包里掏出一大块巧克力,撕掉包装,咬了两口。"听着,我希望我能帮更多的忙。"

胖子走到那些孩子跟前,给了他们一些糖果,为他们拍了照片,孩子们围着他嚷个不停,索要更多的糖果。他说了一句:"你们笑得很可爱!"胖子走开后,孩子们又围在一起烤老鼠。

红头发飞快地走过来,脖子上挂着的相机晃来晃去。"我想见一见真正的比亚法拉人。"他说。

"真正的比亚法拉人?"理查德问。

"我的意思是,看看他们。他们不可能在两年中没有吃过一顿饭。我不懂他们居然还在谈论建国大业、比亚法拉和奥朱库。"

"你一般在采访之前就已决定相信什么样的答案了吗?"理查德温和地说。

"我想去另一个难民营。"

"当然可以,我会带你去的。"

第二座难民营位于城里更远的地方,规模小一些,气味好闻一些,前身是一座镇公所。一个独臂妇人坐在台阶上,给一群人讲故事。理查德听到了故事的结尾:"但是这个男子的鬼魂跑出来,用豪萨语对野蛮人讲话,他们不再骚扰他的房子。"妇人相信鬼魂的存在,让理查德艳羡不已。

红头发在妇人身边的台阶上蹲了下来,开始通过翻译进行采访。

你们饿吗? 当然,我们都很饿。

你们知道这场战争爆发的原因吗? 知道,豪萨野蛮人想把我们杀光,但上帝可没睡着。

你们希望战争结束吗? 是的,比亚法拉很快就会获胜。

如果比亚法拉没有获胜怎么办?

妇人对着地面啐了一口,先盯着翻译,又盯着红头发,长时间充满怜悯的凝视。她站起身,走进屋里。

"不可思议,"红头发说,"比亚法拉的宣传机器很了不起。"

理查德了解红头发这类人。他就像尼克松总统从华盛顿派来的实况调查员和威尔逊首相从伦敦派来的调查团成员,他们来到这里,带着坚硬的蛋白片,带着更为顽固的结论:尼日利亚没有轰炸平民,对饥饿的抨击性宣传过于夸大,一切都处于战争的正常状态。

"没有宣传机器,"理查德说,"你们轰炸的平民越多,你们激起的抵抗情绪就越强烈。"

"这是比亚法拉电台的言论吧?"红头发问,"听起来像是比亚法拉电台的言论。"

理查德没有回答。

"他们什么都吃,"胖子摇摇头说,"每一片该死的绿叶都成了蔬菜。"

"如果奥朱库愿意制止饥饿的蔓延,他只需批准打通一条食品走廊。那些孩子就用不着吃老鼠了。"红头发说。

胖子不停地拍照。"但事情并非如此简单,"他说,"他也得考虑安全因素。他在打一场该死的战争。"

"奥朱库只能投降。这是尼日利亚最后一次推进,比亚法拉没有办法收复全部失地。"红头发说。

胖子从口袋里掏出一块吃了一半的巧克力。

"那么,现在他们失去了哈科特港,比亚法拉怎么解决石油的问题?"红头发问。

"我们仍然控制着埃贝马的一些油田,我们从那里开采石油。"理查德回答,但没有特意解释埃贝马在何处。"我们在夜里把原油运到炼油厂,开着不打前灯的油罐车,躲避轰炸机。"

"你一直说'我们'。"红头发说。

"对,我一直说'我们'。"理查德瞥了他一眼,"你以前来过非洲吗?"

"没有，第一次。为什么问这个问题？"

"我只是好奇。"

"你们觉得我在丛林中会感到经验不足？过去我负责报道亚洲，有三年时间。"红头发说着，笑了起来。

胖子在背包里摸索着，掏出来一瓶白兰地。他递给理查德。"我在圣多美买的。连一口都没喝。很不错的酒。"

理查德接过白兰地。

开车送两位记者去乌里坐飞机离开之前，理查德带他们去一家招待所吃了一顿米饭和炖鸡；比亚法拉政府支付了红头发的伙食费用，但理查德不愿去想这一点。候机楼前，几辆车来来往往；再往前，机场跑道乌黑一片。机场负责人身穿紧身卡其布西装，迎出来握着他们的手说："预计飞机随时都会降落。"

"滑稽的是，在这个屎坑里，他们竟然还照章办事，"红头发说，"我到这里的时候，他们在我的护照上盖戳，还问我有什么东西要申报。"

一声巨大的爆炸划破了长空。机场负责人大喊："走这边！"他们跟在他身后跑向没有完工的候机楼。他们趴倒在地。百叶窗板发出吱嘎嘎、哗啦啦的响声。大地在抖动。爆炸停止了，又响起了稀稀落落的枪声，机场负责人站起身来，拍掉衣服上的灰尘。"不会有问题了。我们走。"

"你疯了？"红头发尖叫。

"他们没炸弹了，才开始打枪，现在没有什么可担心的了。"机场负责人轻描淡写地说完，人已经走出去了。

停机坪上，一辆卡车正在修补轰炸造成的弹坑，填上沙砾。跑道指示灯闪烁着，灭了，黑暗笼罩了四周，不见一丝光亮；置身蓝黑色的天地间，理查德感到一阵眩晕。灯又亮了，时间较之前稍长，接着又灭了。再次反复。一架飞机正在降落，跑道上发出颠簸、拖曳的声音。

"降落了？"胖子问。

"对。"理查德回答。

灯亮了片刻之后，熄灭。三架飞机降落了，几辆卡车，没有打开头灯，已经飞快地迎了上去，理查德不由得连连惊叹。男人们正从飞机上往下搬麻袋。灯光闪烁。飞行员在尖叫："快点，你们这些懒惰的家伙！快往下搬！我们不能在这里遭到轰炸！加快速度，伙计们！快点，他妈的！"其中有一个说美国英语，一个说南非荷兰语，还有一个说爱尔兰英语。

"这些狗杂种说话应该文明一点，"胖子说，"他妈的他们付了几千美元，让他们把救济品送进来。"

"他们有生命危险。"红头发说。

"那些从飞机上卸东西的人同样也有生命危险。"

有人点燃了一盏防风煤油灯，理查德心想，在上空盘旋的尼日利亚飞机能否发现这盏灯？究竟有多少尼日利亚的飞机在天上盘旋？

"我们的一些人会摸黑走然后撞到飞机的螺旋桨。"理查德平静地说。他不清楚自己为何说这话，或许是想让红头发感到震惊，不再这么自鸣得意，倍感优越。

"后来他们怎么样?"胖子问。

"你觉得他们会怎么样?"

一辆没打头灯的车朝他们缓缓地开过来,停在附近,车门开了又关,五个消瘦的孩子和一个身穿蓝白两色长袍的修女加入了他们的行列。理查德向修女打着招呼:"晚上好。你好吗?"

修女笑了。"哦,你是那个会说伊博语的白人。你就是那个为我们的建国大业撰写漂亮文章的人。干得好。"

"你们要去加蓬吗?"

"对。"修女招呼孩子们坐在木板上。理查德走近他们。在微弱的光线中,他们眼中的乳白色黏液很稠。修女把最小的孩子搂在怀里,孩子活像一个干瘪的布娃娃,两腿如木棍,肚子鼓胀。理查德无法判断这个孩子是男孩还是女孩,他猛地为此感到愤怒,所以当红头发问他:"我们如何知道什么时候登机?"理查德干脆不理他。

一个孩子想站起来。她摇晃着,倒在地上,脸朝下,一动不动。修女把最小的孩子放在地上,扶起倒下的孩子。"坐在这里。如果你们乱跑,小心我揍你们。"她对其他孩子说完,急匆匆地走了。

胖子问道:"孩子睡着了,还是怎么啦?"

理查德也没理他。

胖子嘀咕:"该死的美国政策。"

"我们的政策没有错。"红头发说。

"权力也意味着责任。你们的政府清楚,人们在死亡线上挣扎!"理查德提高了嗓门。

"我们的政府当然清楚人们在死亡线上挣扎,"红头发说,"在苏丹,在巴勒斯坦,在越南,那里的人们都在死亡线上挣扎。到处都有人在死亡线上挣扎。"他坐在地上。"上个月,他们把我弟弟的尸体从越南运了回来,看在上帝分上!"

理查德和胖子都没有吭声。接下来是长时间的沉默,连飞行员和卸货的声音似乎也变得模糊起来。之后,他们被车急匆匆地拉到停机坪,冲上飞机,在时亮时灭的灯光中,飞机腾空而起,此时,理查德想到了一个书名:《我们死去时世界沉默不语》。他将在战后创作这部记录比亚法拉艰难获胜的叙事,控诉全世界。回到奥尔卢,他向凯内内讲述了两个新闻记者的来访,以及他对红头发愤怒与怜悯并存的情感;他还告诉凯内内,与他们在一起时他感到极度地孤独,他灵光乍现,想到了这个书名。

凯内内的眉毛挑成了三角状。"我们?我们死去时世界沉默不语?"

"我一定会加注,说尼日利亚炸弹小心翼翼地躲开了所有持英国护照的人。"理查德说。

凯内内大笑。这些日子,她经常大笑。她大笑着给理查德讲那个生命力顽强的孤儿,伊纳蒂米爱上的年轻姑娘,还有在夜里唱歌的妇人。那天上午,理查德与奥兰娜终于见面了,凯内内同样放声大笑。奥兰娜先开口打招呼:"你好,理查德。"理查德回答:"奥兰娜,你好。"凯内内则大笑着说:"理查德没法再编造出差的借口了。"

理查德仔细端详着凯内内的脸,想找出冷淡,或重燃的愤怒,或某种东西。但他没有找到。凯内内的笑容使她下巴的棱角变得柔和。理查德以为会出现紧张的场面,以为当着凯内内的面与奥兰娜重逢会唤醒沉重的记忆和悔恨,然而,这些都不存在。

7. 书:《我们死去时世界沉默不语》

在"尾声"中,他模仿奥凯奥马的一首诗歌,写了一首诗。他把这首诗叫作

《我们死去时你们沉默不语吗?》

你们看到六八年的一组照片了吗?
孩子们的头发变成了锈斑,
一片片,附着在那些小脑袋上,如此病态,
然后脱落,如尘上腐烂的叶。

想象一下吧,双臂细如牙签的孩子,
肚大如箩,皮肤撑开,很薄。
这叫恶性营养不良[1]——一个很难的单词,

---

[1] 恶性营养不良的单词是kwashiorkor。

一个不算难看之至的单词,一种罪孽。

你们不必想象。你们的《生活》杂志
用闪光的页面展示着一幅幅照片,
你们看到了吗?你们是否感到短暂的同情,
而后转过身,抱住了恋人或妻子?

他们的皮肤变成了淡茶的黄褐色,
露出了蛛网一般的血管和易碎的骨头;
赤身裸体的孩子们大笑着,仿佛这个男子
不会拍完照片便独自一走了事。

31

奥兰娜看见四个衣衫褴褛的士兵肩上抬着一具尸体。极度的惊恐让她感到恶心。她认定那是乌古的尸体，便停下脚步，四个士兵飞快地、一语不发地走过她身边，她才发现，死者个子很高，不可能是乌古。死者的脚沾满裂开的干泥块，他是赤着脚战斗的。奥兰娜注视着士兵们远去的背影，努力压下胃里的恶心感，设法摆脱心中的不祥预感，几天来，这种预感如浓雾般笼罩着她的心田。

后来，奥兰娜告诉凯内内，她是多么地为乌古担忧，感觉像是一绕过拐角，便会被悲剧击倒。凯内内用一只胳膊搂着奥兰娜，劝她不要担心。马杜已经给所有的营指挥官传话，寻找乌古，他们会找到他的。然而，当宝贝问："今天乌古回来吗，奥拉妈咪？"奥兰娜心想，这是因为宝贝也有同样的不祥预感。她回到乌穆阿希亚，奥吉妈妈递给她一个有人送来的邮包，她立即想到，里面会不会有关于乌古的消息。她捧着这个褐色的纸箱，双手禁不住颤抖，纸箱经手太多，皱得很厉害，随后她看到了穆罕默德的字迹，飘逸、优美的长方体：烦请比亚法拉大学转交给她。纸箱里装着手绢、崭新的白色内衣裤、几块力士牌香皂和巧克力，它们竟能毫发无损地到达她的手里，即便是假手红十字会，她亦感到惊奇。穆罕默德的信写好至今已三个月，但仍能闻到淡淡的麝香味。这些超然的字句深深印入奥兰娜的脑海。

> 我寄了很多信,但不知道你收到了哪一封。我的妹妹哈蒂扎六月份结婚了。我常常想起你。我的马球水平长进了很多。我很好,我想你和奥登尼博一定也生活得很好。一定要试着给我回信。

奥兰娜把手里的巧克力转了个方向,凝视着"瑞士制造"的字样,拨弄着外边包装的银箔。突然,她把巧克力甩到屋子的另一端。穆罕默德的信激起了她的怒火,这是对她现实处境的侮辱。的确,穆罕默德无从得知他们缺盐,奥登尼博每天喝本地杜松子酒,乌古被抓了壮丁,她卖掉了假发。他不可能知道。然而,穆罕默德旧日的生活模式完好无损,这一点毫无疑问,他居然会在信中提到他的马球水平,对此奥兰娜感到愤慨。

奥吉妈妈在敲门。奥兰娜深吸了一口气,冷静下来,而后打开门,给了她一块香皂。

"谢谢。"奥吉妈妈双手捧着香皂,举到鼻子跟前,嗅了嗅。"可那个邮包很大。你只能给我这么一点东西?里面没有罐头?或者,你要给那位破坏分子朋友艾丽斯留着。"

"好了,把香皂还给我,"奥兰娜说,"阿丹娜妈妈懂得感恩。"

奥吉妈妈赶紧掀起短上衣,把香皂塞进了破烂的乳罩。"你知道我感激你。"

公路上传来喊叫声,奥兰娜和奥吉妈妈走出门。一群民兵扛着大砍刀,推着两个妇人向前走。妇人踉踉跄跄地走着,一边走一边哭泣，她们的裹裙被撕裂了，她们的眼睛发红。"我们做了什么？我们不是破坏分子！我们是来自恩多尼的难民！我们没做什么！"

安布罗斯牧师跑到公路上祈祷。"圣父，消灭给敌人引路的破坏分子！圣灵之火！"

一些邻居急匆匆跑出来，对着两个妇人的背影吐唾沫，扔石头，辱骂。"破坏分子！上帝惩罚你们！破坏分子！"

"应该在她们脖子上套上轮胎，烧死她们，"奥吉妈妈说，"他们应该烧死每一个破坏分子。"

奥兰娜叠起穆罕默德的来信，眼前闪过两个妇人半掩半露的松弛腹部，没有搭话。

"你应该提防那个艾丽斯。"奥吉妈妈说。

"放过艾丽斯吧。她不是破坏分子。"

"她是那种偷别人丈夫的女人。"

"什么？"

"每次你去奥尔卢，她就会出来，和你丈夫坐在一起。"

奥兰娜瞪大了眼睛看着奥吉妈妈，心中无比惊讶，因为这是她最意想不到的话，因为奥登尼博从未提到奥兰娜不在家时，艾丽斯与他一起消磨时间。她从未看见他们两人交谈。

奥吉妈妈注视着她。"我只是说，你应该提防她。即便她不是破坏分子，她也不是一个好女人。"

奥兰娜不知该说什么。她清楚，奥登尼博不会再碰任何女人，奥登尼博已经在不知不觉中让她对此深信不疑，而且她也清楚，奥吉妈妈对艾丽斯怀着深深的憎恨。然而，奥吉妈妈的话如此出乎意料，这令她不安。

"我会提防的。"奥兰娜终于微笑着说。

奥吉妈妈似乎想说点别的，却改变了主意，转过头对儿子大喊："从那地方滚开！你蠢吗？豪萨山羊！难道你不知道，现在你又要开始咳嗽了？"

后来，奥兰娜拿了一块香皂，敲着艾丽斯的房门，快速地用力连敲三下，让艾丽斯知道是她在敲门。艾丽斯睡眼惺忪，眼神愈发蒙眬。"你回来了，"她说，"你姐姐好吗？"

"非常好。"

"你看到那两个可怜的女人了吗？他们折磨她们，说她们是破坏分子？"艾丽斯问，奥兰娜尚未回答，她又接着说："昨天他们抓了一个来自奥戈贾的男子。真是一派胡言。我们不能因为尼日利亚在打我们，我们就要打自己人。像我这样的人，我在两年里没有吃过一顿像样的饭。我没有尝过糖果的味道。我没有喝过冻过的水。我哪来的精力去帮助敌人？"艾丽斯挥舞着小手，打着手势，突然间，奥兰娜以前认定的优雅和娇弱变成了自私和自负，一种奢侈的自私。按艾丽斯的说法，似乎只有她一个人因战争而遭受痛苦。

奥兰娜把香皂给她。"有人给我送了一些香皂。"

"哦！我将成为在比亚法拉使用力士肥皂的一员。谢谢。"艾丽斯的微笑改变了她的面容，给她的眼睛注入了光亮，奥兰娜想知道奥登尼博是否认为艾丽斯漂亮。她打量着艾丽斯黄色的脸和细小的腰,意识到她从前钦羡的东西现在对她构成了威胁。

"好了,我得走了,要给宝贝做午饭。"奥兰娜说着,转身离开。

那天晚上,奥兰娜带着一块香皂去看穆奥凯卢夫人。

"是你吗?好久不见了!好久不见了!"穆奥凯卢夫人说。她的布布装袖子上,元首阁下的脸被撕了一个洞。

"你看上去气色很好。"奥兰娜撒谎说。穆奥凯卢夫人骨瘦如柴,按她的骨架,她本该长得结实健壮,但现在,体重锐减的她显得无精打采,似乎再也不能站得笔直。连胳膊上的汗毛都显得萎靡不振。

"你,还是那么漂亮。"穆奥凯卢夫人说着,又拥抱了奥兰娜。

奥兰娜把香皂给了穆奥凯卢夫人,因为她知道穆奥凯卢夫人不碰尼日利亚人寄自尼日利亚的任何东西,所以她说:"我母亲从英国寄过来的。"

"上帝保佑你,"穆奥凯卢夫人说,"你丈夫和宝贝,他们好吗?"

"他们很好。"

"乌古呢?"

"他被抓了壮丁。"

"第一次之后?"

"对。"

穆奥凯卢夫人顿了一下,用手指摸着脖子上的半轮塑料黄日。"不会有事的。他会回来的。必须有人为我们的建国大业战斗。"

现在穆奥凯卢夫人做起了生意,她们几乎难以谋面。奥兰娜坐下来,聆听穆奥凯卢夫人的故事:她的一个幻象揭示,导致哈科特港失守的破坏分子是比亚法拉陆军的一个将军;在另一个幻象里,奥基贾的一个巫医给了元首阁下一些威力强大的药物,可以收复所有沦陷的城镇。

"他们开始散布谣言,说乌穆阿希亚受到了威胁,对吗?"穆奥凯卢夫人直视着奥兰娜的双眼问道。

"是的。"

"但是乌穆阿希亚不会被敌人占领。人们没有必要恐慌,急着打包逃走。"

奥兰娜耸耸肩,她不知道穆奥凯卢夫人为何如此专注地盯着她。

"他们说,有车的人已经开始到处寻找汽油。"穆奥凯卢夫人的视线始终没有移开,"他们得小心点,非常小心才行,省得有人问他们,如果不是破坏分子的话,他们如何得知乌穆阿希亚会被敌人占领。"

此时,奥兰娜才意识到,穆奥凯卢夫人是在提醒她,告诉她做好准备。

"对,他们必须小心才行。"奥兰娜说。

穆奥凯卢夫人搓着双手,她的某样东西发生了变化,她容忍自己的信念从指缝间溜走。奥兰娜知道,比亚法拉将战胜尼日利亚，因为比亚法拉必须获胜，但是所有人当中，偏偏穆奥凯卢夫人认为首都即将陷落，这一点让奥兰娜感到沮丧。道别时，她拥抱着穆奥凯卢夫人，心里空荡荡的，似乎再也见不到她了。奥兰娜走回家的路上，第一次郑重地考虑乌穆阿希亚的陷落问题。这意味着胜利的延迟，意味着比亚法拉的土地变得更加拥挤，也意味着他们将住进凯内内在奥尔卢的房子，直到战争结束。

奥兰娜在医院附近的加油站稍做停留，看到潦草的粉笔字："汽油售罄"，并不觉得意外。关于乌穆阿希亚陷落的揣测一传出，他们便停止出售比亚法拉的自制汽油，免得人们恐慌。那天夜里，奥兰娜对奥登尼博说："我们必须到黑市上买一些汽油；如果发生什么事，我们没有足够的汽油。"奥登尼博轻轻地点着头，喃喃地提到斯佩修尔·朱利叶斯。他刚从坦桑尼亚酒吧回来，躺在床上，收音机开着，音量不大。布帘那端，宝贝在床垫上酣睡。

"你说什么？"奥兰娜问。

"现在我们买不起汽油。一加仑要一镑。"

"他们上星期给你发了工资。我们必须保证车能开动。"

"我已经让斯佩修尔·朱利叶斯替我兑换支票。他没把钱拿来。"

奥兰娜立刻意识到奥登尼博在撒谎。他们一直托斯佩修尔·朱利叶斯兑换支票；他把奥登尼博的支票兑换成现金，用时从来不会超过一天。

"那你打算怎么买汽油？"奥兰娜问。

他没有回答。

奥兰娜从他身边走过,走到门外。月亮藏在云朵后面,奥兰娜坐在黑暗的院子里,依旧可以闻到便宜的、蒸汽很重的本地杜松子酒的气味。这种气味与奥登尼博如影相随,他走到哪里,哪里的小路便乌烟瘴气。在恩苏卡时,他喝品质优良的金棕色白兰地,头脑因此变得更加敏锐,观点更加精辟,举手投足也更加自信,他坐在起居室里,口若悬河,滔滔不绝,每个人都凝神静听。而在这里,喝酒使他变得沉默。他因此变得寡言少语,望着这个世界,视线模糊,双眼满是疲惫。奥兰娜对此感到气愤。

奥兰娜把她全部的英镑换成比亚法拉镑,从一个男子那里买来了汽油,当时她被领进一个潮湿的户外厕所,地上爬满了奶油色的圆滚滚的蛆。男子小心翼翼地把汽油从自己的金属桶里倒进奥兰娜的桶里。她用一个装过玉米粉的麻袋裹住桶子,提回家,放进欧宝车的行李箱里,刚刚放好,一辆印有"比亚法拉陆军"字样的敞篷吉普车开了进来。凯内内从车里钻出来,后面跟着一个戴头盔的士兵。奥兰娜的心猛地一沉,差点痛哭失声,她知道乌古出事了。的确如此。炽热的太阳灼烧着大地,奥兰娜的脑袋里似乎有液体在旋转,她环顾四周,寻找宝贝,但没有找到。凯内内抢步上前,紧紧抓住她的肩膀说:"我的孪生妹妹,不要太伤心,坚强起来。乌古死了。"奥兰娜不愿接受这个消息,却感受到了凯内内瘦骨嶙峋的手指抓得很紧。

"不。"奥兰娜平静地说。周围充斥着不真实的氛围,仿佛片刻之后她便会从梦中醒来。"不。"她摇着头又说。

"马杜让他的传令兵带来了这个消息。乌古和战场工程师一起战斗,上星期的一次行动中,他们伤亡惨重。只有几个人生还,乌古不在其中。他们没有找到他的尸体,不过没有找到的尸体很多。"凯内内顿了一下,"没有几具完整的尸体。"

奥兰娜不住地摇着头,等待醒来的那一刻。

"跟我走。带上奇亚玛卡。住到奥尔卢去。"凯内内搂着奥兰娜,宝贝在说着什么,薄雾笼罩着一切,奥兰娜抬起头,看见了天空。蔚蓝而清澈的天空。天空让此刻变得真实,因为她从未在梦中见过天空。她转过身,沿着公路走到坦桑尼亚酒吧。她走过肮脏的门帘,一把把奥登尼博的酒杯扫下桌子;一摊灰白的液体洒在水泥地上。

"你喝够了吗?"她平静地问道,"乌古死了。你听到了吗?乌古死了。"

奥登尼博站起来,看着她。他的眼眶肿胀。

"继续喝吧,"奥兰娜说,"喝呀,喝呀,不要停。乌古死了。"

老板娘过来说:"哦!很遗憾,很遗憾。"作势要拥抱奥兰娜,奥兰娜别开了身子。"别管我,"她说,"别管我!"此时她才意识到,凯内内跟在身后,在她冲老板娘大喊着"别管我!别管我"的时候默不作声地搂着她,老板娘退到一边。

接下来的几天里,时间出现了忧郁的断层,奥登尼博没有去坦桑尼亚酒吧。他给宝贝洗了澡,煮了炒木薯粉,下班回来比平常要早。有一次，他试图拥抱奥兰娜，亲吻她，但他的触摸令奥兰娜浑身起鸡皮疙瘩，她转过身，走到外边的凉台，睡在席子上，乌古有时候睡在这里。她没有哭。唯一一次哭，是在埃伯莱奇的房子里，她去告诉埃伯莱奇，乌古死了，埃伯莱奇尖叫着，说她是骗子。夜里，埃伯莱奇的尖叫声在奥兰娜的脑际回响。奥登尼博拜托三个潜入敌后做生意的女人，给乌古的亲属捎去消息。他还在院子里组织了一场唱歌仪式。一些邻居帮着艾丽斯把钢琴抬出来，放在香蕉树旁。"你们唱歌的时候，我弹琴伴奏。"艾丽斯对围过来的妇人们说。但不管谁起头唱歌，奥吉妈妈总是拍手伴奏，拍得很响，坚持不懈，很快，其他的邻居都跟着拍起手来，艾丽斯无法弹奏钢琴。她无奈地坐在钢琴旁，宝贝坐在她的怀里。

开始几首歌活泼有力，接着，阿丹娜妈妈的声音爆发出来，沙哑，充满哀悼之情。

> 安息吧
> 乌古，安息吧。
> 你的一切都会好起来的，
> 安息吧。

他们尚未唱完，奥登尼博几乎是跌跌撞撞地走出了院子，眼睛变成铅灰色，饱含着难以置信之感，仿佛他无法接受这些歌词："一路好走，你的一切都会好起来的。"奥兰娜望着他离开。

她无法完全理解自己对奥登尼博的怨恨。他不可能有任何办法，阻挡得了乌古的死亡，但他的酗酒，他的过度酗酒，使得他以某种方式变成了共犯。奥兰娜不愿与他交谈，不愿睡在他的身边。奥兰娜睡在凉台的席子上，连蚊子司空见惯的叮咬也成了一种慰藉。她很少跟奥登尼博说话。他们之间的交谈仅限于必要之事：宝贝吃什么？如果乌穆阿希亚陷落，他们怎么办？

"我们住在凯内内的房子里，一找到自己的房子就搬出去。"奥登尼博说，仿佛他们有着众多的选择，仿佛他已经忘了之前他的说法是，乌穆阿希亚不会陷落；奥兰娜没有搭话。

奥兰娜告诉宝贝，乌古去了天堂。

"但他很快就会回来吧，奥拉妈咪？"宝贝问。

奥兰娜给了肯定的答复。不是因为她想安慰宝贝，而是因为随着日子一天天过去，她发现自己拒绝接受乌古的死亡是定局。她对自己说，乌古没有死，他也许接近于死亡，但并未真正死去。她渴望有人送信来，告诉她乌古的下落。现在她在屋外沐浴。浴室里到处都是霉菌和尿液，令人作呕，于是她赶早起来，拎着水桶来到房子后边。一天早晨，她瞥见拐角有人在动，是安布罗斯牧师在偷窥。"安布罗斯牧师！"她大叫，安布罗斯牧师急忙溜掉了。"你不害臊吗？如果你不是把时间用来偷看一个有夫之妇洗澡，而是祷告，让人给我送来乌古的消息该多好。"

奥兰娜来到穆奥凯卢夫人的家，希望她能看到乌古安然无恙的幻象，但一个邻居说穆奥凯卢夫人一家都搬走了。他们离开时，没有告诉任何人。奥兰娜更加仔细地聆听比亚法拉电台的每日战报,似乎乌古的线索可能隐藏在这些热情洋溢的声音之中:野蛮人撤退了,英勇的比亚法拉士兵取得了胜利。一个星期六的下午,一个男子走进了院子,他身上的白色土耳其袍污迹斑斑,奥兰娜赶忙迎上去,认定来人带来了乌古的消息。

"告诉我,"奥兰娜说,"告诉我乌古在哪里。"

男子一脸不解。"谢谢。我要找阿萨巴的艾丽斯·恩乔卡姆马。"

"艾丽斯?"奥兰娜瞪着男子,仿佛要给对方一个机会收回刚才的话,转而找她。"艾丽斯?"

"对,阿萨巴的艾丽斯。我是她的亲戚。我们家的院子紧挨着她家的院子。"

奥兰娜指了指艾丽斯的房门。男子走过去,敲了又敲。

"她在吗?"男子问。

奥兰娜点点头,对他没有带来乌古的消息而心怀不满。

男子又敲敲门,大叫:"我来自阿萨巴的伊希奥马家族。"

艾丽斯打开门,男子走了进去。片刻之后,艾丽斯冲出门,趴倒在地,翻来滚去;暮色中,她那沾满沙子的脸映着几抹金色。

"出了什么事?出了什么事?"邻居们围拢过来,问艾丽斯。

"我是阿萨巴人,今天早晨我得到了家乡的消息。"男子说。他的口音比艾丽斯更重,他说了一会儿,奥兰娜才听懂了他的伊博语。"好几个星期以前,野蛮人占领我们的镇子,他们通知说,所有当地人都应该出来说'统一的尼日利亚',说了就能分到大米。于是人们从躲藏的地方出来，说'统一的尼日利亚'，野蛮人枪杀了他们，男人，女人，孩子。一个活口都没留下。"男子顿了一下，"恩乔卡姆马家族一个人也没剩下。一个也没剩下。"

艾丽斯仰面躺在地上，疯狂地用头蹭着地，呜咽着。一团团沙子渗进了她的头发。她跳起来，朝公路跑去，安布罗斯牧师追上去，把她拉了回来。她甩开安布罗斯牧师的手，又趴倒在地，她张开嘴唇，露出了牙齿。"我还活着干什么？他们现在应该过来杀了我！我说了，他们应该过来杀了我！"

极度的悲痛让她的力气和胆量都大了很多，她挣脱了每一个试图抱住她的人。她在地上拼命地翻滚，石头在她脸上划出了一道道红色的小口子。邻居们摇着头，嘴里说着"哦"。此时，奥登尼博从房间里走出来，扶起艾丽斯，抱着她，她没有挣扎，头靠在奥登尼博肩上，开始嘤嘤哭泣。奥兰娜注视着他们。奥登尼博抱着艾丽斯，他弯曲的双臂与艾丽斯的身体贴合在一起，给人一种彼此非常熟悉的感觉。他的姿势很放松，只有以前抱过艾丽斯的人才会显得如此自然。

艾丽斯终于坐在了一张长凳上，一脸愁容，怅然若失。时不时地，她会尖叫一声"啊呀！"而后站起身，双手捂着头。奥登尼博坐在她身边，劝她喝一些水。他和那个阿萨巴人低声说着话，仿佛只有他们两人对艾丽斯负有责任，之后他来到凉台上奥兰娜坐着的地方。

"你能为她收拾一些东西吗，我的爱？"他问，"那个人说，他的院子里住着一些阿萨巴人,他要带艾丽斯过去,和他们住一段时间。"

奥兰娜抬头看着他,面无表情。"不。"她说。

"不?"

"不。"她又说,这次的声音很大。她站起来,走进屋子里。她不会收拾任何人的衣服。她不知道谁把艾丽斯的东西打了包,或许是奥登尼博,但艾丽斯和那个男子夜里很晚离开时,奥兰娜听到许多邻居说:"一路平安,一路平安。"奥兰娜在凉台上睡觉,梦见艾丽斯和奥登尼博躺在恩苏卡的床上,他们的汗水打湿了新洗的床单。她醒来时,心里的怀疑如狂飙奔突,耳边回响着炮弹的轰鸣声。

"野蛮人来了!"安布罗斯牧师大叫,他第一个冲出了房间,手里拎着一个塞得满满的行李袋。

院子里炸开了锅,大喊大叫的,收拾行李的,忙着离开的。炮击犹如一阵接一阵声音大得可怕、让人感觉恐惧的咳嗽,一直没有停息。车没有发动起来。奥登尼博试了又试,公路上已经挤满了难民,迫击炮炮弹的爆裂声非常近,仿佛是从圣约翰路传来的。奥吉妈妈正冲着丈夫尖叫。阿丹妈妈央求奥兰娜带上她和几个孩子,奥兰娜说:"不行,带着你的孩子走吧。"

奥登尼博发动了引擎,引擎哀鸣一声,又不动了。楼里的人几乎走光了。一个妇人在公路上拽着一只不听话的山羊,最后只好放弃,独自赶路去了。奥登尼博转动点火开关钥匙,但车又熄火了。每一次巨响之后,奥兰娜感觉到脚下的大地在震颤。

奥登尼博一次又一次地转动点火开关钥匙，但车总是发动不起来。

"带着宝贝向前走。"奥登尼博说。汗珠一直挂在他的眉毛上。

"什么？"

"车发动之后，我会把你们捎上的。"

"要走我们就一起走。"

奥登尼博又试图发动引擎。奥兰娜转过身，宝贝坐在后座，身边搁着卷起的床垫，她安静得出乎奥兰娜的意料。宝贝关切地盯着奥登尼博的一举一动，仿佛是在用眼睛给父亲和汽车使劲。

奥登尼博下了车，打开引擎盖，奥兰娜也钻了出来，又让宝贝下了车，然后琢磨着从行李箱中带走哪些东西，留下哪些东西。楼里已经空了，现在公路上只有一两个行人。嗒嗒嗒的枪声近在咫尺。奥兰娜惊恐万状。她的手在发抖。

"我们走路吧，"奥兰娜说，"乌穆阿希亚已经没有人了！"

奥登尼博钻进车里，深吸一口气，转动点火开关钥匙。车启动了。他开得很快，在乌穆阿希亚市郊，奥兰娜问："你和艾丽斯做过什么？"

奥登尼博直视前方，没有回答。

"我问了你一个问题，奥登尼博。"

"没有，我和艾丽斯什么都没做过。"他瞥了奥兰娜一眼，又看着前方的路。

他们没再说什么，到了奥尔卢，凯内内和哈里森从房子里迎了出来。哈里森搬下车里的东西。

凯内内拥抱了奥兰娜，抱起宝贝，又转向奥登尼博。"多有趣的胡子，"她说，"我们要模仿元首阁下吗？"

"我从不模仿任何人。"

"当然。我忘了你多有独创精神。"

凯内内的声音里充溢着紧张的情绪，恰如周围的空气。奥兰娜感觉到了这种紧张的氛围，带着很重的湿气，悬挂在屋子里。理查德回来了，僵硬地与奥登尼博握手，之后他们坐在餐桌旁，吃着哈里森盛在搪瓷碟子里的山药片，这种紧张的氛围始终笼罩在他们周围。

"我们在这里待到能租到一个地方为止。"奥登尼博看着凯内内说。

凯内内看着他，挑起了眉毛，说："哈里森！给奇亚玛卡再送一点棕榈油来。"

哈里森进来，把一碗油放在宝贝跟前。他走后，凯内内说："上星期，他为我们烤了一只特别好吃的丛林鼠。光看他唠唠叨叨的样子，你会以为他烤的是羊肋骨肉。"

奥兰娜大笑。理查德笑得有点勉强。宝贝也笑了，仿佛她听明白了。奥登尼博则毫无笑意，专注于吃碟子里的东西。收音机里重播着《阿希亚拉宣言》[1]。元首阁下的声音平稳而坚定。

---

[1] 《阿希亚拉宣言》，即《比亚法拉革命原则宣言》，1969年6月1日由比亚法拉国家元首奥朱库在小镇阿希亚拉发布。

比亚法拉不会背叛黑人。不论成败，我们将竭尽全力，战斗到底，直至世界各地的黑人引以为傲，视这个有尊严、敢反抗的共和国为非洲民族主义的楷模……

理查德出去片刻，回来时拿了一瓶白兰地，朝奥登尼博做了个手势。"一个美国记者给我的。"

奥登尼博瞪大眼睛盯着酒瓶。

"是白兰地。"理查德向前举着酒瓶说，仿佛奥登尼博认不出来。几年前，奥登尼博开车去理查德的房子冲他大喊大叫，自那时起，他们便不曾交谈过。今天握过手后，他们也不曾交谈。

奥登尼博没有伸手去接。

"你也可以喝比亚法拉雪利酒，"凯内内说，"或许更适合你强壮的革命肝脏。"

奥登尼博盯着凯内内，脸上流露出些许轻蔑的微笑，似乎她的话既让他觉得好笑，又让他感到恼火。他站起身来。"不必给我白兰地，谢谢。我该上床睡觉了。现在人力资源部搬到了灌木地带，我就得走远路了。"

奥兰娜注视着他走进里屋。她没有看理查德。

"该睡觉了，宝贝。"她说。

"不。"宝贝说，假装看着她的空碟子。

"现在就去。"奥兰娜说，宝贝站起来。

卧室里，奥登尼博把裹裙系在腰上。"我进来只是为了让宝贝上床睡觉。"他说。奥兰娜没有理睬他。

"好好睡觉,宝贝,晚安。"奥登尼博说。

"晚安,爸爸。"

奥兰娜把宝贝放在床垫上,给她盖上一条裹裙,亲了亲她的额头,猛然间想到乌古,忍不住想哭。他会在起居室里铺一张席子,睡在上面。

奥登尼博走过来站在奥兰娜身边,奥兰娜不明白他究竟要做什么,想走开。奥登尼博摸了摸她的锁骨。"看你瘦成了什么样子。"

他的触摸让奥兰娜感到恼火,她朝下瞅了一眼,惊讶地发现锁骨竟然如此突出。她从未意识到自己的体重减了这么多。她没有说话,回到了起居室。理查德不在那里。

凯内内还坐在餐桌旁。"这么说,你和奥登尼博决定找一个地方?"她问,"我的寒舍不够好?"

"你听他的干吗?我们没做出任何决定。如果他想找一个地方,他尽可以去找,一个人去住。"奥兰娜回答。

凯内内看着她。"怎么啦?"

奥兰娜摇摇头。

凯内内用一根手指蘸了一点棕榈油,放进嘴里。"我的孪生妹妹,怎么啦?"她又问。

"没什么,真的。没有什么可让我指责的事,"奥兰娜看着桌上的白兰地说,"我希望这场战争赶快结束,这样他才能恢复原样。他已经变得不像他自己。"

"我们都被卷入了这场战争,是否改变自己,决定权在于我们自己。"凯内内说。

"他就是一个劲地喝便宜的本地杜松子酒。仅有的几次,他们给他发工资,很快就被他花光了。我觉得他和艾丽斯,我们院里那个阿萨巴女人上床了。我受不了他。我受不了他靠近我。"

"好。"凯内内说。

"好?"

"对,好。这么长时间了,你一直盲目地爱着他,根本不批评他,这种爱的方式太欠考虑。你甚至从未接受他长得丑这个事实。"凯内内说。她脸上露出一丝浅笑,随即哈哈大笑,奥兰娜也忍不住大笑起来,因为这不是她想听的话,因为听到之后,她感觉轻松了很多。

早晨,凯内内给奥兰娜看一小瓶梨状的面霜。"瞧瞧这个。有人去国外,给我带回来这东西。几个月前,我的面霜就用完了,然后我一直在用比亚法拉生产的那种可怕的油。"

奥兰娜仔细端详着这个粉色的瓶子。她们轮流在脸上拍了一些面霜,动作缓慢,陶醉其中,之后去了难民营。她们每天早晨都去难民营。新起的哈麦丹风吹得处处尘土飞扬,一群瘦弱的孩子裸露着褐色的花环状肚子,四处乱跑,宝贝加入了他们的行列。许多孩子收集一块块弹片,拿着玩,换东西。宝贝回到家,手里拿着两块凹凸不平的铁片,奥兰娜冲她大喊,揪着她的耳朵,互相交换。宝贝竟然把冰冷的杀人工具剩余物当作玩具,奥兰娜厌恶去想这一点。然而，凯内内让她把铁片还给宝贝，还给了宝贝一个铁罐，让她把弹片放在里面。凯内内让宝贝加入那些给蜥蜴设置陷阱的大孩子，让她学会缠绕棕榈叶，把爬满伊多蚂蚁的茧放在里面。凯内内借来在院子里巡逻的那个瘦子的匕首，让宝贝握在手里，嘴里嘀咕着："好吧，让野蛮人来吧，让他们现在来吧。"凯内内还让宝贝吃了一条蜥蜴腿。

"奇亚玛卡应该看到生活的本来面目，我的孪生妹妹，"她们给皮肤抹上补充水分的面霜时，凯内内说，"你不让她体验生活，保护过度。"

"我只是为了保护孩子的安全。"奥兰娜说。她取了少量的面霜，用指尖揉进脸上的肌肤。

"他们对我们保护过度。"凯内内说。

"你说的是爸爸和妈妈？"奥兰娜问，尽管她已知道答案。

"对。"凯内内用掌心把面霜均匀地抹在脸上。"妈妈走了是好事。你能想象她没有这东西怎么活吗？或者用棕榈仁榨的油？"

奥兰娜大笑。但她希望凯内内不要一次用掉这么多面霜，尽最大可能延长整瓶面霜的使用时间。

"你为什么总是热衷于取悦妈妈和爸爸？"凯内内问。

奥兰娜把手贴在脸上，沉默了片刻。"我不知道。我想我是为他们感到难过。"

"你总是为不需要你难过的人感到难过。"

奥兰娜没有答话，因为她不知道该说什么。凯内内第一次说出了对父母的怨恨，对她的怨恨，她本来可以和奥登尼博讨论这种事情，但现在她和奥登尼博几乎不交谈。奥登尼博在附近找到了一个酒吧，就在上星期，酒吧老板过来找他，因为他没有付清欠款。酒吧老板走后，奥兰娜对奥登尼博没说一句话。她无法再确定，奥登尼博何时去人力资源部，何时只不过是去了酒吧。她拒绝为他操心。

奥兰娜操心其他事情：她的月经次数何以如此之少，且不再是红色，而是土褐色？宝贝的头发何以开始脱落？饥饿何以偷走了孩子们的记忆？她下定决心要让他们保持思维的敏捷，他们毕竟是比亚法拉的未来。于是，每天她在凤凰木下教他们，房子后边那些可怕的气味离他们比较远。她让孩子们记住一句诗，可第二天他们便忘得一干二净。他们追逐蜥蜴。由于凯内内的供货商无法再潜入姆博希购买炒木薯粉，故而现在他们一天只能吃一顿炒木薯粉加水，而不是两顿；所有的公路都被占领了。凯内内发动了一场"种植我们自己的食物"活动，奥兰娜跟着男人、女人和孩子们一起挖田埂，她感到奇怪的是，自己何时学会了握锄头。但土壤已经焦干了。哈麦丹风吹裂了人们的嘴唇和双脚。一天中死了三个孩子。马赛尔神父主持了没有圣餐礼的弥撒。一个小女孩名叫乌伦娃，她的肚子渐渐变大，凯内内不能确定她是患了恶性营养不良症，还是怀了孕，直到有一天，女孩的母亲扇了她一耳光，问："谁？谁干的？你在哪里碰到对你做这事的那个人？"医生不再到难民营来了，因为没有汽油，也因为挣扎在死亡线上的士兵太多了。井干枯了。凯内内经常去阿希亚拉的部里，要一个水箱，但每次只能带回来部长的一个含糊的许诺。没有洗澡的身体，还有房子后边那些浅浅的坟墓里正在腐烂的尸体，散发出很重的难闻的气味，且越来越浓烈。苍蝇围着孩子身上的伤口飞舞。臭虫和夸里夸塔虫四处爬行。女人们解开裹裙，露出腰间被虫子叮咬过后难看的红色疹子，恰似浸泡在血液之中的蜂窝。到了橙子成熟的季节，凯内内让他们吃树上的橙子——尽管这会让他们得痢疾——然后把橙子皮贴在皮肤上使劲挤，橙子的芳香能够掩盖污垢的气味。

晚上，奥兰娜和凯内内一起走路回家。她们谈论着难民营里的难民，谈论着她们在希斯格罗夫的学生时代，谈论着她们的父母，还有奥登尼博。

"你有再问过他，那个阿萨巴女人是怎么回事吗？"凯内内问。

"还没有。"

"问他之前，直接走过去扇他耳光。如果他敢扇你，我就用哈里森在厨房用的刀子对付他。不过扇过之后，他会说实话的。"

奥兰娜大笑，注意到她们两人走得悠闲自在，步调完全一致，拖鞋上沾满了褐色的尘土。

"爷爷常说，事态恶化了，然后就会好转。"凯内内说。

"我记得。"

"世界很快就会转回来，尼日利亚就会罢手，"凯内内平静地说，"我们将会取得胜利。"

"对。"奥兰娜更有信心，因为说这话的是凯内内。

有一些夜晚，凯内内沉浸于自己的世界，显得疏远。有一次她说："我从未真正注意过伊凯基德。"奥兰娜把一只胳膊搭在姐姐肩上，没有搭话。不过大部分时间，凯内内的兴致相当高，她们坐在屋外，聊天，听收音机，听蝙蝠绕着腰果树飞舞的声音。有时候理查德会加入她们。但奥登尼博从未参与过。

一天晚上，天下着雨，狂风大作中夹着豆大的雨点，干燥的季节里下这场阵雨很怪异，或许这便是奥登尼博未去酒吧的原因。正是这天晚上，他终于接受了理查德的白兰地，喝之前，他把酒杯凑近鼻子，深吸了一口气，他和理查德仍然很少交谈。正是这天晚上，恩瓦拉医生过来告诉他们，奥凯奥马阵亡了。闪电划过长空，轰隆隆的雷声不绝于耳，凯内内笑着说："听上去像打炮。"

"他们有一段时间没有轰炸我们了，这让我很担心，"奥兰娜说，"我怀疑他们有什么图谋。"

"或许打算扔原子弹。"凯内内说。

这时，他们听见了汽车开进来的声音，凯内内站起来。"这么晚，这样的天气，会有谁来？"

她打开门，恩瓦拉医生走了进来，雨水从他的脸上淌下来。奥兰娜想起来，她结婚那天的空袭过后，恩瓦拉医生伸手扶她起来，他说她的裙子会弄脏，仿佛之前趴在地上并未弄脏她的裙子。他比记忆中更显瘦高，仿佛他猛地一坐下来，便会断成两截。他没有坐下。他没有浪费时间打招呼。他把宽松的衬衫撩起来，飞快地拍打着身上的雨水，嘴里则不停地说："奥凯奥马死了,他死了。当时他们正执行任务,试图夺回乌穆阿希亚。上个月我见过他,他告诉我,他正在写一些诗,奥兰娜是他的缪斯,如果他出了事,我一定要把这些诗送到奥兰娜手里。但我没找到。送信的人说他们从没看见他写过任何东西。于是我说,我会过来告诉你们他死了,但我没有找到他写的诗。"

奥兰娜点着头,但并未完全听懂,因为恩瓦拉医生说得太多,太快。随后她呆住了。恩瓦拉医生的意思是奥凯奥马死了。哈麦丹风的季节下着雨,而奥凯奥马死了。

"奥凯奥马?"奥登尼博低声说,声音沙哑,"谁?你说的是奥凯奥马?"

奥兰娜伸手抓住了奥登尼博的胳膊,嘴里发出了尖叫,尖锐的、穿透力极强的尖叫,因为她的脑袋里似乎有什么东西绷得紧紧的。因为她感觉到失去友人的痛切袭击着她,无情地猛击着她。直到恩瓦拉医生跌跌撞撞地走进雨里,直到他们默不作声地爬上放在地上的床垫,奥兰娜才放开奥登尼博的胳膊。当奥登尼博进入她的身体,奥兰娜心想,跨坐在她身上的他变轻了,变窄了。他没有动,一动不动,奥兰娜狂乱地扭动身体,抓着他的臀部使劲拽。但他仍然不动。随后他开始抽送,奥兰娜的快感激增,恰如在石头上磨刀,迸发的每一个微小的火花都是快感。奥兰娜听到了自己的哭声,她的啜泣声越来越大,宝贝轻微地动了动,奥登尼博捂住了她的嘴。他也在哭。奥兰娜尚未看见他脸上的泪水,却感觉到泪水滴在了她的身上。

后来,奥登尼博用胳膊肘支着身体,注视着奥兰娜。"你这么坚强,我的爱。"

奥兰娜从未听奥登尼博说过这样的话。他看上去老了。让他更加显老的是湿润的双眼,还有皱缩的脸上漫溢的失败感。奥兰娜想问奥登尼博,为什么说这样的话?什么意思?但她没有问出口,也不清楚谁先睡着了。第二天早晨,奥兰娜醒来时,时间太早,她嗅到自己难闻的呼吸,感觉到一种充满悲哀、让人不安的平静。

32

刚开始,乌古想死。不是因为脑袋里火辣辣的刺痛,不是因为背上黏糊糊的鲜血,不是因为屁股上的疼痛,不是因为拼命的喘气,而是因为口渴。他的喉咙似乎被火烤焦了。抬着他的步兵正在说,救他给了他们一个逃跑的理由,他们的子弹打光了,他们要求派来援兵,但没有任何增援,野蛮人在推进。但乌古的口渴似乎堵住了他的耳朵,蒙住了他们的声音。他们用衬衫包扎了他的伤口,把他扛在肩上,每走一步,疼痛刹那间便传遍了他的全身。他大口地吸气,剧烈地喘气,用力地吸气,但不知何故,他总觉得气短。口渴让他想吐。

"水,请给我水。"他的声音低哑。他们不给他一滴水。如果他有力气的话,他会把知道的所有诅咒都用来对付他们。如果他有枪的话,他会把他们都杀了,然后自杀。

此刻,他们把他留在医院里,他不再想死,但他担心自己会死。他的四周乱扔着许多尸体,席子上,床垫上,光秃秃的地上,随处可见。到处都是鲜血,如此多的鲜血。医生检查时,他听到一些人发出痛苦的尖叫,才意识到自己受的伤不是最严重,尽管他能感觉到自己的身体在渗血,起初血是温暖的,后来积在他的一侧,变得湿冷黏滑。流血让他失去了生存意志。他精疲力竭,不想采取任何止血的办法,护士从他身边急匆匆走过,没有为他更换绷带,乌古也没有叫住她们。她们过来,侧转他的身子，飞快地给他注射针剂，动作粗鲁，他也没有吭声。在神志不清的时刻，他看见埃伯莱奇穿着紧身裙子，对他做一些他看不懂的手势。在神志清醒的时候，他满脑子想的都是死亡。他试图想象出一个天堂，上帝坐在宝座上，却无法做到。但另一个幻象——死亡不过是无穷无尽的沉寂——似乎不太可能是真的。他身体的一部分会梦想，他不能确定，这部分是否会堕入无限的沉寂。死了，依旧可以对世事了如指掌，但让他恐惧的却是这一点：事先无从得知他将知道什么。

夜晚，昏暗的灯光中，天主教国际明爱会的人来了，包括一个神父和两个提着煤油灯笼的帮手，他们向士兵们分发牛奶和糖，询问他们的姓名和住址。

"恩苏卡。"乌古被问到时这么回答。他觉得神父的声音似乎有些熟悉，然而，这里的一切都似曾相识：旁边那个士兵流的血闻着像他的血，把一碗稀薄的玉米粉蛋奶糕放在他身边的护士笑起来像埃伯莱奇。

"恩苏卡？你叫什么名字？"神父问。

乌古挣扎着定睛端详眼前的圆脸、眼镜和发黑的衣领。是达米安神父。"我叫乌古。过去我常和女主人奥兰娜一起去圣文森特·德·保罗协会。"

"啊！"达米安神父捏着乌古的手，乌古缩了缩身子。"你为建国大业战斗？哪里受了伤？他们怎么为你治疗的？"

乌古摇摇头。屁股的一部分被染红了，火辣辣地疼，疼得他完全没了精神。达米安神父用调羹舀了一些奶粉，放进乌古嘴里，又把一包糖和奶粉放在他身边。

"我知道奥登尼博在人力资源部工作。我会派人去送信。"达米安神父说。走之前，他把一个木制念珠戴在了乌古的手腕上。

几天后，理查德先生来了，乌古手上戴着念珠，冰凉的念珠压着他的皮肤。

"乌古，乌古。"金色的头发和颜色怪异的眼睛在他头上晃悠，乌古不能断定这是谁。

"听得见我说话吗，乌古？我来带你走。"几年前，这个声音向乌古询问过村里的节日。此刻，乌古知道了来人是谁。理查德先生试图把他扶起来，疼痛转瞬间从身体一侧和屁股传到了头部和眼睛。乌古大叫，随即咬紧牙关，咬住嘴唇，吮吸着自己的血。

"放松，现在放松。"理查德先生说。

乌古躺在标致404的后座，一路颠簸，刺眼的阳光在挡风玻璃上闪耀，他不由得怀疑自己已经死了，这就是死时的情形：乘车驶在没有尽头的旅途上。最后，他们停在一座医院门口，这里没有鲜血的气味，却能闻见消毒剂的气味。躺在一张真正的病床上后，乌古才觉得，或许他不会死。

"过去的几个星期里，这里被轰炸了好几次，医生给你看过之后，我们就得离开这里。他还算不上是医生，战争爆发时，他上大学四年级，但他的医术非常好，"理查德先生说，"乌穆阿希亚陷落后，奥兰娜、奥登尼博和宝贝跟我们住在奥尔卢，哈里森当然也在那里。凯内内在难民营需要帮手,所以你最好快点好起来。"

乌古意识到,理查德先生的话太多,为了他的缘故,或许是怕他在医生来之前睡过去。不过,乌古很感激理查德先生的大笑,听上去很正常,携带着记忆的力量,将他送回了那个时间:理查德先生在一本书里记着答案,那本书包着皮质的书皮。

"听说你还活着,在埃美库库医院,我们都很震惊。当然是愉快的震惊。感谢上帝,我们没有举行过象征性的葬礼,虽然在乌穆阿希亚陷落之前,我们举行了某种纪念仪式。"

乌古的眼皮跳了跳。"他们说我死了,先森?"

"哦,是的,他们是这么说的。似乎你所在的营认为你在那次行动中牺牲了。"

乌古的眼睛慢慢地合上了,他怎么使劲也睁不开。等他终于睁开眼睛,发现理查德先生正弯腰盯着他。"谁是埃伯莱奇?"

"先森?"

"你一直在说埃伯莱奇。"

"她是我认识的一个人,先森。"

"在乌穆阿希亚?"

"是的,先森。"

理查德先生的眼神变得柔和。"你不知道她现在在哪里?"

"不知道,先森。"

"你受伤之后,一直穿着这些衣服吗?"

"是的,先森。步兵给我的长裤和衬衫。"

"你需要洗个澡。"

乌古笑了。"是的,先森。"

"你害怕过吗?"过了一会儿,理查德先生问。

他移了移身体,周身都很疼,找不到舒服的姿势。"害怕,先森?"

"对。"

"有时候,先森。"他顿了一下,"我在营院里找到了一本书。我为那个作家感到特别难过和愤怒。"

"什么书?"

"一个叫弗雷德里克·道格拉斯的黑人的自传。"

理查德先生写着什么。"我将把这件事写进我的书里。"

"您在写一本书。"

"对。"

"什么内容,先森?"

"这场战争,之前发生的事,本不应该发生的很多事。书名将叫《我们死去时世界沉默不语》。"

后来,乌古对自己轻声念叨着这个书名:《我们死去时世界沉默不语》。这个书名困扰着他,让他无比羞愧。他想起了那个酒吧女招待,她仰面躺在肮脏的地面上时那痛苦皱缩的脸,还有她眼里的仇恨。

主人和奥兰娜伸出双臂,搂着乌古,但很轻,没有用力,怕他会痛。乌古感到极度的不安。他们以前从未拥抱过他。

"乌古，"主人摇着头说，"乌古。"

宝贝紧紧地抓住乌古的手，不肯放开，猛然间，仿佛乌古的整个生命哽住了喉咙，他开始啜泣，泪水刺痛了他的眼睛。他为自己哭泣感到恼怒，后来，他讲述着自己的经历，声音听上去很超脱。他对被抓壮丁的过程撒了谎：他说安布罗斯牧师求他帮忙，把他生病的妹妹抬到草药医生那里，在回来的路上，他被士兵抓住了。他说"敌人的火力"和"进攻司令部"这样的词语时，显得漫不经心，异常冷静，似乎是想弥补先前的哭泣。

"他们告诉我们说，你牺牲了，"奥兰娜注视着他说，"奥凯奥马可能也活着。"

乌古瞪大眼睛看着她。

"他们说，他在执行任务时牺牲了，"奥兰娜说，"我还听说，恶性营养不良最终要了阿丹娜的命。宝贝当然不知道。"

乌古看向别处。奥兰娜的消息激怒了他。她把他不愿听到的消息告诉他，由此他生她的气。

"太多的人快死了。"乌古说。

"战争时期就是这样，太多的人死去，"奥兰娜说，"但我们将取得胜利。枕头的位置舒服吗？"

"舒服，女士。"

乌古不能用一边的屁股坐立，所以在奥尔卢的头几个星期里，他侧躺着。奥兰娜总是陪伴在侧，强迫他吃东西，鼓励他活下去。他时常走神。无需身体一侧、屁股和背部此起彼伏的疼痛，他便可以记起他的奥布尼圭地雷爆炸，记起"高科技"的大笑，记起酒吧女招待眼中的刻骨仇恨。他记不得女招待的五官，但她的眼神总是萦绕在他的脑际，忘不掉的还有她两腿间的紧绷和干涩，以及他如何被迫做了不想做的事。在入睡后做梦与做白日梦之间的灰色地带，乌古控制着自己想象的大部分内容，他看见了酒吧，闻见了酒味，听见士兵们在叫"目标摧毁者"，但仰面躺在地上的不是酒吧女招待，而是埃伯莱奇。他醒过来，憎恨梦中的形象，憎恨他自己。他将给自己时间，弥补他所犯的过错。然后他将去寻找埃伯莱奇。或许她和家人去了姆拜塞的老家，或许他们就在奥尔卢。她会等着他，她会知道他要来找她。埃伯莱奇会等着他，她的守候是他得到拯救的证明，在痊愈的过程中，这些想法给他带来了慰藉。他惊讶地发现，他的身体竟然可以恢复到当初的状态，而他的头脑竟然可以保持永远的清醒和理性。

　　白天，他在难民营帮忙，夜里，他写作。他坐在凤凰木下，一笔一画地写着小字，在旧报纸的边边角角上，在凯内内算过给养的纸上，在一张旧日历的背面。他写了一首诗，讲述人们在进口马桶上大便之后，屁股上长了皮疹，但这首诗的抒情性赶不上奥凯奥马的那一首，他撕得粉碎。随后他又写了一首，讲述一个长着完美臀部的年轻女子掐着一个年轻男子脖子上的肌肤，但也撕碎了。最后，他开始讲述阿里泽表姨妈在卡诺被杀，下落不明，讲述奥兰娜两腿瘫痪，描述奥凯奥马合体帅气的军装，描述埃克文努戈教授缠了绷带的双手。他写到难民营里的孩子，他们毫不懈怠地追逐蜥蜴，四个男孩追着一只跑得飞快的蜥蜴，其中一个跟着蜥蜴爬上了一棵芒果树,另外三个围着芒果树转悠,蜥蜴跳下树,落进一个男孩张开的手里。

"蜥蜴变聪明了。现在它们跑得更快,躲在水泥板下。"爬上芒果树的男孩告诉乌古。他们把蜥蜴烤熟,把其他的孩子嘘走后,把蜥蜴分了。后来,这个男孩从他那一份细绳一样的蜥蜴中拿出一丁点,送给乌古。乌古表示感谢,摇头拒绝,他意识到自己永远无法在纸上捕捉到这个孩子的神韵,无法传神地描绘出当轰炸机从天空猛冲下来时,难民营中母亲们眼中的恐惧,恐惧让她们的眼神变得灰暗。他无法描绘出轰炸饥饿的人们时造成的愁云惨淡。然而,他没有放弃,他写得越多,做的梦便越少。

那天上午,凯内内冲到凤凰木跟前,奥兰娜正教一些孩子背诵乘法表。

"你能相信是谁让那个小女孩乌仁娃怀孕了?"凯内内问,乌古几乎没有认出她来。她的眼睛鼓出了瘦削的脸庞,泪满盈眶,怒光闪闪。"你能相信是马赛尔神父干的吗?"

奥兰娜站起身。"什么?你说什么?"

"显然我是个睁眼瞎。她不是唯一的受害者,"凯内内说,"我做牛做马,把小龙虾运到这里,但他在给她们之前,把她们的大多数都强奸了!"

后来,乌古注视着凯内内用双手推搡着马赛尔神父的胸膛,冲着他的脸大喊大叫,把他推得那么猛,乌古担心神父会摔倒在地。"你这个巫师!你这个魔鬼!"然后,凯内内转身对裘德神父说:"你待在这里,怎么能让他掰开那些饿得要死的女孩的两条腿?你怎么向上帝交代?你们两个现在都滚蛋,现在。如果有必要的话,我会亲自去找奥朱库理论!"

泪水沿着她的脸流了下来。她的狂怒中有着某种崇高。神父走后,乌古为他的新职责开始忙碌:分发炒木薯粉,劝架,管理被太阳烤焦、没有什么收成的农田。忙碌中,他感觉自己身上有污点,是个卑鄙小人。他想知道如果凯内内得知酒吧女招待的遭遇,会对他说什么,做什么,对他的感觉有什么变化。她将憎恶他。奥兰娜也会如此。埃伯莱奇也会如此。

夜里,乌古聆听家里人的对话,在他的脑海里创作,事后他将把它们移到纸上。说话的大多是凯内内和奥兰娜,似乎她们创造了一个主人和理查德先生不大能进入的世界。有时候哈里森会进来,和乌古坐在一起,但几乎不说话,似乎他既对乌古感到迷惑不解,又很尊重他。乌古不再仅仅是乌古,现在他是"我们的士兵"之一,他为建国大业战斗过。月亮一如既往地皎洁,夜风偶尔会送来猫头鹰的叫声和难民营里起起伏伏的人声。宝贝睡在一张席子上,身上盖着奥兰娜的裹裙,防止蚊虫叮咬。每次听见远处救援飞机持续不断的嗡嗡声,与轰炸机的低空高速飞行完全不一样,凯内内便会说:"我希望有一架能降落。"奥兰娜则轻轻一笑,回答:"下次做汤,我们得用淡鳕鱼干。"

她们听比亚法拉电台时,乌古会站起身走开。战况报告中那些低劣的表演,那个把编造出来的希望硬生生地塞下听众喉咙的声音,乌古对这些不感兴趣。一天下午,哈里森拎着收音机来到凤凰木下,收音机的音量开得很大。

"麻烦你关掉那东西。"乌古说。他正注视着一些小男孩在附近的草地上玩耍,"我想听鸟叫。"

"没有鸟在唱歌。"哈里森说。

"关掉。"

"元首阁下马上要发表讲话。"

"关掉,或者拿走。"

"你不想听元首阁下讲话?"

"不,不想。"

哈里森注视着他。"这将是一场伟大的演讲。"

"根本不存在所谓的伟大。"乌古说。

哈里森走了,看上去很委屈,乌古没有叫他回来。他又开始望着那些孩子。他们在干枯的草地上懒洋洋地跑动,手里握着假装是枪的木棍,嘴里模仿着射击的声音,互相追逐着,搅得尘土飞扬。连尘土都显得无精打采。他们在玩战争的游戏。四个男孩。昨天,他们是五个。乌古不记得第五个男孩的名字,是奇蒂埃贝雷,还是奇蒂埃布贝?但他记得,这个孩子的肚子最近看上去像是吞吃了一个大球,头发一簇簇地掉落,皮肤颜色变浅,从红褐色变成了病恹恹的黄色。其他四个孩子经常调侃他。他们叫他Afo mmili ukwa,面包果肚子。一次,乌古想让他们停下来,给他们解释何为恶性营养不良——或许他可以向他们朗读他在书写纸上对恶性营养不良的描绘。但他决定不要这样做。他相信他们每个人迟早都会得恶性营养不良,没有必要让他们为此做好准备。乌古不记得这个男孩演过任何一个比亚法拉军官,比如元首阁下或阿丘齐埃[1]。他总演一个尼日利亚人,不是戈翁,便是阿德昆莱,这便意味着他总是被打败,最后都得倒在地上装死。有时候,乌古心想,或许这个男孩喜欢倒在地上装死,因为这给了他一个躺在草上休息的机会。

这个男孩和他的家人来自奥古塔,属于不相信家乡将要沦陷的家庭之一,所以他们刚来时,他的母亲一脸拒不顺从的表情,似乎她想激起别人告诉她,她不是在做梦,她不会很快醒过来。他们到达的当晚,眼看要到黄昏,防空炮火的声音穿透了整个难民营。这位母亲跑出来,不知所措地把男孩——她的独子搂在怀里。头顶上,飞机的轰鸣声越来越近,其他妇人粗暴地摇晃着她。"快来地堡!你疯了?快来地堡!"

妇人不听,搂着孩子站在原地,浑身发抖。乌古仍未想清楚当时他为什么那样做。或许是因为奥兰娜已经抓起宝贝,冲在他前面,他的双手是空的。他伸出手去,从妇人的怀里拽过孩子便跑。孩子当时还比较重,有一定的重量;他的母亲没有办法,只好跟着。飞机已经开始了低空扫射,乌古尚未把孩子推下地堡,一颗子弹便从近旁飞过;他没有看到,但闻见了炽热金属刺鼻的气味。

就是在地堡里,这个男孩把自己的名字告诉了乌古,当时他正抓着潮湿的泥土在玩,上面爬着蟋蟀和蚂蚁。奇蒂埃贝雷,还是奇蒂埃布贝?乌古不能确定。但一定是奇蒂什么。或许是奇

---

[1] 阿丘齐埃,奥朱库手下的一个军官。

蒂埃贝雷,这个名字更常见。现在这个名字几乎成了笑话。奇蒂埃贝雷——"上帝是仁慈的"。

之后,房子尽头的教室里传来了掐着喉咙发出的细细的哭声,四个男孩不再玩打仗的游戏,走进了房子。乌古知道,那个男孩的姑姑很快就会出来,勇敢地告诉周围的人,男孩的母亲将趴在泥地里,打滚,喊叫,直到嗓子嘶哑,那时再拿起剃刀,将头皮剃得光溜溜,血淋淋。

乌古穿上汗衫,过去帮忙挖一个小小的坟墓。

33

理查德坐在凯内内旁边,揉着她的肩膀,奥兰娜说了什么,逗得她哈哈大笑。凯内内仰头大笑时,脖子看上去长了一些,理查德喜欢她这个模样。他喜欢与凯内内、奥兰娜和奥登尼博一起度过的夜晚,这让他想起了奥登尼博在恩苏卡的光线柔和的起居室,想起了舌头被胡椒麻透之后喝啤酒的感觉。凯内内伸手去够搪瓷碟子里的烤蟋蟀,哈里森最新的特色菜;他似乎掌握了在何处挖开干土找寻蟋蟀的窍门,也懂得在烤好之后切成几段,稍微拉长吃完一只蟋蟀的时间。凯内内放了一片在嘴里。理查德拿了两片,慢慢地嚼着。天快黑了,腰果树变成了静止的灰色剪影。他们的头上笼罩着尘雾。

"你觉得该如何解释白人在非洲使命的成功,理查德?"奥登尼博说。

"成功?"奥登尼博让理查德感到紧张,他总是沉思半晌,然后冷不丁地问一个出乎意料的问题,或者说一句出乎意料的话。

"对,成功。我用英语思考。"奥登尼博说。

"或许你应该先解释黑人遏制白人使命的失败。"凯内内说。

"谁把种族主义带到了这个世界?"奥登尼博问。

"我不明白你的意思。"凯内内说。

"白人把种族主义带到了这个世界,以此为其征服的根基。

征服一个更为人道的民族，总是更容易些。"

"如此说来，等我们征服了尼日利亚人，我们就变成了不够人道的民族？"凯内内问。

奥登尼博没有回答。腰果树附近传来沙沙的声响，哈里森跳起来，跑过去看看是不是一只他能抓住的丛林鼠。

"伊纳蒂米给了我一些尼日利亚硬币，"凯内内又说，"你们知道，这些比亚法拉自由斗士组织的人手里有不少尼日利亚货币。我想去一趟第九英里，看看能买到什么，如果顺利的话，我还会出售我们的难民营生产的一些产品。"

"那是和敌人做生意。"奥登尼博说。

"是和不识字的尼日利亚妇女做生意，她们手里有我们需要的东西。"

"这很危险，凯内内。"奥登尼博说，温柔的口吻让理查德感到吃惊。

"那个战区是自由的，"奥兰娜说，"我们的人在那里自由地做生意。"

"你也去？"奥登尼博瞪着奥兰娜，惊讶之下，他的声音提高了不少。

"不，至少明天不去。凯内内下次去的时候，我也许会去。"

"明天？"该理查德吃惊了。凯内内只是提过一次，想到敌占区买东西，但他不知道她已经定好了出发的时间。

"对，凯内内明天就走。"奥兰娜说。

"对，"凯内内说，"不过不要担心奥兰娜，她永远不会跟我去。她对正当的自由企业经济一向心怀恐惧。"凯内内大笑,奥兰娜也大笑着拍了拍她的胳膊,理查德发现她们的唇型很相似,她们略大的门牙在形状上也很相似。

"第九英里公路不是断断续续地被敌人占领过吗?"奥登尼博问,"我认为你不该去。"

"都决定了。明天一早,我带着伊纳蒂米出发,晚上就回来了。"凯内内说,语气中带着理查德非常熟悉的斩钉截铁。不过,他并不反对凯内内的计划。他认识许多人,他们做着凯内内想做的事。

那天夜里,理查德梦见凯内内回来时,带了一篮子食物:香草炖鸡,香辣杂菜饭,很稠的鱼汤。窗外传来很大的噪声,把他惊醒了,他很恼火。他很不情愿地离开梦境。凯内内也醒了,他们赶紧来到门外,凯内内把一件裹裙系在胸口,理查德则穿了一条短裤。天刚蒙蒙亮。光线很弱。难民营的一小群人对着蹲在地上的一个年轻人又打又踢,年轻人双手护着头,挡开了落下来的一些拳头。他的长裤上布满了大洞小洞,衣领几乎被扯掉了,但半轮黄日仍然挂在被撕破的袖子上。

"怎么回事?"凯内内问,"怎么回事?"

不等人回答,理查德便已知道答案。这个士兵从农田里偷了东西。现在,这种事情都发生:农田在夜里遭袭,被袭的是娇嫩的玉米棒子,嫩得连玉米芯都未长好,还有很细的山药,细得几乎没有芋头大。

"你们明白为什么我们种什么东西都没有收成了吧?"一个

妇人说,她的孩子一星期前刚死去。她的裹裙系得很低,露出了下垂的乳房的上部。"跟这个小偷一样的人来收走了全部东西,害得我们饿死。"

"别打了!"凯内内说,"马上住手!放开他!"

"你叫我们放了一个小偷?如果今天我们放了他,明天就会来十个。"

"他不是小偷,"凯内内说,"听到我的话了吗?他不是小偷。他是一个饥饿的士兵。"

她的声音平静,但充满权威,人群安静下来。慢慢地,他们拖着脚走了,回到教室里。士兵站起来,拍掉身上的尘土。

"你是从前线回来的吗?"凯内内问。

他点点头。他看上去大约十八岁。他的额头两侧各肿起了两个包,鲜血顺着鼻子流淌下来。

"你在逃跑吗?你在逃跑吗?你做了逃兵?"凯内内问。

他没有回答。

"来。走之前,带上一些炒木薯粉。"凯内内说。

眼泪从士兵肿胀的左眼里缓缓地流出来,他用手捂着左眼,跟在凯内内身后。离开前,他手里抓着一小包炒木薯粉,其他什么都没说,只是一个劲地嘟哝着"谢谢"。凯内内穿上衣服,准备走到难民营去和伊纳蒂米会合,在这个过程中始终保持沉默。

"你会走得很早,对吧,理查德?"凯内内问,"今天那些大人物可能只在办公室待半个小时。"

"我一小时后走。"理查德打算去阿希亚拉,争取从救援司令部要来一些供给。

"告诉他们，我要死了，我们迫切需要牛奶和咸牛肉，我才能活下去。"凯内内说。她话里有话，带着怨恨，以前从未有过。

"我会的，"理查德说，"一路平安。一路平安。带回来很多的炒木薯粉和食盐。"

凯内内走之前，他们亲吻告别，短暂地碰了碰对方的嘴唇。理查德知道，看到那个可怜的年轻士兵后，凯内内心情难以平静，他也知道，凯内内认为那个年轻士兵不是庄稼没有收成的罪魁祸首。庄稼没有收成，是因为土地贫瘠，哈麦丹风恶劣，缺少肥料，无种子可种，她曾设法弄来山药的顶部芦头做种，但还未种下，便被人们吃掉一半。理查德多希望自己能够伸出手，挟制天空，立即给比亚法拉带来胜利。为了凯内内。

晚上，理查德从阿希亚拉回来时，凯内内尚未回来。起居室里有一股脱色棕榈油的气味，是从厨房里飘出来的，宝贝躺在一张席子上，翻看着《埃泽上学去》。

"把我扛到你的肩膀上，理查德叔叔。"宝贝说着，向他跑过来。理查德假装使劲托起她，然后瘫倒在椅子上。

"你现在是个大女孩了，宝贝。你太重了，举不起来。"

"不！"

奥兰娜站在厨房门口，望着他们。"你知道，战争爆发后，宝贝变聪明了，但没有长高。"

理查德笑了。"智慧比身高重要。"他说，奥兰娜也笑了。理查德意识到他们之间几乎没有交谈过，他们总是小心翼翼地避免单独相处。

"在阿希亚拉运气不好?"奥兰娜问。

"不好。我哪个地方都试了。救援中心是空的。我看见一个成年人坐在一栋房子前面的地上,吸吮他的大拇指。"理查德回答。

"你在部里认识的人呢?"

"他们说他们什么都没有,还说,我们现在强调的是自力更生和种地。"

"用什么种地?我们现在只拥有巴掌大的一块土地,如何能够养活几百万人口?"

理查德看着奥兰娜。针对比亚法拉的批评,哪怕只是最不经意的暗示,也令他不安。乌穆阿希亚陷落之后,担忧填满了他大脑中的每一个空隙,但他从未说出来。

"凯内内在难民营吗?"理查德问。

奥兰娜擦了擦眉毛。"我想应该在吧。她和伊纳蒂米现在应该回来了。"

理查德走到门外,和宝贝一起玩耍。他把宝贝扛在肩膀上,让她能够抓住头顶的一片腰果树叶,然后把她放下,心想,对一个六岁的孩子来说,她的个头真小,体重真轻啊。他在地上画了几条线,让宝贝拾起一些石头,试图教她玩棋盘游戏。他看着宝贝从一个罐头盒子里取出一片片凹凸不平的金属,摆开,整理,这是她收集的弹片。一小时后,凯内内还是没有回来。理查德带着宝贝来到难民营。凯内内没有坐在"回头无路"前面的台阶上，她有时候会坐在那里。她也不在病房。她不在任何一间教室里。理查德看见乌古坐在凤凰木下，往一张纸上写字。

"凯内内姨妈没有回来。"不等理查德询问，乌古抢先说道。

"你确定她不是在回来后，去了别的什么地方？"

"我确定，先生。但我预料她很快就会回来。"

乌古用了"预料"这个单词，正式准确，理查德禁不住想笑。他欣赏乌古的雄心壮志，还有他最近在找到的任何一张纸上写字的做法。有一次，他试图找一找乌古写好的纸张放在哪里，想看一看，但没有找到。可能都被塞进他的短裤里了。

"你正在写什么？"理查德问。

"一件小事，先生。"乌古回答。

"我要留在乌古这里。"宝贝说。

"好的，宝贝。"理查德知道宝贝会赶到教室里，找一些孩子，一起抓蜥蜴或蟋蟀。或者，她会去找那个自封的民兵，他总在腰上插着一把匕首，宝贝想问他，能否让她握一握匕首。理查德走回了家。奥登尼博刚刚下班，在明亮的夕阳映照下，他的衬衫因为穿得太久，前襟很薄，理查德可以看见他那卷曲的胸毛。

"凯内内回来了吗？"奥登尼博问。

"还没有。"

奥登尼博瞥了他一眼，时间稍长，眼神里流露着责备，然后才进屋去换衣服。他出来时，身上围着一条裹裙，在脖子后边打了结，他与理查德一起坐在起居室里。收音机里，元首阁下宣布说，他将去国外寻求和平。

我时常表示，我将亲自前往任何地方，为我的人民寻求和平和安全，秉承这一原则，现在我将离开比亚法拉，探求……

乌古和宝贝回来时，太阳正在落山。

"那个小孩子，恩内卡，刚刚死了，她母亲拒绝让别人抬走她的尸体埋葬。"乌古跟他们打过招呼之后说。

"凯内内在那里吗？"理查德问。

"不在。"乌古回答。

奥登尼博站起来，理查德站起来，他们一起向难民营走去。他们没有交谈。一个妇人在一间教室里痛哭。他们逢人便问，每个人的回答都相同：凯内内一大早与伊纳蒂米走了。她告诉他们，她要做跨界生意，潜入敌占区做生意，还说下午晚些时候，她就回来了。

一天过去了，第二天又过去了。一切保持原样：空气干燥，风卷着尘土，难民们耕种着干燥的土地。但凯内内没有回来。理查德感觉像是在一条隧道里翻滚，时间一小时一小时地流逝，他的重量一点点被吸走。奥登尼博告诉他，凯内内可能只是在那边被封住了退路，她要等到野蛮人开拔，才能回来。奥兰娜说，这种拖延常常发生在到敌占区做生意的女性身上。然而，奥兰娜的眼里藏着恐惧。奥登尼博说，他不想跟他们一起去找凯内内，因为他知道她会回来，即便这么说，他的脸上仍然充满了恐惧，似乎他对他们能够寻到什么,感到害怕。理查德开车去第九英里,奥兰娜坐在他身旁。他们没有说话,但当理查德停下车,向路边的行人打听是否见过长得像凯内内的人时,奥兰娜总是说"她个子很高,皮肤很黑",仿佛重复理查德已经说过的话,再说一遍凯内内个子很高,皮肤很黑之类的,能够更好地唤起人们的记忆。理查德给路人看凯内内的照片。有时候在匆忙中,他抽出来的是套绳青铜罐的照片。没人见过凯内内。没人见过伊纳蒂米开的那辆车。他们甚至向比亚法拉士兵打听,是这些士兵告诉他们,他们不能再往前开,因为公路被敌人占领了。士兵们摇着头,说没有见过她。在回家的路上,理查德开始痛哭。

"你哭什么?"奥兰娜呵斥着他,"凯内内只是被困在那边,几天而已。"

理查德的眼泪模糊了他的视线。他的车偏出了公路,冲进了浓密的灌木丛,车胎发出了刺耳的声音。

"停车!停车!"奥兰娜说。

理查德停下车,奥兰娜从他手里接过钥匙,走过去,打开他那侧的车门。由她来开车回家,一路上,她不紧不慢地低声哼着歌。

34

奥兰娜用一把木梳,尽可能轻地梳着宝贝的头发,但梳子仍然带下来一大撮头发。乌古坐在一张长凳上写作。一星期过去了,凯内内仍然未归。今天的哈麦丹风风力较小,腰果树没有被刮得打旋,但到处都是沙子,空气中沙砾横飞,还有同样满天飞的谣言:元首阁下并非出去寻求和平,而是逃跑。奥兰娜认为这不可能是真的。她相信元首阁下的和平之旅将取得成功,恰如她相信凯内内很快会回家,同样地坚定而平静。元首阁下回国时,会带着一份签署过的文件,宣告战争结束,比亚法拉是一个自由的国家。他回国时,正义与食盐将伴随左右。

奥兰娜梳着宝贝的头发,又掉落了一些。她把掉落的一缕握在手里,头发被太阳晒成了半黄半褐的颜色,根本不是宝贝出生时的乌黑。她不由得惊慌失色。几星期前,凯内内告诉她说,宝贝才六岁便开始掉头发,这是高度智慧的象征,之后,凯内内便出门去为宝贝找来更多的蛋白片。

乌古停下笔,抬起头。"也许您不该给她编辫子,太太。"

"对。也许就是这个原因才掉头发,编辫子太多。"

"我没有掉头发!"宝贝说完,拍了拍自己的头。

奥兰娜放下梳子。"我一直在想在火车上看到的那个孩子的头发,很密。她妈妈给她编辫子的时候,一定费了不少工夫。"

"是怎么编的?"乌古问。

这个问题先是让奥兰娜感到诧异,随后她意识到,她清楚地记得那个孩子的辫子的编法,她开始描述那个发型,描述其中几缕发辫如何横过前额。然后,她描述孩子的头,睁开的眼睛,发灰的皮肤。她在讲述,乌古在记录。乌古的记录,他的兴致和热忱,猛然间让她的故事变得重要起来,能够服务于一个更为重大的、连她也无法确定的用途,于是,她把记得的火车上的一切都告诉了乌古:火车上挤满了人,他们在哭泣、叫喊,把小便尿在身上。

奥登尼博和理查德回来时,奥兰娜仍在讲述。他们是步行回来的。大清早,他们开着标致车到阿希亚拉的医院寻找凯内内。

奥兰娜跳起来。"找到了吗?"

"没有。"理查德回答,然后进了里屋。

"车在哪里?被士兵们征用了?"

"在路上就没油了。我会找一点汽油,再去把车开回来。"奥登尼博说。他拥抱着奥兰娜,"我们见到了马杜。他说,他能肯定凯内内仍在敌占区。野蛮人一定堵住了她去的时候走的路,她正等着找到一条新的路径。这种事经常发生。"

"对,没错。"奥兰娜拿起梳子,开始梳理自己的一头乱发。奥登尼博的话提醒了她:她应该心存感激,他们并未在医院里找到凯内内。这意味着凯内内身体健康,只是置身于尼日利亚的领土上。然而,奥兰娜不愿奥登尼博提醒她。几天后,奥兰娜坚持要去停尸房寻找,奥登尼博说的仍是同样的话:凯内内必定在敌人那边，安然无恙。

"我要去。"奥兰娜说。马杜送来了一些炒木薯粉、糖和一点汽油。她将亲自开车。

"没有意义。"奥登尼博说。

"没有意义？找我姐姐的尸体没有意义？"

"你姐姐还活着。没有她的尸体。"

"是的，上帝。"

奥兰娜转身离开了。

"奥兰娜，即便他们杀了她，也不会把她的尸体送去比亚法拉境内的停尸房。"奥登尼博说，奥兰娜知道他是对的，但她讨厌他这样说，也讨厌他叫她奥兰娜，而不是"我的爱"。她还是去了，去了气味极其难闻的停尸房，最近一次轰炸中的死尸堆在外边，被太阳晒得肿大了很多。一群人正央求着放他们进去找人。

"求求你，轰炸过后，我父亲就消失了。"

"求求你，我找不到幼小的女儿。"

奥兰娜带着马杜的便条，看守人因此冲她微笑，放她进去，她坚持要看每一具女尸的脸，甚至包括那些被看守人说成太老的女尸，之后，她把车停在路边，呕吐不止。"如果太阳拒绝升起，我们将使它升起。"她突然想起了奥凯奥马一首诗的标题。她不记得诗的内容了，大概是说一个接一个地垒起陶罐，搭起通向天空的云梯。回到家，奥登尼博正在与宝贝说话。理查德坐着发愣。他们没问奥兰娜是否找到了凯内内的尸体。乌古告诉她，她的裙子上有一大块棕榈油颜色的污迹,乌古的声音很低,似乎他知道,这是奥兰娜呕吐时溅在裙子上的。哈里森告诉她,没有什么东西可以吃,她一脸茫然地瞪着哈里森,因为过去一直是凯内内操持家事,凯内内知道该怎么办。

"你应该躺下来,我的爱。"奥登尼博说。

"你记得奥凯奥马的那首诗吗,题目是'如果太阳拒绝升起,我们将使它升起'?"奥兰娜问。

"'用热忱烧制的陶罐,它们将冷却我们爬行时的双脚。'"奥登尼博回答。

"没错,没错。"

"这是我最喜欢的诗句。别的我记不得了。"

难民营里的一个妇人冲进了院子,喊叫着,手里挥舞着一根绿色的枝条。如此耀眼、如此湿润的绿色。奥兰娜想知道她从哪里掰来的枝条。周围的植物和树木都被太阳烤焦,被卷着尘土的风吹得光秃秃的。大地变成了灰黄色。

"结束了!"妇人大喊,"结束了!"

奥登尼博赶紧打开收音机,仿佛他一直盼着这位妇人送来这条消息。收音机里传来一个不熟悉的男子的声音。

> 纵观历史,受到伤害的民族在和平谈判失败之时,不得已诉诸武力,寻求自卫。我们亦不例外。我们拿起武器,因为大屠杀在我们的人民心里激起了不安全感。为了捍卫我们的大业,我们战斗。

奥兰娜坐下来；她喜欢收音机里那个声音流露出来的坦诚、平静和自信，还有发得结实有力的元音。宝贝问奥登尼博，难民营里的这个妇人为何如此大喊大叫。理查德站起身，靠近收音机。奥登尼博调大了音量。难民营里的妇人说："他们说野蛮人带来了答鞭，要把我们老百姓打得死去活来。我们准备躲到灌木地带去。"随后，她转身跑回了难民营。

> 利用这个机会，我要向我们的武装部队的军官和士兵表示祝贺，他们英勇顽强，无所畏惧，赢得了全世界的钦敬。我感谢广大的群众，面对势不可挡的不利条件和饥饿，他们坚定不移，勇气可嘉。我坚信，我们必须立即结束人民的痛苦。因此，我下令军队有条不紊地与敌军脱离接触。在休战谈判之际，我以人道的名义，敦促戈翁将军下令让他的军队暂停进攻。

广播结束之后，奥兰娜因难以置信而感觉头晕目眩。她坐了下来。

"现在怎么办，太太？"乌古面无表情地问。

奥兰娜看向远处，腰果树被尘土覆盖，天空曲折延伸，与大地相接，在前方形成了一堵没有云彩的墙。

"现在我可以去找姐姐了。"奥兰娜平静地说。

一星期过去了。一辆红十字会的小货车停在难民营门口，两个女子开始分发一杯杯牛奶。许多家庭离开了难民营，去寻找亲戚，或藏在灌木地带，躲避带着答鞭的尼日利亚士兵。但是奥兰娜第一次在大路上看到尼日利亚士兵时，他们并未手握答鞭。他们来来回回地走动，相互之间大声说着约鲁巴语，放声大笑，向村里的女孩做手势。"过来嫁给我吧，我给你大米和豆子。"

奥兰娜加入了观望他们的人群。他们的军装合体帅气，熨烫过，他们的黑色皮靴擦得锃亮，他们的眼里充满自信，一种被人抢劫过后的空虚感在奥兰娜心中油然而生。他们设了路障，把车辆堵回去。暂时不许四处走动。不许四处走动。奥登尼博想去阿巴，去看看母亲倒下的地方，每天他会走到大路上，看看尼日利亚士兵是否开始给车辆放行。

"我们应该收拾好东西，"他对奥兰娜说，"一两天后，公路就开放了。我们应该早点出发，在阿巴停一停，赶在天黑之前到达恩苏卡。"

奥兰娜不愿收拾东西——反正没什么好收拾的——也不愿去任何地方。"如果凯内内回来怎么办？"她问。

"我的爱，凯内内很容易找到我们。"

奥兰娜注视着奥登尼博离开。他说得轻巧：凯内内可以找到他们。他怎么知道？比如说，他怎么知道凯内内没有受伤，能赶远路？她本以为他们会在这里等着照顾她，却吃惊地发现，等待她的是一栋空房子。

一个男子走进了庭院。奥兰娜瞪大眼睛看了他一会儿，才认出他是表弟奥丁谢佐，她大叫着扑上去拥抱他，又移开身体仔细端详他。奥兰娜上一次见到他,是在自己的婚礼上,他和弟弟埃凯内身着民兵制服。

"埃凯内怎么样?"奥兰娜担忧地问,"埃凯内怎么样?"

"他在乌穆阿希亚。我一听说你的行踪,立马赶了过来。我准备去奥基贾。他们说我母亲的一些亲戚在那里。"

奥兰娜领着奥丁谢佐进了屋,给他端来一杯水。"你怎么样,我的表弟?"

"我们没有死。"他回答。

奥兰娜坐在他身边,握住他的手;他的掌心里有肿胀的白色老茧。"路上有尼日利亚士兵,你怎么对付他们的?"

"他们没有刁难我。我跟他们说豪萨语。一个尼日利亚士兵拿出来一张奥朱库的相片,叫我在上面撒尿,我照办了。"奥丁谢佐笑了,疲惫的、和善的笑容,像极了伊费卡舅妈,奥兰娜不由得热泪盈眶。

"别,别,奥兰娜,"奥丁谢佐说着,搂住了奥兰娜,"凯内内会回来的。乌穆迪奥卡的一个女子去做跨界生意,野蛮人占领了那个战区,她被切断了联系,长达四个月。昨天她和家人团聚了。"

奥兰娜摇摇头,但没有告诉奥丁谢佐,她之所以哭泣,不是因为凯内内,不仅仅是因为凯内内。她擦了擦眼睛。奥丁谢佐仍旧搂着她,过了一会儿,他把一张五镑的钞票塞进她手里,而后站起身来说:"我得走了,还有很远的路。"

奥兰娜瞪着手里的钞票。这张崭新的红色钞票看上去如此不可思议，她惊呆了。"奥丁谢佐！这太多了！"

"我们一些在比亚法拉第二敌占区的人手里有尼日利亚钞票，我们用这些钞票买东西，尽管我们是民兵，"奥丁谢佐说着，耸耸肩，"你没有尼日利亚钞票，对吧？"

奥兰娜摇摇头。她甚至尚未见过新发行的尼日利亚钞票。

"我希望他们说的不是真的：政府要接管全部的比亚法拉银行账户。"

奥兰娜耸耸肩。她不清楚。所有的消息都让人迷惑，相互矛盾。刚开始，他们听说全部比亚法拉大学员工都要到埃努古报到，申请军事许可。后来，他们听说是到拉各斯报到。随后又听说只有与比亚法拉军方有牵连的人需要报到。

后来，奥兰娜带着宝贝和乌古去农贸市场，眼前的情景让她目瞪口呆：盆里的大米和豆子堆成了小山，鱼的气味难闻，但让人食欲大开，肉上淌着血，招来了苍蝇。这些东西仿佛是从天上掉下来的，充满了神奇，却几乎有悖常理。奥兰娜注视着市场里的比亚法拉妇人讨价还价，找零钱时用尼日利亚镑，仿佛这是她们用了一辈子的货币。奥兰娜买了一点大米和干鱼。她不会花掉太多的钱。她不知道以后会出现什么状况。

奥登尼博回到家，说公路开放了。"我们明天走。"

奥兰娜走进卧室，哭出声来。宝贝爬上床垫，抱着她。

"奥拉妈咪，别哭，别哭。"宝贝说，宝贝的怀抱小而温暖，奥兰娜禁不住更加大声地抽泣起来。宝贝留在她身边，抱着她，直到她停止哭泣，擦干了眼泪。

那天下午,理查德走了。

"我要去第九英里外的镇子找凯内内。"他说。

"等到明天早晨。"奥兰娜说。

理查德摇摇头。

"你有汽油吗?"奥登尼博问。

"如果下坡时我滚下去的话,到第九英里足够了。"

奥兰娜给了理查德一些尼日利亚钞票,之后他带着哈里森走了。第二天,行李都放进车里了,奥兰娜匆忙写了一张便条,留在起居室。

> 我的孪生姐姐,我们要去阿巴和恩苏卡。一星期后,我们会回到这栋房子,看一看。
>
> 奥

她本想加上"我想你"或"我希望你一路平安"之类的话,但转念一想,还是算了。凯内内会大笑着说这样的话:"看在上帝分上,我又不是在度假,我是被困在敌占区了。"

奥兰娜钻进车里,望着腰果树。

"凯内内姨妈会来恩苏卡吗?"宝贝问。

奥兰娜转过身,仔细端详着宝贝的脸,寻找她的"千里眼",寻找某种预兆:宝贝知道凯内内要回来了。起初奥兰娜觉得自己看到了这种预兆,但之后她又不敢确定。

"是的,我的宝贝,"奥兰娜说,"凯内内姨妈会来恩苏卡。"

"她还在做跨界生意吗？"

"对。"

奥登尼博发动了汽车。他摘下眼镜，用一块布包起来。他们听说尼日利亚士兵不喜欢知识分子样貌的人。

"你看得清吗？能不能开车？"奥兰娜问。

"看得清。"奥登尼博瞥了乌古和宝贝一眼，而后把车缓缓开出了院子。他们路过了几个由尼日利亚士兵控制的检查站，每一次，尼日利亚士兵挥手让他们通过时，奥登尼博总要低声嘟哝几句。在阿巴加纳，他们开过了被摧毁的尼日利亚车队，很长很长的车队，各种被焚毁、被烧黑的车辆。奥兰娜瞪大了眼睛。"这是我们做的。"她伸出手，握住了奥登尼博的手。

"他们赢了，但这是我们做的。"奥兰娜说完，意识到说"他们赢了"，把她不能相信的一场失败说出来，感觉很怪异。她的感觉不是被打败的感觉，而是被欺骗的感觉。奥登尼博轻轻地捏了捏奥兰娜的手。快到阿巴了，奥兰娜感受得到奥登尼博的紧张，他的下巴绷得很紧。

"不知道我的房子是不是还立着？"奥登尼博说。

到处长着灌木，发黄的野草完全吞没了简陋的小茅屋。奥登尼博家的院门口长了一簇灌木，他在灌木附近停下车，胸脯剧烈起伏，呼吸声很粗。房子没倒。他们费劲地蹚过浓密的即将干枯的野草，来到房门口，奥兰娜四处张望，心里有点担心会发现妈妈的尸骨躺在某个地方。然而，奥登尼博的堂弟已经埋葬了妈妈。蕃石榴树旁，有一个微微隆起的土堆，上面插着一个用两根树枝做的简陋十字架。奥登尼博跪在土堆旁,拔出一撮草,握在手里。

他们向恩苏卡驶去,公路上布满了子弹和弹坑。奥登尼博往左右频频打着方向盘。楼房都烧黑了,屋顶倒塌,墙壁只有一半还立着。被烧毁的车辆的黑色残骸随处可见。气氛一片肃静,怪异的肃静。地平线上,飞翔的兀鹫投射出曲线优美的侧影。他们来到了一个检查站。一些男子挥舞着短弯刀,割着路边高耸的野草;另一些男子把很厚的木板运到一栋房子里,房子的墙壁看上去像瑞士奶酪,布满了蜂窝般的弹孔,有大的,也有小的。

奥登尼博在一位尼日利亚军官身旁停下车。军官的腰带搭扣闪着微光,他弯下腰,朝车里瞅,脸庞乌黑,但有一口洁白的牙齿。

"你们为什么还用比亚法拉的车牌号?你们支持那些被打败的叛乱分子吗?"他的声音很大,故意装出来的,似乎他正在演戏,而且非常清楚他所扮演的正是欺凌弱小的恶霸。在他的身后,他手下的一个士兵正冲着那些干活的男子吼叫。一具男尸躺在灌木丛旁。

"我们一到恩苏卡就会换车牌。"奥登尼博回答。

"恩苏卡?"军官直起身来大笑,"啊,恩苏卡大学。你们就是和奥朱库谋划叛乱的人,你们这些读书人。"

奥登尼博直视前方,没有搭话。军官猛地拉开车门。"好了!出来,帮我们搬一些木头。让我们看看,你们如何帮助一个统一的尼日利亚。"

奥登尼博看着军官。"做什么用？"

"你还问我？我说了，你们应该赶快出来！"

一个士兵站在军官身后，扳好枪的击铁。

"我只是开玩笑，"奥登尼博嘟哝，"我在开玩笑。"

"出来！"军官说。

奥兰娜打开她那一侧的车门。"出来，奥登尼博和乌古。宝贝，坐着别动。"

奥登尼博钻出汽车，军官扇了他一耳光，用力极猛，奥登尼博完全没有防备，被打得趴倒在汽车上。宝贝哭了起来。

"我们没有把你们杀光，你们不知道感恩吗？过去，快点搬那些木板，一次搬两块！"

"让我妻子陪着女儿，求求您。"奥登尼博说。

军官扇的第二巴掌没有之前那么响。奥兰娜没有看奥登尼博，她仔细观察着一个搬一摞水泥板的男子，男子光着膀子，精瘦的后背布满汗珠。随后，她走到那堆木板前，搬起了两块。刚开始，她有点踉跄，木板很重——她没料到这么重——她赶紧站稳脚跟，朝房子走去。回来时，她汗流浃背。她注意到一个士兵的眼睛死死地盯着她，眼神足以烧透她的衣裳。奥兰娜准备第二趟上去时，士兵走到跟前，站在木板堆旁。

奥兰娜看着他，然后大叫："军官！"

军官刚刚挥手让一辆车通过。他转过身来，问道："什么事？"

"您最好告诉您的士兵,连想都不要想碰我,这样对他更好。"奥兰娜说。

乌古在奥兰娜身后,奥兰娜听见他猛吸了一口气,她的大胆让乌古感到惊恐。军官放声大笑,他似乎很惊讶,但又被她的话打动。"没有人会碰你,"他说,"我的兵都受过良好的训练。我们不像被你们这些家伙称为军队的那些肮脏的叛乱分子。"

军官又拦下一辆车,一辆标致403。"快点出来!"

一个身材瘦小的男子钻出来,站在车旁。军官伸手拽下男子的眼镜,扔进灌木丛中。"啊,现在你看不见了吧?但你过去看得很清楚,清楚到给奥朱库写宣传材料?这不就是你们所有文官做的事吗?"

男子眯着眼睛,又揉了揉。

"趴下。"军官说。男子趴倒在柏油路面上。军官拿过一条长笞鞭,照着男子的后背和屁股抽了起来,啪,啪,啪,男子嘴里喊着什么,奥兰娜听不懂。

"说'谢谢您,先生!'"军官说。

男子说:"谢谢您,先生!"

"再说一遍!"

"谢谢您,先生!"

军官停下来,向奥登尼博做了一个手势。"好了,读书人,走吧。一定要换掉车牌号。"

他们默不作声地赶紧上车。奥兰娜的手掌心隐隐作痛。他们开车离开的时候,军官还在鞭打那个男子。

35

开着白花的灌木丛恣意生长，未加修剪，乌古弯下腰，盯着灌木丛旁一堆被烧坏的书。在点火之前，这些书被堆在一起，故而乌古伸手朝下挖，看看底下是否有书未被火焰吞噬。他用力抽出两本完整的书，在衬衫上擦了擦封皮。在那些烧了一半的书上，他仍能辨认出一些词语和图形。

"他们为什么非得烧掉这些书？"奥兰娜口气温和地说，"想想他们费了多少劲。"

主人蹲在乌古身旁，动手在被烧焦的纸张中搜索，嘴里嘟囔："我的研究论文都在这里，瞧这里，这篇论文写的是我对信号检测的符号等级鉴定……"过了一会儿，主人坐到光秃秃的地上，双腿前伸，乌古却希望他不要摆出此种姿势，看上去有失体面，没有主人该有的样子。奥兰娜牵着宝贝的手，望着呼啸作响的松树、仙丹花和百合，它们全都失去了正常的模样，乱糟糟的。奥迪姆街也是如此，两边缠结着浓密的灌木丛。就连丢弃在街道尽头的一辆尼日利亚装甲车，车轮上也长出了野草。

乌古第一个走进了屋子。奥兰娜和宝贝跟着他。起居室里挂着乳白色的蜘蛛网。乌古抬起头，看见一只黑色的大蜘蛛在网里悠然自得地爬行，似乎对他们的到来毫不在意，仍旧信心十足地认为这里是它的家。沙发、窗帘、地毯和书架都不见了。百叶窗板也被卸下来了，窗户成了敞开的大洞，干燥的哈麦丹风刮进来很多的尘土，现在墙壁变成一片均匀的褐色。尘埃如鬼魂一般，在空荡荡的房间里飘荡。厨房里只剩下很重的木制研钵。在走廊里，乌古拾起一个沾满灰尘的瓶子。他把瓶子对着鼻孔，还能闻到椰子的气味。这是奥兰娜的香水。

到了浴室，宝贝开始哭泣。浴缸里的一堆堆粪便都已变得又干又硬，像是让人恶心想吐的石块。《鼓》杂志被撕下很多页，当作手纸用，印刷字体上粘着硬壳般的污渍。这样的手纸扔了一地。奥兰娜发出"嘘"声，让宝贝安静下来，乌古想起了宝贝坐在浴缸里拿着黄色塑料鸭子玩耍的情景。他拧动水龙头，水龙头发出吱吱的声音，但没有水流出来。后院的野草擦着他的肩膀，长得太高了，根本走不过去，他找到一根棍子，打出一条路来。腰果树上的蜂窝不见了。男仆宿舍的门枢被压坏了，门挂在上面，半开着，乌古把门推回去，记起了他挂在墙上钉子上的衬衫。他知道衬衫当然已经丢了，却忍不住在墙上寻找。阿努利卡曾对那件衬衫赞不绝口。一想到几个小时后便可以见到阿努利卡，一想到终于可以回家，他的心里无比激动，却又紧张不安。他不允许自己去想谁还活着，谁已经死去。他捡起肮脏的地板上的一些东西，一把生锈的枪，一本鼓胀的被吃掉一半的《社会主义评论》。他又把它们扔在地上，阵阵回响中，有东西唰的一声蹿了过去，或许是一只老鼠。

乌古想打扫屋子。他想拼命地擦洗，飞快地擦洗。但他担心这起不了任何作用。或许这栋房子已经脏到了骨子里，死去很久的东西和干了很久的东西，它们的气味永远都会弥漫在房间里,天花板上永远都会传来老鼠爬行的沙沙声。主人找来一把笤帚,亲自动手打扫了书房,把一堆蜥蜴的粪便和尘土扫到门外。乌古朝书房里瞅了几眼,瞅见主人坐在仅存的椅子里,椅子的一条腿断了,靠在墙上保持平衡,主人弓着腰,面对着一堆烧掉一半的纸张和文件。

乌古用一根棍子戳着浴室里的粪便,小声诅咒着那些野蛮人和他们的子孙后代,他把浴缸清洗干净后,奥兰娜叫他停止打扫卫生,先回家看看。

父亲的小老婆奇奥凯向他身上扔沙子的时候,乌古静静地站着。"真的是你吗,乌古?"她问,"真的是你?"

她俯下身,两手抓满沙子,飞快地扔向乌古,沙子落在他的肩膀、胳膊和肚子上。最后她终于停下来,拥抱乌古。乌古没有失踪,他不是鬼。其他人出来拥抱他,难以置信地揉搓着他的身体,仿佛扔沙子还不足以向他们证明,乌古不是鬼。一些妇人在哭。乌古仔细端详着周围的面孔,大家都瘦了,疲惫的神情深深地刻进了他们的肌肤里,连孩子也不例外。阿努利卡变化最大。她的脸上布满了黑头和粉刺,她满含泪水,喃喃地说:"你没死,你没死。"但没有直视乌古的眼睛。乌古大吃一惊,因为他发现,记忆中漂亮的妹妹根本不漂亮。她变成了一个丑陋的陌生人,用一只眼斜着看人。

"他们告诉我,我的儿子死了。"父亲抓着乌古的肩膀说。

"妈妈呢?"乌古问。

父亲尚未回答,乌古便已知道答案。奇奥凯跑出来的那一刻,他便知道了。跑出来的应该是他的母亲,她应该感觉到乌古的到来,在乌贝树林旁等他。

"你母亲已经离开我们了。"父亲说。

滚烫的泪水在乌古的眼眶里打转。"上帝永远不会宽恕他们。"

"小心你说的话!"父亲胆怯地四下张望,尽管此刻只有他和乌古两个人。"不是野蛮人干的。她死于咳嗽。我带你去看看她的坟墓。"

坟墓上没有标记。上面种了一株长势喜人的绿油油的芋头。

"什么时候?"乌古问道,"她什么时候死的?"

对于自己的母亲,竟然问出"她什么时候死的"这样一个问题,颇有种超现实的感觉。而且,她何时死去,并不重要。父亲说着毫无意义的话,乌古跪在地上,前额着地,双手捂着头,似乎是想保护自己不被天上掉下来的东西砸伤,似乎他只有采用这种姿势,才能承受母亲的去世。父亲离开他,独自走回茅屋。之后,乌古与阿努利卡一起坐在面包果树下。

"妈妈是怎么死的?"

"咳死的。"

对于乌古的其他问题,阿努利卡的回答与他的预期相差很远,没有充满活力的手势,没有敏锐的机智与风趣:是的,他们刚刚举行完抬棕榈酒的仪式,村子就被野蛮人占领了。奥涅卡没病没灾,到农田干活去了。他们还没有孩子。阿努利卡时不时地看向别处，似乎与乌古并肩坐着令她感觉不舒服，乌古不由得怀疑完全是他一厢情愿，想象出他们之间轻松自在的亲密关系。奇奥凯在叫阿努利卡，她似乎舒了一口气，赶紧站起来走了。

乌古望着孩子们围着面包果树奔跑，互相奚落，大喊大叫，这时内西纳齐来了，胯上抱着一个孩子，眼睛里闪着亮光。她看上去没有变化，与其他人不一样，她没有瘦，与乌古记忆中的胖瘦程度差不多。不过她的乳房大了一些，从短上衣下鼓凸出来。拥抱时，她趴在乌古身上。孩子叫了起来。

"我就知道你没死，"她说，"我就知道你的守护神完全醒着。"

乌古摸了摸孩子的脸蛋。"打仗的时候你结了婚？"

"我没有结婚，"她把孩子挪到另一边的胯上，"我和一个豪萨士兵同居。"

"一个野蛮人？"乌古几乎难以想象。

内西纳齐点点头。"他们驻扎在我们镇，他对我很好，是一个非常善良的人。如果当时我在这里，阿努利卡根本不会有那种遭遇。但我跟他去埃努古买东西去了。"

"阿努利卡出了什么事？"

"你不知道？"

"什么？"

"他们轮奸了她。五个人。"内西纳齐坐下来，让孩子坐在大腿上。

乌古两眼发直，望着遥远的天空。"在哪里出的事？"

"一年多了。"

"我问的是在哪里?"

"哦。"内西纳齐声音发颤,"靠近小河。"

"外边?"

"对。"

乌古弯腰捡起一块石头。

"他们说爬到她身上的第一个人,她在他的胳膊上咬了一口,咬出了血。他们差点把她打死。从那以后,她的一只眼睛就很难再睁得开。"

之后,乌古围着村子散步,走到小河时,他想起了每天清晨到小河打水的一队女子,他坐在一块岩石上,抽泣起来。

回到恩苏卡,乌古没有把妹妹遭到强奸的事告诉奥兰娜。她经常出门。她不断地得到信息,有人看到了长得像凯内内的女子,于是她前往埃努古、奥尼查和贝宁城,回来时总是小声哼着歌。每次乌古问她结果,她总说:"我会找到姐姐的。"

"对,太太,您会找到的。"乌古说,他必须相信奥兰娜,为了她的缘故。

乌古打扫屋子。他去农贸市场。他去自由广场,去看堆得像小山一样的被烧黑的书,野蛮人清空了整个图书馆,点火焚烧这些书。他和宝贝玩耍。他坐在通向后院的台阶上,在碎纸片上写字。隔壁的院子里,鸡在咯咯乱叫。他望着树篱,心里想着钦耶雷,如果她还活着的话,会如何看待他。奥凯凯博士和家人尚未回来，现在那里住着一个罗圈腿的化学教授，他用柴火煮饭，还有一个鸡笼。一个黄昏，天渐渐暗下来，乌古抬起头，看见三个士兵闯进隔壁的院子，拖走了化学教授。

乌古听说过，尼日利亚士兵发誓要杀掉百分之五的恩苏卡大学教师，埃泽卡教授在埃努古被捕之后，音讯全无，但看见隔壁的教授被拖走，乌古才突然觉得这一切都是真的。故而几天后，他听到前门传来很大的敲门声，便以为来人要抓主人。他将告诉他们，主人不在家；他甚至会给他们说，主人死了。他首先冲到书房，小声说："躲在桌子底下，先生！"然后跑到前门，装出一副哑巴的神色。然而，他看到的不是凶恶可怕的绿军装，不是闪亮的长靴和枪支，而是褐色的土耳其长袍、平底拖鞋和一张熟悉的脸庞，过了一会儿，他才认出来这张脸的主人：阿德巴约小姐。

"晚上好。"乌古说。他甚至有点失望。

阿德巴约小姐朝里张望，朝乌古身后张望，她的脸上堆满了极度的恐惧，深切的恐惧，让人感觉她的整张脸只剩下眼神，恰如一个光溜溜的头盖骨，眼睛是敞开的洞。

"奥登尼博？"她小声叫着，"奥登尼博？"

乌古立即意识到这便是阿德巴约小姐所能说出的全部，或许她没有认出乌古，或许她无法控制好情绪，问出完整的问题："奥登尼博还活着吗？"

"我的主人活得很好，"乌古说，"他在里面。"

阿德巴约小姐直勾勾地盯着他。"哦，乌古！看看你都长这么大了。"她走了进来。"他在哪里？他怎么样？"

"我去叫他，女士。"

主人站在书房门口。"出什么事了，我的好伙计？"他问。

"是阿德巴约小姐，先森。"

"你让我躲在桌子底下，就是因为阿德巴约小姐吗？"

"我以为是士兵，先森。"

阿德巴约小姐拥抱着主人，时间过长。"他们跟我说，不是你，就是奥凯奥马回不来了——"

"奥凯奥马没回来。"主人脸上现出阿德巴约小姐的表情，仿佛他有点看不惯。

阿德巴约小姐坐下来，开始抽泣。"你知道，我们不太明白比亚法拉发生的一切。生活一如既往，拉各斯的女子穿着最新的蕾丝服装。直到我去伦敦参加一个会议，读了一篇关于饥饿的报道，我才有所察觉。"她顿了一下。"战争一结束，我参加了五月花志愿者队伍，带着食物到了尼日尔河那边……"

乌古不喜欢阿德巴约小姐。他不喜欢她身上的尼日利亚特性。然而，他在一定程度上已经做好宽恕的准备，如果这样做能够换回很久以前的那些夜晚，那个时候，起居室里飘荡着白兰地和啤酒的气味，她置身其中，与主人唇枪舌剑地辩论。现在除了理查德先生，没有别的客人来。理查德先生的到来，带来了一种新鲜的熟悉感。奥兰娜忙着自己的事情，主人待在书房里，而理查德先生坐在起居室里读书，感觉他更像一个家人。

几天后的一个夜晚，理查德先生正在这里，前门传来咣当哐当的声音，乌古十分恼火。他把手里的几张纸放在厨房里。阿德巴约小姐难道不明白，她最好回到拉各斯，不再打搅他们的生活？到了门口，乌古透过玻璃看到了两个士兵，吓得后退一步。他们抓着把手，使劲晃着上了锁的门。乌古打开门。一个士兵戴着绿色的贝雷帽，另一个下巴上有一颗白色的痣，像一粒水果的种子。

"房子里的每一个人，都出来，趴在地上！"

主人、奥兰娜、乌古、宝贝和理查德先生都趴在起居室的地板上，两个士兵开始搜查屋子。宝贝闭上眼睛，趴在地上，纹丝不动。

戴绿色贝雷帽的士兵两眼发红，他喊叫着，把桌上的一些纸撕得粉碎。他把长靴踩在理查德先生的臀部，说："白人！白人！别在这里充大爷，哦！"他还把枪对着主人的头，说："你能保证，你这里没有藏比亚法拉的钱吗？"

下巴上有痣的士兵说："我们搜的是任何威胁到尼日利亚统一的东西。"然后他走进厨房，端出来两个碟子，上面盛满了乌古做的杂菜饭。他们吃了饭，又喝了一些水，打着很响的饱嗝，这才钻进旅行车，扬长而去。他们没关房子的前门。奥兰娜第一个站起身来。她走进厨房，把剩下的杂菜饭倒进垃圾桶。主人反锁了前门。乌古把宝贝扶起来，带她进了里屋。"洗澡的时间到了。"乌古说，尽管还有点早。

"我会自己洗。"宝贝说，于是乌古站在一旁，头一次看着宝贝给自己洗澡。宝贝大笑着向他身上扑了一些水，乌古意识到，宝贝不再分分秒秒需要他。

回到厨房，乌古发现理查德先生正读着他留在台子上的几张纸。

"写得太好了，乌古。"理查德先生一脸讶异，"奥兰娜给你讲过火车上那个把孩子的头带在身边的妇人？"

"是的，先生。我要写一本大书，这将是其中一部分。我还要花很多年才能写完，我给这本书起了个名字，叫《一个国家的历程叙述》。"

"一个宏大的计划。"理查德先生说。

"我希望我有那本弗雷德里克·道格拉斯的书。"

"他们烧掉的书里一定有这一本，"理查德先生说着，摇了摇头，"好吧，下星期我去拉各斯的时候，给你找一找。我要去看凯内内的父母。不过我要先去哈科特港和乌穆阿希亚。"

"乌穆阿希亚，先生？"

"是的。"

理查德先生就此打住话头，他从来不提他在寻找凯内内。

"先生，如果您有空，请帮我找一个人。"

"埃伯莱奇？"

乌古的脸上露出了笑纹，但他很快便恢复了严肃。"是的，先生。"

"当然可以。"

乌古说出了埃伯莱奇的姓氏和地址，理查德先生写了下来，之后，他们两人都不再说话，乌古感到尴尬，拼命地没话找话。

"您还在写您的书吗,先生?"

"没有。"

"《我们死去时世界沉默不语》。题目真好。"

"是的,你说得对。取自马杜上校说过的一句话。"理查德顿了一下。"这场战争不是我的故事,不该我讲,真的。"

乌古点点头。他从未认为这场战争的故事该由理查德先生来讲述。

"先生,我能托您捎一封信吗,万一您见到埃伯莱奇的话?"

"当然可以。"

乌古从理查德先生手里接过自己写了字的纸张,转过身为宝贝做饭,情不自禁地小声哼起歌来。

36

理查德走进果园,朝他曾经坐着眺望大海的地方走去。他最喜欢的橙子树不见了。许多树都被砍掉了,现在,果园里种了一片片青草。他凝视着凯内内烧掉他手稿的地方,记起了几天前,在恩苏卡,他注视着哈里森在花园里不停地挖呀,挖呀,心里毫无感觉,极度麻木。"对不起,先森,对不起,先森。我在把手稿埋在这里,我记得我在把手稿埋在这里。"

凯内内的房子重新粉刷成了柔和的绿色,攀附蔓延的九重葛被砍掉了。理查德绕到前门,按响了门铃,想象着凯内内打开门,告诉他,她一切都好,只是想独处一段时间。出来的妇人脸上抹着纤细的部落标记,两边的脸颊各有一条线。她把门开了一道缝。"什么事?"

"下午好,"理查德说,"我是理查德·丘吉尔。我是凯内内·奥佐比亚的未婚夫。"

"什么?"

"我过去住在这里。这是凯内内的房子。"

妇人的脸绷紧了。"这是废弃的房产。现在是我的房子。"她作势要关上门。

"求你等一等,"理查德说,"我想取走我们的照片,求你了,我能取走凯内内的一些照片吗?书房架子上的照相簿。"

妇人吹了一声口哨。"我养了一条很凶的狗,如果你不赶快走,我就放狗咬你。"

"求求你,就取走照片。"

妇人又吹了一声口哨。理查德听到从里面某个地方,传来狗的咆哮。他缓缓转过身,走了。他一路开着车,车窗摇下,鼻子里充盈着大海的气息,他想起许多次,凯内内开着车带他驶过这条人迹罕至的公路。到了镇里,他看见路旁有一个高个女子,便放慢了车速,但女子肤色浅,不可能是凯内内。他拖到最后才来哈科特港,是因为他想先找到凯内内,然后两人一起来这栋房子,一起看一看他们失去的东西。他相信凯内内一定会把房子要回来,她会写请愿书,上法院,告诉每一个人,联邦政府偷了她的房子,表现出她特有的无所畏惧。她用同样的方式阻止了难民营里的人殴打那个年轻的士兵。这是他对凯内内最后的完整的记忆,大脑按照自己的意愿加以剪辑:有时候,凯内内系在腰间、睡眠中拉扯过的裹裙上落满了金色的薄片,其他时候则变成了红色。

要不是凯内内的母亲提议,理查德是不会此时来这栋房子的。

"理查德,去那栋房子看一看,请你就去看一看。"电话上,凯内内母亲的声音很小。他们刚从伦敦回来时,理查德与她交谈过,当时她的声音完全不同,充满了信心。

"凯内内一定在哪里受了伤。我们必须把话传出去。我们得快点,这样才能把她转到一家好一点的医院。等她的身体好起来,我要问她,该如何对付被我们当成朋友的那个约鲁巴蠢货。

想想吧,那家伙让我们买自己的房子。想想吧,那家伙伪造产权证等东西,说他要价不高,我们应该感到高兴,他还搬走了全部家具。凯内内的父亲胆子太小,不敢吱声。他很感激,因为他们让他赎回自己的一栋房子。凯内内不可能吃这种亏。"

现在,她变了。仿佛等待的时间越长,她的信心如水一样漏得越多。就去那栋房子看一看,她说。就去看一看。她不再谈论细节,不再使用不容置疑的口吻。马杜和他们一起待在拉各斯,因为他此前被关押在伊科伊的阿拉邦克洛斯,关了很长时间,现在放出来了,因为他被驱逐出了尼日利亚军队,因为他得到了二十镑,作为对他战前和战时财产的赔偿。是马杜得到了消息,说有人发现一个又瘦又高、受过教育的女子在奥尼查流浪。理查德和奥兰娜一起去了奥尼查,奥兰娜的母亲在那里与他们会合,但那个女子不是凯内内。此前,理查德如此笃定对方就是凯内内——她得了失忆症,她忘了自己是谁,这些都说得通——所以当他看着这个陌生人的眼睛时,他生平头一次感受到了对一个陌生人的刻骨怨恨。

此刻,理查德向乌穆阿希亚驶去,向那里的难民中心驶去,他想起了奥尼查的那个女子。难民中心空无一人。附近,一个弹坑依旧张着大嘴,没有填平。他开车绕了几圈,才找到乌古给他的地址。他向一个上了年纪的妇人打招呼,妇人对他非常冷漠,似乎她经常碰到说伊博语的白人前来打听她的亲人。这让理查德感到诧异,他习惯了别人注意到他是一个说伊博语的白人,习惯了别人因此而啧啧称奇。妇人给理查德搬了一个凳子。她说,她是埃伯莱奇父亲的姐姐,等她刚把埃伯莱奇的遭遇讲完,理查德便决定不会如实告诉乌古。他永远不会告诉乌古。埃伯莱奇的姑姑头上围着一条白色头巾,胸口系着一条有污迹的裹裙,语气平静之极,平静得理查德怀疑自己听错了,请她重复一遍。她看着理查德,片刻之后,又告诉他,埃伯莱奇被大炮击中,那天恰好赶上乌穆阿希亚被敌人占领,几天后,埃伯莱奇的哥哥从部队里回来了,活着,身体健康。理查德不知道为什么,但他不由自主地坐下来,把凯内内的故事告诉了妇人。

"战争结束前几天,我妻子去做跨界生意,再也没有回来。"

妇人耸耸肩。"总有一天你会知道是怎么回事。"她说。

第二天,在去拉各斯的路上,理查德回想着妇人说的最后一句话,他更加笃定,不能把埃伯莱奇的死讯告诉乌古。总有一天乌古会知道的。但现在,他不愿打碎乌古的梦境。

到达拉各斯时,天在下雨。车载收音机里,戈翁的讲话又被播放了一遍:"无征服者,亦无被征服者。"卖报的人把报纸装在聚乙烯袋子里,在车流中来回穿梭。理查德不再读报,因为他每翻开一张报纸,上面似乎都有凯内内父母刊登的广告,凯内内在游泳池边的照片紧跟在"寻人启事"的标题下。这对理查德构成了精神上的压迫,恰如伊丽莎白姑姑对他说"要坚强",电话听筒里传来她的声音,带着柔和的颤音,仿佛她对某件事心知肚明,而理查德仍蒙在鼓里。理查德无须为任何事表现出坚强。而且,凯内内没有失踪,她只是不急着回家。

凯内内的母亲拥抱着他。"你没有不吃饭吧,理查德?"她问道，是一种熟悉的、喜爱的口吻，一个母亲责怪没有好好照顾自己的儿子，用的便是这种口吻。他们向空荡荡的起居室走去，凯内内的母亲紧紧地搂着他，靠在他身上，理查德既感到高兴，又很不自在，因为他觉得，凯内内的母亲以为，抓住了他，也就在一定意义上抓住了凯内内。

凯内内的父亲与马杜以及乌蒙纳奇的两个男子坐在一起。理查德与他们分别握手，然后一起坐下来。他们一边喝着啤酒，一边谈论着《本地化法令》[1]，公务员们都失去了工作。他们的声音很低，仿佛待在家里还不够安全。理查德站起身，爬上楼梯，来到凯内内的旧房间，但里面没有她的任何物品。墙上有很多钉子。或许占用这栋房子的那个约鲁巴人挂过很多照片。

午饭吃的炖菜里，放了太多的小龙虾，凯内内不会喜欢这道菜，她会凑过来告诉理查德。午饭后，理查德与马杜一起坐在阳台上。雨停了，楼下的植物看上去绿了不少。

"国外说死了一百万，"马杜说，"不可能。"

理查德迟疑着。他不能确定自己是否想参加这样的谈话，如今，太多的比亚法拉人都在谈论这个话题，毫无例外地推卸责任，无视事实，只管往自己脸上贴金。理查德想回忆他与凯内内常常站在这里，俯瞰银色游泳池的情景。

"不可能才有一百万。"马杜呷了一口啤酒。"你要回英国吗？"

---

[1] 《本地化法令》，戈翁于1972年颁布的法令，要求外资撤出尼日利亚经济领域的诸多业务。

这个问题让理查德感到恼火。"不回。"

"你要留在恩苏卡?"

"对。我准备加入刚成立的非洲研究学院。"

"你在写作吗?"

"没有。"

马杜放下啤酒杯。啤酒表面涌起了很多小泡沫,恰似透明的小鹅卵石。"我不懂我们怎么会找不到凯内内的蛛丝马迹,我实在是不懂。"马杜说。

理查德不喜欢"我们"这个词,他不知道马杜把谁包括在"我们"之内。他站起身,走到阳台边上,俯瞰着水被排干的游泳池。游泳池底部铺的是抛光过的发白的石头,透过薄薄的雨水,清晰可见。他转身问马杜:"你爱她,对吗?"

"我当然爱她。"

"你碰过她吗?"

马杜的笑声短促刺耳。

"你碰过她吗?"理查德又问,突然间,马杜该为凯内内的消失负责。"你碰过她吗?"

马杜站起身。理查德伸手抓住了马杜的胳膊。回来,他想说,回到这里,告诉我,你是否用你黑色的脏手碰过她。马杜甩掉了理查德的手。理查德对着马杜的脸一拳打过去,旋即感觉到自己的手在发颤。

"你这个白痴。"马杜有些踉跄,面露惊讶。

理查德看见马杜的胳膊举了起来,看见他的拳头快速移动,划出一道模糊的弧线。拳头落在理查德的鼻子上，疼痛瞬间传遍了整个脸庞，他的身体开始下滑，感觉很轻很轻。他摸了摸鼻子，手指上有血。

"你这个白痴。"马杜又说。

理查德站不起来。他掏出手帕，他的手在发抖，一些鼻血滴到了衬衫上。马杜定睛看了他一会儿，然后弯下腰，用宽大的手掌捧着他的脸，仔细察看着他的鼻子。理查德闻见马杜的呼吸带着小龙虾的气味。

"我没打断你的鼻子。"马杜说着，直起身来。

理查德轻轻擦着鼻子。他眼前一黑，等他从眩晕中恢复过来后，他知道他永远不会再见到凯内内，他的生活永远都会像一间点着蜡烛的房间，他不论看什么，都将是倏忽一瞥，影像模糊。

37

奥兰娜笃定凯内内将会回来的那些时刻,内心充溢着坚实的希望,接着,会有一段痛彻心扉的时间,而后,一股从天而降的信心使得她小声哼起歌来,直至心情如坠谷底,她瘫倒在地,不停地流泪。阿德巴约小姐来看她,说了一些跟悲伤相关的话,一些听上去很高雅实则肤浅的话:悲伤是对爱的颂扬,感到真正悲伤的人是幸运的,因为他们曾经爱过。然而,奥兰娜感受到的不是悲伤,是比悲伤更沉重的情感。比悲伤更奇怪的情感。她不知道姐姐在哪里。她无从知道。她对自己感到愤怒,那天凯内内出门去做跨界生意,她为何不能早点起床,她为何不知道那天清晨凯内内穿什么衣服,她为何不和凯内内一起去,她为何相信伊纳蒂米熟悉他要领凯内内去的地方。当她坐上公共汽车,或者由奥登尼博或理查德开车带她去拥挤的医院和挤满灰尘的房屋,寻凯内内未果时,她对整个世界感到愤怒。

她第一次见到回国的父母时,父亲叫她"我的金子",她却希望父亲不要这样叫,因为她感到羞辱。

"凯内内走之前,我甚至没见到她。等我醒过来,她已经走了。"她对父母说。

"Anyi ga-achota ya(我们会找到她的),我们会找到她的。"母亲说。

"我们会找到她的。"父亲重复着母亲的话。

"对，我们会找到她的。"奥兰娜也重复了一遍，她感觉，他们三个都在绝望地用指甲刮着一堵坚硬且满是疮痕的墙壁。他们互相讲述那些被找到的人，那些失踪几个月后回家的人。他们之间从不提另一些人，那些仍然失踪的人，那些埋葬空棺材的家庭。

那两个闯进家里、吃杂菜饭的士兵让她怒火中烧。她趴在起居室地板上，祈祷着他们不要找到她的比亚法拉镑。士兵离开后，她从藏在鞋里的信封中取出折叠的钞票，来到柠檬树下，划着了一根火柴。奥登尼博注视着她的一举一动。她知道，奥登尼博不赞成她的做法，因为他自己把比亚法拉国旗叠好，塞在一条长裤的口袋里。

"你在焚烧记忆。"奥登尼博说。

"我不是。"她不会把记忆寄托于陌生人可以闯进来抢走的东西，"我的记忆在我心里。"

几个星期过去了，水龙头里又流出了自来水，蝴蝶回到了前院，宝贝的头发恢复了以往的乌黑。一箱箱的书从海外寄给了奥登尼博。"赠遭到战争洗劫的同事，"短笺上写着，"数学界仰慕戴维·布莱克韦尔的同人。"奥登尼博花了很多天，仔细阅读这些书。"瞧，我过去有这本书的第一版。"他不时地说。

埃德娜寄来了书、衣物和巧克力。奥兰娜看着附在邮件中的照片，埃德娜看上去充满异国情调，她住在波士顿，头发拉直了，抹了头油。那时埃德娜住在伊莱亚斯大街上，她的公寓隔壁，现在似乎是很久以前的事了，而奥迪姆街上的这个院子划定了她的人生界域，似乎也是更久远之前的事了。奥兰娜在校园里散步，走得很远，经过网球场和自由广场，她心想，离开是多么地迅速，而归来是多么地缓慢。

奥兰娜在拉各斯的银行存款不见了。账户已经不存在。感觉恰似被人强行脱光了衣服。有人把她的衣服剥光，听任她光着身子，在天寒地冻中瑟瑟发抖。不过，她在这件事上看到了一个好兆头。既然她已经失去了存款，那么她不可能再失去姐姐。命运的监护人不会如此残忍刻薄。

"为什么凯内内姨妈还在做跨界生意？"宝贝经常问这个问题，每次都目不转睛地盯着她，眼里充满了怀疑。

"不要再问我，这个孩子！"奥兰娜说。但是她在宝贝的问题里也看到了一个预兆，尽管她还无法解读它的意义。奥登尼博告诉她，必须停止把任何事都看成预兆。奥兰娜很生气，奥登尼博居然不赞成她看到凯内内归来的预兆，随即又心怀感激，因为这意味着，奥登尼博相信没有发生任何使得他的意见不恰当的事。

一些亲戚从乌蒙纳奇过来，建议他们求助于一个巫医，奥兰娜请她的叔叔奥希塔前往。她给了叔叔一瓶威士忌和一些钱，让他为神谕买一只山羊。她开车去尼日尔河，向河里扔了一张凯内内的照片。她来到凯内内在奥尔卢的房子，围着房子走了三圈。她等待着巫医承诺的那个星期的到来，但凯内内没有回来。

"也许我有什么地方做得不对。"她对奥登尼博说。他们都在书房。从那些烧了一半的书里掉下来一些发黑的碎纸片，掉了一地。

"战争结束了,但饥饿还没有结束,我的爱。巫医只是饿得想吃山羊。你不能相信他的话。"

"我当然相信。我什么都相信。不管是什么,只要能把姐姐带回家,我都相信。"奥兰娜站起身,走到窗户跟前。

"我们还会回来。"她说。

"什么?"

"我们的民族认为,我们都会投胎转世,对吧?"奥兰娜说,"Uwam, uwa ozo(这辈子,下辈子)。我下辈子投胎,凯内内还会是我的姐姐。"

奥兰娜嘤嘤地哭起来。奥登尼博把她拥入怀里。

8. 书:《我们死去时世界沉默不语》

> 最后,乌古写上了他的献辞:"致主人,我的好伙计。"

作者的话

本书根据尼日利亚-比亚法拉战争（1967—1970）而创作。尽管一些人物确有其人，但对他们的刻画均属虚构，围绕他们发生的事件也是如此。我在结尾处列出了对我的研究有帮助的著作[其中"Igbo"（伊博人）大多采用英语的拼写"Ibo"]。我对这些著作的作者表示深深的谢意。特别要感谢的是丘库埃梅卡·伊凯的《拂晓的日落》和弗洛拉·恩瓦帕的《决不重来》，对塑造比亚法拉中产阶级的心境，它们发挥了不可或缺的作用；克里斯托弗·奥基博的个人经历和《迷宫》为刻画奥凯奥马这个人物提供了灵感；而对马杜上校的刻画，我仰赖于亚历山大·马迪埃博的《尼日利亚革命与比亚法拉战争》。

然而，若不是因为我的父母，我不可能写这本书。我的睿智而让人惊叹的父亲，恩沃耶·詹姆斯·阿迪契，阿巴的地方志撰稿人，他讲过很多故事，每次都以agha ajoka结尾，直译过来是"战争非常丑恶"。在我看来，父亲和处处护着我、全心爱着我的母亲，伊费奥玛·格蕾丝·阿迪契夫人，一直希望我能够明白，重要的不是他们经历的磨难，而是他们幸存下来了。我感谢他们讲述的故事，还有很多，很多。

我向我的迈叔叔，迈克尔·E. N. 阿迪契致敬，他是比亚法拉陆军第21营的一员，在战斗中负伤，谈到他的经历时，雅量豁然，幽默风趣。我还要向我的CY舅舅（西普里安·奥迪圭，1949—1998）、我的保利表哥（保利努斯·奥菲利，1955—2005）和我的朋友奥克拉（奥科洛马·马杜埃维希，1972—2005）致敬。CY舅舅曾与比亚法拉突击队共同战斗，保利表哥与我分享了他13岁时在比亚法拉生活的经历，奥克拉不会像对待我的上一部作品那样，把本书夹在胳膊下。他们的闪光记忆令我受益匪浅。感谢我的家人：托克斯·奥雷穆莱和阿林泽·马杜卡，奇索姆与阿玛卡·索尼-阿福埃凯卢，奇内杜姆与卡姆希·阿迪契，伊杰奥马与奥宾娜·马杜卡，乌切与索尼·阿福埃凯卢，丘昆威凯与蒂努凯·阿迪契，恩内卡·阿迪契·奥凯凯，奥凯丘库·阿迪契，尤其是凯内丘库·阿迪契，乌蒙纳奇的整个奥迪圭家族和阿巴的整个阿迪契家族。我的"姐妹"乌伦娜·埃戈努和乌朱·埃戈努，还有我的"小弟弟"奥基·卡努，他们相信我更出色。

感谢伊瓦拉·埃塞盖；感谢宾亚万加·瓦伊奈纳出色的牢骚；感谢阿马埃奇·阿乌鲁姆教我懂得信念；感谢伊凯·安亚、穆赫塔尔·巴卡雷、马伦·丘姆莱伊、劳拉·布拉蒙·古德、马丁·凯尼恩、伊费阿乔·恩沃科罗等朋友阅读了我的初稿；感谢苏珊·巴肯提供了在比亚法拉拍摄的照片；感谢佛蒙特州演播中心免费提供了场地和时间；感谢迈克尔·J. C. 埃切鲁奥，他博学而又毫无保留的评论促使我去寻找另外半轮黄日。

感激我那无与伦比的经纪人萨拉·查尔方特,她给了我安全感;我感激米契·安杰尔、安贾莉·辛格和罗宾·德塞尔,他们是我的编辑,头脑敏锐,极富洞察力。

但愿我们永远铭记。

译后记
但愿我们永远铭记

石平萍

奇玛曼达·恩戈兹·阿迪契（1977—　）是来自非洲尼日利亚的一位"70后""美女作家"。然而，这两个时髦称谓只能突出她的年轻貌美，无法概括她的文学成就。虽然阿迪契迄今只出版了长篇小说《紫木槿》(*Purple Hibiscus*, 2003) 和《半轮黄日》(*Half of a Yellow Sun*, 2006)、短篇小说集《绕颈之物》(*The Thing Around Your Neck*, 2009)、剧作《因为热爱比亚法拉》(*For Love of Biafra*, 1998) 以及诗集《决定》(*Decisions*, 1998)，还有零星发表的一些短篇小说和论说文，但她在国际上赢得的奖项已超过10项，获得的提名亦不低于这个数目。《纽约时报书评》等指出她很像南非的纳丁·戈迪默和从特立尼达和多巴哥移居英国的V. S. 奈保尔（两者都是诺贝尔文学奖得主），《华盛顿邮报》视她为"另一位伟大的伊博小说家钦努阿·阿契贝在21世纪的传人"，甚至有评论把她比作"西非的托尔斯泰"。荣誉之多，赞誉之高，足见阿迪契称得上"小女子，大手笔"。

一

阿迪契出身于书香之家。父亲是尼日利亚大学的统计学教授，做过代理副校长，母亲退休前是这所大学的注册处主任。父母都是来自阿南布拉州的伊博人，育有六个孩子，阿迪契排行第五。阿迪契在大学城恩苏卡长大，住在"现代非洲小说之父"钦努阿·阿契贝曾经住过的房子里，就读于尼日利亚大学的附属中小学，之后又在这所大学读了一年半的医药专业，其间与同学合编杂志《指南针》。19岁时，阿迪契赴美国费城就读于私立的德雷塞尔大学，两年后转入东康涅狄格州州立大学，2001年以优异成绩获得传播与政治学学士学位，2003年取得约翰·霍普金斯大学的文学创作硕士学位，成为普林斯顿大学2005—2006年度的霍德研究基金得主，2007年进入耶鲁大学攻读非洲研究硕士学位，2008年荣获迈克阿瑟"天才"基金会的奖金，并担任卫斯理大学的访问作家。

阿迪契从小喜欢写作，写作带给她无与伦比的心理满足和成就感。但对有志于文学创作的人来说，上世纪八九十年代直至世纪之交的尼日利亚并非天堂。政治独裁、官员腐败、石油危机、通货膨胀等导致政局动荡、经济崩溃，使得国内图书市场萎缩，出版社关门大吉，不少作家因针砭时弊遭到监禁和严刑拷打，甚至被迫流亡海外。不难理解，阿迪契的创作生涯虽起步于尼日利亚，却发展、成功于海外，除了《因为热爱比亚法拉》，她的作品均在英美两国首版，受到热烈追捧后才得以在国内出版。可以说，在海外的求学和生活经历向阿迪契开启了通向世界文坛的大门，不仅使她享受到创作与出版的自由，更重要的是，她也因此丰富了阅历，开阔了视野，其世界观和创作观，尤其是对尼日利亚历史与现状的观照和了解，呈现出同时代尼日利亚作家中难得一见的广度和深度。

在创作理念和创作手法方面，阿迪契兼收并蓄、兼容并包，俄国作家屠格涅夫，法国作家福楼拜，英国作家格雷厄姆·格林，美国作家伯纳德·马拉默德、托尼·莫里森和葆拉·马歇尔，哥伦比亚作家加西亚·马尔克斯，尼日利亚前辈作家钦努阿·阿契贝，肯尼亚同辈作家宾亚万伽·魏乃纳等，都是她学习的榜样和灵感的源泉。其中对她影响最大的是同为伊博人的阿契贝，他第一个写出了"发自非洲人内心世界的英语小说"，并倾尽毕生为尼日利亚和世界上的政治、社会问题奔走呼号，阅读他的作品给阿迪契带来了勇气，使她大胆创作自己熟悉的题材：后殖民时代尼日利亚乃至非洲大陆的历史与现实问题。阿迪契将自己定位为一个以非洲为背景进行现实主义创作的作家，在她看来，非洲作为一个资源稀缺、人祸横行的大陆，生活与政治不可分割，这就注定了她的作品具有鲜明的社会指涉和政治诉求。阿迪契对家庭的私人空间与广阔的公共领域给予同等的关注，探讨历史上的殖民主义与当下的政治腐败在尼日利亚各种冲突和问题中扮演的角色，但她拒绝把问题和答案简单化。与此同时，阿迪契反对为了政治性而牺牲文学性，她欣赏冷静、细致、故事和文体都属上乘、具有艺术价值的文学作品，尤其欣赏在不动声色中传达出政治理念与道德关怀的创作风格。她的作品正是这样一种成功的实践。

二

《半轮黄日》是以尼日利亚内战为素材创作的长篇小说。在很多人眼里，尼日利亚是非洲最复杂的国家，不仅因为它有250多个民族，各民族都有自己的语言和宗教信仰，还因为历史上殖民主义、帝国主义、专制主义的暴力在这里轮番上演，时不时地引爆暗潮涌动的民族矛盾，酿成流血事件甚至战争。1960年，尼日利亚摆脱英国的殖民统治，成立联邦共和国之后，这种情况并未得到根本的改观。人数最多的豪萨-富拉尼人、约鲁巴人和伊博人在新老主子或明或暗的操纵下，以各自盘踞的北区、西区和东区为大本营，为了争夺中央政府的席位、地方政府的势力范围和石油资源的分配方案等大打出手，导致整个国家的动荡不安和联邦体制的岌岌可危。空前惨烈的尼日利亚内战（1967—1970，也称比亚法拉战争）[1]便是这种矛盾登峰造极的结果，不仅造成了

---

[1] 相关历史事件如下：1966年1月15日，伊博青壮派军官发动军事政变，杀死联邦政府和北区、西区的总理以及大部分校以上军官；7月29日，豪萨军官发动政变，杀死军政府首脑阿圭伊-伊龙西将军，北区恩加斯族、陆军参谋长雅库布·戈翁接掌政权；9月，北区各地发生大规模屠杀伊博人的事件；1967年5月27日，戈翁宣布全国划分为12个州，原东区分为3个州，伊博人占优势的中东州既无石油资源又无出海口；5月30日，东区退出联邦，成立比亚法拉共和国；7月6日，联邦军政府向比亚法拉发动军事进攻，内战爆发；1970年1月11日，比亚法拉战败，次日投降，尼日利亚恢复统一。

两三百万人的死亡和史无前例的饥馑,而且留下了许多至今尚未消除的后遗症。由于英、美、苏等国家的介入,"无国界医生"组织的创立和全世界对非洲饥荒问题的空前关注,这场内战也产生了深远的国际影响。

不难理解,身为伊博人的阿迪契具有强烈的比亚法拉情结。她的短篇小说《那个刮哈麦丹风的早晨》(*That Harmattan Morning*, 2002)、《鬼魂》(*Ghosts*, 2004) 和剧作《因为热爱比亚法拉》均涉及尼日利亚内战,为长篇小说《半轮黄日》的创作做好了铺垫。作为长期思考和打磨的成果,《半轮黄日》取得了轰动性的成功:2006年底出版后,便被英国著名电视节目"理查德与朱迪读书俱乐部"选中,登上英美两国的畅销书排行榜,获得詹姆斯·泰特·布莱克纪念奖和国际IMPAC都柏林文学奖的提名,进入美国国家书评人协会奖和英联邦作家最佳作品奖的最终候选名单,荣获阿尼斯菲尔德-沃尔夫图书奖、国际笔会"超越边缘"奖等。

《半轮黄日》重点探讨尼日利亚内战这一充满创痛的历史篇章,但并未耽于对重大历史事件——如伊博人大屠杀、接踵而至的内战以及几百万人的伤亡——的复述,而是讲述这些历史事件对普通人日常生活的冲击和影响。小说由四部分构成,时间跨越整个20世纪60年代,通过乌古、奥兰娜和理查德这三个生活在比亚法拉的人物的视角,将他们在内战前后和期间的经历见闻编织成了一个震撼人心的故事:13岁的乌古是大学教师奥登尼博的男仆,来自一个偏远、贫穷的村庄,他被比亚法拉军队强征入伍，经历了严酷的战斗，最终幸存下来；美丽、叛逆的奥兰娜放弃了优越的富家千金生活，与奥登尼博同居，后者是一个魅力非凡的革命者和激进的反殖民主义者；内向腼腆的英国人理查德热爱传统的伊博-乌库艺术，并深深迷上了奥兰娜的孪生姐姐、谜一般的凯内内。在战争的旋涡中，这些人物以超乎想象的方式经历了悲欢离合，对彼此的爱与忠诚受到考验，自我形象受到挑战，在应对纷至沓来的生活剧变的过程中，他们经历了人格和思想上的成长、变化与成熟。阿迪契既着力书写比亚法拉战争的毁灭性后果，又让读者认识到，死亡不是战争中人们的唯一遭遇，他们还活着，爱着，梦着。小说以比亚法拉的国旗"半轮黄日"为题，在忠于史实的基础上加入虚构的细节描写，显示出深层次上的历史真实，旨在启迪读者思考道义责任、殖民主义的终结、民族忠诚、种族、阶级与性别问题，以及爱情、亲情、友情将这一切复杂化的过程与方式，堪称史诗般的杰作。

尽管这部小说采用了时下流行的融虚构与史实为一体的写法，但阿迪契并未追求后现代元小说的复杂与花哨，而是执着于传统、平实的现实主义叙事风格，除了第二、三部分在叙事时间上的倒置之外，读者不会碰到任何其他的麻烦。笔者以为，这部小说取得成功的关键在于交替采用三个身份背景完全不同的普通人的叙述视角，不仅较广泛地反映出当时尼日利亚的社会全貌，也能吸引不同阶层的读者大众；更重要的是，阿迪契由此得以避免将小说写成宏大的战争叙事，转而呈现的个人叙事深入人性本真，在充分展现战争创伤的同时，烘托了情与爱作为人性根本的强大力量。乌古、奥兰娜、理查德不是享有特权的国际观察员或消息灵通的精英人士，都是几乎无从获知事实、只能倚赖谣言与政治宣传的普通人，故而我们能够淋漓尽致地感受到他们的饥饿、猜疑、恐惧等原始的欲念与情感，感受到战争的真正后果、与饥饿相伴相随的屈辱以及他们拼命保护人性的挣扎。阿迪契始终坚持这一有限的、脆弱的普通人的视角，几乎没有提供任何历史背景的说明性文字，而是通过这些人物的经历，论及联邦军队的空袭、封锁引起的饥馑、超级大国的企图得逞、自由黑人国家的理想破灭等政治或历史事件。通过普通人的多元视角建构的个人小叙事，与依赖全知权威视角建构的一元历史大叙事，孰是孰非，作家的态度不言自明。

阿迪契并非内战的亲历者，而且战争素来被视为男作家的专利，是什么原因促使她一再书写比亚法拉？如她所言，在她的家族记忆和伊博人的集体记忆中，比亚法拉共和国的短暂存在是无法回避的中心事件。阿迪契在内战中失去了祖父和外祖父，她自小听着"内战前""内战后"的故事，比亚法拉的阴影伴随着她的成长。在东尼日利亚，即曾经的比亚法拉共和国所在地，伊博人至今难以忘却战败的切骨之仇和切肤之痛。然而，就尼日利亚官方而言，内战的话题"至今仍是制造分裂的话题。有时候你提起比亚法拉，马上就会被贴上闹事者的标签。因为这是我们都想回避的话题，我们都假装不曾发生的事件。所以没有人在正式场合谈论它。在学校我们对比亚法拉也没有多少真正的了解。"换句话说，阿迪契家族及所有伊博人的创伤记忆，由于尼日利亚官方刻意的操纵和打压，至今未能成为官方历史和公共记忆的一部分。

然而，对于伊博人大屠杀及比亚法拉战争这样的重大暴力事件，官方强加的"集体失忆症"必会遗患无穷。后殖民主义学者施瓦布（Gabriele Schwab）指出，暴力的受害者和作恶者双方都应为暴力历史造成的损失和伤害哀痛，承担责任并加以补偿；如果保持沉默或掩盖暴力，拒绝承担责任，拒不承认罪行及耻辱，心理的创伤和畸形就会传递到后代身上，从心理学的角度来看，暴力循环重复之危险就根源于这种创伤的代际传递。而这恰恰是阿迪契担忧的问题。在她看来，内战结束40年了，但尼日利亚一直处于"内战"之中：军事政变频仍，种族仇杀不断，伊博激进分子成立了MASSOB（"实现比亚法拉主权国家运动"）暴力组织，以极端形式表达政治诉求……暴力的循环仍在继续，暴力的历史还在重演。当务之急，便是重构整个尼日利亚民族的集体记忆，承认历史上对伊博人的不公平对待，开展"建设性的对话，达成和解"进行集体的哀痛和补偿，最终形成有助于清除暴力的公共记忆与政治文化。从这个意义上讲，书写比亚法拉不仅是为了纪念在内战中失去的亲人和同胞，更是阿迪契推动尼日利亚民族和解的努力。通过小说创作和出版等行为，把伊博人的个人记忆、家族记忆和集体记忆从逼仄的私人空间推向公众的道德视野，启动整个尼日利亚社会对伊博人历史与比亚法拉战争的关注与对话，使之成为公共记忆的一部分，这是和解政治的第一步。

难能可贵的是，阿迪契对历史记忆的重构虽然饱含着对比亚法拉的同情，但并未因此而对内战的另一方尼日利亚联邦进行妖魔化。《半轮黄日》中，尼日利亚人与比亚法拉人一样，都是有着七情六欲的普通人。豪萨人穆罕默德对奥兰娜始终怀着一腔真挚的爱恋，他并不赞成本族人屠杀伊博人的残暴行径，在内战期间念念不忘奥兰娜的安危；约鲁巴人阿德巴约小姐同样暗恋着奥登尼博，她虽受到政治宣传的一时蒙骗，但在明白比亚法拉饿殍满地的真相后，也毫不犹豫地伸出援手。阿迪契同时也力争写出一个真实的比亚法拉，她希望读者明白，比亚法拉并不完美，即便是比亚法拉领导人奥朱库，在书中其他人物的眼里，也是褒贬不一、爱憎交加。这是阿迪契的高明之处。她明白重构记忆的目的是为了厘清历史的是非对错，实现和解与和谐，帮助建立正义的新社会关系，因此，她必须讲述真相，揭示内战的复杂本质，而不是幼稚地进行自我美化，制造新的敌我对立。如她所言，"我们只有在正确认识过去的基础上，才能懂得现在，憧憬未来"。在这一点上，阿迪契显示出了与其年龄不相称的成熟，无怪乎钦努阿·阿契贝感叹："我们一般不会把智慧与新手联系在一起，但这位新秀作家拥有古代讲故事人的天赋……她无所畏惧，否则不会探讨令人不寒而栗的恐怖的尼日利亚内战。阿迪契初出茅庐，却已几近成熟。"

著名伦理哲学家阿维夏伊·玛格丽特（Avishai Margalit）在《记忆的伦理》中指出，对那些侵害人类的残暴罪行，那些"直接毁灭共同人性"的残暴罪行，即便它们发生在别的国家，或者发生在过去，每个人都有记住这些罪行的道德责任。借由对人类创伤的共同记忆，各个社会群体、国家民族，甚或整个人类文明，不仅得以认知人类苦难的存在和根源，还会就此警惕袖手旁观的冷漠，担负起推动文明进步的重大责任。懂得了玛格丽特的这一观点，我们便不难理解阿迪契在创作时，如何殚精竭虑把《半轮黄日》写成人的故事，从而打动对比亚法拉不感兴趣或一无所知的读者，也不难理解她这样直抒胸臆："我希望这本书被阅读。我希望每个地方的人们都读这本书"，更不难理解在本书最后"作者的话"中，她如此强调："但愿我们永远铭记。"

但愿我们永远铭记。

2010年6月
于洛阳

图书在版编目（CIP）数据

半轮黄日 /（尼日利）奇玛曼达·恩戈兹·阿迪契著；石平萍译. -- 南京：译林出版社，2024.8. --（阿迪契作品）. -- ISBN 978-7-5753-0208-1

Ⅰ. I437.45

中国国家版本馆CIP数据核字第2024WV1058号

Half of a Yellow Sun by Chimamanda Ngozi Adichie
Copyright © 2021 by Chimamanda Ngozi Adichie
Simplified Chinese edition copyright © 2024 by Yilin Press, Ltd
All rights reserved.

著作权合同登记号　图字：10-2022-96号

半轮黄日　[尼日利亚]奇玛曼达·恩戈兹·阿迪契 ／ 著　石平萍 ／ 译

责任编辑	宗育忍
特约编辑	李玲慧
装帧设计	任凌云
校　　对	戴小娥
责任印制	闻媛媛

原文出版	Vintage, 2007
出版发行	译林出版社
地　　址	南京市湖南路1号A楼
邮　　箱	yilin@yilin.com
网　　址	www.yilin.com
市场热线	025-86633278
排　　版	南京展望文化发展有限公司
印　　刷	南京新世纪联盟印务有限公司
开　　本	787毫米 × 1092毫米　1/32
印　　张	20.125
插　　页	4
版　　次	2024年8月第1版
印　　次	2024年8月第1次印刷
书　　号	ISBN 978-7-5753-0208-1
定　　价	86.00元

版权所有·侵权必究

译林版图书若有印装错误可向出版社调换。质量热线：025-83658316